明末清初士人尺牍研究

——以清初尺牍选本为蓝本

扬州市社科重大课题资助出版项目

陆学松 著

东南大学出版社
SOUTHEAST UNIVERSITY PRESS
·南京·

图书在版编目(CIP)数据

明末清初士人尺牍研究：以清初尺牍选本为蓝本 /
陆学松著. — 南京：东南大学出版社，2023.12

　ISBN　978-7-5766-0549-5

　Ⅰ. ①明…　Ⅱ.①陆…　Ⅲ.①书信一文学研究一中国
一明清时代　Ⅳ.①I207.62

中国版本图书馆 CIP 数据核字(2022)第 249334 号

责任编辑:陈　佳　张丽萍　**责任校对:**张万莹　**封面设计:**王　玥　　**责任印制:**周荣虎

明末清初士人尺牍研究——以清初尺牍选本为蓝本

Mingmo Qingchu Shiren Chidu Yanjiu——Yi Qingchu Chidu Xuanben Wei Lanben

著　　　者	陆学松
出版发行	东南大学出版社
出 版 人	白云飞
社　　　址	南京市四牌楼 2 号(邮编:210096　电话:025 - 83793330)
网　　　址	http://www.seupress.com
电子邮箱	press@seupress.com
经　　　销	全国各地新华书店
印　　　刷	广东虎彩云印刷有限公司
开　　　本	787 mm×1092 mm　1/16
印　　　张	21.75
字　　　数	509 千字
版 印 次	2023 年 12 月第 1 版第 1 次印刷
书　　　号	ISBN　978-7-5766-0549-5
定　　　价	79.00 元

本社图书若有印装质量问题,请直接与营销部联系,电话:025-83791830。

前　言

本书是拙著《清初尺牍选本研究》的后续研究成果，主要以明末清初尺牍选本为蓝本，开展两个方面的研究：一是文献价值研究。清初尺牍选本有"存文"之功，收录了不少士人散佚的尺牍文献，本书对部分重点作家作品进行仔细梳理，对照明清各种文献进行辑佚，并初步考证。清初尺牍选本是一座蕴含丰富的矿山，本书所涉及的内容肯定也只是矿藏之一角，因此以"举隅"的方式进行。其巨大而丰厚的文献价值，尚需不断持续深入的挖掘和研究。二是文学价值研究。晚明小品的风骨在清初尺牍选本中都有所体现，但毕竟世易时移，经过鼎革之乱后，清初士人的生活态度、处世方式、思想情境、人生价值等观念都发生了很大的变化。清初尺牍选家的审美观念不是无本之木，而是根植于清初士人集体意识基础之上的，他们对于尺牍的思想内涵、美学特征的审视视角自然不同于晚明。尺牍写"心"，清初尺牍选本中的尺牍来源于晚明直至清初，但其展现之"心"，却是清初士人之"心"，其中主流思想内容与晚明小品有显著不同。本书重在探讨其中蕴含的士人心态、风格流派、文学理论及女性尺牍等。

明代，尤其是晚明，士人对于尺牍文体的看法发生了根本性的转变。晚明以来的文学思潮似乎也解放了"尺牍"这一形式，在应用性与文艺性上，晚明士人更为重视后者，并普遍将尺牍视为小品文的一种，认知与写作态度和以往相比发生了颠覆性的转变。其表现有二：一是实现了尺牍创作由"为人"到"为己"的转变。在强调尺牍的应用功能时，尺牍写作有明确的写作对象，虽然也可以在尺牍中自述心志，字里行间也能反映自己的才情与文思，但主观上潜在的写作对象总是他人，并不考虑自己的审美需求。到了晚明，在尺牍的文艺属性开发出来后，尺牍的审美对象已发生了悄然变化：尺牍在创作时开始注重自我情感与思想的表达，多了一层的审美对象——自我，尺牍完成后先满足作者自我的审美需求，自我的需求满足之后才是他人的接受。因此，尺牍作者在创作时开始考虑尺牍的审美趣味，尺牍创作开始雅化。二是尺牍创作由"为己"到"为大众"的转变。尺牍作者为满足自我的审美需求，会倾注心血，自觉地将自己的创作理念、风格追求、性情志趣等灌输于尺牍创作之中，这在无形中提高了尺牍的艺术水准。好的尺牍作品与好的诗文作品具有相同的审美价值，人们自然会将之与诗文同等对待。好的艺术品不止是娱己的，还要考虑它的"娱众"以及传世问题。于是"晚明文人，尤其是'小品'作家，便往往喜欢利用尺牍创作，其书写的对象似乎已经不限于受信人，而是希望他日编辑行世，犹如诗、词、歌、赋一样，供大家欣赏的"①。

在尺牍的文艺观念扭转之后，晚明的尺牍小品创作开始进入质高量多的高峰时期。其表现形式有三：一是尺牍的大量创作。晚明交游风气极盛，带动了尺牍创作的旺盛，尺牍往往是文人的另一张名片，自然须精心为之。于是，士人在创作尺牍授予他人的同时，也以得到名人尺牍为荣、为尚。晚明时袁宏道、屠隆、王穉登、徐渭、王思任等名家的尺牍名气很响，文人若能得一二往往视若珍宝，以之示人是自高身份的另一种隐性方式。于是尺牍与第三方的交换与交流得以实现。二是晚明士人开始重视自己尺牍的保存与整理工作。尺牍开始被大量收入士人文集，在文集下专附尺牍、书札或别集之类。三是尺牍选本甚至注本开始出现。已有苏黄尺牍选本在先作垂范，再由于名人尺牍受到热烈的欢迎，加之晚明刊印出版行业发达，不少人在其中发现了商机，于是关于明人的尺牍专人选本和综合选本开始陆续出现。据陈鸿麒先生在《晚明尺牍文学与尺牍小品》一书中考证，晚明尺牍小品选本有 20 种之多。这种尺牍编选的热潮至清初发展至巅峰。

清初李渔于顺治十七年(1660)辑《尺牍初征》，他明确说明了编选动机："三十年间，兵燹以来，金石鸿编，遗弃殆尽，而况名贤手迹耶？仆广为搜猎，淹久岁月，仅有是编，颜曰初征。"表明意在"存人""存文"。这样的编选理念基本为后来的尺牍选本所继承，其中，周亮工的《尺牍新钞》的出现，承前启后，影响力最大。在这两部尺牍选本的带动下，尺牍编选出版的热潮迅速形成。从顺治末到康熙间较短时期内，相继出现了十余种尺牍选本，分别为：李渔的《尺牍初征》与《古今尺牍大全》；周亮工的《尺牍新钞》《藏弃集》《结邻集》；汪淇、徐士俊等人的《分类尺牍新语》《分类尺牍新语二编》《分类尺牍新语广编》；陈枚的《写心集》与《写心二集》；黄容、王维翰的《尺牍兰言》；张潮的《尺牍友声》与《尺牍偶存》；王元勋、程化骐的《名人尺牍小品》。这十余种尺牍选本，收录的尺牍主要以明末清初士人尺牍为主，反映了明末清初士人的心声，也表现出明末清初尺牍小品的创作动态。由于许多尺牍选本中的尺牍是在明末清初动荡的社会形态中收集起来的，多因思想犯禁，曾在清初遭禁毁，因而现今存量极少，往往散见于国内外多家图书馆珍稀古籍部，因而其文献与文学价值研究就显得十分重要。

本书是扬州市职业大学哲学社会科学科研创新团队成果之一，幸获扬州市社会科学界联合会的重大出版项目经费资助。在此，对关心本课题研究的领导与同事表示衷心的感谢！在搜集资料过程，本人得到了诸多老师、前辈、同学、朋友的指导和相助，在此表示衷心的谢意！在研究过程中，承蒙恩师黄强教授以及扬州大学文学院一众师友的悉心指教，在这里对他们也一一致以敬谢之忱。

赧颜付梓，自知才浅识薄，为学粗疏，文中错误与疏漏之处在所难免，恳请方家多多指正！

二〇二三年七月十八日
于扬州大虹桥路虹桥坊寓所

---

① 陈少棠.晚明小品论析[M].香港:波文书局,1981:31.

目　录

晚明以来的尺牍创作与尺牍选本

一、晚明以来的尺牍创作演变

晚明个性思潮兴起，随之带来文学思想的大解放，传统"文以载道"的文学观念不再能够束缚晚明士人的思想，推崇个性，形式自由，能够随意抒发自己情志，随心而发、任性而谈的小品文大行其道，一时之间名家辈出、流派纷呈，文人俱以小品为竞，涌现出汤若士、袁宏道、李长蘅、王思任、陈继儒等小品名家，出现了公安派、竟陵派等小品流派。人们对小品文的"任情"的思想予以认同，一些大家甚至以"小品"命名自己的文集，如《晚香堂小品》（陈继儒）、《文饭小品》（王思任）、《涌幢小品》（朱国祯）、《煮泉小品》（田艺蘅）、《闲情小品》（华淑）等等。晚明小品的内容在摆脱"载道""贯道"思想束缚后，也出现了前所未有的自由，宣扬个性、尚情重趣，清言清赏、山水园林、游记、游戏、戏谑、香艳等内容都是小品所表现的范围。明代前中期的散文总是困于复古主义的思潮，小品文并未有太大的市场，但到了晚明，小品文俨然有一统天下之势，成为文坛创作的主流。

> 正、嘉以上，淳朴未漓，犹颇存宋、元说部遗意。隆、万以后，运趋末造，风气日偷。道学侈称卓老，务讲禅宗；山人竞述眉公，矫言幽尚。或清谈诞放，学晋宋而不成；或绮语浮华，沿齐梁而加甚。著书既易，人竞操觚。小品日增，卮言叠煽。①

清初文人虽然对明代小品创作的兴盛情况颇有微词，但隆庆、万历以后小品文大肆兴起却是不争的事实。并且"明人'小品'的出现，始于嘉靖

---

① 永瑢，纪昀. 四库全书总目提要：卷132[M]. 北京：中华书局，1965：3377.

末年,而大盛于万历、崇祯年间,其流风余韵至清初尚存"①。

晚明"小品文"的形式是极其自由的。陈少棠《晚明小品论析》在第三章中分析了晚明小品的类别,总体上分为7种:游记、序跋、尺牍、日记、杂记、传记、论说。吴承学在《晚明小品研究》中称:"到了晚明,小品文已成为中国古代文学文体王国中最为自由的'公民'。"②在第九章中,吴承学将"尺牍随笔"单列一章作为研究对象。赵伯陶《明清小品》中在探讨明清小品文的形式时提到,除"清言"外,主要有"杂记文""序跋文""书牍文"三大类别。由上可知,尺牍小品是晚明小品文中最重要的类别之一,在晚明小品中已占据重要地位。

"尺牍"本身属于应用文,明人之前,一般都不将之归入文学创作范畴。刘勰《文心雕龙·书记第二十五》云:

> 三代政暇,文翰颇疏。春秋聘繁,书介弥盛。绕朝赠士会以策,子家与赵宣以书,巫臣之遗子反,子产之谏范宣,详观四书,辞若对面。又子服敬叔进吊书于滕君,固知行人掣辞,多被翰墨矣。及七国献书,诡丽辐辏;汉来笔札,辞气纷纭。观史迁之《报任安》,东方之《谒公孙》,杨恽之《酬会宗》,子云之《答刘歆》,志气槃桓,各含殊采;并杼轴乎尺素,抑扬乎寸心。逮后汉书记,则崔瑗尤善。魏之元瑜,号称翩翩;文举属章,半简必录;休琏好事,留意词翰,抑其次也。嵇康《绝交》,实志高而文伟矣;赵至叙离,乃少年之激切也。至如陈遵占辞,百封各意;祢衡代书,亲疏得宜:斯又尺牍之偏才也。③

其中提到了魏晋之前的一些尺牍名作,如司马迁《报任安书》、东方朔《谒公孙弘书》、扬雄《答刘歆书》、嵇康《与山巨源绝交书》等,还提到了一些尺牍名家,给予他们较高的评价。但总体上刘勰对于"书记"文体的认识还是强调其应用性:

> 夫书记广大,衣被事体,笔札杂名,古今多品。是以总领黎庶,则有谱籍簿录;医历星筮,则有方术占式;申宪述兵,则有律令法制;朝市征信,则有符契券疏;百官询事,则有关刺解牒;万民达志,则有状列辞谚:并述理于心,著言于翰,虽艺文之末品,而政事之先务也。④

认为"书记"在现实生活中应用广泛,所谓"衣被事体,笔札杂名,古今多品",各种谱籍簿录、方术占式、律令法制、符契券疏、关刺解牒、状列辞谚等都属于"书记"文种系列。他对"书记"的认识极为宽泛,将作为公文使用的文牍与人们日常所用的私函混同于一处,又重点强调"书记"的日常应用性,因此对其评价虽然整体上重要,属于"政事之先务",但在文艺性上却是"艺文之末品"。当然,我们不能脱离时代看问题。在刘勰的时代,尺牍在社会生活中虽然

---

① 陈少棠. 晚明小品论析[M]. 香港:波文书局,1981:1.
② 吴承学. 晚明小品研究[M]. 南京:江苏古籍出版社,1998:421.
③④ [梁]刘勰. 文心雕龙[M]. 范文澜,注. 北京:人民文学出版社,1962:455-457.

应用广泛,但文人对其认识大多停留于应用层面,虽然一些优秀的尺牍也欣然可读,但在整体上,魏晋时期仍认为"书记"属于政事(公文)范畴,属于日常生活文字的应用,与曹丕所认为"盖文章经国之大业,不朽之盛事"有着本质的区别,因此,尺牍自然不入时人眼,不归入"文章"范畴。这种观念一直延续到唐朝。

唐朝因干谒之风盛行,故文人写了大量的干谒尺牍,但对尺牍的观念并未发生重大改变,仍旧视之为日常应用文范畴,视为小道、末技,最直接的证明是唐人对于散文与尺牍在创作态度与动机上的巨大差异。唐人为文时,承袭前人对文章之道的看法,不仅顾及文章创作对自己思想感情的表达,还要考虑到文章对当时社会及后世的影响,因此写作态度极为慎重,极为重视文章的章法技巧。而对于尺牍,唐人尽管也给予前所未有的重视,但是动机却并非出于尺牍的文艺属性,而是出于尺牍的社会功用——干谒。因干谒尺牍的创作关系到自己的前程,故在写作态度上不得不重视,这也使得唐代尺牍创作的水准高于前代。但在文与牍的认识上,唐人的看法却是泾渭分明的。古文运动兴起之后,韩柳一派直接将文章抬高到"载道""明道"的崇高地位,但对于自己所作的尺牍却极少重视。他们认为尺牍与载道无关,因此对于尺牍写作的态度轻蔑,自然也不重视自己所作尺牍的收集、整理工作。具有讽刺意味的是,韩愈、柳宗元许多重要文艺思想的表达与传播,却是通过他们的尺牍完成的。总体上,唐代之前,因为文章的"重要性",文人对文章的写作、收集与整理工作都极为重视,而对于尺牍,并不将之视为文章一种,因此,写作态度较为随意,也不重视其文艺性,除却一些重要的尺牍名篇(对于这些名篇,人们将之从尺牍中脱离出来,认为它们是尺牍包装的"文",而并非传统意义上的尺牍),一般并不会将之收入自己的文集,这也导致唐前文人尺牍作品的大量散失。

至宋代,人们对于尺牍有了明显区别于前代的看法,公文与私函有了明确的区别,开始重视尺牍的文艺性,最重要的表征便是宋人开始将尺牍收入自己的文集。

> 古人尺牍不入本集,李汉编《昌黎集》,刘禹锡编《河东集》,俱无之。自欧苏黄吕,以及方秋崖、卢柳南、赵清旷,始有专本。[①]

宋人之中,欧阳修、苏轼、黄庭坚等人才情横溢,谈笑戏谑皆成文章,他们笔下的尺牍别开生面,生动活泼,渐至引起人们关注,启发了人们对于尺牍文体的重视,改变了人们对于尺牍功用的传统看法。

到了明代,尤其是晚明,文人对于尺牍文体的看法发生了根本性的转变,而晚明的文学思潮似乎也解放了"尺牍"这一形式,在应用性与文艺性上,晚明文人更为重视后者,并普遍将尺牍视为小品文的一种,认知与写作态度与以往相比发生了颠覆性的转变。究其原因,主要有两点:一是宋人尺牍,尤其是苏黄尺牍的影响。在文化精神上,宋代士大夫所追求的雅

---

① [清]桂馥.颜氏家藏尺牍:跋[Z]//潘仕成.海山仙馆丛书56种.北京:北京大学图书馆,清道光咸丰间刻本.

化的生活方式与晚明文人的生活追求在精神上是相通的。情趣化、雅致化是小品文的本质特征,而其渊源不能不追溯到苏黄尺牍。苏黄尺牍随意而谈,随心生发,自由无拘束的尺牍创作方式极大地影响了明人,晚明大家陈继儒评:"苏黄之妙,最妙于题跋,其次是尺牍,其次词。"①题跋、尺牍都是晚明小品文的种类,陈继儒将之置于苏黄词作之上,实际全是从小品文创作的角度去审视的。二是尺牍的属性与晚明小品精神暗合。刘勰阐释"书"体时云:"大舜云:'书用识哉!'所以记时事也。盖圣贤言辞,总为之书,书之为体,主言者也。扬雄曰:'言,心声也;书,心画也。声画形,君子小人见矣。'故书者,舒也。舒布其言,陈之简牍,取象于夬,贵在明决而已。"②尺牍因具有私函属性,因此写作时往往无拘无束,纵情任性,直抒胸臆,观者可以识其性情,明君子与小人之辨。无论是披露思想还是激情倾诉,尺牍自由、简单而又直接,是所谓"心声""心画"的直接披露。赵树功在《中国尺牍文学史》中谈及尺牍的文体属性时说:"尺牍作为文学品种之一,可资审美的显著特征有三个:一是真;二是自由;三是朦胧美。"③无论是"真"还是"自由",都与反映晚明个性思潮的小品精神相通。也正由于此,尺牍具有成为崇尚自由、明心见性精神旨归下晚明小品文形式的天然优势条件,尺牍小品成为晚明小品文的主流形式之一也自然不过。

随着文学观念的关键性转变,晚明士人对于尺牍的文艺属性与用途认知发生了巨大变化,尺牍创作的理念某种程度上实现了由"为人"创作到"为己"创作的根本性转变,这使得尺牍成为表现自身思想与情志的工具,成为表白自身精神境界与文艺水准的一张名片。加之,明代中后期交游之风大为盛行,无形之中也更加突出了尺牍在人际交往之中的重要性,是以晚明士人愿意为尺牍的创作付出前人所未有的精力与心血,尺牍小品开始大行其道,士人也大都将自己的尺牍作品收入自己的文集。不仅如此,个人的尺牍专集也开始涌现,张居正的《张文忠公书牍》、归有光的《震川尺牍》、汤显祖的《玉茗堂尺牍》、袁宏道的《袁中郎尺牍》等便是其中的典型代表。

二、晚明的尺牍选本

明代印刷技术的成熟与商业经济的发展带来了巨大的书籍坊刻市场,明代胡应麟《少室山房笔丛》记录了当时全国书籍刻印的地理分布情形:

> 今海内书凡聚之地有四:燕市也,金陵也,阊阖也,临安也。闽楚滇黔则余间得其梓,秦晋川洛则余时友其人。旁谘阅历,大概非四方比矣。两都吴越皆余足迹所历,其贾人世业者,往往识其姓名,聊纪梗概于后。
>
> …………
>
> 越中刻本亦稀,而其地适东南之会,文献之衷,三吴七闽,典籍萃焉。诸贾多武

① [明]陈继儒.苏黄题跋小序[M]//黄嘉惠.苏黄题跋.南京:南京大学图书馆影印本,1928.
② [梁]刘勰.文心雕龙[M].范文澜,注.北京:人民文学出版社,1962:455.
③ 赵树功.中国尺牍文学史[M].石家庄:河北人民出版社,1999:23.

林龙丘,巧于垄断,每睊故家有储蓄,而子姓不才者,以术钩致,或就其家猎取之,楚、蜀、交、广,便道所携,间得新异。关、洛、燕、秦,仕宦橐装所挟,往往寄鬻市中。省试之岁,甚可观也。

吴会、金陵擅名文献,刻本至多,巨帙类书咸会萃焉。海内商贾所资,二方十七,闽中十三,燕、越弗与也。然自本方所梓外,他省至者绝寡。虽连楹丽栋,搜其奇秘,百不二三,盖书之所出而非所聚也。至荐绅博雅、胜士韵流,好古之称藉藉海内,其藏蓄当甲诸方矣。①

根据其记录,书籍刻印尤其以江南地区最为兴盛,不少书坊、刻印机构都是世代经营此业。

随着书籍市场的兴盛,从事书籍刻印、编选的人员的身份也有了变化,许多士人开始经营此道,成为新时期的书商。其实在明代早先时期,士人与商人合作参与书籍的发行便已经是常态,如李贽评点的小说导致书籍热销,甚或后来出现许多冒牌之作。事实上,明代很多士人在士、商的身份上很难做到泾渭分明,亦儒亦商甚至弃儒从商的人很多。"明清变迁时期一个非常具有意义的社会转变就是'士'与'商'的关系。约在16世纪开始,就流行一种'弃儒就贾'的趋势,而且渐渐地这种风气愈来愈明显。……这里有两个暂时的理由也许可以解释这种史无前例的社会现象。第一是中国的人口自明初到18世纪增加了好几倍,而举人、进士的名额却未相应增加,因此科举考试的竞争愈来愈激烈。另外一个方面,自16世纪以后商业与城市化的发展对许多士子也构成很大的诱惑。"②由士人转化为商人最为常见的就是书商,冯梦龙、凌濛初等人即是。与之相应的是,许多文人有着将自己著作出版发行、流传后世的实际需求。士人参与书籍的发行、士人自身的审美需求以及著述发行需求极大地刺激了书籍市场,提高了书籍的产量和质量。蓬勃的市场需求使得参与书籍发行的士人越来越多,市场上的书籍分类开始细化。至晚明时,明人已经无书不出,市场上的书籍种类已经覆盖生活的各个层面。

在晚明,尺牍小品大行其道,是最流行的小品文形式之一,也是书籍发行中前所未有受重视的领域之一。一方面,文人尺牍创作兴盛,有着极大的市场需求和逐利空间;另一方面,展示自己和名人交往的尺牍,也是士人彰显自己声名、表白自己"心声"的最佳方式之一,士人在将自己精心创作的尺牍授予他人的同时,也往往以得到名人尺牍为尚,如晚明时袁宏道、屠隆、王穉登、徐渭、王思任等名家的尺牍名气很响,士人往往视若珍宝,得之一二即为幸,以之示人是宣示身份的一种隐性方式。这中间无疑有着巨大的市场需求,自然也难逃广大士人和众多书商的法眼。于是,在明末各种文学选本大肆流行的时代潮流中,尺牍选本开始出现并逐渐流行起来。

最早在明代流行开来的是宋人苏轼、黄庭坚的尺牍选本:"梁昭明撰《文选》,书、表、笺、

①　[明]胡应麟.经籍会通外四种[M].北京:燕山出版社,1999:48-49.
②　余英时.余英时文集.第3卷.儒家伦理与商人精神[M].桂林:广西师范大学出版社,2004:155-156.

启之外,别无尺牍。宋初《文苑英华》,无体不备,亦无尺牍之目。近代乃或以此名家,东坡、山谷往来酬答之札,好事者掇拾缀集,名之曰《苏黄尺牍》,家挟一编,而莲幕之士尤好之。"①《苏黄尺牍》选本的出现虽然是"莲幕之士尤好之"(注:为幕府文书人员,他们爱好苏黄尺牍多因苏黄尺牍的新式写法,并以之为范本,并非全欣赏其文艺性),但"家挟一编"的情况极大地改变了人们对尺牍文体属性的看法。学术界主流都认为宋人尺牍,尤其是苏黄尺牍是晚明尺牍小品的先声,对晚明尺牍小品产生了重大影响。这种影响到杨慎《赤牍清裁》与王世贞《尺牍清裁》时,发生了本质变化。

首开明代尺牍小品编选风气的是杨慎的《赤牍清裁》,"赤牍"即"尺牍"。《赤牍清裁》共8卷,选材广泛,上至《左传》,下迄六朝,"所引用的书籍达50余种,包括类书如《初学记》《太平御览》《艺文类聚》《北堂书钞》《文苑英华》等,史书如《左传》《史记》《汉书》《后汉书》《三国志》等,笔记小说如《列女传》《西京杂记》《越绝书》《世说新语》《酉阳杂俎》等,书帖如《淳化阁帖》《法书要录》《戏鸿堂帖》等,此外还有《太玄经》《水经注》《高僧传》《弘明集》等"②,辑录了1 000余年间尺牍创作的精华。但六朝以前,文人主流都是将尺牍视为应用文作品而非文学作品,而且,六朝以前的尺牍也大都不具备苏黄小品或者明代小品的特征。杨慎《赤牍清裁》最重要的贡献就是在编选之外,还对所入选的尺牍作品进行了大幅度的剪裁。这种剪裁宗旨在于增加尺牍作品的文学性与可读性,从而达到去其繁杂无味、明其简明有趣的特征。经过剪裁之后,《赤牍清裁》中的作品,一方面在内容上"并不拘泥于宋明理学,而是儒、释、道兼收并蓄,其思想之异于当朝亦由此可见。所选书信或论政议军,或论学评人,或友朋酬答,或叙日常交游,或抒个人情趣,乃至家庭琐事,无所不包,几乎涉及社会生活的各个方面"③。另一方面在形式上多种多样,"所选书信,形式也是多样的。或议论,或叙事,或写景,或抒情,有单纯的应用文体式,也有纯文学书札"④。这便具有了晚明小品的特征。可以说,杨慎的《赤牍清裁》在体裁上开始将尺牍从诸多文体中独立出来,并更为注重尺牍简洁有趣的特点,代表了明代士人对尺牍小品的初始认知,既是对历史尺牍作品的一种总结,也是对当时士人尺牍作品开始流行的一种反思,在当时可谓是独树一帜的。

但杨慎的《赤牍清裁》是不完美的,一方面他并未彻底厘清尺牍的文学属性,另一方面他也并未涉及六朝至明朝当时的尺牍作品,未能将尺牍体裁彻底从诸多文体中独立出来。后起的王世贞有感于《赤牍清裁》的独到眼光与不足之处,继杨慎之后对之增订两次,补全了六朝以后的空缺,收入大量明人作品,最终将8卷本的《赤牍清裁》扩充为60卷本的《尺牍清裁》。"王世贞之弟王世懋更是明确将'尺牍'文体不同于传统'书'体的特点概括为'体简而用繁','体简'是对'尺牍'篇幅、体制的要求,'用繁'则是对'尺牍'实用功能的要求。正如孙淑芳所说,王世贞'将尺牍与书体的文体功能和表现方法作了区分辨析,而将尺牍慢慢导向

---

① [清]严虞惇. 名人尺牍小品题词[M]//王元勋,程化骙. 名人尺牍小品. 台北:商务印书馆,1973.

②③④ 邓元煊. 杨慎辑《赤牍清裁》叙论[J]. 青海民族学院学报,1991(12):103.

"文人化"或"俗用化"的文体性质'。王世贞以文坛领袖的身份提倡这种兼具文学性与实用性的新兴'尺牍'文体，对此后尺牍文学的发展产生了深远的影响。"①王世贞《尺牍清裁》对于当时流行的尺牍小品起到了正本清源的作用，王世贞也以文坛领袖之尊将当时文人的创作眼光转移到了尺牍这一文体上。一时之间，《尺牍清裁》大受欢迎，影响巨大，此后，尺牍的辑集出版便成为书籍发行市场上的一股热潮。

文人尺牍的兴起推进了尺牍的刊印发行，尺牍的刊印发行又反过来促进文人尺牍的兴起，再加上名人尺牍受到热烈欢迎，市场空间巨大，于是明代士人尺牍选本发行的热潮便持续不断地推升着，尺牍的专人选本和综合选本开始陆续出现。在刻本流行的基础上，甚或有人开始为之作注。有人搜集王穉登尺牍，选为《谋野集》，屠隆为之评注，曰：

> 夫讯起居，通情愫，匪尺牍何藉？尺牍亦难言矣！往哲不暇具数，余友王百谷……即居常与贤豪交，对札挥毫，靡不骚态中音。江阴郁文叔氏，汇集而寿之木，属名《谋野》，叙甚悉也。缙绅先生、章缝髦士辈，咸脍炙嗜之，业已传播矣。第其援事博，寓旨深，人多未易解。……因暇以拔其尤，订为四卷，择故实注其上……。将薄海共传之，宁独学士聚艳异哉？②

关于晚明的尺牍小品选本，据陈鸿麒在《晚明尺牍文学与尺牍小品》一文中考证，计有20种之多。这里罗列其名目与大致版本信息如下：③

> 王世贞：《尺牍清裁》，景印岫庐现藏罕传善本丛刊，台湾商务印书馆；
> 程大约：《国朝名公尺牍》，明万历四年徽郡滋兰堂刊本，台湾图书馆微卷；
> 屠隆：《国朝名公尺牍》，明万历刊本，台湾图书馆微卷；
> 屠隆：《历朝翰墨选注》，明万历二十四年唐廷仁世德堂刻本，收录于《四库全书存目丛书》；
> 项伯达：《国朝七名公尺牍》，明万历三十一年新安项氏刊本，台湾图书馆微卷；
> 凌迪知：《国朝名公翰藻》，明万历九年吴兴凌氏刊本，台湾图书馆微卷；
> 凌迪知：《国朝名公翰藻》，收录于《四库全书存目丛书》，无论庄严文化版，或齐鲁书社版皆有缺损；
> 徐宗夔：《国朝名公翰藻超奇》，明末绣谷唐廷仁校刊本，台湾图书馆微卷；
> 张敬：《沧溟先生尺牍》，收录于《和刻本汉籍文集》；
> 沈一贯：《弇州先生尺牍选》，收录于《和刻本汉籍文集》；
> 顾起元：《盛明七子尺牍》，(日)延享四年江户须原屋茂兵卫等刊本，收录于《和

---

① 沈从文.古刻鸿音：古代尺牍的梨枣源流[N].东方早报，2013-12-02(6).
② [明]屠隆.谋野集序[Z]//王穉登.谋野集.北京：北京大学图书馆，万历江阴郁氏玉树堂铅印本.
③ 陈鸿麒.晚明尺牍文学与尺牍小品[D].南投：暨南国际大学，2006：19-20.

刻本汉籍文集》；

沈佳胤：《瀚海》，明末徐含灵刻本，收录于《四库禁毁书丛刊》；

钟惺：《名人尺牍规范——如面谭》，国家图书馆藏本；

陈继儒：《补选捷用尺牍双鱼》，明末刊本，暨南国际大学微卷；

陈仁锡：《尺牍奇赏》，(日)贞享四年京都柳枝轩茨木多左卫门刊本，收录于《和刻本汉籍文集》；

张一中：《尺牍争奇》，明刻本，收录于《四库未收书辑刊》；

冯梦龙：《折梅笺》，收录于《冯梦龙全集》；

陆云龙：《翠娱阁行笈必携小札简》，明末刊本，国家图书馆藏本；

邓志谟：《丰韵情书》，收录于《明清善本小说丛刊》；

邓志谟：《新刻一札三奇》，收录于《明清善本小说丛刊》；

邓志谟：《新刻洒洒篇》，收录于《明清善本小说丛刊》。

三、清初尺牍选本的复兴及价值

晚明尺牍辑集出版的热潮到明末似乎戛然而止，直到清初，才厚积薄发，掀起了尺牍选本出版的新高潮。

明清易代之际，大量的士人创作于兵荒马乱之中散佚，及至清初社会形势渐至稳定，全国尤其是江南地区社会经济文化迅速恢复和发展，文学生态渐渐恢复，加上这一地区遗民氛围浓厚，商业发达，明末文人散佚文献的整理工作开始受到重视。但在清初遗民物质条件欠缺的情况下，首先受重视的是传统的诗、文等文学作品，士人创作的尺牍似乎又恢复了有明之先不受重视的地位。李渔最先注意到了这一情况，他曾发出感慨：

> 文章自鼎革以来，无论诗赋古文，新奇错出，即俾奇野史，亦复叠架盈车。惟尺
> 牍绝无新刻，四方流布，尽属陈言。夫诗赋古文、传奇野史，百人之中，作者不过一
> 二。尺牍一事，贵如天子亦有赐问之书，下及庶人，不无相通之札。①

李渔认为，相较于晚明尺牍选本辑集出版的热潮，明末以来尺牍作品创作之繁盛与整理收辑工作之冷落明显是矛盾的。作为精明的书商，对于明末散佚的士人尺牍作品，李渔首先发现了其有别于传统诗文创作的巨大文献价值：第一，作为一个时代广为流行的文体之一，尺牍作品本身具有巨大的"存文"功能；第二，尺牍小品是士人心声的直接体现，展现个人心性与才情，尤其是在动乱之中，多少士人死于非命，片纸无存，他们的尺牍作品的面世，有"存人"之用；第三，也是最为重要的一点，明末以来，士人尺牍的往来，直接反映了当时社会动荡的现实，反映了社会精英阶层——士人们的乱世抉择，具有直接的史料价值，有"存史"功用。

---

① ［清］李渔. 尺牍初征：凡例［Z］. 北京：中国科学院国家科学图书馆，清顺治十七年（1660）刻本：1.

李渔在他的首部尺牍选本《尺牍初征》所附录的《征尺牍启》中解释了他的编选动机:"三十年间,兵燹以来,金石鸿编,遗弃殆尽,而况名贤手迹耶?仆广为搜猎,淹久岁月,仅有是编,颜曰初征。"[①]这里表明他所征集的尺牍是"名贤手迹",是具备艺术、历史、人文价值的文稿。从《尺牍初征》所收文本的实际情况来看,从作者角度而言,主要登录的是明末清初鼎革前后士人们的交往尺牍;从内容角度而言,主要登录的是反映人文思想和社会生活的尺牍作品。对于李渔借编选存文、存人、存史的动机,作为当时文坛领袖之一的吴伟业是予以正面肯定的:"李子搜猎幽隐,付此剞劂。吾知时移世远以后,尚必有数百本流传民间。好事者宝而传之。大者载于史牒,小者存为隽永,或入松之注,或编孝标之录,则其为不刊之书亦可得而知者也。予嘉其意,因论次古今作者而述之于前。斯事虽细,而有关于风会者不浅,而因以见李子之功不可泯没也。故特表而出之。"[②]

李渔开明末清初尺牍编选之源,让士人的审美眼光重新转移到尺牍小品文体。然而,历史具有相似性,杨慎并未揭开明代尺牍小品的全部面纱,真正登堂入室、打开明代尺牍小品局面的是王世贞;清初李渔的《尺牍初征》类之于杨慎的《赤牍清裁》,真正将清初尺牍选本推向高潮的是周亮工及其《尺牍新钞》。陈圣宇在《周亮工〈尺牍新钞〉三选初探》一文中论证了《尺牍新钞》编选的具体动机:(1) 借尺牍选本以存人、存史;(2) 借尺牍编选和评点阐发政治和文学观念;(3) 借助尺牍汲取广泛的知识;(4) 射利亦是动机之一。这总体上类似于李渔《尺牍初征》,但真正让周亮工《尺牍新钞》在海内外形成巨大影响的主要有以下几个原因:(1) 周亮工在清初声望颇高,他多结交明遗民,有一时文坛领袖之望,士人皆以尺牍作品入选《尺牍新钞》为荣。(2)《尺牍新钞》的稿件主要来自周亮工及集于其身边的遗民群体,是遗民心声的集中性反映。《尺牍新钞》又出版于南京,是明代故都,尤其是清初江南遗民文化的核心要地,极易引起明遗民的共鸣,市场需求旺盛。(3)《尺牍新钞》独特的编纂方式使其极易传播。一方面,《尺牍新钞》出自周亮工家刻,短时间内迅速成书,直接面向市场;另一方面参与编选的人有数十人之多,稿件来源广泛,编者、入选者即是传播者和广告者。总之,《尺牍新钞》刊刻发行后,一时海内共赏,声誉卓著,求书者络绎不绝,士人对其续选翘首以盼。市场需求是如此之旺盛,声誉是如此之隆盛,以至于一时坊间盗版及伪作者甚多。周亮工在二选《藏弃集》刊印发行之时发表声明:"但前集《尺牍新钞》曾白坊间,许照鄙刻重梓,而一时好事者,用其十七杂以二三,图惑世目,殊觉不伦。……请与诸公约,是集出后,仍照原刻梓行可也。倘有更蹈前辙,仆固任之,恐有起而嗤诮者矣,诸公何乐为此?"[③]可以说,周亮工《尺牍新钞》的面世,直接带来了晚明以来尺牍选本出版的高潮。

在李渔《尺牍初征》与周亮工《尺牍新钞》的带动之下,晚明以来尤其是明末士人尺牍的价值迅速得到了社会的认可,受到书籍市场的欢迎。许多士人与书商也迅速发现其中的价

---

① [清]李渔.尺牍初征:征尺牍启[Z].北京:中国科学院国家科学图书馆,清顺治十七年(1660)刻本.

② [清]吴伟业.尺牍初征:序[Z]//[清]李渔.尺牍初征.北京:中国科学院国家科学图书馆,清顺治十七年(1660)刻本.

③ [清]周亮工.赖古堂尺牍新钞二选藏弃集[M].北京:国家图书馆藏清康熙刻本.

值与商机,兴起了清初各种尺牍选本在短时间内大量编选出版的高潮:李渔于顺治十七年辑《尺牍初征》,后续有《尺牍二征》《古今尺牍大全》;康熙元年周亮工编《尺牍新钞》,后又续二选《藏弆集》、三选《结邻集》,甚至有四选《牧靡集》;康熙六年有汪淇、徐士俊等编《分类尺牍新语》,次第又有《分类尺牍新语二编》《分类尺牍新语广编》;康熙十九年有陈枚《写心集》,后又有《写心二集》;康熙二十年有黄容、王维翰《尺牍兰言》;康熙四十六年有张潮《尺牍友声》《尺牍偶存》……共十余种,一时蔚为大观。清初的这些尺牍选本所收作品大多遵循"凡经梨枣,一字不登"(周亮工《尺牍新钞·选例》)的编选原则,各选本间所收录作品基本不重复。内容涵盖士人社会生活的各个方面,涉及作者、赠寄者、论及者达千余人。

不幸的是,清初的尺牍选本出版高潮"其兴也勃焉,其亡也忽焉"!在清代文网收严之后,由于一众选本多收有明人尺牍与遗民尺牍,作品思想多有犯禁者,因此不少选本遭到清统治者禁毁。为避免祸灾,不少选本也为选者及后人焚毁,如周亮工晚年便有自焚其书之举。这导致清初尺牍选本在当时盛行一时,成为一种独特的文学现象,但又很快没落,导致后世难见其全貌,不少选本已经不见其踪迹,如李渔的《尺牍二征》、周亮工《牧靡集》,不少沦为珍稀古籍,现今散见于全国各地图书馆。

幸运的是,清初尺牍选家从"存文""存人""存史"的角度出发编选的诸多尺牍选本毕竟达到了它们的目的,为后世留下诸多晚明以来尤其是明末清初的士人尺牍,这是一笔丰厚的文化遗产,具有巨大的文艺与文献价值。我们通过它们可以窥探明末清初的士人的文学生态、思想动态,还原当时的历史事实。最直接的是,我们可以据此研究明末清初以来的士人尺牍作品,探讨其艺术审美特征。

关于清初尺牍选本编选理念、传播过程与流行版本,具体可以参见拙著《清初尺牍选本研究》(东南大学出版社,2019 年 12 月出版)。本书以清初尺牍选本中的明清士人尺牍为主要研究对象,目的有二:一是展开初步的考证,展现其文献价值。主要通过对收藏的重要作家作品与后世流传下来的诸多明清士人文献进行分析与比对,展现清初尺牍选本所收藏的遗佚尺牍,再现其"存文"之功;二是以清初尺牍选本为蓝本,对其中收藏的尺牍小品展开较为全面的文学研究,探讨其中所蕴藏的文人心态、艺术特色与风格流派等等。

清初尺牍选本的文献价值（上）

　　李渔等尺牍选家发动朋友并通过各种途径在社会上广泛征集尺牍稿件，这使得他们收集到的尺牍来源丰富，形式纷呈，许多因贫困、早逝而无法刊刻自己书籍的士人因此得以名存后世，许多因疏失、禁毁等原因导致散佚的士人尺牍因此得以重现于世；在清初较短的时期内汇聚如此众多的士人尺牍，又可以使今人得以整体认识明末清初士人生活的情态，以及他们的精神面貌和心态变化。从这些角度说，清初尺牍选本的文献价值是极高的。

　　当然，清初尺牍选本的文献价值不止于"存人""存文"这样简单。描写社会现实生活内容的尺牍，可以佐证历史，是非常宝贵的第一手历史资料，具有极高的历史研究价值；反映清初士人学术思想动态的尺牍，体现晚明以来士人在哲学、伦理学等思想领域的认知变化过程，具有极高的思想研究价值。总体而言，清初尺牍选本对明末清初士人世界的展现是全方位的，文献价值是其本身蕴含的最为重要的研究价值之一。由于本书研究的主要范围是文学领域，因此本章探讨的文献价值主要也只涉及文学与文学活动层面。清初尺牍选本是一座蕴含丰富的矿山，它的巨大价值潜藏在地下，即使在文学领域也是如此，本章所探讨的内容肯定也只是矿藏之一角，因此以"举隅"的方式进行。其巨大而丰厚的文献价值，尚需不断持续深入的挖掘和研究。

第一节　《尺牍初征》《古今尺牍大全》文献价值举隅

一、《尺牍初征》

　　李渔于顺治十七年完成《尺牍初征》编选工作，其主要动机之一便在于搜集明末清初乱世之中的士人尺牍，达到存人、存文的目的，为此，李渔广收遗佚、多方求稿。因属于明末清初战乱之后的首部士人尺牍选本，其中收录的尺牍多有不见于文人文集或其他著述者，确实达到了存人与存文的目的。

《尺牍初征》卷首有吴伟业序文,兹录于下:

吴伟业《尺牍初征》序

　　古者非文词不为功春秋。若公孙侨、晏婴、叔向之□选也,战国波诡,无可观者,独仲□生飞矢聊城,词致斐叠。然□□所谓又乌□为天下士哉。汉武雄才,其赐严助、吾秋、寿王玺书,高迈绝俗,驱驾百□□。□帝之赐中宫,散漫无序。□□盛衰于兹可睹矣。若邴丞□□京兆,薛宣、朱博□移书下□,□□后世可及。然君房言语□下,孟公尺牍,人皆藏之,其□□蔑如也。东汉远不及前,魏风□初扇,文过其质。晋代徒尚玄□,江左竞为组织。唐宋以来,雅者间有,而俚鄙者如家人儿妇,子语于乎,此也足以见古今升降之大端矣。西蜀杨先生汇为一编,而琅琊有增辑之,此非艺苑之雄师而薄蹄之仅觏哉。李子笠翁以为习于耳目者数见不鲜,安知今人不胜于古,遂取近世贤公卿以及骚人名士之往来赠答,辑成一书,嗟乎其志亦苦矣。夫古之遗文,载于碑碣,藏于金石,不为不寿矣。然皆沦没于山崖墟莽之际,剥蚀于风霜水火之间,而况霏屑于寸管,尺帛标流于鱼笺雁足者,欲使之久于碑碣而存于金石,又可得乎? 自李子收猎幽隐,付此剞劂,吾知时移世远以后,尚必有数百本流传民间,好事者宝而传之,大者载于史牒,小者存为□永,或入松之之注,或编孝标之录,则其为不刊之书,亦可得而知者也。予嘉其意,因论次古今作者,而述之于前。斯事虽细,而有关与风会者不浅,而因以见李子之功,不可泯没也。故特表而出之。若欲私论衡为秘帐,则吾岂敢。①

序文中,吴伟业阐述了尺牍的发展流变过程、他对于尺牍以及尺牍选本的认知,是研究吴伟业尺牍文艺观的重要资料。但此序不见于吴伟业文集,今人搜集遗佚而成的吴伟业诗文集如1990年上海古籍出版社出版的《吴梅村全集》(李学颖集评标校)也未收此序。按序文后署名与时间情况:"顺治庚子中秋前五日梅村道人题于金阊舟次"②,应是吴伟业于顺治十七年中秋前五日作于苏州。此序亦有旁证:一是据《李渔年谱》,李渔确实于顺治十七年前往江苏太仓拜会吴伟业。二是李渔《一家言文集》中收有李渔《与吴梅村太史》一牍,其中云"揽胜名园,身去魂留着累日……过扰芳鲜,迄今尤芬齿颊。归装已束,刻日解维,所求元晏,知已脱稿,拜惠正在此时。至于尺牍新篇,尤望倾度倒箧"③。李渔在牍中表露的目的有二,一是向吴伟业索求尺牍稿件,二是向吴伟业索求"元晏",此"元晏"应即是指《尺牍初征》序文。几相印证,此序确属吴伟业所作无疑。至于何以不收入吴伟业文集,大致原因有二:一是吴伟业著述在清初遭到禁毁,许多文章未能得到保存;二是《尺牍初征》中收录的明末士人尺牍较多,其中内容多有违逆,因而也在禁毁之列。二者都遭禁毁,导致《尺牍初征》的吴伟业序不

①② ［清］李渔. 尺牍初征［M］//四库禁毁书丛刊:集部第153册. 北京:北京出版社,2000:500－502.

③ ［清］李渔. 一家言文集［M］//李渔全集. 单锦珩,点校. 杭州:浙江古籍出版社,1991:182.

见于后来之吴伟业文集。

《尺牍初征》卷十收有余怀尺牍10首①。余怀(1616—1696),字澹心,一字无怀,号曼翁、广霞,又号壶山外史、寒铁道人,晚年自号鬘持老人,江苏南京人,祖籍福建莆田。余怀一生著述丰富,尤以笔记《板桥杂记》闻名,是明末清初重要的遗民文人。但因各种原因,他的许多著述都没有能够刊刻流传,尤其是其文集无传。一般认为,只有周亮工《尺牍新钞》中载有其尺牍9通,可视作其文集《研山堂集》的一个重要佐证,也是其散文创作的少量传世之作。《尺牍初征》所载的余怀尺牍10封可谓是周亮工《尺牍新钞》之外的另一重要发现,也是研究余怀文艺思想与生平事迹的重要文献资料。姑录于下:

余怀《与姜如须》四首

其一

足下丙戌以前诗,未免钟谭习气。然学钟谭者有习气,骂钟谭者亦有习气,是以仆不学亦不骂也。大抵我辈为诗,须以古人之格律,行自己之性情,即供奉少陵,亦不可拾其牙慧,况余子乎?此所谓宁为鸡口,毋为牛后者也。北地济南二李,非不挺特苍茫,直是蹈袭太过,遂不能独有一代耳。足下勉之!海内知此者少,仆将扪舌不言矣。②

其二

承命属仆选足下诗,仆何敢任之,然非仆又何人敢选足下诗也。足下丙戌以前诗,一篇不足录。丁亥以后诗,如青霞白雪照耀江山,又如渐离击筑,荆卿和歌,悲感燕市,是何气韵之沉雄,而音节之浏亮也。仆与足下切劘今古,期于学问相长,为足下删其十之六,存其十之四,庶几披沙见金,不敢为朋友中之谐臣媚子,以负足下。足下其谓我为狂乎?后世谁相知定吾文,此甚言相知之难也。③

其三

昨即席赋诗,惟我两人各成八首,而诗文又最佳,旗鼓相当,轰轰大乐。诸子皆从壁上观,亦足以顾盼自雄也。林若抚虽老,而意气不衰,诗苦于押韵太多,若进心敛首,老气无敌。吴中原让此老,但毋奈其穷困何耳!仆每以酒浇之,辄至沉醉,然仆即还白门矣。足下多酿洞庭春,听其拍浮酒船中,必有数首好诗供我辈叹赏也。④

其四

吴门山水可爱,足下仿梁鸿之义,寄迹皋伯通庑下,仆亦效陆鲁望、张志和,往来烟蓑雨笠之间。吴中有两寓公、两狂生,大有气色。昨从邓尉归,一夜得诗三十首,自谓仿佛少陵秦州杂咏。举视足下,以为何如?关云长闻甘宁隔水语,惊曰:

---

① 此处尺牍的量词使用的是"首",从各文献来看,其量词还有用"封""通""则"的,在此加注,全书不再统一。
②③④ [清]李渔.尺牍初征[M]//四库禁毁书丛刊:集部第153册.北京:北京出版社,2000:668、669.

"此兴霸声也!"遂举军而退。足下将毋闻兴霸之声而阁笔耶?①

姜如须即姜垓(1614—1653),明末诗人,字如须,号仑石山人,给事中姜埰之弟,山东莱阳人。

首先,此四牍是佐证余怀与姜垓交往经历的重要资料。曲金燕《余怀与姜垓交游考》一文考证,余怀与姜垓的交往过程分"相识—深入交往—频繁往来"三个阶段,其中第三个阶段"频繁往来,朝夕相处。余、姜两人的频繁交往是在姜垓移居苏州以后,姜垓于丁亥年(1647)隐居苏州,闭门著书,不交宾客。庚寅年(1650)两人于虎丘意外重逢,欣喜之情溢于言表,这可以从余怀作于此年的《枫江酒船诗》中感受得到,这部诗集现仅存诗12首,其中有8首诗都是写给姜垓的"②。按照余怀第一、二牍中的时间看,丙戌(1646)指南明隆武二年、清顺治三年,丁亥(1647)指南明永历元年、清顺治四年。因此,余怀《与姜如须》四首应作于余怀晚年与姜如须交往的第三阶段,即顺治七年后余怀浪游吴中时期。第三牍中提到的"昨即席赋诗,惟我两人各成八首",这8首诗,应即是《枫江酒船诗》中余怀写给姜垓的8首诗歌。第四牍中提道:"昨从邓尉归,一夜得诗三十首,自谓仿佛少陵秦州杂咏。"当收于余怀诗集《七歌》之中,"《七歌》不分卷,清初写刻本,上海黄裳藏。'《七歌》也是《江山集》的一种。……大题是"效杜甫七歌在长洲县作",可以看作淡(澹)心的代表作。'黄裳先生抄于《金陵五记·后记》中③。

其次,此四牍反映了余怀重要的诗歌观念。对于明末以来的诗歌崇尚七子与竟陵的习气,余怀在第一牍中说道:"北地济南二李,非不挺特苍茫,直是蹈袭太过,遂不能独有一代耳。"可见他是反对七子派的拟古主张的;而对于竟陵诗歌,他在第一牍中说:"足下丙戌以前诗,未免钟谭习气。"第二牍中云:"足下丙戌以前诗,一篇不足录。丁亥以后诗,如青霞白雪照耀江山,又如渐离击筑,荆卿和歌,悲感燕市,是何气韵之沉雄,而音节之浏亮也。"可见,余怀对于姜垓"丙戌(1646)以前""丁亥(1647)以后"学习竟陵的诗歌是大加推崇的。但对竟陵诗歌"钟谭习气"的态度,余怀整体上仍然有所保留,他说自己"不学亦不骂也"。他所主张的是"……我辈为诗,须以古人之格律,行自己之性情,即供奉少陵,亦不可拾其牙慧"。因此,整体看来,余怀的诗歌推崇性情论,反对复古,但也不主张宗法竟陵,在诗歌美学风格上推崇杜甫,第四牍中,余怀提到自己仿效杜甫作诗也可作为旁证。至于余怀在第一牍中对于姜垓诗歌丙戌以前的"钟谭习气"语意有所保留,第二牍中又大加赞赏,其原因很可能不在于姜垓诗歌学习钟谭,而在于时代赋予姜垓诗歌风格与内容的特质变化。丙戌(1646)、丁亥(1647)俱发生在甲申之变后,姜垓亦是遗民,国破家亡必然给了姜垓内心极大的触动,社会的动荡必然给姜垓诗歌带来了新的内容,使得姜垓的诗歌风格产生了急剧的变化。因此,余怀认为姜垓"丙戌"以前的诗歌"一篇不足录",而对姜垓丁亥以后的诗歌大加推崇。余怀赞赏姜垓诗歌气韵沉雄,这正是杜甫诗歌的美学特质之一。姜垓诗歌风格的前后变化也说明了时代

① [清]李渔.尺牍初征[M]//四库禁毁书丛刊:集部第153册.北京:北京出版社,2000:669.
② 曲金燕.余怀与姜垓交游考[J].绍兴文理学院学报,2016,36(3):58.
③ 方宝川,陈旭东.余怀及其著述[J].福建师范大学学报(哲学社会科学版),2006(2):158.

动荡的因素是明末士人推崇杜甫诗歌的重要原因之一。姜垓的诗歌今多不见于世，余怀的这四封尺牍是考察姜垓诗歌的重要佐证资料。

余怀《与刘伯宗》

仆目中未见读书人，昨与足下谈，始知名下定无虚士。然议论与仆少不合者，以足下待古人恕，而仆待古人严耳！他不具论，即如仆所言王导不忠、阮籍不孝，乃确乎不易之论。而足下谓伤于太刻，仆终未敢以为然也。导、籍蹈乱臣贼子之实，而反博忠臣孝子之名，此其罪更浮于不忠不孝者。足下试取其本传细观之，当不以余言为河汉耳！秦淮水涨，小阁临流，噬肯过我，再与足下奋袖抵掌，上下古今也。①

此牍不知作于何时何地，但颇见余怀性情。纵观余怀一生，虽然心忧国是，但总体上洒脱不羁、纵情任性，颇有晚明士人作风。此牍中也颇见余怀性情，按牍中所言，余怀前一日与刘伯宗谈论王导、阮籍，意见有不合之处。言罢而归，直至第二日意仍未平，于是做此牍继续与刘伯宗争论，又恐言不尽意，刘伯宗未必服气，于是在牍中相邀："秦淮水涨，小阁临流，噬肯过我，再与足下奋袖抵掌，上下古今也。"读来可见余怀性格中纵意任情的一面。不过，余怀就王导、阮籍与刘伯宗的争论在明末清初也有特定的时代意义。余怀认为"王导不忠、阮籍不孝"，尤其是王导"蹈乱臣贼子之实，而反博忠臣孝子之名，此其罪更浮于不忠不孝者"，余怀如此执拗于王导的人格判定而与刘伯宗相争不让，其背后是明末清初士人所执念的忠孝节义亦即士人气节之争。余怀认为王导虽于晋有功，却纵容王敦叛乱，使得晋帝被架空，晋室衰亡，因而仍是乱臣贼子。明末清初的南明小王朝颇有晋室东渡的味道，马、阮之流也颇似王导兄弟，似有大功，亦有大过。余怀在明末参与复社活动，南明弘光政权时，余怀又遭到马士英、阮大铖的大肆迫害，被迫流亡。无论此牍是作于南明之时还是之后，他在牍中如此执念于王导的人格之争，无疑既是借古讽今，也是士人的气节之争，反映出晚明纵情任性的士人思想倾向开始向传统的儒家道德回归。

余怀《与龚孝升三牍》

其一

先生过岭诸诗，磊砢多节目，下手如截云断雪，濯濯稜稜，浸浸乎鲍谢矣！近人作三四首七言律诗，应酬山水，便刻成一笺，逢人特赠，半入皮光业苦海耳！愿先生刻此诗为饥人之食，俗人之药，使裙屐少年知诗之不可轻作如此，亦□□之一端也。②

其二

豪华二字，是前生夙孽，痛自剪除，不能断绝。往时游吴中，有豪士赠我千金，

---

①② ［清］李渔.尺牍初征［M］//四库禁毁书丛刊:集部第153册.北京:北京出版社,2000:669,670.

一日辄复散去,乃至囊无一钱。友人责我为豪华所误,将敛手以就酸涩,效守财虏所为,实不能也。萧惠开云:"人生不得行胸怀,虽百岁犹为夭耳。"仆与先生同享此福,同受此病。淡泊宁静,是百尺竿头,进一步语矣![①]

其三

契阔弥岁,伫结维劳,回忆青溪,恍如隔世。山阿桂树,空发淮南,斋阁芙蓉,长留冀北。是以文酒之社,遂尔寂寥。舫屐之游,每虚时日。自归京辇,已历炎凉。想餐卫适宜,寝兴多福。仆本愁人,命钟磨蝎,穷年偏揣,竭蹶吟坛。著为《古今诗品略》一书,上溯风骚,下迄昭代,靡不经纬条贯,黜陟攸明。格律声情,追讨俱尽。远掩记室,近压迪功。仰望明公助我刿剔,庶元规割俸,王隐成书,宇□□资子山勒集。伏惟调摄,自爱为佳。[②]

龚孝升即"江左三大家"之一的龚鼎孳。龚鼎孳(1615—1673)字孝升,号芝麓,安徽合肥人。此三牍既是余怀与龚鼎孳交往的重要佐证材料,也是反映余怀生活状况与文学创作的重要资料。其中,第一牍主要谈及的是余怀对龚鼎孳诗歌的评价。余怀对龚鼎孳"过岭诸诗"大加赞赏,此评价针对的应是龚鼎孳清初被贬谪广州之后所作的《岭南集》。龚鼎孳被贬之后,心态产生了很大的变化,《岭南集》之中多有仿效杜诗之作,多有忧国忧民的情怀。余怀称赞其"过岭诸诗,磊砢多节目,下手如截云断雪,濯濯稜稜,浸浸乎鲍谢矣!"可谓是慧眼识珠,也符合他推崇杜诗的理念。并且,他批判"近人作三四首七言律诗,应酬山水,便刻成一笺,逢人特赠,半入皮光业苦海耳!"他的这一批判针对的是时人诗歌缺乏人生历练,浅薄而不能深刻,尤其是热衷于应酬作诗的情况。第二牍之中,余怀重在展示自己性情,可见余怀生活中延续晚明士风的一面,追求生活的舒心适意,生活奢侈,用余怀自己的话说:"豪华二字,是前生凤擘,痛自剪除,不能断绝。"友人赠其千金,一日之间便散去。余怀在明末的生活是奢华高调的,不过入清以后便难以为继,加之他坚持遗民气节,不愿出仕,是以日渐困顿。其第三牍便反映了他生活的贫困境况。第三牍以骈体写成,牍中回忆了往昔壮游之盛,也描绘了目前之窘迫,自己所著书籍因无力刊刻而不得已求助于龚鼎孳。牍中提到的《古今诗品略》一书应是余怀对于古代以来诗歌的品论,是余怀系统性的诗歌理论阐述,不知道此牍之后龚鼎孳是否帮助其刊刻发行。不过在方宝川、陈旭东《余怀及其著述》一文中并没有注意到余怀的这一部著述,此书至今也未见于世。但通过此牍,可以确证余怀不仅用心于诗歌创作,在诗歌理论上也潜心追求,并在生前确实完成了系统性的诗歌理论著作。

余怀《与翁枫隐》

吴门一别,倏忽数年,云树之思,每萦梦寐。来此急欲图晤,苦以阴雨阻人,不

---

①② [清]李渔.尺牍初征[M]//四库禁毁书丛刊:集部第 153 册.北京:北京出版社,2000:670.

能再登龙门亲麈尾以为恨也。今仆又将归矣，不得不以一言通于阁下。贵房师十五年之苦心，惟在风雅一道，虽未能追踪供奉拾遗，其视历下琅琊，则夷然不屑也，可谓一时之杰。每揽易箦之遗言，辄泫然而流涕。今篇什徒存，不谋杀青，恐遂零落，沦于烟草。阁下有先师之义，仆有死友之情，正宜协力以图不朽。昔子云草玄，侯芭传颂，昌黎遗集，李汉成编，阁下其肯竟让古人乎？况卿墅先生移家吴郡，而奉世孤子，亦渐成人，阁下不忘息壤，仆愿执鞭从事，□门名山，直岁月闲事耳！①

此牍当作于余怀于顺治七年浪游吴中后再次游历吴中时期，当在顺治十年以后、顺治十七年之前。翁枫隐当是余怀首次游历吴中时期结交的朋友之一，余怀作此牍向之求助，乃是为自己之友、翁枫隐之师卿墅先生筹划刻印其诗歌遗稿。卿墅先生不知何许人，当是余怀旧友，明末清初为躲避战乱移家苏州。从此牍可以看出，此时的余怀生活已经不再宽裕，但依然有着一副热心肠。

余怀《与胡恒苍》

金沙虽僻小，然颇繁剧难治，以高才理之，自可迎刃而解也。黄山谷云，尺璧之荫，常以三分之一治公家，以其一为读书，以其一为棋酒，公私皆办矣。伏惟留神，毋以吏牍自苦。②

胡恒苍不知何许人。此牍只有存文之功，可见余怀尺牍的文艺价值，但对于其生平与交游状况不具参考价值。

《尺牍初征》卷一收有范景文《寄黄石斋》一牍。范景文(1587—1644)，字梦章，号思仁，别号质公，河北吴桥人，有《范文忠公文集》。范景文为万历四十一年进士，官至工部尚书兼东阁大学士，明末殉节而死。其《范文忠公文集》因犯禁缘故在清代流传较少，清光绪中河北人王灏辑同乡文献成《畿辅丛书》，将《范文忠公文集》收入其中。但此版本《范文忠公文集》中并无《寄黄石斋》一牍，姑将之录于下：

范景文《寄黄石斋》

翁兄去后，时事不可言矣。今日既非前日，恐明年又非复今年。此堂非燕雀可处，急欲图归，奈满朝皆互乡人，主上孤立无依，不忍恝然去国。明知伴食无补，然恐一旦有事，求一伴食者，亦不可得耳。言之潸然。③

此牍反映了范景文明亡前凄伤而又无奈的心态，是反映其忠贞气节的重要资料。黄石斋即黄道周，牍中提到"翁兄去后"，根据黄道周年谱，当指崇祯十四年、十五年间，黄道周被贬谪

① ② ③　［清］李渔.尺牍初征［M］//四库禁毁书丛刊:集部第153册.北京:北京出版社,2000:519,670.

离京之事,"是月(12月),谪戍辰阳""十五年壬午,先生五十有八。春二月,出京,将适楚"①。黄道周离京之时,明朝气运将尽,败亡局势已经十分明显。两年之后,崇祯皇帝自杀,明朝灭亡。据此,此牍当写于崇祯十五年之后,明亡之前。牍中,范景文语气凄凉,他已经意识到明王朝的灭亡已经势不可转,大厦将倾,"此堂非燕雀可处",虽有心归乡致仕,但又念及崇祯帝孤立无依。他以伴食为比喻,明知于事无补,但心下不忍离去。范景文此牍表现了明朝灭亡前忠于明室的官员心态,他们精神上处于巨大的痛苦之中,却又异常得清醒。联系到崇祯十七年,北京城破,黄道周因不在京师故归乡隐居,范景文以身殉国的事实,真是人生福祸难料,令人感慨,由此也更可见范景文气节之可贵。

《尺牍初征》卷二收谷应泰四牍,分别是《与李过庐兵宪》《与张依水》《与王汤谷按台》与《与友人》。谷应泰(1620—1690),字赓虞,别号霖苍,河北唐山人。谷应泰仕宦于清初,是清初著名的历史学家,他推崇纪事本末体,著有《明史纪事本末》八十卷,是清代重要的历史著作。《尺牍初征》中收录的他的尺牍尚未见于其他文献记载,主要是他在杭州任职期间所写。其中第四牍《与友人》尤为重要。

谷应泰《与友人》

韩吏部起衰八代,尚不敢言史,泰何人也,妄思论著哉!惟是幼年家学时,从过庭闻先君子绪论,朝夕札记,盈笥满簏。然僻处渔阳,闻见未扩也。及对策帝廷,睹皇居之壮丽,视庾彭城,观刘项之遗迹,意气感发,有志名山。繇是日赍油素,劳心铅椠。洎乎承乏浙省,登赤城,探禹穴,反所谓宛委之藏,灵威之秘,稍稍窥见。彼土复多博雅君子,放佚旧闻,悉能网罗。时时进为扬,启益不少。妄不自揣,捃拾成帙,虽不敢云长袖善舞,亦庶几集千腋以为裘矣。闻古来国史,俱以野史为先资,袁宏、荀悦、班范所不废,区区私□,□有愿此。语云:"簸之扬之,糠粃在前。"兰台石室之间,其亦有糠粃我者乎?非所敢料也!唯得一代著作如门下者,肯以泰为圣鼻而斥削之。幸甚!藉甚!②

谷应泰此牍重要之处在于交代了《明史纪事本末》创作动机形成、创作乃至完成的过程,是我们今天研究谷应泰生平与《明史纪事本末》创作过程最为宝贵的第一手文献资料。按牍中所言,谷应泰有志于史学乃出自家学渊源,待到清初仕宦后,到处游历,视野进一步拓宽,尤其是游历彭城刘项故迹之后,意气感发,有志于著述,开始收集资料。谷应泰于顺治十三年任浙江提学,在浙江任职期间,谷应泰具有了完成《明史纪事本末》的重要条件。按谷应泰所言,首先是清初杭州受战火影响较小,民间藏书丰富,"宛委之藏,灵威之秘,稍稍窥见"。其次是杭州一带,士人尤其是前明遗民多聚居于此,这给他收集前朝旧闻与文献资料带来了便利条件,"彼土复多博雅君子,放佚旧闻,悉能网罗"。不仅如此,这些清初聚集于杭州的士人

---

① [清]洪思.黄道周年谱[M].侯真平,娄曾全,校点.福州:福建人民出版社,1999:74.

② [清]李渔.尺牍初征[M]//四库禁毁书丛刊.集部第153册.北京:北京出版社,2000:536.

还能给谷应泰提供重要的修史意见，"时时进为扬，启益不少"，这极大地加快了谷应泰《明史纪事本末》的完成过程。《明史纪事本末》最早的筑益堂本成书于顺治十五年，距离谷应泰任职杭州仅两年时间，可以说，除却前期的准备工作之外，在清初文人荟萃的杭州城的仕宦经历是谷应泰完成《明史纪事本末》最重要的时期。《明史纪事本末》并非谷应泰一人完成，其中混有不少当时居处在杭州一带文人的著作或收藏，由此牍也可以得到最好的印证。

《尺牍初征》收有不少胡介的尺牍。胡介（1616—1664），原名士登，入清后改名为介，字彦远，号旅堂，浙江钱塘人。胡介少年成名，成年后与吴伟业、龚鼎孳、周亮工、曹溶等名士俱有交往，名重一时。入清后，胡介坚守气节，保持遗民身份，不愿参加科举，因此生活贫困，人生多在漂泊中度过，最终因贫病交加死于杭州。胡介生前未曾将自己的著述整理成集，在其亡后由海盐陆嘉淑、山阳丘象随、钱塘冯景等搜其遗佚诗文，整理成《旅堂诗文集》，仅得二卷。今见于《四库未收书辑刊》第7辑第20册。《尺牍初征》中所收胡介尺牍有7则不见于《旅堂诗文集》，是胡介散佚在集外的文字，也是研究胡介生平与思想的重要资料。

胡介《与陈平远》

弟坐处檐压如山，屋深如巷，三面围墙，摩苍拂汉，如华岳三峰，卓立参昂，终日履地，无时藏天。蠢然饮食，寝处其中，笼鹅哉！圈猪哉！塞鸡哉！此宗人之狱，名高墙也。比日清风泛体，怆然如秋。越人曰："民生于地上，寓也。"其与几何？奈何其长为笼鹅鸡豕乎！闲月拟与声令入双径，兄能同之否？如以为远，则即冷泉、灵鹫之间佳耳。否则觅地于乌盆桥上下，人家池馆之可赁居者亦得，但得昂首一看天足矣！[①]

根据陆嘉淑《胡彦远传》，胡介年轻时曾远离城市喧嚣，居深山读书，"彦远独卜居城西之河渚去城四十里幽谷，僻阻城中，人迹罕至，绝酬应宾客。久之，江上兵起，则并谢诸生入城，僦居西北偏一亩田。以教授博修脯供静庵公（胡介父）"[②]。此后胡介数度出游，再未山居。因此，此牍当作于胡介年轻时山居读书之时。从牍中内容看，山居读书的居处条件是相当艰苦的，生活也相当枯燥。其时胡介年轻，难耐寂寞，因此作此牍约友偕游。陈平远，胡介在《尺牍初征》所收尺牍中数度提及，应是杭州人，胡介挚友，生平不详。胡介又怕陈平远嫌远不愿意，因此列出三处杭州风景名胜之地供其选择，其意在不容朋友拒绝，也可见胡介山居郁悒良久，急待抒发。

胡介《与龚孝升先辈》

比介以旧恙未复，杜门松下。偶爱闲寂，复返疏慵，绣经制药，遂过却一日。黄叶寺门，春花辇路，同一人间如两天地。因忆唐人"南宫歌舞北宫愁"、杨夫人"鸳鸯

① ［清］李渔.尺牍初征［M］//四库禁毁书丛刊：集部第153册.北京：北京出版社，2000：553.
② ［清］胡介.旅堂诗文集［M］//四库未收书辑刊：第7辑20册.北京：北京出版社，1997：694.

被冷雕鞍热""《阿房赋》一宫之内、一日之间而气候不齐"语,真慧心甘苦之言也。春风骀荡,吹面不寒,梦里客身,思心欲碎矣! 承许偏和群公诗赠行,此行跨鹤,赖此缠腰,望即挥毫,以慰羁寰。偶书旧词数章,并寄闲斋一粲,病中苦不能记忆,不能多书也。然读白门二集,水底新妆,空中香袂,又自伤憔悴矣![①]

龚孝升即龚鼎孳,清初贰臣,文章大家。胡介入清后数度出游,名声见重,受知于龚鼎孳。《尺牍初征》收有龚鼎孳尺牍,其中有四封便是写给胡介的,胡介此牍之外,另有三封与龚鼎孳书,由此可见二人关系之密切。李渔与胡介在杭州的生活应有交集,龚鼎孳与胡介四牍也极有可能是李渔得自胡介处。牍中提及黄叶寺,当为北京香山卧佛寺。乾隆间郑板桥游京时有诗"匹马径寻黄叶寺,雨晴稻熟早秋天",诗中黄叶寺即为卧佛寺。由此可证胡介出游曾至北京。按牍中所言"旧恙未复"与"绣经制药"等言语,可见胡介当时病于京城并制药自疗。又胡介提及:"承许偏和群公诗赠行,此行跨鹤,赖此缠腰,望即挥毫,以慰羁寰。"说明龚鼎孳此时获得升迁,即将外任离京,在京中的朋友作诗与其饯行,龚鼎孳应承和诗相赠,故胡介作此牍讨要。龚鼎孳一直在京为官,罢官后获任出京之事应是顺治十三年(1656)获任上林蕃育署署丞,并奉命出使广东,胡介此牍极有可能作于此时。胡介又云:"偶书旧词数章,并寄闲斋一粲,病中苦不能记忆,不能多书也。"可见胡介此时也将自己的词作寄赠龚鼎孳。此次二人文字交流之事《旅堂诗文集》中不见记录,详细考之《龚鼎孳全集》或有所得。

胡介《与妇》

旅人介再拜少君夫人妆阁。是日十月廿四日,舟次黄河之第八闸韩庄。记别少君四十有二日,为路一千五百里矣! 渐与故乡远,转与僮仆亲。南望旅园在碧天灭没之际,想见登楼望远行人亦在青山外也。家中自老父以下,各安善否? 少君与蕙哥无恙乎? 旅行无次,不得家园一信为恨。旅人以十月五日渡江为淮扬旧游,淹留十日。中间诗酒唱酬,旅况未恶,独恨至公路哭万大哥,其家已扶柩还东徐。比造隰西,已为异姓托处。诗云:"宛其死矣,他人入室。"正是此境。凄怆感恨,极难为怀也。是日遂登舟,明日入河,大抵月初可达临清矣。别来能专意向上一着否? 结褵以来,未尝有此远别。新诗寄看,可一一和之。[②]

据陆嘉淑《胡介传》,胡介妻为翁桓,字少君,钱塘人,明末官员翁汝遇之女,有诗集《秋水堂遗稿》。翁桓"未笄即爱彦远诗。适邑令王公为彦远求淑媛,纳币,竟为夫妇"[③]。此牍为胡介的旅行记述。万大哥即万寿祺(1603—1652),字年少,入清后衣僧服以示不愿仕清,改名慧寿,又名明志道人、寿道人、寿若、若若,世称年少先生,江苏徐州人,祖籍江西南昌,入清后长时间居处江苏淮安隰西草堂。万寿祺为明末清初文学家、书画家,与阎尔梅合成"徐州二遗

①② [清]李渔.尺牍初征[M]//四库禁毁书丛刊:集部第153册.北京:北京出版社,2000:553,554.
③ [清]胡介.旅堂诗文集[M]//四库未收书辑刊:第7辑20册.北京:北京出版社,1997:694.

民"。万寿祺亡于顺治九年五月三日,胡介此牍应作于顺治十年(胡介《与万道心》一牍言第二年前去吊唁)。从牍中可知,胡介此游九月初从杭州出发北上,于十月五日至扬州,滞留十日,并北上徐州祭奠万寿祺,终因万家搬家而不得见,再赶到淮安,万家旧居已属他人。此后胡介又继续北上,于十月二十四日至韩庄黄河闸,其后准备至山东临清。联系上牍,胡介此行的终点很可能是北京,以与龚鼎孳等会合。胡介此牍也透露出他们夫妇二人关系极为融洽,胡介在外经常赠寄书信及诗歌给翁桓,以进行诗歌唱和。可惜《秋水堂遗稿》今不存,否则可以参读《旅堂诗文集》。此外,就牍中内容推断,胡介有后代乳名"蕙哥",但据周亮工《藏弆集》中张贲孙《上龚、周两先生乞葬胡彦远书》:"今年夏,六月三日,钱塘处士胡介死。介年四十九,无子,老亲白发,抚尸而恸。"① 胡介亡于康熙三年(1664),当时并无子嗣,因此,蕙哥可能是其女,如是其子则应于顺治十年至康熙三年间夭亡。

胡介《与万道心》

　　介顿首。道心贤侄足下,仆自五月接足下所寄讣音,直使五内催裂。仆自束发受书,即伤朋友道丧,矢不妄交一人。戊子游淮阴,辱令先子,与朱张两先生鲍子之谊,遂许君房之言,各有心期,非时流诡随者也。今年辱令先子千里见访,留敝庐者弥月。联床深话,每每达旦。或至泣下,觉心理冥合,又有进焉。方期嗣后作伴行游,结茆阶隐,岂忆笑言如昨,遂永隔泉壤。此海内志士所其悲悼,而仆伤心之感,又没齿以之矣!讣到,即与平远、蕃仙为伉草堂哭之。其文书轴,寄陈灵车左右。仆之不能即诣隰西,已详于轴文,想令先子定能垂鉴于九原也。明岁自当躬唁顿首一哭,并欲一省足下辈动定。今他无所望,唯足下知持身择交,能杜门读父书,善继述先人平生之志,足矣!父执如祖命,伯玉公、狄师虞诸君子,定能古道相勖。及门之士,闻有程左车其人者,蕃仙颇称其志义,想定能冀足下相成也。为仆道意,临楮悲来,百不及一。②

万道心为万寿祺之子。此牍可与上牍参看。万寿祺亡于顺治九年五月三日,故胡介牍中言"仆自五月接足下所寄讣音"。又从"戊子游淮阴,辱令先子,与朱张两先生鲍子之谊,遂许君房之言,各有心期,非时流诡随者也"等可见,胡介与万寿祺定交于戊子年,戊子为顺治五年(1648),胡介当于是年游淮扬,至淮安结识万寿祺,并成为知己之交。又从"今年辱令先子千里见访,留敝庐者弥月"等言语可知,顺治九年初,万寿祺前往杭州与胡介相会,并在杭州胡介住处逗留一月之久方始归淮安,归后不久即病逝。胡介接到万年少讣告之后作讣文吊之,并说当时有所羁绊,当于第二年前去吊唁。故前牍《与妇》提及顺治十年九、十月间,胡介前往徐州、淮安隰西一带吊唁,由于万家搬家并未得见。从牍中嘱托言语可知,胡介与万家上下尤其万道心颇为熟识,直接以长辈身份叮嘱万道心其父亡后事宜。

①　[清]周亮工.藏弆集[M].张静庐,点校.上海:上海杂志社贝叶山房本,1936:309-310.
②　[清]李渔.尺牍初征[M]//四库禁毁书丛刊:集部第153册.北京:北京出版社,2000:668.

胡介《复法海长老》

晦公来,承书问勤恳,兼拜惠茗,知道人未忘夙昔也。感愧感愧！衲子从苕云来,每闻法海门庭孤峻,造履严密,深慰所怀。年来悬羊插标,排门塞市,先宗标格,扫地无余,识者心伤久矣。乃众盲群咻之日,法兄能断断持之,岂特不负大雄已哉！嗣今以往,愿益坚本。愿十年读书,十年行脚,然后徐应人天,严待开秆。一系九鼎,全提既坠,是则尘刹身心,全报佛恩之日也。介受法见痛棒,恩深义重,不敢为行路之言,伏唯深察。声谷老人已长往矣,我辈独承其平生□□□□想一慨然也！①

晦公应指晦山和尚,俗姓王名瀚,字原达,江苏太仓人,明遗民,明亡后出家为僧。此牍证明胡介与之有着直接交往。法海长老不知为谁。从牍中"年来悬羊插标,排门塞市"之语推测,此牍可能作于胡介回到杭州以卖药为生的时期,其时胡介贫病交困,从牍中内容看,胡介结识了很多佛门中人,飘然已有佛门之思。

胡介《复叶蕃仙》

自故人栖迟泗上,时形梦想。去冬辱手书远存,即报数行,不谓竟浮沉矣！今夏又接故人上巳书,并惠诗。读之反覆,情□□□,几于涕零。嗟乎！蕃仙,真当自爱,苦节如此,而才情□发,如经春之花,断无不见身当世,而寂寂同草木朽者也。独身世之际,曾不得比于菜佣,真不可解,然亦未必非造物相成之意。大率我辈守身之贞多,而发身之勇少。古来英雄成事者多得之忧患,激发志气沉毅中。我辈二三旧交,志节才情略相似,其失之散缓疏脱,可与学道,难与经务,亦略相似也。蕃仙念之。江南盗贼横行,米价倍当,仆局促牖下,情状可想。秋冬之交,拟重渡江,一看朱万。若泗上客未还,正好同为下邳游,一发壮怀耳。淮扬之交,前书甚详,恨未达。其中如年少,志节才情,真今世所无也,幸留晨夕。此外桐轩主人,肝胆洞然,与仆一见契重,亦不当以潮海之气而失元龙也。介白。②

叶蕃仙,生平不详,浙江绍兴人,胡介挚友之一。胡介于顺治五年结识万年少,此牍当作于此后,顺治九年之前。从牍中内容看,叶蕃仙当时出游淮泗间,于"上巳"日赠寄诗书给胡介,胡介因此作此牍答之。此牍是表现胡介清初思想的重要资料,他在牍中劝慰叶蕃仙之余,也倾吐了自己的衷肠。"大率我辈守身之贞多,而发身之勇少。"这既是胡介的心声,也是清初遗民的一种普遍心态,他们心中忠于亡明,愿意为之坚守气节,然而天下大势已定,"发身之勇"也即积极进行抗清之举的人并不多。所以胡介又说:"我辈二三旧交,志节才情略相似,其失之散缓疏脱,可与学道,难与经务。"

①② [清]李渔.尺牍初征[M]//四库禁毁书丛刊:集部第153册.北京:北京出版社,2000:554,555.

胡介《复钱苏门论玄学》

三教圣人之道，不出一心，但了一心，并无三教须弥芥子一勺恒河。止是愚夫愚妇本来体段，若认作圣用，便生伎俩之想。即变大地作黄金，搅长河为酥酪，亦蔡家丹砂狡狯变化耳。仆自总角善病，多阅羽流。下者吐纳，上者守尸，最上者，播弄精魂耳。识想不除，因缘流转，彼亦忍情割欲，穷年累月，究与秋草冬蝉，终归歇灭，岂不哀哉！比辱道兄见访，披襟深论，命宗之传，最为中正；性宗一路，恨犹未彻，然门头户口，已难相惑，从来玄学中所不易见也。加以绝无一累，富有春秋，顾盼间会相逢于鹤背上耳。弟南还，即当为兄留意，以报台委。此方根性浅薄，邪教盛行，非兄养道之地。兄久事玄学，不能改途，直趣向上，然知见亦不得坏也。坏则易入歧途耳。本无一物，何用合虚？不于心上生心，便知道不可道。仆之奉告，唯此而已！①

钱苏门，不知何许人。此牍为胡介与友人论玄学的尺牍，从"三教圣人之道，不出一心，但了一心，并无三教须弥芥子一勺恒河"话语判断，胡介在学术上是主张三教同源、三教合一的。

除却吴伟业、余怀等名人尺牍外，《尺牍初征》中还收录了不少明末士人的尺牍，这些士人或因战火，或因禁毁，或因散佚，其文学作品未能流传于后世，通过《尺牍初征》中的尺牍，我们今天也能见到他们精神面貌之一斑。如《尺牍初征》卷六收有朱高治尺牍六首、卷十一收有赵时揖尺牍九首，又收有叶永圻、叶永垓兄弟尺牍九首，其生平事迹与文艺创作情况俱不详，《尺牍初征》中的尺牍，是见证他们文学创作的重要文本，也是考证他们生平与交往活动的重要资料。

二、《古今尺牍大全》

《古今尺牍大全》亦作《古今尺牍偶存》，今上海图书馆藏有康熙二十七年抱青阁刻本。《古今尺牍大全》收录上古至明代尺牍 8 卷。对于宋明以前尺牍，李渔删节颇为严重，他独钟于明人尺牍，明人尺牍有 4 卷之多。因此，其中的文献价值也主要集中在明人尺牍部分。

明人尺牍中，不少名家尺牍未见于其文集。如：

罗洪先《答赵浚谷》

庚戌、辛亥以来，贱体多病，发齿更变，无复向时容貌。近移居就耕种，俟足食绝无他事。此生著落，大概已定。人各有能有不能，兄无多事反累手也。六七年前，面前路径未明，或有驰骛，今收拾亡魂全自身性命，到得入手时，与兄相见。各满志愿，弟不叹空白头颅，兄不叹空过岁月，即为齐驱并驾人矣。②

罗洪先《与聂豹》

在山在家，无所去取；内境外境，本自相缘。心既有扰，须以静除；欲其静除，必

---

① [清]李渔.尺牍初征[M]//四库禁毁书丛刊:集部第 153 册.北京:北京出版社,2000:667.

② [清]李渔.古今尺牍大全:卷六[O].上海:上海图书馆,清康熙 27 年(1688)抱青阁刻本:1-2.

令尽忘。内外俱忘,动始不动。①

罗洪先《答薛畏斋》

世间脂韦之气,脱洗当尽。近观史至任侠辈,未尝不为三叹。吾辈不入道,只为尚有儿女子态,终日装缀耳目,不肯直心承当,商量利害中寻得方便。此去任侠,孰真孰伪? 古人佩剑之义,良有以也。②

罗洪先《答同志》

庄子有言:"有以为物者矣,有以为未始有物者矣,有以为未始有未始有物者矣。"此善状人之进也。故学有所进,则见有所移,苟执以为道果在是,皆障也。③

罗洪先《示刘鲁学》

患难中极好用功,经此一番锻炼,他日不患不受用也。但不可习为智巧,恰便伤却元气耳。习智巧于流俗皆甚易,而于颂事尤其易入。出入公门,非吾儒美事,须极慎重。若举措一亏,便终身抬头不得也。而今士人往往多向此中走,而于讼事尤觉顺利,二事切戒切戒。④

罗洪先(1504—1564),字达夫,号念庵,江西吉安人,明代学者,杰出的地图学家,今存有《罗念庵先生文集》,为《四库全书》收录。《古今尺牍大全》共收罗洪先尺牍 10 首,以上 5 首不见于其中。《答赵浚谷》一牍说明了罗洪先中晚年以后的生活情况。庚戌指嘉靖二十九年(1550)、辛亥指嘉靖三十年(1551),罗洪先时年 47 岁左右。按牍中所言,罗洪先此后身体衰弱,一直耕种于乡间,"此生著落,大概已定",开始了幽隐著述的生活。赵浚谷即赵时春(1509—1568),字景仁,号浚谷,陕西平凉人,为罗洪先故交。嘉靖十八年,罗洪先、赵时春等联名上《东宫朝贺疏》,因此得罪明世宗,双双被革职,此后两人的人生轨迹开始走向不同的方向。"六七年前,面前路径未明,或有驰骛。"当指牍中所言"庚戌""辛亥"年罗洪先生病之前,此时还有仕进之心,此后,便专心于隐居著述了。这说明嘉靖二十九、三十年间,是罗洪先生平思想发生重要转变的时期。嘉靖二十七年左右,赵时春回京复职,罗洪先牍中所言的"庚戌""辛亥"年与赵时春复职的时间是一致的。极有可能就是赵时春复职时,念及往昔同僚之情,邀请罗洪先复出,而罗洪先作此牍答谢。罗洪先在牍中最后言道:"各满志愿,弟不叹空白头颜,兄不叹空过岁月,即为齐驱并驾人矣。"表示两人选择分歧,罗洪先决心隐居著述,而赵时春仕宦问政,但若各有所成,便是并驾齐驱。《答赵浚谷》即说明了罗洪先与赵时春的交往情况,又揭示了罗洪先思想转变的关键时期与转变原因,是研究罗洪先生平与思想的重要资料;后 4 牍,主要表现了罗洪先的学术思想,也说明了他在思想方面的交流活动:聂

---

① ② ③ ④ [清]李渔.古今尺牍大全:卷六[Z].上海:上海图书馆,清康熙二十七年(1688)抱青阁刻本:3-5.

豹(1487—1563),字文蔚,号双江,又号白水老农、东皋居士,江西永丰人,习阳明心学;薛畏斋(1498—1572),名薛甲,字应登,号畏斋,江苏江阴人;刘鲁学,名志孔,字鲁学,号白洞,师从罗洪先。

《古今尺牍大全》卷七收有李攀龙尺牍4首,以下2首不见于《沧溟先生集》:

李攀龙《辞里中》

丈夫生不能游大人以成名,即当效鲁仲连布衣而排难解纷,令千里颂义耳。终安能区区为章句师坐帷中,日夜呻吟佔毕,从群儿取糈自食乎?①

李攀龙《与友人》

先民曰:"不复知有我,亦知物为贵。"吾侪解得此意,则虽山居环堵,未必不愈于画省兰台;瀹命煮泉,未必不清于黄封禁脔也。具只眼者,有明识耳。②

李攀龙(1514—1570),字于鳞,号沧溟,山东历城人,明代著名文学家,"后七子"领袖之一。李攀龙是王世贞文学道路上的领路人,李攀龙亡故后,王世贞整理其遗佚成《沧溟先生集》,上海古籍书店曾于1992年出其点校本(包敬第标校)。按内容看,《辞里中》似作于李攀龙青年时期。李攀龙青年时期性情疏放,被时人目为狂生,此牍正典型地反映了他的这一性格特征。他在离乡踏上功名追求之旅之际,抒发人生志愿:不能为仕宦以成名,亦当成为鲁仲连那样的布衣侠士。此牍虽短,却反映了李攀龙前半生的人生价值追求——成为"大丈夫",是李攀龙面临人生中一个重要转折点时的心态记录。《与友人》似乎作于李攀龙中晚年以后,正所谓历尽沧桑方知简朴自然最为珍贵。"不复知有我,亦知物为贵。"出自陶渊明《饮酒》组诗,原句为:"不觉知有我,安知物为贵?"意为人生到达忘我之境,自然不会拘泥于物质的享乐。李攀龙从此出发,看淡人生的富贵与繁华,转而追求怡然自得的人生境界。

《古今尺牍大全》卷八收有陶望龄尺牍9封,以下6封不见于其《歇庵集》:

陶望龄《与友人》

此登秦望绝顶,下视城廓,黝然如稚蚕之箔于是中,乃有无限斗争,不亦可笑邪?达人会物为己,如虫禽之过耳目,烟云之过目,何憎爱之有?居闹场中正宜常作是观也。③

陶望龄《与公履》

关尹子曰:"贤愚心喻明,则交不睦;是非心愈明,则事不成。"此非独施之朋友,

---

① ② ③ [清]李渔.古今尺牍大全:卷七[Z].上海:上海图书馆,清康熙二十七年(1688)抱青阁刻本:3,4,8.

实家庭一药谱。①

陶望龄《与蔡太参》

上士闭心,中士闭口,下士闭门,不肖窃附中下。老息三家邨,课子之外,闲聚四五门生,以一卷送残日耳。尝有词:"世事如棋谁国手,从傍看打鸳鸯劫。"②

陶望龄《与友》

……色飞颐解,正如西子、太真,即其低帏眠枕,虽复淫靡,余味索然。不若无意中停眸一盼,反使人神情欲死。③

陶望龄《又与友》

陆平翁谓余云:"古人言天地如逆旅,不知此身亦小逆旅也。造物是房主人,我曹是借房住的,若限定几年,便不许住,此谓大限已尽。"余曰:"不然。若是借房人平日安分守法,不得罪于房主人,彼此相得,再容他多住几年,亦有此理。此又圣贤修德凝命之说也。"平翁笑而点首。④

陶望龄《柬冯太参》

清风百世,直道三黜,固也。怜才如春风,拂面便清;忌才如严霜,一寒透骨,信哉! 玄宰度冯先生脂车峭帆,行必接淅,某独曰先生嵚崎磊落人也,且以一官为桑下宿,以一路佳山水为篱下□□□。⑤

陶望龄(1562—1609),字周望,号石篑,浙江绍兴人,晚明小品大家。此6牍所涉及的人物多难考证,其内容也不一致,总体上接近于清言风格。《与友人》一牍主要谈的是登高远眺后的人生感悟,表达人生争执与追求的虚妄;《与公履》则谈的是为人处世的道理,做人当看淡贤愚心与是非心;《与蔡太参》谈的是陶望龄的生活态度,也涉及了他的生活状况:闲居乡村,课徒教子,读书度日;《又与友》以妙喻的方式抒发人生如寄的感触与养生之道;《柬冯太参》应是安慰友人之作。这些尺牍主要展现了陶望龄的小品文艺之美,因其不见于《歇庵集》,可视为陶望龄遗失的尺牍小品。

《古今尺牍大全》卷八有高攀龙尺牍32封,以下两封不见于《高子遗书》:

高攀龙《与张子慎》

别来兄进修如何? 摆一分俗趣,入一分道味,势不两立者也! 如兄聪明,何事不成,但恐志立两岐耳。今人自孩提至成人,父母之教,师傅之论,曾有出于富贵之外者乎? 根心生色,不言而喻。此念若天性,而真仁义反若矫揉,安望有超拔沉沦、能自觅求吾之所谓至富至贵者乎? 非豪杰如兄而畴望。囊时面语,今日缄书,弟之鄙诚,无出于此。盖弟诚自体验,广居正路,人人自有,不待安排,只为此贼窃据其中,故主人翁摒逐于豺虎荆棘之丛,曾不得顷刻休息,发大勇猛,势不与此贼俱生,

---

①②③④⑤ [清]李渔.古今尺牍大全.卷八[Z].上海:上海图书馆.清康熙二十七年(1688)抱青阁刻本:11,12.

方能扩通道路,光复吾庐。舍此而谈玄说妙,平居尽足自哄,恐当境分毫用不著耳。①

高攀龙《答翁应玄》

门下在榆关,必有以自见矣。凡事只认真做去自有效,世人见不透,以为人皆尚假,何能独真？有假无真,人必不容,不知惟其百假,所以一真易毁;惟其不容于假,所以必信于真,一真信之,胜于百假容之矣！门下力行,久久自见。②

高攀龙(1562—1626),字存之,又字云从,江苏无锡人,东林党领袖之一,世称"景逸先生"。有《高子遗书》12卷,收于《四库全书》之中。张子慎、翁应玄不知何许人,高攀龙在与二人的尺牍中主要阐述做人处世之道,颇可见高攀龙之性情。《与张子慎》一牍中,高攀龙主要谈论诚意正心的重要性。高攀龙从世人注重的"富贵"价值观的教育批判起,强调仁义的重要性,指出人心如战场,须立场坚定,"主人翁摒逐豺虎荆棘之丛,曾不得顷刻休息,发大勇猛,势不与此贼俱生,方能扩通道路,光复吾庐"。高攀龙教导张子慎这么做,事实上,他自己长期以来一直就是这么践行的,用其话说,这种经历乃是"盖弟诚自体验"。《答翁应玄》一牍中,高攀龙强调"真"的重要性,认为凡事皆须认真去做,不能敷衍作假。真假之辨乃是极为重要的事情,只要长期坚持做"真"人、做"真"事,力行不倦,自然会有效用。从两封尺牍的内容来看,高攀龙非常注重处世的中正之道,严于道德自律,勇于任事,没有传统文人放纵情怀、娱情适性的风雅旨趣。从尺牍的风格来看,高攀龙语气中正严明,叙述从容,简单朴素,没有多余的艺术修饰,正所谓文如其人。

李渔《古今尺牍大全》选文以时间为序,因而其卷八所收录的尺牍多是明末士人的尺牍。李渔上也有着传统士人的道德操持,对于明末爱国士人的尺牍,他多有择取,如明末爱国士人王若之尺牍19通,李渔将之放在第八卷卷末,作为全书压轴之作。王若之著作因思想犯禁,在清初列入"全毁"之列,故后世多难见其著述,李渔所收的王若之19通尺牍是考证王若之明末活动事迹与思想心态活动的重要资料。囿于文献资料不全,这里难将王氏19通尺牍与王若之存世著述进行比较、考证,尚须进行后续研究。由于时间上接近明末动乱之际,又由于清代禁毁,《古今尺牍大全》末卷第八卷之中反而保存了许多明末士人文献资料,虽然不具备系统性,但由于多不见于其他著述,因而显得弥足珍贵。这里列举部分如下:

耿定力《答陈通政》

得罪以来,以青山为窠臼耳。山人行坐只在青山,以晚食当肉,安步当车,无罪戾当富贵,不复知有人间轩冕事。足下以五色线补舜裳,幸毋以老伧为念。使旋

---

①② [清]李渔.古今尺牍大全:卷八[Z].上海:上海图书馆,清康熙二十七年(1688)抱青阁刻本:24,25,30.

迫,草草裁答,宽假之。①

耿定力(1541—1607),字子健,别号叔台,世称叔台先生,湖北红安人,与兄耿定向、耿定理合称"天台三耿"。耿定力官至南京兵部侍郎,为人正直敢言,勇于任事。此牍当是耿定力为官获罪,处于人生低谷时回复同僚之作。牍中既宽慰自己,又勉励友人,表现出一个正直士人的情怀。

李延大《别郑心衡》

疏而不才,既以疏斥,亦以疏全,故忘机。忘机故遣累,遣累故寡营,寡营故鲜过,学道尊生,祈了性命。法于陵之清德而去其拘,慕青莲之逍遥而绌其放,是吾实也。此外,泡影浮云,不复星念矣。朝家事,公等勉旃。②

李延大,字四余,生卒年无考,广东乐昌人。万历二十年(1592)进士,明末官员。郑心衡无考。李延大此牍当是人生失意时自我遣怀之作,表示自己此去当"学道尊生,祈了性命",但他对于国家朝廷又不能忘怀,因此勉励朋友"朝家事,公等勉旃"。

景昉《与张郡尊》

执事之于昉,犹春风之于草也。草不谢荣于春风,春风亦不自知其为草之荣也,何以为知己报哉? 昨尝奉只尺之书,比书想必达,伏冀报音。③

景昉,字启襄,山西安邑人,万历二十三年(1595)进士,历任山东监察使,河南右布政使、左布政使。不见其著述。此牍文艺佳妙,当以文艺入选。

邬鸣雷《与王百谷》

去冬雨雪,积十旬不解,今冬一雪,亦复数日。偶乘兴杖策至江口,沽垆头浊醪,登楼长望,浩然独酌。琼林玉树,辉映左右,山下人家,柴门半掩,青帘斜挑,飘舞风雪中。而远水含空,上下一□,金焦二峰,如水盘浸两拳石。蓑笠翁坐小艇,依枯杨垂钓。时有片帆出没烟霞,乍隐乍见,真奇观也! 安得半偈主人,携阳春调来高唱三山间乎?④

邬鸣雷(1566—1621),字长豫,号齐云,浙江奉化人,仕于晚明,有《浮槎阁集》。王伯谷即王穉登(1535—1612),吴中名士。邬鸣雷此牍作于镇江,与王穉登有交结,可作为考证其生平活动的资料之一。此牍作为游记小品,意境绝佳,当以文艺入选。

---

①②③④　[清]李渔.古今尺牍大全.卷八[Z].上海:上海图书馆,清康熙二十七年(1688)抱青阁刻本:1-3.

邹元标《与友》

人生若浮烟，何乃据一窟欲作千年窟耶？探历名胜，差于茫茫大梦中作佳梦。①

邹元标(1551—1624)，字尔瞻，号南皋，江西吉水人，东林党首领之一，有《愿学集》，收录于《四库全书》。此牍为邹元标人生感怀，不见于《愿学集》。

戴大槐《柬张大尹》

不接使君颜色，寸心摇摇如风中旌也。入夏以来，雨旸时若，秔穗遍野，黄童白叟，含哺鼓腹，皆喁喁然歌邑大夫之德。山居伏睹使君手编七论，日欲父老子弟群聚而侍说之，其间劝戒纤悉，真父母之心哉！仁人之言其利也溥，视八壶、九鲤比深而垟峻矣。兹因园果新熟，上献，野人芹曝之敬，惟使君一笑而纳焉。②

戴大槐，生平无考。此牍为进献地方官员之作，当以其构思佳妙入选。

邓志谟《辞朱景川招饮》

盛筵特召，弟方在醉乡，更不能以酒解醒，逆尊命矣。小徒裕之仅能饮三蕉，丰稔年岁不必以醉人为瑞，足下毋殷勤觞之。③

邓志谟，生卒年不详，字景南，号竹溪散人，江西余江人，晚明通俗小说家和民间文学家。此牍为邓志谟辞饮友人所作，构思巧妙，行文风趣，当以文艺性入选。

朱吾弼《示弟》

一札寄吾弟，不暇长语。第谓做官当如将军对敌，做人当如处子防身，将军失机则一败涂地，处子失节则万事瓦裂。慎之哉！④

朱吾弼，生卒年不详，江西高安县人，万历十七年(1589)进士，东林党人之一。朱吾弼此牍告诫弟弟做官与做人俱需谨慎立身，否则难免失败。尺牍比喻巧妙，文艺与思想性俱佳。

张时弼《与吴祠部》

仆居深山中，辟(薜)荔可衣，不羡绣裳；蕨薇可食，不堪粱(梁)肉；箕踞散发，可以逍遥。不复知趋谒权门，此山人乐事也。公如有意，不吝平分。⑤

张时弼，无考。此牍表现自己乐于幽隐生活，所谓山人乐事，当以其文艺佳妙入选。

邹光鲁《寿县公》

即辰郊游，见皤而扶杖者，孩儿骑竹者，壮而服冠帽者，咸仰斗九拜，颂明府千年寿、三公爵。夫人心如此，天意可知，又安俟安期献枣、方朔偷桃，与大祈佛偕愿

---

①②③④⑤　［清］李渔.古今尺牍大全：卷八［Z］.上海：上海图书馆，清康熙二十七年(1688)抱青阁刻本：2，3，6，7.

者哉？薄仪戋戋,敬贺![①]

邹光鲁,无考。此牍为祝寿地方官所作,当以其构思巧妙入选。

张定徵《答黄孝廉》

功名胡可以取巧哉？巧而得者,命故得之也。命苟得之巧,巧亦来,不巧亦来,不然造物者能破坏之矣。足下暂淹骥足,命也！居易以俟之耳。秋候未清,幸足下加餐自爱。[②]

张定徵,无考。此牍安慰友人下第所作,当以构思佳妙入选。

邓氏《与夫安次山》

良人去楚,遂成黄鹤。思君不忘,首如飞蓬耳。所嘱未敢忘,事姑谨,教子勤,田园命人胼胝,不至荒芜,毋庸厪怀。第游子悲故乡,人情乎？窃虑湘江两岸花木深,中有涓涓者在。计此地距高唐未远,嗟我良人,更勿作行云之梦。[③]

邓氏、安次山俱无考。李渔在《古今尺牍大全》中,明代之前多有女性代表性尺牍入选,明代4卷之中,唯有邓氏一封女性尺牍。此封尺牍入选既因其为女性尺牍,也因抒情感人,文艺较佳。

第二节 《尺牍新钞》三选文献价值举隅

周亮工于康熙元年完成《尺牍新钞》编选工作,又于康熙六年刊印二选《藏弃集》、康熙九年发行三选《结邻集》。《尺牍新钞》三选主要选录了明末清初士人的尺牍而尤以时人为多。因周亮工编选之时大量接触明遗民,文艺思想倾向受到遗民思想的影响,保存了大量怀有亡明之思的士人尺牍,因此,三选在后来被列入禁毁之列。《尺牍新钞》由于发行量与影响力巨大,不能全毁,而后二选则受影响较大,但也因此,《尺牍新钞》三选的文献价值更为彰显。

《尺牍新钞》三选中,以首选影响力为最。后两选《藏弃集》《结邻集》随着周亮工宦海浮沉的经历以及人生心态的变化,编选理念也有所调整。但后两选总体上仍然是承袭《尺牍新钞》而来,其编选体例、征牍方式、选牍范围等类于《尺牍新钞》,因此,《尺牍新钞》三选的选牍时空基本覆盖的是明末清初这同一时间段,所选的尺牍作者也有着大量的重复。基于此,这里在举隅《尺牍新钞》三选的文献价值时,将之作为一个整体进行考量,不再按文本区分类别,而是以尺牍作者为中心。

一、曾异撰

曾异撰(1591—1643),字弗人,福建福州人,明末著名诗人,亦以文章、气节闻名,有《纺授堂集》与《纺授堂二集》。曾异撰久困闱场,但他依然关注明末社会现实,追求经世之学。入清后,因其思想多犯忌讳,其著述也在禁毁之列,现《四库禁毁书丛刊》集部第163册有其《纺授堂集》与《纺授堂二集》,其中二集为诗歌专集;《纺授堂集》则有诗集8卷、文集8卷。周亮工因长期在福建为官,与福建当地文人多有交往,故而《尺牍新钞》三选中收有不少福建名士的尺牍,曾异撰的尺牍亦在其列。《尺牍新钞》三选中曾异撰尺牍不见其《纺授堂集》的有4封,是曾异撰诗文集之外散佚的文字。姑逐一录于下:

1. 曾异撰《与卓珂月》

三岁取士,名为收天下豪隽,当事者舍经义而外,弗阅再三试闱牍。偶有通达慷慨之士,不以为触犯忌讳而不敢收,则谓是淹滞老生,反不如疏浅寡学者,庶几为髦秀当时之彦?夫人士皇皇禄养,不幸处今日,而应制之策,论之表之判,且不可为,况瞭瞭然而诗歌而古文辞,此与博弈好饮,不顾父母之养者。同立言者,此古人极苦之心,而行以极乐之事,翱翔而出,无所不之者也,苦而乐者也。夫穷愁著书,此其说始于捐相位之虞卿乎?吾谓虞卿之穷愁,不系于相位之捐与不捐也,使虞卿不得行其意,而郁郁乎卿相之尊,则其穷愁也更甚。于是舍而去之,捃古撼今,纵心独往,放愁埋忧。此如羁人怨妇,幽闭一室,忽而脂车秣马;涉水登山,极目所之,而幽忧去矣。嗟夫,若虞卿之类者,穷则穷矣,而其立言著书者,乃其不穷于穷,而行乐于牢愁之乡者也。故夫屈子之书怨极矣,不极怨则不极乐;吃腐之书愤极矣,不极愤则不极乐。使此数子者,而不为《离骚》,不为《说难》,不为《史记》,则其穷而无所之,当更有甚于求死不得者,又安得不出于饮醇酒、近妇人者之所为哉?夫饮醇御女,此古人极苦之踪,而今人倒用之以行乐;著书立言者,此古人极苦而极乐之事。今人泥穷愁著书之说,而但见古人之苦,然则今人事事为古人所欺。足下以为然否?[①]

卓珂月即卓人月(1606—1636),字珂月,号蕊渊,浙江杭州人。卓人月为明末浙中名士,文名远播,此牍是佐证曾、卓二人交往的重要资料。曾异撰一生久困闱场,厌恶八股,对科举考试情感复杂,他在牍中由批判科举取士起,认为当时的科举片面强调"经义",已经走入歧途,并不能选拔出真正的人才,所谓"淹滞老生,反不如疏浅寡学者",这其实也是曾异撰自己的经历与感叹。接着,他又由此出发,辨析古人、今人对于人生"穷愁"与"苦乐"的理解分歧。他认为,士得其用与穷愁著书,皆是古人以"极苦之心,而行以极乐之事"。他又以战国时虞卿抛弃高官厚禄而发愤著书为例,说明关键在于能否行己之意,否则卿相之位反是牢笼,穷愁

---

① [清]周亮工.结邻集[M].张静庐,点校.上海:上海杂志社贝叶山房本,1936:22.

著书方是极乐之境。同理,韩非子、屈原、司马迁等人书中虽充满怨愤之气,但能行诸著作,申行己意,正是极乐之境;而饮醇酒、近妇人却是古人不能申行己意之时所为,是看似行乐而实质极苦的事情。曾异撰进而认为,今人的认识正与古人相反或说为古人所欺,没有正确理解古人的用心,反而以饮醇御女为乐,以著书立言为苦。他的这一认知既包含了对晚明以来士人风气的批判,也含有自我勉励及与友人共勉的意旨,可见其心态之一斑。

2. 曾异撰《与林守一》

闻足下再游吴越,夫古今才士而好游者,莫如司马子长。吾观其自叙历览之奇,未闻求一友,访一士。吾谓子长而与一人交,必不能成《史记》,无论余子不足交,即使更有一子长而与之交,亦必不能成《史记》。夫其独往独来于千百世之上下,使有一人焉在其目中,皆足以碍人之气而挠其著作之权。柳子厚不知此意,偲偲然诋退之之不作史也。使退之而作史,无论人非鬼责。吾谓非而责之者,必自相友善之子厚始,而其他之大得意则大骂者,又勿论矣。足下往矣,虽不以交游,且以游获交,虽欲不交一人终不可得也。慎之哉![1]

此牍既是曾异撰对于朋友的劝诫之言,也反映了曾异撰对于晚明以来士人好游风气的反思与批判。晚明士人既乐山水,更乐于结交,他们所看重的实际是交游以及由此带来的附加值,诸如阅历、创作、声名等。曾异撰对此是持有保留态度的,因此在朋友林守一出游吴越之前予以告诫。他以为古代杰出的士人诸如司马迁之流也好游,但他们游历的宗旨在于增加阅历,开阔视野,进而转化成著述,并非交友。曾异撰认为将交友作为目的之一的交游,是有害于著述的。司马迁若重交游,则必不能成《史记》;韩愈虽才高,却喜交游,则终不能作史。曾异撰如此说法,实质也揭露了晚明士人好游成风,虽创作颇丰,却多属应酬之作,整体格调低下的状况。其原因正在于交游过程浪费了文人创作的精力,动摇了文人心志,并最终妨碍到士人"立言"精神目标的追求。

3. 曾异撰《与张友有》

唐以诗取士,或曰诗莫盛于唐也。仆谓唐之能为诗者有之矣,而其可与言诗者,三百年间吾少见其人。夫唐以诗取士者也,唐以诗取士,而谪仙、少陵,顾不在科目之中。然则唐之开科以诗,特为禁锢李杜二人而设也?吾不知其所言者何诗,而所取者何士也?使一代应举诸生,而尽李杜其人,则三百年间,号为主司文运者,安所得入彀之士而取之,不反谓当代无诗,而令三百年人士,以李杜文章为戒乎?吾读唐人诗,其佳者大抵抚事感物诸什,而其应制锁院之文,欲求一语之不令人呕哕,竟不可得。则非唐无诗,而以诗取士,故无诗也。自唐迄今,或又谓宋益卑卑,至今日而大振,岂非以宋犹兼声律制科。而今日之为诗,脱然无科举之累乎?然而

---

① [清]周亮工.结邻集[M].张静庐,点校.上海:上海杂志社贝叶山房本,1936:23.

今诗之能为累者,又有之矣。其一为词坛之诗。闲民无所得食,而建鼓树帜,投赠于王公大人之门,以自鬻其身,命题分韵,逡巡嗫嚅,趑趄蹙蹙靡聘,郑重其言,甚于唐人之应制。而达官显者之褒弹进退,遂为彼人肥瘠枯润之所关,此其得失,亦与人士之科举等;其一为词林之诗。虽其人雅负雄博英异之姿,曳足木天,遂有馆阁二字,横其胸中而不得出。强项之士,稍不受其羁绁,则摇手相戒,以为判体离宗,而教习者亦因而去取于其间,则其拘而多畏,亦与科举应制者无异。若夫舍二者而外,惟其人之能为则为之,不能为则止。能为之矣,惟其意之所欲为,则为之,不欲为则止。此如剡曲雪舟,乘兴而来,兴尽而归,或千里命驾,或到门不入,任其所之,而行止惟我。斯则今日之诗之所以超然无累,盖前代之金注昏,吾世之瓦注明也。足下工于诗,其以予言为然欤?否欤?①

此牍反映了曾异撰对于科举与文学之间关系的看法,颇有代表性。曾异撰在晚明困顿场屋,自然对科举认知深刻。他从明末文人的一种观念——唐诗兴盛与科举取士有关开始批判,以李杜为例,认为二人为唐诗代表却都未中科举,因此唐诗的兴盛并非因科举之故。不仅如此,科举取士反倒限制了诗人群体的才情,妨碍了文学的发展,唐代的"应制锁院之文,欲求一语之不令人呕哕,竟不可得"。这种科举对文学的伤害一直延续到宋代。明代不以诗赋取士,但曾异撰认为科举仍旧对明代的诗歌创作间接产生了严重妨碍,他将之总结为"词坛之诗"与"词林之诗"两种:前者因科举形成的身份等级意识,使得诗人投身于权贵之门,与权贵形成共生关系,应需要作诗,失去个人之性情。后者,作者虽高才,却因为科举禁锢人的思想,形成文人们的规范意识,因此诗坛容不得他们的出格之举,必定要以诗歌的义理加以规范。而士人在学习诗歌时也被要求按照诗法而做,"其拘而多畏,亦与科举应制者无异",因此,诗人的才情也不能自由地放纵与发挥。曾异撰最后总结,诗歌是自由的,诗人应该保持精神上的独立与自由,成为诗歌的"主人",任由自己的才情与心性自由发挥,方能成就无牵累的佳诗。应该说,在科举对明代诗歌的妨碍上,曾异撰的认识是深刻的,尤其是在八股取士对于士人思想与心理范式的影响上,他的见解是独到的。在明末清初的诗歌理论中,其观点理应占有一席显著之地,尺牍中蕴含的理论价值也应引起后来研究者足够重视。

4. 曾异撰《与陈昌箕》

诗者其人之史也。诗以述游,又其人一时之史也;吾至其地而交某人为某诗,游某山水为某诗,以某事与某人唱和聚集为某诗;且入其疆而风土之丰瘠,人民之苦乐,与其当事者之政治得失,亦具见于是,又非特一人之史也。然而纪游之诗,至今日而难言之矣。夫今世之游者,不尽如吴季子之历聘四国,必如齐之婴,郑之侨,

① [清]周亮工.结邻集[M].张静庐,点校.上海:上海杂志社贝叶山房本,1936:25.

卫之遽史,而后定交也。然不能无交游,则不能无酬接应对,因而有得已而姑为,或不得已而强为之诗。夫相见以为修鸷之贽,馈遗以佐筐篚之实,宴饮以偿酒肉之债,于是而不识一丁者,胸破万卷矣;持筹钻核者,挥金如土矣;河麋微壝者,乌衣王谢矣;其四境之监司守令,虽脏污狼藉,皆羊不入厩,粟不入怀矣;虽重赋民流,醉人为瑞,皆阳域抚字,桑麻被野矣;虽有势者奸如山不犯,皆强项之董宣,破柱之元礼矣;虽巧诋击断,渭水尽赤,皆解网泣罪,民自以为不冤矣。若是者皆以诗借交,而于当事之显人为甚!闻足下将游清漳,足下故善诗,而好交。游其地,选其人而与友焉,不然,则宁无交;选其人,选其事而为诗焉,不然,则宁无诗。慎毋得已而姑为,不得已而强为之也。①

此牍进一步反映了曾异撰对于晚明士人好游风气及其对于诗歌创作造成不良影响的批判性思考。他首先强调诗歌有"诗史"的作用,既记录个人的行踪,是个人的诗史;又反映民俗、民风与政治等时代生活内容,是社会之诗史。但在晚明好交游的风气影响下,士人因好游而交结频繁,诗歌成为应酬的工具,失去了作为"诗史"真实反映社会的功能,真实反被湮没,丑恶变为美好,诗歌的格调越发低下。曾异撰指出其时"皆以诗借交,而于当事之显人为甚!"他也在牍中告诫朋友,交游过程中一定要慎重,要择友而交,择事作诗,千万不能因交游而姑为、强为诗歌。

《结邻集》中所收的曾异撰这4封尺牍,内容集中在文艺观念方面,主要反映了他对于科举与文学、交游与文学之间关系的认知。对于研究曾异撰的文艺思想而言,这些尺牍是回避不过去的重要资料;对于研究明末清初的文艺理论而言,这些尺牍所蕴含的深刻见解与独特认知也理应占有一席之地。

二、徐世溥

徐世溥(1608—1657),字巨源,江西新建人。徐世溥在明末名望颇高,往来者多为当时名士,尤其与钱谦益关系密切。他出身官宦世家,受到良好的道德教育,为人直率敢言。入清后坚持遗民身份,隐居山林,虽生活拮据,仍不肯妥协,曾数次坚拒新朝的召唤以保全自己的气节。对于降清的贰臣,他也不顾情面,颇多抨击,其最后的死因或与此有关。总体上,徐世溥在清初属于坚持气节、坚守道德信仰、不肯屈膝的遗民代表。他自己不愿圆滑处世,仍然从道德角度对于仕清贰臣进行批判,在清初遗民群体中有着很大的影响,却也因此为不少士人所忌恨,其言论与思想也与清初政治环境格格不入。徐世溥一生著述颇丰,但因思想违逆,在清朝多在被禁之列,今《清代诗文集汇编》第26册收其诗文集《榆墩集》、《榆溪诗钞》2卷、《榆溪逸诗》2卷、《榆溪逸稿》8卷等。

周亮工虽身为贰臣,却出于追悔补过心理,入清后与明遗民接触颇多。尤其是含冤下狱

---

① [清]周亮工.结邻集[M].张静庐,点校.上海:上海杂志社贝叶山房本,1936:26 - 27.

后,他的心态发生了很大的变化,与遗民接触更为频繁,帮助遗民之举也越来越多。徐世溥这样的人素不为贰臣所喜,但周亮工在《尺牍新钞》三选中还是收入了不少他的尺牍,由此亦可见周亮工在后期思想上的变通与开明之处。徐世溥著述在清初散佚颇多,《尺牍新钞》三选所收尺牍中,有5通不见于今之所见《榆墩集》与《榆溪逸稿》。

1. 徐世溥《寄侍御李匡山先生书》

　　奉教忽焉经岁,蒹葭伊人,自是朋辈相怀,终以一水为恨。若不肖于先生,直高山仰止耳。忆山房寒食,听雨夜谈,于时禅心诗境都绝,归来益厌嚣杂,此即学问未深之一端也。范景仁生平不喜梵书,而晚年终日危坐;黄鲁直谓蜀公却是学佛作家;张天觉精心释教,乃其立朝反覆攻击,此果雪山之所收耶? 世人无识,凡一切断荤入山,即谓之禅。他日尝语弘明伯曰:"以匡山先生为禅者,不知匡山者也。以匡山先生为非禅者,亦不知匡山者也。"不肖之言如此,然亦未敢自以为知先生也。出家是大丈夫事,非将相所能为。夫非将相所能为者,岂可以之为禅? 而亦岂可以为非禅哉? 不肖于世间,所谓嗜欲者俱淡。然其淡也,乃比世之多欲者乃更浓。此自反而知之,知之而未能自治者也。子夏心战而癯,彼固以心战为劣,若某政复恨少此一癯耳! 每当爱静之时,辄思入山,已而曰:"此生于爱,不生于山。"或苦喧之际,亦思入山,已而曰:"此生于恶,不生于山。"盖厌离欣慕,二者虽殊,然其为情则一也。不肖未能免此,故尚未敢从先生游也。天下多事,昔如多病,今复如多药。以药治病,尚苦不当,况以药治药,其病之不逐日而深者几希。先生将何以策之?①

李匡山即李日辅(1584—1646),字元卿,号匡山,江西南昌人,曾任山西道监察御史。徐世溥《榆溪逸稿》中有《御史李匡山传》,其中提到崇祯时李匡山上疏获罪,"降三级调外用,遂罢官归。……自御史解官还,亦居香城,冠笥挂龙沙,院壁凝尘殆二十年。生平未尝就寝,读书所求皆思经世务"②。李匡山与徐世溥二人同里,年长徐世溥一辈,但其"所求皆思经世务"正与徐同。徐世溥在甲申之变后归隐江西新建山中,时间在李匡山之后。按牍中所云,二人雨夜谈禅,此牍极可能作于明亡之后,徐世溥退隐之初、尚未山隐之时。牍中徐世溥借李匡山归隐山林与"禅"之关系,深刻剖析了自己的心态。他认为李匡山并非凡人所谓的因禅而入山,而是因绝望、无奈等心境借由"禅"的引导入山隐居,所以他说:"以匡山先生为禅者,不知匡山者也。以匡山先生为非禅者,亦不知匡山者也。"徐世溥的分析毫无疑问是正确的,因为他当时的心境正与李匡山接近,最能理解李匡山的苦心。李匡山决然放下了个人与家国的一切,归山入林,是很艰难的事情,所以徐世溥又说:"出家是大丈夫事,非将相所能为……岂可以之为禅?"至于自己,他说到他也慕禅,他说自己"嗜欲者俱淡",但"然其淡也,乃比世之多

①　[清]周亮工.尺牍新钞[M].上海:上海书店,1988:39-40.
②　[清]徐世溥.榆溪逸稿[M]//清代诗文集汇编:第26册.上海:上海古籍出版社,2010:591.

欲者乃更浓"。为何如此,是因为他所追求的与世人不同。世人之欲,在他而言是极淡的,故可以放下且参禅入山,而他所追求的是家国的恢复与道德的圆满,这是他始终不能放下的,而这种境界的追求可谓是"比世之多欲者乃更浓"。他虽然说是自己"厌离欣慕"之情难以舍去,故不能追随李匡山入山,但他最后还是点睛到天下形势上来,请教李匡山:"先生将何以策之?"这才是他真正放不下而不能入山归隐的挂念。李、徐"所求皆思经世务",二人在人生价值追求上是相通的;失意后退隐山林,二人在内心世界与精神追求上,也是相通的。从《寄侍御李匡山先生书》内容可以看出,李匡山对徐世溥的人生轨迹与精神世界产生了重要影响,是研究徐世溥在明末清初心态转变的重要资料。

2. 徐世溥《与钱牧斋先生书》

后学世溥,再拜牧翁先生阁下。三月九日,得接丙申仲春十八日所赐手书,何其奖予之深,指示之切,反复循环,实非小子所克当也。当虞山之世,未有以斯文自任者也;以斯文自任者,必未尝知虞山之万一。不知虞山,由于无淹古之学,无贯古之识,且无希古之心,是以目尘为山,泻墨如水,此醯鸡之翔乎瓮中,而自以为飞之至耳;俗学锢蔽,则以根沤帖括,志在口耳,抚槃扪籥,谓见曜灵,奎蹄曲隈,侈居大厦,此蜣螂之转丸,自以为苏合耳!之二虫又何知?乌足道哉!乌足道哉!窃不足以挂齿牙也。若夫兼并古人,则有故焉。无柁之舟,与波上下;糊竹为球,随风轮转。良由无主于中,是以数变于外,一也;抑人固有工乎临摹,而不能命笔者,近如俞可进,乳银写黄庭、曹蛾、西升、清净,靡不似也,而自运即不成书。此由天限,能为从而不能为主,二也。顷年山居,颇谙草木之性,物亦有善变易染者,惟茶也。近兰即似兰,近桂即似桂。人亦宜然,顾所自置何如耳。似兰似桂,而茶已失其故我,一一多似,而茶之为茶者尽亡矣。自优孟不能为两人之衣冠,米海岳少时,不免集古字之诮。太史公所以贵于自成一家言,今日兼左马,合韩欧,并李杜者,嬉笑甚于怒骂也。象人之喻,则淮南规孟贲之目,大而不可畏;画西施之面,美而不可悦君。形者亡焉,五语尽之矣。太史公于五帝本纪,首言:"好学深思,心知其意",又曰:"择其尤雅驯者",此十四字,龙门心法也。今人雅不能驯,驯即不雅,好学而能深思者鲜矣,况能心知其意乎?小子不敏,窃有一言,效于宗匠:夫不足膏斧质者,杀之只成其名;若犹在可教也,伏惟弘大雅之量,推善诱之恩,曲引而直教之,使后进英才,有识路之乐,而无望古之惊。相成百世,犹私淑于虞山焉,不亦贤圣之盛心,仁者之教思也乎?杜子美曰:"不薄今人爱古人。"爱古人易也,不薄今人则具眼所难也!汉阳李文孙昌祚、长汀黎愧曾士宏,此皆有希古之心,而能识者。小子敢以进焉,上下百余年,纵横万余里,独以孺子为可教,信不敢当也。行年亦五十矣!千子既远,谁定吾文者?生平经史著述,当吾世不可不请正于虞山。秋获有赢,便图买

棹。后学世溥谨再拜,复,不宣。^①

徐世溥与钱谦益在明末关系友善,书信往来颇为频繁。徐世溥对钱谦益非常推崇,而钱谦益对徐也青睐有加。钱谦益降清以后,徐世溥便开始疏远之。按此牍中所说:"三月九日,得接丙申仲春十八日所赐手书,何其奖予之深,指示之切。"此牍当作于顺治十三年春,此时徐世溥山居已久。又可知钱谦益写信给徐世溥在先,信中颇多奖赏之词,内容也当与文学有关,因此徐作此牍答之。首先,徐世溥非常推崇钱谦益的文学主张与成就,他说:"当虞山之世,未有以斯文自任者也;以斯文自任者,未尝知虞山之万一……"接着又批判明代自七子以来的拟古之文学风气,世人只知学习与仿效古人,反倒失去了个人风格,使得文学创作失去了灵魂。对此现象,徐世溥希望钱谦益能够奖拔后进,振文学风气之衰。尺牍的内容似乎只涉及文学风气,不涉及二人思想层面的内容。但仔细推敲徐世溥尺牍中的语句,仍有意含双关的讥讽语句。如"若夫兼并古人,则有故焉。无柁之舟,与波上下;糊竹为球,随风轮转。良由无主中,是以数变于外,一也"。这说的似乎是钱谦益在与徐世溥尺牍中的自辩之辞,或是徐世溥对钱谦益在明末清初诸多表现的暗讽。又"顷年山居,颇谙草木之性,物亦有善变易染者,惟茶也。近兰即似兰,近桂即似桂。人亦宜然,顾所自置何如耳。似兰似桂,而茶已失其故我,一一多似,而茶之为茶者尽亡矣"。此段说明环境对于人性情的熏染作用,颇是讽刺钱谦益在降清之后,随着环境的变化,已经失去了故我。总体上,尺牍还是表现出徐世溥对当时文学复古风气的批判以及在文学层面对钱谦益的推崇与寄望。此牍既是佐证二人在入清后交往的重要资料,也是阐释徐世溥文学理念的重要文本。

3. 徐世溥《与友人》

当神宗时,天下文治向盛。若赵高邑(赵南星)、顾无锡(顾宪成)、邹吉水(邹元标)、海琼州(海瑞)之道德风节,袁嘉兴(袁黄)之穷理,焦秣林(焦弘)之博物,董华亭之书画,徐上海(徐光启)、利西士(利玛窦)之历法,汤临川(汤显祖)之词曲,李奉祠(李时珍)之本草,赵隐君(赵宦光)之字学,下而时氏(时大彬)之陶,顾氏之冶,方氏(方于鲁)、程氏(程君房)之墨,陆氏(陆子冈)攻玉,何氏(何震)刻印,皆可与古作者同敝天壤,而万历五十年无诗,滥于王李,佻于袁徐,纤于钟谭。^②

此牍是徐世溥针对明中后期以后时代状况的回顾与反思,也是他重要的文学认知理论。徐世溥认为万历时期风骨俱佳,艺术兴盛,各行各业都涌现出一批杰出的人才,惟有诗歌不是如此,其原因在于受前后七子、公安派、竟陵派等派别的诗歌创作与理论的影响。他所说的七子之"滥"、公安之"佻"、竟陵之"纤"都抓住了各派的弱点,从中也可见徐世溥对于明中后期以后的文学派别之争是严重不满的,而并非全是反对复古。此牍从形式上看并非完篇,应是《尺牍新钞》编撰者的删节本。

---

①② [清]周亮工.尺牍新钞[M].上海:上海书店,1988:40-42.

4. 徐世溥《又与友人》

今天下文章声气，可谓盛矣。虽然，日午月望，有道不居，将来必有以文章得罪，数百里不敢通尺书者。①

此牍甚短，从形制与内容判断，也应是删节本。周亮工在标题后注释："不十年而复社之祸起，巨源之言卒验。"②可见其原文内容应是讨论明末复社发展情势。"复社之祸"前后有两次，前期是明末首辅温体仁对复社成员的打击与迫害，后期则是南明时期阮大铖采取的打击报复行动，二者之中尤以后者为甚。周亮工所言"复社之祸"由于内容所限，不知具体是指哪一次。但徐世溥牍中所言"今天下文章声气，可谓盛矣"，应指的是复社当时发展得如火如荼的形势，徐世溥从复社成员的行为预测了复社的衰败，可见其敏锐的政治目光。

5. 徐世溥《寄克明上人书》

稔知和尚道风孤峻，思企有年；阅历沧桑，始展钦瞩。盖汉武恨于相见之晚，蒙叟宽其旦暮之遇，殆兼之矣。日昃端还，未伸小叩。如田廖两生，下嵩山折花倾酒，有步步惜别之感。浅学于道未有闻也，而自幼志之，然非同社所能知也。亦以茫然，不敢辄与人言。窃以三乘五车，本无二谛，顾其教令不同，门径遂别。其在六经诸子者，若求简尽，莫过中庸；如其宏畅，则无逾庄子。寓言十九，重言十七，已该三部；卮言日出，因以曼衍。遂有五灯南岳二枝，青原三叶。自老马石头而后，如黄蘗赤眼者几人？五家以后，如大慧黄龙南者又几人？迩乃钞纂重刊，居然自命印祖，以弟观之，似太早矣。故尝闭口不言，遵昔贤之戒。有争气者，勿与辩也。虽然，此风不止，使临济为曹溪之罪人者，必时贤也。叶落归根，来时无口，谈何容易乎！一诗致虔，五绝献笑。倘以为可教，尚图襆被求比永嘉一宿也。③

克明上人不知何许人。此牍为徐世溥与友人论道之牍，他认为三教九流之"道"乃归于一，只不过是"教令不同，门径遂别"，后世则派别繁乱，渐脱宗旨。按尺牍内容判断，尺牍应作于徐世溥年轻游历时期。

徐世溥在记录明末历史事件的《江变纪略》中一律使用南明隆武、永历年号，以显示其忠于明室。入清后因其著述思想多有违逆，因而遭禁毁严重，《榆墩集》与《榆溪逸稿》中保存的徐世溥尺牍并不多，《尺牍新钞》三选中的这 4 封尺牍对于研究徐世溥生平与思想，尤其是文艺主张而言，有着拾遗补阙的作用。

三、杜濬

杜濬(1611—1687)，原名诏先，字于皇，号茶村，又号西止，晚号半翁，湖北黄冈人。杜濬是明末清初著名诗人、小说批评家、戏曲理论家，交往者多为当时名士如龚鼎孳、周亮工、汪

---

① ② ［清］周亮工. 尺牍新钞［M］. 上海：上海书店，1988：42.
③ ［清］周亮工. 结邻集［M］. 张静庐，点校. 上海：上海杂志社贝叶山房本，1936：213.

楣、李渔等,名动一时,尤其以诗闻名,被时人称为"茶村体"。明亡前,杜濬为太学生,入清后坚守遗民身份,秉性傲介,不受人惠,生活困顿,流寓金陵30余年。晚年移居扬州,曾参加王士禛主持的"红桥修禊",终卒于扬州。杜濬著述今存有《变雅堂文集》《变雅堂诗集》,《清代诗文集汇编》第37册收其文集8卷、诗集10卷、附录2卷,合为《变雅堂遗集》。杜濬长期居处南京、扬州等地,在康熙初周亮工南归金陵后,二人有了接触,他又与《尺牍新钞》的编选者纪映钟、汪楣等人有较为密切的交往,因此《尺牍新钞》三选收录了不少他的尺牍,其中有17封不见于《变雅堂遗集》。在今天杜濬著述所见不多的情况下,这17封尺牍是研究杜濬生平交往、生活事迹及思想心态的重要资料。

1. 杜濬《与蒋前民》

韩退之云:"无善名以闻,无恶声以欢。"此言命定无与人事。昨闻之友人,有细人谤仆,老弟代为不平,谋欲众辱之。此甚不必也。仆试举一事,昔于一在时,数至金陵。随身一书箧,舍馆定而谨藏之,启闭皆不令人见。家兄弟与仆咸疑其所藏。一日乘其醉熟,相与探其箧,则其中仅有一巨卷,乃手录仆诗数百篇,圈点之密,类上第举子所刻闱中牍。家兄弟顾仆而叹于一之知音,一至于此。于一又有一夹袋,每赴宴会遇,有佳果核,则取而纳其中。他日逢余,辄出以相啖,知余所嗜也。袋中有方策,每听余剧谈中有可采,辄掌记之以为难闻也。老弟试思之,仆何以得此于于一哉?此皆往因前定,有此岂得无彼。若谓谤我者为不当,然则如于一之好我,又岂当然者耶!可以一笑而释矣。惟知己如于一,虽属往因,不能不感。书至此不知出涕。[①]

此牍是佐证杜濬与王猷定、蒋前民三人知己亲密关系的重要资料。蒋前民,名蒋易,生卒年不详,明遗民诗人,有诗集《石闾集》。卓尔堪《明末四百家遗民诗》卷九对其介绍:"前民,江都瓜洲人。"[②]杜濬与蒋前民书牍往来频繁,《变雅堂遗集》中有《石闾集序》,《石闾集》中也颇多蒋杜二人的唱和诗,足见二人关系之密切。王猷定(1598—1662),字于一,号轸石,江西南昌人。明末清初散文大家、诗人,明亡不仕,有《四照堂集》。按牍中所说:"昔于一在时",此牍当作于王猷定亡故(1662)之后、杜濬寓居扬州之时。杜濬遭遇小人诽谤,而蒋前民欲代为打抱不平,故杜濬作此牍止之。牍中杜濬充满感情地回忆了他与王猷定过去的交往,其中的细节可以作为考证杜、王二人交往过程的重要参考资料。文末杜濬伤感于知己亡故,不觉涕下。此牍内容也表现出入清后遗民们抱团取暖、相互慰藉、艰难度日的状况。

2. 杜濬《与蒋前民》

居恒念足下之贫,而贫与足下等,无以相助,独有一说,差可以奉广。尝记少时

---

① [清]周亮工.藏弆集[M].张静庐,点校.上海:上海杂志社贝叶山房本,1936:158-159.

② [清]卓尔堪.明遗民诗[M].上海:上海书店,1988:49.

外翁王养所先生语仆云，其先尊君云泽公，官至宫保尚书，中间扬历按浙抚淮。仕宦四十年，致政而归，囊仅千金。及疾革，执其子之手而叹曰："吾备位大臣，洁己率下。奈何家有千金，吾岂尝墨哉？"盖当时前辈修廉隅，矜名节。大概如此。以此推之，仕宦四十年之尚书，以有千金为愧。则一日未仕宦之措大，有十金即为至多矣。足下岂不尝有十金或至于数十金乎？又近年姚江刘念台先生，官至少宰总宪，而家私仅勾一担，人号为刘一担。今足下虽贫，点检室中，收拾杂碎，岂不犹有十余担乎？则是足下之富，乃尚书之所甚愧，而总宪之所远逊为不如也。奈何尚忧贫哉？仆此语虽近于戏，然士大夫要不可不闻此风，然后知节操为足重，淡泊之可贵。而世俗之以货贿相高，惟利是务者，为去古太远也。于此时加体认，其为安贫忍苦，增气益志，受用无量。其法仆尝私用之。今始与朋友共耳。肥马轻裘可敝，此不可敝。珍重珍重！①

此牍为杜濬慰藉蒋前民所作，也是反映清初遗民生活状态的重要资料。当为蒋前民作牍叹贫在先，杜濬回牍慰之。牍中杜濬引用前人故事劝慰蒋前民"安贫忍苦，增气益志"，反映出明遗民在入清后以道德充实内在精神来抵御外部恶劣生存环境的情况。

3. 杜濬《答王雪蕉》

纷纷悠谬，但投诸无量虚空中，岂复有迹影耶？行李过寺，即图快谈，禅房灯影青，当再邀和篇也。②

王雪蕉不知何许人。此牍为清言格式，应是删节版。

4. 杜濬《复谢仲玉》

阔别十年，远枉书问，感叹不已。中间谈及故乡兵火萧条，田庐荡析之状，殆一字一泪，甚矣吾兄之老而善悲也。孔北海云："忧能伤人。"弟敢谬献狂言，少宽左右何如？尝窃以为人虽修伟，立地不过五六尺，极人之力，造为楼观台榭，拔地而起，不过数十丈，于此有人焉。登峰而下视，其高一倍，则人物如蚁，楼观台榭如蚁垤矣。又高数倍，则墨然无所见。矧以无穷之高，而下视旷绝之卑，所见但茫茫一气而已，此茫茫一气者，终古如一也。然则极世局之变迁，尽人情之悲喜，总不能越此地上数十丈之界。诚穷高视之，除茫茫一气而外，别无所见，又何有所谓古今理乱，平陂往复者哉？愿吾兄如此高着眼，则知人世之纷纷扰扰，忽啼忽笑，说成说败，举可怜也！弟流离困苦，殆倍于兄，独以开得这只眼，不至瘗杀在几片屋瓦之下，此身尚在，岂偶然哉，非相念之深，不传此道。卿当千里奉寄一剂宽中顺气散，不须草根

---

① ［清］周亮工.结邻集［M］.张静庐，点校.上海：上海杂志社贝叶山房本，1936：234-235.
② ［清］周亮工.尺牍新钞［M］.上海：上海书店，1988：50.

木皮也。一笑。①

此牍也反映了清初遗民生活状况与精神世界之一斑。谢仲玉，也应是明遗民，牍中杜濬采用庄子在《秋水篇》中形而上的推论方法，引导出万事虚无、人生空幻的观点，以此忘却或平复自己与友人心中国破家亡、人生困顿的痛苦。若非如此，他们的人生只能在痛苦中度过。

5. 杜濬《与施尚白学宪》

侯朝宗，后出才俊，而根柢不坚，火色未老，尤好作妄语以行己意，此最文章家无品处。不知先生以为然不？②

侯方域年弱于杜濬，在明末清初文名颇壮，杜濬对他的文章似乎有所不满，因此在牍中与施尚白(施闰章)讨论，也佐证了杜濬与施闰章之间有交往。

6. 杜濬《与陈伯玑》

维扬久聚，不意吾兄一日别去，遂挈家径归西江。弟不能归之人，翻恨归者为太恝，谛思自笑也。尊选评点精切，惜墨如金。弟所愿附不朽者，乃因循至今，未及料理报命，与豹人诗志，几成两负。其故何哉？大率诗名弟所好，懒惰亦弟所好。第(弟)好诗名如鱼，好懒隋(惰)如熊掌，是以相角而懒惰胜也。然弟积懒日久，如人顿顿食熊掌过多生厌，必将有时而取鱼。则弟之勉搜敝箧，觅便奉教有日矣，并发于千里一笑。③

陈伯玑，名允衡，字伯玑，明末清初诗人，遗民；"豹人"为孙枝蔚，字豹人，清初著名诗人。此牍是杜濬与陈伯玑、孙枝蔚交往的重要佐证资料。从尺牍内容看，他们三人之间相当熟悉，有着文墨上的交往。

7. 杜濬《答王山长》

承教弟傲慢不求友，弟岂敢如此。只是一味好闲无用，但得一觉好睡，总有司马迁、韩昌黎在隔舍，亦不及相访也。此是实语。④

杜濬性傲介，不受人惠，亦不轻易交接人物。传杜濬幽居期间，睡卧门外上锁，外人不得见。由此牍可见其处世态度之一斑。

8. 杜濬《与孙豹人》

仆近作寥寥，惟以温经为日课。盖尝窃慨世之黄冠缁流，犹各诵其本教之经。即吾仲尼之徒，亦或持诵彼教之经咒，日限若干遍，且刻苦用心，不使间断。而吾儒

---

①②③ ［清］周亮工. 藏弆集［M］. 张静庐，点校. 上海：上海杂志社贝叶山房本，1936：298，299.
④ ［清］周亮工. 结邻集［M］. 张静庐，点校. 上海：上海杂志社贝叶山房本，1936：233.

之经,反终年不上口,以致圣远言湮,学无根本,风俗日衰,职此故也。仆因而思之,向使其肯以持诵二氏经咒之工,诵吾儒之经;肯以持诵二氏经咒限课程无间断之道,孜孜诵吾儒之经,则六籍之文,曾不抵一部华严,一藏内景,一万大悲咒耳。计可以人人烂熟,纵未必即为醇儒,其可以免作白丁无疑矣。此其功效,较诵彼教之经,岂不尤正大直截,不落荒唐哉!以此自念,生平经学,虽涉而不精,作文援引,仅同剽窃,可耻可叹,莫此为甚。于是不知老至,特于今年六十以后,谨择开心吉日,呼我密友及儿婿数辈,各治一器一樽,送老人上学,使其隐然监督,不容作辍。立课简易,用图久远,每日温经,不过五叶。正襟朗诵,不过十二遍。余工酬应治穷事。倘得如此十年之工,则六经可以暗诵,左右逢厚。作文不敢游移,作人不致时样。禄命家谓仆晚运颇佳,其在自欤!目下先理书经,慕伏生之忘年,次及诗,又次及易礼,则寒家世业,春秋四传,曾用心一过,但经文反不熟。此易为力耳!从此黾勉,虽长在客中,所至无论人家僧舍,必先以此意白知主人,然后展卷。不然,恐其骇笑此白头老翁,尚思应举也。大率我辈天分有限,又半耗于诗歌,今始专精经学,庶几有得不论蚤晚也。既以自勖,并以望我同心,虽以足下五经纷纶,无俟重理。然杜诗史记,尚不厌百回读,况圣人之经哉!高明不以为迂,则鼓舞老蒙童多矣。一笑。①

孙枝蔚(1620—1687),字豹人,号溉堂,陕西三原人。清初著名诗人,有《溉堂集》,曾寓居扬州,与杜濬是好友。孙枝蔚被举荐参加康熙十八年博学鸿词科考试,杜濬作牍劝之不要应考。此牍反映了杜濬晚年思想的重要转变,从早先的诗歌追求转而开始专研经学,并认为治经对于作文有非常大的好处,故亦可以说是文章的宗经派。

9. 杜濬《示儿》

读"二典三谟"及《禹贡》之文,何等尔雅风致。至商周之书,盘庚五诰,乃更诘曲聱牙。因知《论语》平易,正是吾夫子文章起衰,直接唐虞之统,不但道德巍巍也。知此,并可知真唐宋,优于假秦汉矣!②

此牍可以说是《与孙豹人》的后续,前牍中杜濬提及要求"密友及儿婿数辈"督其学经,此牍可以说是学经的感受与心得了,也可以进一步说明杜濬是文章的宗经派。

10. 杜濬《答汪秋涧》

承闻云云,可谓高人有不急之务矣。敝乡有诗而无画,屈宋时无论,至子美、浩然两襄阳,其时画道盛行,亦不闻楚人能画者为谁。至近代二百年中,长沙下稚(至)公安、竟陵五先生,以诗迭起,虽论者不一,然固已皆为词坛盟主,执牛之耳矣。

---

①② [清]周亮工.结邻集[M].张静庐,点校.上海:上海杂志社贝叶山房本,1936:233-235.

独至于画，无卓然名家者，直至今日突出二人，一为石谿禅师，一为青溪太史。仆前后见其巨幅长卷，云峰石迹，迥绝天机。原本古人，师友造化，未尝不叹为神品。不知何以不出画家则已，一出便到恁地？犹之西江理学节义之乡，素不会词曲，一会便为汤临川，使作者尽出其下。皆天地间怪民也。①

汪秋涧，安徽新安人，生平事迹不详。时寓居扬州，与周边名士周亮工、吴嘉纪、汪楫等都有交往，工诗善画。杜濬为湖北黄冈人，作此牍与汪秋涧讨论近代湖北人物，尤其是画坛新杰，说明杜濬虽长期侨居异地，然心中不忘故乡。

11. 杜濬《又答汪秋涧》

仆向谓诗文书画之坏，至俗气二字止矣，无以复加矣！今始知有甚于此者，时气也。或者不以为然。仆为譬喻以晓之曰：时气之为物，犹之近日江闽新窑，摹仿宣窑、成窑、嘉窑款识，烧出瓷器，非不标致清雅，而其一种令人厌薄处，都自不可解。若是真正旧窑，虽复款识稍俗，亦自可耐。此非时气又甚于俗气之一证乎！虽圣人复起，将不易吾言。眼中翰墨纷纷，惟足下坚守古学而无时气，仆故尽情言之，不足为外人道。②

此牍讨论文艺作品的审美观念。杜濬以为文艺作品俗气已不可忍，"时气"则更甚之。他借新窑作瓷模仿老窑为例说明了所谓"时气"的内涵，实际就是拟古仿古、不能自新的时代文艺创作风气。

12. 杜濬《答卓火传》

手教再四促《传经堂诗》，此诗诺足下有年，岂得不作？及见惠示李果(杲)堂碑文，典则多风，则谓此堂只消此一篇文字便足，其余概可无作。古人求人诗文，只求一人一篇可传，不似今人乱促市佣，无所不有也。然使仆竟自不作，则似此段说话，只是自作游说，谨勉成二章奉去。其实虽拙作可无，况他人乎！狂言并发一笑。③

卓火传即卓天寅，初名大丙，字火传，号亮庵。浙江仁和人，明末著名文学家卓人月子。卓火传为浙中著名藏书家，好交接，建有藏书楼传经堂。传经堂建成后，卓天寅曾广邀四方名士为之撰写序跋、碑记、诗词等，朱彝尊、王士祯、孔尚任、吴绮、姜宸英等俱有作品，共得数百篇诗文，编为《传经堂集》十卷。此牍透露出一些重要信息：在传经堂建成后，卓天寅也曾向杜濬索诗文。杜濬不轻易许人文字，迟迟未作，而卓天寅非常看重杜濬声名，因此屡次作书催促，并曾附上李杲堂所作传经堂碑文。李杲堂，本名李文胤，字邺嗣，别字杲堂，浙江宁波人，浙中名士，遗民。杜濬在卓天寅的再三催促下，在看了李杲堂文字后，还是作了两篇文字寄

---

①②③ ［清］周亮工.结邻集［M］.张静庐,点校.上海:上海杂志社贝叶山房本,1936:235-236.

给卓天寅。这两篇文章今不见于《变雅堂遗集》;又杜濬答应为传经堂作诗,不知后续是否创作。《传经堂集》因未见到文本,不知是否将杜濬这两篇文章与续作诗歌收入其中,倘有,亦当为杜濬在《变雅堂遗集》之外存于其他文本中的散佚作品。

13. 杜濬《与张虞山》

蒙过奖拙作序文多有道之言,不敢当。此文特见其端耳,未尽也。盖愚见尝谓男子之能诗赋文章,犹女子之能纺绩针绣,只是本等事,无容矜异。其不能者,由未受之于天,于己无与;亦犹女之拙者,于纺绩针绣,有所不会,亦由未受之于天,无可奈何,正不必深愧。惟于节操大闲,则无论女巧女拙,皆不得草草也。世人能诗文而自矜,是女子之自矜其纺绩针绣也,矜所不当矜也;不能诗文而自愧,是女子之自愧其不能纺绩针绣也,愧所不必深愧也。此乃至平之论,无丝毫之矫激,第斯人愦愦相蒙耳。足下知吾言,故并及之。[①]

此牍是杜濬的诗文创作论。他认为士人做文字只是本分事,犹女子之能纺绩针绣,只不过天赋有所高低,不必以之自矜,也不必以之深愧,以平常心待之,无须刻意求之。但创作态度一定要端正,牍中所说"多有道之言"便是其一端。这便如女子可以不工于女红,但不能失之节操一样,士人可以不工于文艺,但不能失之道德。

14. 杜濬《答友人》

仆之论学,于朱陆两家,总无所解,而独以涑水氏不妄语为宗。盖人能不妄语,则行必可言,言必可行,为躬行实践之君子矣。至论其功效,则尤为最大。试为足下陈之。今夫家庭之有离间,妄语者为之也。不妄语,则离间绝而家和;朝端之有谗佞,妄语者为之也。不妄语,则谗佞绝而国治;民间之有讹言,妄语者为之也。不妄语,则讹言绝而天下安。以至于处朋友,不妄语则无风波;处乡党,不妄语则无争斗。作文不妄语,则不至颠倒千古之是非;作诗不妄语,则不至淆乱一时之情事。自古及今,和平之福,休祥之应,未有不由于诚实之君子。而破国丧家亡人,未有不由于妄语之小人者也。至于一种士人,不务修身积学,而专作妄语,用自妆点,其为丑态,尤惨于破亡,近已有为之而败者。然使后生初学辈,有所鉴戒,而妄语不至于太甚,则若人未必无功也。盖仆始者不过遭细人妄语之累,有所激,有叹服涑水氏之为圣人耳。久而方知格致诚正修齐平治之道,率不外是,则叹服益至,而从事益专焉。但仆之资质庸下,骨力软弱,为之觉甚难,兼世道尚伪,如操千金之璧,而行于盗贼之徒,兢兢乎惟恐其失也。吾夫子称忠信笃敬,是邦可行,益赞禹至诚感神。

① [清]周亮工.结邻集[M].张静庐,点校.上海:上海杂志社贝叶山房本,1936:236,237.

矧兹有苗,岂欺我哉? 足下老学,幸不惜鞭策,使益坚所守,是愚心所望也。企切!
企切!①

此牍是反映杜濬的学术思想的重要资料。他从学术思想对社会的影响角度出发,认为陆王之学莫衷一是,唯推崇涑水氏"不妄语"之说。涑水氏即司马光,人称涑水先生。杜濬认为世间混乱,皆因妄语而起,众人皆不妄语,方为风气之正者。他还针对现实不良风气,提出批评意见,将儒家的内圣之道,最终也归结到"不妄语"上。

15. 杜濬《戏答练石林》

仆固好为古文,日与能古文者游,然而非今之人也。盖自周汉左马,以迄南宋陈同甫,又新参一归熙甫而止,郐以下无讥焉。若来教某君,仆未尝识其人,子瞻所谓直懒耳。别无说,然颇闻人传其自满之状,殊令人致惜。大抵一时新锐风气如此,不必深论也。独怪有一老友,年大于仆亦复风气移人,打入少年场,不窥耆旧传,妄自菲薄矣。吾文胜昌黎,是何等语也? 释典言,譬如小民自称国王,徒取诛戮,为可怜悯者,何其多欤! 仆尝言虽有绝代文章,掀天事业,一着色相,便是俗人。何则? 道眼不开也。况今人伎俩可知者乎! 然此犹是庄语。仆又有一谐语,可以奉入足下杂著中者。近有一友,为仆述某公一介不与,却未一介不取,可谓一边伊尹,盖旧有此谑也。仆应之曰,今某公无周公之才,使骄且吝,岂非半截周公乎! 闻者莫不绝倒。直是天生绝对。必传无疑。足下搜罗编纂多年,今始得此压卷,笑抃可知也。然从此当与足下动色相诫,毋自入瓮乃可哉。②

练石林不知为谁。此牍反映了杜濬对文章创作时代风气的看法。从内容看,杜濬不反对学习古人,他自称与"周汉左马,以迄南宋陈同甫"同游,对于明代古文作家,他则推崇归有光。对于文章的创作宗旨,他认为应该同功利主义的"色相"彻底割裂开来,否则"一着色相,便是俗人"。对于当下的文章创作风气,杜濬是持有保留意见的,他认为当时文坛风气狂躁轻浮,华而不实,不愿意学习古人,"不窥耆旧传,妄自菲薄",没有领会文章创作的真谛。以此牍结合杜濬其他尺牍看,杜濬是不反对学习古代文章大家的,他反对的是拟古摩古的风气。同时,也反对抛却古人古文,不虚心学习,徒相自满,自鸣得意的浮躁作文态度。结合前牍《答友人》"不妄语"之说,以及在《与施尚白学宪》中杜濬批评侯方域"根柢不坚,火色未老,尤好作妄语以行己意,此最文章家无品处"③,可以总体上看出杜濬的文章创作态度与对当下文学风气的看法。

16. 杜濬《又戏答练石林》

贶我《壮悔堂集》,美材哉! 然此道之难言,全在丹与汞之分。古人没兴煞是

---

①②③ [清]周亮工.结邻集[M].张静庐,点校.上海:上海杂志社贝叶山房本,1936:237-239.

丹,今人得意煞是汞。吾末如之何也已！①

此牍是杜濬对侯方域《壮悔堂集》的直接评价。在《与施尚白学宪》一牍中,杜濬虽赞颂"侯朝宗,后出才俊",却是不喜他作文"尤好作妄语"的轻薄态度。此牍进一步说明了他的看法。他评价:"《壮悔堂集》,美材哉！"但又以丹汞为喻,以为古今人评判体系不同,结果也不一样。侯方域在清初名震一时,《壮悔堂集》世人评价极高,但杜濬以为这是"今人得意煞"的结果,即是浮躁时代风气下的评价,却未必符合古人的审美眼光。言下之意,他对侯方域其人、其文是持有保留态度的。杜濬以冷眼看待侯方域可能与侯方域明末清初的高调做派有关。杜濬曾劝孙枝蔚不要应博学鸿词科,免作两截人,何况侯方域为明末四公子之一,复社领袖,名噪一时,却在清初参加科举,其个人品行对于恪守道德节操的杜濬而言,也难以青眼视之。

17. 杜濬《与减斋先生》

闻先生欲选今人诗一部,不著选者、作者姓名,可以得真诗,又可免情面于前,息怨争于后。濬初闻而善之,已复思之,仍有未妥者。夫人之好无名之名也,甚于好有名之名也。何则？有姓名而或录或不录,则其录与不录之故,姓名犹冒其半。今不载姓名,而颛惟其诗之存,则是其美恶全在乎诗。美者真美,恶者真恶,更无躲闪之地。有无以为荣辱,去取以为喜怒,吾见其什百倍于有姓名之选。则情面于前,而怨争于后者,不益甚乎！况衡鉴出自先生,尤与泛泛者相万。将见选方经始,而众已宣传选者之姓名,抑之而弥著。此尤好名之士,所一饭不能忘也。然则先生于当世之诗,一无所论定则已。如尚有论定,则遴拔精而人自服,何必不留姓名乎！不留姓名,则又不如留姓名矣。愚见如此,惟明察其是否！②

此牍是杜濬与周亮工交往的直接证据,内容与选诗理念有关。明清辑选文学作品成集出版成风,清初诸多尺牍选本便是这一风潮下的结果。一般在辑选活动中,有明确的主持者,有明确的辑选对象,多通过邀约、投稿、赠稿、搜稿等渠道,在选录作品的同时也登录作者姓名以传于后世。如果自己的作品被一部高质量、有影响力的选集收录,那是一件极荣耀的事情,既可以宣扬作者名声,还可以传播作者作品,实现存人、存文于后世的效果,所以一般文士皆重视文学作品辑选活动,看重自己的作品能否入选,而选家也因此获得了独特的地位,往往因此成为文人交往与文学活动的中心,甚至成为一个临时、松散的文学集团。有影响力的选家在传出有意遴选文学作品时,海内文人争相投稿,被录用固喜,被遗弃则不免遗憾,甚至因此心生怨恨。在这样的情况下,不免有人投机取巧,出现人情稿、亲情稿、名人推荐稿等情况,选家往往也感到犯难,用之不合己意,不用则又颇多顾虑。选本刊出以后,如果有质量不高的稿件被录用,则又会引起士人的舆论争议。大概因为这种情况,周亮工动心思改变编选方式,遴选一部今人诗歌,在征选时"不著选者、作者姓名",以为这样可以避免传统选学的

---

①② 〔清〕周亮工.结邻集[M].张静庐,点校.上海:上海杂志社贝叶山房本,1936:239.

弊端,既"可以得真诗,又可免情面于前,息怨争于后"。杜濬听闻此信以后作此牍谏之,以为不可。他以逆向思维,认为这种编选方式会让诗人更为看重自己作品能否入选,虽可得真诗,但"美者真美,恶者真恶,更无躲闪之地。有无以为荣辱,去取以为喜怒,吾见其什百倍于有姓名之选"。而且,由于选家是无从隐藏的,遴选消息一经传出,恐怕会引起更大的舆论风波。何况选者如周亮工,眼光独到,审视精当,入选作品质量能够保证,则又何必不登录作者姓名。所以从选学角度讲,留作者之名要好于不留。杜濬的这种观点无疑是正确的,如果光是征选作品,不留姓名,则失去了选学的重要意义之一——存人,其弊会使得人们不得诗歌作者姓名,胡乱猜测,反倒引起争议,甚至引起版权问题,导致士人冒领姓名,争夺优秀作品著作权,文讼不断,斯文扫地。最终,周亮工也没有这样的诗歌选本传出。

四、萧士玮

萧士玮,字伯玉,别号三峨,江西泰和人。钱谦益《明太常寺卿伯玉萧公墓志铭》中云:"辛卯四月十三日卒于西阳之僧舍,年六十有七。"①据此推断,萧士玮当生于明万历十三年(1585),卒于清顺治八年(1651)。萧士玮万历四十四年中进士,官行人司行人,曾任明山东布政司知事、礼部主事、吏部主事、南京吏部考功司郎中等职。南明时曾任太常寺卿,南明亡后寓居禅寺,忧愤而死。萧士玮素有文名,生平交往多为当时名士,尤其受知于钱谦益,著述有《春浮园集》《春浮园别集》等。萧士玮卒于顺治八年,《尺牍新钞》成书于康熙元年,根据《尺牍新钞》中周亮工所标注的萧士玮尺牍来源情况判断,其时《春浮园集》已经成书。但《尺牍新钞》三选中仍有18通不见于《春浮园集》。这一批散佚文字是考证萧士玮生平与了解萧士玮思想的重要资料,其中一些是兼具艺术性与思想性的优秀小品。

1. 萧士玮《与钱牧斋》

山中图史足娱,兼得好友,相与晨夕,此福当矜慎享之。异时坐中书堂,四体不得暂安,口腹不得美厚。身肩天下之忧苦,思欲一唱《渭城》不暇矣。玮居家一无所为,然后世或以懒废误入高逸。未可知也。②

按陈家祯《明太常寺卿萧伯玉先生行状》中所述,萧士玮有两次隐居生涯:一是万历后期,萧士玮因得罪阉党而辞官回乡,佯狂半隐,"杜门却客,闻怀刺者至辄戒阍竖勿为通客。或阑入,先生惟高咏'我醉欲眠'之句,散发箕踞,直视无言"③。此次归隐直到崇祯继位,阉党倒台,朝廷征召萧士玮后结束。二是南明之时,萧士玮因被马阮排挤而辞官归隐,心态凄凉。"闻陪京继陷,自以退老,心长发短,知无能为。忧愤成疾,僵卧西阳,依托禅寂。"④按此牍中萧士玮所表现出的心态,当是第一次隐居之时,因此尚有闲逸之心,并无凄苦之状。牍中所说"山中",当指江西泰和境内的西阳山,萧士玮晚年隐居于此。

① [清]钱谦益.明太常寺卿伯玉萧公墓志铭[Z]//[清]萧士玮.春浮园文集:附录,康熙年间刻本:5.
② [清]周亮工.尺牍新钞[M].上海:上海书店,1988:193.
③④ [清]陈家祯.明太常寺卿萧伯玉先生行状[Z]//[清]萧士玮.春浮园文集:附录,康熙年间刻本:10,12.

2．萧士玮《与万茂先》

忧病之余，闭门高卧。季秋强起，始入深牧庵，为学道计。然看云弄石，抚松听泉，亦损闲心。夫暂时忘照，即同失候。古人剪爪拭涕，犹且不暇，况有闲工夫为俗人怡悦地？可愧也！[①]

万茂先即万时华(1590—1639)，江西南昌人，明末江西布政使李长庚合十三郡文士结豫章社，推万时华为首领，陈际泰、徐世溥、陈弘绪、章世纯、艾南英，萧士玮等俱是豫章社成员。此牍反映了萧士玮闲居心态，开始参禅入道。万时华亡于崇祯十二年，其时明朝尚未灭亡，故此牍也应作于萧士玮第一次归隐期间。从中可以推断出萧士玮中年以后已有出世之想。"深牧庵"当处泰和西阳中，应与萧士玮有着莫大的关系，或为萧士玮捐资所建，第一次隐居期间，萧士玮常于此会友待客。钱谦益所言萧士玮"卒于僧舍"，当也指深牧庵。此牍反映了萧士玮真实的矛盾心态：一是他已经开始参禅，思想上有了重大转变；二是心中尚忧国是，表面故作闲散，内中并未真的放下个人理想与国是关怀，这也可以解释他为何再次复出。

3．萧士玮《与李懋老》

居家大都无所为，惟饱餐青山，卧听流泉而已。从此欲种麦酿酒，作祝鸡翁耳。丈夫一发不中，自当摧撞折牙，以息机用，苏而复上何为也？[②]

李懋老即李邦华(1574—1644)，字孟暗，号懋明，江西吉安吉水人。明万历进士，曾任监察御史、光禄少卿、兵部侍郎、兵部尚书等职，明亡时以身殉国。此牍表现闲居生活，说明萧士玮在明末仕途初受挫后，已有终身隐居准备和打算。"丈夫一发不中，自当摧撞折牙，以息机用，苏而复上何为也？"乃是化用唐范传正《唐左拾遗翰林学士李公新墓碑并序》中的话："公以为千钧之弩，一发不中，则当摧撞折牙，而永息机用，安能效碌碌者落而复上哉？"意即自己仕宦已经用尽全力，余生不再做此想。不过他后来违背初衷，其动机当与李邦华一样，出于爱国之心。

4．萧士玮《与次公》

洪觉范驰情风雅。陈莹中云："于道初不相妨，譬如山川之有烟云，草木之有华滋，所谓秀美精进。"近王元美亦云："生意方茂，且放东君发舒一场。华落叶脱，当归根本，会须有时。若早自阏结，政恐万宝生成时，更吐华荤如之何？"此皆结习未忘，聊以自便耳！余心知其病，然复好之不已！穷年枉智思，倚掫粪壤间，真浅之乎丈夫也。[③]

明末清初字号为"次公"者有数人，此"次公"当指左懋第，其与萧士玮仕宦生涯有交结。左懋第(1601—1645)，字仲及，又字次公，号萝石，山东莱阳人，曾代表南明出使与清谈判，宁死不

---

① ② ③ ［清］周亮工.尺牍新钞［M］.上海：上海书店，1988：193.

降,后人誉为"明末文天祥";洪觉范为江西新昌人,宋代名僧,同时又以诗文闻名,与当时以黄庭坚为代表的江西诗派人物颇有唱和;陈莹中为宋代心中向佛的文人;王元美即王世贞,类于陈莹中。萧士玮此牍委婉地道出了自己的心态,自己有心向佛,却"结习未忘""心知其病,然复好之不已"。但他实质上还是一个传统的士人,向佛只是在仕途失意时聊以自慰的一时遣怀之想,否则他不会有出山复仕之举,也不会最终忧愤至死。

5. 萧士玮《与次公》

辅理作情之书,须使之常交于胸中;导欲增悲之语,自宜少近。正如经云:五种辛菜,熟食发淫,生啖增恚,当刬其助因耳。此语少年或以为迂,不知我乃折肱良医也。[①]

此牍为萧士玮的读书医人论。

6. 萧士玮《与次公》

途中宴会,大苦人。诸伶似偶,有声如牛,肥皮厚肉,浓茶细酒,才到喉间,盘诘数四,终苦面生不纳。入此中人肠胃,便如轻车熟路。徐家肺、沈家脾,人人一具。不知宿生植何殊福,乃博得此一种不可思议脾胃也。[②]

此牍反映了明清士人宴会生活的状态,具有一定的史料价值。也表明了萧士玮对于俗事人情的厌恶。其有出世入禅之想,当亦与此有关。

7. 萧士玮《又与次公》

到家已近,为风雨所阻,欲归不得。江上看山,意兴都尽。昔人云:"青山秀水,到眼即可舒啸,何必居篱落下,乃为己物。"此全不识痛痒耳![③]

此牍应是前牍的后续篇,应是萧士玮第一次辞官归乡途中所作,周亮工以之为文艺俱佳的清言小品。

8. 萧士玮《与闻子将》

从永兴抵横山,树老泉咽,村迂竹僵,苍寒无际,以助所极为际耳。江邦玉草堂亦可居。然山穷水止,迫晚意尽。此中结庐,只宜在法华永兴间,留横山一带,以为游息之地,如陶士行饮酒,限已竭而欢有余,乃佳耳。[④]

闻启祥,字子将,浙江杭州人,有文名。永兴,杭州萧山古称,横山也在浙江境内,此牍应是萧士玮游浙中时所作,是萧士玮所作的优秀的山水小品,也是他与浙中人物交往的佐证资料。

[①②③④]　[清]周亮工.尺牍新钞[M].上海:上海书店,1988:193-196.

9．萧士玮《广陵与故人》

芍药惟此间为最，兀坐公署，不得一瓣到眼。如此名花，只陪徽州贾子，呷盐茶豆粥饭五加皮酒，挟新桥笨娼，唱四平腔调自豪耳。邯郸才人，嫁厮养卒，可胜叹惋！[①]

由此牍可见萧士玮仕宦时曾居处扬州，并与扬州士人有交往。可惜只感慨扬州风物，却未对扬州士人留下好印象。联系前牍《与次公》中萧士玮不耐俗人俗事，以参加宴会为苦差事的情况，颇可见萧士玮性情。

10．萧士玮《与弟》

往在维扬，看惠崇山水卷子，秀逸之极。时往来于怀，今日开窗，见岸湖诸山，宛如久羁逢亲旧也。[②]

萧士玮有弟宗玉。此牍写景抒情，发一时之怀。

11．萧士玮《初度日与弟》

四十九年，梦幻泡影，利害婴身，如以毛置掌，了不觉知。此后当作置瞎想，庶有开交之路耳。列缺之光，一瞬而逝。长我者，少于我者，亲知已去数人。长沙岑禅师摩亡僧顶曰："此僧却真实！"为诸人提纲商量也。[③]

初度日即生日，此牍当作于萧士玮49岁生日之时，其时应为崇祯六年(1633)，萧士玮应在京中为官。此牍中萧士玮似乎已经感觉危机将至，人生幻灭之感让入禅之心又盛。

12．《与万吉人》

得归即乐，何必太速耶？算程量日，但兴劳虑无益耳。孔彦深常游山，遇沙门释法崇，偶留同止，遂停三载。家人莫测所往，此果何人耶？[④]

万元吉(1603—1646)，字吉人，江西南昌人，明末诗人，南明重要政治人物。此牍似作于萧士玮第二次辞官归里之时，与同朝为官的万元吉告别。表面看是摆脱宦事，恢复自由之身，所以说"得归即乐，何必太速耶"，但萧士玮实际属于在政治斗争中失败，忧愤国家形势无可救药，心中的幻灭之感才是他真实想表达的东西，所以语气中表现的并不是真正的快乐。

13．萧士玮《与杨寨云》

调公如枝鹿，见时贵辄骇去。乃独喜与余两人周旋不真。视此海鸥，渐有可下之色矣。[⑤]

杨寨云不知何许人。此牍当作于萧士玮第一次归隐时期，牍中尚有雅乐之兴致。

---

①②③④⑤　[清]周亮工.尺牍新钞[M].上海：上海书店，1988：193－196.

14. 萧士玮《与潘昭度》

宗玉将归，须命过春浮。一极谭文章之事，文与可袜材一派，必得其人，然后授之。过邮亭而不使人知，亦是前贤美事。然当世如有习主簿其人在此，又为第二义也。[①]

潘曾纮，字昭度，浙江湖州人，曾任江西巡抚，萧士玮曾与之同朝为官。宗玉指萧士玮弟萧士瑀；春浮指春浮园，为萧士玮在泰和故里所建，萧士玮诗文集即名为《春浮园集》。

15. 萧士玮《与何非鸣》

昨晤黄水帘，言戊辰近事，娓娓可听，且有回生之机。弟云昔有韵士，置一小楼，颇据湖山之胜，赵吴兴顾而乐之。后有富翁，为筑重阁，以蔽其前，吴兴复至，夷犹不怿，手署一扁曰："且看！"[②]近日生机，亦且看耳！[③]

戊辰指崇祯元年，戊辰近事当指崇祯惩治魏忠贤之事。此牍当作于崇祯元年魏忠贤被逐之后不久，萧士玮尚未复仕之时。萧士玮因得罪阉党而辞官归乡，这时从朋友处闻说阉党被惩治，魏忠贤倒台，心中不觉欣喜，觉得"娓娓可听，且有回生之机"。"回生之机"当指明末混乱的政治与阉党覆灭的趋势。萧士玮虽说对局面乐观，但还保持着清醒的头脑，认为且看形势再说。此牍说明萧士玮在第一次隐居期间追求禅境基本是为了追求心理平衡，摆脱苦恼，避灾免祸，并非真正入禅。一旦听说阉党覆灭在即，政治形势开始好转，他心中的欲望又开始萌动，后来的复出便自然不过了。

16. 萧士玮《与马季房论诗》

律细格老，与年俱进，皮毛脱落，乃见真实。善畜马者，初不令其跳踯，每夜必紧其御勒，不容亲水草。旬余浮膘尽消，筋力怒张，日驰数百里不倦，饥渴不能为之困。作诗而多芜音累气，皆由浮膘未尽耳。[④]

此牍为萧士玮的诗歌创作论。他以养马作喻，认为蓄马当去其肥膘，方能"筋力怒张，日驰数百里不倦，饥渴不能为之困"，作诗当去除"芜音累气"，方为好诗。

17. 萧士玮《与赵景之太史》

人胃气强盛，以饮食杂试皆能纳受。弱者稍投以不合，病辄立见。余以近人诗，合者少，不合者多，类皆推置不观。非薄今人也，直以胃气素弱，投其所忌，将恐伤之尔。夜来听雨蓬窗，得先生诗读之，遂尽一烛。盖以无累之神，合有道之器，宿荤涤尽，入口不滓，久而味回，渐益入佳。似此且可宽胃以养气，岂惟不伤而已！[⑤]

---

①②③④ ［清］周亮工.尺牍新钞［M］.上海：上海书店，1988：194-196.

⑤ ［清］周亮工.藏弆集［M］.张静庐，点校.上海：上海杂志社贝叶山房本，1936：209.

赵士春(1599—1675),字景之,江苏常熟人。此牍兼评时人诗歌与赞赏赵士春诗歌。萧士玮好以医道论文学风气,前牍《与次公》已经如此,此牍复之,也可说明萧士玮平时颇重养生,并懂一些医术。

18. 萧士玮《与顾与治》

近来石公诸人,虽家人语,亦强为作达。此盖矜其所不足也,前辈何尝如此。文生于情,人皆知之;情生于文,文人亦未易知也。[①]

顾梦游(1599—1660),字与治,江苏江宁人,复社成员,素有文名,入清后以遗民身份终老。此牍萧士玮与其讨论作文与人的性情的关系,萧士玮认为二者相伴相生。

19. 萧士玮《与钱某》

坡公晚得朝云,竟是一禅悦之友。情之所至,一往而深。然情非深不能忘,"满堂兮美人,忽独与予兮目成",此是千古情至之语,即是千古歇情之方,特未可为不及情者道尔。某偶寄一言,原为游戏。弟既已登场,喜笑怒骂,亦须扮演酷肖。痴人见为何太认真,不知此政老曲工游戏三昧处也。[②]

此牍收于《藏弃集》第十二卷,实际与萧士玮《春浮园集》中《与钱牧斋》(坡公晚得朝云)一文相同,为萧士玮庆贺钱谦益新娶柳如是所作。但此牍的存在有重要价值,它说明此"钱某"即为钱谦益。不但如此,它也说明了贝叶山房本《藏弃集》与《结邻集》所收尺牍中,无论是作者还是收受者,凡标为"钱某"的,即为钱谦益。证据有三:一是贝叶山房本《藏弃集》中收钱某《示从子求赤》,钱求赤是钱谦益堂从祖弟钱谦贞之子。二是清华大学图书馆藏赖古堂刻本《藏弃集》中,《示从子求赤》作者直接标明为钱谦益。《结邻集》中收有钱谦益尺牍6封,也有如此现象。三是萧士玮《春浮园集》中收有钱谦益尺牍,《与钱牧斋》(咄咄怪事)与《结邻集》所收《又与钱某》一牍相同,《与钱牧斋》(春仲抵白门)一牍在《结邻集》中标为《与钱某》(梅公往北)。三者结合,说明《藏弃集》与《结邻集》中收受者与作者即指钱某的尺牍为钱谦益确证无疑。以此推之,尚可发现《藏弃集》与《结邻集》问世后在流传过程中版本的重要差异:钱谦益的著述在乾隆时被列为禁毁书,这说明上海杂志社贝叶山房本《藏弃集》与《结邻集》并非如其标注的"据赖古堂原本",而应是乾隆年间或之后的刻本。后人为避免触犯忌讳,故将钱谦益以"钱某"之名取代。照此推之,贝叶山房本《藏弃集》与《结邻集》应不如康熙年间赖古堂原刻本全面。

五、李清

李清(1602—1683),字心水,一字映碧,号碧水翁,江苏兴化人。明大学士李春芳五世孙,明礼部尚书李思诚孙,崇祯四年进士,仕宦崇祯、弘光两朝,历任刑、吏、工科给事中,大理

---

①② [清]周亮工.藏弃集[M].张静庐,点校.上海:上海杂志社贝叶山房本,1936:299,210.

寺丞。明亡后,归乡隐居,以读书著述自娱。李清是明末清初重要的学者、小说家,又因年高长寿之故,著述丰富,主要集中于史学,著述有《南北史合注》《南唐书合订》《诸史同异》《明史杂著》《南渡录》《思宗实录》等。其中反映明代历史的著述因思想与清政府抵触而导致被大量禁毁。据王重民先生《李清著述考》一文考证,李清有文集《澹宁斋文集》(见《江南通志》)①。《尺牍新钞》三选之中选入29封李清尺牍,周亮工在《藏弆集》《结邻集》李清尺牍条目下直接标注:"映碧,心水,江南兴化人。《澹宁斋集》",明确说明其中的尺牍选自李清文集《澹宁斋集》。《藏弆集》成书于康熙六年,其时李清尚在人世,说明《澹宁斋集》(即《澹宁斋文集》)在李清生前便已成集刊行。《澹宁斋集》今不见于世,《藏弆集》《结邻集》中的这29封尺牍便成为《澹宁斋集》存在的直接证据与其中散存的文本。由于关于李清的存世资料不多,这29封尺牍也成为研究其生平交往与思想状态的重要资料。

1. 李清《与李竹西门人》

仆幼闻一先达言,谓冯具区读《孟子》至"沈同"章,"夫士也"三字,辄咀味不置。已入棘闱,适遇"子贡问士"题,遂用之以冠南宫。乃予所味,又不独此,若移仁人固如是乎于在弟则封之下,则索然。得是解也,可悟文家实则虚之,板而活之之法。若移王子有其母死者,二语于公孙丑之口,则又索然。得是解也,可悟文家叙事兼议论之法。然予味他人所未味,而兄又当味予所未味。读书妙诀在自得,又在自尽耳。②

李清举例说明读书之法"妙诀在自得,又在自尽",强调读书时的"悟"性。

2. 李清《与吴伯登》

偶读王凤洲集,谓以文章泄造化之秘者必困厄。③

王凤洲即王世贞,李清感慨王世贞的仕途坎坷,也极为欣赏他的诗文作品,可见在文学创作上是推崇王世贞的。此牍当是删节篇,由于文字过少,不能判断李清在文学主张上是否推崇七子派。

3. 李清《与方尔止》

夏初陈伯玑来,得奉翰教。尔时江村遇盗,五月披裘,愤闷之余,草次裁答。秋深还乡,收召魂魄,缮经余晷,卒业佳刻,始知今日诗坛中复有此人,欢喜赞叹,语不能悉。扇头二十韵,聊陈鄙怀,虽潦草不工,然大意尽化矣。仆学贫才粗,本非诗人,中年得闻先生长者之绪言,颇知近代俗学之谬,而指陈其所以然,如弇州定论,标于采诗之小传者,实深知弇州之晚悔。援据其遗文,确有来自,非苟然而已。

---

① 王重民.冷庐文薮:上[M].上海:上海古籍出版社,1992:203.
②③ [清]周亮工.藏弆集[M].张静庐,点校.上海:上海杂志社贝叶山房本,1936:197.

流俗痼疾，传染膏肓，眼见方隅。横肆诋谰，摇头掩耳，付之不见不闻，不则楚人又将箝我于市矣。捧诵来教，似不以鄙言为纰漏，有意疏通证明之者。此番扬榷，实诗家慧命绝续之关。以只手障东逝之澜，非巨灵仙掌，谁能任之？幸哉，吾有望矣！①

方尔止，安徽桐城人，明末清初名士，与孙枝蔚、陈维崧、阎若璩等俱有交往。据牍中所言"中年得闻先生长者之绪言"，此牍当作于李清中年时期。又李清与陈伯玑(允衡，江西南昌人，明遗民)有着交往，陈伯玑携带方尔止书信交与李清，李清因作此牍答之。此牍也透露出一些重要信息：李清不擅长于诗歌，中年之后方始学诗，并对当时流行的七子复古诗歌主张有所不满；李清自己也有诗歌创作，他自言"扇头二十韵，聊陈鄙怀"，惜未见于后世。

4. 李清《又与方尔止》

《荔支酒歌》，可为此诗生色。若铁矢果能治聋，便当寄信岭表，乞栎园酿数石，作兜元国中大庆贺筵席，与兄烂醉百日也。②

"栎园"为周亮工的号，此牍说明李清与周亮工本人有着直接交往，其能有如此多的尺牍入选《藏弆集》《结邻集》可能有这一原因。又《尺牍新钞》中没有李清尺牍，从此推断，李清与周亮工的交往当在康熙元年之后。此牍无首尾，当为删节本。

5. 李清《示子孙》

岁丙午，予谒先文定祠，因忆《宋史》中有巧合三事，此王凤洲盛事述耶？抑奇事述耶？亦盛亦奇，乌可无述。宋李迪繇状元为宰相，谥文定，寿踰七十，盛矣！先文定如之。姓氏同，科名同，宰相同，谥同寿亦同，此一奇也。宋王溥以宰相致政，父母俱存，盛矣！先文定如之。故归田敕云："繇状元为执政，冯京不愧乎科名；以宰相而养亲，王溥见荣于当世。"夫从状元登执政非难，独执政后复致政，正儿孙济济，不能识时，而犹父母俱存为难。此二奇也。宋庆历癸未科入相者六，为吕公著、王安石、王珪、韩稹、韩绛、苏颂，盛矣！先文定主试隆庆戊辰科入相者如之，则沈一贯、朱赓、张位、赵志皋、王家屏、陈于陛、于慎行也。如之乎？曰过之。彼六而此七，此外八座十五人，卿贰三十八人，开府二十人，方伯十九人，余衣绯悬金者，通计百五十余人。以节义文章事功著，又不在此类。盖自隋立制科后，其芬华鲜俪，而况宋庆历。此三奇也。亦盛亦奇，二美俱兼。乃笑凤洲分述盛奇，犹只美而非双美也。虽然，吾又因家荣而思国庆矣！③

李春芳谥号"文定"，文定祠即指李春芳的祠堂。李春芳以状元出身任内阁首辅，是历史上少有的事情，加之人生圆满，父母俱全，子孙旺盛，李清将之与宋代的李迪、王溥以及庆历间癸未科举一众人物相比较,说明盛荣与奇巧之事集于李春芳一身。在祭祀祠堂之后,李清将之告之子孙,以追述先祖荣耀,告诫后人努力。牍中提到王世贞会如何描述此事,是因王世贞作有《嘉靖以来首辅传》,李春芳是其中之一。李清在其尺牍中屡次提及王世贞,可见他本人对于王氏是非常推崇的。牍中提到"岁丙午",当指康熙五年(1666),时年李清65岁。李清在牍中说道:"虽然,吾又因家荣而思国庆矣!"说明随着入清时间渐深、局势稳定,李清虽坚持遗民身份不愿出仕,却希望子孙能够延续先祖荣耀,在新朝代有一番作为。

6. 李清《与周仲驭》

读《请谥逊国臣疏》,则微显阐幽,金石并永;读所撰《逊国记》,则铁骨丹心,日星重揭。然言者有心,行者无力。有说焉。盖缘当今读书辈,自做秀才之臭腐时文,与居官之断烂朝报外,俱付诸羲黄前事,梦梦不可复识。故骤与之言,如对盲人举手东西,不知凝眸。若反覆论辨,务求必胜,则又如鸟语之呢喃、闽话之诘曲,益纠缠不可解会。厌则凭儿欲寐,妒则欲标而出诸大门外矣。甚举稗官野乘,未付秦火之齐东,而奉若蓍蔡,锢闭忠良,因其腹枵,遂成耳食。可叹也。年翁拟作《逊国史》,读书种子,赖以不绝哉![①]

周镳,字仲驭,号鹿溪,南直隶金坛人,明末文人,复社骨干周钟的从兄,崇祯元年进士,官拜南京礼部主事。南明时与复社顾杲等出《留都防乱公揭》讨马士英,后因左良玉之事被逼自缢。此牍佐证了李清与周镳有交往。根据牍中内容,此牍当作于甲申国难后,南明未亡之时,所以周镳作《请谥逊国臣书》与《逊国记》,此二书应是周镳遗作,另有《逊国史》不知是否完成,此牍提供了考证线索。从牍中内容看,李清对当时的士人学风是极度不满的。他所说的"言者有心,行者无力"是指清醒者虽能发出正确的言论,却最终不能落实到具体的行动上,其原因主要在于当时士人不论是非,一味争风好胜,只以自己是非为是非,臧否人物。联想到最后周镳因言获罪,被逼自杀,此牍委实是先见之言。李清专心史学著述,尤其热衷于明末历史,除爱国之心外,或许正与他对当时士人学术风气的严重不满有关。李清治史,实际也正是清代学术风气转变的先声。

7. 李清《与朱全古》

生自寒荆亡后,始躬理家政,仿佛赴童子试时,夫童子所苦者,作文难耳。然举塾师之腐训,时文之滥套,演读数过,如描摹影本者,依样画去,尚可成字。若生悠悠忽忽,从不问家人生产,而忽欲筹斛较瓶,规裳度履,对婢仆作絮语,蒙耳惯耳。此与之无二字,手指未能,硬捉案头刻独催句,竟搔耳摩腹,喀喀不能吐一语者,情

---

① [清]周亮工.结邻集[M].张静庐,点校.上海:上海杂志社贝叶山房本,1936:109-110.

状何异？罪不至此。①

朱全古，生平事迹不详，为抗清志士。传钱谦益在清初曾与之联系，与姚志卓在黔中一带筹划抗清活动，以响应郑成功的水上军事行动，事见清初佚名所撰《存信编》。此牍当作于朱全古事未发时，一方面说明李清与抗清人物有着联系与交往，一方面也说明李清中年丧妻，不得已亲自料理家政。这是佐证李清生平的重要资料。

8. 李清《与张西河》

往读章格庵疏，谓天下人才，半污贼庭，存者当硕果珍耳，固也。然珍彦于朝，尤宜搜逸于野。夫鸲鹆能言，人爱其慧，然未作笼中教鸟，而不知挟能言之舌，以无由矜慧者凡几；蟋蟀能斗，人爱其健，然未作握中豢虫，而不知挟能斗之距，以无由矜健者又几？人才跧伏草茅，而鸣跃无期类此。但惘惘妍媸，惟声是和，是孟尝出关之群鸡也。想当以情面贿赂四字，药铨曹二竖耳。②

张西河不知何人。章格菴即章正宸，字羽侯，号格庵，浙江会稽人，明末官员，刘宗周弟子，为人正直，力主抗清，积极举荐抗清人才，李清仕宦生涯与之应有交结。明亡后自杀未成，不知所终。按"往读章格庵疏"措辞，此牍当作于明亡以后，反映了李清对于明末时事的看法，反映出李清对明末政治的态度。崇祯自杀以后，朝中官员屈节大顺者众，后降清者亦众，所以章正宸说"天下人才，半污贼庭，存者当硕果珍耳"。李清认为明末朝中固有一二硕果，但整体局面却是良莠不齐，英才多蛰伏于野。他以鸲鹆、蟋蟀作喻，说明英才不肯随波逐流屈身而仕，而朝中无人并最终导致"半污贼庭"结果的关键在于用人者，李清将朝中无能之人比作"孟尝出关之群鸡也"，而最可痛恨的是贪图"情面贿赂"而任用他们的"铨曹二竖"。"铨曹"指主管选拔官员的部门，李清"铨曹二竖"的说法似有所指，可进一步考证。

9. 李清《又与张西河》

昔欧阳原功修宋辽金三史，以为一时三大制作皆出其手。乃今日亦有当修三，一曰记故事，一千家诗，一杂字。或曰："此皆兔园册备抄耳，何言修？"不知世间之书，必至田父山民村姑，皆能家弦而户诵之，方为必不可少之书。而令之不解读是者几？恐尘封三史，实难以争胜，奈何置为成书，而谓一字之增损，皆所不能。若汰芜益奇，以新书镂行，使世间无不读书咏诗，又无不识字之民，快孰甚？以视元人抑郁牢骚，无所见才，而托之词曲小说以炫目者。何如何如？③

此牍反映了李清重民、教民的思想，也可见李清治史思想之一斑。欧阳原功是元代史学家欧阳玄，曾编写辽、金、宋三史。李清以为著述的最高考量标准当是有利于民生，使得百姓俱能读、须读，这样的书方是世间必不可少之书。他的理想状态是通过著述教化民众，"使世间无

①②③ ［清］周亮工. 结邻集［M］. 张静庐，点校. 上海：上海杂志社贝叶山房本，1936：110-111.

不读书咏诗，又无不识字之民"。李清的这一思想实际也是清初学术开始向经世致用实学思潮转变的表现之一。

10．李清《与庄雷臣》

客鸿至，两接尊教，俱以假馆祝。敝邑近苦饥凋，市鲜醉瑞。有酒食先生馔，半恶草耳。忽闻方伯之子宗伯之婿，欲屈首授徒，则诧为异闻。谓非瑶池之沥，不足染指；阆苑之果，不足充肠。如爰居闻钟鼓惊走，况某村居日久，与俗客颇疏。当其兴盛，咳唾皆钦，书绅未已，恨不刻心，一朝羸寂，人情万状。丞相之长史已去，而欲无附之张君嗣为介绍而进之，是失委也。虽香吐鸡舌，若飘风逝耳。幸垂宥不一。①

庄雷臣不知为谁。据内容，此牍当是庄雷臣先前作两牍与李清，请托为亲戚谋馆授徒，李清因作此牍答之。此段应作于李清隐居以后，反映出他退隐之后的生活状况。他说自己村居日久，今非昔比，得意之时，"咳唾皆钦"，而"一朝羸寂，人情万状"。李清乡居之后应该是备尝人情冷暖，再由前牍可知李清中年丧妻，不得已亲自料理家政，更是让他尝到了世态人情。李家在兴化为世家大族，影响力颇大，为故人之亲谋馆并非真不可得，应是李清在饱经人情世故后不愿再委屈求人，由此可见李清当时的心态变化，不但是身隐，基本也处于"心隐"状态，不愿过问俗事生活了。

11．李清《与沈苍屿》

弟谓天之福善人以有后，苦鄙人亦以有后。夫鄙人者，虽富拥千头，而一毛犹靳。若令《渭城曲》日唱于高卧，则上帝尤忌其清闲，而日思拂乱之。此所以人而蠹斯也。夫则百斯男，乃皇家之独庆，而公卿士庶人之大苦，贸宅未已，又为市田；市田未已，又为娶妻；娶妻未已，又为蓄奴婢。是名而翁，其实乃仆。以一仆供数十主役。劳乎？逸乎？尤可笑者，老而多情，又诞一无影之儿，易箦犹惓，盖棺乃辍。故曰大苦也。想启函时，亦当破颜耳。②

此牍为李清与朋友的谐谑之言，反映出李清自理家政后的心态变化。李清子孙众多，家庭生活较为富裕，他自言"夫鄙人者，虽富拥千头，而一毛犹靳"，生活中并不清闲，他以世俗生活追求为喻，说自己"是名而翁，其实乃仆。以一仆供数十主役。劳乎？逸乎"。牍中还透露出一则重要信息，李清晚年又得一子，对照兴化李氏家谱，或有所得。

12．李清《又与沈苍屿》

吾辈数载分手，一朝促膝，犹恨身非形影，有动辄离耳。河干握别，几欲零儿女柔丝，不得已以男儿戟须扫之。然归舟后犹作移时，恶彼昔人所云黯然消魂，惟别而已，犹后之也。若良朋相对，方笑语声哗。而每一念别，则呢尺阶前，已情惨阳

————————————
①② ［清］周亮工.结邻集［M］.张静庐，点校.上海：上海杂志社贝叶山房本，1936：111－112.

关。乃知别意在别境之先者,尤为黯然也。翻恨《文通》《别赋》,犹未寻味及此耳。[①]

沈苍屿身世不详,明末官员,应为李清挚友。此牍表现了李清与朋友的离别之情,情感真挚动人,是文笔优美的叙事抒情小品。

13. 李清《与归悬恭》

近接某绅札,荐某友相访。见其为严亲乞言,累牍不休,弟谓真孝子也。遂晓夜缕思赠以序言。不意分袂后,又欲乞孔兄少许,乃靦然笑。昔人谓索文之使,毒于催租,今又识赠文之费,奢于嫁女。虽然,毕竟所嫁者丑女耳。若好文如好女,行见白璧黄金,络绎君家。其又何费焉![②]

此牍反映了李清日常生活之性情。联系此前诸牍,李清并非一本正经、不苟言笑的严肃的学者形象,而是没有脱离俗事生活、富有幽默感的文人形象,从他与友人的尺牍中多有自嘲与调侃之词可见一斑。

14. 李清《与毛子晋》

阅汲古阁储书,洞心骇目。昔夜郎王僻处井底,终身不见汉大,故诧雄自如。若与高丽启民稽首隋帐,傍千官而觇百戏,其不从骇羡之余,旋化懊丧者几希。弟今日者,无乃幸而不为夜郎,又不幸而为夜郎乎!小记小序各一,聊识藏书盛事,皆芜辞也。若酒瓿足覆,恐君家所储,尽皆醍醐,翻以近旨为福过,不若裂而焚之。转深知我之感于此日耳。[③]

毛晋(1599—1659),原名凤苞,字子久,后改字子晋,号潜在,别号汲古主人,江苏常熟人。毛晋为明末著名藏书家、出版家,建汲古阁等藏书楼,名重一时。此牍说明李清与毛晋也有交往,也说明李清曾亲往常熟汲古阁读书,并为汲古阁藏书作序、记文各一,惜其文已散佚。

15. 李清《与邱近夫》

弟偶读《西京杂记》,至明妃出关事,辄叹。然彼盲目人主,尚解诛毛延寿,犹是怜色心苦耳。它年墓草内向,无乃感此一念耶!若以卞子相石两工,当延寿前身,谜乎?妒乎?谁诛者?此抱璞之士,所以唏嘘于怜绝也。苟偕延寿诛犹幸,夫至偕延寿诛犹幸,而士之不幸更何如?[④]

邱近夫,事迹不详,曾应试康熙十七年博学鸿词科。李清此牍表达了他内心深处的士不遇的感慨。他以王昭君、卞和等为例:汉元帝怜王昭君色相而诛杀毛延寿,是昭君尚有幸遇于汉元帝;和氏璧非无识者,卞和识之而相石者不认同,最终不遇于君,与王昭君类同而有异,是谁之过?所以,士人不遇明主最可叹息。李清此牍似乎意有所指,可与此前第8牍《与张西

---

①②③④　[清]周亮工.结邻集[M].张静庐,点校.上海:上海杂志社贝叶山房本,1936:112-113.

河》参看。《与张西河》一牍李清以为英才不得其用罪在"铨曹",此牍感慨士人如璧,其不遇直接之过罪在相石之工,则相工类于"铨曹"。然即使有识者如卞和荐之,人主终也未用。李清在牍中又说汉元帝"彼盲目人主,尚解诛毛延寿,犹是怜色心苦耳",而士人不遇,却无主诛杀"铨曹",是此"主"不若汉元帝也。较之《与张西河》,李清此牍将明末政治乱局的终极责任又往前推了一层,英士不得其用罪不仅在"铨曹",更在于明末的帝王。李清如此隐晦地表达出他的看法,说明他内心深处是清醒着并极其忧愤于明朝之亡的。

16. 李清《又与邱近夫》

承示大刻,以六朝骈丽,寓八大家典则,二美合矣,岂非君研精斯道者深乎? 若帖括簿书,古文之忌器也,而某往以一身兼之。故入斯道不深,且又斜趋于《虞初》《文致》等书,以身为逐艳。元美慨想于韩欧,义仍企叹于曾王,皆以残年向尽,欲追末由,此某所以无其才而有其感也。若君则否,既以少俊蜂气,蝉蜕于帖括薄书外,以专力古文辞。况指鹄惟端,有中必洞;遥睇竿头,所进靡底。善乎郦道元之论山也,既造其峰,谓已逾崧岱,复瞻前岭,又倍过之。可见山境与文境,俱以百折千绕无顿足为佳,若顿则不佳矣。行拜新篇,以券鄙言耳。[①]

此牍为李清与邱近夫论作文之法。从中可见邱近夫曾刻印自己的骈赋,李清见之。邱近夫曾参加清初的博学鸿词科考试,应长于骈偶之文,而李清在牍中则自呈不擅骈赋,或说他不喜骈赋。

17. 李清《与宗子发》

数日内贵恙想已霍然。但淫雨积时,未知君家十亩,亦居然无恙否? 拙刻三首,已浼陆悬圃斧削,望更为削之。此非貌言也。盖人第知落纸淋漓,顷刻数百言为至乐,而不知纵笔剃剪,顷刻数十行,亦为至乐。自知犹尔,而况旁观。昔元复初有作,虞伯生为削百二十字,而复初亦以精当叫快。此文人乐境也,鄙意犹是。想能赐正耳![②]

此牍为李清与友人论改文、删文之道。李清认为作文、改文都是文人乐境,好的文字不仅是做出来的,更有赖于旁观者的删改,表现了李清对于作文的严谨态度。

18. 李清《与兰之氛》

昔梁武帝与魏使临放生池,问使曰:"彼国亦放生不?"对曰:"不取亦不放。"是即达摩无功德之微讽,而惜乎出使臣口,入人主耳,皆能言能闻,而独不能参也。弟昨晚挑灯夜读,见一蛾绕烛飞,则驱之。驱之将生之,非怜其眉。已晨起,复见一蜂集于壁,则扑之。扑之将死之,如憎其尾。因思蛾自飞,蜂自集,于吾有何怜憎? 而

①② ［清］周亮工.结邻集［M］.张静庐,点校.上海:上海杂志社贝叶山房本,1936:113.

生之死之,颠翻乃尔。忽忆使言,恍惚有得。彼不取亦不放,而此有驱斯有扑故也。夫人终日践地,不知践死几蚁,然不云吾杀,无心故耳。可见观生倪于有意,不若观生趣于无心之为得。无心则杀蚁亦生,而有意则生蛾亦未为生。生动而杀旋伏矣,此蜂之几死于扑也。①

此牍为李清与友人谈禅之作。兰之氛不知何人。李清从历史掌故与生活细节出发探讨佛家杀生与放生之间的辩证关系,关键在于无心为之。从此牍可见,李清思想中不尽是儒学思想,平时也有参禅。

19. 李清《与艾山弟》

承示吴鹿友诗序,为击节不已。方今白面书生,幸竿朱紫,遂不识丹黄为何事。读弟所言,洵若辈药石也,当不使伏猎侍郎,于今接武耳。至援引李杜以印今贤,如风行水上,一拂即过,而不必以两两比勘,极吾所言为佳,旨哉言乎!昔宋云使外国,入山窟十五步,见拂影。然当遥视则众相炳然,近视便瞑然不见,已渐渐却行,复见容颜挺特,乃悟影之妙,妙于形也。故吾谓游名山以前瞻,睇美人以半遮,而读佳文以不尽,皆当作观影解耳。弟然吾言否?②

李沂,字子化,号艾山,与李清为族兄弟。李沂自幼失怙,依伯父李信,而李信全家死于抗清,故李沂入清后隐居兴化,誓不仕清。吴鹿友,明末官员、画家,明亡后归隐山林,以遗民终身。从此牍可见,李沂曾为吴鹿友作诗序而李清见之,并大加赞赏,且因之讨论赏析佳文之法。他援引古人旧事,以读佳文当如观影,妙在不尽意。李清对于李沂的文字欣赏,除了文句优美之外,也有他与李沂、吴鹿友三人之间思想相近、心灵相通的原因。

20. 李清《又与艾山弟》

昨以拙作请政,蒙赐窜削,如遇指南矣。昔丁敬礼有言,文之佳恶,吾自得之,后世谁知定吾文者。虚哉怀也,又失哉言。若使敬礼当日明举定吾文之曹子建,近语同志使知,远告后世使知,相与竞丐呵摘,去其恶而底于佳,甚善,乃云谁知耶!虽曰从人,未免护已,此愚所以不敢为弟隐功也。吾文有媸,赖弟以不见。妪乎儿乎?无唾亦无掷,想当刮目相看耳。③

此牍可与前第17牍《与宗子发》参看,俱为李清谈论删改文章之法。李清认为将自己的文字交于第三方审核,可以发现文章的缺点,适当的删改可以精炼文字,弥补缺憾。因此,删改文字是非常必要的,有利于文章的传世。前后两牍也透露出李清在平日作文之后,经常请亲朋参阅,帮其删削文字,前牍中提到的有陆悬圃(兴化人,遗民)、宗子发(兴化人,遗民),此牍为李沂。一可见李清作文如做学问一般的严谨态度,二可见他隐居后交往的多为明遗民,并且

---

①②③ [清]周亮工.结邻集[M].张静庐,点校.上海:上海杂志社贝叶山房本,1936:113-115.

多有文字往来。

21. 李清《示诸儿》

近书与平子兄,以《澹宁集》请教,谓取义于汰,此非无说也。即如有宋文士,当推东坡山谷最。然究竟吮毫时岂能尽佳？故精于选而芜于集,皆穷搜者过耳。乃知长吉表兄投厕疑爱,其何云憎焉？若儿辈解此,但举我生平篇牍,或散落亲交处,未经手订者,获即焚。岭南一炬,珠宫皆灰,荡靡犹可,而况荡芜？若爱其羽毛而益之赘瘤,愿儿辈弗以憎为爱也。①

此牍为研究李清晚年文艺观念的重要资料。从此牍可知:第一,在李清亡故之前《澹宁集》确已成集,并交付亲友审阅,其目的在于"取义于汰",如其作文请朋友删削一样,淘汰其中的累赘文字。因此《澹宁集》的定稿过程应是一个长期的过程,周亮工所见《澹宁集》也可能是李清删削之前的文本。第二,李清认为选本多精,而文人集中文字多芜。他自选的《澹宁集》已有此弊,因而要求子孙不要搜集他散佚在亲友处的篇章与尺牍,如若获得也要付之一炬,不要留存。从中可见李清对于自己可以传世文字的审慎与严谨态度,也可以推断《澹宁集》为李清自选之文集,并非李清存世文字全本,成集之时集外尚有许多散佚文字。

22. 李清《与元子玉》

近阅坡公小集,每为莞尔曰:"戏言哉！"而迨其没也,则梁师成以一阉竖,辄称公出子,又呼公先臣,不意身后有此绝倒,无乃公生前之弄笔所召乎！乃一时文禁卒藉以解。子长之《史记》以甥传,而公之文以出子传。然后知伊文始终于戏,而不难以出子分甥之功也。虽然,彼有置父书弗读,而以覆家瓿者,若乃出子耳。一叹！②

此牍为李清读书之戏言。他援引前朝旧事,谈及文集传世问题。苏轼文章在当时被禁,后宦官梁师成权势颇大,他自称苏轼出子,在他的影响下,苏轼文章得以解禁。李清觉得此事甚为好笑。苏轼如此,又司马迁《史记》因外甥而传世,他因此调侃元子玉"伊文始终于戏,而不难以出子分甥之功也"。他又感慨不少子孙有许多"置父书弗读,而以覆家瓿者",反倒不如梁师成一样的"出子"。从此牍颇可见李清的幽默性情,其学问深厚,往往能串联古今掌故,发现趣味所在。

23. 李清《又与元子玉》

承示所咏"明妃诗"甚佳。然一时之丹青,以丑图丑,图固失实,而千秋之歌吊皆佳言,佳言亦溢真。且君奚取前人歌吊之余而为之縢句也。弟偶读《前汉书》,见昭帝时以宫女赐鄯善新王,祖横门外。盖已先明妃行,而容仪不著,姓氏俱没,谁怜

---

① ② ［清］周亮工. 结邻集［M］. 张静庐, 点校. 上海: 上海杂志社贝叶山房本, 1936: 115.

焉？无延寿可恨,遂无恨延寿以怜宫人者。故弟谓延寿犹明妃功臣,而不以及君。若举歌吊不及之宫人,而形之吟哦,使千载冷骨,一朝芬颊,君其功首乎？弟亦与分焉。乞嗣示不一。[①]

此亦为李清调侃朋友之牍。元子玉作咏"明妃诗",李清又从历史掌故出发,采取逆向思维的形式,说元子玉与其在众多前人歌咏之余作诗咏王昭君,倒不如歌咏未知名之宫人,才是首创之功。

24. 李清《与徐述之》

弟偶阅二书,为哑然笑。谓昔之盗璧盗城仅虚言,而今之盗书乃实事,噫！若罪岂止笞。其一为钱岱晋书纂本,从陈臣忠晋书诠要中出,而今遂掩诠要为纂;其一为陈其愫经济文辑本,从张文炎经济文抄中出,而今遂掩文抄为文辑,亦云盗矣。若二子者,果潜心二书,汰芜增华,或仍其名,或书其实,则精神所湛露,虽曰附见,原自孤行,且安知不后来者居上？如孔子删诗订礼,而传删传订,独不传作。几令作者掩钱是也,自掩乎？抑故为之掩乎？愿二君味此！[②]

此牍为李清治史有所发现而与友人交流,反映了李清的治学态度。他对在翻阅历史著述时发现前人盗窃他人著述并作越俎代庖之事加以评论。李清专心于学术研究并非文网严禁之故,而是自居遗民,不愿出仕,以著述自娱。由此可见乾嘉学派的治学风气在清初遗民氛围中便已经有先声。

25. 李清《与木宿上人》

承教谓果报云云,不爽锱铢。然愚窃有疑,一谓世间畜生道皆系宿业,但自劫灰已遇,重开混沌后,想慈悲如佛,亦应普降金鸡。彼鸟兽蠕动,与人并见者,胎业何所,犹帝王赦佛不赦否？一谓近世名公巨卿皆老僧再世,但佛法未入中华时,彼麒麟云台诸雄彦,又种缘何所？亦是前身炼行僧,一念偶错,自西方远堕,来享人间巨福否？愚意未明,乞以示我！[③]

此牍就佛教的因果报应、六道轮回学说进行质疑,反映出李清对于学术严谨思考、穷究其理的认真态度。

26. 李清《与顾修远》

弟居恒自念,谓世人秘书之罪,高于焚书。诚见此书一秘,或剥于鼠,或残于蠹鱼,或飘零于儿婢之风轮线帖,不传则绝矣。因叹《抱朴子》数卷,犹流传至今者,当不以伯喈帐中之秘为功,而以从伯喈帐中抱去数卷者之为功也。惟弟与年翁,皆欲

---

①②③　[清]周亮工. 结邻集[M]. 张静庐,点校. 上海:上海杂志社贝叶山房本,1936:115,116.

为其抱者，故有书必借，有借必抄，有抄必还。息壤在彼，当永坚斯约，遍传诸同志。慎勿效臧伯喈之言曰："惟我与尔共之弗广也。"①

此牍也从历史典故出发，讨论对于私人藏书的态度，认为书当共享，不必秘藏。

27．李清《与陆悬圃》

承教谓某友人诋某所作某行状，用"老公"二字。此非独吴老公薄心肠一语也。夫王轨曾捋周武帝须矣，谓"可爱好老公"。有本者如是，譬如江海浩大，虽恶草枯荄，皆入洪流而不沾。沾则垢腻，而不沾则蜕化。夫此翁不作某墓铭乎？"阿婆虽老大，犹堪压倒三五少年"，亦本诸唐也。是故不善用之，则好女殊媾自妍，然学妍亦丑。而善用之，则"阿婆""老公"似俗，然入俗亦雅。何也？其学其才高且博则然，不高不传，宁弗用。故以规后人之效臧则真臧，而以讥此文人之作俑，则非俑也。君以为如何？②

陆悬圃名廷抡，明遗民，与宗子发、李沂合称"昭阳三隐"，李清与这三人都有着文字上的密切交往。此牍为李清自辩之辞，按内容推断，李清曾作某人行状，用了俗字"老公"，李清之某友见之，在陆廷抡面前颇有诋毁，陆因此作牍询问李清，李清作此牍答之。李清引经据典，认为"老公"二字有所本，并非杜撰，且俗与雅之分，全在人之善用与不善用。由此牍，一可见李清在学问上平素用功之深，经典信手拈来；二可见陆廷抡与李清平时生活中关系密切，多有往来并相互关心。

28．李清《与陈子韶》

承示越王进西子论甚佳，然君弟知勾践能用其妍，不知实用其愚。否则吴太子可生，吴国可有，其不尽吐勾践阴谋。党胥攻龋，思固吴室于金城者几希。虽然，有太子友在，彼何觊焉！夫以褒姒长舌，佐骊姬狡心，则置友于宣臼、申生，亦其揣摩所必及耳。乃知西子佐越灭吴，实痴人而非俊物也！不然者，越王何能沉西子于江？然则沉其可乎，曰否否。彼范少伯之去长颈鸟喙主，而为陶朱公老，无乃鉴于沉江一举，而谓佳人之鸟尽弓藏在是耶。叹叹！③

此牍评价吴越故事，以西施貌美而愚，为李清在读史之余的翻新出奇之论，亦可见李清治学敢于质疑、务求穷尽的精神。

29．李清《与徐述之》

承教谓天道福善祸淫，何以间爽？曰有故。桀纣有时叫屈，则问高洋、刘晟何以令终；元载、崔裔有时叫屈，则问李林甫、秦桧何以令终；王甫、鱼朝恩有时叫屈，

①②③　［清］周亮工．结邻集［M］．张静庐，点校．上海：上海杂志社贝叶山房本，1936：116－118．

则问曹节、仇士良何以令终。虽然，渠何屈？盖世间有快必有郁。若叹愤可废，则尽人尽事皆歌舞，而歌舞亦久而成厌。故天亦间与漏网，存叹愤一线。此贤君而绵祚与良臣而延龄，所以独昭歌舞于尤快也！否则索然矣。无乃天道不测，而妙正在斯乎！敬复不一。①

此牍回复友人之疑，以天道来解释人世间福善祸淫所报不一的问题，认为世间叹愤也不可废。

纵观李清尺牍，有如下两个突出的特点：第一，李清尺牍为学问家之牍，这是其最大的特点。每牍之中，李清几乎都会引经据典、活用历史掌故来说明事理，足可见他平素在学问上极为用功，功力深厚。他的尺牍逻辑严谨，说理透彻，反映出他平素治学的态度。又如对自己的文章，他再三强调亲友的删削之功；对于事理的探究，敢于质疑，不尽不止。其尺牍语言以平实取胜，正如他强调的文章删削，不作赘言。第二，李清的尺牍也颇可见其性情。严谨认真之外，李清也颇为风趣幽默，经常在尺牍中调侃朋友或进行自嘲，反映出他在生活中并不是一个无趣之人。李清的尺牍除了反映他个人的思想生活之外，也反映了清初遗民专注于学术研究的新动向。李清致力于史学，从其尺牍中表现出的治学方法看，他援引古今，考证真伪，已经有后来乾嘉学派考据学的做派，可视为乾嘉学派的先声之一。

六、胡介

胡介（1616—1664），字彦远，号旅堂，浙江钱塘人，明遗民。有《旅堂诗文集》，见《四库未收书辑刊》第7辑第20册。据陆嘉淑《胡彦远传》，胡介临终前，"招余（陆嘉淑）属定其诗文，且曰删定后为我录一本寄山阳丘季贞。季贞名象随，一名随，与三山高云客兆皆彦远金石交也"②。从此材料可见胡介与高兆有着较为密切的联系。高兆是《尺牍新钞》编撰者之一，又与周亮工有着直接交往，因此，入选《尺牍新钞》三选的胡介尺牍极有可能来自高兆与周亮工处。

1. 胡介《与康小范》

荀茶奉敬，素交淡泊。所能与有道共者，草木之味耳。③

康范生，字小范，江西安福人，崇祯己卯举人。此牍应是胡介尺牍的删节本，可以佐证他与康小范的交往。《尺牍新钞》在此牍名目下有胡介小传："旅壁，彦远，钱塘人，《河渚集》。"从此标注可知胡介亦有号"旅壁"，同时在胡介生前，已经有作品集《河渚集》。此集应是胡介在淮扬一带漫游时出示给周亮工与高兆二人，且《尺牍新钞》中的多数尺牍应来自《河渚集》。惜后来不传。

---

① ［清］周亮工.结邻集［M］.张静庐，点校.上海：上海杂志社贝叶山房本，1936：117-118.

② ［清］胡介.旅堂诗文集［M］//四库未收书辑刊：第7辑第20册.北京：北京出版社，1997：694.

③ ［清］周亮工.尺牍新钞［M］.上海：上海书店，1988：119.

2. 胡介《与陈平远札》

一年三秋空过，便是一年空过。此一年亦在我三万六千日中消算，如何坐令空过。弟数日决意西归，捉兄一放浪于山巅水涯中耳。定山欲挈舟奉访，或共载而至。定山自佳，与之语，犹有高视远眺之意也。[①]

陈平远是胡介在青年山居读书期间便开始交往的挚友，《尺牍初征》中胡介《复陈平远》一牍印证了二人的交往。此牍当是胡介在外交游欲返杭州时所作。定山即龚鼎孳，胡介与之交往密切。

3. 胡介《与孙元襄札》

闻平立远往，知门下益增离索之感矣。我辈以朋友为性命，是贫贱轗轲中之梁（粱）肉黼黻麟台池鸟兽也！并此夺却，如鱼失水，如鸟焚林矣，何以生活？大苦大苦！[②]

孙元襄，胡介同乡，生平不详。尺牍表明了清初遗民生活中的精神支柱之一——友情。清初遗民生活多困顿，支撑他们应对艰苦生活的精神动力除了气节因素外，朋友间心灵相通、患难与共的真挚友情也是重要因素。胡介将之形容为"是贫贱轗轲中之梁（粱）肉黼黻麟台池鸟兽也"。如果没有了朋友，他们便"如鱼失水，如鸟焚林"，再也无法面对艰难的生活了。

4. 胡介《复王铁山师》

昨在邦关，得重待色笑。接膝数言，于水见河，于山见岱矣。伏蒙垂教谆恳，非中有关切，岂能至是。然介辱门墙二十年矣，少更患难，长阅沧桑，江海横流，确乎孤立，未尝轻动于富贵也。况今三十过头，十年学道，肯轻一掷以负生平！恐辱远志，故附及之。[③]

王铁山即王永吉（1600—1659），字修之，号铁山，江南高邮人，清初贰臣。王永吉在明末曾为蓟辽总督，降清后曾任大理寺卿、工部侍郎、户部侍郎、兵部尚书等职。从此牍标题看，胡介当师事王永吉。作牍时胡介自言"今三十过头"，其时应为三十余岁，又言"介辱门墙二十年矣"，从此推断，胡介自青少年起便从王永吉学习，其时王永吉尚未为贰臣。又根据牍中内容，应是之前王永吉劝胡介折节事清，以求富贵，而胡介作此牍拒绝。在气节这一问题上，胡介似乎是徒弟超过师傅的。龚鼎孳与王永吉俱为清初贰臣，胡介受知于龚鼎孳，但他不愿意屈节仕清，坚守遗民身份，却也并未因此看不起龚鼎孳，其在生活中也多受龚鼎孳照顾。胡介与龚鼎孳、王永吉等贰臣的交往尺牍实际也反映了清初遗民与贰臣之间的微妙状态，即生命价值追求的背离与现实生活交往的密切之间的矛盾性。

5. 胡介《与扣冰和尚书》

悬冰三尺，从老人雪霜胼胝滴水滴冻中来。非鹿山老灰心冷面，未易担荷。昨

①②③ ［清］周亮工.尺牍新钞［M］.上海：上海书店，1988：128，129.

捧读老人书,知付嘱得人,开慰无量。恨带水溯洄,未能即拜下风,然春草如烟,寒梅成雪,知同风未隔也。先布崩稽,徐图挂搭。①

扣冰和尚不知为谁。此牍叙事抒情,以文艺胜。

6. 胡介《答龚总宪书》

灯火横塘,苍茫分手,登车返棹,心结万端。思后晤何时,相逢何地,真黯然也。嗟乎!介失路之心,不能自明,而先生明之;介失路之计,不能自存,而先生存之。至杂佩之解,兼粲中闺;临歧之言,洞出肺腑。人疑介孤耿之迹,于龙松独深,顾孰知知己之谊,有令人不能去心者乎?南行之役,自省惭恨,得藉手买山,蒙头草木,结河渚数椽,以待知己。频年倒行逆施之迹,庶几得自见本末耳。嗟乎!以龙松之高韵,而久局要津;以河渚之孤踪,而常停歧路。前有古人,后有来者,岂能郁郁久此乎?吴阊握手之言,介中心藏之矣,愿与先生交勉之。研德畴三,吴门之两玉树,门下见之,定把臂入林者也。半千自是我辈人,气不谐俗,非时贤所识也。过芜城时,试留盘桓,知其萧远耳。②

此牍为胡介回复龚鼎孳之作。牍中透露出一些重要信息:第一,对胡介而言龚鼎孳有知遇之恩,胡介对此非常感激。第二,胡介有买山隐居之意,而龚鼎孳给予了经济上的帮助。第三,龚鼎孳与胡介首次相识很可能在苏州横塘,因胡介在牍中说道:"灯火横塘,苍茫分手。"并言:"吴阊握手之言,介中心藏之矣,愿与先生交勉之。"龚鼎孳于顺治三年遭弹劾去职离京,此后至顺治七年间一直流连于江南。据陆嘉淑《胡彦远》传,胡介首次出游淮扬是在入清以后,与龚鼎孳浪迹江南应是同一时期。据此可以判定,胡介首次出游淮扬时间是在顺治三年以后七年之前。第四,胡介此次出游,不仅在苏州结识了龚鼎孳,还在扬州一带结识了龚贤,因为胡介在牍中说道:"半千自是我辈人""过芜城时,试留盘桓","半千"是龚贤的字,"芜城"是扬州的别称。

7. 胡介《复唐中翰祖命书》

芜城别路,犹在梦中,回首容辉,忽忽三岁。故交零落,河山黯然,触绪伤怀,万念灰冷。年来即诗文撰著,亦视同蜕丸,惟思草木蒙头,向泥葑石火中,了半生未了之愿而已。恨买山之计未成,犹未免随俗俯仰,浪掷光阴,为可痛惜耳!耕坞年齿已大,子瞻所云,不宜复作少年调度也,亦宜少留意此事,以酬凤昔。何如?何如?昨晤宣城梅渊老,知有道将还故里。又闻新有西河之痛,衰年迟暮,何以堪此!为快怅累日,惟有道达怀善遣。须知彩云易散,泡影难真,自顾亦然,何况枝叶!不宜缠绕,复增太和之庆也。别论其人虽喜追逐我辈,以为名高,然胸无至情,而眼孔如

---

①② [清]周亮工.尺牍新钞[M].上海:上海书店,1988:128,129.

豆，那能作得度外事来，还宜自惜头面。率报草草。①

此牍可以与上牍参看。此牍为胡介与唐祖命在扬州分别三年后所作，前牍中提到龚鼎孳资助胡介买山隐居事宜，此牍中提到"恨买山之计未成"，可见胡介并未实现此前的理想——山隐生活。唐祖命名唐允甲，字祖命，号耕坞，安徽宣城人，胡介挚友万寿祺与其为儿女亲家。崇祯年间唐允甲曾任中书舍人，故尺牍以"中翰"称之，明亡后，唐允甲隐居徐州著述。按牍中所言，胡介应是在扬州遇见唐允甲，并一见如故。

8. 胡介《与龚半千论诗书》

仆自延狱堂下，见柴丈人书卷，胸中已浩浩落落，愿见其人，愿与其人为友矣。迟之五六年，懿叟渡江来，备道柴丈人好我之雅。客岁过芜城，入门握手，欢若平生。觉尔时形神，内外各无留滞，始叹昔人所云："譬诸草木，吾臭味也。"于柴丈人见之矣。承选定澥内名家诗，而远索旅堂藏稿，今已再三，仆沉吟迟久，非敢为知我者惜此敝帚也。区区之意，窃见数十年来之言诗者，同异相轧，去之愈远。宗钟谭者破碎，宗七子者囵囫，有衣冠而无运动，争体面而乏神明。仆之为诗，似别有本末，似且宜堆壁覆瓿，俟后世之或知我耳。且每感昔贤，身既隐矣，焉用文为之义？平生偶有所作，未尝出以示人，又念人之著作，老而多悔。仆行年四十矣，以自观二十年前之作，已心憎面赤，读不能下矣。观十年之作，满志者十不过二三。不安于心者，十犹四五矣。即今年而观上年之作，秋冬而观春夏之作，满志者终不如不安于心者之多也。由此以推，天幸假之以年，幸而得从师友学问。更十年，更二十年，以观今日之满志者，安知不又为异日之不安于心者与？且或心憎面赤，而读不能下也。语云："良工不示人以璞。"则不独自匿其文者之当慎，即自爱其文者之当慎也。兹承有道面命至再，昨懿叟促之至再，今牧公坐待录稿，至留湖寺三阅月矣。仆重违故人之意，只得录旧稿十之六七奉正。幸柴丈痛加绳削，以收朋友相成之益。此弟之悔书也，幸毋即附诸君子剞劂，布之澥内，以重弟之心憎面赤。幸甚！②

此牍透露出胡介在交往与对待著作态度方面的重要信息：第一，"柴丈人"为龚贤号之一，"懿叟"为纪映钟（1609—1681，字伯紫，号懿叟，自称钟山逸老，南京人），胡介与二人都有交往。其与龚贤的相识是通过纪映钟介绍的，首次会面于扬州就一见如故。此次会面应是在胡介首次出游淮扬期间。第二，龚、胡二人见面便有文字交往，龚贤当时正在编选诗歌选本，因之索要胡介的"旅堂藏稿"。胡介当时未予，其后龚贤再三索要，并让纪映钟当面催促，胡介谨慎之余，还是"录旧稿十之六七奉正"。此牍胡介自称"仆行年四十矣"。故此牍当作于顺治十二年（1655）。第三，胡介对时人的诗歌风气非常不满，他的诗歌风格在主流之外，并且胡介对自己著作的态度非常谨慎，"平生偶有所作，未尝出以示人""则不独自匿其文者之当慎，

①② ［清］周亮工.尺牍新钞［M］.上海：上海书店，1988：130.

即自爱其文者之当慎也"。由于这一原因,胡介生前著述友人所见不多,并且,对于抄录给龚贤、纪映钟的诗歌稿件,胡介关照龚贤不要刊刻,"幸毋即附诸君子剞劂,布之瀚内"。可见,在有机会刻印作品时,胡介是放弃的,他也不会主动寻求刻印作品集。由于这两个因素,加之胡介晚年贫病交困,导致其生前所作作品大半散佚。今之《旅堂诗文集》仅有二卷,其根源主要在此。

9. 胡介《留启懋叟》

今日与耕坞,坐柴丈人桐阴下竟日。耕坞为予书胡万赠答诗,柴丈人为跋隰西倡和册,予为二子题小照,又成七言诗一首。于时风物高闲,茶清酒冽,吾不知局高踏厚中,何从有此一日天地也!恨懋叟河西佣辈,不得同此浩荡耳。旅道人将归河渚矣,叟来当出此示之。①

"耕坞"指唐允甲,"柴丈人"指龚贤,"旅道人"为胡介自称。此前牍中提到胡介与二人在扬州相别,则此牍当作于胡介首次出游淮扬在扬州滞留期间。三人诗酒相和,其乐融融。

10. 胡介《与林铁崖》

伏枕闻里言,如投之参薯温剂。但村酤自斟,断斋不备,寒士风味,未易承爱,非铁崖古处,能不惊座而起乎?②

林铁崖即林嗣环,此牍佐证了二人的交往,林嗣环曾作客胡介杭州住处,具体时间不明。此牍出自《藏弆集》,其下小传注云:"彦远,钱塘人,旅堂集。"其小传透露出胡介《旅堂集》的重要信息。胡介亡于康熙三年(1664),按陆嘉淑《胡彦远传》,胡介在临终前托付陆嘉淑整理其遗集《旅堂集》并寄给丘象随。应该说陆嘉淑不辱使命,故周亮工可以在胡介死后见到《旅堂集》。《尺牍新钞》中的胡介小传注明尺牍出自胡介的《河渚集》,可见在康熙元年之前,只有《河渚集》,没有《旅堂集》。而《藏弆集》与《结邻集》中的胡介小传,部分注明其尺牍出自《旅堂集》,部分注明源于《河渚集》,可以证明陆、丘等人完成了《旅堂集》的编辑成书工作。今本《旅堂诗文集》刊刻于康熙年间,具体时间不详。其中收录了胡介尺牍,《尺牍新钞》三选中胡介不少尺牍亦见于其中,但问题在于,《与林铁崖》一牍与本书中所摘录的胡介尺牍却均不见于今本《旅堂诗文集》。这只可能有一种情况,周亮工在编选《尺牍新钞》时只见到《河渚集》(应为未刊刻之抄本),在编选《藏弆集》与《结邻集》时,所见到的是《旅堂集》全本,其时《河渚集》抄本应还在周亮工手中,故所选尺牍部分标注源于《旅堂集》,部分源于《河渚集》。而此时《旅堂集》很可能是抄本形式而不是刊刻本,在正式刻印时不知何故又删除了其中的部分诗文作品,因而才造成了《尺牍新钞》三选中胡介尺牍标明源于《河渚集》《旅堂集》,却有许多不见于《旅堂诗文集》的状况。《河渚集》应已经散佚,《旅堂集》成书在其之后,《河渚集》中的

---

① [清]周亮工.尺牍新钞[M].上海:上海书店,1988:132.
② [清]周亮工.藏弆集[M].张静庐,点校.上海:上海杂志社贝叶山房本,1936:31.

作品即使没有全部为《旅堂集》所收录，至少也有不少作品是重复收录的，否则不会出现《尺牍新钞》中胡介尺牍标明源于《河渚集》也见于《旅堂诗文集》的状况。

11. 胡介《答刘逸民》

横逆之来，偶动胖气，弟亦常同此病。然寒潭不为过雁留影，天心不为疾雷加劳，此即履道之素，养生之旨。道人见已过此，旅人敢复用腊月扇耶！①

刘逸民不可考。此牍以文艺入选。

12. 胡介《与程仲玉宪长》

昨偶觅得玉茎兰二盆，寄呈署斋清供。此闽南所产，知非宪府所乏，昔人云："譬诸草木，吾臭味也。"不妨藉此存我辈臭味。他日携归南郭堂中，荣荣窗下，亦庶几如见故人也。②

此牍为胡介与人生活交往之点滴，可见其性情之一斑。程仲玉，清初官员。据陆嘉淑《胡彦远传》："念无以谋菽水欢，适友人金梦蜚渐皋尹邢台、章翊兹国佐理饶州、祝天虞文震整饬淮阳、程仲玉之璆桌闽，先后见招，分其俸。"③胡介曾入其幕。

13. 胡介《与金梦蜚》

经年之别，亦须匝月盘桓，非击石火闪电光，一见可了也。杜工部之于许主簿曰："坐对贤人酒，门听长者车。"旅堂断齑画粥，一味荒寒，独所藏斗酒，几入圣位，能无关长者之怀乎？午后幞被一条，且过故人同操黄连树下琴，何如？何如？④

金梦蜚，清初官员，胡介曾入其幕。

14. 胡介《与魏县》

朔风走马，尘土满面，忽逢临邛故人，解骖适馆，坐之胡床，浇以名酒，兼以文生秀慧，翰墨之气，荡人怀抱，是何减刘阮饱胡麻之饭，张骞泛星汉之槎也？恨以驿使频繁，不欲久停安邑，以费刍薪，缕缕之怀，当于掩画溪头，再图倾倒耳。

15. 胡介《与刘太守》

秋清如此，旧山桂子，时形寤寐。麋鹿之性，望长林丰草，如执热以濯，踯躅马蹄，自伤误我矣。知门下与节度公之风高谊厚，然尽欢竭情，昔贤所戒，况托教爱之末。异日中原奉教，亦有日乎。马首欲东，归思不可收拾矣。鉴亮！鉴亮！⑤

以上二牍受者不可考，俱以文艺胜，亦可见胡介性情。

————————————

①② 　［清］周亮工.藏弆集［M］.张静庐，点校.上海：上海杂志社贝叶山房本，1936：31-32.

③ 　［清］胡介.旅堂诗文集［M］//四库未收书辑刊：第7辑第20册.北京：北京出版社，1997：694.

④⑤ 　［清］周亮工.藏弆集［M］.张静庐，点校.上海：上海杂志社贝叶山房本，1936：32，33.

16. 胡介《与杨犹龙学士》

长安十丈尘中，每过元亭，辄有高山大泽之气。入座披对，古心古貌，使人自亲，不见君子，几不信人间功名得意中有如许人物也！辱君子下交，忘年忘分，有布衣昆弟之雅，此意尤今人所不一二见也。康生南下，再辱惠书，兼拜远赠。昔人云："相去万余里，故人心尚尔。"先生义深缱绻若此，心勒之矣！①

杨思圣，字犹龙，号雪樵，河北巨鹿人，清初官员。胡介应于入京师期间结识的杨思圣。

17. 胡介《答彭城万年少书》

徐青藤遗文，待中郎始著。与石篑留连东越，亦恨相见晚。读元白神交之作，少陵梦李之诗，知千古人贤相遇，流湿就燥，出于天性，文章有神交有道，不苟然也。每与同人，讽览隰西道人诗词翰墨，使人心折。"庾信平生最萧瑟，暮年诗赋动江关。"唯吾年少可不负此语。然则虽与兄生不同时，亦有我不见古人，古人不见我之恨，况把臂一堂，倡酬间作。至今读倡和诗者，人人谓如出一手，憔悴之子，媲嫚姬姜，疑有神助矣。今我辈年齿日大，时会难知，兹方杜门落拓时，宜以平生著作，稍加芟葺，多写副本，以备水火盗贼之虞，以俟后之知言者。与兄宿习深重，了此亦是平生一事也。弟介状。②

万年少即为万寿祺。万寿祺为胡介挚交好友，胡介游淮扬期间多次居其处，万也曾至杭州与胡介相会。此牍是二人真挚友情的见证。胡介在牍中劝万寿祺"宜以平生著作，稍加芟葺，多写副本，以备水火盗贼之虞，以俟后之知言者"，却未曾想自己的诗文集也未能很好地流传后世。

18. 胡介《为沈长公与报恩和尚书》

君行时，数行奉候，想已彻大座。兹有同社沈某，高才介性，素为同人仰重，久有弃家入道之志，因缘未偶。兹尚干婚嫁粗成，而又值垂暮之年，将决计为之，而矢志皈诚，必得真正导师传持慧命者，始一心北面。凤仰报恩宗风有日矣，知介久侍瓶锡，属书奉谒。黄梁（粱）梦破，虽黄金屋、白玉堂，止同粪溷，况老骥伏枥，困者缚鸡，□柴少米，儿啼女哭，亦复何乐此事！虽不可按牛头吃草，然推门落日，顺风扬帆，大千苦海中，亦赖有菩萨出手。彼众生全身火坑，为积业所扇，不无回头转脑，若菩萨者。必待其钉桩摇橹，则漂堕益无已时矣。曹（曾）为浪子偏怜客，不觉言之切切，知和尚自有盐酱也。③

此牍不知何时所作，为胡介荐人受剃度之牍。内容阐释佛理，以理取胜。

①②③ ［清］周亮工.藏弄集［M］.张静庐，点校.上海：上海杂志社贝叶山房本，1936：33，87－88.

19. 胡介《复秘书院王铁山相公》

介自成童，辱老师拔之单寒之中，于今二十六年矣。遭时不偶，无一善状，以报台知，止以简身硁硁，少答知己。昨冬又以父母妻子之计，不自成立，毁形策蹇，远走四千里，以自托于师。是并其所为硁硁之微，俱失之矣。乃吾师不以为嫌，而接遇之诚，欢如夙昔。且解衣脱赠，折简相存，正使人感愧交并矣。前月养病邢署中，又接到手书，并麒麟店见怀之作，知吾师不特不以为嫌，且念之深而教之切也。展玩诗趣，及濒行教诫，介已深喻台旨，忍忘爱护之盛心！特介自信邪正之性，天秉不移。介之病，似病在不广大，不在不清疏也。昨燕邸愁病，情事至苦。乞儿得美酒，暂解冻肌（饥），一再唱莲花落，以报当垆，此中正无足深论也。吾师慧人，知莞然一笑耳！①

此牍可与此前第4牍《复王铁山师》参看。王铁山即王永吉（1600—1659），字修之，号铁山，江南高邮人，明末官员，清初贰臣。胡介自青少年时便师从王永吉，却不愿从师屈节仕清。此牍作于胡介26岁，正值明末乱世。从牍中内容看，王永吉对胡介生活照顾颇多。

20. 胡介《报龚总宪孝升》

天雄使者还，捧读手翰，慨然真恻，不减龙松寒月、木榻荒鸡时也。至楮尾星汉秋霄数语，更使人深梁州曲江之感。恺恍久之，因叹介与阁下投分之深、情性之契，疑有夙因，并不能自喻也。燕市十旬，适馆授餐，频繁朝夕，琼窗解珮之谊，亦同于缌衣矣。感佩何如？昨寒闺家报至，亦欲乞夫人画扇，以当拱璧。介南还敝庐，鹑鹩百结，笑立镜台，亦藉此以为南金之献。一笑。介为天雄节使，挽留甚诚，遂淹迹经时。昨还邢襄，正值使人北上，因忆兹冬，知己初度，南北隔轸，羊裘芒屩之子，不得升珠履之座，良用怅然。拟为长歌，以佐引满，使者倚马，扣槃难成，亦雅不欲以尘土语唐突西子也。俟归河渚，麋鹿之性渐还，或当以狂言惊座耳。谨附致开州绸二端，极知粗陋，非所以御绣衣，倘他年芳渚之约不虚，白头之期永好，不妨存贮作长卿涤器之裈，少君操作之服，墙头桑下，过酒炊羹，灰藜龙鳞，著书学道，践祝牧负戴之言，遂箫凤双飞之愿，想亦御史大夫意中事也。介之为御史大夫寿，不以纶扉而以泉石，亦以捉鼻不免，毋烦助澜，夜语长生，别有私祝耳。非介深悉心期，不敢为此祝，非先生定交物外，亦不易受此祝也。一笑，一笑。②

此牍当作于顺治十年左右胡介滞留京师期间，牍中表现了他与龚鼎孳的相知之意。从胡介"燕市十旬，适馆授餐，频繁朝夕，琼窗解珮之谊，亦同于缌衣矣"言语判断，胡介在京师逗留大约百日，其间多受龚鼎孳照顾。此时，胡介接到妻子翁桓书，准备南归，因而做此书兼送礼物与龚鼎孳。龚鼎孳的夫人顾眉，清初才女，秦淮八艳之一，以画出名。胡介南归之际向

①② ［清］周亮工. 藏弆集［M］. 张静庐，点校. 上海：上海杂志社贝叶山房本，1936：88，89.

龚鼎孳求顾眉画扇以作给翁桓的礼物。从此细节也可见胡介夫妇感情和谐,胡介也是一个体贴、温情之人。

21. 胡介《与吴骏公先辈》

昨坐对竟日,见先生神意不佳,幸善为眠食。五浊亦名缺陷,既落世网中,顺行逆行,冷暖自喻,要之古庙香炉,酬偿本愿,我辈唯以不负三生为大耳。从来慧业文人,皆道人之名根色相未净,转展迁流者,故世遇率坎坷多故,正以助发共回首拂衣也。介此行稍有诛茅之藉,亦决策长往矣。每诵唐人"不待管弦终,摇鞭背花去"之句,叹曰:"英杰道人不当如是耶!"庆缘颠倒,心迹背驰,云山待人,而马齿日大,想先生有同慨也。介以十日行矣,感知已契重,谊若平生,兹日斜歧路,转觉怆然,惟万万审时珍重![①]

吴骏公即吴伟业,此牍说明胡介在清初与吴伟业也有交往。

22. 胡介《与孙豹人》

人如豹人、彦远,而四十寂寂,东搉西抛,求衣求食,向卖菜翁求生活。嗟乎!虽有千秋万岁之名,何与我事耶?为之太息。踉跄渡江,还旅堂,佳宾满堂,市儿亦满座。笔墨之累,与积逋环而攻之,言之徒为故人当食之叹而已。但舟中作得焦获先生一诗,颇似可传,差足以报焦获先生十年知重之意尔。望先生有以赠我也。[②]

孙豹人即孙枝蔚,胡介当在扬州结识孙枝蔚。此牍当作于胡介 40 岁回到杭州之时。

23. 胡介《与开远》

开远近读知味否?读书要知书味,如人饮食,须知饮食之味也。人生十五六,正是聪明怒发时,此时下得一分苦心,胜后来万万也。常思挨肩擦背,都是读书人,如何便得出人头地?常看人登七层塔者,先人一气,直踞巅顶地,步高,眼界阔,晏息早也。念之,念之![③]

胡介子早夭,"开远"可能是其侄辈。此牍中胡介传授其读书学习之法。

24. 胡介《与钱允武》

颇思扁舟过从,觅古人话言,消此寂寂,会尘网羁人。春夏之交,山翁禅师住道场,当了南园之约。道人中如大雄、山翁二老,真今时之古尊宿也。皓庵与同人请其重兴道场,比至,两兄不可不亲近之,并出一手,助扬佛事本色道人,亦如沅江九肋鳖,不当轻易放过也。比晤潘天老否?渠四香阁中,亦有掣风颠汉在,曾物色

---

①②③ [清]周亮工.藏弆集[M].张静庐,点校.上海:上海杂志社贝叶山房本,1936:89,90,291-292.

之否？①

钱允武，不知何人。此牍为胡介与友人讨论资助佛事。

25. 胡介《与费皓庵》

契阔日久，西湖半席话，殊未尽怀端，怅怅！长安弈棋，尚未胜着，池馆寒梅，又成雪。时序如流，河清难俟，想同一黯然也。道场之举，闻之叹慰。我辈肠未尽冷，不能不与人相关。然从空花泡影中，浪糜时日，虽高名厚实，自道眼观之，蜣螂展丸耳。视与世外真人，共成多生胜石事，其间岂易问道里哉！②

此牍可与上牍参看。钱允武、费皓庵应是胡介同乡友人，上牍胡介与钱允武谈资助道场之事，此牍言"道场之举，闻之叹慰"。从内容判断，此牍似乎写于明末清初动乱之时，其最大的价值在于表现了胡介一时怅然若失、人生虚幻的心态。牍中言语晦涩，"时序如流，河清难俟，想同一黯然也"等言语似乎是在表达对于时势的看法。

26. 胡介《与人》

沈幼宰云："秀才学医，如菜作齑。"予谓好秀才学医，则为良医，为名医，为时医；低秀才学医，只成就得一个庸医而已。闻子将云："好秀才作医，尤是险事。"盖学问聪明，尽是杀人利器也。贫贱之人，何业不可糊口，而偏以人命为尝试？其情诚可痛恨。吾愿足下慎之！③

此牍劝人慎重为医，重在说理，以理取胜。

27. 张贲孙《上龚周两先生乞葬胡彦远书》

今年夏，六月三日，钱塘处士胡介死。介年四十九，无子，老亲白发，抚尸而恸，死无以殓也。友人沈生、陆生辈，经理其丧事。讣闻吴门，某与前御史姜公哭之恸。伏念介少有高志，立名节，寡杂交，遨游公卿间，名誉甚盛。所至贵显士大夫，无不欲争识介者。而介独彝然不屑，以明其孤介绝俗之行，独称述合肥、大梁两先生不去口，是介于两先生有知己之感，非流俗所得同明矣。某又深有动于心，为之言。夫处士不达，困顿贫贱夭折以死，命也！死无棺椁含殓之具，暴露旷野，莫为掩埋，亦命也！子孙或断绝，或有而流离失所，弗克饧祀，祖宗血食斩焉。茫茫幽冥，无邱垄庙社可依之鬼，盖不知几千万矣，何况志节旷达之士，随风雨上下，飘然江海，何所不自得哉？独生人缱绻之怀，如送远客，不胜恋恋耳！况生有盛名，死有传述，死亦荣焉！或生蒙疚累，毁誉间错，及其骨已朽矣！后世读其书，慨然想慕其为人，恨不生同其世与之交，惜其才而悲其遇，不知涕洟之何从也！是以前年金陵顾与治

①②③　［清］周亮工.藏弆集［M］.张静庐，点校.上海：上海杂志社贝叶山房本，1936：292，196－197.

死,去年南昌王于一死,死之日,伶仃凄楚之状与介同。而与治遗文,为施愚山先生所刻;于一遗文,为周先生所刻。介独诗文散失,亡可传者。其生平笔札,颇有奇气。无大著作,未能自成一家,不克与其名相副,是介生有盛名,死竟泯没也!再迟之十年二十年,故交垂尽,及于后世千古万年无复知所为介者,是介竟死也。两先生坐间有上客,死而无闻,岂不痛哉?故某以为言,愿两先生买山间半亩地,助之掩埋,题曰:"呜呼!钱塘处士胡介之墓"。俾石碣所垂,不至芜没,是两先生怜才爱士之盛心也。某再拜!①

此牍非胡介所作,但交代了胡介死后的状况及其诗文集留存情况,故列于此处。

张贲孙,字祖明,又字绣虎,一作秀虎,浙江钱塘人,有《白云集》。此牍中透露出胡介死后的一些重要信息:第一,据此牍内容"今年夏,六月三日,钱塘处士胡介死",可知胡介当死于康熙三年(1664)农历六月三日。胡介死后,家庭贫穷,无以收殓,故张贲孙作此牍求助于热心赞助遗民并与胡介有较深交情的龚鼎孳与周亮工。第二,"介年四十九,无子。"胡介死后无子,据《尺牍初征》中胡介《与妇》一牍,胡介提及有子"蕙哥",可以推测"蕙哥"应是女儿,或在胡介死前夭亡。第三,胡介死后丧事由"友人沈生、陆生辈,经理其丧事"。对照今存之《旅堂诗文集》与陆嘉淑《胡彦远传》的记录,"沈生"当指仁和人沈兰先,"陆生"当指陆嘉淑。此二人不仅料理了胡介丧事,还是胡介遗集《旅堂诗文集》整理工作的重要参与者。第四,张贲孙称胡介"其生平笔札,颇有奇气",这符合胡介尺牍的整体特点,从艺术水准来看,胡介尺牍的水平还是相当高的。张贲孙又称:"介独诗文散失,亡可传者。""无大著作,未能自成一家,不克与其名相副,是介生有盛名,死竟泯没也!"从这些话语推断,在胡介死后,张贲孙所见到的主要是胡介的尺牍作品,其他诗文著作并不多,因此他说胡介无大著作,不能自成一家。但当时胡介有盛名,因此他推测胡介诗文著作不是不多,而是因为家贫、散佚等因素,在其死后泯没了。对照此前第8牍《与龚半千论诗书》中胡介对于自己著述的谨慎态度,张贲孙的推测是正确的。第五,牍中提到了与胡介死状相同的友人如"前年金陵顾与治死,去年南昌王于一死,死之日,伶仃凄楚之状与介同"。顾与治名梦游,字与治,江苏江宁人,明遗民,卒于顺治十七年;王猷定,字于一,号轸石,江西南昌人,散文大家、诗人,明遗民,卒于康熙元年。此二人死后得到施闰章、周亮工的帮助,其著作也因此得以刊刻传世。顾梦游、王猷定、胡介三人的生活状态与死后状况,可以说代表了清初广大遗民普遍的生存状态,他们生前身后都或多或少得到清初贰臣的帮助,也说明了清初明遗民与贰臣之间的奇妙关系。

七、施闰章

施闰章(1618—1683),字尚白,号愚山,安徽宣城人,清初文学大家,与宋琬(山东莱阳人)在当时齐名,人称"南施北宋"。有《施愚山先生学余文集》《施愚山先生学余诗集》《施愚

---

① [清]周亮工.藏弆集[M].张静庐,点校.上海:上海杂志社贝叶山房本,136;309-310.

山先生别集》《施愚山先生外集》等,今见于《清代诗文集汇编》第 67 册。施闰章在清初有盛名,交游广阔,《尺牍新钞》三选因此收入他不少尺牍作品,大多见于《施愚山先生全集》,但经仔细核对,还有 6 封不见于施闰章著述之中,是施闰章集外散佚文字。其中的部分尺牍反映了施闰章的重要文学观点,对于后人研究施闰章有着重要的资料价值。

1. 施闰章《与蒋虎臣》

夫诗以自然为至,以深造为功。才智之士,镂心刿肾,钻奇凿诡,矜诩高远,铲削元气,其病在艰涩。若藉口浑沦,脱手成篇,因陈袭故,如官庖市贩,咄嗟辐凑,而不能惊魂骇目,深入人肺肠,寝就浅陋,其病反在艰涩下。①

蒋虎臣(1630—1673),名超,字虎臣,号绥庵,又号华阳山人,江苏金坛人。清初文士、官员,有《绥庵集》。此牍反映了施闰章的诗歌美学思想,他认为诗歌"以自然为至",如果苦心钻研,刻意求奇,当有艰涩之病。但如果不经思考,冲口而出,则诗歌又有浅俗之弊,反倒不如"艰涩"之境了。从中可见,施闰章在诗歌上既不欣赏公安之浅俗,也不认同竟陵之幽奇,他主张的是另一种道路,也即自然之美。

2. 施闰章《与同门李嵩岑》

缙绅先生行古之道者,年丈一人而已。行至高,谊至笃,而官辙独远,天之待素心有道者类如此矣。然居官恬淡寡欲,至断酒肉,作苦行僧,亦复何地不可。才足理剧,而廉不爱一钱,虽荒服蛮陬可格也。苍梧弟所旧游,山川云物,足以愁人,而不甚苦瘴。夏秋骤雨后,岩洞鸟兽百物之毒,皆流入江水中,慎勿汲。有冰井泉独甘冽,以元次山得名,余尝就而饮之,作《甘井行》,忘其身在岭表。此足以濯尘缨,沃清吏矣。②

李嵩岑,生平事迹不详。施闰章此牍似乎为劝慰同门贬官岭南所作。按此牍中提到施闰章曾亲自尝甘井之水,作《甘井行》,施闰章曾于顺治八年出使广西,此牍当作于此后。

3. 施闰章《寄丁药园》

记单车出关时,遗致不腆。得报书,读之肠裂。及游武林,与尊仲氏谈宴,怅望朔风,愁不可耐,不谓北辕复返。既得为中土人,又得濯积尘于西湖上,此乐泠泠转如蓬岛间事,虽累重费烦,不啻蚊负。经营过此一劫,抱膝支颐,长吟朗咏,百城不与易矣!夫鸩毒积于晏安,智慧生于忧患,古人之能所不能者,皆其堪人所不堪者也。吾兄啮雪边陲,累易寒暑,其诗之啸风雨,泣鬼神,当视昔过倍。老杜出塞诗臆度语耳,岂能与身亲者絜痛痒哉? 弟辱有草木之臭,数年来亦曾有句见及否? 便中

① [清]周亮工. 尺牍新钞[M]. 上海:上海书店,1988:252 - 253.
② [清]周亮工. 藏弆集[M]. 张静庐,点校. 上海:上海杂志社贝叶山房本,1936:44.

幸示一二。顷病且益拙,捉襟露肘,不能助万一。结友如我辈,所谓缓急无足恃,真鄙人耳。士贵知心,要之暾日。戈戈为寿,其郁积诚不能自陈也。①

丁药园(1622—1686)名澎,字飞涛,号药园,浙江仁和人,清初西泠十子之一。其弟景鸿、漺俱以诗名。丁澎在施闰章青年时期便与其相识,二人同为"燕台七子"之一。康熙六年,施闰章以裁缺夫官归里,此后一段时间他开始浪游生活,其间曾到过杭州。此牍佐证了施闰章在杭州与丁氏三兄弟的交往。牍中提道:"经营过此一劫,抱膝支颐,长吟朗咏,百城不与易矣!"又言:"吾兄啮雪边陲,累易寒暑。"丁澎曾于顺治十四年典试河南,以违规被弹劾,贬至奉天靖安,直至康熙元年方始南归。施闰章所云"此一劫"所指应是此事。又按牍中所言:"得报书,读之肠裂。"应是丁澎在靖安生活期间写给施闰章的书信,说明二人交往之密切。牍中还透露出施闰章在杭州期间的生活状态——"病且益拙,捉襟露肘"。

4. 施闰章《与陈伯玑论景陵》

往读《伯敬集》,不数叶辄掷去,譬如体赢人不敢尝苦寒药,恐伤元气也。昨承寄到,适在笋舆中,更无他书,遂至读尽。其文良胜诗,宁不厚不浑不光焰不周详,而必不肯俗;其手近隘,其心独狠,要是著意读书人,可谓之偏枯,不能目以肤浅;其于师友骨肉存亡之间,深情苦语,数令人酸鼻,未可以一冷字抹煞。史论诸篇有别解,笔力从左、国、秦、汉中来;次则题、跋、铭、赞,蓄意矜慎;其序赠之作,稍涉泛滥,毕竟为应酬所累。韩昌黎一生赠序文字,仅十余篇,洁不惹厌,又是何等辣手!大抵伯敬之集,如橘皮橄榄汤,在醉饱之后,洗濯肠胃最善,饥时却用不得。然当伯敬之世,天下文士,酒池肉林矣,那得不独推为俊物,善读其书者,心目中尝存一严冷不屑之意,其去俗自远,不数读可也。伯敬谓后生学中郎不成,不如学于鳞,吾兄又谓近人学于鳞不成,似不如仍学伯敬,并是救时之言。诗岂从二家出,舍二家宁遂无诗? 真能诗文者,华不俗,清不弱,别有本领。今之为诗文,所谓不诚无物也。曹能诗非远胜伯敬者,评伯敬清而有痕,伯敬力辩之而不能逃,此又于鳞所谓天宝生才不尽也。兄固好饮橘皮橄榄汤者,走笔报贶,或以佐下酒物,亦可也。②

5. 施闰章《又与陈伯玑论景陵》

前书谓伯敬文字,止是不肯俗,此俗字勿轻看、今人之所谓波澜光焰,结构事实,以为必不可无者,高眼看之,总是俗处,愈好愈俗。古人文字不轻易讨好,好在其中。近虽晴鹤翁晓此,下笔又不易言。非好学深思,清浊总无著手也。《青原毗庐阁记》,前嘱其勿遽刻,乃竟灾石矣。闻之闷甚! 速语公霖其志铭稿,且藏之,文集序亦不必太忙。虽伯敬志魏太易,其文非可必传,而伯敬谓必诚必信,勿之有悔,

①② [清]周亮工.藏弄集[M].张静庐,点校.上海:上海杂志社贝叶山房本,1936:44,45.

盖慎之也。弟亦待心清气定时,斟酌无憾,正为报石庄先生地耳。私心且不欲与伯敬比,但恐志大才疏,未免为闻者掩口。一日尚存,不敢废学也。①

陈伯玑名允衡,江西南昌人,明遗民,有《爱琴馆集》。此二牍佐证了二人的交往,同时也表达了施闰章重要的文学见解,尤其是对竟陵派文学主张的看法,是研究施闰章文艺观念必不可少的资料。

6. 施闰章《复竹关老人》

熊伯老寄语云云,未免病痛。近人谈道,往往骑着两头马,缰鞚不在手,名为不倚其实已离。大师逼其穷究,是高一步法,若向脚下一棒,且问择个甚么? 正恐茫无着落。择善固执,是不倚根基,止要加存养。先儒云:"养出端倪,不有种子。"端倪何在? 不知"养"字道得着否? 近略体贴叩盘扣,烛知所不免,今只求一肯叩肯扣之人耳。来教以无我为过关,以因物之则为适当,此正诀也。终身被服矣!②

竹关老人指方以智(1611—1671),字密之,安徽桐城人。明末清初著名思想家、哲学家、科学家,学术上主张中西合璧,儒、释、道三教归一。入清后,方以智出家为僧,隐居竹关,此牍为施闰章与方以智讨论学术问题,也佐证了二人的交往。

八、钱陆灿(陆灿)

钱陆灿(1612—1698),又名陆灿,字尔韬,号湘灵,又号圆沙,世称圆沙先生,江苏常熟人。钱陆灿曾于顺治十四年乡试中举,但因"奏销案"影响,绝意仕进,以讲学授徒为业,布衣终身。钱陆灿学术上兼修儒、释、道,倡导三教融合,文学上有诗名,为清初虞山诗派代表人物之一,著述颇多。有《调运斋集》《调运斋文钞》《调运斋诗》等,今见于《四库未收书辑刊》第7辑(第23册)。《尺牍新钞》三选中,共计有18封不见于《调运斋集》与《调运斋文钞》,这些尺牍对于研究钱陆灿学术思想与生平交往有着重要价值。

1. 陆灿《与杜三苍略》

终岁衣粗食淡,大谓不堪。若衣不蔽体,食不给口,则桔槔在身;盘水加剑,而趣和鸩药,则衣食又不暇计。堕落一层,警悟一层。人身难得闻道,甚难鸡三鸣,钟数点。此处大须猛力提持。③

杜苍略不知何许人。此牍反映了钱陆灿在学术之道上的思索:悟道要下狠功夫,尤其要有人生艰难的经历,方能上得更高的境界。

---

① [清]周亮工.藏弆集[M].张静庐,点校.上海:上海杂志社贝叶山房本,1936:45.
② [清]周亮工.结邻集[M].张静庐,点校.上海:上海杂志社贝叶山房本,1936:255.
③ [清]周亮工.藏弆集[M].张静庐,点校.上海:上海杂志社贝叶山房本,1936:205-206.

2. 陆灿《与绣闻弟》

岁暮远行，使我当餐而叹，累日不怪。细思之，男儿堕地，皆有分齐，绝裾而行，与牵裾而别，都非了事人也。黄山谷云："凡有日月风露之乡，何处不可寄我一梦？"解脱月菩萨说："眷属绕前，而常乐远离。"夫知所寄之为梦，而以远离为乐，何处不逍遥游矣！前途珍重！①

此牍为钱陆灿岁末不得已离乡，与家人分离，郁闷于胸而有人生虚幻之感，于是借黄山谷与佛教言语解脱自己。此牍不知作于何时。钱陆灿断绝仕进之意后，长年教授于金陵、常州、扬州间，离乡亦为常见之事，只是"岁暮远行"，人生不得自专，方有此感慨。

3. 陆灿《与门人吴仲武》

不于佛门下手，定不能于儒门立脚。今轩儒轻佛者，谓佛只主一"静"字耳，不知深山静坐一二十年，尚是系马桩，即如篱下猫狗，未尝不安静，撩下一片骨头，即时忙乱。故佛门全以操履锻炼为主，不可但坐死水也。②

钱陆灿曾为金陵、常州书院教授，从学者众多，吴仲武当是其学生之一。此牍与《与杜三苍略》可参看，进一步表现了钱陆灿的修学之道。他认为佛与儒通，习得佛方可学得儒，关键在于一"静"字。而"静"字不是容易做到的，要平心息欲，必须坚持操履锻炼，也即下得苦功夫，方能有大精进。

4. 陆灿《寄冯章民》

令郎将命来虞山，趣弟序尊稿，草草付之。令郎云："年兄僦庑以居，赁驴而出。"审尔！此大耐官人也。王梅溪、罗一峰家报，以巍科为可惧，前涂千古，恐渐不闻。老友此言，若弟则新衔柳丝丈人、桃花渔父矣。③

冯章民不知何人。此牍为钱陆灿慰友之作，也符合他的处世治学思想。冯章民"僦庑以居，赁驴而出"。"僦"为租赁之意，显然其生活是较为困顿的。而钱陆灿勉励他"此大耐官人也"，并以王十朋、罗伦等为例，"以巍科为可惧"，"巍科"意为高第，即科举考试名次在前者。钱陆灿绝意仕进，劝慰朋友科举不登第也非坏事，当换一个角度去看。从他自己的视角来看，不登第而乡居则是"新衔柳丝丈人、桃花渔父"这样的自由逍遥之境。

5. 陆灿《与子非熊太白》

读《庄子》不必据篇义立解，中间逐段读之，自成一篇小文字。凡读古人文字，切不可上下牵解。错简脱文，非可以今人心眼补缀。即如"汤之问棘也是已"，此句上下不相接，竟投去之，不必如时人定欲贯串也。此读书之法。④

---

① ② ③ ④ ［清］周亮工.藏弄集［M］.张静庐，点校.上海：上海杂志社贝叶山房本，1936：206.

此牍为钱陆灿论读书治学之法。他以读《庄子》为例，认为不必根据每篇的篇目去解释，读《庄子》中间文字，能得其意、有所获就可。对于古人文字，切记不能上下部分强行联系起来解释；错脱文字，也不能以今人的思维方式去猜测、补全；对于解释不通的文字，弃去则可，不要强行解释。

6. 陆灿《与宋荔裳》

昨过栎下先生阅所藏弄画册，目不给赏，情不给目。辟似如来掌轮中，飞一宝光阿难右，即时阿难回首右盼；又放一光在阿难左，阿难则又回首左盼；最后出一光，定光也，乃兄所作记。汪舟次云："栎翁遗一吏走扬州，趣兄为此文。兄为之姑徐徐，吏叩头，不得文徒手归，必得罪。兄戏语之曰：'汝如此煎督，我作一篇极下文字去，必打煞汝矣。'今阅兄此记，文佳绝，岂当坐吏有所私耶？不然，此吏亦巨眼，得不遭主人笞。"殆是萧颖士奴，非张子布帐下小儿也。[①]

宋琬(1614—1673)，字玉叔，号荔裳，山东莱阳人，清初著名诗人，与施闰章有"南施北宋"之称。此牍佐证了钱陆灿与宋琬、周亮工、汪楫等清初名士的交往，也说明了清初文人之间的一件轶事：周亮工邀宋琬为其藏画作记，遣一吏去催促，宋琬作文甚迟缓，吏人恐不得文归去被周亮工怪罪，因而下跪磕头，宋琬据此戏弄吏人。此事汪楫告知钱陆灿，钱于周亮工处见此文，于是便作此牍与宋琬开玩笑。显而易见，汪楫、周亮工、宋琬、钱陆灿四人之间是彼此熟识，互有交往的。宋琬此记文如细心搜索其文集或有所得，不然即为宋琬散佚的文字。

7. 陆灿《又与宋荔裳》

闻日下颇苦萧瑟，兄与弟卦之旅也。朱晦翁云："不知圣人特地做一个卦说旅则甚。"弟意圣人说一卦，说终身，亦说即事。吾人一生皆旅也，以踪迹言，则吾辈大半旅耳。卦说资斧在巽上说，甚妙。旅中不能无备御物事，只次第去，便是风行水上。此法不敢独用，并以为岁馈。何如？笑笑。[②]

此牍也为钱陆灿与宋琬之间的玩笑之作，进一步说明了两人之间关系的亲密。《周易》中有旅卦，钱陆灿强行戏谑解之，实也抒发了他人生如旅以及自己大半生多在旅途中度过的感慨。

8. 陆灿《与孙孝则》

朱文公云："陆子静之学，自是胸中无奈许多禅何夫，禅岂许多般哉？"晚年则不然，赋诗云："了此无为法，身心同宴如。"至无为而禅字亦无，何多之与有？[③]

朱文公即朱熹，此牍中钱陆灿引用朱熹早年批评陆九渊的话语和晚年诗作，提出自己对"禅"

---

①②③ ［清］周亮工. 藏弄集［M］. 张静庐，点校. 上海：上海杂志社贝叶山房本，1936：207.

的理解,实际也是其儒佛相同见解的表现。

9. 钱陆灿《与吴介兹》

弟连日病疟,诵子璋髑髅血模糊,手提掷还崔大夫句,竟不愈。目诵弟诗数首,便梦疟鬼跳踉偃仆,捧首顿脚而去。因思李白已嘲杜老饭颗,此必其族种李赤者。紫姑神处,逐臭多年,今方出头,弟方逢其所怒,故接淅行耳。而不知者,遂谓弟诗与杜老争黄池之长于病乡,则吾岂敢![1]

吴介兹,金陵人,生平不详。此牍为钱陆灿与朋友的玩笑之作。钱陆灿病疟疾,欲以文治病,诵自诗而愈,因以自嘲。"紫姑神"是司厕之神。

10. 钱陆灿《答同年计甫草》

投金渚上,冲寒犯雪。展磨镜之诚,古人之谊也。接来教,似不能不为旅人鲍系,凉凉穷窭虑者。弟因思古者井田而外,另有士田可考,则居有食也。出则必有师,从师游者,即从师食。《史记》谓孔子养弟子三千人,固不足信,然弟子从孔子出游历国,其势不赍粮,而食孔子之食。孔子何所取之,取之列国之馈遗也,故晏婴谏齐景公勿用。孔子曰:"游说丐货,不可以为国。"是其证也。当是时士居有士田,而出则非从师则仕耳。士穷而在下,多仕于诸侯之国。诸侯之国不能尽收之,则又散而仕于列国之大夫。今弟与足下居既无田,而出又不仕,将求游以求食耶。则足下方有濑水之痛,而弟之心丧者,又数年于兹矣。昌黎与李习之书曰:"孔子称颜回箪食瓢饮,不改其乐。彼人者有圣者为之依归,而又有箪食瓢饮,足以不死。其不忧而乐也,岂不易哉!若弟无所依归,无所取资,则饿而死,不亦难乎!"夫昌黎之在当时,其汲汲于图其穷也固然。然犹有陆宣公为之师,又有张建封、裴晋公诸贤为之知己,卒能不死于穷饿,而卓然成一家之言。若弟与足下,复何望乎?复何归乎?事之所无可如何者,皆不足复道也,惟静以俟之而已。幸自爱,勿多谈。[2]

此牍反映了钱陆灿生活困顿与心态凄凉的一面。计甫草(1625—1676)名东,字甫草,号改亭,江苏吴县人,明末清初学者,有《改亭集》。计东与钱陆灿同为顺治十四年举人,也同因"奏销案"而革职,此后计东也绝意仕进,云游四方。可以说计东与钱陆灿是命运极其相似、心理状态非常相近的两个人。或许出于"同是天涯沦落人"的心理,钱陆灿在此牍中不似与其他人的尺牍那样或谐谑,或参禅,而是更多地流露出内心深处的感慨。牍中钱陆灿借古论今,感慨新朝士人地位之低下,如果考虑"奏销案"革去二人功名的因素,则钱陆灿牍中内容当话中有话,并未尽言。"奏销案"浇灭了很多江南士人在新王朝锐意进取的热情,改变了他们一生的命运,钱、计二人便是其中之人。他们不但个人价值实现的追求破

---

①② [清]周亮工.结邻集[M].张静庐,点校.上海:上海杂志社贝叶山房本,1936:76-77.

灭,生活也变得困顿,思想变得消沉,钱陆灿转而参禅不排除该因素的影响。因此,他们对于自身状况是极度不满的,不过不好直接发泄出来。钱陆灿借韩愈叹穷之事指出,韩愈虽穷尚有赏识者倚靠,因而可以成就一家之言,而他们这样的士人则被新王朝所抛弃,不但失去了前途,而且也失去了立言之径。尺牍最后"若弟与足下,复何望乎? 复何归乎?"的反问,表达出钱陆灿心中的愤懑与绝望。此牍是反映"奏销案"后钱陆灿真实心态的重要资料。

11. 钱陆灿《与邓生》

闻方为令子开笔觅诗,大不易。此事与宗师教人参禅恰相反,教人参禅,先须塞断渠悟门,如银墙铁壁,令渠自寻出路;若教子第,第一要开导他悟门,眼中金屑,亦不可著,况瓦石乎? 今之俗学坊刻,瓦石也。足下其慎择之![①]

此牍为钱陆灿叹童蒙教育,亦以禅喻之,足见佛学对其学术思想影响之深。

12. 钱陆灿《又与邓生》

《诗归》乃仆二十年前阅本,足下既欲阅之,留案头可也。但景陵二公纰缪甚多,今略举一二,以资隅反:古诗如"口生垢,口戕口",一诗数口字,乃古方空圈,盖缺文也。今误作口字解,近见周栎园先生辨之矣;许由箕山歌——"谓予钦明钟云",钦字下加一明字,即敬字上加一聪字也。此钦明字,出尚书第一行,不之知也;魏武短歌行——"沉吟至今"下有呦呦鹿鸣四句,今欲删之,欲续反断矣;谢灵运"美人竟不来"等句,评曰无须眉气,则《毛诗》《离骚》止可闺房提唱矣;《六忆诗》,忆食时是忆美人食时,故下文云临盘动容色。今解作食眠时忆美人,何啻天渊矣;《君不见》《行路难》之体如是,以套抹之矣;刘瑗《左右新婚诗》,"蛾眉参意画",俗本误刻作叁字,评云"三意画"。居然聪明人,后学承讹,吴人至有赋三意眉诗者;老杜《公孙剑器行》,"浑脱"者,剑器之名也。今以浑脱浏漓顿挫六字连圈矣。凡此杜撰,剧可喷饭。其他如《当垆曲》,"明月二八照花新,当垆十五晚留宾。"古本止此矣,今忽增"回眸百万横自陈"一句;薛能《长安道》诗,刻《许昌集》,今改作此路去,而于本题上先加圈批。其不深思精考,疑误后学,未易缕指。要须得古诗唐诗旧本校雠之,乃可读也。[②]

《诗归》是钟惺、谭元春合编的唐前诗歌选本,有古诗 15 卷,唐诗 36 卷,合计 51 卷,两人是竟陵派诗学主张最主要的代表。钱陆灿此牍指出《诗归》中的种种谬误,是较早地从治学角度批评钟、谭学术不严谨的文论。此牍一方面说明了钱陆灿治学的严谨性,另一方面代表了清初反思的文学风气,也显现了清代学术新风气的兴起,是研究钱陆灿治学思想与清初学术风

---

①② [清]周亮工.结邻集[M].张静庐,点校.上海:上海杂志社贝叶山房本,1936:77-78.

气演变的重要参考资料。

13. 钱陆灿《与吴岱观》

犹忆丁丑年春,灿以访旧至湖上。君家兄弟,读书灵隐山中之涧堂,遣苍头导灿入山。薄暮叩扉,月光已映林端。君家兄弟篝灯吟哦,辍笔墨戛然而迎,相与披衣一笑。沽酒人出,踉跄入呼涧桥上虎。推窗视之,三乳虎跳跃,已作咆哮势,两老虎蹲踞不动,毛发森矗,目光如火炬,有戒心焉。吹灯拒扉,裹衣而睡。夜半闻啸声。小僮阿吉惊堕枕头下。次日与君家兄弟,步步踏虎迹上。韬光题姓字年月在竹上,事如昨日耳。辛丑初夏,再过湖上,再至灵隐,再访涧堂,堂已倾欹,但余壁落。一僧虽拄门而应,徵曩时君家庋阁笔砚处,及予卧榻、惊堕枕头处,皆茫无所向。旅葛旅葵,苍凉一望,汝目汝面,如在我眼旁。三叹而出,坐涧桥上戏语同行。乳虎想已老,老虎想已死,桥之上下无一迹。吾兄仕宦秦中,苍浮漂泊广陵,余独来履叶扣石,怅怅然,惘惘然,如寻失落物事上。韬光竹已见数十世孙,即有镌字,皆他人姓字年月,无我分。当时阿吉绿发鬖䰇,覆额儿也,而葬黄壤,已二十余年矣。人世聚散,便如春梦之瞥然无踪。灯下戏场子弟,又在他家搬演别出去。波斯匿王,追记三岁时,谒者婆天,经过恒河水,六十年间,水流如故,不能不自伤发白面皱也。何时与兄重话西湖上,正恐似两老仙坐菰芦中,谈沧桑往劫耳。①

钱陆灿此牍叙事、言情、写景俱佳,是文艺绝佳的尺牍小品,也反映了他的游历经历。吴岱观其人不详。按牍中所说,钱陆灿曾至少两次游历杭州:一次是"丁丑年春",当指崇祯十年(1637)年春,其时钱陆灿 26 岁,意气风发;一次是"辛丑初夏",即顺治十八年夏(1661),其时钱陆灿 50 岁,中间相隔 24 年。此牍当作于顺治十八年夏,钱陆灿刚经历"奏销案"后不久,年岁已长,功名又失,追思往昔,不免生慨,此牍当是他当时心态的真实反映。又按牍中所说,崇祯十年,杭州灵隐山附近尚有虎踪,且其所见有五头之多,如其所见属实,倒是很好的研究杭州生态史的资料。

14. 钱陆灿《与雪垆上人》

兄年少精警,机锋圆辩,书法画品,俱欲火攻华亭,又其余耳。闻弟出山后,兄即荷老人印,付黄山白岳之游,助发胸襟,长进多少,不似弟为黄杨木禅。健羡! 健羡! 但须立志坚决,得师友之力,不肯一刻放过乃佳也。古人如老南和尚,偏参诸方,闻石霜楚圆之名,特地去访。及到石霜,颇闻其有不可人意处,南大不乐,徘徊山下数日,又思量既到此,须一见而决。揭帘欲入,又不舍得下一拜。如是者三,遂奋然曰:"有疑不决,终非丈夫。"径入。才启口,便被石霜降下他,终身事之。此便是求师样子也。宗杲与法一为友,中州丧乱,同舟下汴,杲数视其笠。一怪之,伺杲

① [清]周亮工.结邻集[M].张静庐,点校.上海:上海杂志社贝叶山房本,1936:78-79.

起去,得笠中一金钗,取投水中。杲还色动,一叱之曰:"汝一钗之不忍,而望汝了生死耶? 我已投之水矣。"杲起整衣作礼曰:"兄真宗杲师。"此便是求友样子也。花山禅大于海,师友边精诣破的,何待予言。言之者鞭影也,其勉旃。①

此牍也是钱陆灿论学之道,关键在于"但须立志坚决,得师友之力,不肯一刻放过乃佳也"。为此,他举例论证了求师与求友之道。

15. 钱陆灿《与汪舟次》

弟尝作一年之诗,至岁除欲烧之,不果也。明年岁除,又欲烧其一年之诗,并烧前几年之诗,已而皆不果也。徐而自解之曰:"留待后人为我烧之。"每谓隋炀帝好头颈,还自家研,此血性男子语,所以博得做个诗中浪子。弟之不能自烧其诗,诗之所以不逮古人也。而足下与野人,犹欲过而存之,亦姑息之爱而已,岂爱弟之深者乎!②

汪舟次即汪楫(1626—1699),字舟次,号悔斋,安徽休宁人,寄籍江苏扬州。野人即吴嘉纪(1618—1684),字宾贤,号野人,江苏东台安丰人。此牍为钱陆灿与二人直接交往的佐证资料,可能作于扬州。牍中透露出一些信息,钱陆灿与二人有着诗歌上的直接交往,他将自己的诗集或诗歌交给汪、吴二人审阅、删选,汪、吴二人多有称誉,因而钱陆灿作牍自谦兼答谢二人,称"足下与野人,犹欲过而存之,亦姑息之爱而已"。

16. 钱陆灿《答徐甥问诗》

吾甥暍来千里,问诗于老舅。媛姝以一闻为足,河伯以秋水自多,吾甥皆无之。要之此事,勤学而多为之自工。师承古人,莫如老杜,非谓诗之能至于老杜也。其法度家数,较严于初盛诸家,用一字如关门之键,立一义如军门之令;其门户开阖,对仗精整,所谓晚节渐于诗律细者也。律诗无论,其绝句,数首中必五六首有出句对句,此犹律中之律也;其五古七古歌行,中间必有数联,有出句,有对句,此则古中之律也。故曰诗律细,此老杜非专以律诗为律也。子于古诗,多不置出句对句,则无古诗之律矣;并于七五绝句,首首散行,不一二置出句对句,则并无律诗之律矣。此说诗必讲律也,然有本焉。黄山谷学杜,所谓江西诗派者也,其甥洪驹父、徐师川问诗于山谷,山谷答驹父曰:"见诗叹息弥日,不谓便能入律如此。然望甥不以今所能者骄稚人。老杜作诗,无一字无来处,文章最为儒者末事,然既学之,又不可不知其曲折,尤当用老杜句法。若有鼻孔者,便知是好诗也。"其答师川曰:"读书须一言一字,自求己事,方见古人用心处。"又题卷云:"上蓝生诗,词气甚壮,笔力绝不类年少书生。意其行己读书,皆当老成解事。"又云:"老舅年衰才劣不足学,师川有日新

①② [清]周亮工.结邻集[M].张静庐,点校.上海:上海杂志社贝叶山房本,1936:79-80.

之功,当于古人中求之耳。"山谷之教其甥如此。知山谷之所谓入律者,所谓曲折者,所谓老杜句法者,所谓读书己事者,所谓学古人而日新者,诗之关楗尽此矣。虽然,岂惟诗文哉? 吾甥更进思之。①

此牍透露了钱陆灿重要的诗学观念。钱陆灿认为诗歌关键有二:一是"勤学而多为之自工";二是师承古人。在宗法对象上,钱陆灿以为当学习杜甫诗歌法度,尤其是因为"晚节渐于诗律细者也"。钱陆灿援引黄庭坚及江西诗派旧事,说明学习杜诗的关键之处。此牍说明,钱陆灿在诗歌创作上,受到清初宗杜诗歌主张的影响,表现出以学问为诗的复古主义倾向,主张"学古人而日新",注重诗歌的法度与格律。

17. 钱陆灿《示儿》

作文之法,有题句在此,而题意在彼者。赵简子谓诸子曰:"吾藏宝符于常山,先得者赏之。"诸子驰之,无所得。小子母恤曰:"得之矣。"简子曰:"奏之。"母恤曰:"常山上临代,代可取也。"无母恤之智,则求符于常山而已矣。虽然,义有两登,如鸿门之剑,项庄欲取之,项伯欲蔽之,意乃俱在沛公也。隐隐跃跃,乃见机器之妙。②

此牍为钱陆灿授子作文之法。其援引古今,妙喻迭出,讲解题、破题思路,深入浅出,甚为精妙。

18. 钱陆灿《又示儿》

善射者,愈射则箭垛愈大;善弈者,则愈则棋局愈小。于文亦云。③

此牍与上牍同,俱为钱陆灿以妙喻形式授子作文之法。

---

①②③ [清]周亮工.结邻集[M].张静庐,点校.上海:上海杂志社贝叶山房本,1936:80-81.

清初尺牍选本的文献价值（下）

　　李渔虽在顺治十七年左右经常往来于杭州、金陵，但在此前则一直在杭州生活。编选《尺牍初征》期间，李渔虽然也曾多方求稿，但由于生活环境因素，他所搜集的尺牍总是以杭州地区人物为主。周亮工在编选《尺牍新钞》之前，长期在福建为官，这种生活经历在《尺牍新钞》中也可以反映出来，《尺牍新钞》中的闽人尺牍相对而言是较多的。但周亮工仕宦已久，名动天下，身边结交的士人众多，加之《尺牍新钞》合二十二家之力完成，其中搜集的尺牍覆盖的地域广度是其他选本无法比拟的。尤其是《尺牍新钞》书成之后，影响力极大，至二选、三选时，天下士人纷纷向之投稿，因此《尺牍新钞》三选在尺牍搜集面上具有全国性的广度，从这一方面来说，它们的影响力也居清初各尺牍选本之最。汪淇、徐士俊等人的《分类尺牍新语》与陈枚的《写心集》系列选本，因编选者的活动范围主要在杭州，所以其中的尺牍主要以清初活动于杭州的士人或与杭州士人有联系的士人尺牍为主，表现出较为浓厚的地域特色。《尺牍兰言》则以吴江人搜集的苏州地区的士人尺牍为主，也有这一特征。由于这一因素，《分类尺牍新语》三编、《写心集》二集、《尺牍兰言》等尺牍选本文献资料对于清初士风与文学活动的反映整体不如《尺牍新钞》三选来得全面、宏观。但它们在具体地域上则搜罗细致，在研究清初地方士人活动与地方文化的文献价值方面，它们的全面性与重要程度则要超出《尺牍新钞》三选。

第一节　《分类尺牍新语》三编文献价值举隅

　　汪淇、徐士俊等人编选的《分类尺牍新语》三编分别成书于康熙二年、六年与七年。在第一部《分类尺牍新语》中，汪淇明确说明了其中部分尺牍选自《尺牍新钞》与《尺牍初征》，所以部分尺牍资料是重复的。但此后的《分类尺牍新语二编》（简称《二编》）与《分类尺牍新语广编》（简称《广编》），汪淇及其编选团队便开始注重尺牍的新颖与原创性，不再从他人的选本中选取尺牍。但仔细比对这后二选,仍有一些作品是与周亮工《藏弆集》《结邻集》是重复的,其中尤以对比《藏弆集》较为严重。出现这样的情况当与首选《分类尺牍新语》区别对待,原因在于汪淇及其编选团队搜集尺牍的时空范围是与周亮工及其团队成员重复的,他们的朋友互有交叉,《藏弆集》成书于康熙六年,而《二编》《广编》则分别成书于康熙六年与七年,在几近相同的时间内编选成书,除非两个团队互通声气,否则一定程度的重复是不可避免的。但这种情况并不严重,对二者的文献价值而言也无伤大雅。

一、卓发之

卓发之(1587—1638),字左车,号莲旬,明末浙江仁和人。与董其昌、汤显祖、高攀龙、顾宪成、袁宏道、袁中道、钟惺、谭元春、陈继儒、钱谦益等众多名士俱有交往,其著述有《漉篱集》《水一方诗草》《卓氏遗集》等,因思想违逆,在乾隆时多被禁毁。四库禁毁书丛刊集部第107册收有其《漉篱集》25卷,《卓氏遗集》1卷。《分类尺牍新语》中收其《与大儿》一牍,不见其文集。

卓发之《与大儿》

古人言生子才俊未必可喜,此是何意?家有才俊之子,是人生第一可喜事,何为反有此言?时时回想此言,则一切矜夸自喜之意,□然自失。只此便是得力处,无俟他人策励也。又当知此乃真实伤感之言,非是爱彼愚痴子弟,正向才俊人顶门上下一针,睡梦中劈而一喝,迫拶他再进一步耳。①

此牍亦见于《尺牍新钞》。汪淇在题下标注"《漉篱集》选",说明此牍是从《漉篱集》中选出的,却不见于今存之《漉篱集》。四库禁毁书丛刊所收《漉篱集》为崇祯年间传经堂刻本,据此可以推测,周亮工、汪淇在康熙初所见到的《漉篱集》应该不是传经堂本,也即在传世的传经堂本之外,《漉篱集》还有其他版本。卓发之长子为卓人月(1606—1636),字珂月,号蕊渊,与徐士俊相友善,在明末有重名。此牍为卓发之训诫卓人月的家书,但明显可见卓发之对卓人月是满怀希望与骄傲的。

二、余怀

《分类尺牍新语》三编中有余怀尺牍3则,其中《与周栎园》一牍也见于《尺牍新钞》,《与刘伯宗》一牍也见于《尺牍初征》,其余一则则有存文之功。

余怀《柬林殿飏》

处东吴菰庐中,日相天下士,素心古道,无如先生者。云霞之契,藉此因缘,抱蜀不言,惟有神会。日以雨泞,弗克过叩萧斋,亦知返棹有期,黯然何极。聊成二律,俚不足存,亦冀出入君怀,以当千里面谈耳。春水初生,弟亦将放舟吴越,与盟

---

① [清]徐士俊,汪淇.分类尺牍新语[M]//四库全书存目丛书:集部第396册.济南:齐鲁书社,1997:522.

翁相遇于高山流水之间，未可知也。言不尽意，别复依依。①

林殿飏，晚明官员，身世不详，与王世贞、顾炎武、方文等人都有交往。作此牍时，余怀当在苏州，未能面见林殿飏，但作有两首律诗随牍赠之。

三、严首升

严首升（1607—1682），字颐，又字平子、平翁，号确斋，湖南华容人。明末清初学者，遗民。严首升入清后在家为僧，隐居瀼园，著有《瀼园诗初集》《瀼园诗后集》《瀼园文集》《瀼园诗话》《瀼园遗集》等。严首升力主抗清，其著述后来在禁毁之列。今《四库禁毁书丛刊》集部第 147 册收有《瀼园诗初集》3 卷，《瀼园诗后集》1 卷，《补遗》1 卷，《瀼园文集》20 卷，《谈史》6 卷。《分类尺牍新语》三编所收尺牍不见于其中的有 3 则。

1. 严首升《与王明勖》

人生极难处分者，惟得志时事耳。伯王不动心，便是圣贤尽头学问，若区区不得志事，甚容易了。舜禹生平，辗轲艰难不知多少，夫子不以此服舜禹，独服其有天下不与，所谓忍痛易忍痒难也。老兄学问深厚，逆来顺受，一切归之造物。天下事，不但得丧不由人，祸福不由人，即善与过，亦不由人，付之无可奈何已耳。②

此牍为严首升与友人谈处世之道。其后有徐士俊评论："忍痛易忍痒难是创论，亦是至论。所以能片语捐躯，不能十年守节。大学问人于此际看得平等，有何难处事乎？"③此话可谓是清初遗民的心声。

2. 严首升《又与王季豹书》

此辈小传小叙小记，颇足开颜。倘授以帝王本纪、名臣列传，便阁（搁）笔矣。与之言性言天，能亹亹到底，与之议天下事，能缕缕指掌，连牍不尽乎？辟如小匠筑斗室、石桥、竹径，厝置如意，一旦委以未央殿、承露盘，应袖手尔。而顾轻薄前辈，凌厉一时，去井蛙几何也？④

此牍为严首升讨论时人作文问题，查望在牍后的评语精当地说明了尺牍内容（查于周曰：人亦有无人不交不能得一人之力，靡事不为不能成一事者，良由性天未明事理未透，以致心胸不拓，眼境不宽，能小而不能大故也⑤）。《与王明勖》《又与王季豹书》二牍在《分类尺牍新语》中都标注为选自《瀼园集》，今存《瀼园文集》为顺治十四年刻增修本，《分类尺牍新语》所收其他严首升尺牍见于其中，据此推断，汪淇所见《瀼园集》当较顺治十四年刻本更为全面，也有可能是后来的增修本，但已经失传。

---

① ［清］汪淇.分类尺牍新语二编［M］.台北：广文书局，1975：227.
②③④⑤ ［清］徐士俊，汪淇.分类尺牍新语［M］//四库全书存目丛书：集部第 396 册.济南：齐鲁书社，1997：365，431.

严首升《与刘云门》

陶公终日为儿子虑,虑及僮仆衣食诗书,何其真也;将儿子贫苦愚拙种种烦恼都作下酒物,何其达也。近惜之至,忘情之至。①

刘云门,不知何许人。此牍甚短,可能是删节本。牍后有汪憺漪的评说(汪憺漪曰:极旷达之人复能周到者,其惟陶公乎! 拈出自然解颐)。

四、徐世溥

《分类尺牍新语广编》中有徐世溥一牍不见于今存之徐世溥文集内。

徐世溥《与钱牧斋求宋集》

今天下之有牧斋先生也,文章风采,为世所宗,天下士思一望见其颜色者众矣。古之君子于当世先达人,莫不汲汲焉而与纳交,然欲一见而不可得,欲致书而无由。今不肖之于先生也,知其名在垂发之日,而通家在未生之前,岂非厚幸?然自己巳春奉教以还,不通问者又三年于此矣。夫以世所愿见之人,幸列通家之好,而不通问者辄三年于此矣,其踪迹不可谓不疏,乃不肖服膺之意,固未尝少有衰者。昨冬得读先生诸古文辞,《李先生祠堂记》,冲澹曲折;《徐绍虹墓志》,雄逸奇变;书《陈敬初诗□》,□驳严畅,稽考详实。盖考覆之文,古人犹难之,君家□中与浦生墓志,则子瞻之状幼安,昌黎之写郑群,不过是也。其余誉无溢美文,不揞实而往往错综逶迤,顿挫感慨,未尝有数行□直率易之文,是今之为古文者,但以牧斋先生为最精。而又从方伯、昭度潘公、黄黄石诸公知今天下之藏书,惟牧斋为最富,则与不肖之好,大有同焉者。家大人驱驰四方,所至惟收典籍所藏,不下二三十车,往往为诸兄弟持去,其归不肖者,仅五之一。后稍稍收殖,数岁之间于所宜有者,殆已有之;顾集苦不能备、几可致者,必力致焉;不则假贷录之,未尝玷阙人少许,故人也乐假之。非敢曰吾必能涉焉,以为犹贤于声色狗马之为。又性于他玩好不宜,故于此道贪而不止。窃闻大笥所藏,有毕仲游《西台集》,苏叔党《斜川集》,原父、贡父《奉世三集》,此三集者,世所稀有也。以世所稀有而吾必欲有之,或以为好事,以五君子之精神,几将泯没于世,幸与大君子,而不公诸同好焉? 吾知先生之不忍也。近因秦淮书估之便,奉求贷录,明夏缮还。如以为不信,则此书其息壤也。悚息悚息!②

徐世溥受知于钱谦益,对钱谦益推崇有加,此牍进一步提供了二人交好的渊源与细节。徐、钱二家为通家之好,从其父辈便已经开始有交往。徐世溥父亲徐良彦,明末官员,官至南京工部侍郎,当与钱谦益有交结。牍中提道:"然自己巳春奉教以还,不通问者又三年于此矣。"

---

① [清]汪淇.分类尺牍新语二编[M].台北:广文书局,1975:415.
② [清]汪淇.分类尺牍新语广编:第18册[Z].上海:华东师范大学图书馆,康熙七年(1668)刻本:4-5.

"己巳"应指崇祯二年(1629),其时,徐世溥方 22 岁,此牍当作于崇祯五年,徐世溥 25 岁之时。徐世溥在牍中提到钱谦益的文章新著,说明他平时关注着钱谦益的举动和创作状况。钱谦益为明末清初著名的藏书家,家中藏书丰富,徐世溥也有此好,听说钱家中藏有宋人珍稀文集,因而作此牍于钱谦益,欲求抄录。

五、萧士玮

萧士玮(1585—1651),字伯玉,号三峨,江西泰和人,明遗民。著述有《春浮园集》《春浮园别集》等,今有清光绪十八年西昌萧作梅刻本。《分类尺牍新语》三编中,有 2 则不见于《春浮园集》。

1. 萧士玮《与闻子将》

众生福业,日趋减薄。宋元逸集,力索之不得。弟之福已不及前人,后人之福,应不及弟,亦何由读弟之书乎!①

此牍下,汪淇注明"春浮园选",应即指《春浮园集》。《尺牍新钞》中也有不少尺牍不见于今存之《春浮园集》,说明《春浮园集》应有更早的版本或抄本,其中收录的作品在后世传播过程中被抽弃许多。此牍甚为简短,应是删节本。闻子将,名启祥,明末浙江杭州人,生平不详。

2. 萧士玮《与友》

嘉猷入告,薄海腾欢,江左彝吾入为禁中颇、牧矣。从此高霞流漭,揆分已悬。刘安世不敢一札及司马相公之门,惟相公不忘安世尔。然私心所幸,鹤勒在月氏遥礼其师,师即为引手。倘此诚可喻,则异香成穗,摩顶受记,时时在大慈袈被之中。②

此牍没有明确的背景说明,不知所为何事。但此牍文采炫然,当以文采华美入选,徐士俊在牍后点评道:"舌本作青莲,香自非凡俗可拟。"③

六、王晫

王晫(1636—?),初名棐,字丹麓,号木庵,自号松溪子,浙江钱塘人。顺治四年秀才,后弃举业,市隐读书,广交宾客,工于诗文。所著有《今世说》8 卷、《遂生集》12 卷、《霞举堂集》35 卷、《墙东草堂词》等。今《清代诗文集汇编》第 144 册收有其诗文集《霞举堂集》,《分类尺牍新语》中有 2 首尺牍不见于其中。

王晫《与徐野君师》

《玉堂丛语》,购之不可得,奈何? 此真是世说云仍,但稍带纱帽气耳。更闻有

---

① ［清］徐士俊,汪淇. 分类尺牍新语［M］//四库全书存目丛书:集部第 396 册. 济南:齐鲁书社,1997:444.
②③ ［清］汪淇. 分类尺牍新语广编:第 8 册［Z］. 上海:华东师范大学图书馆,康熙七年(1668)刻本:6.

作《女世说》者,即未见其书,自令人想摹风采,何必如秦汉之君望见三山便欲褰裳蹑足耶?吾师向有《闺阁征诗启》,虽寝置不行,而大意已备。姗姗之步,宛在隔帘矣。①

此牍透露出一些重要的信息:第一,王晫师从徐士俊,说明徐士俊清初在杭州教授弟子,王晫是其中之一;第二,《玉堂丛语》是明代焦竑编著的杂记类著述,徐士俊当在清初将之刻印发行;第三,徐士俊在清初准备作《女世说》,又曾作《闺阁征诗启》,准备编选闺阁诗选本。这可以直接证明徐士俊清初在杭州从事书商行业,则他与汪淇合作编选《分类尺牍新语》系列,从逻辑上而言自然不过。《女世说》与《闺阁诗选》不知道是否在后来问世,但它们透露出清初徐士俊编辑出版的动向之一,汪淇在牍后的评点也证明了这一点(汪憺漪曰:《女世说》断不可少,《闺阁征诗启》亦尽可行,只恐当场又演出一本《女开科》耳)。

王晫《与胡循蜚》

米山堂以书名也,然而四旁叠石为山,亦复如画。先生坐卧其中,翰墨丹青,自娱朝夕。作为诗文,奔命梨枣;度成词曲,倾动梨园。天下之乐,孰有过于先生者哉?至若十眉环坐,幼子牵衣,其乐又在数种之外,恐造物亦妒之矣。不识肯费半刻闲心一挥素纸乎?敢请。②

胡循蜚名贞开,号瑟庵,又号皋鹤,别号耳空居士,浙江仁和人。清初官员,后于西湖筑米山堂隐居。胡贞开在清初有画名,善画山水,王晫此牍乃是向其求画所作,也透露出胡贞开在杭州的生活状况。

《分类尺牍新语》所选王晫者两牍其下都注明"霞举堂稿选"。《分类尺牍新语》成书时,王晫还较为年轻,此时《霞举堂集》应尚未成集。后来成集时,此二牍并未收入其中。

七、陆云龙

陆云龙(1587—1666),字雨侯,号孤愤生,浙江钱塘人。明末清初重要的小说家、出版家与评选家,其以"翠娱阁"为堂号出版了众多著作,几可等身,重要的有《十六名家小品》《行笈必携》《明文归》《明文奇艳》等。今天所能见到的陆云龙的著述除了小说,只有诗文集《翠娱阁近言》一种,收入《续修四库全书》中。《翠娱阁近言》为崇祯三年刻本,有诗歌1卷,文3卷,其中仅有《答姚质之书》《答朱懋三书》二牍,陆云龙在崇祯三年后的著作没有被收录其中。在资料缺乏的情况下,《分类尺牍新语》三编中所收的陆云龙尺牍对于研究陆云龙显得非常重要。

---

① [清]徐士俊,汪淇.分类尺牍新语[M]//四库全书存目丛书:集部第396册.济南:齐鲁书社,1997:462.
② [清]徐士俊,汪淇.分类尺牍新语[M]//四库全书存目丛书:集部第396册.济南:齐鲁书社,1997:493.

1. 陆云龙《贻沈葵衷侍御》

金陵春半,梅已空枝,惆怅临岐,不堪持赠。犹喜干旄所届,堤柳着舒,桃李艳发,湖明山秀,景色宜人,已令小儿持柑载酒为平原饮,无遽东渡也。①

此牍可佐证陆云龙的交游经历。陆云龙一生主要在杭州生活,而此牍作于金陵,可见他曾前往南京交游,时间未明。此牍应是删节本。此牍名之下,汪淇注明"筍草选",说明在清初,陆云龙除了《翠娱阁近言》之外,应还有其他诗文集,极有可能就是《筍草集》,惜未能传于后世。

2. 陆云龙《候李映碧掌科》

两载京华,情深推解,临歧陨涕,把袂惓惓。比马首回眸,不禁惨结,道旁桃李,悉带凄容也。未遑修谢。适仙眷南来,天假羽鳞,急为捉管。别后知鼎祔善摄,闻望盖隆,乃仆意朝阳威凤,岂在多鸣?文囿祥麟,不闻善触。若翘君过以竖名,知祖台所不出也。见可而进,窃有厚望焉。②

李映碧即李清,字心水,号映碧,江苏兴化人,明末清初著名学者。李清曾在明末出仕,入清后归乡隐居著述。从文字"两载京华,情深推解"来看,此牍当作于明末北京,故推测陆云龙在明末曾游历京师之地,居处至少有两年时光。陆云龙师事李清,此牍作于二人分别之际,从内容可见他对李清感情之深。

3. 陆云龙《生子招友人》

行年三十,乃得此儿,不审异日为龙为猪,且得二老亲哺抱之乐耳。薄具汤饼,希为移玉。③

此牍交代陆云龙三十方才得子,就古人而言,算是得子甚迟了,因而情绪甚佳。陆云龙有子陆敏树,字蕙晦,号湄山。按此牍推算,陆敏树当生于万历四十四年(1616 年)。

4. 陆云龙《与李维曼学宪》

计台旌将及闽,而纶命已移督学,鲤水蛟螭,幔亭鸾鸑,均在拂拭中矣。全古多才,而一种真率,尤当遇之格外。惜小儿年少,未能远离,不得随鞭弥也。一芹申贺,临发梦驰。④

李维曼事迹不详,当为明末官员。牍中提到"小儿年少,未能远离",则此牍很可能作于天启年间。李维曼很可能邀请陆云龙随之入闽,陆云龙因陆敏树太小不能远离而推辞。

---

① [清]徐士俊,汪淇.分类尺牍新语[M]//四库全书存目丛书:集部第 396 册.济南:齐鲁书社,1997:486.
②③④ [清]汪淇.分类尺牍新语二编[M].台北:广文书局,1975:39,323,105.

5. 陆云龙《午节订友人》

我辈寝处湖头,晓烟暮月,领略已久,然赏其寂亦何必避其喧? 寺前石桥平敞,纵目有余。午后各携觞豆,班荆坐饮,听箫鼓于中流,看蛟螭之夭矫。游子麇至,画船鹊起。至薄暮,山带斜阳,城衔新月,踏歌声断,唯余一片水光山色,则盈虚消息之理,我辈独得之。何必对妻孥剥粽浮蒲,始为快也。①

此牍反映陆云龙在杭州生活之一斑,亦颇可见其性情。尺牍文字优美,场面描写尤其佳妙,查望在牍后点评:"光景如画,写得出画不出。"②

6. 陆云龙《谢潘参戎笔镜》

三衢往复,频扰厨人。兹承过存,复烦鼎锡。颖锐并刀,雅称飞书之便。第鉴开秋水,不堪对憔悴之颜也。③

此牍背景不明,为陆云龙与友人调侃之作。

7. 陆云龙《贻成潜民驾部》

别来数月,方拟公轻车觐太夫人,若终度违时,则诣阙乞身,退寻岩谷。不意犹止金陵,与要人通书札相诘责,且贻书三翁商出处。仆以为公今日有出道,无处理也。龙不隐鳞,日以亢直诃责人。脱有反唇,谓公置孤子之母于北不一省;受圣主破格之恩,不任职权,拥爱妻、弱子于南,于忠孝为何等? 何以应之? 不出,则进退两无据也。故往者仆亦虑公肮脏孤狷不为人与,然鞠躬尽瘁,付成败利钝于天,心所可为者。幸叱驭直前,勉事圣主。④

成潜民,明末官员,陆云龙友人之一。此牍陆云龙为朋友分析忠孝两难时的抉择,劝慰友人以国家为重,不要畏惧人言。查望在牍后的评点也说明陆云龙性情古道热肠(查于周曰:古心道气,令人何可多得)。

八、陆进

陆进,浙江余杭人,生平事迹不详。有《巢青阁集》,国家图书馆藏有康熙年间刻本。陆进为清初杭州地方较有影响力的文人,与当时众多名士都有交往。《分类尺牍新语》三编中收录了不少陆进尺牍,其中有 6 则不见于今存之《巢青阁集》。

1. 陆进《与邵于王》

南湖桃花大是异观,西子两堤,未免邾莒。去岁来游,诸公无不抚掌叫绝,但太难为主人耳。今欲岁岁看花,人人饱月,而又有器在行厨,随路铺设,不费地主一

---

①②③ [清]汪淇.分类尺牍新语二编[M].台北:广文书局,1975:320,357.
④ [清]汪淇.分类尺牍新语广编:第10册[Z].上海:华东师范大学图书馆,康熙七年(1668)刻本:4.

钱,世宁有之乎? 敢以质之吾兄,且无令水涧,大通舟楫,沿泛于十余里之间,则又必不能之事也。除非再凿一湖,以破千古之嚎。[①]

陆进此牍记录了清初杭州文人的一次盛会,反映出清初杭州文人诗文聚会活动之一斑。徐士俊在牍后的评点(徐野君曰:来游之人予其一也。时壬寅春仲,纵观三日,随咏四章,快何可言。然安得岁以为常,饮酒十千,赋诗三百? 即荩思此牍大有需索予王之意)中云其时为"壬寅春仲",也即康熙元年(1662)二月。徐士俊也是当事人之一,组织者当是邵于王。一众人游南湖与西湖,"纵观三日,随咏四章",兴致高昂。陆进作此牍显然是对盛会怀念不已,还想再续旧游,形成定例。《分类尺牍新语》在此牍题下标注"巢青阁稿选",当时《巢青阁集》应尚未成形,后来成集时也没有收入此牍。

2. 陆进《与汪憺漪》

衣带非遄,芝眉罕觏,所谓"清风思伭度,明月梦青莲"。弟今日正同之也。渴欲一奉清谈,而君家麈尾遥遥难接。迩来湖边菡萏方吐朱华,一棹柳荫,真成快聚。特恳慨然命驾。虽不敢拟于河朔游,亦庶几丈八沟纳凉之意耳。[②]

陆进此牍为邀请汪淇盛夏纳凉所作,说明二人在杭州有交往。此牍还有一个重要的价值,说明了汪淇在奉道之初的生活状态,按牍中所说,汪淇已经开始行道家之事,作道家装束,故陆进以"清风思伭度,明月梦青莲"诗句形容之。但显然汪淇此时入道之意不深,色、利之心未死,从徐士俊牍后评点(徐野君曰:有此湖山主人,自不寂寞。但莫使"越女红裙湿,燕姬翠黛愁"耳)中可见一斑,他以"越女红裙湿,燕姬翠黛愁"形容,显然是在戏谑汪淇。文人之间游戏如此,不惜诉诸梨枣,留存后世,亦可见徐士俊、汪淇、陆进等人相交之深。

3. 陆进《报周栎园先生》

道里辽远,山川间之。仰企龙门,如在天半。想先生著作之妙,当与东山丝竹协应宫商,即文字甘霖,亦已弘济无量矣。□□□转掷瑶函,并志铭宅相之惠,虽音容已远,而模楷如新。丙□□灯,跋成二则,正恐珠盘难混鱼目,玉匣羞杂以珷玞,惟与先生以椽笔剪裁,得附鸦涂数点墨为幸耳。[③]

此牍是佐证周亮工与杭州地方士人交往的重要资料,透露出一些重要的信息。按徐士俊牍后评点:"辛丑冬初始识荆于荩思之延芳堂内。"辛丑为顺治十八年。顺治十八年正月,周亮工遇赦南还,三月至南京,此后开始闲居生活,并以南京为中心游历周边地区,杭州是其中之一。徐士俊记录此年冬季周亮工游杭州,这在时间上是吻合的。周亮工至杭州后,曾做客于陆进之宅第,由此也可知陆进堂号为"延芳堂"。周亮工携带一书画前往杭州,并与杭州当地文人交流,徐士俊是其中之一,顺治十八年是两人初相识的年份。徐士俊为周亮工藏画作跋

①②③ [清]徐士俊,汪淇.分类尺牍新语[M]//四库全书存目丛书:集部第396册.济南:齐鲁书社,1997:457,479,498.

文，周亮工也为陆进作志铭，他们之间有着文字上的交往。陆进因难忘前事，又仰慕周亮工，因此作此牍请教周亮工文字，并叙旧情。其中最重要的并隐而不显的信息在于徐士俊最后的评点："数千里外乃结此文字缘乎！"当时周亮工居处南京故居，此"数千里"乃是南京与杭州之间距离的夸张说法。周亮工顺治十八年冬前往杭州与《分类尺牍新语》的编撰双核心之一的徐士俊结识，并于次年春编选成《尺牍新钞》，其中多有杭州士人尺牍，紧接着《分类尺牍新语》在康熙二年成书，其中隐约可见《尺牍新钞》对《分类尺牍新语》的影响。按《分类尺牍新语·例言》中所说："朝华夕秀，贸得其时；人旧衣新，各从所适。欲驱尺牍之滥，不废寸阴之功，两月以来，竟成善本。千里之外，应有知音。"①这里的"千里之外，应有知音"应是有所指的，对照徐士俊"数千里外乃结此文字缘乎"，二者说法基本一致，指向也理应是一致的，即都指周亮工。也可以说，陆进此牍与徐士俊牍后的评点（徐野君曰：余于先生仰企有年，辛丑冬初始识荆于荙思之延芳堂内，出画册相示。精美绝伦，命题数语，兹所跋者，固前贤模范也。数千里外乃结此文字缘乎）间接佐证了周亮工与《尺牍新钞》对《分类尺牍新语》成书的影响。

4. 陆进《与赵雍客》

匆匆一接芝颜，未获深聆麈教。归舟捧读永和楼新咏，不觉狂喜叫绝。往来舟子及夹岸行人，见一人脱帽鼓掌，朗诵五七言不去口，咸笑且詈。进不顾也。抵家秉烛浮白，亟觅丹黄，为道兄点出痛痒处。第恨此道，今人弃如土矣，独吾里张子祖望、王子仲昭、毛子驰黄，留心有年。昨见尊稿，无不称为当世白眉。拟构小序，因日来鹿鹿。二月望后，当裹半月之粮，入皋亭看桃花，尔时云霞灿烂，搦三寸不律，了此一段公案，亦快事也。至于尊选，急于付梓，风雅久衰，得道兄振起以为后学鼓吹，岂非三百篇之功耶？②

赵雍客应指赵宾，字锦帆，河南阳武人，清初官员，有《学易庵诗集》。陆进不是清初杭州西泠十子之一，但他提到的张祖望、毛驰黄都是西泠十子成员，说明他们之间有着直接的交往。此牍也说明当时赵宾正在筹划诗歌选本，不知是否就是《学易庵诗集》。

5. 陆进《与王丹麓书》

进年踰强仕，无一善状，频年多故，须发渐苍。乃知人生血气，衰于岁月者缓，而衰于穷愁者较速也！因偕体崖、祖望、仲昭，入西溪探梅，恨足下笃于燕婉，不得同游。然此游颇乐。裹粮幪被，十日为期，申三章之约：谈世事、臧否人物、先期促归者，各注罚。止携一仆，择其椎鲁者，从保安桥，出蒋村，以达西溪。才行数里，见小舟汛汛，与浮鸥相狎而至者，侲亭也。相见甚喜，遂至云溪（名庵）。庭梅四五，暗

---

① ［清］徐士俊，汪淇.分类尺牍新语［M］//四库全书存目丛书：集部第 396 册.济南：齐鲁书社,1997：361.

② ［清］汪淇.分类尺牍新语二编［M］.台北：广文书局,1975：85.

香袭袭。晚际诸僧礼佛,威仪肃然,钟磬悠然。因叹俍亭名场角逐,几三十年,今僵息于此,洵是英雄末后第一着数。然俍亭实念足下不置。次日偕行,芒鞋竹杖,水边林下,疏疏落落,香风徐来。过木桥头,一林之中,有四五十株者,有七八十株者,有多至二三百株者。入花坞,则数十里皆梅,望之如雪。遂寓茅庵,庵僧乐为前导,朝而出,夕而归。南山烟云,顷刻万变,耳中时闻竹声、泉声、鸟声。或依树而立,或藉草而坐,如此清课,便了一日。十三晚,偶与俍亭论禅,二公忽挟体崖,欲以元门之说,破我壁垒,丙夜犹刺刺不休,复挑灯披衣而起,申纸疾书,各得长笺十余幅。论虽不经,而援古证今,旁见侧出,亦是天地间一种品外录,足下见之未必不叫绝也。忽雷声隐隐,从东南而至,自念此游,可谓胜事,惜值雨。举头又见月色映窗,徐察之,则老仆醉后酣睡声耳。嗟乎! 我辈粗通笔墨,互相角立,彼蚩蚩者,空洞无物,足以全其天,使之参禅入道,安知较我辈不更捷耶? 是日体崖得诗六首,俍亭不作诗,祖望二首,仲昭与余各四首,庵僧一首。罚钺贮为皋亭看桃之资,足下闻此亦有意乎? 光阴如驶,胜事难常,莫谓春秋方富,不必及时行乐也。①

陆进此牍记录了一次清初杭州文人之间典型的聚会出游活动,反映出清初杭州地区文人生态状况之一斑。体崖应是指余体崖,原名余守淳,清初道士,康熙六年左右住持杭州升玄观;仲昭即为前牍中提到的王仲昭,杭州地区文人;祖望为张纲孙,西泠十子之一;王丹麓即王晫,清初杭州地区文人,师事徐士俊。又据吴庆坻《蕉廊脞录》卷三"杭州诸诗社"所载:"吾杭自明季张右民与龙门诸子创登楼社,而西湖八社、西泠十子继之。其后有孤山五老会,则汪然明、李太虚、冯云将、张卿子、顾林调也;北门四子,则陆荩思、王仲昭、陆升黄、王丹麓也。"②由此可知,陆荩思、王仲昭、陆升黄、王丹麓曾组诗社"北门四子",相互之间交往密切。陆进此牍向王晫记述的这次游赏颇为详细,从中可以考察文人雅士聚会的细节与组织方式。汪淇在牍后评点道:"笔兴若山翠飞来,一起一伏,自成波浪。荩思于此直是以文为乐。"③

6. 陆进《复张秦亭招隐书》

进白:昔者有巢父洗耳,唐尧致敬;桀溺耦耕,尼山兴叹。夫以一二石隐之士,世无所取,乃为古帝、至圣所嘉与,岂非其立行之卓越者哉? 君年未三十,盍上不事,洁身独善,衣裳萝岫,饭饮松崖。家徒四壁,而长啸悠然;座有良朋,而高论色喜。游盼春圃,则黄鹂献声;濯发夏流,则紫荷牵袂。或登陟丘阜,纵意尘表,绝粒蓬室,拥絮自如。处困得不闷之怀,居贫无斯滥之失。外寡所营,内实有裕,与物无竞,不求苟合,二十年于兹,世莫得而测之。斯古人之所难行,抑亦吾党之所企慕也。近虽愚瞀,实惟心仪,复承德音,招我云壑,揖我石户,斯进所当策杖而谨随、授

① [清]汪淇. 分类尺牍新语二编[M]. 台北:广文书局,1975:122-123.
② [清]吴庆坻. 蕉廊脞录[M]. 北京:中华书局,1990:97.
③ [清]汪淇. 分类尺牍新语二编[M]. 台北:广文书局,1975:122-123.

履而敬诺者也。然处进之势,心与境违。先子初弃,坟穴未窆,今将负土石于松间,筑室庐于墓下,虽未能白兔出谷,紫芝生涧,聊以报我罔极,或不见弃于有道君子矣。又以母氏在堂,朝夕省侍,雅慕老莱之舞,未忘毛义之欢。顾瞻庭上,则思江鲤之供;坐对室中,则感牛衣之泣;言及友于,则念薛包之义;俯视小子,则仰黄霸之风。良友殷勤,则思兰林之答;穷交契合,则想困米之助。中心藏之,何日忘之?然后知宿昔之抱,固未易得而副也。若乃命运通显,乘时际合,奋翮天池,腾足云路。出则车骑都丽,芝盖容与;入则云屏烂漫,蛾眉艳发。饮觞而奏孤管,鸣玉而翔惠风。齐衡八凯,方驾五臣,德沛大野,名称后世。斯亦吾生之宏愿也。乃时不我与,卑躬处陋,荜门掩滞,章句不怠,随世取舍。守株胶瑟,不能不变。吾子鉴识凝远,含玉隐媚,芳蹂吹兰,色茂舒芰。坐一室以栖龙,仰三春而吸露。挂角巾于檐柯,铺软席于阶菊。近步则千岩异状,远望则百岭同色。进每过时,掀髯终日自愧求羊之踪,常希庄惠之乐。贫贱不移,矫然霞映,自非大丈夫,孰能处此不悒悒者哉?圣人有言:"用之则行,舍之则藏",又言:"隐居求志,行义达道",至立实彰,人所验闻,遍观斯世,力行者谁?退哉邈矣!吾子不惭,物从其本,人遂其性,真理虽遥,鹿门存想,毋金玉其音而有退心也。以近所闻,敝屣富贵,从吾所好,洗神灭念,游于太虚,神蛾合药,黑蚌飞崖,过此以往,又未之或知矣。进学虑庸陋,尘网迷剧,炫外焦里,气少安愉,明哲来示,不胜荷佩!冀以他日涤此几襟。谨复。[①]

此牍表明了陆进在清初真实的思想、生活状态,以及西泠十子之一的张纲孙在清初的生活方式。张秦亭即张纲孙,字祖望,号秦亭,又号竹隐,浙江钱塘人。西泠十子主要活动于明末清初,其年岁似长于陆进,按陆进牍中所说:"君年未三十,盍上不事,洁身独善,衣襄萝岫,饭饮松崖。家徒四壁,而长啸悠然……"张纲孙未到而立之年便已经开始隐居生活,贫困自守。据此推测,他应是思想上忠于前明,入清后则选择隐居不出。张纲孙隐居时间很长,陆进云:"二十年于兹,世莫得而测之。"则此牍大约作于张纲孙50岁左右。又前面第4、第5牍中,陆进提到与张纲孙出游及谈论诗文事宜,说明张纲孙隐居期间与陆进等过从甚密,思想相近,故张纲孙作牍招陆进同隐,而陆进作此牍答之。陆进提及自己不可以隐居的理由有三点:一、其父初亡,他结庐守墓,类于山隐;二、其母尚在,需尽孝道,不可山隐;三、自己还有仕进的欲望,欲展人生抱负,不愿山隐。张纲孙与陆进两代人对待隐居生活的态度差异其实正说明明末士人随着入清时间渐久、局势稳定而在人生价值选择上产生差异。前者愿意贫困自守,拒绝新朝,强调道德价值的实现;后者开始接受新朝,不愿放弃仕进,以实现人生价值。张纲孙、陆进生平资料极少,此牍透露出他们在清初较多的生活信息。而且,此牍以骈体形式写成,文字优美,层次分明,感情真挚,是优秀的尺牍小品。徐士俊在牍后点评:"真与古之二陆争衡。即文赋中所云,披朝华启夕秀,是在茝思矣。《广编》之刻,憺漪每对余言,独茝思

---

① [清]汪淇.分类尺牍新语广编:第20册[Z].上海:华东师范大学图书馆,康熙七年(1668)刻本:10-12.

新篇斩惠。今得此为快。"①徐士俊的点评也透露出一定的信息,《分类尺牍新语广编》编选工作开始于康熙六年,问世于康熙七年,陆进做此牍的时间当在这两年间。当时张纲孙应不足50岁,据此推断,张纲孙当出生于万历四十七年(1618)前后。

九、纪映钟

纪映钟明亡后成为遗民,曾出家为僧,晚年长期客处贰臣龚鼎孳处,龚鼎孳死后纪映钟移居扬州仪征,终老于此。纪映钟生前著述大多散佚,其文集无传。清初尺牍选本中保存的纪映钟的尺牍对于研究其生平、著述、思想等,具有极其重要的价值与意义。

1. 纪映钟《与周减斋》

竟陵有言,英雄失意泣,得意亦泣。日者捧读偶遂堂近刻,知字字是泪,字字是英雄本色。又知风波畏途,步步引入圣贤竞业地位,真不敢作诗读矣。经年苦别,一见便披拂此鸿宾,快幸何如!稍俟一二日,卒业完赵,亦愿附传不朽耳。②

此牍佐证了纪映钟与周亮工的交往。《分类尺牍新语》在题下标注"具冷堂集选",这说明纪映钟生前已经形成了自己的作品集《具冷堂集》并刊印发行,汪淇等人曾见之,但后世失传。纪映钟在牍中提到的"偶遂堂近刻"当指《偶遂堂近诗》,孙殿起《贩书偶记》卷十四著录《偶遂堂近诗》一卷,为陈允衡所选,今北京图书馆有康熙年间刻本。从此牍推断,《偶遂堂近诗》是由周亮工刻印发行的,作此牍时,《偶遂堂近诗》应刚完成不久,《分类尺牍新语》成书于康熙二年,综合判断,《偶遂堂近诗》应刻印于康熙元年。

2. 纪映钟《与栎园先生》

远林易箦时,以其诗稿付映钟,两年来适辜负其意,惟置之案头,不离左右而已。昨先生语及,遂欲刻而传之,远林从此不朽矣!远林不独工诗,又善啸,诗则可藉枣梨以传,而啸不可传,传其不可传者,非得先生绘风之笔,不能播其遐徽也。倘以谐声之字,谱其天籁之鸣,一披楮素,如哴龙吟,阮籍孙登,间世接武,正使一切聋哑人,从远林既逝后,听之如半岭惊闻,众山皆响矣。此调不弹,惟远林振之,惟先生扬之,岂独啸而已哉?③

"远林"不知指何许人,应是纪映钟友人之一,临终前将诗稿托付纪映钟。纪映钟作此牍欲求周亮工为"远林"作画像,并突出其"善啸"的特质。

3. 纪映钟《与胡彦远》

大作突然而来,如秋水时至,百川灌河,洋洋灏灏,莫辨涯岸。"惝恍久之""秣

① [清]汪淇.分类尺牍新语广编:第20册[Z].上海:华东师范大学图书馆,康熙七年(1668)刻本:10-12.
② [清]徐士俊,汪淇.分类尺牍新语[M]//四库全书存目丛书:集部第396册.济南:齐鲁书社,1997:392.
③ [清]汪淇.分类尺牍新语二编[M].台北:广文书局,1975:407.

陵王气"诸句是诗中眼目,而我两人心事地步也。一言九鼎,真有马当湔涤之力。拜服拜服!弟意欲嘱采芝、固庵同和,赠送河渚,夹带钟山,如史迁作列传法,亦一快事也。即此五诗,各装一册,为五岳肘后之佩顶摩穹苍手美白日,时一读之,不数谢脁惊人句耳。^①

此牍佐证了纪映钟与胡介的交往。此前胡介在牍中自言不轻易将文字许人,甚至不愿刻印,此处却将近作赠寄纪映钟,说明二人相交至深。从牍中提到的"惝恍久之""秣陵王气"等诗句来看,胡介当作诗于金陵,属怀古之作,多有缅怀前朝之意,胡介、纪映钟俱是遗民,因此纪映钟说:"诸句是诗中眼目,而我两人心事地步也。"从牍中推断,胡介作有5首诗歌,前面提到的只是其中2首,今已散佚,不见于胡介《旅堂诗文集》中。又此标题下标注"忆天阁稿选",可以说明在《具冷堂集》外,纪映钟应还准备出《忆天阁集》,只是当时尚未成形而汪淇等人见之,从中选录了此牍。后来《忆天阁集》是否成书,今已无证。

4.纪映钟《与徐野君》

去秋弟思愁恨,万种心骨俱碎。匆匆一晤,未得与吾兄作竟日谭。更闻行装促甚,忙忙别去,中心念之,殊觉惨然。仁兄何日有桃叶之兴,以续此快聚乎?春仲弟或随家君作西湖游,当来拉吾兄索幽快处痛饮深谈,以罄我两人夙抱耳。然仁兄千古风流,一时名隽,文章意气,具足倾动当年,撰述想当益富,能觅便鸿书我,以慰渴怀乎?^②

此牍当为纪映钟与徐士俊首次见面后所作,此前二人只是闻名而未见面。当时纪映钟父亲尚在,纪映钟尚年轻,或作于明末。

5.纪映钟《与徐野君》

再别以来,又经七载。时向同人询问,知道兄起居安吉,长住西湖,庆吾党之未衰也。过蔗老宅,适不相值,怅怏无已。今弟尚可二三日留,路虽远,必图一晤而别。故宫一章,呈正!金陵为道兄旧游地,天涯芳草,岂堪与玉树后庭花等观耶?余集笥中罄矣。便候不一。^③

此牍与上牍参看更可以明晰看出纪映钟与徐士俊二人的交往过程。牍中提到"再别以来",则前牍中提到的与徐士俊再聚会的愿望"春仲弟或随家君作西湖游,当来拉吾兄索幽快处痛饮深谈,以罄我两人夙抱耳"在次年实现了,此牍是二人分别七年后所作。此时纪映钟再次前往杭州,图谋与徐士俊第三次见面,从牍中看,二人之间还有着文字上的交往。另牍中提到"过蔗老宅,适不相值","蔗老"指的应是陆蔗思。前文提到,周亮工在杭州也曾居陆进

①② [清]徐士俊,汪淇.分类尺牍新语[M]//四库全书存目丛书:集部第396册.济南:齐鲁书社,1997:393,425.
③ [清]汪淇.分类尺牍新语二编[M].台北:广文书局,1975:178-179.

处,由此可以推断,陆进雅好结交,其住处延芳堂是往来于杭州的外地文人经常停留、聚会之处。

6. 纪映钟《与程非二》

读省静堂诗,如天外晴岚,重岩幽瀑,不复人间风味。供之床头,作卧游,止觉探讨不尽耳。弟鹿鹿道途,面目可憎,终愧深山乐道人。如何如何? 与山图日夕,念我非一,不能一刻去怀。合并无期,惟有惆怅。一诗奉教,情见矣。临发眷眷。①

汪憺漪曰:清新古健,不似时流细响。伯紫尺牍满天下,此与非二新柬未经坊刻,特为选布。

程守(1619—1689),字非二,号蚀庵,安徽歙县人,有《蚀庵集》。从此牍可知,程守应还有《省静堂诗集》。从牍后汪淇的点评可知,纪映钟当时交往众多,声名响亮,其尺牍传播甚广,故汪淇曰:"伯紫尺牍满天下。"此牍当作于《二编》完成前(康熙六年)不久,是以汪淇称"新柬未经坊刻"。

7. 纪映钟《寄林铁崖》

湖头握别道颜,荏苒倏已七载。日月逝矣,山川间之。每与辇下诸公相对,辄话先生奇情异藻,间代少双,恨不即时合并,以慰同岑之慕也。嵇映薇父子,能周旋先生失意,眼中识得伟人,我辈不敢众人目之。长安中诵说风义,皆愿一见订交,正不在琐琐効伧父酸气也。高云客别良久,抵武林,抵白下,皆有书来,知先生当与快谈湖心天目之间,推襟送抱,但何不为先生劝驾,跋踦毕行以赴时会乎? 先生尝告某曰:"昌黎有言:'家累仅三十口,舍之入京不可也,挈之而行又不可也。'足下将安以为我谋哉?"某则应先生曰:"必有泣血相明,骨肉相益,勿谓北海去后,天下遂无奇男子也。"不独某,即辇下诸公,凡有识先生者,莫不谓西湖岂林子久持竿之地、垄上岂陈涉长赁佣之区哉? 都门会一莫灿锦,琼山人,云是温陵所拔士,颂述彼处种种政绩,惜乎负经济才,未克展布。至于不侮鳏寡,不畏强御,刘元城真铁汉,千年来两人也。随语东君,相与叫绝。东君属望,意复不浅,但勿向乡里小儿辈言之耳。羽便略寄数行,先生知我,当不以为简。②

林铁崖,即林嗣环,福建晋江人,晚年移居杭州。此牍佐证纪映钟与林嗣环相交至深,也说明林嗣环与《尺牍新钞》的编纂者之一高兆(云客)也有联系,二人在南京曾相会。根据"荏苒倏已七载"与汪淇牍后评点(汪憺漪曰:《广编》之役,原与野君、九烟两君子共事。未几各返珂乡,而方渷又发广陵之棹,于周尚留白岳之游。投赠云集,翻阅为烦,幸逢林铁翁以古貌冰心,吐奇相示,广罗佳牍,方得编目成书。固戏语铁翁曰:"此后即考,佳刻断难入集。"遂偕游

---

① [清]汪淇.分类尺牍新语二编[M].台北:广文书局,1975:135-136.
② [清]汪淇.分类尺牍新语广编:后至补目[Z].上海:华东师范大学图书馆,康熙七年(1668)刻本:1.

荷花深处，两人谈心论道，致足乐也。忽有飞棹而来者，则长安纪伯紫与林先生札。视其急，开视情词恺切，笔力高宏，非真知已不肯为此言，非真名流亦不能作此语。乃于目录之外更补斯编，并及如于首。倘亦选牍如积薪，后来者居上耶？是余一片响慕心，漫识于此。尤恨琳琅诸牍，捆载盈筐。衰迈搁笔，殊为怅惜之深也）推算时间，二人相会当也在康熙元年左右，他后来参与《广编》的编选工作，可谓有夙因。此牍之后的汪淇评点非常重要，其中直接交代了一些关于《广编》编选工作的信息：一、《广编》在编选过程中，其编选团队主要成员各有羁绊，而汪淇晚年又患有足、目疾病，身体欠佳，多赖林嗣环参与方才成书。二、《广编》完成后，汪淇已经不准备再收牍，但因缘际会，恰逢纪映钟此牍寄到。据此推算，此牍作于康熙七年。三、因此牍感情真挚感人，又是林嗣环故人，所以汪淇将之放置在《广编》之末，这直接导致了《广编》中"补编"的产生。汪淇因纪映钟这一封尺牍的原因，将后来收到的尺牍放置在《广编》最后，又因最先收到此牍，故将之放在"后至补编"的首篇。可以说，此牍改变了《广编》的编选进程与文本数量。四、《广编》完成后，汪淇手中还有为数众多的尺牍，但汪淇没有再将之收入《广编》之中。

十、胡介

《分类尺牍新语》三编中有 3 封胡介尺牍不见于今存之《旅堂诗文集》或其他选本。

1. 胡介《招减斋》

草野荒寒，从不敢作地主饮。明日已订林铁翁与一二同学，追随先生，作竟夕盘礴。道驾幸早过荒斋，并携卧具来，瓦盆木榻，贫家风味，亦不妨亲历之耳。①

此牍当作于顺治十八年冬周亮工前往杭州之时。胡介先前与周亮工已经结识，故此次周亮工到杭州交游，胡介作此牍招之。从此牍可知胡介与林嗣环也有交结。牍中内容反映出胡介晚年生活的贫困状态，故查于周在牍后评点："笙歌鼎沸，谁人肯作此冷淡生活耶？"②《分类尺牍新语》中不少尺牍标注为"新钞选"，说明源于《尺牍新钞》，但在此牍下却标注为"旅堂选"。《分类尺牍新语》成书于康熙二年，其时胡介还活着，当时《旅堂诗文集》并未成集，因此，汪淇等人所见应是胡介手稿。

2. 胡介《与铁公》

齐桓为霸，虽抱妇人而朝，人不以为非。我辈穷途，乃不许生子，世情颠倒，从来如此。以铗公宰相大肚皮放纳之。③

铁公不知何许人。按曹秋岳(溶)牍后评论所作背景说明(曹秋岳曰：当辛壬间，铁公年逾商

---

①② ［清］徐士俊，汪淇. 分类尺牍新语［M］//四库全书存目丛书：集部第 396 册. 济南：齐鲁书社，1997：477.
③ ［清］汪淇. 分类尺牍新语广编：第 11 册［Z］. 上海：华东师范大学图书馆，康熙七年(1668)刻本：15.

瞿犹未有子时,欲纳妾有非之者。今幸连举三男子矣),此牍为胡介与朋友调侃之作,应是删节本。不过前文已考证,胡介有子"蕙哥"早夭,死后无子,是以此牍中也饱含着胡介心中的辛酸。

3. 胡介《与吕翔令》

昨承有道左顾,弟以体状委顿,未尽怀抱。午间幸过旅堂,作阑夕语。菜盘寒苦,谅非有道所深绝也。①

吕翔不知何许人,应是当时杭州地方官员,对胡介有所照顾,故胡介作牍答谢之。

十一、杜濬

杜濬(1611—1687),原名诏先,字于皇,号茶村,又号西止,晚号兰翁等,湖北黄冈人,明遗民。著述今存有《变雅堂文集》《变雅堂诗集》,《清代诗文集汇编》第 37 册收其文集 8 卷、诗集 10 卷、附录 2 卷,合为《变雅堂遗集》。《分类尺牍新语》三编中有 2 首尺牍不见于《变雅堂遗集》与其他尺牍选本。

杜濬《复王于一》

承问穷愁何如往日,大约弟往日之穷,以不举火为奇;近日之穷,以举火为奇。此其别也。②

王于一即清初散文大家王猷定(1598—1662),杜濬挚友之一。杜濬入清后长期流寓金陵,晚年移居扬州。他坚守遗民身份,不愿出仕,加之秉性傲介,不受人惠,是以生活困顿,"叹穷"是其尺牍基调之一。面对挚友的询问,他快心直语,汪淇虽评价为快语破穷愁,实际含有无尽的辛酸(汪憺漪曰:快心之语,可破牢愁)。《分类尺牍新语》中此牍题下标注"茶村集选",显然杜濬生前已经形成作品集《茶村集》,汪淇等人是亲眼见到的,而且其中所收当与《变雅堂遗集》不同,可惜后来失传。

杜濬《答黄九烟》

不解老兄何故一别,便七八年不到金陵。丈夫踪迹固无定,然我辈老兄弟,亦何可如许久别也。人生有几个七八年耶? 愁苦中得手教,知归晤可期,兼闻近履。弟是日绝粮,而其为喜不减吃饱饭也。缓耳兄异才,读其大刻,不觉吐舌,乃岳鼎子吾老友,此又吾畏友矣。但以南北隔远,又场屋绊高人,非我辈废物所当打搅,故来往为疏,未得细聆教益耳。如何如何? 弟有最关心者,平生第一知己为亡友王雪蕉先生,不知丘墓何似? 其眷属尚在泗否? 至今未得手披荒草,一拜孤坟。穷之为害,能使朋友之道绝,伤心极矣。老兄如有可照料处,幸不惜引手,此诗人关切之

① [清]汪淇.分类尺牍新语广编:第 11 册[Z].上海:华东师范大学图书馆,康熙七年(1668)刻本:15.
② [清]徐士俊,汪淇.分类尺牍新语[M]//四库全书存目丛书:集部第 396 册.济南:齐鲁书社,1997:445.

谊,想无待嘱也。切切!渴想近作,计非面不得快读。弟近以废学名斋,则荒疏可

知。然亦偶有闲言语,藏之筐笥,以俟知己,不以示人也。草复不尽万一。①

此牍可以佐证杜濬与黄周星二人的交往,且可知二人相当熟识。黄周星本是金陵人,杜濬当与黄周星在南京见过面。牍中提到的王雪蕉原名王相业,号雪蕉,陕西榆林人,明末官员,清初漫游江南等地。从牍中可以确定王相业为杜濬知己,他自称"平生第一知己",王相业死于今江苏盱眙一带,杜濬却因家贫无法前去拜祭。从牍中也可知,杜濬曾以"废学"为自己的斋号。

十二、程正揆

程正揆(1604—1676),字端伯,号鞠陵,又号清溪,湖北孝感人。程正揆是明末清初著名的书法家、画家,擅山水,工诗文。为清初贰臣,与明末清初名士有着广泛的交往,清初罢官后长期寓居南京。《四库全书存目丛书》集部第197册收其著述《青溪遗稿》28卷,《分类尺牍新语》三编中有3首尺牍不见于其中。

1. 程正揆《与胡元润》

作画不解笔墨,徒事染刻形似,正如拈丝作绣,五彩烂然,终是儿女裙膝间物耳。足下笔墨,各有别趣,在蹊径之外,油然自得。盖能超凡脱俗者,恐未免下士之笑也。②

此牍亦见于《尺牍新钞》。周亮工本人爱画、善画,与江南一带画家多有交往与交流。胡玉昆,字元润,江宁人,明末清初画家。此牍为程正揆与胡元润讨论作画境界,当为删节本。

2. 程正揆《与恽香山》

绘事家多为笔墨使道,生是使笔墨者,所谓其愚不可及也。③

此牍亦见于《尺牍新钞》。恽向(1586—1655),原名本初,字道生,又字曙臣,号香山,江苏武进人,明末清初著名画家。此牍亦为两位当时知名画家交流画艺之作。篇幅短小,无头无尾,当为删节本。从其后徐士俊的评点(徐野君曰:余于贺公调老师座,仆得晤言,不知其绘事之妙若此)可以看出,徐士俊与程正揆也有直接接触,但相交不深。

3. 程正揆《与减斋论老》

老氏非孔子,不知孔子非老氏,不让此为东周,彼遂西渡,犹龙之龙,其在是乎?荀子曰:"知屈而不知伸,非知老子之知者耳。"考《高士传》云:"孔子至楚,见老莱子,问答皆礼事即老子也。"夫子学礼年十七,为周景之十年,老子时二百五十岁。

① [清]汪淇.分类尺牍新语广编:第9册[Z].上海:华东师范大学图书馆,康熙七年(1668)刻本:6.
②③ [清]徐士俊,汪淇.分类尺牍新语[M]//四库全书存目丛书:集部第396册.济南:齐鲁书社,1997:463,466.

夫以二百五十年之周流经籍,不出一书,此心岂仅以五千言了者哉? 及遇十七岁之子而中土非老氏有矣,强而著书,则五千言之幸,老子之不幸也。①

此牍可以佐证程正揆与周亮工有直接交往。从牍中内容看,程正揆对于学术思想问题也颇有涉猎,故其后黄子吉点评:"空旷之论,从博学中来。上下古今,独标元赏。"②

十三、陈孝逸

陈孝逸(1616—?),字少游,号痴山,江西临川人。陈孝逸为明末清初学者陈际泰之子,其弟为陈孝威,父子三人都有文名。陈孝逸父、弟均在明朝任职,其弟陈孝威更是为复明四方奔走,最后哀毁而死,因此其思想忠于明朝,入清后隐居不仕,以遗民自居。又因其思想违逆,故其著述在乾隆时期遭禁毁,今《四库禁毁书丛刊》集部第49册收其诗文集《痴山集》,仅余6卷。《分类尺牍新语》三编中所收有5则不见于今存之《痴山集》。

1. 陈孝逸《柬某》

六千君子逐鹿闱中,高才捷足,何所蔑有? 又况云迷五色,试官将不能与奇鬼争权,不肖亦年年送故人耳。拙卷经大笔窜削数字,顿易旧观。然辄以解元许孺子,得毋惊杀三军,恐当场豪杰皆欲捕长者之舌矣。笑谢!③

此牍亦见于《尺牍初征》,为陈孝逸与友人讨论科举。从牍中内容推断,陈孝逸应长于时文。查望在牍后评点"少游家学渊源,当时已有太丘一门之誉"所指即是陈际泰、陈孝逸、陈孝威父子三人(查于周曰:少游家学渊源,当时已有太丘一门之誉。予最爱其开朗秀拔,绝不落人窠臼。及观其《与竺庵》一书,皆悟后语。岂文人之笔,通灵活变,无处不摹神现影耶)。从评点内容看,查望与陈孝逸也有交往。

2. 陈孝逸《与傅平叔》

兄《临川记》,弟矢办力写两部,别寄其人。此亦当阳沉碑水中,太史藏书名山之意。冀后有知心,如复见一荀伯子。④

傅占衡(1608—1660),字平叔,江西临川人。傅占衡为陈孝逸同乡,幼从陈际泰学,入清后傅占衡也选择了遗民生活,生活困顿,陈孝逸对其多有接济。陈孝逸与傅占衡二人自幼交好,思想相近,感情深笃,此牍为二人文字交流的信件,当为删节本。汪淇牍后的评语(汪憺漪曰:荀伯子曾作《临川记》,必欲不朽其人,使无散轶之患。知少游交谊不薄)则从《临川记》的角度分析了二人"交谊不薄"。

① ② [清]汪淇.分类尺牍新语二编[M].台北:广文书局,1975:22-23.
③ [清]徐士俊,汪淇.分类尺牍新语[M]//四库全书存目丛书:集部第396册.济南:齐鲁书社,1997:379.
④ [清]汪淇.分类尺牍新语二编[M].台北:广文书局,1975:67.

3. 陈孝逸《与傅平叔》

世道衰微，多以士大夫少奋发矫厉之志，但求和光入俗，期于寡祸而已。故节败才靡，皆由此出。今之文士，于持禄窃誉则有余，而于拨乱匡败则鲜有一焉。岂尽诗书之罪哉？许汜谓陈元龙湖海之士，豪气不除，先主问君言豪，宁有是耶？因诋之卧君地下者。先主闻豪气不除四字，已是腐儒之谈，欲按兼而起矣。夫士可无豪气耶？士不可无豪，犹文不可无英，文无英气，则五代、宋末老婢作声是也；人无豪气，则曹蜍、李志辈，狐狸所啖是也。使执政而惟豪气消尽之人是取，则人才坏；主司而惟英气消尽之文是尚，则文体亦坏。①

此牍为陈孝逸与傅占衡讨论时代风气与文学风气，是陈孝逸代表性的文艺观点表达。"世道衰微，多以士大夫少奋发矫厉之志，但求和光入俗，期于寡祸而已"，批判的应是明末以来的士人风气。陈孝逸认为明末世道衰微正与士人风气不振有关，文艺上也是如此。陈孝逸的批判是非常有道理的，他自己有豪逸之气，也崇尚士人有豪气，可谓身体力行者。

4. 陈孝逸《答李石台》

人生卧鼓边亭，横金京辇，不过二三十年。酣谐如意，一朝盈缩，有识伤之。石老天资卓尔，办作英雄，沙堤黄阁，付与同人；玉鲙丝莼，收拾在我。如蜡屐能着几辆？临川可为辋川？社有渔樵，室有濠濮，昔贤所谓须为尔时将得去者，计皆此后事也。仕宦归来，本不宜唐突以如是语，或者烟霞中野客，放言如唾，使有道君子闻所不闻，起凄冽，干耳畔，有罪矣，未必无功。恃爱而狂，恕之恕之！②

李石台即陈孝逸同乡李来泰(1624—1682)，字仲章，号石台，明末清初学者、官员。李来泰于康熙五年任职苏州，后被革职还乡，之后直到康熙十八年方才再被启用。根据牍中所言："仕宦归来，本不宜唐突以如是语。"此牍应作于李来泰革职还乡之际，为安慰后学友人。汪淇在牍后的评语(汪憺漪曰：谁人肯如此剖肝析胆，作冰雪之语于热闹场中。听者固难言者，亦自不易。吾于此敬服少游)中也说明了陈孝逸的心思。由此牍可见陈孝逸性情中豪逸的一面。

5. 陈孝逸《答家伯玑惠茗墨》

平叔归，审长兄已居白下，又拜茗墨之赐。蔡君谟不能饮而能玩，吕行甫不解书而皆啜。虽潦倒，亦或风流有致。③

陈允衡即陈伯玑，江西南昌人，明遗民。入清后隐居金陵，生活贫困，善制墨，曾以贩墨为生。陈伯玑与陈孝逸并无宗亲关系，但因俱姓陈，是以题中用"家伯玑"称之。此牍可以佐证陈孝逸、傅占衡、陈允衡等清初遗民的交往，也说明清初遗民因思想相近而在生活中多有联系，且因寻求自我价值的认同使得他们彼此成为一个关系较为紧密的团体。

---

①②③　［清］汪淇.分类尺牍新语二编［M］.台北：广文书局，1975：203，221，358.

十四、曹胤昌

曹胤昌(? —1660),字石霞,湖广麻城人,崇祯十六年进士,明末官员。曹胤昌有文名,传清初洪承畴曾招曹胤昌入幕,曹胤昌佯狂应之,不愿事之,可见其亦有遗民之情怀。曹胤昌生平事迹多不详,其著述《蔬堂集》也不传于世,《分类尺牍新语》中收其 5 首尺牍,是曹胤昌为数不多的存世文字资料,对于研究其生平与思想是极为珍贵的文献资料。

1. 曹胤昌《答徐兰生》

曩者剪袂湖干,江南无恙? 约姻指腹,商隐分山,谓旦暮别耳,何图漏室破舟,不可收拾,吞天海浪,见及余波。戊巳之年,遂滨九死,颇闻道履祥安,幅巾草履,陶情山水间。虽冀生南亩,饎饷无人,而避世墙东,和光足老高吟铁马乱雨楸枰,亦复何灭佛头风致。而弟乃从大小招魂,再聚五体,视道兄多转一胎劫。来教子山哀怨之章,尚是触眼酸心,非剖肝割骨之痛也。年来筑袁夏甫土室,戢影其中,双目不见日月,自分委形待尽。连床唱酬之乐,临岐儿女之问,留此一片痴肠,待他生发付。不意瑶函半天而下,把读惊喜,继之以泣。又入署晤子严社翁,鹤影禅心,引人道妙,备问吉祉,殊慰积思。独浪围红叶,放肆烧山,子翁急贸归舟,各来一看,为怅怅耳。客秋太白、东坡,骑箕来集,诗赋之次,指点无生。教弟观忍蒲团,日寻种子,语多奥秘,事亦离奇。始信六合之外,别有天地,非我辈经生揣摹所到。贵乡狂波尚飞,巫山雨色,双袖难开,何当一叶飞来,入石舫虹庐,争先斗佛。宁必理庚信哀弦,似鹧鸪春怨,为铁脊梁所笑? 王又韩父母,慧业文人,现救苦大士身。弟众杀中感独怜之雅,其居恒推奖吾兄,如元直之拟卧龙然。丁酉江船春涨,割明圣湖残桃败柳,来慰其风雨之思,何为不可也? 王白虹社兄,病滞选涛,三日夜别去,到今引为西陵之恨。子严兄道心佛气,独不肯一游山。弟尝有诗云:"无客独能寻,鸟伴几人真。"为看山来,失之于两王子者,将欲取偿于吾兄。曾不识五更将散之筵,尚有十二年老朋哗座坐酖酶否? 道隐僧乎? 僧则钵。钵何必不楚? 魏美累尽气清。弟每拈瓣香,望两高事之。吾辈文章性命道谊之妙,正如马迹蛛丝,若断若续,独深望吾子来相昕夕者,诚恐江令笔花,结果不得,丁丁两落。恰有一着下不来时,故以尖竿奉进,彼二士则何闻然。子严署中一展觌,徒出其诗索序,殆犹以文字知故我,非今我也,且于泉石抑何落落。徐野君诗文祭酒,是君家物乎? 笼樊二年,而乃一见,又横江飞去矣。良友推衿,其难如此,所望于后流者,又安可必耶? 借韵成一诗奉笑。揉腹刺刺,援简匆匆。未遽楚游,万言先寄。为祷![①]

徐兰生,生平事迹不详。黄宗羲《黄梨洲文集》中有《寿徐兰生七十序》,称其为"浙中四先生"之一,并对徐兰生在清初屡辞有司推选的行为与气节大加赞赏,"数十年栖迟困辱,坏褐破

---

① [清]徐士俊,汪淇. 分类尺牍新语[M]//四库全书存目丛书:集部第 396 册. 济南:齐鲁书社,1997:422 – 423.

袍。沛然满箧,王霸之略,汩没于柴水尘土中,曾不知悔,而歌声嗷然,若出金石"①。可见其亦为明遗民,在清初艰苦自守。按牍中所述,曹胤昌与徐兰生为多年前故交,并曾指腹为婚,相约山隐,其后随着时代形势的变化天各一方,再未相聚。牍中曹胤昌邀约徐兰生:"丁酉江船春涨,割明圣湖残桃败柳,来慰其风雨之思,何为不可也?""丁酉"应为顺治十四年(1657),"明圣湖"为西湖古称,则此牍当作于此前一年即顺治十三年,当时徐兰生应生活在杭州。

2. 曹胤昌《与王子严》

残绿犹矜,霜红如泼,道人日出谷口,望仙驭飞来。忽接来章,辄使猿鹤齐声骂无好主。虽粗山丑木,不足辱灵运登临,而咫尺洪崖,拍肩无计,亦未免秉心之维忍矣。老社台得无与徐野君,因浪园一步地,稍减风流耶?寄兰兄札中有俚言一联,露上台览,或回心枉辔,为十日追桓,未可知也。望之望之!佳什壮凉高妙,哀激脱于自然,胎以元声,吐为绝调。南徐小阮,备极诵扬,弟无容置喙,必欲以九魂之音,编倾钟吕,则社翁先生同野君见过喷涌之泉,乃不知从何来。今隔屏寄声,闷懑欲死,何序之有焉?原稿暂赵,以听下回,中秋咏和两律呈笑。山居无扇,容遣役买之郡中,报兰之章,话而不赋。为我问兰公十二年,契阔相思,那得作如此冒头?六朝文字,檄来浪裹,罚以百斗,仁兄不见顾,则亦遥觞。草报不尽。②

王子严生平事迹不详。此牍透露出一些重要的信息:一、徐士俊与曹胤昌的交往应始于湖广麻城。牍后徐士俊点评:"时在麻城王又韩署中。"(徐野君曰:时在麻城王又韩署中,石霞先生招游东山立浪园,悔不一往。若使当时竟往,安得有此一篇好文字耶!游览在一时,而文章在千古。吾断不以彼易此。)王又韩名潞,字又韩,一字牖菴,清初书画家,徐士俊的忘年交。顺治十一年左右,王又韩曾任麻城令,徐士俊曾随之赴任并在麻城居处近三年之久,二人当在麻城期间结识了曹胤昌。结合上牍,曹胤昌年轻时曾有游历江南的经历,因此认识徐兰生,见到徐士俊之后也颇为仰慕。从此推断《分类尺牍新语》中所收的曹胤昌尺牍,很可能是徐士俊从麻城收集得到的。《分类尺牍新语》中所收的曹胤昌尺牍均是王又韩与徐士俊在麻城时期的作品,也可以作为佐证。二、曹胤昌当时应居处麻城东山立浪园,并曾招徐士俊往游,而徐士俊未能参加,所以说:"石霞先生招游东山立浪园,悔不一往。"《答徐兰生》一牍中,曹胤昌提到与徐士俊"笼樊二年,而乃一见,又横江飞去矣",则《答徐兰生》当作于顺治十四年左右徐士俊离开麻城之时,《与王子严》则作于《答徐兰生》之前。三、《分类尺牍新语》中的曹胤昌尺牍,题下均标明"立浪园集选",由此可以推断,徐士俊在麻城生活期间,曹胤昌已经形成了作品集《立浪园集》。也极有可能在徐士俊回到杭州时,将《立浪园集》也带回了杭州。《分类尺牍新语》成书过程中,徐士俊又从《立浪园集》中选用了曹胤昌的 5 封尺牍,所以《分类尺牍新语》中的曹胤昌尺牍均出自《立浪园集》。总之,由此牍可以确定清初曹胤昌

---

① [清]黄宗羲.黄梨洲文集[M].北京:中华书局,1959:495.

② [清]徐士俊,汪淇.分类尺牍新语[M]//四库全书存目丛书:集部第 396 册.济南:齐鲁书社,1997:477.

在麻城的居住地点与交往情况,也可以确定曹胤昌曾有作品集《立浪园集》,可惜后来没有保存下来。也间接说明了《分类尺牍新语》的基本稿源之一。

3. 曹胤昌《与王又韩》

春深矣,山中兰气吹书,水泉挂树,架藤满紫,栏药烧红。老父台若肯为世外之游,今宵白月澜松,足深茗话,何必非百年内一榻清缘也。人生如梦,知己无多,父台慧业深情,其能无意?特恐穷村无肉,简薄从者,要为看竹,贫家自能烟恕梁鸿耳。肃此恭迎,其毋令弟有咫尺蓬瀛之叹。①

此牍为曹胤昌招时为麻城令的王又韩春游。徐士俊征选此牍的原因在牍后的评点中也说得很清楚(徐野君曰:经其点染,无不如柳色茶香是韵胜非艳胜也)。

4. 曹胤昌《与王又韩》

秋气消衣,病愁勒骨。所望于慈父母提屠梅仆,以全暮齿于岩阿,不啻痿者之邛杖。袁宏土室,仲蔚蒿莱,今日非得大护持,谈何容易!惟是野麋之性,未肯阳□。山中怪石嶙云,长川挂瀑,弟结庐龟峰、臼臬之间,老父台若肯枉车,骑踏草虫秋色,贫家烧芋,尚足追欢。且神君即得以地纲保甲之法,纲纪东人一路,霓旌洒为花雨,何快如之。弟日引领俟耳。山园近咏,录乞郢挥。若西湖闽海之狂言,悉水火不祥之招索,然不敢不以私上大知已,充暖阁墙污也。桂魄当空,野芹涩手,父台爱我,则望以节夕给从者。临启黯结。②

此牍为曹胤昌秋日招游王又韩所作,间接说明了曹胤昌当时的居处环境。入选选本原因如徐士俊评点(徐野君曰:天生如此秀笔。一以为古锦,一以为新花,六朝人堆砌骈丽之习,未许梦见)所述。

5. 曹胤昌《与王又韩》

仙驭飘然,持裾无计,竹声夜泉,凄然写四弦之涕矣。佳著暨史函、文集、诗词,祈倾匣假读?弟日爇水沉数片,受用选涛、晒鳞间,与面濯水壶,不之有异。一芹辅亵,极知开罪逾涯。然楚人万物,包茅之贡,以表明信而已。伏异春涵,曷胜寅恪。③

此牍佐证了曹胤昌与王又韩文学上的交流。从徐士俊评点(徐野君曰:选涛、晒鳞皆其斋名也。此中笔歌墨舞之乐,胜于南面百城)可知,曹胤昌有两个书斋,一名"选涛",一名"晒鳞"。

十五、邹祗谟

邹祗谟(1627—1670),字讦,又字圣培,号程村,江苏武进人。邹祗谟在清初有文名,与

①②③　[清]徐士俊,汪淇.分类尺牍新语[M]//四库全书存目丛书:集部第 396 册.济南:齐鲁书社,1997:479,480,495.

陈维崧、董以宁、黄永齐名,合称"毗陵四子"。尤其长于词的创作,在清初词名甚重,著有词集《丽农词》与词话《远志斋词衷》,有词近 250 首。他受知于王士禛,与其合作编有词集《倚声初集》,对清词的复兴有很大的贡献。邹祗谟在清初虽交游甚广,但其生平却鲜为后人所晓,且其文集《远志斋文集》后世无传。蒋寅先生《清代词人邹祗谟行年考》搜集各种资料,对其生平做了较为详细的考证,其中提道:"康熙六年刊本徐士俊编《尺牍新语》卷十八载程村《寄周兼三》"①对照文本,则蒋先生可能为台湾广文书局铅印本《分类尺牍新语》标题所误导,其内容实际是《分类尺牍新语二编》。《二编》中共载有 6 则邹祗谟尺牍,对于考察邹祗谟的生平与思想有一定的帮助,更可直观邹祗谟的文章风格。

1. 邹祗谟《答毛稚黄》

谟白稚黄足下:仆读足下所撰《巽书》,至文论三篇,所谓以理为主,以法为辅,而归其要于立志。叹古今善言文章者,莫足下若矣。乃盛相推挹,许与过当,谓工文博学之事,世少兼者,而仆与文友诸子,目迅齿快,力可兼取。嗟乎!何足下言之之易也?夫六经者,明理之文,而论法之至者。舍六经,无由问道,然后人有志在宗经以致力乎?文者,有志在治经而未遑乎?文者,有志在穷经而兼及乎?文者,诸理学家不具论,即以文章诸家言之,如韩之所云《易》《奇》《诗》正、周诰殷盘,柳之所云本经参传、取原旁推者,此用经之法以专未文者也。至韩之《论语》解、欧阳之易传《诗谱》、二苏之易书诗传说,此求经之理而不专为文者也。若夫苏《王》之述《洪范》《易象》,欧阳之论秦誓《春秋》,以及子瞻、子由之说经诸义,此又本经之理而未尝不尽文之法者也。郑樵有云,耽义理者,薄词章之学为鲜渊源;玩词章者,姗义理之士为无文彩。此其事古人固已难兼矣,仆顾何人而欲为所难?然而其志则未尝不立也,盖仆尝求之先世所传矣。仆幼时见先王父中宪公,悬车之余,究研经学,五经惟三礼未及,余俱各有著述,每一经得数十万言。凡三十年,乃始成集。仆幸得受先世之传书,而又身遭放废,因而朝摩夕纂其间。为之搜诸儒之同异,寻正学之指归,钩其散遗,综其援据。至于既久,则思举而托之简编,而又不能自为一书以付诸先人之后。孜孜焉稍为论述,以寄于文章,理既难穷而法更未尽,始虽自喜,终亦自惭,安敢以诩当时而求后世之传耶?乃文友诸子,录而收之,足下又谬为推择,当谓鄙志颇坚,或不悖于古载道之义云尔!至足下所撰《巽书》,自文论而外,说经如新宫四象,论史如周公汉文,以及议祔葬、复仇诸作,俱能推本经义,羽翼圣贤。仆是以知足下之所谓志与理与法者,殆足下自言其所得而工文博学之兼长者,当在足下而不在仆等也。虽然,文章之任,事在千古。前足下文论第三篇中,所为表与里符,言与行顾,初与终谋者,似不专为文章发,而文章之道莫大乎是!此最仆所愿学

① 蒋寅.清代词人邹祗谟行年考[J].太原:山西大学学报(哲学社会科学版),2007,30(3):63.

而未能者,期与足下共勉之。何如? 谟再拜![①]

毛稚黄(1620—1688),原名骙,字驰黄,字稚黄,浙江仁和人,西泠十子之一。明末诸生,入清后不求仕进,邹祗谟与之颇有交往。此牍是邹祗谟关于文论思想的重要论述,也透露出其他一些重要信息:一、邹祗谟的文章创作思想上是"宗经"派,认为"夫六经者,明理之文,而论法之至者。舍六经,无由问道"。二、邹祗谟学术上有家传,"先王父中宪公,悬车之余,究研经学,五经惟三礼未及,余俱各有著述,每一经得数十万言。凡三十年,乃始成集"。他自己又曾经长时间、系统性地从事学术研究,"得受先世之传书,而又身遭放废,因而朝摩夕纂其间。为之搜诸儒之同异,寻正学之指归,钩其散遗,综其援据"。并曾经试图在学术上有所建树,"孜孜焉稍为论述,以寄于文章,理既难穷而法更未尽,始虽自喜,终亦自惭"。从此牍也可见其学术功底之深。三、毛先舒在清初也从事过学术研究,并著有学术著作《巽书》,此《巽书》不知是否为"僎书"之误,今存康熙年间刻本《毛稚黄十四种书》有《僎书》8卷。四、从徐士俊牍后评论(徐野君曰:著作家相对而谈,如珀芥之投入,如水乳之合,非门外汉所能拟议者也。讦士先生巨丽之笔,即此书便堪不朽,何况他时。从江右邮寄,兹集适已告成,遂屈作殿,春花更为生色)可知,此牍寄自江右,即今之江西,时间是《二编》告成之时。《二编》告成时为康熙六年,则此牍应作于此年。对照蒋寅先生《清代词人邹祗谟行年考》,"康熙六年丁未(1667)四十一岁……,游江西南昌……,四月,自南昌归里,李振裕有诗送别"[②]二者时间是吻合的,因此此牍当作于康熙六年一月至四月间。毛先舒为杭州人,与徐士俊、汪淇关系密切,此牍当时应是邹祗谟寄给毛先舒,毛先舒得到后又转交给徐士俊。此时《二编》已经基本完成,但徐士俊见之不舍,将之放置于第一册"理学"类最末(实际是倒数第二篇)。

2. 邹祗谟《答贺天士书》

辱书勒切,盛推誉仆以文章之事,且奖且诱,谓其事半功倍,直欲以古人望仆者,仆何以得此于足下哉? 毋乃以古人厚期仆,而又以今人所貌许者姑尝仆,而中以所喜也。岂足下所宜待仆者哉? 昔韩退之之为文也,凡人笑之则以为喜,誉之则以为忧,使仆竟喜其所忧,而忧其所喜,则亦非足下待仆之意矣。夫古人之置力于文者,无不先求其所甚难,而后徐得其所甚易。当其收视返听,力蹙志沉之日,何敢自以为易哉? 行百里者,半于九十,中流不进,与望洋而叹者等耳! 河出昆仑之墟,其所并历者,千七百渠,而后有龙门砥柱之奇,今徒徜徉沟渎以内,而欲以蛙蛭之观等之,其遂能为穷水之源者耶? 虽然,去沟渎而涉江河,惟是不中休与不却行者,能无所不到耳。舍是不问,而谓有坐致万里之能,虽然进诸尺寸,而不可得矣! 不益为退之之所忧哉? 足下与仆,从事于文章有年矣,足下欲为其所难,而谓仆独得其所易,遂已一举造巅,俯视一切。誉之非其情,拟之无其事,仆方且重以为忧,而未

① [清]汪淇.分类尺牍新语二编[M].台北:广文书局,1975:25-27.
② 蒋寅.清代词人邹祗谟行年考[J].太原:山西大学学报(哲学社会科学版),2007,30(3):68.

第二章 清初尺牍选本的文献价值(下)

敢遽以为喜也。努力日进,仆所受教于足下者,斯言而已。①

贺宿,字天士,江苏丹阳人,有《仙舟集》。生平不详,邹祗谟曾与之在毗陵结社。前牍毛先舒夸赞邹祗谟文章,此牍贺天士也对其奖誉有加,可见邹祗谟在清初文名极盛。但两牍中邹祗谟都进行了自贬,但自贬的雄辩滔滔、无从辩驳,反倒让人产生钦仰之感,由此亦可见其性情。此牍论述学习作文道,徐士俊评点(徐野君曰:总是"笑则喜""誉则忧"二语为通篇关键,"不中休""不却行"二语为终身把握。得此金针暗度,自然造极登峰。部娄之上无松柏,学士家一生局面,岂可以狭小也哉)总结相当到位,不复赘述。

3. 邹祗谟《与陆荩思论诗》

仆曾少读《花间》《樽前》诸集,即学为词,动辄成帙,读之亦觉瑰丽可喜。年二十余,学为诗,见诸先辈云:"欲作诗,即不可作词。词与诗虽同源而异派,然为诗,妨者必词也。"以是久弃去不为。及观黄鲁直、张文潜之序晏叔原、贺方回,则或以为有诗人句法,或以为能文而惟是之工,意词不特无妨于诗,且亦无妨于文耶。是以仆与阮亭,偶纂《倚声》之集,取其不倍于古人者而录之,岂欲以是当诗与文之衡哉?虽然,作诗之法,情胜于理;作文之法,理胜于情,乃诗未尝不本理以纬夫情,文未尝不因情以宣乎理,情理兼至,此又诗与文所不能外也。词虽小道,欲舍是亦无由。足下试取唐宋诸家观之,有为文人之词者,有为诗人之词者,亦有为诗人之词者。夫以词人为词,虽至周柳曾晁,而不免优伶之诮。吾辈今日,亦从文与诗之绪,以及其余可耳。至于音声之事,乐工失其肄习而欲以南北宫调求之,是今日乡社童子所歌之《鹿鸣》《四牡》也,又何如不闻之为愈哉!盖宋人之能为文与诗者,前有欧阳,后有辛陆,足下更取其词,一为寻绎,凡情理离合之间,可深得其用意之所存矣。仆曩读足下《巢青阁词》,以为非足下不能知作词之要,而徐野君先生向有《词统》一书,又能尽古人之所长。足下其试为我一详问之。②

此牍是考察邹祗谟作词之路的重要资料,没有此牍,便难以明白邹祗谟作词的心路历程与作词宗法,可以与邹祗谟《丽农词》合并读之。惜乎前人未见,否则当掌握读《丽农词》之法。邹祗谟在牍中叙述了他学作词的过程与疑惑,谈论了他认为的历代词人词作与诗歌、文章之间的关系。他认为诗、文、词三者的创作实质是统一的,都是情与理之间的关系,都求情理兼至。至于词的音乐性,由于原调已失去,对于时人以戏曲宫调谱曲的方式他是不赞同,以为不管音乐则可。陆荩思即陆进,在清初也有词名,著有《巢青阁集》,徐士俊在明末即以词闻名,为词坛前辈。因此在牍中,邹祗谟语气甚为谦虚、恭敬。他要陆进转向徐士俊问询,说明此时邹、徐二人没有直接的交往。此牍应是由陆进交给徐士俊,再选录进《二编》之中的。邹祗谟在牍中对于词的见解极高明,汪淇在牍后的评论(汪憺漪曰:作诗之法,情胜于理,若作

---

①② [清]汪淇.分类尺牍新语二编[M].台北:广文书局,1975:74-75,98-99.

词则纯乎情者矣。然所谓情者,非仅指闺房而言也。其中缠绵宛转,无非情致吞吐跌宕,总是情根。《倚声集》乃词苑白眉,向知己直抒怀抱,几无余蕴矣)反倒不如邹祗谟,如由徐士俊做评,应正好回应了邹祗谟的疑问,不知为何徐士俊未作评论。

4. 邹祗谟《答万介公问游山书》

昨送览游记五篇,稍稍诠叙所登涉处,并志时日,足下乃过为奖扬,至欲列之新志中。又欲以舆马助仆,尽历须江之胜,如所为江郎、左坑、鹅笼、鹤鸣等处,使凡穷《山绝》谷之境,环奇怪特之观,必得仆登临啸咏于其间,以尽发为文章而后快。仆顾何人,乃当足下勤渠之意如此哉?顾时方大夏,流金裂石,裹粮而往,仆马交困,是以仆虽好游,止徘徊于一二十里内,未能过此遽前也。仆兹负足下矣!夫须江固闽越豫章之交,而士大夫来往之冲也。诸奔走信宿而去者,既不暇游亦不好游;既为使君而至止,连旬累月者,或不知游,亦不能尽游;而邑之人士,又鲜好事者,先之以游,故烟萝、接云诸洞,俱在大道之旁,而荒丘败莽,几于不可投步;宾阳洞高不数里,而黄冠樵客多不能知其处。仆是以徘徊于层崖峭壁之上,猿攀鸟蹑,而终未得尽窥其奥也。桂林地邃石奇,重冈透伏,觞咏竟日,但时非深秋,不见老树作花为恨。然居人都言虎嚎熊迹,时时满村舍中,同游者谈之色变,仆固怡然,翻以为佳矣!陆舫地近孔道,游人殆无处暑,然仆观其意,徒赏其形制诡丽耳,非真知泉石林麓之伟持也。使移置接云、宾阳之际,又不几为空谷之跫然者哉?嗟乎!山川之显晦,既系乎其地,亦异乎其人。须江道在要冲,而林泉稍僻,不能比于武林会稽之胜,为达官显人之所眺览,庶几遁世绝尘之士,方能秘为己有。而仆披榛攀登者累日,或至杳无人迹,想灌缨结庐之徒,俱在远而不在近耶?仆浏览旧志,记游山水之文,十不得一,岂自有须江以来,遂无好游如谢康乐、嵇叔夜其人者?足下之得桂林,兴不在康乐下,而仆好奇亦如叔夜。若人有言,州有九,游其八;泽有七,涉其三。足下试稍待之,仆将登匡庐、泛彭蠡而还,至斯境,假车秣马,而往必尽历须江之奇胜乃已。仆意已决,更不俟足下之劝驾也。山灵有知,足下其试为我告之。[①]

万介公不知何人。须江为钱塘江支流,在浙江境内。按牍中所言,万介公应为浙人,见到了邹祗谟所作 5 篇游记,甚为欣赏,便欲邀请并资助邹祗谟前往须江一游。此 5 篇游记已散佚,但足可见邹祗谟的文章著述是较为丰富的,且为时人所激赏。此牍所记所论,即为不游而游。汪淇评语(汪憺漪曰:柳州山水幽奇,得子厚而始显;须江岩壑迥异,得讦士而始彰。不知文人待山水耶?抑山水待文人耶?若遇时切莫当面蹉过。夏日喜授新篇,即不能远寻名胜,可当卧游矣)中所说"夏日喜授新篇"当得自万介公处。

① [清]汪淇.分类尺牍新语二编[M].台北:广文书局,1975:128-129.

5. 邹祗谟《与赵潜夫》

去秋闻表兄绵旋过里，亟走候，而台旌已发，契阔之怀，深于江云渭树矣！弟落拓浪游，近因谒敝夫子秦公于江右，假道浙东。到处淹留，辄复弥月，今尚在太末、须水之间，此陶元亮所谓乞食安厚颜也。适新安吴光远，倾盖湖上，相得极欢。光老名家子，而精于星学，有憬藏、丹丘之奇。兹以葬亲归白岳，久慕老表兄重望，托弟先容，望勿交臂而失异人也。①

此牍可与上牍参看，邹祗谟终游须江。根据《清代词人邹祗谟行年考》，邹祗谟于康熙六年至江西南昌，此牍当作于前往南昌的途中。此行邹祗谟取道浙东，途经须江，路途亦游途，行走缓慢。

6. 邹祗谟《寄周兼三》

深念骨肉至谊，时时入梦作握手谈。每值西风，何尝不叹！弟与王阮亭司李，刻诗余一集，吾兄桃叶渡访妓，昨阮亭云："绝似潘景升过长板桥作记时、已付梓工矣。凡游戏翰墨之笔，更乞倾笥见示，庶温和花间、李晏草堂，风雅犹不坠耳。②

《倚声集》早在顺治年间即已成书，据《清代词人邹祗谟行年考》，邹祗谟曾于顺治十八年游历杭州，则此牍可能作于此时。徐士俊牍评点(徐野君曰：《倚声》一集，余深感程邨、阮亭两先生品题。今岁西湖又得与程邨盘桓款洽，读其煌煌大篇，欣赏无已。即此一牍，洵属风流所崇)中云："今岁西湖又得与程邨盘桓款洽。""今岁"也当指顺治十八年。此牍是邹祗谟与徐士俊二人直接交往的佐证资料。

十六、孙枝蔚

《分类尺牍新语二编》中，有孙枝蔚 1 首尺牍不见于《溉堂集》。

孙枝蔚《示儿》

受人之辱，最是有益。于读书做功业人，胸中皆不可无所奋激。若夫学为圣贤，学为隐逸，并奋激二字，绝无用著处矣。圣贤受辱，惟有一惧，惧我有以取之也；隐士受辱，惟有一喜，喜人之不知我也。嗟乎！辱之德大矣哉！③

此牍为孙枝蔚训子之作，说明受辱对于人生历练的作用。此牍收入《二编》"规箴"类，当与其思考角度独特有关。吴雯清在牍后评论："喜惧不同，使人可味。"④

十七、宋琬

《分类尺牍新语》三编中有宋琬 2 首尺牍不见于今存之宋琬文集。

---

①②③④ ［清］汪淇. 分类尺牍新语二编［M］. 台北：广文书局，1975：162－163,345,197.

1. 宋琬《与李考叔》

连因避暑舟中，每以不会叔度为怅。近闻门下病目，倘得稍愈，即当过我，万勿使不病者反眼穿也。[①]

李考叔即李颖，钱塘人，生平事迹不详。《写心集》前有李颖序文，根据序文所说，李颖与陈枚相交匪浅。此牍说明宋琬在杭州生活期间与李颖也有交往。此牍按汪淇在牍后评点（汪憺漪曰："反眼穿"三字，写得隽冷尖颖，少许胜人多许矣。先生允称著作家）所述，写得新颖别致，以"病目"对"眼穿"，构思巧妙。又《写心集》中收有李颖写给宋琬的一首尺牍（李颖《慰宋荔裳先生就逮》），也可见二人交往的情谊匪浅。

宋琬因族侄案件牵连入狱发生在康熙元年春，时宋琬任浙江按察使司按察使，李颖此牍当作于此时。

2. 宋琬《寄吴梅村》

侨居茂苑，得奉清尘。方期常侍函席，饫聆绪论，而饥来驱人。携家三泖，譬彼浮云茫无根蒂，客子之苦，良足悲已。恭闻车骑近驱苕溪，亟欲回家。既庭蹑跷追，随为道场浮玉之游，况贤主人风流好客，朝赓夕和，甚快事也。而灵隐愿公乃云，先生不日且至，或天假之缘，得于六桥三竺间，趋陪杖履，又生平之至乐矣！某谫陋不文，昔年蒙赐弁言，方欲授梓而大难忽作，图书散失，遂亡其稿。原本谅在笥中，乞命小婿钞付，但已阅数稔，情事顿殊。若得更惠一篇，则所以厚伧父者至矣！旦夕冀展清光。不次。[②]

此牍佐证了宋琬与吴伟业的交往。吴伟业为宋琬前辈，名盛一时，因而宋琬在牍中语气甚为恭敬。从牍中内容可知，宋琬先前与吴伟业已经有文字之交。三泖即浙江新埭的泖湖。宋琬一生三入浙江：一是明末往浙江投仲兄宋璜；二是清初任浙江按察使；三是康熙二年被释免后再入浙江。按牍中文字"饥来驱人""携家三泖，譬彼浮云茫无根蒂，客子之苦，良足悲已"等分析，则此牍应作于三入浙江时期。汪淇在牍后的评点："四十年前同介生评宋氏一家言时，先生尚在□稚，今经济苍生，又为一代名彦"也可以佐证这一点。汪淇在牍后的评论（汪憺漪曰：得意佳文因事散失，真为大恨。苏长公被逮时，发人将生平著作悉为焚弃，至以奏议糊竹笼，及事定见之，怃然若梦中事。先生以大难散失图书，何以异此，然梅村之文，自当有稿，旧作不如新篇，吾知梅村不假余力矣。四十年前同介生评宋氏一家言时，先生尚在□稚，今经济苍生，又为一代名彦。兹承林铁翁见遗废篇，奈衰迈多病，不能趋亲一字也）还透露出一个信息，宋琬此牍似乎是林嗣环带来的，倘若如此，宋琬、林嗣环之间也应该有交往。

---

① ［清］汪淇. 分类尺牍新语广编：第 9 册［Z］. 上海：华东师范大学图书馆，康熙七年（1668）刻本：22.

② ［清］汪淇. 分类尺牍新语广编：第 18 册［Z］. 上海：华东师范大学图书馆，康熙七年（1668）刻本：15－16.

十八、施闰章

《分类尺牍新语》三编中有施闰章 2 首尺牍不见于今存施闰章之著述。

1. 施闰章《与徐世臣》

相忆百端,双鱼莫寄,徒深浩叹耳。接教,殷切不可言,敢不刻骨。属为饥驱,薄游广陵,不得与伯调一面,地主缺然。又坐困萧寺,作苦行头陀,无可告语。昔之廉吏令人尊,今之廉吏令人贱,理势然也。此月必抵武林,可以握手道故。兼悉委序之意,令郎英才伟器,到时当为诸公一致缱好也。①

徐世臣,浙江杭州人,明末出家为僧,其妹嫁与毛先舒。根据牍中"属为饥驱,薄游广陵,不得与伯调一面,地主缺然。又坐困萧寺,作苦行头陀,无可告语",此牍应作于康熙六年被罢官后浪游江浙时期,当时施闰章正困处扬州,下站将至杭州。此牍是施闰章被罢官后的心声,"昔之廉吏令人尊,今之廉吏令人贱"是他当时无辜丢官而又身处困境之下的悲愤之语。徐士俊在牍后的评点(徐野君曰:廉吏令人贱一语,何等伤心,乃知即苦行头陀亦廉不得)也说明了这一点。

2. 施闰章《寄程蚀庵》

年来宦业无成,学殖荒落。回忆琴溪练水,追随啸咏,如神仙中事。然后知王、李诸公历仕四方,著作日富,非独其才不可及,亦由其精力过人。我辈鹿鹿,未免思之气尽耳。来书奖许逾量,读未竟,汗流趾矣。声诗一道,近日以为竿牍之捷径,即有能者,亦苦烂熟已甚。大作清新超轶,不屑袭古人面皮,自胜时贤。曩向在新安,已心异之,今则气格更进。草草劳人,尘土肠胃,未敢妄加点污。谨完上,匆迫不悉。陶公祖书已投去。②

程守(1619—1689),字非二,号蚀庵,安徽歙县人,书画家、诗人。此牍当作于施闰章仕宦时期,时间未明。"竿牍"即书札,此牍内容与汪淇在牍后的评论(汪憺漪曰:风雅一道,务须自出手眼,方登作者之堂。若仅屑袭古人面皮,便夸诗伯,此何异三家村老媪,开口念阿弥,遂云升天成佛也。近今剽窃文词,假竿牍为捷径者,正复不少,读此能无汗下?)说明了清初一个很流行的现象——借书札传播自己的诗文作品,但施闰章与汪淇看到的是其中的作弊现象,很多人抄袭甚至剽窃古人文字,也借书札胡乱投递、传播,以求得名。抛却乱象,此牍可以说明,尺牍是清初诗文传播的重要途径之一,当然,商业选书行为的盛行是其主要的背景,沿着这一线索研究明清尺牍中的诗文存在,当有所得。

---

① [清]汪淇.分类尺牍新语二编[M].台北:广文书局,1975:255.
② [清]汪淇.分类尺牍新语广编:第 8 册[Z].上海:华东师范大学图书馆,康熙七年(1668)刻本:8.

十九、毛先舒

《分类尺牍新语》三编中有毛先舒6首尺牍不见于其文集。

1. 毛先舒《与吴展如》

日睿善饮,正不失为高僧。杰阁凭虚,湖山八面,我视人都如李思训图画中物,人视我则云霄矣。此中一坐当千载奚止,日长如小年也。①

此牍展现了毛先舒杭州闲居时的闲适心态。篇幅短小,无头无尾,当为删节本。

2. 毛先舒《报沈去矜》

偶坐僧房,听宝雨上人弹琴一曲,已称佳绝。既而得交庄蝶庵,更能自度新声。见其所刻琴谱暨名公赠言,诗古文辞,无所不备,岿然成大集焉。何一技之能倾动若斯之广?因思何事不可居其上流?僚之丸、秋之弈、公孙大娘之剑、养由基之射、孙登阮籍之啸、王子晋之笙、秦弄玉萧史之箫、朝云之篪、康昆仑之琵琶,不惟擅名千古,抑且上凌霄汉,而况于琴乎!吾知中郎、叔夜,精魂不亡空山中,且有聆其响者矣。足下以为何如?②

沈去矜(1620—1670),名谦,号东江,浙江仁和人,声韵学家。庄蝶庵,生平不详,琴师,声韵学家,著有《琴学新声》。此牍也可见毛先舒杭州生活之一斑。毛先舒本身是声韵学家,他与庄蝶庵的相会可谓是清初杭州声韵学界的一件盛事。汪淇在牍后的评论(汪憺漪曰:野君好观优伶演剧,终夜忘倦,又复得意在琴。其于声音一道系情深矣!)与尺牍关联不大,主要是由观乐联想到了徐士俊,当也反映出徐士俊在清初生活之一斑。

3. 毛先舒《与友人》

足下晚得珠子,为之喜欲狂。然闻小嫂体弱,须不惜佣一乳媪,更可使照乘连翩而来。不然,且恐蝉翅乌云,为宁馨搔乱发瞋,须足下手整理亦苦耳。③

此牍为毛先舒与友人游戏之作,颇可见其诙谐幽默性情。

4. 毛先舒《答诸虎男》

子九公素履孤高,口中少可,独于仆也,忘年降交,推许甚过,不独形于齿牙,私著中亦时时及仆。没后遗文,对之挥涕。生传相已不徒心诺,何况垅剑之衔悲乎?但传须事实,仆与公交晚,止得一二仿佛,幸足下详载见遗,自当竭其罜罜,报知己也。三生石畔,昔陪谢傅偕游,履迹棋声,于焉遂绝。倘欲携仆再过,当不惜羊昙一

①②③　[清]汪淇.分类尺牍新语二编[M].台北:广文书局,1975:370,402,414.

类耳。①

诸虎男即诸匡鼎(1636—?),浙江钱塘人,有《说诗堂集》。子九公不知为谁。此牍可见毛先舒对于作传记文的态度——"传须事实"。尺牍风格如徐士俊所评(徐野君曰:文情真切,自不作泛泛寒暄,使我凄然增朋友之感)。

5. 毛先舒《答莫云卿》

许我登高云阁,观古妆像、王觉斯书,把汉金错刀为玩,晚方皇于修竹新桐,出黄雀佐酒,真奇乐矣! 使我眼耳口吻,一时飞动。然恐大折福,乃更逡巡而不敢过。②

晚明书画家莫是龙(1537—1587),字云卿,又字廷韩,但亡于毛先舒出生之前,理论上,此牍不应是写给莫是龙的。汪淇点评(汪憺漪曰:云卿高旷一时,意气千古,绝无世俗陋态。余昨同正叔、虎男清言半晌,已极心醉,又何难以良晨、倾倒于稚黄也)中提到的"正叔"是清初画家恽寿平的字,"虎男"即诸匡鼎。从尺牍内容与汪淇点评来看,都没有直接提到莫云卿参与他们的活动,反倒是像极了几个人邀约毛先舒欣赏莫云卿的书画作品。如果真是这样的话,毛先舒是在与古人跨越时空交流,以此拒绝友人邀约活动。

6. 毛先舒《与沈武定索棋》

昔孟尝之客,能入秦宫盗狐白裘,即如姬亦入信陵卧内,窃其兵符,何则? 诚为之也! 今武定不能为我从尊公处取围棋,大是怪事。③

此牍为毛先舒调侃朋友所作,可见其性情。

二十、钱陆灿(陆灿)

钱陆灿(1612—1698),又名陆灿,字尔韬,号湘灵,又号圆沙,世称圆沙先生,江苏常熟人。有《调运斋集》《调运斋文钞》《调运斋诗》等,今见于《四库未收书辑刊》第7辑第23册。《分类尺牍新语》三编中,有4则尺牍不见于今存之钱陆灿文集,但其中《二编》(康熙六年)中的《与绣文弟》《与宋荔裳》,《广编》(康熙七年)中的《与孙孝则》俱见于《藏弆集》(康熙六年)。这也进一步说明,尽管周亮工、汪淇等人均注意所收尺牍的新颖性,但不通声气,选用尺牍还是有部分重复的。不过,这些尺牍能够同时入选两种尺牍选本,也证明了它们自身的文艺价值。

陆灿《与林铁崖》

竹枝旧作数首,似可继铁崖之后,以就正于今日之铁崖。为其稿未及随身,今复续成十二首。此调乃乐府之遗,上不入诗,下不入曲,乃佳。徐、陆刻中,固有佳

---

① ② ③ [清]汪淇.分类尺牍新语广编:第15册[Z].上海:华东师范大学图书馆,康熙七年(1668)刻本:9-10,14,6.

处,而似绝句诗者为多,终当逊两铁崖独步耳!①

此牍说明钱陆灿在诗文之外,也留意词作(查于周曰:拈出竹枝要诀,非留心风雅不能为此言)。在林嗣环寓居杭州期间,二人曾以词作交流。

第二节 《写心集》二集文献价值举隅

《写心集》与《写心二集》的编选者陈枚是杭州人,他搜集尺牍稿源的中心地区就是杭州,与《尺牍初征》、《分类尺牍新语》三编在稿源搜集地上相同,这直接导致陈枚《写心集》两集中尺牍作者很多都与《尺牍初征》《分类尺牍新语》重复。但《写心集》两集成书较晚,首选成书于康熙十九年,二选成书于康熙三十五年,此前诸选问世已久,陈枚完全可以仔细审阅,避免重复问题。而且,陈枚执行的选稿时间标准很严,以近时新牍为主。是以《写心集》两集所收尺牍基本不与之前所选重复,且其中蕴含的文献价值并不弱于前选。只不过《写心集》只选短牍,不登长篇,在入选之时难免删节较多,这给原始文献的完整性带来了一定的伤害。

一、陆进

陆进,字荩思,浙江余杭人。有《巢青阁集》,国家图书馆藏有康熙年间刻本。《写心集》中有11则不见于今存之《巢青阁集》。

1. 陆进《与毛稚黄》

淫雨不止,螟生禾叶,中岁必歉甚。为两人虑,岁歉则贫者苦,儒而贫者更苦矣。当何以存济,如无奇策,急须访升元观体崖道人,谈咽气辟谷之术。眼时尚可策葛陂杖,坐计筹山,看白云起灭绿嶂间,不胜跨鹤仙仙欲去也。②

毛稚黄即毛先舒,西泠十子之一。体崖道人即余体崖,原名余守淳,清初道士,康熙六年左右住持杭州升玄观,杭州文人多有与之交往者。此牍不知作于何时,当是删节本。陆进借感慨岁时不利,实际是邀请毛先舒同访余体崖。陆进清初经常在杭州接待四方文人,毛先舒在清初专事著述,声名极响亮,二人在清初应不致家贫,牍中所言"儒而贫者更苦矣",调侃的成分更多一些。

2. 陆进《寄杨长公》

耳足下久矣。但地介吴楚,术愧长房,更雨骤波翻,动阻游鸟,故无从致筐筐,

---

① [清]汪淇.分类尺牍新语二编[M].台北:广文书局,1975:83.
② [清]陈枚.写心集[M].沈亚公,校订.上海:中央书店,1935:56.

亲色笑。惟临风以遥企,眷日而长怀。握兰断金,岂敢告劳。①

杨长公(1597—1669),名光先,安徽歙县人,清初贰臣。此牍表怀人之思,文艺绝佳,也佐证了陆进与杨光先有交往。

3. 陆进《与兄福持》

人有一定之冠裳,不可相假。惟戏旦则以男子而为妇人之饰,尼姑则以妇人而为男子之饰,阴阳反覆,莫此为甚。昨过两友人,一以夫比顽童而致反目,一以妻信女僧而致仳离,可发一笑。此两种人,原为图利起见,而两家之吝财,直从无始以来,便有此病根,不知何以到此辈身上,反肯撒漫也。②

陆进此牍为家书,语言风格平白通俗,接近白话,明显异于他牍。"福持"生平不详,不知是陆进亲兄还是从兄。此牍表达了陆进对于戏子与尼姑的态度,与传统的士大夫类似,他对此二家也是持有偏见的。

4. 陆进《与王丹麓》

湖归泥雪,意不能佳。脱帽同樵子过酒楼,竟为当垆者所识,岂我辈踽踽凉凉之态,不能取容于士大夫而反见赏于妇人女子乎! 足下捉刀雄概,自难掩抑。仆也何人,乃得有此?③

王丹麓即王晫,清初钱塘人,师事徐士俊。此牍为陆进对生活中的细节生发感慨。陆进在《复张秦亭招隐书》中拒绝了西泠十子之一的张纲孙邀请自己归隐山林的邀约,其中最本质的理由便是自己还有仕进以实现士人价值的欲望。陆进在晚年时方为官温州府学训导、永嘉教谕,仕途难言如意。此牍似乎作于他未仕之时。他偶然脱去巾帻,与樵夫同过市中,为当垆女认出,此生活细节透露出陆进在平时生活中的亲民做派。但他对此事大发牢骚,说自己"不能取容于士大夫而反见赏于妇人女子",实际可见内心中也有积怨之词。由此牍颇可见陆进平日性情。

5. 陆进《与九牧侄》

古人云,问途子已经。而余过来人也,乐任意气,务泛览。近已头颅半白,兼有婚嫁累,何可复得少年,如谢家儿,佩紫罗囊耶? 吾侄隽才异度,先要立念,真诚断此病根。盖任意气德性,便不能沉着;务泛览举业,便不能专工。惟虚心以择友,深心以读书,矻矻穷年。守兹二戒出而科名,则为纯臣;处而衡泌,则为名儒。千里相思,书此以勖。④

陆进此与侄书说明,其至中晚年,由于仕途不顺,不免颓唐,因而感慨人生,寄望于下一代。

①②③④　[清]陈枚.写心集[M].沈亚公,校订.上海:中央书店,1935:57,125,139-140,163.

他总结自己的前半生，认为自己失败的原因主要在于两个方面："任意气"与"务泛览"，导致自己既不能举业有成，也不能学术有功，两不成就。"任意气"与"务泛览"也说明了陆进的生平个性与治学方式。

6. 陆进《与胡循蜚先生》

先生纪游一集，大似柳子厚，愈短愈妙，愈出愈奇。原是天地间不可少之书。诸公以仆与先生善，来索。如负逋，殊以为苦，势不得不转索之先生，而先生又以纸贵为苦。先生之失计，不再今日，而在当时。当时不纪游，不刻集，不交进，安得有此！①

胡循蜚即胡贞开，号瑟庵，又号皋鹤、耳空居士，浙江仁和人。清初官湖广推官，后罢归，自筑米山堂隐居西湖之畔，善书画，与杭州士人交往密切。此牍为陆进替友人向胡贞开求索其新刻游记，但语气不失幽默。从此牍观之，陆进当与胡贞开极为友善。

7. 陆进《与胡循蜚》

昨承佳召，为龙山之饮。丹枫连袂，紫菊飞觞，某虽非孟嘉，已夺参军席矣。睇湖滨之遥波，弄沙际之明月，洞箫亮笛，飒飒中流。露英可餐，蒹葭堪采。清兴至此，何异携仙人九节杖，逍遥玉女峰头耶？②

此牍进一步佐证了陆进与胡贞开的友善关系。他在牍中援引陶渊明外祖孟嘉"龙山落帽"的典故，以孟嘉喻己，以庾亮喻胡贞开，表示自己受知于胡贞开。尺牍文字优美，情思飘逸，文思俱佳。

8. 陆进《答吕半隐》

蒙赐《寒林积雪图》，真在笔墨恒境之外，先生胸中可谓自有剡溪矣。值此炎威逼人，悬之室中，觉寒色霏霏。便欲借桐江老钓叟羊裘衣，一御凛冽之气。③

吕半隐(1621—1706)名潜，字孔昭，号半隐、石山、石山农、耘叟等，四川遂宁人，有《怀归草堂集》《守闲堂集》《课耕楼集》。吕潜在明末为官，入清后不仕，成为遗民。明末清初为避战乱，曾侨居湖州，后流寓泰州，往来两地之间长达40余年。此牍佐证了陆进与吕潜二人的交往。吕潜博学工诗，善书画，陆进生平又喜结交，故他们二人之间有书画上的交往。此牍便是陆进为赞吕潜画艺高超而作。

9. 陆进《与弟左城》

滇中之游，金马碧鸡之色，片片出之衣袖，快极快极！经年不得丽兄消息，每听云中雁，欲寄寸楮，嘹呖空堕烟水想。迩来长松独映，孤霞高骞，未识策杖入天台、

---

①②③ ［清］陈枚.写心集［M］.沈亚公，校订.上海：中央书店，1935：202，234－235，237－238.

石梁耶?抑足蹈芦叶浮海,东访五羊城耶?顷闻已驻锡曹溪,龙门说法,喜有其人。某意欲违世俗,弃妻子,履芒鞋,葺破衲,踪迹闲云所在,为息肩。[①]

总结陆进的家书尺牍可知,其家族人丁兴旺,在杭州应为大家族。其弟陆左城生平不详,后世子孙颇多。此牍作于陆左城南游云贵之时,牍中提到的"丽兄"可能是指西泠十子之一的陆圻。陆圻(1614—?),字丽京,一字景宣,号讲山,有《从同集》《威凤堂集》,在清初交游广阔,有弟陆培、陆堦,皆声名显著。如果是指陆圻,则陆进与陆圻可能是族弟兄关系,可以进一步说明杭州陆氏在明末清初为大家族。此牍还表现了陆进的方外之思,他欲抛弃妻子、云游四方,当作于他人生不如意之时。

10. 陆进《与沈武仲》

令亲馆事,委屈力图。奈近日求一馆甚于得一官。无以报命,聊为令亲作一转语曰:无馆一身轻。[②]

沈武仲,钱塘人,生平未知,当为陆进友人。此牍为陆进调侃之作,但其中也有无奈。

11. 陆进《与王素霞校书》

北宋时,有人饮程明道、伊川两先生于舟次。酒半出女郎,明道不动,而伊川大惊,欲投水死,当时以此定两先生优劣。仆以为毕竟此女郎非彼姝子耳。若素霞之娉婷玉立,则不动者欲动,欲死者不肯死矣。梅花解语,即铁石心肠,如宋公者,为之缠绵作赋,而况我素霞乎?仆明当挟茗器,拉二三知己,泛西子湖,作永夜游,幸素霞艳妆以待。[③]

王素霞应是当时钱塘地区的妓女。此牍可见清初士人生活风流之一斑。

二、吴绮

吴绮(1619—1694),字园次,号绮园,又号听翁,江苏扬州人,祖籍安徽歙县。吴绮于康熙五年至八年间曾任湖州知府,其时多与浙中士人有交结,任职期间以多风力、尚风节、饶风雅,被时人称为"三风太守"。吴绮是清初重要的文人,骈赋、诗、文、词俱工,也是当时知名的戏剧作家,声名颇显。《四库全书》收其著述《林蕙堂集》26 卷。《写心集》两集中收录了部分吴绮尺牍,多是吴绮在湖州为官期间所作,其中有 2 则不见于《林蕙堂集》。

1. 吴绮《柬陆荩思》

湖干分袂,岁月飘轮,一载以来,寄身舟楫。每望两峰晴霭,竟等三山,而停云之叹,尤在我二三知己也。令侄远临,备闻西泠近事。吊废圃而人亡,过酒垆而泪落,三复来篇,为之废食。所幸名山近著,日满奚囊,以啸傲消其离索耳。承谕索

---

①②③ 〔清〕陈枚.写心集[M].沈亚公,校订.上海:中央书店,1935:257-258,297,311.

传，敬如命草上。秃毫尘砚，殊愧不文，然不敢不言，其实以负良友，易箦之言矣。束帛瓣香，聊将鄙意。惟道兄执绋时，一呼鄙人姓氏，以通哀欤。①

此牍可以佐证吴绮与陆进的交往，按牍中所言："停云之叹，尤在我二三知己也"，可知二人相交匪浅。牍中提到吴绮"一载以来，寄身舟楫"，似乎是吴绮被免官离开湖州之后所作。"易箦"指人临终，"执绋"指送葬，当时应是陆进与吴绮共同的浙中之友亡故，陆进命其侄送信至吴绮处求其作传，因此吴绮作此牍与陆进，并附上所作传记。是谁亡故，牍中没有交代。查阅《林蕙堂集》并无能对应的人物传记，此传记应是《林蕙堂集》集外的佚文。

2. 吴绮《与茅于纯》

湘帘萧瑟，得仙种忽入天来。分左翁之露，移珠蕊之枝。正忆邀君弄芳馥之句，弟片暇坐卧忽似淮南，差堪与秋山争绿耳。高望道兄婆娑八树丛中，更不知老香奚似。谢复！②

茅于纯名熙，生平不详，按牍中所言，似乎是淮南人。此牍当是删节版，不知吴绮所赏之花木到底是什么。

三、毛先舒

《写心集》两集中有毛先舒9封尺牍不见于其文集，以下选录8封。

1. 毛先舒《与诸君简》

汤夫人五十序成矣。足下达似竹林，而闺中幸不作刘伶妇，即此写来颇生动，不必德耀少君，满纸浮文也。或可换寿筵一卮否？笑笑。③

诸君简当为杭州人，为毛先舒贫贱之交。《思古堂集》卷三有《汤夫人五十序》。汤夫人为诸君简之妻，适逢五十生辰之际，诸君简求毛先舒作序。毛先舒做成之后随此牍奉上。《汤夫人五十序》存，而此牍未被收入《思古堂集》，幸赖《写心集》存之，它也是清初以简牍传文的一个案例。牍中毛先舒对自己的奇思妙想颇为自得，也可见其性情。

2. 毛先舒《与陆荩思》

自腊徂春百许日，心灰神陨，已不知笔墨为何物。迟迟稍俟肺肠就位，舌受心使，当得洒然污齐纨之皎耳。④

此牍为毛先舒病中所作，当为删节版。陆荩思即陆进，毛先舒在牍中于污秽之事不避匿，可见他与陆进二人关系匪浅。

————————
①②③④　［清］陈枚.写心集［M］.沈亚公，校订.上海：中央书店，1935：3，250，4，39.

第二章　清初尺牍选本的文献价值（下）

3. 毛先舒《答友》

年过四十不得意,犹欲把毛锥向乡里儿。何但邓禹笑人,蔡纲成且齿冷矣。西方柱下有两老子,吾将从之游耳。①

此牍应是毛先舒在 40 余岁时感慨人生不如意所作,表达出方外之思,不过应是一时牢骚之言。

4. 毛先舒《与子侄》

年富力强,却涣散精神,肆应于外,多事无益妨有益,将岁月虚过,才情浪掷。及至晓得收拾精神,近里着已时,而年力向衰,途长日暮,已不堪发愤有为矣! 回而思之,真可痛哭。汝等虽在少年,日月易逝。斯言常当猛省。②

此牍既是训诫子侄之语,也是毛先舒对自己一生的反省之言。

5. 毛先舒《与友》

贫味亦苦亦佳。然正使菜根脱粟得饱,缊袍布被得暖,数椽可以蔽风雨,而门无催科索逋之声,问字时来,招饮辄往。如是,则此味尽可饱餐耳。不然,奈何! ③

此牍是毛先舒对自己生活方式的描述。他入清后隐居杭州,不愿出仕,陆进在《与毛稚黄》中言道:"淫雨不止,螟生禾叶,中岁必歉其。为两人虑,岁歉则贫者苦,儒而贫者更苦矣。"④两人在杭州地区应都有恒产。尽管毛先舒入清后专事著述,不事生产,生活不会富裕,但综合他尺牍内容而言,亦不至贫困。其生活应大致如此牍中所描述的情况。

6. 毛先舒《与友》

名妓翻经,老僧酿酒,虽佳,亦终非本色。书生之谈朝政也亦然,然悲天悯人之念,则又不可以或亡也。⑤

此牍也应是删节版。陈枚看中其巧思妙喻,只截取了一段,似乎是针对明末情形的描述。

7. 毛先舒《答柴虎臣》

拙文本以求弹射,乃惜尔隋珠,反作好语耶。声迹窅然,使人摸索不著,此何等境也,而以目仆。如服麻黄过多,通身发汗。⑥

柴绍炳(1616—1670),字虎臣,号省轩,浙江仁和人,明遗民,"西泠十子"领袖。毛先舒此牍佐证了西泠十子之间的文学交流活动。但陈枚删节过多,不知所指何文,所为何事。

---

① ② ③ ④　[清]陈枚. 写心集[M]. 沈亚公,校订. 上海:中央书店,1935:124 - 125,160,259,59.
⑤ ⑥　[清]陈枚. 写心二集[M]. 沈亚公,校订. 上海:中央书店,1935:2,18.

8. 毛先舒《答诸骏男》

远承足下生刍之谊，拜登几筵，哭已而凄风飒然，穗灯为暗。先君其实歆之，砚名甚佳，第顽石不足当此。承命亦作四言八句，无文而有意传诸后来，庶知我辈之相砥砺乃尔。[①]

诸骏男名九鼎，一名昙，字铁庵，浙江钱塘人，诸匡鼎之兄，有《乐清集》《铁庵集》。此牍似乎是毛先舒父亲亡故，后谢诸九鼎拜祭所作。

四、宋琬

《写心集》两集中宋琬有 6 封尺牍不见于今存之宋琬文集，以下选录 5 封。

1. 宋琬《与丁药园》

年翁以旷代异才遭斯无妄，亭伯流离，衔冤千古。凡在同声，莫不吁嗟丧气。矧弟趋陪坛坫，谊若埙篪。握手相看，魂销心折，不禁涕泗之阑干也。弟于诗文一道，尚尔茫茫，迩来奉教宗工，稍知妍媸，不意严师远去，我心悠悠，此恨如何？怅结而已。[②]

丁药园即丁澎。此牍是佐证宋琬与丁澎之间关系的重要资料。宋琬与丁澎在顺治年间便有较为密切的交结。清初顺治年间，施闰章、宋琬、丁澎、张谯明、周茂源、严沆、赵锦帆等 7 人俱在京中任职，相互间经常诗歌唱和，时人以"燕台七子"称之。牍中所言："年翁以旷代异才遭斯无妄，亭伯流离，衔冤千古"指的应是顺治十四年丁澎被贬谪奉天靖安（今吉林白城市洮北区），此事施闰章亦有尺牍安慰丁澎。宋琬出生于丁澎之先，年长丁澎 8 岁，但在牍中却以"弟"自称，以"严师"称丁澎，足以证明二人清初在京任职期间关系非凡，宋琬激赏丁澎的诗文创作水平而不惜自降身份求教于丁澎，是以方在牍中如此称呼。由此牍可以证明，宋琬曾在诗文上求教于丁澎，虽非正式的入室弟子，但已有师徒之实。

2. 宋琬《与丁飞涛书》

怀君子旧矣。诵文慕义，几欲买丝绣之。客夏锦雯过我于芜江，言兄方主盟风雅，卓然为东南坛坫。弟心愈益向往，而鞅掌于抱关之役，兼以玄熊赤豹之与居，怀抱郁郁，无所发抒。尔时心即虑及宵人，乘间肆毒，与锦雯浩然永叹，无计御此魑魅，而竟以含沙之口，陷我狌牢缧绁，此十有三月矣。每念古之君子蒙难亦所不免，然或以气节见收，或以文章贾祸，虽在镬釜，事诚足传。如弟所遭，竟何如也？笼猿樊鸟，神辱志沮。对簿之顷，头角抢地。词事鄙琐，屡烦重译。仰天画地，无以自明。块然独处，鲜可与语。琅珰桔拳之徒，错杂于坐卧之间，每一念至，辄愤懑不可

① ［清］陈枚.写心二集［M］.沈亚公，校订.上海：中央书店，1935：20 - 21.
② ［清］陈枚.写心集［M］.沈亚公，校订.上海：中央书店，1935：141.

为心。然犹不能退伏殴刀,隐忍以至今者,诚恐为天下笑耳。顷晤郁光伯,方知老兄公车至止,不祥之刺,未敢通于左右,乃蒙存注,惠我以瑶华之音。庄生有言,逃空虚者,闻人足音而喜,况大君子加命之辱,温然勤且厚,弟何以得此哉?佳篇清媚沉丽,殆欲凌济南信易而上之。病中披玩,足当七发。弟于此道,茫无所窥,幽拘多暇,藉以自遣。所有近稿,偶为孙孝则索去,容即崹呈雅席,赐之斤斧,并构俚言,十忤之愫也。弟事以八九得白,惟候里中二证到时结案,数日内跂望其至。倘借云庇,得复见天日,当与兄贳酒荆卿楼上为屡日欢,以浇此块磊。锦雯若来,又当助我张目也。家兄相念殷殷,嘱弟致谢。草此布复,即图申候。临楮无任驰切。①

此牍可与前牍参看,是说明宋琬与丁澎关系的又一佐证资料。从尺牍内容判断,此牍为宋琬含冤入狱期间所作,他在牍中表达了在牢狱之中的心理感受。顺治七年,宋琬由芜湖任上赴京时因逆仆诬告入狱,至顺治八年正月结狱。按牍中所说"客夏锦雯过我于芜江",琬应在芜湖任职,因此,此牍应作于顺治七年。由此牍可知宋琬当时在牢狱中生活的心态与案情发展之细节。"锦雯"应指的是吴百朋(字锦雯,浙江钱塘人,西泠十子之一),由此也说明宋琬与西泠十子成员交结颇多。此牍创作时间上早于上牍。宋琬年长于丁澎,却以弟自称,以兄称丁澎,说明他早已钦仰丁澎,愿意折节从之。从牍中称颂丁澎"怀君子旧矣。诵文慕义,几欲买丝绣之""佳篇清媚沉丽,殆欲凌济南信易而上之。病中披玩,足当七发"等言语来看,他对丁澎的仰慕程度是非常深的,也可见他在上牍中称丁澎为严师,并非一时冲动之语,而是仰慕已久。

3. 宋琬《答王安节》

午日之集,差足涤秦淮箫鼓之俗。仆正欲写此意于诗,而大作先得骊珠,不觉为之阁笔。扇头绘事、佳篇、妙楷,可称三绝,归装有此,胜载明珠一斛。但恐蛟龙见夺,不能无戒心耳。②

王概,初名丐,一作改,亦名丐,字东郭,又字安节,浙江秀水人,清初画家,久居南京。宋琬在顺治十八年族侄诬告案了结后,曾在江浙一带闲居许久。此牍当作于客居金陵之时,可以佐证宋琬在南京的交往。

4. 宋琬《与缪湘芷》

溽暑困人,行坐俱苦。公如白雪,亟欲一近而不可得,俗已甚矣。邺架唐类函,乞借一阅,即当珍璧。③

清初有缪沅(1672—1730),字湘芷,江苏泰州人,康熙四十八年进士,但此牍的缪湘芷肯定不

---

① [清]陈枚.写心二集[M].沈亚公,校订.上海:中央书店,1935:65-66.
②③ [清]陈枚.写心集[M].沈亚公,校订.上海:中央书店,1935:199,207.

是指他。又李渔《尺牍初征》中也选录有 4 封缪沅(亦字湘芷)尺牍,宋琬所交往的应是此人。缪湘芷与李渔、徐士俊、方文、宋琬等俱有交结,当是明末清初的重要文人,若得其他资料可详细考之。

5. 宋琬《与严颢亭》

风尘牛马借庇弘多,怵于功令,未敢一布赫号。社翁至孝过人,暂归珂里,马鬣已封,将曳星辰之履。鹿鹿如弟,奔走惊涛骇浪中,前路茫茫未知,何所税驾云霄?知己亦将怜而振之否?[①]

严颢亭,不知何许人。此牍及以上二牍应都是宋琬在江南闲居时期所作。

五、钱陆灿(陆灿)

钱陆灿(1612—1698),又名陆灿,字尔韬,号湘灵,又号圆沙,世称圆沙先生,江苏常熟人。有《调运斋集》等,今见于《四库未收书辑刊》第 7 辑第 23 册。《写心集》中有 2 则不见于今存之钱陆灿文集。

1. 钱陆灿《与王安节》

忽忽一别,便已过夏,都在火炉中烹炼一番,老大不易,今又伊人秋水时矣。暑中枉驾过访,在祇林数武,便烦题凤,至今犹念跫然足音也。目下将暂还故乡,思出城一别,赵盾可畏,青州七斤衫,不啻千重铁铠。又须俟中秋明月时得奉笑言,惟有清诗妙染时时驰神莫愁湖上耳。[②]

王安节久居南京。钱陆灿长期教授于常州、扬州、金陵间,应在南京结识了王安节,二人有文字交往。

2. 钱陆灿《与王安节》

自盦山为道山之游,出门落落无所向,所朝夕相念者,唯仁兄乔梓耳。未免以城门为银汉,别来又许久矣。栎翁又挂弹射觉,宦海比吾辈砚池更可畏也。[③]

盦山指明末清初诗人方文(1612—1669),字尔止,号盦山,明遗民,明亡后更名一耒,别号淮西山人、明农、忍冬,安徽桐城人,有《盦山集》。"道山之游"应指方文之死。"栎翁"指的是周亮工,"挂弹射觉"应指周亮工之死(康熙十一年,即 1672 年),则此牍应作于康熙十一年左右。此牍说明钱陆灿与方文、周亮工、王概父子等俱有交往。

六、纪映钟

《写心集》中载纪映钟 1 首尺牍。

①②③ [清]陈枚. 写心集[M]. 沈亚公,校订. 上海:中央书店,1935:288,107,144-145.

纪映钟《答王安节》

惕庵先生乃弟四十年景慕者,翩然枉临,如霞表崔手。出之方平书,慰谕勤恳。荒江蓬藋,喜色满梧竹矣。第车不停轨,不能无悒悒。日来诚孝所感,牛眠佳地,自有默相如愿者。弟谨合十以祝之。①

惕庵先生可能是指诸九鼎。诸九鼎著有《惕庵石谱》一卷,收入王晫、张潮辑选刊印的《檀几丛书》中,诸九鼎在其中提到纪映钟与其同有石癖,二人有收藏上的交流。方平不知何许人。此牍可以佐证纪映钟与王概二人的交游。

七、钮琇

钮琇(1644—1704),字玉樵,江苏吴江人。清初官员,历任河南省项城知县、陕西白水知县,广东高明县令等。钮琇在清初有文名,其笔记体小说《觚剩》一书多记录明末旧事,在清初有较大影响。今《四库全书存目丛书》集部第 245 册存其康熙年间刻本《临野堂文集》10 卷,《临野堂诗集》13 卷,《临野堂诗余》2 卷,《临野堂尺牍》4 卷。《写心集》中,有 3 封尺牍不见于其文集与尺牍集。

1. 钮琇《柬茅于纯》

萧条客舍,弹指间,忽已届佩萸令节。虽无乡老索逋之困,而不胜摩诘异乡之思,赖有知己相与留连岁月,则寄身犹家处也。承谕分题,殊称韵事。即以尊意转致柯寓兄,亦为首肯,但必得新什,方成胜举。日内寓兄将有西山之游,当奉订同往。俟登高后,以揽胜诸题并梓何如?②

茅于纯名茅熙,生平不详,清初与吴绮也有交往。此牍为钮琇客中所作,具体背景不详。按牍中所言,钮琇客居异乡,受茅于纯照顾颇多,二人引为知己。此年重阳节,钮琇发思乡之情,茅于纯约其登高赋诗,钮琇作此牍应之。

2. 钮琇《柬茅于纯》

都下名宿如林,而高情醇谊若门下者,固仅见也。一获班荆,不胜识韩之快。兼得俯加青睐,时枉高轩,一往深情,真寤寐勿谖耳。捧读瑶章,俊逸驾乎岑王,绮丽轶乎秦柳。展玩数四,如入积玉之圃,几自忘其腹之俭也。③

此牍与上牍应作于同一时期,主要表现钮琇对茅于纯的感激之意。

3. 钮琇《柬茅迁人》

时接徽音,如同把臂。想北来珠玉之富,几于等身,特未能策塞帷下,快读帝京篇,则有怀若结耳。西山闻多名胜,前已束装而竟不果往,真令猿鹤笑人。俟来岁

---

①②③ [清]陈枚.写心集[M].沈亚公,校订.上海:中央书店,1935:19,48,285.

惠风初扇,问道于杏花芳草间也。①

此牍可与第一牍参看,前牍中提到与"柯寓兄""将有西山之游",此牍中说:"西山闻多名胜,前已束装而竟不果往,真令猿鹤笑人",则两牍当作于同一时期,茅迁人与茅于纯不知是否为同一人。

八、王晫

王晫(1636—?),字丹麓,号木庵,又号松溪子,浙江钱塘人。《清代诗文集汇编》第 144 册有其诗文集《霞举堂集》,《写心二集》中有 3 封尺牍不见于其中。

1. 王晫《与友》

荷承厚爱,若以人不足我为惜,不知乃如之人,仆固愿其不足,即使足我,亦何益于仆哉?昔太白人皆欲杀,子瞻不容于时,岂二子亦有遗行欤?司马君实,儿童父老,皆知为正人,而蔡京独藉之于奸党。朱晦庵居敬穷理,得道统之正传,而王淮、陈贾辈相率谓假道学之名,以济为伪。迄于今司马光、朱熹之名炳如日月,彼蔡王陈诸人每不屑举其姓氏,可知公论自在天下后世,初无关于一时毁誉也。况仲尼毁于武叔,孟氏谤于臧仓,圣贤且然,何论其他!仆自愧学行远不逮古人,然非有道不敢近。忆先君子尝训仆曰:"人固不当为贤士大夫所弃,亦不当为庸众人所容。"终身佩膺斯语,惟恐见称于庸俗。今幸为此流辈所恶,顾足下乃为仆惜耶?张谓诗云:"丈夫会应有知己,世上悠悠安足论?"旨哉言乎!敬表素怀,伏惟垂察。②

按尺牍内容推断,当有人背后诽谤王晫,友人告知,因此王晫作此牍以剖明心志。王晫引用其父之语"人固不当为贤士大夫所弃,亦不当为庸众人所容",表明自己的处世之道,也可以见其耿介性情。

2. 王晫《答毛会侯》

世俗以自古而传之者为重,以今之作者为轻,此皆淡于所见,甘于所闻耳。管幼安云:"为文而欲一世之人好,吾悲其为文;为人而欲一世之人好,吾悲其为人。"《今世说》一书,宁为恶少所唾骂,勿为管幼安所悲也。③

毛会侯(1633—1708),名际可,号鹤舫,晚号松皋老人,浙江遂安人,浙中"三毛"之一。《今世说》为王晫代表性的著述,由王晫搜集遗佚,仿照《世说新语》体式作之,共 8 卷 30 门 452 条,主要记载明末清初士人的言行活动,毛奇龄、王士禛、施闰章、宋琬等清初名人,多见于其中,且不乏尚在世间者。因书中记述涉及人物的形象、毁誉等,故书中所记士人或其后人多有非议之言。王晫此牍揭示了《今世说》问世后遭遇争议的情况以及他对此的态度,其"宁为恶少

① [清]陈枚.写心集[M].沈亚公,校订.上海:中央书店,1935:103.
②③ [清]陈枚.写心二集[M].沈亚公,校订.上海:中央书店,1935:220,231-232.

所唾骂,勿为管幼安所悲"的态度同样也表现了他的耿介个性。

3. 王晫《答杜湘草》

翰教具悉,冒雪泛湖之乐,不减承天夜游。即此数行,疏疏落落,亦绝类子瞻。乃知文人兴之所至,事遂可传,偶尔涉笔,便成妙谛。岁暮劳人,以视足下何异孟昶篱间之窥王恭也。委序或俟守岁时,乘间了此一段佳话,日内实无佳绪耳。①

杜湘草名首昌,江苏淮安人,祖籍山西太原。杜首昌入清后不仕,交游广阔,王晫《今世说》中有其冒雪与王晫同游西湖的记录,可与此牍参看。牍中提到杜首昌委托王晫作序文,王晫应之"委序或俟守岁时,乘间了此一段佳话"。对照今存之《霞举堂集》所收序文,并无相关记录,此文或未作或散佚。

九、魏禧

魏禧(1624—1680),字冰叔,一字凝叔,号裕斋,又号勺庭先生,江西宁都人。魏禧为清初散文大家,与侯方域、汪琬合称"明末清初散文三大家"。《清代诗文集汇编》第92册收有其《魏叔子文集》《魏叔子日录》《魏叔子诗集》,《写心二集》中有1封尺牍不见于其中。

魏禧《与涂宜振》

弟自笑胸中学问,如卖杂货郎,色色都有。然富人出一金,便并两耳、小鼓都被卖却。观兄博奥,何异盗入龙宫珍宝,狼藉直无著手之处耶?②

涂斯皇,字宜振,号淡庵,江西新城人,明末诸生。涂斯皇与魏禧交往密切,来往尺牍颇多。此牍应是删节本,为魏禧与涂斯皇调侃之言。

十、施闰章

《写心二集》中有施闰章1封尺牍不见于今存施闰章之著述。

施闰章《复曹桐旸昆仲》

岁除前二日,令弟蓼怀枉过,袖出书问,属以尊公先生铭幽之词,且称述尊公平生。谬见采赏,情最凄恳,惶悚交切,已而泫然流涕。忆昔备官郎署,数过陆舫,追随永日,赋诗赠答。后又获见于禾中,迄辛亥夏秋,客游国门,与王宋诸巨公为文酒之欢,因得附名八家。尔时尊公虽不即还原物,气甚豪举。及仆八月初出都,乃蒙执手固留曰:"我辈皆老矣,后此相见何时?"言毕黯然。宁知同饯酒间遂为永诀哉?昨岁闻讣而恸,情不自已。然俭腹枯毫,不足以发挥海内巨人名德,况尊公文采风流照耀天下,尤未易更仆数。冗病中草略报命,是惟操寸筵而撞洪钟也。昔欧阳公有云:"作者之言,常不能满孝子之心,无所逃罪。至未叙子女止详所出,而略所娶

①② [清]陈枚.写心二集[M].沈亚公,校订.上海:中央书店,1935:244-245,120.

入。"略仿古法,或不深讶。统惟酌裁,或别请鸿笔润饰,为鄙人藏拙,是所愿也。惶恐不宣。①

施闰章与曹尔堪、宋琬、沈荃、王士禄、王士祯、汪琬、程可则等八人在清初并称为"海内八大家"。根据牍中所言:"迄辛亥夏秋,客游国门,与王宋诸巨公为文酒之欢,因得附名八家。"则曹桐旸、曹蓼怀皆为曹尔堪之子。曹尔堪(1617—1679),字子顾,号顾庵,江南华亭人。根据尺牍内容,此牍为曹尔堪死后第二年所作。当时曹尔堪次子曹蓼怀携曹桐旸书信过访施闰章,求其为父作墓志铭,施闰章回忆了与曹尔堪相交的过往事迹,作文与之并附此牍。曹尔堪亡于康熙十八年,则此牍当作于康熙十九年(1680)。其时施闰章已经63岁,老病缠身,故他说"冗病中草略报命"。今《愚山先生文集》第十九卷中收有《翰林院侍讲学士曹公顾庵墓志铭》一文,此文当即牍中提到的"铭幽之词"。此牍则散佚。幸得《写心二集》存之,后人可以借此还原施闰章作曹尔堪墓志铭时的情状。

第三节 《尺牍兰言》文献价值举隅

《尺牍兰言》成书于康熙二十二年,为黄容、王维翰编选,二人编纂《尺牍兰言》的直接动机是为其他选本所触发,"《藏弆》《新钞》诸种,刻于白下,《初征》《新语》诸集,刻于武林。脍炙宇内,不胫而驰,金闾独无刊本行世。余留心采辑,藏置巾箱……"②黄、王俱是吴江人,他们编选的理念又注重吴地尺牍,因此《尺牍兰言》中的尺牍表现出浓重的地方特色,专以吴地文人或寓居吴地的文人尺牍为主。但《尺牍兰言》不如《写心集》那样标举创新,其中所收的尺牍黄容、王维翰自承"采择选本专刻中者,仅十之三。其余悉属新篇,未经传播"③。有三成尺牍选自其他选本,所以它的文献价值明显弱于此前的诸多选本。并且,今存之《尺牍兰言》刻印质量极差,中间衍字、缺字情况较为严重。这在一定程度上也影响了文本的文献价值。

一、纪映钟

《尺牍兰言》中有纪映钟3则尺牍,可以佐证他的交游与生平事迹。

1. 纪映钟《寄傅青主》

仆闻太行之右,有傅青主先生,奇士也。为文磊落峭峻,如其人,如其地,怀想未之见也。甲辰冬,得见寿耄,投予二诗,盘空硬句,推倒一世,举座为之动色。更读《共我诗》《紫芝赋》,俱不从人间来。寿耄凤真先生子也!寿耄向予言,先生入山或数日,必授一书,程其课读。归问不得要领,乃严责之。得则喜,得而能指其孰为

---

① [清]陈枚.写心二集[M].沈亚公,校订.上海:中央书店,1935:176-177.
②③ [清]黄容,王维翰.尺牍兰言[M].北京:北京出版社,1998:4.

是,孰为非,遗略文字,窥见言外之旨,乃大喜,即使习一艺亦然。以是寿耄博物多能,思精而气超,虽天资高彻过人,要亦先生真实之教也。长安风雪,堁户枯坐,得寿耄而与之上下其言论,兴酣耳热,出步河滨,栖鸟哑哑不下,声求为人夜寒,岂非数十年旷事,与古人父子济美有矣。张曹房杜,俱无人持立门户,而狄梁公子光嗣,为地官,克尽厥职;李西平子愬,雪夜开道,偏师入蔡,取吴元济,兵不血刃,真能克家儿也!文章将相,原鼎足天地间,先生、寿耄又何憾乎? 于其□,书此以报先生,并以志吾乐。①

傅山(1607—1684),明末清初重要的思想家,初名鼎臣,字青竹,改字青主,山西太原人。此牍可见纪映钟与傅青主父子也有交往。按牍中所说,纪映钟并未见过傅山本人,他在北京见到的是傅山的儿子,小字寿耄,今无考。"甲辰冬,得见寿耄。"甲辰年为康熙三年,据此可以推断,纪映钟当时应在北京龚鼎孳处。《共我诗》《紫芝赋》应为寿耄所作,今亦无考。甲辰年开有科考,寿耄是否至京参加科举,今也不得而知。由此牍也可间接知道傅山教子的方式。

2. 纪映钟《与朱愚庵》

　　向从元卓舍亲处,拜读《李义山集》《琅嬛秘笈》,远锡同人,荏苒不觉十载矣!中心之蓝,无时暂辍,鳞鸿少便,复谢缺状,徒抱伏山耳。电发兄文彩超诣,都门诸公,尽为倾倒,出示□□佳本,得未曾有。数日前,甫草盛称证引详确,虽虞山先生,不肯附会苟同。正在企想,电发忽至相授。老眼残膏,摩挲深夜,不觉鄙心□合,信为不刊之本,不负数十年精力注之,殊为欣畅。至贱名且从参定之末,益复惶悚,槁木余生,顿加丹□。先生忧人无己,宁不足首俯至地耶? 与前《义山集》同珍行笥,开卷益我,百朋又奚足言? 草勒暂谢,曷任依依。②

此牍中涉及的人物众多,可见纪映钟生平交游之一斑。朱愚庵即朱鹤龄(1606—1683),明末清初学者,明诸生,入清不求仕途,屏居著述,自号愚庵,有《愚庵诗文集》;"电发兄"是指清初词人徐釚(1636—1708),字电发,号虹亭、鞠庄、拙存,晚号枫江渔父,苏州吴江人;"甫草"为明末清初学者计东;"百朋"是指吴百朋(? —1670),字锦雯,浙江钱塘人,西泠十子之一,有《朴庵集》;虞山先生指钱谦益;"元卓",不知为谁。朱鹤龄在清初注释有《李义山集》《琅嬛秘笈》,由此牍可知,书成之后,影响力极大,牍中提到的清初名士俱有佳评。"至贱名且从参定之末",似乎朱鹤龄将纪映钟放在了《李义山集》的参订人名目中,按牍中所言,似乎纪映钟并未参与此书的参订工作,由此也可以看出清初著述好用名人名号以增加名气与分量。

①② 　[清]黄容,王维翰.尺牍兰言[M]//四库禁毁书丛刊:集部第35册.北京:北京出版社,2000:171-172.

3. 纪映钟《与钱楚日》

读□□涉华诗,□□穆穆,□□□术而自状,大样□由胸中笔底□□□尘气也。□奇句出人意表,□□□自振,惊沙夕起,令人不知所从来……①

此牍衍字、失字情况严重,已经不能看清大致面貌。钱楚日,事迹不详。

二、曹尔堪

《尺牍兰言》中收曹尔堪尺牍 2 则,是曹尔堪罕见的传世小品尺牍。

1. 曹尔堪《与宋荔裳观察》

邯郸傀儡,聚首达曙。吾辈百年间入梦出梦之境,一旦缩之,银灯檀板中,可笑亦可涕也!②

宋荔裳即宋琬,二人顺治年间同在京为官时便有交结。此牍应为删节本,充满曹尔堪人生虚幻的感慨,似作于曹尔堪晚年。

2. 曹尔堪《与王丹麓》

久仰文苑祥威,接读手函,极荷垂注。大集珠玑触手,佳选□□匠心,薇露□香,珍如拱璧。明春拟幞被会城,正可待尘诲于六桥三竺间耳。小刻九种,附呈一笑。③

王丹麓即王晫,浙江钱塘人,著有《今世说》。王晫要晚曹尔堪一辈,但曹尔堪在牍中却对其极为敬重,可见其谦逊性格。牍中提到的"大集"应是指王晫《遂生集》,"佳选"应指王晫《文津》。王晫《今世说》卷五云"曹顾庵目王丹麓《遂生集》为鸾苑杠梁,《文津》为艺林馆饤脯"④,所说应正是曹尔堪此牍所言,《遂生集》《文津》今均已不传。曹尔堪在牍中所说的"小刻九种"是哪些,今不得而知,但可说明曹尔堪生前著述颇丰,后世多不传。

三、魏禧

《尺牍兰言》中有魏禧 2 封尺牍不见于今存之魏禧文集。

1. 魏禧《答友》

人之为文,本以书其所学,□学苟成,其言足以行世,则吾文大本既立,不必问人之选不选也。杨子云当世,而有侯芭;韩昌黎百叹,十年有穆伯长。其见于天下,或迟或远,要自不可泯没。盖观古人文能传后世者,当其下笔之始,作者精神已足,拥□于千百年之后。故仆尝曰:"其文能自传于世,非世之能传之。"兹因报书,为足

---

① ② ③　[清]黄容,王维翰.尺牍兰言[M]//四库禁毁书丛刊:集部第 35 册.北京:北京出版社,2000:171 - 172,173,236.
④　[清]王晫.今世说[M]//笔记小说大观:第 17 册.扬州:江苏广陵古籍刻印社,1983:261.

第二章　清初尺牍选本的文献价值(下)

131

下一广其意。①

此牍为魏禧对当时盛行的文选之风的看法,表现了他重要的文学观念。他认为文章能否传于后世本质不在于被选与不被选,而在于文章的质量,而文章的质量又在于作者之学习的状况,所以文章能否传世本质是作者自己的问题,而不需要借助于文选。用魏禧自己的话说便是:"其文能自传于世,非世之能传之。"

2. 魏禧《复顾茂伦》

□万谷□侍奉手书,甚慰。弟以病后,元气不复,非□□不能□颜。砚田之获,不足以□旅病者,悉谢不为。兹以□命,而万谷不远百里,诚孝可感,是以不敢辞也。然荒文无状,恐不足以塞主人之意耳。尊选纪事诗,绝妙!此天地间公事,弟应提笔,且得附骥尾以不朽,□甚!兹亦草成,即□□册首,先生更一改定,方可登录,毋使弟为荆公所诮。弟已浏览其半,□人作,似有一二可删者。此等诗以古厚□朴为第一也,唯更酌□。□庵近刻二帙,在篋中者附呈。弟古诗中颇多纪事之作,今为门人刻于金陵,旦晚可呈,当以全本寄呈也。积想如渴,乃□□不值,恨甚!不尽言。②

附:纪事诗钞叙(略,见魏叔子文集)

顾有孝(1619—1689),字茂伦,号雪滩钓叟,江苏吴江人,明遗民,有《雪滩钓叟集》。顾有孝是清初吴江名士之一,直接参与了《尺牍兰言》的编选工作。此牍佐证了他与魏禧之间的交往,从尺牍语气可见,魏禧对顾有孝甚为尊重。此牍的写作背景当是顾有孝编选"纪事诗"完成,命其子顾万谷前去魏禧处求作序文,时魏禧生病,但还是作了序文随此牍呈上,并对纪事诗选中的部分诗歌提出了删选意见。顾有孝在清初辑有《纪事诗钞》,今浙江图书馆藏有残本,魏禧所言"纪事诗"选,当即是此本。《尺牍兰言》在此牍后附上了魏禧所作《纪事诗钞叙》,今亦见于《魏叔子文集》,是又一以尺牍传文,文存而尺牍不存的例子。清初文人重文轻牍的态度由此也可见一斑。按牍中所述,魏禧门人清初在南京曾刻印其诗歌,不知是哪一种,若有其他资料,此牍亦可作为旁证。

四、孙枝蔚

《尺牍兰言》中,有孙枝蔚2封尺牍不见于今存之《溉堂集》。

1. 孙枝蔚《与宗梅岑》

读尊诗《广陵迎春歌》,抵得王伯穀《吴社编》一帙,而忧时悯俗之意,亦略相同。《吴社编》中所云:"会行弥日不休,乃有盛壶浆,积米实,制汤饼于门间,迎劳之者,两濠之柿脯十石,治坊之包子来胥千斤,徐氏之酒巨罍五十,计口分遗,不能偏逮。"

---

①② [清]黄容,王维翰.尺牍兰言[M]//四库禁毁书丛刊:集部第35册.北京:北京出版社,2000:236,283.

大约是《广陵迎春歌》中，所云"如何此土好繁华"一句意耳。伯谷所忧在发业溃防，梅岑所叹在土著无人不困穷耳。都非摛藻，适情而已。[①]

宗梅岑即清初扬州名士宗元鼎(1620—1698)，字定九，一字鼎九，号梅岑，又号香斋、小香居士、梅西居士、东原居士、卖花老人等，江苏扬州人。在扬州以卖花草为生，曾自撰《卖花老人传》，有《芙蓉集》《新柳堂集》《小香词》。此牍是孙枝蔚与宗元鼎交往的佐证资料，二人有着诗文上的交往。《广陵迎春歌》不见于今《清代诗文集汇编》中所收的《芙蓉集》，资料所限，不知是否存于《新柳堂集》中，若也无，则为宗元鼎散佚的诗歌创作。

2. 孙枝蔚《又与宗梅岑》

尊刻《芙蓉集》有注者，幸不吝全部惠教。弟近有《溉堂诗话》一书，宋贤编论本朝诗人，窃与仿为之也。古人诗中，多用故实者，不止六朝，唐之王杨卢骆亦无论，若太白用事，如数家珍，以其才高使人不觉，东坡未免有迹然。实自太白开端，此语乃从未有人道及。摩诘诗精致处，盖多得之六朝，而人或以为闲远，只是读书粗心之过，可笑也。精彩华妙四字，夫不易到，然非浑成以后，又不许其辙。言此因求《芙蓉集》。有注诗，因复写及。[②]

此牍中提到宗元鼎《芙蓉集》在清初便有注刻本，今存之《芙蓉集》诗后有各家注释，应即是牍中所说宗元鼎生前刻印之注本。牍中提到的孙枝蔚《溉堂诗话》今不见于《溉堂集》，应已散佚不传。牍中孙枝蔚就诗歌用典问题发表了自己的看法，他认为古人皆用典故，关键在于用得自然巧妙与否，可见孙枝蔚诗歌创作上是不反对用典故的。

五、宋琬

《尺牍兰言》中有宋琬1牍不见于其中。

宋琬《与沈留侯书》

西子湖头，得遇年翁诗酒流连，六桥花柳倍为生色矣。鹢首南还，忽忽三月，流光如驶，可胜悒悒。弟往者过珂里，适钱虞山先生舟泊垂虹，同访雪滩顾茂伦。晤对之间，便觉清光映人。从其架上，获读所著《正史统纪》《风骚嗣响》二书，《统纪》则考据详审，有功史学；《嗣响》则劝惩昭著，有裨名教。撰述如斯，岂浮华之士，敢望其肩背乎？谈次，复出同人徐介白、朱愚庵、顾樵水、吴莫楂、陈长发、鹤客诸作，一一疏其姓氏，惟恐其无闻于世。虞山先生顾谓弟曰："世人一入各场，即有娥眉见妒之意，今茂伦推奖胜流，娓娓不休，斯人不幸沉沦草莽，使其得志登朝□□之风，当复何如？"为之叹息久之，近闻茂伦□薄日甚，老屋□间又酬□负，斯人而有斯因，世道可知矣。□□鸿□，时致一芹，少申□□之诚，鄙人虽非谢仁祖，或得藉年翁之

①② [清]黄容，王维翰.尺牍兰言[M]//四库禁毁书丛刊：集部第35册.北京：北京出版社，2000：290.

力,不致魔而掷之乎。临楮曷胜拳拳！①

沈留侯为清初吴江人沈自南,字留侯,官至山东蓬莱令,著有《艺林汇考》。此牍佐证了宋琬与顾有孝有交往。宋琬作此牍的目的在于请求沈留侯照顾同为吴江人的顾有孝,在牍中他回忆了与钱谦益同访顾有孝的事情,并表示听闻顾有孝最近的困苦状况,为之感叹,因此作牍拜托沈自南。顾有孝在明亡后,焚弃儒者衣冠,表示不复仕进,成为遗民,在吴江躬耕著述,生活贫困。此牍提供了顾有孝生活的细节,亦提供了宋琬与钱谦益同访顾有孝的细节,可证明顾有孝在清初享有重名。牍中提到顾有孝在清初著有《正史统纪》《风骚嗣响》,今无传。按宋琬评论:"《统纪》则考据详审,有功史学;《嗣响》则劝惩昭著,有裨名教。"顾有孝忠于明室,《正史统纪》《风骚嗣响》恐是反映明末历史与人物的著述,不传的原因有很大可能是后来的文字狱影响或乾隆时期的禁毁政策。

六、毛奇龄

毛奇龄(1623—1716),又名初晴,字大可,又字于一、齐于,号秋晴、初晴、晚晴等,浙江萧山人。毛奇龄是清初著名的经学家、文学家,时称"西河先生",与毛万龄并称为"江东二毛",又与毛先舒、毛际可合称"浙中三毛"。毛奇龄著述丰富,今存《西河合集》分经集、史集、文集、杂著等,多达四百余卷。《尺牍兰言》中有2封尺牍不见于《西河文集》。

1. 毛奇龄《与陆荩思》

不相见者近十年。向在湖西署,屈指友好,以为当今之时,能读书□道,擅湖山之胜,发兄弟朋友之乐,进退今古,为人伦宗,匪他人,荩思而已。特弟颇久游,亦习知大河东西,大江南北诸佳流。欲过云亭,与知己一比方人物,意气勃勃不可掩也。昨闻下执登登选楼,主持风骚,此甚胜事。拙集先以五卷呈教下,明春当有全帙驰上。施愚山,今之少陵也。与我兄□茂,大选中定当首推。若犹未也,幸一搜之。②

此牍可以佐证陆进与毛奇龄的交往。按牍中所述,陆进曾主持当时名士的诗歌选辑工作,毛奇龄将自己的诗集5卷先行呈上,供其挑选,又向其推荐施闰章诗歌。毛奇龄如此积极,可见此事在当时有较大的影响力,可惜今不见此诗歌选集传世,未知此事结果如何。

2. 毛奇龄《复沈康臣》

累接来章,并讽妙句,知文衣在御,犹恋鸟裘;灵毂争先,不遗穷辙。所恃子云侍诏,□札是好;东方执戟,阻饥无恙,是为慰耳。昨者子长漫游长安,寓情赋物,登楼四望,雅似仲宣。研精十年,乃思元宴。推其意旨,非谓藉此标榜,当有所遇,只以游子流离远道,同兹颠□,□倩退讯,慰我沦落。乃自来徂秋,中间迁隔,偶恧裁叙,竟垂报认,顷始因风,有所写寄。□接来示,乃至秣陵之书,未经棱目;山阳之

---

①② ［清］黄容,王维翰.尺牍兰言［M］//四库禁毁书丛刊:集部第35册.北京:北京出版社,2000:189.

□,居然在耳。探怀袖之收藏,痛音岁之未减,而徐生所著,其文尚在;滕王饷序,至今未见。夫以仆遭逢,当先此疮瘵,虽使故交通显,荣问日接,犹且过扬仆之□。多所记忆,挹黄公之酒,不无浩叹,况以知交零落之年,加之远道棲迟之顷。自分颜悴,应先朝露而斯人无故陨为秋草,则梁生之殡异地堪怜。任□之寡,同侪所念,又况乎览长途而悲薛枚也。下睹遗文而悼孔□之逝者哉?曩者□陵贻□,失之生前;今者西湖□□,□于身后,死而有知,古今同□。兹正足下□前寄序,复诵是书,非敢云巨卿之信,能绍前期,庶几叙乐公之□,犹为及□而已。①

沈康臣名工,浙江人,生平不详。毛奇龄此牍以骈体写成,文辞优美,不过模糊不能识别之处较多,妨碍了文意的理解。

七、吕留良

吕留良(1629—1683),又名光轮,字庄生,一字用晦,号晚村,浙江崇德人。吕留良是明末清初杰出的学者、诗人和评论家、出版家,其家族也是清初文字狱最大的受害者之一。吕留良著述多毁,现复旦大学图书馆藏有雍正三年吕氏天盖楼刻本《吕晚村先生文集》与《吕晚村先生文集续集》。《尺牍兰言》中有其一牍,不见于今存之文集。

吕光轮《寄黄九烟》

城南晓别,归作数日凄状。新岁复同诸子看梅东庄,坐昔日大树下,忆九烟先生离远,情思索莫,为之搁笔,终席不能成醉。然犹谓相去不甚远,冀得时通往来。接手教,知新寓又不可久,且将弃去此土,读未卒简,已黯然心碎。九州如许大,竟无处安顿一奇男子,真可仰天流涕者也!轮自顾孱拙,不能为先生效尺寸之谋,徒使龌龊小人,笑成败,鸣得计,惟有抚膺愧恨。拙句如命书上,原拟稍暇,画鸟丝、作楷法呈政,而使者力疾促行,不能待。潦草涂抹,殊不足观,先生但鉴取其意可耳。②

吕光轮即吕留良。此牍佐证了吕留良与黄周星二人的交往。据《黄周星交游考及其他》一文考证,黄周星于顺治十八年移居杭州后便结识了吕留良,其后两人屡有唱和,至康熙二年黄周星移居海宁,两人遂暂时中断了往来③。此牍当作于康熙二年两人分别之际。由尺牍内容可知,吕留良相当看重黄周星,两人感情甚笃,吕留良相当惋惜黄的遭遇。

八、吴绮

吴绮(1619—1694),字园次,号绮园,又号听翁,江苏扬州人,祖籍安徽歙县,明末清初重要文人,曾任湖州知府。《四库全书》有其《林蕙堂集》26卷。《尺牍兰言》中有2则不见于其中。

---

①② [清]黄容,王维翰.尺牍兰言[M]//四库禁毁书丛刊:集部第35册.北京:北京出版社,2000:275,190.
③ 胡正伟.黄周星交游考及其他[J].北京:北京化工大学学报(社会科学版),2012(3):60.

1. 吴绮《答茹仔苍》

冲仙梓里，厕以非材，案牍劳人，未能免俗。而老年翁于承乏方初，即蒙□□，临印车骑，剡上扁舟，甚藉光宠。无以传老先生之赞颂，新知缟带，实藏于心。不期宪檄星驰，仆仆省会，有次公之稽税而无清臣之著书，有少卿之种□而无子瞻之对酒，虽欲啸咏湖山，了不可得。两月中，老年翁绝未以尺书见诿，便意乌衣咫尺，或假道苕溪，或返旌珂里，正伫望间，台函忽至，诵之实愧池土然。菰洲初白，买艇正佳，枫叶欲黄，登楼未晚，老年翁风雅轶才，知为刘子珪而不为马役事。幸厕名都，其有以原谅乎？容图奉教，□布欢怀。①

茹铉，字仔苍，自号古越外逸，浙江山阴人，曾任广东琼山知县。根据尺牍"宪檄星驰""假道苕溪"等言语，此牍当作于吴绮湖州任上(康熙五年至八年)，吴绮当在此期间结识了茹铉。

2. 吴绮《与程非二》

广陵涛畔，握手长吟，曾几何时，而六易寒暑，鸿雪飘零，徒歌采□。乃悔班荆煮酒，殊甚草草耳。大制忽来，知山中猿鹤，故人南来，鄙夷欣跃，真不可□。且鹐羽播清风之德，龙香垂文露之华，某何人斯？当兹雅贶，敢不宝如，静修十□耶？家右舟处，特相过泛，吟□酒社，□有不见外度之感。状先生以超代之才，抱振俗之志，著述等身，赋工义手，鹤□一来，必使千秋增重。若弟潦倒东华，扬雄之字非奇，曼倩之米□饱，徒□□知己齿冷耳。次韵小诗请正，言□风昔，其有教我乎？临款不尽。②

程守(1619—1689)，字非二，号蚀庵，安徽歙县人，有《蚀庵集》。按牍中所述："广陵涛畔，握手长吟，曾几何时，而六易寒暑。"吴绮当在扬州首次结识程守。吴绮在牍中又说："若弟潦倒东华，扬雄之字非奇，曼倩之米□饱"似乎此时他已经不再为官。牍中提到二人之间有唱和，仔细核查二人诗文集或有所得。

九、钮琇

有钮琇3封尺牍不见于其文集与尺牍集。

1. 钮琇《与宿宫》

春色佳哉！绿归堤柳，红入池桃，触景增怀，遐思绪起。昔岁初夏分袂以来，又经春尾，凉暄一易，聚散如之。契阔之感，晨暮万集，花落鸟啼，相与为恨。荒庭海棠，岁盛于寒食，晓烟睡风，晚云语月，可令人深致。万态千意，清酒黄□，好醉三郎于其下也。③

宿宫不知为谁。钮琇此牍将赏春之景与怀友之情结合起来写，欢乐与伤怀互衬，景情俱佳，

---

①②③ ［清］黄容，王维翰.尺牍兰言［M］//四库禁毁书丛刊：集部第35册.北京：北京出版社，2000：191－192，226，285.

文字优美。

2. 钮琇《答金祖江》

蕴□之盛,咄咄逼人。偃仰斗空,如有数十火龙蛇蜓尘隅,几于无处觅生活。晚间侯阳鸟戢翼得二阮□然而来,坐拂荷风,行依柳月,尘□相对,暑□应消,不啻□□清流,同游□子冈也。跂予望之。①

金祖江,生平不详。钮琇尺牍善于抓住细节写景状物、表现人情,此牍亦可见之。

3. 钮琇《与顾□朴太史》

吴门别袂,忽复两遇岁除。驹隙流光,在鹿鹿尘鞅者,益觉易迈。伫仰紫芝,□然南极,□如之思,曷胜劳积。老先生冠素方除,琴丝初协,锋车赴阙,必当于花满长安之日。特旅人□容,飘蓬思根,拟春仲策蹇归省老亲,又未得奉侍□舄于黄金台□,如何如何?明年萦补玉署,印第中必须良士,方足胜书记之任。敝邑孙矫庵先生,家居湖干,文笔隽瞻,气格朴岸,而屡踬棘闱,近益□顿。然工训□学,穷而愈坚,向有《苏韩文近》一选,脍炙海内。昨岁著《海棠缘传奇》,哀怨莫比,曾寄示都门,传写者几为纸贵。此真才华卓荦,□□□□,敢以荐之幕下。倘罗而致之,携以至京,赏奇析疑,晨夕□心,当必相见恨晚,不第以翩翩之才,为可乐耳。孤迹流浪,近况益复不可言,所藉云霄故人,为之援手,恐数奇不偶者,即福照无可推挽,当可奈何?风便附候,并布悃私,不尽驰依。②

此牍为推荐友人入幕所作。孙矫庵不知何人,其所作《海棠缘传奇》今也不见于世。

十、汪琬

汪琬(1624—1691),字苕文,号钝庵,初号玉遮山樵,晚号尧峰,江南长洲人,与侯方域、魏禧并称清初散文"三大家"。今《四库全书》收其《尧峰文钞》,《清代诗文集汇编》第94册收其《钝翁前后类稿》《钝翁续稿》。《尺牍兰言》中有1封尺牍不见于今存之汪琬文集。

汪琬《与朱长孺》

不获奉□颜色,二十余年矣!尝晤甫草兄,称说先生闭门读书,羽翼经传,为不朽之学,羡甚羡甚!琬衰废谢客,不能□舟江上,躬侍函丈,面承提命,惭恧何似。昨接台翰,深荷注存,且谕之□□左顾,敢不锄治庐径,拥□祗候。至于翰教中奖□过当,□□薄之,忻能受也。琬十载以前,肥肠满脑,颇不自量,亦欲以文墨自奋,讫头头白齿豁,都无就绪。客岁请急南归,稍欲谢病,掃执从事学□,以丁□□。自谓可与人世相忘,不意噪者甚众,十载之间,浮名虚谤,率过其实,此真昌黎所言"名声相乘除,得少失有余"者也。幸先生有以教之。杜注培挈讹谬,俱有依据,真可昭示

①② [清]黄容,王维翰.尺牍兰言[M]//四库禁毁书丛刊:集部第35册.北京:北京出版社,2000:301,304.

后学,传之百世。斯足金玉,两苏尚谓非口舌所能上下,况谫陋不才,知琬盍足为先生重哉? 此真先生虚己之词,亦非琬所敢受也。《评传》《通义》二书,亟□奉教。幸即翻然扁舟入郡,以对仰止。是荷。①

朱长孺即朱鹤龄(1606—1683),字长孺,号愚庵。明末清初学者,入清不求仕途,屏居著述,有《愚庵诗文集》;计东字甫草。按牍中述道:"尝晤甫草兄,称说先生闭门读书,羽翼经传,为不朽之学,羡甚羡甚!"指的应是朱鹤龄入清后专事著述,开始从事经传注疏等学术研究。朱鹤龄曾笺注杜甫、李商隐诗,今存《辑注杜工部集》,汪琬牍中所言:"杜注掊挚讹谬,俱有依据,真可昭示后学,传之百世"即此。

十一、潘耒

潘耒(1646—1708),字次耕,又字稼堂、南村,晚号止止居士,藏书室名遂初堂、大雅堂,江苏吴江人,潘柽章弟。师事徐枋、顾炎武。著有《类音》《遂初堂诗集》等。今《清代诗文集汇编》第170册收有其《遂初堂诗集》《遂初堂文集》与《遂初堂别集》。《尺牍兰言》中有4通尺牍不见于潘耒文集。

1. 潘耒《与茂伦先生》

雪滩一别,行复一年。耒流离困顿,遂迫于秋冬三数月间,岁除有诗云:"秋月已裁怀旧赋,寒灯又续悼亡诗。"先生得毋遥为扼腕耶? 五岳之游,怀之已久,既遣穷廛,得自奋。去□陵州,与其乡先生程工部辈,唱和甚乐。岁底谒宁人先生于都门,秉烛夜阑,破涕为笑。报蒙国士之遇,收之门墙,进而教之子。云著作,拟授侯芭;中郎书卷,欲传王粲,既自庆幸,并自恧也。先生□颇思息□,将卜庐华山之阴,为讲学著书地,耒将负笈以从。兹暂停都下,读书于山右卫此斋太史之家。太史妙年好学,缙绅中素心人也。居其东阁中,识天下奇士,读天下异书,亦大快意事。但白云在望,尘甑可虞,以为怅惘耳。秋间归省,种种晤悉。②

茂伦先生即顾有孝。此牍中,潘耒形容自己生活"流离困顿",并在除夕有诗歌:"秋月已裁怀旧赋,寒灯又续悼亡诗。"此牍当作于丧偶之时。按《潘耒行年简谱》,其妻王氏亡于康熙八年,潘耒时方24岁③。此牍当作于次年。潘耒幼年丧父,依兄生活。潘耒18岁时,其兄潘柽章因牵连明史案被凌迟,其嫂沈氏在流放途中自杀。此时潘耒妻子王氏又亡故,正是人生中最低谷的时刻。据牍中潘耒所云,他过的多是寄人篱下的生活。顾有孝与潘耒是同乡,年长于潘耒,在清初又有重名,故潘耒作牍向其倾诉,并表示愿意"负笈以从"。此牍是反映潘耒年轻时心态的重要证据。

①② [清]黄容,王维翰.尺牍兰言[M]//四库禁毁书丛刊:集部第35册.北京:北京出版社,2000:266,191.
③ 赵曼.潘耒行年简谱[J].郑州:魅力中国,2010(3):286.

2. 潘耒《与毕甥西临》

握别已复三年，□□□□，□□□□□，惟时从□头，遥询起居而已。去岁将游□□，除夕始得□□，□而闻华慈之□，忽□□惊。今岁授馆颍川，□□□日，行复治装，不及走其灵前，感徂悼□，□□□□□□□□恸，亦足之来□。统□秋间□省时，一丁此□，□来想。各甥□□书□，比者读□之眠，计亦多告哀之章，亦待众□□尽耳。□□□□□三册，乃从□中，多方觅得者，绝少副□，□能抄录山□，以广其传，足□厚忆。但广陵一散，不堪再绝遗□，万无使成大恨，幸勿草草视之。劝□一章，乃去岁武林所作，哀音怨乱，不复成章。固吾甥夙有同泪，睥为寄之。①

毕西临不知是潘耒姐姐还是妹妹所生。此牍交代了潘耒是时前后的行踪状况，可与《潘耒行年简谱》参看补正。尺牍湮缺文字过多，妨碍文意理解。

3. 潘耒《复黄叙九》

弟十年远游，每从羊肠间怅望所亲，谓一旦负笈归来，便当与二三同志，穷日穷年以酬契阔。岂知及里经年，与吾长兄握手谈心者，曾不得一两刻。萍踪如此，何以为怀？今岁同星兄两次奉访，俱未得值。讯知进履安好，著作增富，差慰百一。顷接手谕，恍对叔度，使我鄙吝顿消。先时郑雅杂奏，必得大雅宏博之君子，于一为论定，方可别裁伪体。尊选急欲□牍，但愧芜陋，不堪滥竽耳。七夕前造候请正，并悉种种，率报不一。②

此牍是潘耒与黄容关系的重要佐证。黄容字叙九，"星兄"应是指黄周星。《尺牍兰言》黄周星《复家叙九》一牍其中提道："弟生平落落，绝少知己，忽荷吾宗兄中心之贶，惠我好音，□状如□□□□，夜半飞鸣，真□□中一快事也。"③明确说黄容是其宗兄。黄周星本姓周，后复姓黄，身世复杂，两牍为黄容与黄周星的身世提供了一定的线索，也可解释黄容在《尺牍兰言》成书后为何寄书至京请潘耒作序。牍中提到"弟十年远游"，故此牍当作于潘耒未出仕之前的浪游时期。

4. 潘耒《与黄叙九》

书斋握别，弹指三秋，怀企之私，不忘梦寐。尘冗劳劳，未遑通候，荷手翰远贻，恍对眉宇，欣慰无量。弟匿影藏名，既深且久，横为云罗所加，蓬飘萍转，顿垂初心。岐路染丝，抚衾自悼，然硁硁之性，介石之操，则冀终始不渝。正赖韶龊，石交启动，数督匡其不逮，俾得寡悔耳。知今岁下帷，书兄斋头，当极清适，著述想已增富。马伏波有云："丈夫为志，穷当益坚，老当益壮。"吾兄今日之境遇，可谓穷矣，愿益坚其志，读书砥行，必有遇合。弟辈推毂扶轮之思，未尝暂忘也。奠老令弟在都门，极相

①②③ ［清］黄容，王维翰.尺牍兰言［M］//四库禁毁书丛刊:集部第35册.北京:北京出版社,2000:205,224.

亲厚,亦稍効疏附之劳。□平山卫,其地颇佳,可慰意也。附报不悉。①

此牍中提道:"弟匿影藏名,既深且久,横为云罗所加,蓬飘萍转,顿垂初心。"又提道:"奠老令弟在都门,极相亲厚,亦稍効疏附之劳。"故此牍当作于潘耒于康熙十七年应博学鸿儒科后的初仕时期。他在牍中勉励黄容:"吾兄今日之境遇,可谓穷矣,愿益坚其志,读书砥行,必有遇合。"又表示自己"推毂扶轮之思,未尝暂忘也",说明二人之间平素相互关心与支持。

另外,《尺牍兰言》书前有潘耒所作序文,也不见于今存之潘耒文集中,姑录于下:

潘耒《尺牍兰言序》

黄子叙九与王子缵文,裒集学士大夫平生交游往复之札,题之曰《尺牍兰言》。集凡若干卷,寓书京邸曰:"书将成矣,愿子序之。"二子以诗骚风雅自命,耽心著述。斯编结契,非当世正人君子,有道高名之士,即讲学论道之朋,及山林肥遁之流也。夫人固未有独立而无与者,亦岂有身寂寞而无与古今之事哉?缙绅相与以同心而共济,虽山泽与世不相涉,亦必有与焉。以同道而相益,此孤立独行之士,见称于朝廷,而狷狭枯槁,逃虚避人之行,要亦有裨于野也。则二子之于兰言,吾知其裨于维风持教之深矣。余按臣僚敷奏、朋旧往复皆总曰书,近世臣僚上言名为表奏,惟朋旧之间则曰书,而己书之类曰简,曰牍,曰札,曰削牍,曰呎尺书,曰简牍,曰书简,曰赤蹄,曰修刿,曰尺素,曰竹素,曰八行,曰尺书,曰尺一,合之总曰尺牍。虽辞取达意,体则词命,然叙事议论未尝不兼也。倘所云散郁陶托,风采条畅,任气优柔,怿怀文明,从容情授于思言,传与意,密则无际,疏则千里。或理在方寸而求之域表,或义在呎尺而思隔山河,乃寂然凝虑,神接千载,视通万里,思居胸臆。缀之数行,联之短幅,亦所谓心声之献酬,素怀之赠答也。虽不能语言问答,如书诰之可见。而春秋之内外,传谏诤论说,应对之略,辞令著于左氏,为命协于东里意,其为尺牍之所自也欤!以及两汉三国魏晋唐宋之修词者,多有亦可以为法戒者。此二子于翰墨之余,游情于此也。抑余尝见汉之陈遵,推其为能,刘穆之自旦及日中,可得百函,朱龄石得八十函,艳称于史,后无传焉,则佳否亦未晓于后世矣。而两汉所载,孝武与严助诸书,至建武诸札,俱烜赫彪炳于班范之间。后之君子由欧苏黄而上溯于古,岂曰文章为道中之小技,尺牍为文章之戋戋者欤?况乎在朝则相与秉公斥邪,以共忧天下之忧,幸致太平,则可与乐天下之乐;而在野则相与养志理性,表绝学而含风雅,述嘉言,勒懿行,殆如昌黎所云:"求国家之遗事,考贤人哲士之终始。"以发潜德之幽光,抒其乐于宽闲之野,寂寞之滨,则其所以取于天下风教之际者,岂其微哉?抑有感焉。正人志士,老成名德,聚散存殁不可常,而人之易忘也。则有不能举其姓名,至其所以交相儆戒,策励之意,与言论风旨,文章道术之微,亦或湮

---

① [清]黄容,王维翰.尺牍兰言[M]//四库禁毁书丛刊:集部第35册.北京:北京出版社,2000:289.

没而无闻。良可悯痛幸其书词翰墨，可以寻绎瞻对，大有幸于典型之存，不致文举虎贲之悲，宣武老兵之慕也乎！余故曰二子之志于维风持教者，殆有同于古人。世之读《兰言》者，曰某某慷慨奇节人也，某某肥遁之人也，某某讲学论道之人，某某为文章巨公、廊庙之大人君子也。则是书未必不可继左氏秦汉魏晋唐宋之信，今而传后世也。夫余于编摹纪述，簪笔侍从之余，乐为序之云。（康熙辛卯岁秋日吴江潘耒撰）

在以上选本之外，清初尺牍选本中还有张潮的《尺牍偶存》《尺牍友声》与王元勋、程化骉的《名人尺牍小品》未进行文献价值上的梳理。原因主要在于这二家尺牍选本性质比较特殊。《尺牍偶存》是张潮的尺牍专集，《尺牍友声》是友人赠寄张潮的尺牍专集，其中涉及的内容主要与张潮著述、编选书籍活动有关，多有名士赞誉张潮与其刻印书籍的言语。而且，张潮主要不是从文艺角度考虑尺牍的选用，而是采取随到随刊、即时发行的原则，实际上是一种营销手段。虽然这对于研究张潮个人的编纂思想与编书过程是大有裨益的，但主要针对的是张潮个人，而不是明末清初的士人集体，故关于《尺牍偶存》《尺牍友声》的文献价值将另行在张潮个人研究的课题中叙述，这里不再深入探讨了。至于王元勋、程化骉的《名人尺牍小品》，主要是明代文人的尺牍选本，其中的尺牍来源多端，多见于前人的尺牍选，故其文献价值远小于以上的尺牍选本，这里也就略过不再仔细甄别了。

清初尺牍诸选本的文献价值主要因为两重因素显得极为重要：一是清初文字狱与后来的禁毁政策，导致明末清初大量文人尤其是遗民尺牍与其他著述散佚，清初尺牍选本的出现，为我们直接提供原始文稿的同时，也提供了大量追寻明末清初散佚文本的线索。二是自古以来士人对于尺牍的轻视。尽管明代文人已经将尺牍小品提高到了一个相当高的文种地位，他们也纷纷将自己的尺牍作品收入集中，但毕竟尺牍是他们日常生活交往中随时要用到的东西，往往在随意作之的同时并未留心采集，流落到收牍者或第三方手中后，便再难回到作者手中编入自己的文集。清初尺牍诸选家在采用各种手段广泛征集稿源的基础上，从文艺与载道的角度，去粗取精，去恶择善，必然会保存大量文艺性、思想性俱佳的尺牍文本。失之东隅，收之桑榆，这是对清初尺牍选本文献保存之道的最好的说明。

当然，总体而言，本章节中在文献价值的梳理还是很粗疏的，毕竟面对数量如此丰富的尺牍，再加上更为浩瀚的明清文人著述，想要在短时期内整体厘清清初尺牍文本的文献价值是一件很困难的事情。相关的后续研究将继续进行，甚至会延续很长时间，也欢迎方家的指点与参与。

第三章　清初尺牍选本中的士人心态

"详总书体,本在尽言,言以散郁陶,托风采,故宜条畅以任气,优柔以怿怀。文明从容,亦心声之献酬也。"①刘勰从文艺审美的角度阐述了"书"体的风格特征,指出了尺牍"心声之献酬"的本质特征。发展至晚明,文人将尺牍反映人心的特质发扬光大,挖掘出尺牍的小品文属性,以尺牍明心见性,展现才情。清初尺牍选家多继承了晚明文人对于尺牍的主流认知观念,将尺牍视为小品文之一种。既然将之视为文学作品,那么尺牍的文艺之美便成了他们编选尺牍的首要标准,为此诸多选家甚至不惜对尺牍进行删节,只为将尺牍的文艺之美凸显于纸上。同时他们在文艺性基础之上提出了更高的要求,将尺牍在文体王国中的地位极力提高,甚或要求其能与千古以来的文章一样,实现载道功能,对于部分枯燥说理、明显不属于小品的理学尺牍也不回避。清初选家的这一作为似有矫枉过正之嫌,但也因此扭转了晚明以来尺牍片面追求雅致,重视展现个人心性而脱离现实生活的倾向,使得尺牍走向思想内容与文艺之美并重的兼美之途。

总体上,晚明小品的风骨在清初尺牍选本中都有所体现,但毕竟世易时移,经过鼎革之乱后,清初文人的生活态度、处世方式、思想情境、人生价值等观念都发生了很大的变化。清初的尺牍选家的审美观念不是无本之木,而是根植于文人集体意识的基础之上,他们对于尺牍的思想内涵、美学特征的审视视角自然不同于晚明。尺牍写"心",清初尺牍选本中的尺牍来源于晚明至清初,但其展现之"心",却是清初文人之"心",因此其中的主流思想内容与晚明小品有显著不同。

---

① ［梁］刘勰. 文心雕龙［M］. 范文澜,注. 北京:人民文学出版社,1962:455.

第一节 直面乱世的愤慨与沉郁

乱世之中多有亢音,风云动荡、河山变异的时代容易激发士人群体的爱国主义情怀,在笔端纸上多留下激昂之声。许多清初文人,尤其是明遗民,对于明亡抱着不甘的心态,他们心怀故国而身处新朝,虽不能再发出奋激之声,但对于前朝英挺俊拔之士的激赏与缅怀却成为普遍藏于心中的情结,因此,他们对于乱世之中的种种回音独赞其慷慨激昂者。清初选家对于那些在明末清初积极用世、立身正直、刚正不阿的士人及其震世之音倍加推崇,而对于那些以风流自命、不问世事的雅致人物及其雅致化的尺牍小品不能说排斥,但潜意识中总是有所不屑。从清初尺牍选本中的整体情况来看,士人面对现实而展现出的愤慨之声与沉郁之情是其主流情感基调之一。

《藏弆集》收有冯琦尺牍9通,多针对明末政治现实而发,其中有2通云:

《寄山阴王相公》

天下事平心公道,便自可了,而两端互执,相待成摇。用题目做文章,因文章生题目,譬如称物,莫肯平衡,此昂一分,则彼增其二;彼昂其二,此增其三,毕竟不平,何时可已? 且上有政权,下有公论,不务纯意国事,常假备而用之,用之则有意,有意即失平,用政权则政权坏,用公论则公论坏,上与下相疲,而中贵人操其两衡。异日小臣欲求内阁持一政不可得,大臣欲求士夫建一言不可得,则今日之所厌,恐更为异日之所思耳。①

《答赵心堂司寇》

今天下嗷嗷朝夕急矣! 其本原在主上于(与)群臣,相疑相厌,与之争胜,如弗克尔。譬之药然,无论甘苦攻补,入喉即呕,而今且拒不使入喉,药且不入,何论有效? 上拒天下士大夫至此,故市井之子,操牍而入貂珰之群,乘轺而出也。来教所谓厝火未发,厚毒大溃。忠臣有心,谁能不忧。②

冯琦,字用韫,号琢庵,山东临朐人,历任明朝编修、侍讲、礼部右侍郎、礼部尚书等官职,以上二牍选自其文集《宗伯集》。冯琦在晚明长期身居高位,但为人正直,不愿趋时奉势,阿谀权贵,对晚明政治混乱的局面有着清醒的认识。他在《寄山阴王相公》中直陈时弊,指出朝中士人相聚争讼,莫问是非曲直,只以胜过为要,使得宦官从中取势,两边平衡,操持权柄,结果导致内阁空虚,上下不通,政事荒弊。在《答赵心堂司寇》中开宗明义指出天下形势"嗷嗷朝夕急矣",并大胆直陈其根源乃在明神宗与群臣之间"相疑相厌",互相争胜,明知时政荒废之弊病,却如病人拒不食用药物一般,任由疾病发展,导致小人行走于朝廷,士大夫无由进言,表

---

①② [清]周亮工.藏弆集[M].张静庐,点校.上海:上海杂志社贝叶山房本,1936:3-4.

面看似无恙，实则积毒甚深，就在危机爆发的边缘。冯琦的官宦生涯主要在明神宗时期，明神宗中后期长期与大臣对峙不上朝，导致国家运转失灵，虽表面尚且是太平景象，但冯琦清醒地认识到其中的隐忧以及将会导致的社会危机，并直接表白"忠臣有心，谁能不忧"。忧愤之情，溢于言表。冯琦的这两通尺牍文气亢直，慷慨直言，毫不婉转隐晦，胸怀匡世济民思想，敢于针砭时弊，对朝臣直接批评，更敢大胆批评万历皇帝，毫不顾忌自身处境与安危，可谓是为国家奋不顾身之举，亦可见其个性之亢直。

明末政治混乱，宦官专权，亡国之征开始显现。正直的士人往往频受攻讦，内心充满愤慨，而又不得不屈身忍受。此种愤激之情不好宣之于众，但在与知交之友的尺牍中往往生发感慨。如方应祥《与陈元朋》一牍：

方应祥《与陈元朋》

古今处愤地而极愤之致者，莫过于屈平，悲鸣之不已，而至从彭咸之遗则，《离骚》诸篇可按也，凄恻宛转，广谕旁撷。未尝一言明指其所愤之事，直道其所为愤之人。太史公为之传，然后揭其郄之因乎上官子兰之辈，屈子则有死，而必不挂之口也。愤之极亦寓乎厚之至，骚之所以通于诗也。故曰国风好色而不淫，小雅怨诽而不乱，若离骚者可谓兼之，此可得君子所以处愤之道矣。夫我为深山大泽，而任龙蛇之搅挈也，为百围之松、千丈之柏，而纵凌风暴雷繁霜冻雪之击剥也，孰与厚望人以君子长者，而藉其全我为功德哉？吾道不非，天意有待，如元朋其人，而永置之宽闲寥廓之地，天下无此神理也。循当卧起委顺，以听天之定尔已矣。①

方应祥(1560—1628)，字孟旋，号青峒，陕西西安人。万历四十四年进士，在晚明授徒讲学，名重一时。陈元朋，生平事迹不详。从尺牍内容来看，陈元朋愤其所遇不公，境遇蹉跎，方应祥因此作尺牍予朋友以慰藉，但其中内容似有深意。方应祥以屈原为千古极愤之人，但屈原处愤之道在于"愤之极亦寓乎厚之至"，取乎中庸之道。联系屈原以忠贞而被楚王放逐，遭小人构陷而被疏远，方应祥似乎以此暗示明末朝廷现状。面对如此乱世，当如何自处，方应祥指出我之为我，尽管外界环境恶劣，自己也要如深山大泽任宵小如"龙蛇之搅挈"，如松柏之任风雨雷电击剥。《与陈元朋》表达了作者在乱世之中，尽管遭遇恶劣，时势逼人，也要保持真我本色，绝不屈服而静待时机的君子处世之道。虽为安慰朋友所作，但实际正是自己处世之原则。该尺牍夹叙夹议，以古讽今，虽有愤慨而气度从容，正所谓牍如其人。

王朝之末世，魑魅魍魉、志士仁人众生相毕现。气格高亢者昂然处世，气格卑弱者或放浪形骸，或幽隐山野，最次者则同流合污、丧失节操。现实足可悲慨，但在乱世之中处世之道的高下之别，足可见人品性，不少尺牍对之时有展现。

---

① ［清］周亮工.结邻集［M］.张静庐，点校.上海：上海杂志社贝叶山房本，1936：5.

高攀龙《与黄凤衢》

年丈横被风波，然转高声价矣。夫天意岂直高年丈之名，乃玉成年丈之实？百年浮荣，转盼过眼，迟暮思之，惘然无得。若将向外精神，反归自己，讨个定帖，乃千生万劫，转迷成觉之日也。此个路头，干涉非小。但在顺境中趁着兴头，难得回头，逆境中没了世味，方寻真味。故弟尝谓。造化每以逆境成全君子，以顺境坑陷小人。以弟验之，即今半生受用，实缘圣主一谪，年丈异日当有味斯语，幸勿以弟言为迂而忽之。[①]

高攀龙《答刘念台》

杜门谢客，正是此时道理。彼欲杀时，岂杜门所能逃？然即死，是尽道而死，非立岩墙而死也。况吾辈一室之中，自有千秋之业，天假良缘，安得当面蹉过？大抵现前道理极平常，不可著一分怕死意思，以害世教；不可著一分不怕死意思，以害世事。想丈于极痛愤时，未之思也。[②]

高攀龙(1562—1626)，字存之，又字云从，江苏无锡人，世称"景逸先生"，明代思想家、政治家，东林党领袖。《与黄凤衢》一牍与方应祥《与陈元朋》俱为慰藉友朋之作，方应祥以屈原作喻，主张应付愤激之道当从容处之，高攀龙则现身说法，主张逆境反有涅槃之功。其所谓"圣主一谪"，当指明神宗贬高攀龙为广东揭阳典史。高攀龙贬官之后静心思学、教授学徒，后与顾宪成建立东林书院，声倾朝野，确实是因祸患而致个人成功。尺牍内容充满了对朝廷黑暗势力的轻蔑之情，于乱世之中处之泰然。《答刘念台》一牍则表明了自己的生死观念，刘念台即刘宗周，刘宗周当年因弹劾魏忠贤与客氏不成而致仕，后来亦与阉觉斗争不休。高攀龙作为东林领袖也与阉党进行了长期的斗争，其心境与刘宗周一致。斗争失败后高攀龙被罢黜，天启六年又被诬告，一时有性命之忧。当年三月，高攀龙投水自尽，《答刘念台》当作于死前不久。论个人际遇，论对朝政的失望，高攀龙无疑是士人中悲愤之至者。高攀龙对刘宗周说："想丈于极痛愤时，未之思也。"其实他自己内心之中也是极其痛愤的，但他的尺牍以半文半白写出，语气冷峻而平实，面对逆境甚至生死，他都坦然面对，处之泰然，丝毫看不出情绪上的波动，除却个人心性修养极佳之外，其实也是失望与悲愤之至反倒心如止水了。

当明亡几乎已成定局之势，仍有忠直义愤之士希图振作，尽管孤臣无力回天，但他们依然慷慨陈词，不惧以死明志，唯愿死得其所。

孙嘉绩《与林殿飏》

我辈脊梁铁铸，原不畏死。昨以入觐，因晤黔相，瞋目相加，气如毒龙，触之辄碎。不佞与反复辨论，责以票拟失责，奖乱强藩，音吐颇厉。纶扉斗室，其声满堂，越日而两藩斜疏，接踵至矣。东林诸公何负于国，如倪师文、刘念老、李懋老、王尊

①② ［清］周亮工.尺牍新钞［M］.上海：上海书店，1988：2-3.

老、郑佉老,不遗余力,更相挤排,信史千秋,一任颠倒。拔舌地狱,应为此辈而设。不佞与门下,俱得与名传之天下,后世齿颊为芬。爱我、知我莫此辈若也。然打算愈密,中毒愈深,不知如何作解免计? 门下不可不自为,计亦当代为。不佞计死于奸党,何如死于封疆? 则一息尚存,吾辈不可不勉。当早为之所,堕入縠中,自拔不得耳①。

孙嘉绩(1604—1646),原名光弼,字辅之,号硕肤,浙江余姚人。《与林殿飏》一牍开宗明义,自明心迹,"我辈脊梁铁铸,原不畏死"。接下来表白其与朝中奸党斗争之状,刚正无私之品性溢于言语之间。他看清朝廷已经为奸党把持、腐朽堕落的现实,自感已经无力抗争,"不知如何作解免计"。但仍私下计算,宁死于封疆战事,不愿为无用之死,是以当爱惜身躯,明哲保身,免得堕入奸党之手。孙嘉绩这一说法并非虚词,可与史实相印证。崇祯末,孙嘉绩为高起潜所害入狱,福王登基后被重新任用。但他看清了把持朝政的马阮诸人本质,坚辞不受。清军南下之时,孙嘉绩在浙东举兵抗清,最终忧劳成疾,患病而卒,正如他所谓"不佞计死于奸党,何如死于封疆",可谓壮士成仁,死得其所。《与林殿飏》气格高亢,忧愤中饱含慷慨之气。汪淇在立场上显然是同情明朝灭亡与其过程中涌现出来的忠直之士的,他在点评(汪憺漪曰:缙绅之祸至戊辰而极。而南渡以来,马、阮诸人更欲为奸党出脱,吾不知其何,以为耻也。死于奸党何作此商量,真有世道人心之忧者!)中批评明末党争,更着力批判马阮诸人"为奸党出脱"的行为,褒扬孙嘉绩"真有世道人心之忧者"。

明代终归于没落,正直的士人对朝政与时势的失望感难以消遣,意气逐渐变得低沉,乱世之亢声终归平息,但艰难苦恨郁结于胸,终须发之于外,尺牍风骨于是在愤慨过后逐渐变得沉郁悲凉。

曹宗璠《与张群玉同年》

夜来联袂湖上,羽觞吸月,相和而歌,伉慨凄怆。盖无俟变徵之声,而霜华簌簌落也。吾辈岌冠奇服,纫兰荃,带矩衡,不获簪笔承明之庐。剖珪云台之上,仅从鱼舠樵铚,绿矴山骨,碧撷水纹,天乎人耶? 虽妖艳在侧,纨绮为群,同堂燕笑,欲泣无声,何则? 孽羽之禽,虚弦可堕,孤根之桐,弥轸即悲,其中心之所积然也。是以渡江之日,阒两贵景,既不能秉耒躬耕,又不能垂帘卜肆,复不能废居徵贵,冯铗未弹,阮途先恸,亦何处为平台之游耶? 倘邀天之缘,得聚种岁粮,便当与妻子别,入土室,持方寸油纸,荟撮古人所长为覆瓿事。年翁去巴蜀数千里,携百指,日再飧,萍寄葛附,瓶罄罍耻,安得不忧? 吾辈亦何敢望步兵厨? 日有酒五升,得如黄州画,又钱日二百五十,便可一意著述矣。菊径馈浆,醉看云心出岫,草堂送炙,饱吟秋兴凋林,不可谓二子之不遇也。侏儒饱饮死,臣饥欲死,今赤白囊交驰,天岂真以采薇了

---

① [清]汪淇.分类尺牍新语广编:第12册[Z].上海:华东师范大学图书馆,康熙七年(1668)刻本:26.

吾子哉？伏读杂著，写难状之景，申欲永之志，分刌幼眇，韶勺雕虫。然窃恨年翁以此才不登明堂，升清庙，徒以感愤不平之鸣，附国风、小雅之什，是犹娵隹之珍髢膏沐昭阳，而为逐妇之饰也。贫耶？病耶？有国者之耻耶？千载而下，必有知之者矣。临岐黯然，意不尽言。[①]

曹宗璠，字汝珍，号惕咸，江苏金坛人，明末进士，主要活动于明末清初。《与张群玉同年》提到"今赤白囊交驰"，赤白囊即古代递送战争紧急情报的文书袋，似应作于明末混乱之际。其中写道泛舟夜游，虽妖艳在侧，纨绔为群，良辰美景，但自己却是欲泣无声，彼愈乐，己愈悲。作者写信与朋友相互慰藉，却难掩心中的悲怆。尺牍中以阮籍自喻，却又感叹自己穷途末路的境遇尚不及阮籍。面对纷乱的时局，作者一方面希望退隐山林，一方面却又不甘心："天岂真以采薇了吾子哉？"尺牍整体风格上格调低沉，将国家之穷途与个人之命运相结合，将眼前之乐境与内心之凄怆相映衬，忧愤、不甘郁结于心，读来几乎字字血泪，情之所至，令人黯然神伤。

这种因忧愤不平难以抒发而转化成的沉郁之气在明末士人尺牍中弥漫，士人的心态随着明末局势日甚一日的坏而逐渐由失望趋于绝望，渐渐为亡国而悲鸣，沉郁悲愤中多有凄凉之音。

卓发之《与丁叔潜水部》

音尘销灭，又更两载。今春归省，过化城旧馆，阒无一僧。颓椽败瓦，委荒榛蔓草间，颇有稷苗之悲。舟人指水一方，已属他姓，庭树寂寥，枝条欲折。大略今日鼯穿鼠窜、烟颦露泣之地，皆我两人当年花朝月夕、啸歌寤宿处也。昔之所乐，今之所哀，人言声无哀乐，此地亦当无哀乐尔。昔日红颜，半就衰老，且有墓木翛翛者，市上少年面目，多不相识，虽铁石作肝，能不销铄。自非皈心西土，逆旅此邦，不能不间思往事也。[②]

卓发之《又与丁叔潜水部》

弟寝处此中，逃名划迹，置身才与不才之间，尚不能以樗栎自免，何有于梗楠栝柏耶？无论天步艰难，无能为炼石之补，而性与物忤，动辄见咎，铅刀真不能一割，老骥真不堪先驽马也。仁兄所云，无乃类山公之引用叔夜耶？然叔夜尚自惭孙柳，而弟神栖安养，更欲向孙柳顶上行，无烦以腐鼠相吓也。[③]

卓发之(1587—1638)，据《尺牍新钞》所载字左军，又名能儒，字无量，一字莲旬，浙江钱塘人，此两通尺牍出自其《漉篱集》。卓发之在明末屡试不第，仅以副贡荣身，未曾仕于明朝，但与当时的名士如顾宪成、高攀龙、钱谦益、陈继儒、袁宏道、钟惺、谭元春以及明末复社文人等都

① ［清］周亮工．结邻集［M］．张静庐，点校．上海：上海杂志社贝叶山房本，1936：9－10．
②③ ［清］周亮工．尺牍新钞［M］．上海：上海书店，1988：90．

有交往。卓发之在《与丁叔潜水部》一牍中做今昔对比,回忆壮年宴游之乐,而今故地却一片荒芜,昔日友人具渺,眼前更无一人相识,正有江山易代、江河日下之感。作者自云无哀乐,实则哀痛至极。《又与丁叔潜水部》一牍不知作于何时,卓发之一生蹭蹬科场,屡试不第,但内心之中是渴求有一番作为的。丁叔潜生平不详,应是卓发之多年相交之友,仕宦于明末清初,此牍当是丁叔潜邀请隐居状态的卓发之入世为官,卓发之回复之作,他以山涛邀请嵇康作喻,表明自己不仕之意。这一拒绝有违卓发之平生志向。不知丁叔潜当时是仕于清还是仕于明,倘若是仕于清,卓发之这一牍则有《与山巨源绝交书》之风范,表明自己忠贞之志;倘若是仕于明,只能说到了末世时分,王朝的灭亡局势已经无可挽回,仕宦已无任何意义。卓发之"无烦以腐鼠相吓"用《庄子·秋水》中"鸱得腐鼠"典故。按文意以及卓发之语气推断,丁叔潜仕于清的可能更大一些。但无论如何,如卓发之所云"无论天步艰难,无能为炼石之补",正所谓哀莫大于心死,现实如此,徒呼奈何。卓发之与丁叔潜两牍,一为悲戚深沉之哀声,一为自明心志之退语,都表现出王朝灭亡时的士人心态,抑郁之气充斥文字之间,而士人之风骨亦展现于其中。

不知多少英杰埋没于明末乱世之中。晚明以来,士风越来越衰颓,亢直慷慨者虽有之,但士人心态整体上变得悲愤抑郁。晚明士人心态的关键词落在一个"愤"字上,因内心中的悲愤无处宣泄,故而士人外在行为表现多端,明末黄虞龙在尺牍中有所总结。

黄虞龙《与邹满字》

古来奇逸之士,皆胸中负如许无状。喀喀欲吐不得吐,故发之歌咏,行之辞赋,或使酒骂坐,或拥少挟妓,或呼庐陆博。虽云习气未除,总之英雄不得志,则用以自秽耳。宁有真实哉?[①]

黄虞龙这一说法看似有为晚明士风颓废开脱之嫌,但还是道出了明末士人佯狂宣愤的本质。尺牍为私函,可以交心而谈,因而在晚明士人尺牍之中,愤慨之气充斥其间。但随着时间的推移与局势的崩坏,尺牍之气趋于多忧愤而少慷慨,直至明清之交,士人心态由亢奋、失落、失望渐趋于绝望,忧愤之气又渐至于沉郁,多有乱世之悲鸣、亡国之凄声。到了清初,这种深沉的悲愤之情也渐趋消失,转而变得凄恻悲凉了。

第二节　无可逃避的凄苦与悲凉

随着时间的推移,明朝亡国的趋势已不可逆转,士人的心态逐渐变得绝望,清王朝的建立又使得他们面临着精神上、道德上的审判,原有的精神神殿已经倒塌,新的精神家园的建设也不是短时期能够完成的事情。在朝代交替之际,士人的心态由愤而怨;进入新的王朝之

---

① [清]周亮工.尺牍新钞[M].上海:上海书店,1988:170.

后,士人多忠于自己旧日的精神旨归,以遗民的身份隐匿于湖海之间,心态由怨变得凄苦。如果说,明末士人在尺牍中表现出"愤"的心态特征的话,那么到了清初,士人尺牍中心态的展现可用关键字"苦"来形容。

对于明末乱象,亦有官员苦心经营,力图挽救危局。其苦心之状,于尺牍中有所显现。

卢象升《答陆筠修方伯》

今日居官,何啻堕于九渊?不佞兵马之厄,与门下钱粮之厄,其劫数真堪比隆。乃不佞又以兵马而兼钱粮,举数千万。如狼如虎张牙露爪之徒,环伺于饿佛之一身。此佛既未能脱胎换骨,尚在人世间,又未能投体舍身,依然活地狱,其苦可名状不可名状乎?观此则丈所处,尚在九天,清恙宜霍然,归心亦宜淡然也。天之生才有限,以丈品识经济,定不令之逸而令之劳,今日劳以中原,他日将劳以四方,其劳渐久而且甚,时事固然,是用为吾丈解。幸毋我迂。①

卢象升(1600—1639),字建斗,又字斗瞻、介瞻,号九台,江苏宜兴人,明末著名将领。卢象升在明末操劳国事,四处征战,自谓"今日居官,何啻堕于九渊"。他将时局混乱比喻为地狱,自己身劳心苦,但仍然苦心经营。陆筠修的境遇与之相比已经是云泥之别了。卢象升以己况勉励陆筠修留任,并在乱世中勇于任事,鼓励他"今日劳以中原,他日将劳以四方"。关于这一通尺牍写作背景,四库全书《忠肃集》中云:"尔时频年征讨,师老财匮,封疆在事,诸臣多罹法网。河南方伯陆公之祺欲挂冠去,公作书勉留之。"②时局混乱,政治黑暗,卢象升勉力支撑,既遭受缺少兵马与缺乏军饷、粮草之困厄,同时又面临人心涣散、有能者纷纷离去的现实,虽强作勉励之言,但内心凄凉苦境却不禁流露。联系到卢象升后来抗清却孤军被围,群臣不救,最终战死的史实,既令人赞叹,更令人同情。周亮工在尺牍后注曰:"当时景况,可悲可泣。"③周亮工的"悲""泣"也为清初大量遗民尺牍中的心态做了最好的注释。

兵燹之中,往往身不由己,四处奔逃、家财散尽、妻离子散者多有之。入清之后,士人以遗民自居者多隐居山野市井之中,他们不愿屈节事清,失去了晋升之阶,作为传统文人,又往往缺乏谋生理财技能,虽能甘守清贫,但生活殊为不易。精神上的伤痛与现实生活中的困顿对他们构成了双重打击,心中的苦与生活的苦交相作用,使得他们在尺牍中多有凄怆之音。汪淇《分类尺牍新语二编》第十二卷"感愤"类中,多有清初士人展现其苦况者。

顾自俊《与沈大音》

弟近况益复无状,已将世事付之流水,家事付之清风矣。内子辈谬以灶下事来聒,弟坚塞两耳,仰面只看半天红霞。辱教念及,示以先圣贤安贫之道,足敢深爱。

① 〔清〕周亮工. 藏弆集[M]. 四库禁毁书丛刊集部第 36 册. 北京:北京出版社,1997:290.
②③ 〔明〕卢象升. 忠肃集[M]. 文渊阁四库全书集部第 1296 册. 台北:台湾商务印书馆影印本,1986:614.

但此等话,胸中久已饱闻,终不能一改面上之菜色。吾兄乐颜子之乐,其亦能忧顾子之忧耶?①

徐继恩《与钱雍明》

余天性英爽,不奈忧烦,悒悒终年,便欲气尽。使困顿一室,悲来填膺,怫逆内蒸,穷愁外逼,人非金石,立见销亡。不如逃形全真,肆志方外。②

胡介《与孙豹人》

人如豹人、彦远,而四十寂寂。东掷西抛,求衣求食,向卖菜翁求生活。嗟乎!虽有千秋万岁之名,何与我事耶?为之太息。踉跄渡江,还旅堂,佳宾满堂,市儿亦满座,笔墨之累,与积逋环而攻之,言之徒为故人当食之欢而已。但舟中作得焦获先生一诗,颇似可传,差足以报焦获十年知重之意尔。望先生有以赠我。③

在与朋友的尺牍中感叹生活之苦可以说是清初士人的常态,尤其是以遗民自居者。顾自俊对朋友云:"辱教念及,示以先圣贤安贫之道,足敢深爱。但此等话,胸中久已饱闻,终不能一改面上之菜色。"胡介云:"东掷西抛,求衣求食,向卖菜翁求生活。"这种生活之苦与内心中的痛苦交织在一起,使人不想面对,直欲逃避,顾自俊的"内子辈谬以灶下事来聒,弟坚塞两耳,仰面只看半天红霞",看似迂腐可笑,实际已经是无奈至极之举。徐继恩的"逃形全真,肆志方外"、胡介以诗文自娱都是逃避现实凄楚的方式。此等情状,尚且是士人中境遇较佳者,更有国殇与家丧集于一处,欲逃而无处可逃者。

张纲孙《与胡彦远》

自别良友,溯黄河之峻湍,眺齐郊之霜水,夕阳古路,不觉兴怀,怅然以悲,抚髀而叹。及居历城,与骏男起卧一室,远慕郑公之著书,近嘉刘讦之毡絮,而俯仰之际,哀愤俱生。追忆中年,坎坷备极,家室丧亡,母妻溘逝,子女饥寒,田园芜没。晨坐忽感,爪指乱爬;夜寝偶及,则涕泗被面。落落穷途,谁与语此?唧杯强笑,总非人情。痛两棺之暴露,悼我生之流离,虽使嘉宾在席,蠡炭炙花,吴姬吹竹,赵女弹缘,难以自解,况日短水飞,鸜鹠穴树。悠悠知己,山河间之,明乎世不我知,当求斯志。火珠径寸,每匿精于蛤水;青松百尺,自抱翠于猿崖。天下所贵,宜绝远乎耳目,而大事未了,不遂怀来,是以仓皇如失耳。然后知逢萌之携家海上,管宁之独处木榻,良无所恨恨也。昔管夷吾见知于鲍叔,终身感之,以其惜才也;伯牙非子期,不操流水,以其知音也。今彦远知我,不异二子矣,将何以为我虑乎?舟中别谕,时时在心,明岁燕归,趁帆东下。舍弟庐居,索米无处,前所申恳,望为周急,还当图

---

①② [清]汪淇.分类尺牍新语二编[M].台北:广文书局,1975:236,237.

③ [清]周亮工.藏弆集[M].张静庐,点校.上海:上海杂志社贝叶山房本,1936:90.

报,以答垂鉴,书不尽言,率笔此达。[①]

张纲孙,后改名丹,字祖望,号秦亭山人、西山樵夫,别号竹隐君,浙江钱塘人,明末清初西泠十子之一。张纲孙在明末为诸生,入清后以遗民自居,隐而不仕。《与胡彦远》一牍以骈文写成,其中回忆了自己自明末乱世以来经历的惨状,"家室丧亡,母妻溘逝,子女饥寒,田园芜没"。这种痛苦使得他不堪忍受,"晨坐忽感,爪指乱爬;夜寝偶及,则涕泗被面"。自己感觉已到穷途末路,一草一木,都含悲声。虽欲抱节守志,但眼前的困苦境况无法度过,是以含悲忍泪向知交之友求助,以济生活之厄难。尺牍气格凄苦,描绘惨状已至极致,其凄苦之情状催人泪下。汪淇评说此牍类似于杜甫《无家别》等篇(汪憺漪曰:祖望之诗,极似杜工部,即此一牍,亦是《无家别》等篇),但杜甫《无家别》是写别人之景,而《与胡彦远》却是述己之实、抒己之情,哀婉凄伤郁积于胸,文字更能感人肺腑。

张纲孙以胡彦远为知己之交,向他发出求助信。胡彦远即胡介,字彦远,号旅堂,浙江钱塘人,其生平事迹不详。大致经过乱世之后,胡介也以遗民自居,隐居不出,其心路历程可与张纲孙的尺牍参照。

胡介《复唐中翰祖命书》

芜城别路,犹在梦中,回首容辉,忽忽三岁。故交零落,河山黯然,触绪伤怀,万念灰冷。年末即诗文撰著,亦视同蜣丸。惟思草木蒙头,向泥蒨石火中,了半生未了之愿而已。恨买山之计未成,犹未免随俗俯仰,浪掷光阴,为可痛惜耳!耕坞年齿已大,子瞻所云,不宜复作少年调度也,亦宜少留意此事,以酬夙昔,何如?何如?昨晤宣城梅渊老,知有道将还故里,又闻有西河之痛,衰年迟暮,何以堪此!为怅怏累日,惟有道达怀善遣。须知彩云易散,泡影难真,自顾亦然。何况枝叶!不宜缠绕,复增太和之戾也。别论其人虽喜逐我辈,以为名高,然胸无至情,而眼孔如豆,那能作得度外事来,还宜自惜头面。率报草草。[②]

此牍当为胡介晚年所作,一则年齿已衰,二则入清时间已长,所以情感上不是那么浓烈,但总体格调仍偏于阴冷,充分展现了胡介的心理状态,"故交零落,河山黯然,触绪伤怀,万念灰冷",在心灰意冷之下,"年末即诗文撰著,亦视同蜣丸。惟思草木蒙头,向泥蒨石火中,了半生未了之愿而已"。语气虽平和,却难掩其中的凄凉与悲苦。为逃避现实,他希望买山隐居,但现实生活却使他不得不"随俗俯仰,浪掷光阴"。对于朋友生活的种种不如意,胡介也只有"为怅怏累日,惟有道达怀善遣"。胡介代表了一大批士人入清以后的典型心态,往事不堪回首,他们的内心痛苦或许随着时间消磨有所变淡,但往日情境永远是他们内心深处最痛的伤疤,只要一回忆,凄凉哀伤之情顿生。他们为了逃避这种心境,便希冀幽隐山野以释怀,但现

---

① [清]汪淇.分类尺牍新语二编[M].台北:广文书局,1975:242-243.

② [清]周亮工.尺牍新钞[M].上海:上海书店,1988:130.

实境况又难以达到,虽在日常言行中故作平和,实则深深的凄凉哀伤之情隐藏在其中。

不仅遗民与普通士人在尺牍中表现出心境的凄苦与悲凉,仕清的士人在特定的情境之下,他们的心态也表现出这一倾向。

龚鼎孳《寄邓孝威》

长安寥落,同人雨散,蕰次长贫,圣秋善病,草土残人,长斋杜门,生趣都尽。而珠桂之累,时来侵迫,如空山老头陀,尚欲开堂接众,苦可知也。久不获通讯知己,非缘稽懒,忧患之余,笔墨既废,而亦以日日乞归,谓故山聚首有期,鬶灯听漏,胜于鳞沈羽浮耳。不自意枯树寒灰,起之病颡,责以驰驱,诚惧末路摧颓,贻羞同志,何以教之?[①]

龚鼎孳先投大顺,后又降清,其气节为时人所不齿。但与周亮工相似,清初贰臣也有着悔罪与补过的心理,因此在仕清之后反多与遗民来往,在生活上给予遗民种种帮助。邓孝威名汉仪,为龚鼎孳早年相交的朋友之一,入清保持遗民身份,决意仕进,也曾得到龚鼎孳的照顾。《寄邓孝威》中的"长安"当指北京,牍中用苏秦见楚王云"楚国之食贵于玉,薪贵于桂"的典故,言及生活困难,却还要"如空山老头陀,尚欲开堂接众"。牍中又言"不自意枯树寒灰,起之病颡,责以驰驱"。龚鼎孳仕清之后并不顺利,屡起屡仆,但因名高位重,求助与拜访者众,而他也乐意接济遗民。此牍当作于龚鼎孳仕清后被罢官又被启用之时。尺牍格调低沉,借怀念友人表达心存忧患、心灰意冷之意。如果说龚鼎孳可能只是一时之凄凉,那么另一仕清士人曹尔堪的尺牍则表现得更为深沉。

曹尔堪《与沈禹锡箕陈》

漂泊覃怀,淹留匝月,高斋密迩,累夕传觞,使游子获所依归,庄舄执珪之吟,仲宣登楼之赋,可以无作。临岐道旁祖帐,不忍言别。能无折杨柳而销魂,赠将离而挥涕乎? 十五日抵武陟憩公馆,感使君之贤,翼日渡河,届荣泽,白茅蔽野,黄流啮岸,回首河北之隰桑有沃,椑梯深阴,风土敷腴,眷念不置。十七日至郑州,州倅乃宗弟以秋曹左迁者。为之载酒东郊三里,阴氏水亭,莺啼柳巷,鹭集莲陂,解衣幕地,为竟日游。诗云:"东有甫草,仿佛见之。"十九日过中牟,二十日入大梁矣。问吹台之废趾(址),吊宋寝于平芜,唏嘘欲泣。况忧患之余,求侯生而不得,不禁悲愤之填膺也。役旅,聊述游踪,以慰惓恋,续南皮之良会,未知在何日耳。[②]

曹尔堪顺治十八年因"奏销案"被褫革放归。罢官之后,曹尔堪开始了一段远游生涯,《与沈禹锡箕陈》一牍正是其游踪的具体叙述。曹尔堪被褫革放归,心中凄苦,故在游记中也作悲苦之声。在游览途中,曹尔堪吊古抒怀,"问吹台之废趾(址),吊宋寝于平芜,唏嘘欲泣",用

---

①② [清]周亮工.藏弃集[M].张静庐,点校.上海:上海杂志社贝叶山房本,1936:41,301.

了庄舄与王粲的典故——庄舄身为越人而执圭于楚,病中却为越声;王粲作《登楼赋》,表达怀才不遇、眷恋故乡之意,二者都与曹尔堪当时心境相合。不过曹尺牍中虽吊古欲泣,但庄舄典故含义含糊不清,既可解释为思乡,也可解释为隐隐然有亡明之思,虽有悲愤之辞,但整体格调阴郁,凄凉而哀婉,悲伤而低沉,一步三叹,似屈原《离骚》风格。

不少遗民入清后因才高名重,虽欲以遗民身份了此残生,却因时势弄人,不得已仕宦于清。清初为了笼络人心,分化士人族群,在科举之外,还征召博学鸿儒,被地方推荐的才高名重者不得不进京入试。不少士人此时恨不得无名无姓方好,往日之名声竟成今日之拖累,虽再三推托,但终归不得自由。而清政府也"大发慈悲",即使是敷衍考试,文不成幅,甚至不参加考试者都授予官衔。不少士人以此为人生之辱,虽无仕清之实,而横担仕清之名,欲全名节也再不能。是以他们尺牍中表达出来的内心凄苦与悲凉之情是诸种人中最强烈者。

王嗣槐《与孙宇吕、宙合兄弟》

顷以播迁,羁栖远濚,载离寒暑,迥若参辰。北渚闲云,西轩落月,有怀怆恍,我劳如何?属者不吊,祸及先人;慰恤殷勤,有踰骨肉。东西奔走,无履居庐;日月驶流,不遑展墓。伯道无儿,未闻蒿葬;若敖有鬼,应苦长饥。自非源出空桑,生凭廪竹,抚心结恨,触绪酸辛,死当不久矣,何以生为?旅馆萧条,短檠明灭,风柯落叶,霜雁惊寒。展侧孤帷,肝脾崩裂,奄息踰时,竟婴厉疾。长沙怪鸟,偏向哀鸣;入侵黄熊,征徵妖梦。自分膏肓,难淹晷漏,得从地下,固是本怀。反复淹沦,呻吟床褥,淋漓流血,酸楚割肌。亲交断绝,履影吊心,寒灯摇影,转尘自怜;素壁流尘,悬琴谁鼓?追畴昔之壮心,痛斯须之危迫。极夜反侧,曷禁潜然。念我同坛七人,不异山阳游剧。去年吕仲濂逝,今又复不及孝。南皮旅食之伤,黄公酒庐之叹,每念及此,生死同悲。家季远来省视,极道殷勤。古人执手,徒以片言,况生死交情、十年心许?故托妻孥,属有张堪之怀久矣!近以弥留,尚存呼吸,头有赘疣,足如跋蹙,自非岐伯提针,桐君引七,有何神术,得起沉疴?所恨铅刀未试,匏落谁容?纬萧河上,既愧未工;下帘市中,终惭寡术。沉浮世路,何地资身?恐采藜为养,败絮自拥。三复斯言,未足相保。吾兄伯仲,拂衣事外,卜筑村庐,河干五柳,屋后青山,涉厉披鳞,吾知免矣。游子无聊,故乡日远,晨风北林,眷恋何已。伏枕揽笔,曷胜依依。①

王嗣槐,生卒年不详,字仲昭,号桂山,浙江仁和人。康熙十八年(1679)举"博学鸿儒",以老不与试,授内阁中书。王嗣槐受知于清初重臣冯溥,后隐居杭州,对清初诗坛有着重要影响。王嗣槐工于骈体,尤善作赋,《与孙宇吕、宙合兄弟》一牍就以赋体形式写成。牍中提到"近以弥留,尚存呼吸",因此可以以绝命词看之。王嗣槐描述了自己从前的颠沛流离与现实生活中的凄惨情状,言语间充满凄苦哀伤。"纬萧河上,既愧未工;下帘市中,终惭寡术。沉浮世

---

① [清]汪淇.分类尺牍新语二编[M].台北:广文书局,1975:240-241.

路,何地资身? 恐采藜为养,败絮自拥",不止是王嗣槐,恐怕采取隐居生活方式的遗民们都普遍面对这样的悲伤情境:自己已经衰老垂死,但心中仍有往日之念,"追畴昔之壮心,痛斯须之危迫。极夜反侧,曷禁潸然。念我同坛七人,不异山阳游剧。去年吕仲濂逝,今又复不及孝。南皮旅食之伤,黄公酒庐之叹,每念及此,生死同悲"。当年也有同好,也有壮心,但与现实惨况相比,"反复淹沦,呻吟床褥,淋漓流血,酸楚割肌。亲交断绝,履影吊心,寒灯摇影,转尘自怜;素壁流尘,悬琴谁鼓?"非悲伤二字所能概括,已经近乎凄厉了。王嗣槐在牍中总结一生,格调凄苦,临终之言,凄凉之至。查望在牍后评曰:"商风入弦,听止凄激。熟读文选,方知此书之宛肖古人。"①商风即秋风、西风。自古文人多悲秋,欧阳修在《秋声赋》中云:"商声主西方之音,夷则为七月之律。商,伤也,物既老而悲伤;夷,戮也,物过盛而当杀。"王嗣槐《与孙宇吕、宙合兄弟》可谓将明末清初士人之凄苦与悲凉心境抒发之至。

明末清初尺牍中的凄苦与悲凉之气随着入清时间渐深而渐减。随着时间的推移,清政府的统治越来越稳固,士人心中的亡明情节越来越淡,而且现实生活的苦况也并非人人能够承受,柴米油盐乃是现实生存需要直接面对的问题,即使自己甘于清贫,但还有妻儿父母需要供养,因此不少士人不得不向现实生活低头。当新一代士人走上前台之后,故国之思与遗民情怀已渐渐不复存在,开始展现新的心态。士人尺牍中的感愤、哀怨之气日益见少,而新鲜气息日渐增多,恰如汪淇所云:"正如西山朝来,致有爽气。"②

第三节　探寻人生的旷达与逸致

明末入清的士人多怀故国之思,但总要在新王朝生活下去。在生活方式的选择上,幽隐无疑是他们最理想、最适合的方式。而幽隐的方式多种多样,有入道或入释逃避现实的,有遁入深山或退居田园隐而不出的,有混入市井与市民共处的,也有馆于官宦豪门的。他们在心理上有着对故国的怀念,对于新的王朝隐含着排斥;内心中既有着精神世界倒塌后的凄凉,也有着个人价值无法实现的不甘。但生活总要继续,人不能离开物质纯粹地生活于精神田园之中,内心世界需要在现实生活中找到新的支撑点,重新建构平衡而总不能一味地沉湎于凄凉哀伤之中。在这样的背景下,陶渊明式的生活方式与心理建构便成了一定时期内士人所崇尚的对象,即在现实生活中发现人生的逸趣,用旷达的态度来对待纷纭的世界,借以寻求内心世界的宁静,逃避外在世界的烦扰。而仕清的士人心理更为复杂,他们在心理上实际更渴求陶渊明式的宁静,只恨此身碌碌,想为而不能为尔。在尺牍中,崇尚老庄思想或逃禅思想、寻求陶渊明式的人生境界可以无拘无束地表达,于是明末清初的尺牍之中隐逸之风盛行,渐至于开始在生活中发现闲趣、欣赏生活之美,哀怨之气渐趋平静,而探寻人生的闲情与逸致情趣渐盛,尺牍色调渐渐变得明亮起来。《分类尺牍新语二编》"隐逸"中收胡玉昆《留

---

①② ［清］汪淇.分类尺牍新语二编[M].台北:广文书局,1975:240－241,1.

胡玉昆《留柬减斋》

真意亭中,草深一丈,几如败寺退居。然小池空碧,远岫间青,荆帘木榻,茗椀炉香,亦自消受不浅。此人之所弃,天之所留也! 愿先生固安之,仆也愿先生安之。①

胡玉昆,元字润,江宁人,明末清初画家。此牍是周亮工仕途失意之时,胡玉昆的慰藉之作。"真意亭中,草深一丈,几如败寺退居",描写景象之衰败,暗合了周亮工当时的心境,也暗合清初一大批明遗民的心境。但衰败之中忽然转折,残败景色中翻新出奇,"小池空碧,远岫间青,荆帘木榻,茗椀炉香",并非什么雅致之所,但一汪碧水,一片青山,可煮茶焚香,便有人生逸趣,"亦自消受不浅""此人之所弃,天之所留也",正可谓失意人清心之所。胡玉昆以此牍慰藉周亮工,却也反映了自己的寻求。于残垣败瓦间翻出新意,寻找人生之闲情与逸致以遣愁畅怀,代表了清初一大批失意士人的心态。

陶渊明之隐主要在于躬耕田园,于田园之中寻找人生的真趣。清初士人慕陶者未必尽能隐居田园或者从中寻觅到陶渊明的境界,但他们在心理上崇陶、慕陶却是真诚的。因此,他们多在尺牍中赞颂田园牧歌式的生活,在乱世之中、荒芜的精神田园之外,将希望寄托于安宁祥和的村居世界。

陈弘绪《与朱蔚园》

东陵墓何足传,正以种瓜而传。今维扬瓜洲镇,邵氏子孙,尚有佝偻而治畦者。假使当日五等荣华,再延一二百年,亦决归于灰飞烟灭,未能绵亘如是之长也。把锄抱瓮,终其身而不悔,已足报答祖先,觉诵读犹为第二义。昨诣弥俱,其叱牛之声,过于钧天之奏,村居自应以此为法耳。《民书》二卷,足补《养余月令》之遗缺,附上《典记》。此事讲究,益深喧嚣。盖不相涉,便是拔宅云中之候矣。②

陈弘绪(1597—1665),字士业,号石庄,江西南昌新建人。陈弘绪在明末承父荫袭诸生,在晋州、潮州、舒州、庐州等地任知州、推官等职。陈弘绪与史可法交好,在南明时曾筹划抗清大业,最终未成。入清后,屡荐不仕,隐居江西章江,以遗民自居。《与朱蔚园》一牍是他于清初路过扬州时所作。牍中用秦汉时东陵侯邵平种瓜故事,以为邵平家族当时如享荣华,后世反不得善终,正因后代务农,方才香火绵延,至清初尚务农于瓜州。其中饱含沧桑感悟,富贵荣华正如南柯一梦。士人多以读书为要,陈弘绪反觉得以务农为本,使子孙绵延更重要,"诵读犹为第二义"。因此,"叱牛之声,过于钧天之奏",村居生活才是自己真正想要的。陈弘绪饱受世乱,在明末就起落不定,南明覆灭之后,他的理想也即破灭。他希望退耕田园,半属逃

---

① ② [清]汪淇. 分类尺牍新语二编[M]. 台北:广文书局,1975:370－371,377.

避,半属饱经沧桑后的人生感悟。徐士俊为陈弘绪友人,亦以遗民自居,他在牍后评道:"余于丁卯岁与士业相晤于秦淮,今四十星霜矣! 读其佳制,正如桃园花瓣留出人间,想见此中是何等境界。"①实际正是"于我心有戚戚焉"。

陈弘绪是企慕村居而不得者,然入清之后,更多的是隐居田园且有乐于其中者。

张立忝《与陈涛飞》

弟村居,与秋水庵相距仅一溪耳。溪前尽植老梅,沿溪绕以槐柳,如拳草阁,咫尺临对。每临月来人静时,水面寒香暗度几簟,而烟树暮帘,微茫在望。孤尊倾倒,忽念故人,醉梦迷离,同入三更,霜笛中耳。明早放艇相邀,笑咏山房腊酒、高院梅花之句,谅足下当为首肯也。②

张立忝,字右文,明末清初人,生卒年与生平事迹均不详。《与陈涛飞》一牍表现了他村居生活之乐,庵庙、小溪、老梅、草阁、夜月、寒香、孤尊、霜笛,作者连用了许多的意象,描绘的是一幅乡村隐者的形象,众人不觉此境之妙,而我独乐在其中,倘若再有一二友人共赏,则村居之寂寞也消失无形,当是人生绝妙之境。张立忝与陈涛飞在清初籍籍无名,并非位高名重者,然而他们却最能代表明末清初隐居乡野的士人的心态。

小隐隐于野,中隐隐于市,大隐隐于朝。在清初的政治环境之下,士人大隐隐于朝是不可能的,隐于市井之中则多有之。市井较之村居而言,毕竟讨生活更为容易。倘若在市井之中,有一佳妙之所,拥清风白云、春花秋月便是人生妙境,足以寄慰心灵。清初遗民隐于城市者人数众多,扬州、南京、杭州是集中之地,《尺牍新语》三位重要的参编者汪淇、徐士俊、黄周星都是遗民,退隐在杭州。他们在城市之中讨生活,寄托心灵,笔下的尺牍多有反映这方面的内容。

汪淇《与李舒章》

虎林去云间,仅盈盈衣带耳。乃湖山风月,易别难逢,每动各天之叹。安得驱夸娥之二子,移五峰三泖与六桥三竺为邻,令我与君得晨夕素心、赏其文而析疑义也。犹忆前者,驾驻西子湖头,柳堤画舫,花径红妆,风流韵事,掩映千秋。曾几何时,而河朔南皮,顿成陈迹,岁月踰迈,感慨系之。然此乡景物虽殊,而湖山风月如故,兄翁能乘兴命棹乎? 仆尚有床头斗酒,可浇胸中块垒,酒后耳热,当呼双鬟发声,时时误拂弦以邀李郎之顾。跂以望之。③

杭州湖山优美,景色宜人,足可陶冶人之性情,加之经济发达,谋生交易,是已绝意仕进的遗民多愿隐居在此。李舒章即李雯(1607—1647),华亭人,明末清初士人,少与陈子龙、宋征舆

---

① [清]汪淇. 分类尺牍新语二编[M]. 台北:广文书局,1975:377.
② [清]汪淇. 分类尺牍新语广编:第16册[Z]. 上海:上海图书馆,康熙七年(1668)刻本:3.
③ [清]汪淇. 分类尺牍新语二编[M]. 台北:广文书局,1975:313.

齐名,合称"云间三子",共同创立了云间词派。清军入关时,李舒章陷于京城,被迫降清,因此在精神上与心理上极为抑郁。汪淇以杭州湖山胜色与烟柳繁华招饮李舒章,欲以之旷人心胸,他自己显然是乐在其中的。其后冯再来点评曰:"追溯旧游,依稀在目,而命棹再期,兴复不浅。儋漪闲情逸致不让古人。"①汪淇喜欢俗世生活,颇有晚明文人遗风,对于声色犬马不但不拒反而雅好之,是以觉得杭州生活极为惬意。但清初士人并非人人如此,不少士人在繁华热闹之余,心头总有一些清冷之感。

陆云龙《午节订友人》

我辈寝处湖头,晓烟暮月,领略已久,然赏其寂何必避其喧?寺前石桥平敞,纵目有余。午后各携觞豆,班荆坐饮,听箫鼓与中流,看蛟螭之夭矫,游子麋至,画船鹊起。至薄暮,山带斜阳,城衔新月,踏歌声断,唯余一片水光山色,则盈虚消息之理,我辈独得之。何必对妻孥剥惊浮蒲始为快也。②

陆云龙,明末清初人,生卒年不详,字雨侯,号孤愤生,浙江钱塘人,明遗民。杭州虽繁华,亦有寂静之时。陆云龙在《午节订友人》中从杭州城市繁华写到寂寞清冷,以热闹景象来反衬寂静之境,从喧嚣热闹到清旷悠远而其偏爱后者。尺牍格调旷远,作者以城市之胜景怡悦心胸,寻求逸趣,但在心底总有一丝幽冷之意。这恐怕是清初遗民在城市生活中时普遍拥有的一种心态。

自古名人高士多乐山乐水,山水园林无论是失意或得意之时都是人们普遍向往之所在。晚明文人好游,是以游记小品盛行,清初文人也不遑多让。"山水之间有清契,林亭以外无世情",明末清初的动乱使得许多士人隐遁山水之中以逃避现实社会。清初社会安定之后,游风又起,许多士人借山水怡情,也有许多士人借山水述志抒怀。尺牍本为因山水所隔阻的亲友通信之用,在其中反映游踪所至与山水胜迹是自然不过的事情,因此游记是清初士人尺牍中分量较重的部分。

晚明文人好游,记游尺牍众多。但清初选家多反感明末士人风气,且游记无补世用因,所以诸选本中晚明游记总体数量不多,但对于品行方正士人之记游之作,也并不排斥。

陆深《与杨东滨》

康桥夜别,情感万端。深南来一行人,皆赖尊庇粗适。轻舟软舆,上下山水间,如在画图,不知身是迁客也。入闽尤胜,大都丹崖碧潭,随处而有。身在横嶂绝壁倚天卓立,白云英英,卷舒其下,每恨不强东滨来此,为之怅然。履任正当木樨盛开,山中老树,有两人合抱,繁荫蔽天,清香数十里。愧无少酒量酬之。公廨在山椒,四围紫翠,直一指顾间,后有小园,方亭流水,时时燕坐,耳自清净,可以忘老于

①② [清]汪淇.分类尺牍新语二编[M].台北:广文书局,1975:313,320.

此矣！知之知之。[①]

陆深(1477—1544)，初名荣，字子渊，号俨山，华亭(上海松江)人。陆深《与杨东滨》一牍应是陆深被贬谪为延平府同知时所作。当时正逢陆深失意之时，但山水之游可以舒展胸怀，消却忧愁，于是"如在画图，不知身是迁客也"。面对佳山胜水，不禁让人有方外之思，于是小园流水，"时时燕坐，耳自清净，可以忘老于此矣"。陆深借山水消愁并表旷达胸怀，其思想内容并非晚明游记中的主流，但却最能反映明末清初遗民的心态。

若是独自登临湖山，或许会因内心落寞，产生人生萍寄、河山变色的沧桑之感，但士人作游多是为了排遣胸中郁垒之气，且游山玩水乃是人生乐事，入清日久，士人群体的心理创伤渐趋恢复，内心的忧愁与山水之乐相较，有时反是山水之乐占据上风，若得一二知己同游山川之中，更是愁情消尽，逸致与情趣顿生。

陆进《与王丹麓书》

进年踰强仕，无一善状，频年多故，须发渐苍。乃知人生血气，衰于岁月者缓，而衰于穷愁者较速也。因偕体崖、祖望、仲昭，入西溪探梅。恨足下笃于燕婉，不得同游。然此游颇乐！裹粮幞被，十日为期，申三章之约：谈世事、臧否人物、先期促归者，各注罚。止携一仆，择其椎鲁者，从保安桥，出蒋村，以达西溪。才行数里，见小舟汛汛，与浮鸥相狎而至者，俍亭也。相见甚喜，遂至云溪(名庵)。庭梅四五，暗香袭袭。晚际诸僧礼佛，威仪肃然，钟磬悠然。因叹俍亭名场角逐，几三十年，今偃息于此，洵是英雄末后第一着数。然俍亭实念足下不置。次日偕行，芒鞋竹杖，水边林下，疏疏落落，香风徐来。过木桥头，一林之中，有四五十株者，有七八十株者，有多至二三百株者。入花坞，则数十里皆梅，望之如雪。遂寓茅庵。庵僧乐为前导，朝而出，夕而归。南山烟云，顷刻万变，耳中时闻竹声、泉声、鸟声。或依树而立，或藉草而坐，如此清课，便了一日。十三晚，偶与俍亭论禅，二公忽挟体崖，欲以元门之说，破我壁垒，丙夜犹刺刺不休，复挑灯披衣而起，申纸疾书，各得长笺十余幅。论虽不经，而援古证今，旁见侧出，亦是天地间一种品外录，足下见之未必不叫绝也。忽雷声隐隐，从东南而至，自念此游，可谓胜事，惜值雨。举头又见月色映窗，徐察之，则老仆醉后酣睡声耳。嗟乎！我辈粗通笔墨，互相角立，彼蚩蚩者，空洞无物，足以全其天，使之参禅入道，安知较我辈不更捷耶？是日体崖得诗六首，俍亭不作诗，祖望二首，仲昭与余各四首，庵僧一首。罚钗贮为皋亭看桃之资，足下闻此亦有意乎？光阴如驶，胜事难常，莫谓春秋方富，不必及时行乐也。[②]

陆进，字荩思，明末清初余杭人，生平事迹不详。《与王丹麓书》一牍详细记载了他的一次西

---

① [清]周亮工.藏弆集[M].张静庐，点校.上海：上海杂志社贝叶山房本，1936：104.
② [清]汪淇.分类尺牍新语二编[M].台北：广文书局，1975：122-123.

溪之游。开篇陆进先叙述了自己的种种不如意,"进年踽强仕,无一善状,频年多故,须发渐苍",但在与友人结伴游玩之中,却没有一丝哀愁的影子,而是全部身心都沉浸在快乐之中,逸致与生活情趣仿佛达到了极致。在游玩之中,他的精神状态得到了彻底的改观,人生观一下子变得旷达起来,穷愁衰老不再萦绕在心头,人生莫论少壮,当以及时行乐为要。不如及时行乐,也正是清初一大批心内因各种原因压抑而寄托于山水之乐的士人心态。在这心态之下,山水之游充满情趣,人生的忧愁烦恼都付诸云溪,士人的心态转而变得旷达,开始主动寻求人生逸趣,即使在回忆之中,只要想起山水之游,脑海中的第一反应便是欢乐。

冯瓒《与友》

足下浪游禾中,与鸳鸯湖日亲,与西子湖日远。曾记昔年中秋月夜,舟泊湖心亭畔,轻岚拖嶂,薄霭蒸波,宿鹭惊翔,沉鳞乍跃,四面水光与月光竞耀。邻舫游人醉后妒月掩窗静卧悄然,独我辈移樽轩敞飞觞豪饮达旦。光景至今历历。如此快游,可得再续否?①

即使自己不能亲自参与出游之乐,但阅读到朋友山水之游的尺牍,其内心也往往不胜向往,仿佛移情自身,置身胜景而得其逸趣了。汪淇在邹祗谟《答万介公问游山书》一牍后评点道:"柳州山水幽奇,得子厚而始显;须江岩壑迥异,得讦士(邹祗谟字)而始彰。不知文人待山水耶,抑山水待文人耶?若遇时切莫当面蹉过。夏日喜授新篇,即不能远寻名胜,可当卧游矣。"②汪淇作为尺牍编选者得到邹祗谟的记游尺牍,阅读后便当作神游一番,亦是妙人。

山水与名士乃是最佳组合。总体而言,入清之后,士人记游尺牍数量众多。不管遗民或非遗民,士人多在山水之游中寻觅人生逸趣,表达出的人生态度也以旷达为主。此类尺牍的情感基调幽冷之意少而欢乐之感多。汪淇《分类尺牍新语》三编都有"游览"类别,其思想倾向以表达人生赏游之快意为主,其风格上较少柳宗元游记中的清冷,反倒多有苏黄贬谪后的旷达与李白诗歌中"俱怀逸兴壮思飞,欲上青天揽明月"的骏迈之气。

第四节 发乎友情的诚挚与谐谑

真挚的友情是人类社会最珍贵的情感联结之一。人生得意之时可以将快乐与朋友分享,失意之时又可以凭借朋友的慰藉恢复心灵的创伤。在明末清初的乱世之中,士人生活往往动荡不堪,挚的友情尤其显得珍贵。遗民群体选择幽隐不出,他们内心多压抑,需要宣泄的渠道,其中许多不可为外人道之事只能向同志倾吐,生活中的困苦也需要朋友间的互相扶持。仕清的士人内心更是复杂,他们既不被新王朝充分信任,仕途多有风波,内心又往往惭

---

① [清]陈枚.写心集[M].沈亚公,校订.上海:中央书店,1935:105-106.
② [清]汪淇.分类尺牍新语二编[M].台北:广文书局,1975:129.

悔,内心宣泄的欲望甚至比遗民来得更为强烈。他们在政治上小心翼翼,谨言慎行,知心之言不敢轻易说与外人;在心理层面上,他们反倒与明朝尚存时所交之友在心灵上相近相通,尽管这些朋友多是遗民,但他们倾力接纳,互通声气,只因自己的心态与苦情可以向之尽情倾吐而不必过多担心。同时他们的心声往往也能获得遗民足够的理解与回应,这种理解与回应反过来又助长了他们倾吐的欲望。尺牍是古代朋友之间抒情愫、通音信的最主要工具,也是他们向朋友抒发心声的最主要渠道之一,因此清初尺牍选本的大爆发实际也正是清初士人心理集体大宣泄的成果。我们可以将诸多选本中的尺牍全部视为发乎友情之作,则表现、颂扬、感怀友情的尺牍也是最多的。李渔《尺牍初征》中的庆贺类、慰唁类、馈遗类、饮宴类、造访类、迎送类、期约类、音问类、寒暄类、情谊类、称羡类、感颂类、劝勉类、求索类、借贷类等许多类别的尺牍多与表现友情有关;汪淇《分类尺牍新语》三编之中赞美、庆贺、怀叙、规箴、慰问、邀约、饯送、请乞、馈遗等类别的尺牍也多与友情有关;陈枚《写心集》二集也如前二者。

　　在明末清初尺牍之中,这种写真挚友情的几乎无处不在,涵盖了士人生活的各个方面。明末朝政乱象频生,士人多胸忧天下而阴郁不得志者。人生郁闷之处,若恰逢好友尺牍一封慰藉排遣,也可稍消心中郁垒。

陈衍《与俞少卿》(仲茅先生)

　　名公暂居下僚,一方独寄,视往年徘徊卿寺,默默养重,不更舒畅耶? 譬天地之润物,无过川泽矣。川居高势峻,虽所之长远,而润物之功薄;泽卑居势缓,蛟龙是处,雾露是兴,而润物之功厚,故川则有至有弗至焉,泽之德惠无穷也。名公以为然否? 若急利欲,趋荣赫者,则以衍言为迂且拙失笑反走矣[①]。

陈衍,字磐生,明末清初福建侯官人,子涓、潘、润、泳皆有文名,有《大江草堂集》。《与俞少卿》一牍当写于俞少卿贬官失意之时,陈衍出言相慰,劝其与过去寒微之时作比,现下境遇已算不错。又分析其所处之地,认为有利润物之功,总之须安身定性,不要着急于一时的荣华富贵。其对朋友的关切之情,溢于文字之间。

　　清初士人交游行为多集中于人文荟萃、历史悠久、经济繁华的富庶城市,如南京、杭州等。这些城市渐渐成为当时士人文化中心之所在,他们于此地优游集会,形成特定的士人朋友圈。他们笔下的尺牍,真实地反映了他们日常相处的各个细节层面,展现了他们对于友情的珍惜与重视。这些尺牍中有庆贺朋友升迁的。

王晫《与范潞公吏部》

　　山公重望,幸相逢萧寺之中,承藉玄提,极蒙绀目。昨不觉潦倒于兵厨,至今饱德不置。侧闻先生充闾之庆,遂欲偕同人致书称贺,但恐错写弄獐,贻讥千古。因

---

① [清]周亮工.尺牍新钞[M].上海:上海书店,1988:5.

依董子虎占韵,效颦引意,寒措大赠人,只此长物,真足令先生掀髯一笑也。[①]

友人升迁,无他物以贺,唯作诗一首寄赠,一见真性情,二见友情深处不须计较。也有安慰朋友落榜的。

诸长祚《慰友人下第》

茂陵秋老,江影浮葭,片石丛青,正客星旧隐庐也。千古之下,犹栩栩动人,彼梦里邯郸,枕边蝴蝶,何足伤人襟叙乎?[②]

诸长祚为浙江人,牍中用严子陵客星犯帝座典故劝慰友人,如严子陵那般亦可名垂千古,不必因落第伤怀。还有吊家中朋友丧事的。

吴绮《柬陆苌思》

湖干分袂,岁月飙轮。一载以来,寄身舟楫,每望两峰晴霭,竟等三山,而停云之叹,尤在我二三知己也。令侄远临,备闻西泠近事,吊废圃而人亡,过酒庐而泪落。三复来篇,为之废食。所幸名山近著,日满奚囊,以啸傲消其离索耳。承谕索传,敬如命草上,秃毫尘砚,殊愧不文。然不敢不言其实以负良友,易箦之言矣。束帛瓣香,聊将鄙意,惟道兄执绋时,一通鄙人姓名以通哀欵。[③]

吴绮与陆进二人交好。应是陆进家有丧事而求吴绮作传,吴绮作好后附上此牍,牍中叙述往事,缅怀友人,感慨沧桑,格调低沉,令人神伤。也有庆贺友人纳妾的。如:

杨志凌《贺友纳妾》

古来风流才士,无不津津于温柔乡者。今足下有衾裯妙选,所谓绿钗添翠,紫障生春,何如快之。然非尊阃饶樛木之风,安得足下惬小星之愿。闺中德讵不可焚顶哉! 薄贺有二意,一颂葛累,一占兰梦也。[④]

尺牍语近戏谑,可见二人交情之深。也有安慰横遭祸事、被逮捕入狱的友人的。如:

李颖《慰宋荔裳先生就逮》

数载伟懞,愧未矢报。忽闻缇骑来浙,错愕惊慌,不识何故至此,细讯方知变生肘腋。族侄含沙,谁明公治之非? 孰辨臧仓之愬? 积毁销骨,众口铄金,竟未卜何日得雪盆冤也?[⑤]

宋琬因族侄案件牵连入狱发生在康熙元年春,李颖此牍当作于此时。当时宋琬任浙江按察使司按察使,与杭州当地士人李颖来往密切,是以案发第一时间李颖作牍,表达关心与慰问

——————————
①②③ [清]陈枚.写心集[M].沈亚公,校订.上海:中央书店,1935:1,3,4.
④ [清]陈枚.写心二集[M].沈亚公,校订.上海:中央书店,1935:39.
⑤ [清]陈枚.写心集[M].沈亚公,校订.上海:中央书店,1935:11-12.

之情。也有规箴友人言行,殷勤劝诫的。如:

陈淏《劝友息争》

兄翁一往之气,何必施于无用之地。卞玉与瓦砾相抵,金辂与柴车争逐,吾辈与牧竖角胜,非惟不可胜,兼亦不足胜。不惟不足胜,虽胜,亦不武也。请以近日时事证之,何争之有?①

陈淏于牍中劝慰友人自重身份,不要任性使气与市井小人做无谓的争执,也是另一种表达朋友关切之情的方式。也有在旅游之中思念旧友,耿耿于怀的。

徐士俊《寄周仔曾》

钱江邈若河汉,无论联床把臂,即鲤鱼尺素,总属艰难。追思曩者拥被看月华时,竟不可得。言之只增惆怅,不识玉体近日何似? 贫者士之常,若得精力坚强,意兴豪举,遨游于山水朋友间,流连亦是人生乐事,奈何以吾兄之才而靳之也。弟今岁曾两至余杭,一泛桃花之棹,一赴芙蓉之招。邵于王瑶文伯仲每惓惓致讯,愈悔前春不同苐老来,来览尽南湖之胜也! 升黉已考定职衔,弘载、仲书,俱在长安,但遍插茱萸少一人耳。②

徐士俊在自己赏心乐事之时,不忘贫贱知交,因未能相逢偕游,以为憾事,在尺牍之中向朋友一一交代自己近况与人情世故,悒悒之情溢于纸外。也有朋友之间相互馈赠答谢的。

李沛《馈陆蕙晦墨》

兰陵穷愁著书,今观陆子,洵非评也。闻日费墨三十毫,岁计当得二十四铢,虑有不继,敬饷二丸。此金沙于氏家宝,试之定辱赏鉴耳。③

朱远《答陆蕙晦》

菜芷初黄,蒲苗正长,河鱼风味,独此时佳尔。闻市中始至,亟索之已罄,正在懊恨时,使者唧命至。不须多用散,第于烹时,少益数茎薪,便无患矣。迟兄早赉玉趾。面谢不一。④

士人居于市井之中,好友之间相互馈赠小聚,亦是人生乐事。上面两封尺牍风趣幽默,充满了人间烟火气息。

清初士人朋友之间来往的尺牍将思想内容建立在真挚的友情基础之上,在其中几乎无话不说,上至为官从政,下至柴米油盐,或述说情志,或深切缅怀,或殷勤规箴,或相互招饮,表现了士人生活的人生百态。其中的格调严肃、殷勤、愤激、高亢、感慨、旷达等等俱有之。在士人展现友情的尺牍中,最突出的是那些充满游戏与谐谑色彩的尺牍。朋友相交至深,便

① [清]陈枚.写心集[M].沈亚公,校订.上海:中央书店,1935:175.
②③④ [清]汪淇.分类尺牍新语二编[M].台北:广文书局,1975:304-305,356,358.

往往不拘于形式，不止乎礼仪，往往率性而谈，人之幽隐也且不避，相互戏弄、嬉笑玩乐亦是人生情态之一种。

陈枚《慰李考叔先生》

昨者薄暮，轰传先生捉月河滨，五内惊裂。旋闻衫袖淋漓，顶踵无恙，始笑河伯未必解修文也。临深不溺，履薄无虞，异日必如渭滨白发，随载尚父之车，或为桐水羊裘，竟博故人之卧，事正未可知矣。舒怀为上！①

李考叔即李颖，钱塘人，生平事迹不详。《写心集》前有李颖写的序文，根据序文所说，李颖与陈枚相交匪浅，而且《写心集》成书有其功劳，李颖云："（《写心集》）行且告成，强半已寿梨枣。奈慈帏仙逝，读礼山中，如椽几阁。余大为抚膺，急趋而勉之曰：'天下文人墨客想子之《写心》若渴久矣，功可废半途乎？'简候攒眉而答曰：'唯唯。'徐释其杖而勉强操觚以成全璧。"②李颖序文落款为"康熙己未日长至钱塘李颖考叔氏撰并书时年八十有一"，可见作于康熙己未年即康熙十八年(1679)，据此推断，李颖应生于万历二十七年(1599)，其卒年不详。根据《写心二集》中收录的李颖尺牍情况大致可以推断，李颖有志于仕进却一直未获成功，一生主要居处于杭州。陈枚《慰李考叔先生》应写于李颖作序前一年即80岁时，此时李颖已经是苍然一老翁矣，仕进之想恐怕早已断绝。但从《写心集》所收尺牍中可以发现，他虽年老而交游甚多，在如此高龄依然身体康健，也属奇人。《写心集》序文之中显示出李颖对陈枚过去所编《留青集》等诸集以及生活状况极为熟悉，因此李颖与陈枚应是忘年之交，情非泛泛。陈枚《慰李考叔先生》名为慰藉，实则调笑之意大于关怀之情，倒不是陈枚刻薄，而是他在写信之时已经获悉李颖无恙，因而方才故意取笑。首先陈枚调笑李颖"捉月河滨"而安然无恙，因此恐怕"河伯未必解修文"。大难之后当有大福，因此陈枚接下来继续调侃李颖当如姜子牙一样晚年方始发迹，即使不发迹，也当如披羊裘钓于桐水的严子陵一样高卧于帝王之畔，获得高名。按李颖当时的年龄，陈枚的话完全是调笑戏谑，丝毫当不得真，但李颖在收到陈枚尺牍之后也不遑多让，欣然回复，假戏真做，游戏、谐谑到底。

李颖《与陈简候》

八十年来，瀚海长江，五湖三泖，纵志遨游，从未载濡及溺。不意里闾间，偶尔失足，几与汨罗之灵均，采石之太白，把臂九原。肉眼凡夫，能无笑自经沟渎乎？幸而波臣不吞，临难苟免，嗣是上跻期颐，未必不邀天之幸也。承慰谢谢。③

在回信中，李颖自谓久经江湖，不意在里闾间失足，他自嘲自己差点就要与李白、屈原为友了。对于陈枚所说的晚年发达的情况，他丝毫不谦虚，反倒落承下来，称"临难苟免，嗣是上

---

① ［清］陈枚．写心集［M］．沈亚公，校订．上海：中央书店，1935：11．
② ［清］陈枚．写心集：李颖序［M］．沈亚公，校订．上海：中央书店，1935：2，243．
③ ［清］陈枚．写心集［M］．沈亚公，校订．上海：中央书店，1935：2，243．

跻期颐,未必不邀天之幸也"。陈枚与李颖的这两封尺牍来往,显然只是形式上有调侃与谐谑,实质上充满关心与慰问。在双方都知道彼此是多年老友,内心是真正关心自己的前提之下,只要生命不止,这份友情不会中断,因此尽管险遭大难,但双方尺牍来往都是以此取笑,正是情到深处,反而不显。

不仅普通士人如此,名家也会调侃友人,甚至发人幽隐,故意揭其短处,只不过分寸拿捏恰到好处,使人阅后展颜一笑,并不觉得过分。

林嗣环《劝陈慎旃纳妾生子书》

来教言。使到弟正在田隩水,水如杨枝一滴,不肯轻下,是则可虑也。年兄固已自署为农夫矣,弟今欲兄变经易业,换农夫作渔父,何也?常见渔家蛋户,篷下有许多小孩,至少亦三四个。腰间各系一大竹筒或葫芦以备溺水。鹖冠子所言中河一壶,即是物也。说者云:"渔人昼夜夫妻长相守,无异处者。"果尔?则田婴之子四十余人,中山靖王之子一百二十余人,皆夫妇长相守耶?非也!水族惟鱼最多子,气类相感焉故也。越中范少伯公得其意,故扁舟五湖,载夷光与俱,而论者谓此正范公之长子,杀其少弟时事。范公一时著忙,因发此高兴,此举非好色,亦非好货,亦非功成名遂,勇流急退,不过欲仿渔家多生几个男子耳。凡看古人不必看得太深,就将日用居室看去,平平俗俗,便有妙旨。年兄聪明学古者,其以弟言为杜撰乎否?吴兴水颇不少,舴艋又多,何不多购云蓝小袖,分前后左右中五翼,如大帅之分署壁垒。然兄纵意一苇,扬舲击汰,随其所如,若复枯守一亩田,陈氏一庄荒矣。斗胆斗胆,罪过罪过![①]

林嗣环,字铁崖,号起八,明末清初福建晋江人。林嗣环在清初为官正直,在仕途上屡遭打击,因此中年以后绝意仕途,客寓杭州终身,与杭州当地士人多有交往,陈慎旃是其中之一。陈慎旃当无子或少子,因此林嗣环作此牍劝诫其多纳妾生子。但通观《劝陈慎旃纳妾生子书》一牍,实在是通篇戏谑,劝一而嘲百。林嗣环在牍中说,在收到陈慎旃来信时,自己正在田中隩水,这反映了林嗣环寓居杭州后务农为生的情况。然后他即以此生发,要改农夫作渔夫,原因无他,只因渔夫家儿子多。但他认为渔夫儿子多的原因不在于夫妻长相守,而在于近水鱼多,水族中鱼类产卵最多,因此气类相感导致渔人子孙多,这实在是不符合格物致知的歪理邪说。不止于此,林嗣环还引证古人,范少伯即范蠡,夷光即西施,范蠡携西施西湖泛舟而去是流传千古的浪漫佳话,林嗣环却偏偏作牵强的解释,说范蠡因自己长子杀少子而着急,是以携西施泛舟湖上,准备仿效渔人多生几个儿子。读到此处已经令人忍俊不禁,林嗣环却回到现实,劝朋友说吴兴地方水多舟多,当"多购云蓝小袖,分前后左右中五翼,如大帅之分署壁垒",若不如此,则若复枯守一亩田,陈氏一庄荒矣,戏谑程度又增几分。林嗣环此

---

① [清]陈枚.写心二集[M].沈亚公,校订.上海:中央书店,1935:39-40.

牍文笔生动,思维跳脱,语皆戏谑,画面感极强,歪理邪说说得正儿八经,现实与语境反差巨大,足令观者畅怀大笑,不知陈慎旃在收到此牍展颜之时是否真会兴起纳妾生子之想?

清初士人也多有借尺牍来自嘲的,字里行间充满幽默,却也真实地反映了清初士人的生存状态。

陈枚《与冯子京》

弟贫日甚,弟愁日深,弟之担负益重。寒毡坐破,半老蠹鱼中矣。年华虚度,竟不知何所适从。知己如我兄,能不为我作一送穷文,自慰兼以慰人耶? 今而后,弟誓与愁魔贫鬼,杯酒谈别矣。兄每辄然曰:"贫贱之交,何可遽忘哉?"①

从此牍判断,陈枚虽以刻书为业,生活也不见得富裕,但有友人相慰,精神上却也不贫乏。汪淇《分类尺牍新语》三编中有"嘲讽"类,陈枚《写心集》两集之中有"诙谐"类,其中多有清初士人之间相互游戏、谐谑之作,展现了清初士人珍惜友情、笑对人生的一面。

总体而言,明末清初士人朋友之间往来的尺牍之中,普遍反映出友情的真挚与惺惺相惜。在与友人的尺牍之中,他们敞开心扉,无所避忌,自由地吐露心声,真实地反映了明末清初士人的人生百态和心理状态。和其他尺牍相比,反映友情的尺牍或许缺乏高大上的家国情怀与个人的豪情壮志,但它们是最接地气的,反映的是现实生活中活生生的"人",有喜怒哀乐,有谈笑谐谑,而不是理想状态下的士人人格。此类尺牍在文学性上或许稍有欠缺,但它们对于士人真实生活的反映却具有无可比拟的史料价值,可以从中考察士人之交往与生活。《分类尺牍新语》三编、《写心集》两集中的尺牍,都以江浙尤其是杭州士人生活为中心,从中可以看出杭州文人交往之密切,地域化、集社化的特点相当明显。也可以说,尺牍选本编选辐射形成了以周亮工、李渔、汪淇、徐士俊、陈枚等选家为核心,一大批文人跟进在他们的周围的一个个结构松散的文人集团。

第五节 其他

清初尺牍诸选中的尺牍对于明末清初士人心态的反映是全方位的。特殊的时代造就士人特殊的群体性心理状态。除以上所言及的主流心态之外,尺牍中反映出的士人心态还有以下这些倾向。

一、"逃"与"陶"

明末政治混乱,道德崩坏,士人风气深有魏晋时期风范,生活高调奢华,饮酒、狎妓、清言,无谓的堕落与狂放,其精神实质是士人对社会失望,是伴狂"逃"世的一种表现。明清易代之际的大动荡又加深了士人的这种逃避心理。入清之后,大量的遗民不愿仕宦于新朝廷,

---

① [清]陈枚.写心集[M].沈亚公,校订.上海:中央书店,1935:303.

现实生活也有种种不如愿,因此在心理上也有"逃"的倾向。但他们不满晚明士人风气,以之为亡国之征,因此他们逃避现实纷扰的方式与晚明有所不同。清初尺牍选家也多不喜晚明士人堕落之风,对于反映他们颓废生活方式与心理的尺牍不愿多选。在诸多尺牍选本的尺牍中,除了前文提及的陶渊明隐居式的"逃"之外,还有一种重要的"逃",即入禅入道,明末清初不少人剃发入禅或遁入道门,《分类尺牍新语》的编选者汪淇、黄周星便是其中的代表人物。但现实生活与心理创伤不是那么容易逃避的,总需要有特定方式安定生活、疗养心灵,于是专注物事以陶冶性情的种种方式便开始展现,其中最主要的方式是逃禅养性、儒家内圣修养以及文艺、技艺的自娱。

（一）逃禅与养性

周亮工在《尺牍新钞》中不选禅道类的尺牍,因之言多虚妄而于世无补,实际上也是他对晚明士人喜尚禅道风气的批判。但在乱世之中此类尺牍实在太多,加之周亮工在饱经宦海浮沉之后,自己也有了"逃"的心理,因而对参禅论道尺牍不再排斥,反觉如疗伤之药,大有用处,这实际正是出于他自己修身养性的需求。其他尺牍选本中多有"释道""隐逸"类尺牍,这正反映了明末清初士人欲以禅、道逃世,又欲以之宁心养性的心理倾向。

《分类尺牍新语二编》收有侯方域《与槁木大师》一牍,其中提到的槁木大师可谓是逃禅的代表。

侯方域《与槁木大师》

敬启槁木大师座下。仆闻人之所以自立者两种:非有所建竖,则有所捐舍而已。建竖未必无因,苟其乘时取便,即庸人稍谨慎者,亦自可就尺寸;至于生平爱恋之处,往往不惜以身名殉之而不能割,然则独毅然捐舍者,乃真英雄也。大师少年出世卿之家,百万一掷,粉黛连行,每见宾客,言楚黄梅公子者,辄色动也。未几与仆遇金陵,则萧然布素,无豪侠态,而大师意若有余,盖是时已舍富贵矣。然而驰骋南皮之队,赓和东堂之咏,大师复以文章走天下,夫慧业之与贪业,虽稍有不同,其为业一也。至于聪明人,夙因爱恋,则更过之。大师去富贵而得文章,谓之转念则可,谓之能舍则未也。已而乃散烟墨,焚湘帙,就官执金吾,改形易影,曾不惊顾,此在他人为失其故,吾在大师则勇于脱其夙因矣。不意甲申沧桑而后,大师遂并其妻子、须发而一切舍之也。仆过江来问大师,异口同声,皆举大师之故姓氏以告,曰:"梅惠连建竖千秋名矣!"仆窃叹生人一身,十九恋富贵,十一恋文章,即不然,也未有不恋其妻子与须发者,今种种皆尽,是大师且舍其身矣,何有于名哉? 即仆之以英雄名大师者,亦非大师也。然而儒者之圣、释氏之佛,同一积累乃诣至极,当其道成教立,谓之佛与圣,其初坚忽精进之日,皆英雄也。不立见捐舍力,岂能为英雄? 不预炼英雄根器,岂能为圣为佛? 谬见如此,不识然否? 仆迹来世纲已深,沉迷万

状,大师诸相皆空,虽不复分别故人,尚冀于众生中,一体开示觉悟耳。临风皈依
不宣。①

橀木大师原名梅惠连,按侯方域所述,其生平颇具传奇色彩,少而豪侠,转而攻读文章,后又
从伍报国,甲申沧桑也即崇祯之亡后,万念俱灰,抛却富贵、名声、妻子,削发为僧,逃入禅林。
橀木大师的身份转变在晚明士人中极具代表性:少年豪侠,一掷万金,粉黛连行,转而追求名
声,以文章行走天下,真可做晚明名士的代言人。他也有着士人的爱国情怀,在朝廷危难之
际,虽未能为官以救天下,但投入行伍之中保家卫国。国破之后,理想覆灭,心灰意冷,逃入
禅林,了此残生。橀木大师的一生极好地代言了部分明末入清的名士的心路历程。与之类
似的是黄周星,不过黄周星是以入道告终,其他人虽未能如橀木大师、黄周星一般做得如此
决绝,但心中的禅林之想总是存在的。在逃禅入道的念头下,明末清初的士人喜欢与和尚、
道士交往,思想上也留意禅、道宁静清心之宗旨,以陶冶性情,逃避世俗世界的纷扰,实现心
里的平静,所以诸选本之中,士人与释道来往的尺牍为数不少。

（二）道德性命的坚守与心性的修养

宋代以来,程朱理学对士人提出了极高的道德要求,明朝士人皆受传统的儒学教育,程
朱理学更是科举的正统思想旨归,但在乱世之中却未必能人人坚守传统的道德底线。明末
已经表现出道德崩坏的苗头,士风颓废。易代之际,许多人或多或少背叛了自己的道德理
想,或隐匿深山,或逃禅入道,或屈节降清,真正经受住传统道德考验的士人并不多。在清初
稳定之后,回过头来审视鼎革之际的种种表现,反觉得明末士人表现出来的种种道德缺失正
是明亡的原因之一。至于降清的士人,虽有种种迫不得已的因由,但不仅正统的士人对之颇
有微词,就是他们自己内心之中也经受着道德的考问。于是,清初士人开始觉出传统儒家道
德的珍贵,因此批判明末以来的士人风气。另一方面儒家提倡的外王理想追求对于忠于明
朝的士人而言,已经随着明朝的灭亡而破灭。他们既然要坚守道德,只有放弃个人价值的诉
求,选择以遗民自居。这样一来,他们只能转而追求内在精神的自省,选择"穷则独善吾身"
的道路。在具体的表现上,许多士人极为重视儒家的道德性命价值观,注重自己日常心性的
修养之道,强调道德性命坚守的自觉。这实际上与逃禅相似,是明末清初士人选择的另一种
逃避方式,他们无法面对理想覆灭的现实,只能在内在的精神上刻意追求,以此来获得道德
上的高尚感与精神上的平静。宋代以来儒与禅便开始结合,清初士人强调的心性修养虽以
儒家道德性命观为旨归,但在修养方式上也不外乎此道,这也是另一种陶冶性情的方式。
《藏弃集》卷十一收钱陆灿一牍,极好地说明了这一点。

陆灿《与门人吴仲武》

不于佛门下手,定不能于儒们立脚。今轩儒轻佛者,谓佛只主一"静"字耳,不

---

① ［清］汪淇.分类尺牍新语二编［M］.台北:广文书局,1975:383－384.

知深山静坐一二十年,尚是系马桩。即如篱下猫狗,未尝不安静,撩下一片骨头,即时忙乱。故佛门全以操履锻炼为主,不可但坐死水也。①

陆灿,本姓钱,字尔韬,号湘灵,又号圆沙,江苏常熟人。明末清初藏书家,为常州、金陵书院教授,从学者众。《与门人吴仲武》一牍便是其训诫学生的话,他在尺牍之中将佛与儒结合,以为佛儒相通,当清心寡欲,静心之外尚需有定力,所讲的正是儒家心性的修养之道。

出于对道德性命的重视与坚守,清初尺牍选家选入了大量明末清初谈论儒家道德修养的尺牍。以周亮工为代表的贰臣其实内心中也饱受传统儒家道德审判的煎熬,他们对士人的道德性命价值甚至比普通明遗民看得更重,他在《尺牍新钞》三选之中,选入了不少明末论及道德性命的尺牍。《结邻集》卷一开篇即选明代理学家刘宗周的尺牍9通,内容全谈儒家的道德与心性修养,姑录部分如下:

刘宗周《与人》

一

去此矜己之言,与短人之言,戈戈之陈言,悠悠之漫言,谑言、绮言、流言,终日无可启口者,此即不睹不开入路处也。②

五

每遇拂意时,即须诵孟子三自反章,我必坐一项在,且孟子盖为学圣人而未至者言,若吾侪小人,直是自处横逆,自处妄人,于他人报施平等耳。不知又经几十会自反,方得到君子不仁无礼地位,正是乡人亦不易及也。可愧哉!③

七

上士乐天,中士制命于礼,下士制命于刑,小人制命于欲。④

九

心放自多言始,多言自言人短长始。⑤

刘宗周(1578—1645),字起东,别号念台,绍兴山阴人,开创了蕺山学派,人称蕺山先生。刘宗周是明代最后一位儒学大师,明亡后绝食而死,是恪守封建道德之至者。刘宗周思想学说的核心在"慎独",这是儒家心性修养的基础,也正与入清后明遗民的心态相印,在慎独中坚守儒家道德性命价值观是遗民内心中的诉求,也是行动中的坚持。周亮工所选的刘宗周尺牍正是讲究慎独状态下的儒家心性修养。考虑到《结邻集》成书于周亮工晚年,其时亮工心态灰冷,正暗合刘宗周的修养观。

汪淇《分类尺牍新语》三编之中都设置有理学类别,并将其置于第一章以示重视。《分类尺牍新语》第一篇为李长科的《与李仲休》。

---

① [清]周亮工.藏弆集[M].张静庐,点校.上海:上海杂志社贝叶山房本,1936:206.
②③④⑤ [清]周亮工.结邻集[M].张静庐,点校.上海:上海杂志社贝叶山房本,1936:1-3.

李长科《与李仲休》

我辈当从孝友二伦立脚根,从生死关头开眼目,从贪淫世界竖脊梁。凡立身行己,利物济人,皆吾本分内事。即使磨蝎终身,必不改柯易节,一切前因后果,如回之夭,宪之贫,庆之富,跖之寿,置不问可也。[1]

李长科,一名盘,字小有,江苏兴化人,其曾祖为李春芳,官至武英殿大学士。入清后,李长科以明遗民自居。《与李仲休》很好地代表了遗民在儒家伦理道德层面上的坚守与修养之道。他在牍中以为为人"当从孝友二伦立脚根,从生死关头开眼目,从贪淫世界竖脊梁",并且应坚守终身,即使面对寿夭、贫富、生死的考验,也不能改柯易节。明遗民在清初面临较为严苛的政治环境,在生活、信念、个人价值追求上都受到了严重的影响与挑战,是否能够坚守道德底线也成为对士人一种切实的考验。李长科的这一篇尺牍简直可作为清初明遗民在道德性命坚守与修持上的宣言书。

(三)文艺、技艺的自娱

回忆是痛苦的,现实是无奈的。长日漫漫,不为无聊之事,何以消遣有涯之生。中国自上古以来就有教授"六艺"的传统,至后世文人除诗书之外,擅长多种文艺与游戏技能者比比皆是。入清后的士人尤其是遗民逃避痛苦心事、消遣生活的方式之一便是醉心于文艺与其他游戏技艺,寻觅生活中的"陶然之境",以此自娱。典型者如髡残,青年为僧,南明时参加抗清队伍,失败后避战火于深山,在遭遇此人生的重大转折后,以绘画作为终身消遣之艺。

在清初尺牍诸选之中,士人们以尺牍联系结社乃是常事,讨论文艺,相互寄送诗文评阅更是比比皆是,讨论绘画、书法、棋艺、琴艺的也有不少,这既反映了明末清初士人文艺活动的旺盛,但也有士人消遣生活、忘却烦恼的因素。

徐士俊《与陆恂如》

偶坐僧房,听宝雨上人弹琴一曲,已称佳绝。继而得交庄蝶庵,更能自度新声。见其所刻琴谱暨名公赠言,诗古文词,无所不备,巍然成大集焉。何一技之能倾动若斯之广,因思何事不可居其上流? 僚之丸,秋之弈,公孙大娘之剑,养由基之射,孙登、阮籍之啸,王子晋之笙,秦弄玉、萧史之萧,朝云之箧,康昆仑之琵琶,不惟擅名千古,抑且上凌霄汉,而况于琴乎! 吾知中郎、叔夜,精魂不亡,空山中且有聆其响者矣。足下以为何如[2]。

徐士俊为明遗民,在明末以杂剧闻名,今《盛明杂剧》中尚存其《洛水丝》及《春波影》两种剧本。入清以后,对其活动的记录甚多,但反而不闻其有杂剧创作。《与陆恂如》一牍反映出徐士俊在入清以后醉心于声乐,其"偶坐僧房,听宝雨上人弹琴一曲,已称佳绝"一语中,僧房听

---

① [清]徐士俊,汪淇.分类尺牍新语[M]//四库全书存目丛书:集部第396册.济南:齐鲁书社,1997:363.
② [清]汪淇.分类尺牍新语二编[M].台北:广文书局,1975:402.

琴已经反映出他以琴消遣生活的心态,后又作出许多文字夸赞庄蝶庵与琴艺之道,汪洪在其后评点中(汪憺漪曰:野君好观优伶,演剧终夜忘倦,又复得意在琴,其于声音一道,系情深矣)说徐士俊好观戏剧以至可以通宵达旦,又好琴艺"于声音一道,系情深矣"。这正反映了徐士俊在日常生活中排遣生活的方式。

陈允衡《奇寄窦德迈宪使》

衡昔避乱新安,所传隃麋法,私得之程方旧人,而折衷于去尘,颇穷其源。倘藉顾盼,重理此事。古人隐于酒、隐于锻,衡将欲隐于墨,或近乎老氏守黑之旨。既以自娱,少取赢余糊吾口,犹之卖药卖卜也。其许子墨客卿,一蹑履担簦而来乎?[①]

陈允衡,字伯玑,生卒年不详,江西南昌人,明遗民。入清后寓居苏州吴江,杜门穷巷,以诗歌自娱。陈允衡《奇寄窦德迈宪使》一牍中说他在新安躲避战乱时习得"隃麋法",隃麋是墨的代称,制墨也是文人雅趣之一。陈允衡说他将要隐于制墨,既以之自娱,也用以盈利糊口。陈允衡入清后生活清贫,他的这一说法既说出了清初部分遗民生活困难却坚守道德底线的情况,也道出了他们借文艺、技艺逃避乱世与心中烦忧,聊以自娱的情状。程奕仙的评点(程奕仙曰:龙宾十二隐,隐现于笔端)也恰如其分地点出了遗民们种种逃隐与陶冶性情的方式。

二、豪杰式的幻想

明遗民不愿与清政府合作,自愿放弃了传统文人自我价值实现最直接与最基本的途径,心怀故国而洁身自好是他们普遍的心理状态。清政府对遗民们则采取了双重态度:一方面拉拢分化,另一方面时刻防范。总体而言,清初遗民面临的政治环境是险恶的,面对的生活由于失去了晋升之阶因而总体是困难的。在这样的局面下坚守自己的政治立场与道德底线,将自身与一个强大的政权对立起来,需要极其强大的人格力量与精神勇气。遗民群体之间的相互慰藉、监督以及严厉的舆论批判力量是遗民能够长期坚守的动力之一。但也需要精神上与人格上的伟岸化重建,现实的困境与士人精神的需求共同作用,使他们推崇一种豪杰式的可以英雄般独自挺立于天地间的气概。这可以充实他们的精气神,支撑起他们羸弱的身躯,使他们能够以"虽千万人,吾往矣"的大无畏姿态,对抗来自政治与生活的双重压力。事实上,现实生活的苦难也着实磨炼了士人的意志力,不少士人并未因此消沉,"宝剑锋从磨砺出,梅花香自苦寒来"既是明末清初部分遗民自勉的座名铭,也是部分士人人格的写照。清初遗民中的领袖人物顾炎武就曾经说过:"天生豪杰,必有所任。如人主于其臣,授之官而与以职。今日者,拯斯人于涂炭,为万世开太平,此吾辈之任也。仁以为己任,死而后已。"[②]王夫之也曾经说:"有豪杰而不圣贤者矣,未有圣贤而不豪杰者也。"[③]他们将豪杰精神与儒家的圣贤思想结合起来,尽管在清初乱世之中,遗民未必能够人人都拥有这种豪杰式的英雄意

---

① [清]汪淇.分类尺牍新语二编[M].台北:广文书局,1975:403.
② [清]顾炎武.顾亭林诗文集[M].华枕之,点校.北京:中华书局,1983:48.
③ [清]王夫之.船山全书:第12册[M].华枕之,点校.长沙:岳麓书社,1996:479.

气,他们中的大多数人选择以退隐为独善其身的方式,但是他们的心底却是渴望有这样豪杰式英雄人物的出现,自己在生活中也难免偶尔动念,吐露胸怀中的豪杰之思。这在清初士人尺牍中多有表现。

《尺牍新钞》卷三选陈孝逸尺牍十数通,其中多表现自己的豪杰之思。

陈孝逸《答刘孝若》

王大将军,一旦开后阁,驱出婢妾数十人并放之,意气何似。当开平每战,必斩所幸美人头,然后临士对敌。千古英雄人物,正诡不同,而刚决则等。吾曹丈夫,于天下何足系累,乃复刺刺昵昵向儿女耳边语耶!来教获我心矣。①

陈孝逸《与萧明彝》

孝逸极支离人也,然而豪气不除,深情不往,儒心侠骨,眼里诸生,似未有见逾者,以此差为胜流所录。尝闻翁兄浩魄雄襟,既已神思奔会,又知于内典,更有证入,益增愧惶。弟生平自许不徒许,其愧亦不徒愧。便欲瓣香皈依,以开诱其不逮。乃去岁仅从驿前,一拱而过,忆玄德、伯符,相望于公路东西阶之间,何必有间也?②

陈孝逸《答无生》

逸有丈夫之心,而为儿女所累,虽此腔甚热,此底不欺,然于世间仁义豪杰之为,不能从臂展脚而行一事。朱家、郭解,亦笑人矣。③

陈孝逸,明末古文家陈际泰之子、陈孝威之弟。明亡后,陈孝逸放弃科举,成为遗民,隐居著述。陈孝逸属于清初遗民中其身虽隐而壮心不止的典型。他在《答刘孝若》一牍中引用晋代王敦故事,指出英雄当刚决,不应留恋于昵昵儿女之事,以此表达胸中豪杰意气。在《与萧明彝》一牍中,他自认自己"豪气不除,深情不往,儒心侠骨",平常人物不入眼中,牍中引用刘备与孙权故事,隐隐有将自己与萧明彝自拟为英雄之意。但是明清易代的趋势不可逆转,清初虽还有乱象,但整体趋势已经趋于稳定。陈孝逸的豪杰之思只能是聊以自慰的幻想,不可能在现实中实现,他自己实际也明白这一点。在《答无生》一牍中,他说到自己虽一腔热血,有丈夫之心,但却为儿女所累,不能放开手脚如豪杰一般行事,徒为古代豪侠朱家、郭解笑话,其实所谓"为儿女所累"只是聊以自我释放的一种借口,真实的原因是势不可为耳。《尺牍新钞》中还有张象冲一牍,以清言形式出现,用以表达壮心。

张象冲《上伍国开师》

身倚横天之剑,手弯明月之弓。有事则大箭所加,旄头夜落;无要则彩毫色动,上苑花愁。师许之乎?④

张象冲,原名与生平事迹不详,《上伍国开师》一牍展开幻想,希冀自己如英雄豪杰般可以成

---

①②③④　[清]周亮工.尺牍新钞[M].上海:上海书店,1988:64,66－67,68,172.

就大事,可以如文士般消得愁情,实际上也是一种出自壮心的幻想,当不得真。

陈枚《写心集》两集中有"砥砺"类别,其中多清初士人之间相互勉励的话语,也不乏豪侠之思。

吴相如《致袁惠子》

数客到门,四方布列,即呼宋江辈出,敲台拍案,喝赏呼冲。胜负虽不相悬,光阴各输寸许,甚至衅起席间,诈生颜上,使真诚之交,怀机变之虑。古道时趋,惟君子审之而已。[①]

李枝藻《与友》

昨幸见兄射,矢矢中的,再见养由基哉。第古人三箭曾定天山,若有志四方,当操弧矢以作大丈夫事,勿因观者如堵,自为绝技,遂以毕其志愿。[②]

吴相如《致袁惠子》一牍写诸友相会,推演宋江造反故事,但这只能是一种私下里发泄胸中豪侠意气的方式,现实情况是"古道时趋,惟君子审之而已"。李枝藻《与友》一牍勉励朋友当树立远大的英雄志向,做大丈夫之事,不能以炫技自满。李枝藻不一定是遗民,但自己不能为英雄之事,却寄望朋友去做,虽有识人之能,却也是自己的一种想象与愿望,无论如何是实现不了的。

总体而言,清初社会混乱,士人尤其是遗民多有豪杰之思、英雄之想,但社会整体趋于稳定,政府对遗民监控甚严,打击力度也非常大,因此他们虽有豪杰式的英雄之思,但也只能停留在抒发、宣泄的层面,真正将豪杰行为付诸实践的少之又少。这种豪杰之思虽多数只是内心一种无望的幻想,却也是士人心声的直白反映。

三、功名追求的无奈与热衷

自唐代实行科举考试以后,科举就成了底层士人向上晋升的最主要通道。士人自我价值的实现以及儒家内圣外王终极追求的实践皆有赖于此,因此科举考试对于士人而言乃是人生中最重要的事情之一。明代以来,士人往往自幼便开始学习八股,准备举业,科举是他们人生中绕不过去的一个坎。清初诸选本中的尺牍记录了不少明末清初士人谈论科举与八股的尺牍,如实地反映了他们对于功名追求的心态。从总体倾向看,这种心态既有几分无奈,又有许多热衷。

明代以来,科举考试的内容与文体越来越狭仄,渐渐形成了八股取士的制度。科举考试所用的文体是八股文,亦称制义、制艺、时文、八比文,采取代圣人立言的形式,对四书五经章句进行生发。这种文章极为束缚人的思想,难以在其中表达出自己的真实性情,士人多有不愿为之者,但晋升之阶又全仰仗于此,又不得不为,因而心态复杂而无奈,如《尺牍新钞》所收曾异撰两牍便有反映。

---

①② [清]陈枚.写心集;李颖序[M].沈亚公,校订.上海:中央书店,1935:161,165.

曾异撰《答陈石丈》

每阅墨艺房书,辄有弃日之叹。以为前世司马子长、杜甫诸君,何幸而不为此?彼亦人耳。使我无科举之累,得肆力于文章,固未能胜之,亦未必尽出其下。以此为应制帖括事,每一举笔,辄谓我留此数点心血,作一篇古文辞,数首歌行,直得无拘无碍,而又庶几希冀于千百年以后,何苦受王介甫笼络? 如此意况,似于富贵功名一道,极相嫌恨,虽未甘谢去巾衫,飘然为隐士逸民,又似不可强。昔人所谓抑而行之,必有狂疾耳。天下事必且日甚一日,此后极难题目,正须我辈为之,弟衰惫,受鞭蹄足矣。兄不可不自励也。[①]

曾异撰《与丘小鲁》

某未衰而老,颠毛种种,每顾影自叹,唇腐面皱,于八股中,而又似不愿处其罗笼之内。私念我辈,既用帖括应制,正如网中鱼鸟,度无脱理。倘安意其中,尚可移之盆盎,蓄之樊笼,虽不有林壑之乐,犹庶几苟全鳞羽,得为人耳目近玩;一或恃勇跳跃,几倖决网而出,其力愈大,其缚愈急,必至摧鬐损毛,只增窘苦。如某得无类是,缚急力倦,正不知出腾何日耳? 小鲁何以教之?[②]

曾异撰(1590—1644),字弗人,福建晋江人,有《纺授堂集》。在《答陈石丈》一牍中,曾异撰表白自己想放弃制义但又无奈。他庆幸司马迁、杜甫不用参加科举,又由此联想到,倘若自己不用忙于科举,"得肆力于文章,固未能胜之,亦未必尽出其下",感慨科举束缚了人的才思,改变了人生轨迹。但要放弃科举,"飘然为隐士逸民",却又不甘心。在《与丘小鲁》一牍中,他对科举的批判更有力度。他感慨自己蝇营狗苟于举业之中,未老先衰、唇腐面皱,一想到此,便不愿入举业牢笼。但他又以"网中鱼鸟"为喻,只要一入此中,"度无脱理",越挣扎摆脱,越感到痛苦,安于其中,或能"苟全鳞羽,得为人耳目近玩"。曾异撰在尺牍中表现出来的态度,代表了一大批明末士人,他们认识到科举对于士人肉体与精神上的伤害,即使成功了也只是"为人耳目近玩",但如果真的放弃富贵功名,放弃自己人生价值的追求,又极不甘心。

因八股为科举考试必须之文体,其写作要求极高,因此士人往往从幼年开始便习作制义,准备攻举子业。由于士人人生价值之实现系乎科举,而科举之成败系乎八股,因而在得失成败间,牵涉到许多士人的欢喜与忧愁。《藏弃集》收罗万藻2首尺牍,便谈到了时文与科举。

罗万藻《与李小有》

足下以三十年名士,既不第,以贤良高等补为令,二三知己颇心荣此行。而足下顾以生平制艺,属不肖弟为之言,勤勤焉。嗟夫,此意复令人悲尔。夫人生莫亲于心,莫悲于心所经苦之处。生平裂筋绝脉,独出性命之物,粹于八股。虽已知己

---

①② [清]周亮工.尺牍新钞[M].上海:上海书店,1988:8-9.

效于人,犹不能遽释以去,况时将置之不复知,而卒应功名以起。念当觅名山大川之灵,酬此耿耿,以少年情炎斗进之气为之,而晚以穷愁自见之意传之。嗟乎,足下此意复令人悲耳。①

罗万藻《候倪鸿宝先生》

场卷视往科,精气稍益挺动,向老师所教机锋光焰诸物,颇从飙出,同辈举谓可元,不肖亦私心自喜无憾,而摒落如前。揆之气类,则吾师失志之时,亦不宜为藻得意之日耳。②

罗万藻(?—1647),字文正,江西临川人,明末古文家,以长于时文闻名。罗万藻明末已经去世,故此两牍反映的是明末士人攻时文的情况。《与李小有》一牍中,李小有科举未曾中,"以贤良高等补为令",罗万藻作为朋友颇为羡慕。后谈到制义,则触到了他的伤心事。罗万藻"生平裂筋绝脉,独出性命之物,粹于八股",长于制义却始终不得中举,他反复慨叹"嗟夫,足下此意复令人悲耳",牍中描绘的种种凄苦之状令人泪落。《候倪洪宝先生》应是罗万藻参加科举考试后所作。他自感科考时文做得不错,老师往日所教精华都应用于时文之中,虽言"无憾,而摒落如前",实际上心中自度是能够高中的。两牍相较,一悲一喜,道尽了士人对于科举与时文的执念。

许多明末士人入清以后选择以遗民身份终老,他们心系故国,不愿仕宦于新的王朝,以实现儒家道德对于士人忠义贞节的要求。但乱世之中,苍生受难,总要有能人出来将混乱的社会秩序拨乱反正,使动乱的生活平静。清初为稳固政治基础,很快就实行了科举,既给士人晋升的阶梯,也试图笼络士人,分化士人群体。要士人保持道德节操,完全放弃个人价值与政治理想的实现是一件很困难的事情,何况很多士人在明代未受皇恩,未食过俸禄,他们在心理上没有多少背叛前朝的负罪感,因此在清初积极参加科举是极其自然的事情。随着清朝统治渐趋稳定,士人群体对前明的眷恋之情越来越淡,尤其是清初成长起来的士人,他们完全没有遗民式的心理负担,因此追求功名、参加科举便成为新一代士人所热衷的话题。清初尺牍选本中,入清后谈科举的尺牍渐多,正反映出了这种变化。参加科举是士人生平最重要的事情之一,一旦得中,便宛如鲤鱼跃龙门,孟郊中进士后有"春风得意马蹄疾,一日看尽长安花"得意之句,罗万藻自度科举发挥得好已经是欣喜不已,故如若中举,则是人生极大喜事;如若失意,则须再候几年,且参加科举往往耗费极大,也为人生一悲。清初尺牍诸选中庆贺友人中举者多有之。

尤侗《贺丁飞涛》

壬辰长安道上,马首相遇,不获班荆,一话平生。乃忆武林之游,信宿居亭,酒赋晋歌,流连朝夕,斯乐难当,岂虚语哉?三秋采葛,千里停云,南北相思,何以喻

---

① ② [清]周亮工.藏弆集[M].张静庐,点校.上海:上海杂志社贝叶山房本,1936:215.

比？接春榜，得兄名，喜而起舞，不但王贡之私，文章声气如兄，昌黎、眉山，一第借以增重，尚恨不得弋云令弟，嘤鸣同乡，复修郊祁故事耳。弟偃蹇边关，一官掣肘，十口捉衿，穷愁萧瑟之况，无足为故人道者。一杯奉贺，深愧弋弋。①

尤侗在清初虽才名动天下，却六入闱场不得中，引为毕生憾事。丁飞涛即丁澎。尤侗于顺治九年以副榜贡生授河北永平推官，顺治十二年当在任上。在《贺丁飞涛》中，尤侗回忆了往日与丁澎的交游情状，接着提到自己接到春榜，看到了丁澎的姓名，不由喜而起舞，大赞丁澎文章。尺牍写得非常有才气，不过在艳羡之余，颇有酸味。尤侗在清初未中举而得官，较之丁澎总是非正式途径，且其才名远超丁澎，却不如丁澎幸运。他在尺牍中称"弟偃蹇边关"，尤侗生于万历四十六年（1618），年长于丁澎却自称弟，显是自谦，或许与他未中举而得官的自卑感有关。他称自己"一官掣肘，十口捉衿，穷愁萧瑟"，但实际情况并非如此，总是见到故人得意心中泛酸罢了。从尤侗贺友中举的心情中可以领略到中举在清初士人心目中的重要性。士人之中，毕竟中举者少而落第者多，清初尺牍诸选中，安慰友人落第者也有不少。

王仕云《慰侯庆年落第》

柯亭枯竹，咸荐馨香，峄岭残桐，翻成妙响，赖品题有中郎耳。椟藏荆璞，匣隐青萍，终不能与和璧隋珠同识赏，天之生才者何心，世之阻才者何意？可奈何，奈若何。②

朱达《与弟简廷》

小伻至，知弟名落孙山，为之扼腕。然刘蕡下第，士论益荣；赵籍题名，物论愈鄙，文章声价原不在区区遇合间也。况大丈夫处世，功无倖成，宁为卜子所哭，决不为郑五所笑。吾弟勉之。③

此二牍都为安慰落第之作，前者以伤惜为主，气格柔弱，后者以勉励为主，格调高亢，但与贺友人中举的尺牍相比，其间的意味有云泥之别。

尺牍写心，清初尺牍诸选中的尺牍可谓写尽了明末清初的士人百态，简直可以当作士人的"心史"。从这些尺牍之中，可以感受到他们的喜怒哀乐，可以感知到他们的爱恨情仇，可以领略到他们生活的甘甜苦恨，可以探寻到他们交游的生死契阔。在这些尺牍之中，各色人等在风云动荡的时代将自己的心声毫无顾忌地吐露出来，不掩盖自己的卑微落寞，不装饰自己的酸苦穷愁，不艳羡繁华，不排斥孤独，他们富有人间烟火气息，性情各异，有缺点也不乏可爱之处。不同于传统"高大上"文章中士人自我形象的表现，短小的尺牍中显示出来的是活生生的、仿佛真实存在你身边的士人群像。清初的尺牍选本好像是一部穿越时空的摄影机，真实地将明末清初的士人世界一一录制并展现在我们面前。

①②　［清］陈枚.写心集［M］.沈亚公，校订.上海：中央书店，1935：15，19.
③　［清］陈枚.写心二集［M］.沈亚公，校订.上海：中央书店，1935：38.

第四章　清初尺牍选本中的文学艺术理论

中国上古及中古时期,由于技术条件的限制,缺乏信息传播与流通的渠道,因而个人的思想难以实现大范围的沟通与传播。在这种情况下,尺牍由于对思想的承载性与一定程度的流通性,成为古人最主要的思想交流、沟通渠道之一,当时文人的文艺思想交流也多依赖这一渠道。同时,中国上古、中古时期文人的文艺创作理论多属于个人的总结性的经验与心得,好的作家获得影响力主要依赖于他的作品质量与在社会中传播的深度与广度,并不在于其文艺理论研究的精湛与文艺观点的新颖,因而相对于文艺创作实践,文人并不注重个人文艺创作的理论总结。他们的创作理论往往是在与同行交流创作经验或者是后生请教创作之道时方才有所提高,而这种交流与传授往往依赖的正是尺牍。同时,古人没有著作权意识,好的有影响力的尺牍作品可以供天下人随意传抄、四方流布,因此,"尺牍交流思想的作用,具体分析已有些今天报刊的功能——发表言论的媒体。唯一的差别是不公开发行"①。种种因缘汇合,使得尺牍成为古代文艺理论家发布文学艺术理论的重要工具与平台,中国文学史上许多重要的文艺理论文章正是以尺牍形式写成并发布、传播,并对现实中的文艺创作发挥指导作用,形成了巨大影响。如司马迁《报任安书》、曹丕《与吴质书》、陈子昂《修竹篇序》、韩愈《答李翊书》、柳宗元《答吴武陵论〈非国语〉书》等。

时间发展至明代,随着印刷技术的进步,专门性的讨论文学艺术理论的著述越来越多,但尺牍依然是文人交流文艺创作心得与见解的主要渠道之一。明末清初的乱世背景,使得士人纷纷反思文艺在明末社会中所扮演的角色和所起的作用,文艺讨论成为士人尺牍交流的重要内容之一。对此,清初一众尺牍选家自然不会放过。并且鉴于传统的"诗言志""文以载道"等文学观念,选家对于讨论文艺的尺牍十分重视,汪淇在《分类尺牍新语》三编中,将"文章""诗词"等讨论文学理论的尺牍放置在"理学""政事"之后,位列第三、四位,以示重视;

---

① 赵树功.中国尺牍文学史[M].石家庄:河北人民出版社,1999:16.

陈枚在《写心集》中也设置"文艺"类别,在《写心二集》中设置"诗文"类别,位居前列。其他清初尺牍选本之中也集中了大量明末清初士人谈论文艺的尺牍,可谓是明末清初文学艺术理论集中式的大会展。而且这些谈论文学艺术理论的尺牍多不见于其他载体,因而它们具有极高的研究价值。蒋寅先生说过:"清代文集和尺牍集里保存的论诗书简,是比诗序更真实地反映作者诗歌观念的文献。"[①]通过对选本中讨论文学艺术理论尺牍的分析与研究,我们既可以考察个体文人的文艺创作理论主张,也可以整体上厘清明末清初文人群体在诸种文艺形式上的理论认知与发展轨迹。

第一节　对明末文学的反思与批判

清初尺牍中有着大量的文学艺术理论,它们会展式地呈现了明末清初文人对于文学艺术的各种观念和看法。明代文学流派纷呈,从台阁体,到前后七子、唐宋派,再到公安派、竟陵派,各派标新立异,文艺主张迭出,但整体上总是在复古与反复古之间徘徊。而且在"心学"影响下的个性解放主义思潮兴起以后,标注性情,独抒性灵成为主流,至晚明,这一趋势发展至极致,个人性情在文学创作中有着极端化的发挥,这导致明末文学风气颓废,文以载道的传统被忽视。针对这些情况,清初尺牍选本中的文学艺术理论,虽然各自认知不一,对于明代文学的各种文学流派与文艺理论,也往往各有主张与看法,但在总体上都表现出一种共同的倾向:开始对晚明以来的文学创作与理论进行反思与总结。这种反思与总结并不是力图有所创新与建树,而是企图对于明代种种文学创作风气进行拨乱反正,有着绝望的沉痛之后的思考意味。如林时对在《与叶又生论文》一牍中所说:

> 文章关世运,维诗亦然。开元大历,习为诗歌者,如洪钟大吕,苍郁沉雄,一变而为晚唐,则生趣索然矣;弘正嘉隆,习为制义者,如清庙明堂,高华名贵,一变而宗训诂,则青华既竭矣。夫卿云烂漫、同符二典,尔雅渊深,取裁六经,安在瓦缶、土鼓能与琥璜琮璧絜隆比妍哉? ……诗过衰于钟谭,制义亡于陈艾,说殆非诬也![②]

林时对(1623—1664),字殿扬,号茧庵,浙江宁波府人,明末遗民,清初曾参与抗清活动,失败后归隐不出。他在《与叶又生论文》中开宗明义提出"文章关世运,维诗亦然",将文章与诗歌提升到与国运关联的高度,看似秉承的是文章载道观,但其中饱含着对明亡的痛恨与对晚明文学风气的反思。他以唐诗为例,盛唐诗歌"如洪钟大吕,苍郁沉雄",晚唐诗歌则索然无味。接着指出明代弘正嘉隆朝,制义之文尚且可观,一旦宗训诂之后,脱离了社会现实,"则青华既竭矣"。继而得出结论,"诗过衰于钟谭,制义亡于陈艾"。他的这一结论乃是从诗歌与文

① 蒋寅.关于清代诗学史的研究方法[J].江苏行政学院学报,2003(4):121.
② [清]汪淇.分类尺牍新语二编[M].台北:广文书局,1975:19.

第四章　清初尺牍选本中的文学艺术理论

章关注现实、维系社会道德规范的载道观出发，批判钟谭、陈艾诗文流于空泛，脱离现实，使得士人风气受到影响，国运甚至也因此受到影响。他的这一结论有因果倒置的意味，不见得正确，但他对晚明以来文学风气的反思却有着沉痛的心境基础。

清初尺牍选家本身有一定的文艺观念，并将之应用于尺牍的选辑之上。从他们对尺牍的认知上看，已经表现出明显的反思特点。如周亮工在《尺牍新钞·选例》中说明："是集篇无定格，幅不同规，要于抒写性情，标举兴会，可谓独空前往，游方之外者矣。"①对于尺牍要"抒写性情"的主张，周亮工有所继承，他欲以此为选辑尺牍的文艺标准。但周亮工与晚明尺牍选家做派不同的是，他将尺牍作为传统的"文"来对待，非常强调尺牍的"载道"作用，要求"凡所登选，亦必有关大道，裨益古心"②。于是"抒写性情，标举兴会"的文学观与"有关大道，裨益古心"的载道观并重构成了周亮工编选尺牍的两个总标准与原则，在这样的审视观念之下，周亮工认为释道尺牍空谈方外、女性尺牍翰墨导淫，都无补世用，因此不选。对于仅书写性情、标举兴会的风花雪月者文辞，周亮工态度更是坚决，"不特桑濮之音，概从屏置，即月露之句，尽谢甄收"③，这一点表明他对晚明以来的文学风气是有极大不满的，并且这种不满不仅停留于文学层面，更深入到文学思想层面的反思。晚明文人聚讼之事甚多，学术风气空疏好辩，反映在文学创作中也是如此，周亮工以为辩难之文"间有一二研理之家，辨析疑义，论难岐端，然一涉往复，便启争凌，既有胜情，遂生犄角，于圣贤精义，亦复何有？徒使翰墨之林，为迂腐学究之播煽而已"④！而晚明以来，文人之间讼争不已，"文人聚讼，自古为然，尺牍纷争，于今更甚，自何李倡道于前，艾陈沸腾于后，近世因之，遂相慕效。一字之讹，一言之异，动生抵牾，论难百端，至十易翰札，而犹未知所抵者，不过争吐笔锷之飞翔，大肆文澜之湍激耳。不知一理而两端具足，殊途而归旨斯同。妄持偏见，终类井蛙；竞起狂锋，究同管豹。启门户之渐，造水火之端，酿祸贻讥，莫此为甚。原其所始，未尝不可两存而并是也，岂不多事之甚也哉！故是集尤严绝之"⑤。周亮工批判何李、艾陈等中晚明文人相互攻讦、辩难的行为，并对此深恶痛绝，表面上针对的是晚明以来的尺牍创作，实际批判的是整体文学风气。周亮工对于晚明以来文学风气的反思基于明末清初社会思潮变化的背景。明末清初，由于时局动荡、思想衰颓，先进士人对于长期以来导致社会积弱不振的思想因素的反思从来都没有停止过，对于文学创作风气的反思只是其中的一个方面，却也是士人最为注重的方面。周亮工强调"载道"观乃是对明末文学风气的反思过后的一种拨乱反正，实际代表了明末清初文人的一种倾向。只不过文人在交往尺牍中表现出的文艺反思与主张，主要呈现在对明代复古与性灵文学主张的批判与继承上。

明末文人对于明代尤其是晚明文学风气的反思在他们与友人交流的尺牍中有大量表现，并在很大程度上对于晚明文学持批判的倾向。李渔在《尺牍初征》中收的钟惺《与谭友夏》是其中较早者。

---

①②③④⑤　［清］周亮工.尺牍新钞：选例［M］//四库禁毁书丛刊：集部第36册.北京：北京出版社，2000：8-10.

钟惺《与谭友夏》

奇俊辨博，自是文之一种，以施之书牍题跋、语林说部，当是本色。至于鸿裁大篇，深重典雅，又当别论。正恐口头笔端，机锋圆熟，渐有千篇一律之意。如子瞻所称"斥卤之地，弥望皆黄茅白苇"，此患最不易疗。又文字一篇中佳事佳语，必欲一一使尽，亦是文之一病，不为大家。国朝工诗者自多，而文不过数家，且不无遗憾，以此知文之难于诗也。兄兼才大力，故不觉备责之而厚望之。①

此牍亦见于钟惺《隐秀轩集》，是钟惺与谭元春之间关于竟陵派文学观念交流的重要资料。钟惺在牍中认为，"书牍题跋、语林说部"与"鸿裁大篇"特点不同，前者的本色特点在于"奇俊辨博"，后者则在于深重典雅。钟惺所说的与"鸿裁大篇"相区别的"书牍题跋"等指的其实是受苏黄尺牍、题跋风格影响的诸种小品文，"奇俊辨博"意味着不能浅俗，表明钟惺反对公安派小品文的俚俗特点。他又说小品文一不可"口头笔端，机锋圆熟"，如此容易有千篇一律之感，二不可一篇之中"佳事佳语，必欲一一使尽"，多而琐碎，反而破坏小品文的美感。以此衡量明代文坛，工诗者多而善文者少。钟惺的话批判明代的小品又在口头笔端徒呈机锋，有千篇一律之感，是有一定见地的。不求全面、追求某一方面主张的"奇俊辨博"也正符合小品的特点。《与谭友夏》较好地表现了钟惺对于晚明小品文的看法。

《藏弆集》中收入了周立勋《柬人巾》一牍，从中可以看到明末文人文学上反性情、尊古崇古的复古主张。

周立勋《柬人巾》

文当规摹两汉，诗必宗趋开元。吾辈所怀，以兹为正。至于齐梁之瞻篇，中晚之新构，偶有间出，无妨斐然。若晚宋之庸沓，近日之俚秽，大雅不道，不必置针砭也。②

周立勋，松江华亭人，几社六子之一，明末死于南京。几社成员关注现实政治，在文学主张上反对性情论，反对公安派和竟陵派，崇尚复古主义的文学观，尤其推崇前后七子。《柬人巾》一牍中"文当规摹两汉，诗必宗趋开元"正是前后七子提出的"文必秦汉，诗必盛唐"文学主张的翻版。"几社"成员关注国事，积极参与拯救国家危亡，因而痛恨晚明以来有脱离现实倾向的文学性情论，批判之为"晚宋之庸沓，近日之俚秽，大雅不道"，但他们也未能提出新的文学主张，仍旧回到了前后七子的复古论上去，他们的这一倾向代表了明末清初多数士人的心态和看法。但反过来说，推崇公安派和竟陵派的性情文学主张，并非代表不爱国，在明末士人相互攻讦、政治混乱的情况下，不少文人选择明哲保身，推崇性情，独抒性灵，反倒是逃避社会混乱、自我娱情消遣的一种极佳方式，这也是晚明小品文兴盛的一大重要原因。进入清朝

---

① ［清］李渔.尺牍初征:卷四［Z］//北京:中国科学院国家科学图书馆,清顺治十七年(1660)刻本:28-29.
② ［清］周亮工.藏弆集［M］.张静庐,点校.上海:上海杂志社贝叶山房本,1936:118.

以后,性情观也有其市场,大量文人不愿意与清政府合作,在诗文之中不论政治、展现性情便成了他们逃避现实的一种方式。如周容《与史立庵》一牍中说道:

> 枨阑司出入,而户则有枢;轮辐行退迹,而车则有轴。性情者,诗与文之枢与轴也! 车有轴,而轮辐可夷可险;户有枢,而枨阑可启可闭,故人有性情,而诗文归于一致矣。①

周容(1619—1679),字茂山,号躄堂,浙江鄞县(今属宁波)人,明末诸生。周容年轻时负才名,有侠气,明亡后因内心沉痛出家为僧,又因母在故还俗,入清后以死坚辞清初博学鸿词科应试。周容心中是忠于明朝的,他主张"性情"是诗文之中关键性的枢与轴,并非其不关注国事,他直到康熙十八年方才病逝,其性情文学观用晚明文人逃避现实、放纵性情解释更为合适。

明代文学流派众多,相互之间往往相互攻讦,不少文人看不惯这样的现象,在尺牍中加以批驳。

徐世溥《与友人》

> 当神宗时,天下文治响盛。若赵高邑、顾无锡、邹吉水、海琼州之道德风节,袁嘉兴之穷理,焦秣林之博物,董华亭之书画,徐上悔利西士之历法,汤临川之词曲,李奉祠之本章,赵隐君之字学,下而时氏之陶,顾氏之冶,方氏程氏之墨,陆氏攻玉,何氏刻印,皆可与古作者同敝天壤。而万历五十年无诗,滥于王李,佻于袁徐,纤于钟谭。②

徐世溥以为明神宗万历时期,天下文治昌盛,在思想、艺术等社会领域都涌现出一大批杰出的人才,取得了很高的文化成就。而万历五十年中,文学尤其是诗歌之道不昌,原因在于"滥于王李,佻于袁徐,纤于钟谭"。"王李"是指王世贞、李攀龙,代表了后七子;"袁徐"是指袁宏道、徐渭,代表了公安派;"钟谭"是指钟惺、谭元春,代表了竟陵派。后七子、公安派、竟陵派的文学主张各异,但也有相同之处。在个性思潮兴起之后,文学抒写心灵的观念广为流行。王世贞、李攀龙总体上虽主张复古,但在晚年,王世贞的文学主张已经有所转变,开始肯定"直写性灵"。公安派、竟陵派都主张性灵说,但公安派追求"独抒性灵,不拘俗套",其弊在于俚俗粗浅;竟陵派追求"幽深孤峭",其弊在于纤仄狭窄。徐世溥以为三者"无诗"实际是指其弊端而言,批判的目标是"性灵说",王李滥觞于前,公安轻佻,竟陵纤仄,都不符合"温柔敦厚"的诗教观,无助于现实教化。在以徐世溥为代表的部分明末文人眼中,家国危机之下,人人应该关注国是,文学自当担负社会责任,起到教化民众、警醒世人的作用,而王李、袁徐、钟谭之类的人物各主文坛一时,影响重大,却使得文学徒讲性灵,走入脱离现实的误区,无法实

---

①② 〔清〕周亮工.尺牍新钞[M].上海:上海书店,1988:125,42.

现现实教化的作用,其对明末社会害处甚于益处,因而可以归结为"无诗"。徐世溥的见解不见得正确,却是对明末士人文学风气的反思,国难伤痛之下,难免追过于前人,将责任委过于个性思潮导致的士人浮夸之风与"性灵说"导致文学脱离现实的不良倾向,其出发点是可以理解的。

晚明以后,对文坛影响重大的派别无论是前后七子还是公安派、竟陵派,他们之间主要的文学争论在于复古与性情,派别之间往往拘于门户,相互构陷,以己为是,以人为非。胡介在《与龚半千论诗书》一牍中对此有所揭露:

> ……承选定澥内名家诗,而远索旅堂藏稿,今已再三。仆沈吟迟久,非敢为知我者惜此敝帚也。区区之意,窃见数十年来之言诗者,同异相轧,去之愈远。宗钟谭者破碎,宗七子者囫囵,有衣冠而无运动,争体面而乏神明。仆之为诗,似别有本末,似且宜堆壁覆瓿,俟后世之或知我耳!且每感昔贤身既隐矣,焉用文为之义,平生偶有所作,未尝出以示人……①

龚半千即龚贤,龚贤再三向胡介索要诗稿选诗,胡介本不轻易以诗歌示人,因此沉吟不决,并作尺牍解释,也流露了他对当时诗坛的看法。胡介以为自明末以来,派别之争在诗坛中一直存在,尤以宗七子与宗竟陵之争最为激烈,明代前后七子力主复古,竟陵则主张抒写性灵,这也是影响明末清初文坛最主要的两大派别。公安派起初主张"独抒性灵,不拘俗套"本就为反对前后七子的复古主张。直至清初,文人仍然在推崇复古与独抒性灵之间争执不已,胡介认为推崇复古与宗仰竟陵两派诗人,都未能得诗歌之神髓,是"有衣冠而无运动,争体面而乏神明",争执的只是诗歌表面的形式,大致"宗钟谭者破碎,宗七子者囫囵",都有诗歌美学风格上的缺陷,而两派人物各不自知,不肯调和彼此,党同伐异,互相攻讦,反而使得胡介这样的旁观者与中立者不敢轻易以诗歌示人,以免卷入到无谓的纷争中去。是以胡介认为自己的诗歌"别有本末",不在两派之中,当效仿前贤之隐,不以诗歌示人,"俟后世之或知我耳!"胡介的这一态度正说明了当时两派纷争的激烈状况。

对以推崇七子为代表的复古派与尊仰竟陵为代表的性情派之间明末以来的激烈纷争,胡介说得比较婉转,而陈斯敏在《与许湛明》一牍中则进行了明确的批判。

陈斯敏《与许湛明》

作诗难,评诗尤难。今之学诗者,或俎豆济南,或左袒景陵,而不欲置低昂者,又或为之调停。其间风雅之道,几成聚讼矣!窃思诗贵仿古人,亦不当必仿某人。种种作家,罗贯胸中,而意到情生,自有不可磨灭之处,便为佳制。毋论景陵不欲仿济南,亦不能仿济南,不必仿济南也。若谓诗盛于唐,坏于宋,尤非通论,如苏梅欧黄、二陈以至石湖、放翁诸诗,抹其姓名杂于唐人集中,原无可辨。好事者乃欲蛮触

---

① [清]周亮工. 尺牍新钞[M]. 上海:上海书店,1988:130.

以言诗,恐搦管时奔走唐宋、济南、景陵之不暇,尚安能作我诗耶? 诗祖三百,三百独首《关雎》,此诗为宫人所作,第不知宫人何所取法,而千古称绝调也。一笑。①

陈斯敏,字修来,生平不详。他在牍中称当时诗坛主要分为两派,"或俎豆济南,或左袒景陵"。"济南"指后七子领袖李攀龙,李攀龙是山东济南人,以此代称;"景陵"即竟陵,指钟惺。陈斯敏批判两派推崇者互相纷争,无人调停平息,于是"其间风雅之道,几成聚讼矣"。他主张诗歌应当学习古人,但不必拘泥于某个人,而应当转益多师,"种种作家,罗贯胸中,而意到情生,自有不可磨灭之处,便为佳制"。所以竟陵派不必仿李攀龙,也无由仿之。对于七子推崇盛唐诗歌、贬抑宋代诗歌,陈斯敏也不认同,以为宋诗与唐诗并无分别。对于当时诗人或效仿李攀龙或推崇钟惺的行为,陈斯敏以为都是模仿,仿效竟陵乃是另一种形式的"复古",时人沉溺于纷争而无暇他顾,乃是丧失了自我之举,"尚安能作我诗耶"? 诗歌贵在表达自己的情感,学习古人也只是为了表现自我,倘若拘泥于形式,则属南辕北辙之举。他以《诗经·关雎》为例,《关雎》为千古绝调,贵在有自己的真情实感,而不在有所师承,复古派与竟陵派之间的纷争乃搞错了方向,本末倒置。陈斯敏的评论可谓是看透了两派纷争的本质问题,可谓醒世之言。汪淇在牍后有点评:

> 论诗或宗济南,或喜钟谭,即持平两家者又纷纷聚讼,无有确理。读修来此牍,绝无深言而论自定,真淡远足贵。②

汪淇的点评首先进一步证实了复古派与竟陵派之间的纷争乱象,可见明末清初文学风气主要受到此二者影响;其次也肯定陈斯敏的观点,"真淡远足贵",可见汪淇也是反对当时的纷争乱象的。

对于七子派与竟陵派在明末清初的广泛影响与纷争,尺牍文论中往往见仁见智,出发点不同,主张便也不一。客观而言,复古派与竟陵派的文学主张都是在特定的时代背景下,针对当时的文坛状况提出的文学变革理论,它们在当时固然有积极意义,但也存在弊端。至于它们对于后世的影响,往往是得其益者少而受其弊者多。对于竟陵派的客观反思与评价,以施闰章为代表。

施闰章《与陈伯玑论景陵》

往读伯敬集,不数叶,辄掷去,譬如体羸人,不敢尝苦寒药,恐伤元气也。昨承寄到,适在笋舆中,更无他书,遂至读尽。其文良胜诗,宁不厚不浑不光焰不周详,而必不肯俗;其手近隘,其心独狠,要是著意读书人,可谓之偏枯,不能目以肤浅;其于师友骨肉存亡之间,深情苦语,数令人酸鼻,未可以一冷字抹煞。史论诸篇有别解,笔力从左、国、秦、汉中来;次则题跋铭赞,蓄意矜慎;其序赠之作,稍涉泛滥,毕

---

①② [清]汪淇.分类尺牍新语广编:第4册[Z].上海:华东师范大学图书馆,康熙七年(1668)刻本:14-15.

竟为应酬所累。韩昌黎一生赠序文字,仅十余篇洁不惹厌,又是何等辣手!大抵伯敬之集,如橘皮橄榄汤,在醉饱之后,洗濯肠胃最善,饥时却用不得。然当伯敬之世,天下文士,酒池肉林矣,那得不独推为俊物。善读其书者,心目中尝存一严冷不屑之意,其去俗自远,不数读可也。伯敬谓后生学中郎不成,不如学于鳞,吾兄又谓近人学于鳞不成,似不如仍学伯敬,并是救时之言。诗岂从二家出,舍二家宁遂无诗?真能诗文者,华不俗,清不弱,别有本领。今之为诗文,所谓不诚无物也。曹能诗非远胜伯敬者,评伯敬清而有痕,伯敬力辩之而不能逃,此又于鳞所谓天实生才不尽也。兄固好饮橘皮橄榄汤者,走笔报贩,或以佐下酒物,亦可也。[①]

施闰章文章推崇北宋古文,师法欧阳修、曾巩;诗歌推崇盛唐,遵从李白、杜甫,可以说是复古派的代表,由他评价竟陵派代表人物钟惺则很有冷眼旁观的味道。施闰章对于钟惺的著作,先前是持有排斥态度的,他以药作为比喻,认为钟惺的著作乃是苦寒之药,伤人元气,因此"不数叶,辄掷去"。直至陈伯玑寄来钟惺的著作,而自己又无书可读,因此不得已通读全书,读罢却有了不同的认知。他认为,钟惺的诗歌宁有诸多缺陷,"而必不肯俗",其境界狠、隘,"可谓之偏枯,不能目以肤浅",风格总体偏"冷",而情感动人。至于钟惺的文章,施闰章则认为"其文良胜诗",大抵史论最佳,"次则题跋铭赞,蓄意矜慎",最次则是序赠之作,原因在于为应酬所累。施闰章对于钟惺诗歌的看法是颇有见地的。公安派与竟陵派同主张反对拟古,抒写性灵,但公安派之末端有文风俚俗、浅率之弊,钟惺为纠正公安之弊,力主诗文"幽深孤峭"之美,但又有了境界纤仄、艰涩隐晦的弊病。施闰章评价钟惺诗歌"必不肯俗",不肤浅、情感真挚感人等正是竟陵派诗歌的长处,而他所云偏枯狠隘、气格偏冷却也正是竟陵派诗歌之弊。至于他以为钟惺文章最佳者为史论,是因为"笔力从左、国、秦、汉中来",看重的是其中的复古倾向。可以说,施闰章对于竟陵派诗歌的利弊认识还是非常深刻的。但不止于此,他还看到了钟惺诗歌主张的时代性,他认为钟惺诗文"如橘皮橄榄汤,在醉饱之后,洗濯肠胃最善,饥时却用不得"。而竟陵派产生的晚明时期正是"天下文士,酒池肉林矣",因此,钟惺的诗文可谓是当时济时救世的一味良药,至于今日之读者,当"存一严冷不屑之意"。陈伯玑,名允衡,字伯玑,号玉渊,江西南昌人,是钟惺诗文的推崇者,钟惺在晚明认为"后生学中郎不成,不如学于鳞"。"中郎"即袁宏道,性灵主张的公安派主将;"于鳞"即李攀龙,复古主张的后七子核心。钟惺此说为矫枉过正之言,为免公安俚俗之病,学中郎不成而得其弊倒不如去学李攀龙,陈伯玑主张近人"学于鳞不成,似不如仍学伯敬"乃是推崇钟惺,反对复古之言。施闰章认为二人都是针对时弊,为救时之言,但诗歌却不必拘泥于竟陵派与复古派,"诗岂从二家出,舍二家宁遂无诗"?而且,"今之为诗文,所谓不诚无物也"。晚明时代的氛围已经过去,竟陵派的诗文观念已经不一定适用于当世,因此,对于陈伯玑推崇竟陵派的主张,施闰章认为他是醉饱而"好饮橘皮橄榄汤者",言下是持有保留意见的。施闰章《与陈

① [清]周亮工.藏弆集[M].张静庐,点校.上海:上海杂志社贝叶山房本,1936:44-45.

伯玑论景陵》一牍反映出他对于钟惺诗文从不读到通读,认知过程是有变化的,对于竟陵派的评论也相对客观,他能够认识到钟惺诗文中的优点与弊端,并指出其在晚明时代风气中的进步性。但对于钟惺诗文是否能够挽救当时诗文之弊,他的态度总体上是反对的。在其后《又与陈伯玑论景陵》中他强调道:

> 前书谓伯敬文字,止是不肯俗,此"俗"字勿轻看。今人之所谓波澜光焰、结构事实,以为必不可无者,高眼看之,总是俗处,愈好愈俗。古人文字不轻易讨好,好在其中。近虽晴鹤翁晓此,下笔又不易言。……①

前牍以钟惺诗歌"必不肯俗",并以钟惺之言为"救时之言"。这里却强调,今人所追求的却正是一"俗"字,惟"俗"方能救世之弊。这显然完全推翻了以钟惺为代表的竟陵派诗歌在当世的价值,因其与当世风气所需背道而驰,完全于世无用了。施闰章这两牍表达了他对于竟陵派诗文创作以及时下文学风气的系统性看法,是重要的诗文理论之一,被周亮工收于《藏弆集》,却不见施闰章《施愚山先生集》,从中亦可见清初尺牍选本存人、存文功劳之一斑。

复古是明代的文学的总体倾向,前后七子提出了"文必秦汉,诗必盛唐"的文艺主张,后来的唐宋派虽对此有所辩驳,但仍不脱复古窠臼。前后七子的主张在明末清初有着重大影响。尤其是时代的动乱导致文坛风气的中断,使得明末清初的文人把不准时代的脉搏,复古是最为容易的选择。从清初尺牍选本中文论的基本情况判断,复古主张似乎在当时占据了上风。张芳在《又与黄俞邰》一牍中说明了他学习诗文的过程,从中可以看出当时学古风气的泛滥。

张芳《又与黄俞邰》

> 客夏在衡阳,得捧教尺,如清风习习,涤我歊蒸,何移情至是也。读自寿除夕诸诗,温雅丽密,不忍释手,诗品在次山篱中伯原谷音间。俞老方壮龄,进步已如此,盖天授特高,又资学力,当独秀江东,匪阿私也。弟少年于此道,为花鬘所缚,几入魔波,旬得执友如何大心、王藩室二君,劝以诗文必宗杜陵与庐陵二家,廿年中摩挲二家,断烂其本,志力强固,复旁及后山、剑园、长庆诸家,以为学杜不当类其声态龉兀处,正如近日虞山公之指。然大抵廿年以后,咿唔制举,未能一意为诗,习其变化,惟壬午癸未,居忧杜门,甲乙之间,世当鼎革,此时有数十篇,朴宛沈痛,尚可与言。其余涉笔,聊纪岁时,若《宜江集》,陈垒未净,觍颜饷人耳,何敢当过相推许耶?近日陈伯老有字见规,以唐人风神韫藉所在,真我师也,常目在之矣。……

张芳,字菊人,明末清初江宁人,原籍句容。张芳少年学诗文,得挚友指点,"劝以诗文必宗杜陵与庐陵二家"。"杜陵"是杜甫,"庐陵"指欧阳修,张芳 20 年"摩挲二家,断烂其本,志力强固",后又学习"后山、剑园、长庆诸家",方才悟出"学杜不当类其声态龉兀处"。张芳诗文一

---

① [清]周亮工.藏弆集[M].张静庐,点校.上海:上海杂志社贝叶山房本,1936:45.

味学习宗唐，坚持不断，其意志可叹，但其行为不足赞，其终在学古中迷失方向，未走出自己的道路，终未成诗文名家。对于明末清初推崇复古主张原因与导致的流弊，清醒的士人也有所认识，康范生在《与周减斋论王于一古文》中说道："自丧乱以来，高明之士，救死不暇，遑事笔墨。后来之俊，又无所师承，以意求合，学欧曾而气索步蹇，摹晋魏而肤腴神枯，遂至两失，无复一是。"①

总言之，明末清初文学创作学古风气泛滥，流弊甚多，眼光先进的士人在尺牍交流中多有批驳。张纲孙在《复毛驰黄》一牍中就对于明末因袭拟古的创作风气加以诘难。

张纲孙《复毛驰黄》

前接手谕，述仆与足下论文，训词良厚。然□□有言，文无事经训，取快意洞贯，经史典籍，一切废去，此述言者之过也！仆虽好忘，犹记于心。曩谓今人学古，才不逮作者，粗习章句，剿其浮说，号曰史汉，沾沾自喜，遂谓与子长、班氏同风，訾议六朝，诋诃韩柳，是犹齐人吹竽、赵女鼓瑟，而口此云门之奏，箫韶之响，欲白雪下而凤鸟仪也！夫骏马千里，不在□□；美人娇好，不在秦珠；文章妙义，不在因袭。古人天资茂美，世风淳汹，而又研精覃思，博六强记。登涉山川，辨察草木，启新发美，焕乎有文然后自成一家言。当斯之时，山龙粉米，以为色，兰酒柘浆以为味，敞月流风以为态，□瑟号钟以为调，玄缟朱组以为理，湘娥山鬼以为思，冰蚕火鼠以为奇，洞庭云梦以为源；高者出昆仑，深者入虞谷，大者背青天，小者处蚊睫，变化无端，岂非文章之妙道哉？若风骨未加，徒事雕绘，去古遥远，强与之合，不以气行，不以神会，而摘其言字，侈为名家，是有剑皆干将，而有玉皆碧卢也，世有欧冶、猗顿必识之矣。夫圣人作文，始于画象，文莫大乎天地，天变以时而日新，地变以气而质异。若修文之士，专守旧章，义无错综，是秋雉入水不化蛤，橘柚逾淮不化枳矣。所以身处末流，思反皇古，必□淑性情，止乎礼义，采挹名山之业，渍渐风雅之林，而□思虑存其神，变化有其气。陆机云："两绵邈于尺素，吐滂沛乎寸心。"古文之出自机杼穷变备美也。是故蜩螗不假□□鸣，猿猱不假骐骥足，芰荷不假他桃华，苍筤不假梧桐秀，物不相假也。胡独文章乃假于人哉？……夫文杏为梁，必加断斤，椅桐为琴，必待雕漆，何则？贵有以变化也！讵构凌云之室者，必执公输之斧；操雍门之调者，必抚伯牙之弦哉。予言虽浅，切中今时利病。古人有言，美疢不如恶石，愿足下毋废予言。幸甚！②

张纲孙，生卒年不详，明末初清人，字祖望，号秦亭、竹隐，浙江钱塘人，西泠十子之一，以诗文称于时，有《从野堂集》。《复毛驰黄》一牍以骈体写成，张纲孙在牍中首先批判了文章风气中的不学古言论，他认为文章"无事经训，取快意洞贯"，对于"经史典籍，一切废去"，这是不对

① ［清］周亮工.尺牍新钞［M］.上海：上海书店，1988：188.
② ［清］李渔.尺牍初征：卷三［Z］.北京：中国科学院国家科学图书馆，清顺治十七年（1660）刻本：20-21.

185

第四章　清初尺牍选本中的文学艺术理论

的,乃"述言者之过也"。但他并不主张拟古,对于文坛上学古不成却到处可见的拟古因袭现象与轻浮夸饰的行为,张纲孙用了大段的排比与比喻来批判。他认为"美人娇好,不在秦珠;文章妙义,不在因袭",古人佳妙文章的形成,有其特定的创作情境与时代背景,时代因素造就了古人文章的神思、气格与风骨,今人如果不了解这些,一味因袭,"风骨未加,徒事雕绘,去古遥远,强与之合,不以气行,不以神会,而摘其言字",只能是鱼目充珠,"侈为名家"。张纲孙持有文学进化的观点,他认为时代是不断发展变化的,"天变以时而日新,地变以气而质异",因此,一味拟古因袭是绝对错误的,"若修文之士,专守旧章,义无错综,是秋雉入水不化蛤,橘柚逾淮不化枳矣"。他主张学古可以,但不能假借古人文章,而是要学习古人作文之道,"思虑有其神,变化有其气",但最重要的是"文杏为梁,必加断斫,椅桐为琴,必待雕漆,何则? 贵有以变化也"! 学习古人作文之道,但不能因袭假借,要根据时代特征进行创新、变化,表现出不同时代风骨特征,这是张纲孙的作文主张。他的这一主张,考虑到了时代的变化性,他并不反对学古,而是反对拟古与因袭,并不类于性灵派对于复古主张的全盘反对,立场客观公正,持论较为公允。

即使入清已久,拟古因袭的风气仍然在文人群体中有着很大的市场。清初诗文名家也不能尽脱拟古之风,周稚廉在《与翁超若》一牍中对此有所说明。

周稚廉在《与翁超若》

本朝诗家,如施宣城之于拾遗,屈番禺之于供奉,宋莱阳之于济南,王新城之于太仓,神骨具俱肖,非仅桓宣武学刘越石也。若时下名流,学剑南东坡,而撮其新字尖句以为新艳,全不讲章法神韵矣。微特为唐人笑,宋人亦且掩口。奈何![①]

周稚廉,生卒年不详,字冰持,江苏华亭人。他在牍中所言"本朝诗家"是指入清以后的诗人。施宣城、屈番禺、宋莱阳、王新城以地名指代人物,分别指施闰章、屈大均、宋琬、王士禛,都是清初声誉卓著的诗人。周稚廉指出他们各有所宗:施闰章模仿杜甫,屈大均模仿李白,宋琬学习李攀龙,王士禛学习王世贞。但四人诗歌俱得效法对象之神韵,因而诗歌可观。但清初的其他诗歌名流,很多人学习陆游、苏轼,却流于末端,"撮其新字尖句以为新艳,全不讲章法神韵矣"。周稚廉的这一番言论颇值得玩味,他所褒扬的四人之中,前二者宗盛唐诗人代表李杜,后二人宗明代后七子中的李攀龙与王世贞,李王是复古派的代表,他们继承了前七子"文必秦汉,诗必盛唐"的文艺主张,因此周稚廉所褒扬的清初四家实际是清诗中继承前后七子的宗唐派。而他所批判的"时下名流"学习的对象是苏轼、陆游,是清诗中的宗宋派。从其言论推断,周稚廉也是复古派,推崇的是前后七子的诗歌主张,他反对"宗宋",只不过是清初诗歌复古派内部的纷争。从周稚廉评价宗宋派"全不讲章法神韵"言语推断,他是王士禛神韵说的推崇者,他认为王士禛学习王世贞,倒为我们阐释王士禛"神韵说"提供了一条新的思

---

① [清]陈枚.写心二集[M].沈亚公,校订.上海:中央书店,1935:18.

路。周稚廉的言论不论正确与否都道出了清初诗坛仍旧沉湎于复古风气,未能走出自己新路的事实。面对明末清初复古派与竟陵派之间激烈的纷争,文人态度不一,少有清醒者平和看待此事。胡介清醒不欲言,有欲言者不得中,但亦有少数能中正平和地看待两派纷争的文人。

李尔翼《寄侄子信》

近日诗坛辈多不脱钟谭一派,为可任意下笔耳,不知钟谭矫袁徐,而袁徐矫王李。尔时厌故翻新,不得不尔尔,若复沿而不返,恐成枯椿旧处矣!吾郡兰江胡元瑞诗话数卷,自三百篇下,开元、大历上,或代或人,切中要害,即近逮宋明,亦不阿所好,真是一尊严师谅友。看此一编,于此道始有着脚处,亦始有进步处,莫近寺欺佛也。胡故是弇州高足。①

李尔翼,字异羽,生平事迹不详。李尔翼在牍中首先批判明末清初诗坛宗法竟陵而得其流弊者,他们以为诗歌源于性情,独抒性灵,便可以不顾章法,任意下笔。接着李尔翼指出明代流派纷争的本质:"钟谭矫袁徐,而袁徐矫王李",他的这一见解是非常正确的。以钟惺、谭元春为代表的竟陵派,他们主张文学"独抒性灵"与公安派本无区别,只不过仿效公安者有肤浅、俚俗之弊,因而钟谭欲矫正其弊端,追求"幽深孤峭"的美学风格;而公安派主张"独抒性灵",主张文学率真、自然之美,又是为了矫正仿效前后七子拟古因袭、丧失真我之弊端。《明史·文苑传》所云:"自宏道矫王、李诗之弊,倡以清真,惺复矫其弊,变而为幽深孤峭。"②其说正与李尔翼合。李尔翼接着指出,明末流派纷争是时代原因使然,"尔时厌故翻新,不得不尔"。晚明社会风气浮躁,士人厌故喜新,加之文坛各派为矫正前人之弊,倡扬自己个性,难免失之偏颇,不能全面客观地看待彼此,倘若后人仍旧这样,"复沿而不返,恐成枯椿旧处矣"。李尔翼又以同郡胡元瑞诗话数卷为例,表明诗歌不必如王李般宗唐,历代诗歌诗人皆有可取。李尔翼的诗歌认识跨越了晚明以来的派别纷争,认为学古与性灵皆有可取,不必区分彼此。但他在最后强调胡元瑞"故是弇州高足",总体上还是认为诗歌需学古,在倾向上略倒向王世贞观念。汪淇在此牍后评价道:"平和王李钟谭,大是中正之论。余前牍内已详言之矣,今得李子同心之论,殊为快事!"③汪淇以为李尔翼之言平和了当时诗坛上宗七子与宗竟陵之争,为中正之言论,恰与自己同心。他提到的"余前牍"乃是知《分类尺牍新语广编》中的《与馆香蕉鹿》一牍,牍中汪淇指出:"昔人不作诗而诗存,今人人作诗而诗亡,则以其所谓诗者非诗也!非诗也而名为诗,大都非黄口油滑之腔,即白首糟腐之句。"④他接下来指出一些"卖柴负贩"之人之诗反而倒有可观之处,他所批判的是因袭公安派而来的诗歌轻率俚俗之风,提倡的是诗歌古朴浑厚之美,与李尔翼的诗歌主张相似。可见汪淇也是不满明末清初文学上的流派

---

① [清]汪淇.分类尺牍新语广编:第4册[Z].上海:华东师范大学图书馆,康熙七年(1668)刻本:7-8.

② [清]张廷玉,等.明史[M]//二十四史.北京:中华书局,1982:7399.

③④ [清]汪淇.分类尺牍新语广编:第4册[Z].上海:华东师范大学图书馆,康熙七年(1668)刻本:8,3-4.

纷争的,他带着这样的态度辑选尺牍,也导致了《分类尺牍新语》三编中尺牍文论总体上的批判倾向。

通观明末清初尺牍文论中对明末文学创作的反思,一可以发现明末清初文坛,复古派与性灵派,尤其是后七子王李与竟陵派钟谭的影响巨大,推崇二派者众,两派之间纷争激烈,不可调和,几成聚讼。二可以发现,清醒者虽对文坛纷争现象能客观看待,并对各派流弊展开批判,但他们最多只是尝试调和彼此,终究未能形成新的文学理论,走出新的道路。汪淇、李尔翼等人认为前后七子、公安、竟陵各有其长处和弊端,后人学之不成得其弊,反倒使得明末清初文坛出现衰颓局面,进而主张不能局限于门户,认为历代文人文学都有其长处,都要学习。他们的这一观念实际上也是清代文学动向的先声,标志着清代文学开始走入古典文学的全面总结时期。

第二节　文论

从清初尺牍诸选的文学理论中可以看出,明末清初的文学风气总体在推崇复古与尊仰竟陵两派的影响之下,文章方面自也如此。文章在传统士人心目占据首要位置,曹丕在《典论·论文》中提出:"盖文章经国之大业,不朽之盛事。"将文章推崇至无以复加的高位,自"文起八代之衰"的韩愈提出"文以贯道"的主张后,"载道"观便在后世的文章创作观念中占据主要位置,直到明代主张抒写性情、独抒性灵的小品文兴起以后,文章"载道"观方才有所抑制。但明末危亡的现实使得士人开始质疑"性情"观,于是大家纷纷又回到复古的方向,崇尚"文以载道"观念,主张向古人学习。但抒写性情的小品文在晚明影响极大,士人大都极喜爱这种清新富有个性的小品形式,明末清初士人无法舍弃小品文的性情观,尤其是在清初遗民群体不愿意关注政治,有着严重避世情结的情况下,书写个人性情的文学更是大有市场。因此,在矛盾的心理下,出现了文章创作上的调和论。周亮工在《尺牍新钞》中设置选择尺牍的两个总原则"书写性情"与"有关大道,裨益古心",实际正是在明末"性情"与"载道"双重观念影响下的调和之论。但明亡的现实对于由明入清的爱国文人打击实在太大,他们在痛悔心理的影响之下,主体还是倾向于回到载道观,因此,复古的风气还是在明末清初诸选本尺牍文论中占据了上风。

一、文法论

清初诸选本中的文论总体不脱"复古"与"性情"主张的影响,但其内部表现并不一致,有的主张二者调和,有的主张在性情论基础上向前发展,有的主张在复古上有所作为,反映出当时文人之间认知的分歧。但如果抛开复古与性情不论,许多讨论文法的文论亦颇有价值。一些尺牍以比喻的修辞方式来探讨作文之法与创作心得,立意新颖。

林嗣环《与吴介兹》

崐山张元长云：作文如打鼓，边鼓虽要极多，中心却少不得几下。予谓鼓心里，但少不得几下耳，却多打不得，以打鼓边左右时，其上下意，都送到鼓心里去也。今人之文，高者上下打边，呆者下下捶心，求其中边皆甜者乌有哉！①

林嗣环，字起八，号铁崖，福建晋江人。打鼓有打鼓心、鼓边之说。用到写作上来，则体现出多与少、重与轻、边与心的辩证关系。林嗣环力主以侧写正，不要处处点题，必要时再点。敲打鼓边，其实是为了把声音送到鼓心里去。

冯琦《与人论文》

大作笔苍语健，绝不袭人口吻。但思致稍有渗漏，格力尚未浑全。时有卓绝，不无利钝。若论万全之策，当更别求进步处尔。凡文字必欲匀称，非是平常，即锦绮之类，亦须全匹如一。非谓布帛宜匀，锦绮遂不必匀也。②

冯琦首先肯定对方文章"笔苍语健，绝不袭人口吻"，接着也真诚地指出对方文章之不足：第一是"格力尚未浑全"，第二是布局还不够匀称。尺牍中以纺织品的制作为例，不仅布帛宜匀，锦绮的制作也应该做到匀称，"全匹如一"。

以上二牍代表明末清初的文论开始出现一种倾向，不少人厌倦了复古与性情之争，不愿再在文章性质功用上做无谓的纷争，开始注重具体的文章创作方法，也即"文法"。尽管这种作文的法度在明代前后七子、唐宋派、竟陵派等派别的文学主张中都有讲究，但从尺牍选本的文论中可以看出，明末清初的文人又有了一些生发。对此，不少尺牍有系统性、辩证性的理论说明。

李明睿《示学思》

文无定体，五经如《易》与《春秋》，岂是今人文体？诗书则又异矣，若庄骚则又奇之又奇者。佛经至五千余卷，岂复与吾儒同？彼王实甫、罗贯中、施耐庵，又岂拘拘于一例乎？得此便知作文之法，要纵横烂漫，出入变化，使人莫测其起止乃可。汝宜勉之。③

李明睿(1585—1671)，字太虚，江西南昌人，明末清初的诗人、史学家。他在牍中将作文之法与历史上的四书五经、庄子离骚，甚至佛经、戏曲、小说等相比较，以为历史上文学诸种皆文体不同、风格各异，且思想亦不必与儒道相同，因此作文当不拘于定例，尤其是不拘于今人文体，其观念在于"要纵横烂漫，出入变化，使人莫测其起止乃可"。李明睿的这一看法可以说是背离了文章传统的载道观，其背后的理论基础偏向于性情论，但他在文章拟古与学今的看

---

①② ［清］周亮工.藏弆集［M］.张静庐，点校.上海：上海杂志社贝叶山房本，1936：274，5.
③ ［清］汪淇.分类尺牍新语二编［M］.台北：广文书局，1975：15.

法上超越了当时文人的看法,以为一代有一代之文学,不必拘泥于文章的形式。"纵横烂漫"是指个性才情,"出入变化"是指别具一格的个人风格,"使人莫测其起止"是指行文手法,总体强调的是作文之法不能拘泥于定法,要在个性基础上创新。

古人作文重"气",曹丕《典论·论文》中曾提出"文以气为主"的著名论断。对于文章"法"与"气"之间的关系以及谁为文章主导的问题,明末清初文人为此也有争论。陈宏绪在《与友》一牍中提出文章当以"气"为主,文法次之的观点。

陈宏绪《与友》

古之善为文者,内有己足乎已,不得已而后其言随之。故其文有余于气,而无萎薾不振之忧。气有宽赊急促,而法生于其间。班孟坚、苏明允、曾子固之徒,法主于宽赊,一篇之中,往复详瞻,而人不以为冗。左丘明、公羊、谷梁之徒,法主于急促,峻洁自守,绝去支词,而人不以为滞。其他如司马子长、韩昌黎出入二者之间,而并臻其奥。是数君者,虽其所得之法,各有差殊,而其气之渟滀蕴崇,汩汩然探之而靡穷,用之而莫殚。则自有文人以至于今,未之或异也。舍气而徒求之于法,其短才者,既有效颦衣冠之诮,而无才者,或不免于刻鹄画虎之讥。然古人之规矩尺度,未尝不存于其间也!今之为文者吾惑焉,内无所得于己,而外欲有所饰以欺于人,杂取经史子传之语,排比栉次,截割以附篇章之内。及循首尾而观之,或前后畔越而不自知,或颠趾倒置而冥然罔觉。盖并古人之规矩尺度,去之以至于尽,而其于宽赊急促之际,求其气之充乎其中,而溢乎其貌,动乎其始,而应乎其终。如昔人所云者,岂可得哉?夫今之为此者,乃不古之咎,而非过于学古之咎也。而世之小儒曲学,反指为足下及江右之流弊,不亦过欤?今足下之文,与江右之文具在,足下所云原委次第,瞭然可循,非虚语也,而小儒曲士,不察而概讥之,因李斯而罪及于兰陵,缘宰我而并憎乎洙泗,吠影无端,弹射四及,此则弟之所不解者。嗟乎!盛衰相激,理势宜然,易俗回风,是在足下大力挽之而已。①

陈宏绪(1597—1665),字士业,江西新建人,著有《石庄初集》《石庄二集》二集等。他在尺牍中认为古人善作文者首要在于以己为主,非迫不得已不会追摩他人,成功之道在于文气充盈。所谓"文气"既是描写作家的气质、个性,又是指作家为创作个性在文学作品中的具体体现。创作主体即作家的气质、个性不同,决定了文学作品风格各异。"文气"的关键在于作家本身,而不在于模仿,至于文法,只是"气"的表现方式,"气有宽赊急促,而法生于其间"。陈宏绪在牍中举例以为班固、苏洵、曾巩之文其文法主宽赊,左丘明、公羊高、谷梁赤之徒"法主于急促",司马迁、韩愈文法则在宽赊与急促之间,文章大家文法各有差异,关键在于文气"探之而靡穷,用之而莫殚"。因此,陈宏绪以为,文以己为本,以气为主,文法在末。如果本末倒

---

① [清]周亮工.结邻集[M].张静庐,点校.上海:上海杂志社贝叶山房本,1936:50-51.

置，舍弃"气"而求之于"法"，则"短才者"类于叔敖衣冠，"无才者或不免于刻鹄画虎"。他在牍中进而批判当时文坛众人丧失自己的风格，盲目追崇古人文法，忽视文气，"内无所得于己，而外欲有所饰以欺于人，杂取经史子传之语，排比栉次，截割以附篇章之内"，批判的正是当时文人复古主张下拟古、仿摩的不良倾向，如他所说"夫今之为此者，乃不古之咎，而非过于学古之咎也"，今人没有学到古人作文的神髓，只是学到古人作文的表面文法，因此他们作文之道不是真正的"学古"，也不是过于"学古"，乃是貌似"学古"，实质为"不古"。看上去他是主张复古的，但是他对于"学古"的内涵解释却与复古派有本质区别，陈宏绪以为"学古"关键在于"以己为本，以气为主，文法在末"，这已经偏向于性情观。他在牍中谈及友人之文受到抨击时说道："而世之小儒曲学，反指为足下及江右之流弊，不亦过欤？""江右之流弊"指的是明代王阳明心学与后来的追随者。明末以来，载道论的主张者多对晚明心学泛滥导致的士风颓靡、文章宣扬个人性情、忽视载道的倾向有批驳。显然，陈宏绪友人的文章是被认为受到心学弊端影响的对象之一。陈宏绪认为这种批判是毫无道理的，批判者乃是"小儒曲士"，他们不明白文章的本质在于以己为本，以气为主，与"江右之流弊"是有区别的，古人如此，今人亦当宜然。

对于陈宏绪倡导的"文以气为主"、文法次之的主张，清初散文大家汪琬有不同看法，他在《答陈蔼公书》中说道：

> 仆年弱冠时，稍知学为诗歌古文词，而器识陋劣，卒无成就。一旦出仕，不习世务，数遭坎轲。于是年比四十，而精气衰耗，头白齿豁，翻然思退，不复敢以文学之事，与士大夫度长絜大久矣！不意先生过采其虚誉，谬加推许，且又纡其词曰："未读仆之文，究不敢深信！"先生疑仆是也，犹幸仆与先生交疏而谊浅耳！万一朝夕想从，得尽读仆之文，观其行事而听其议论，则必且诮之为迂，诋之为诞为伪矣，夫岂独疑焉而已乎？然窃惟高义，不敢不报。尝闻儒者之言曰："文者载道之器。"又曰："未有不深于道而能文者！"仆窃谓此言亦少夸矣。古之载道之文，自六经语孟而下，惟周子之通书、张子之东西铭、朱程二子之传注，庶几近之，虽法言中说，犹不免后人之议，况他文乎？至于为文之有寄托也，此则出于立言者之意也，非所谓道也。如屈原作《离骚》，则托诸美人香草，登阆风至县圃，以寄其佯狂；司马迁作《史记》，则托诸游侠货殖、聂政荆卿轻生慕义之徒，以寄其感激愤懑者皆是也！今足下当浮靡之日，独侃侃持论以为文非明道不可，而顾以寄托云云者。当之，又谓维道为有力，则仆不能无疑。仆尝偏读诸子百氏大家名流，与夫神仙浮屠之书矣，其文或简炼而精丽，或疏畅而明白，或汪洋纵恣，四出而不可御，盖莫不有才与气者在焉。唯其才雄而气厚，故其力之所注，能令读之者动心骇魄，改观易听，忧为之解颐，泣为之破涕，行坐为之忘寝与食。斯己奇矣，而及其求之以道，则小者多支离破碎而不合，大者乃敢于披猖磔裂，尽决去圣人之畔岸，而剪拔其藩篱。虽小人无忌惮之言，亦常杂见于中，有能如周张诸书者固仅仅矣！然后知读者之惊骇改易，类皆震于其

才,慑于其气而然也,非为于其道有得也。吾不识先生爱其文,将遂信其道乎?抑以其不合于道逐并排黜其文而不之录乎?夫文之所以有寄托者,意为之也;其所以有力者,才与气举之也,于道果何与哉?先生孜孜肆志于词章之学,倘又能因之以窥大道之端倪,则虽以仆之陋劣衰耗,且将欣然执鞭之不暇。如曰吾所寄托皆道也,仆未读先生之文,不知其视周张诸书,醇疵得失,相距几何,而立说云云,则毋乃近于如前之所述儒者之夸词乎哉!故终不能无疑。仆之疑先生,亦犹先生之疑仆也!尚祈赐之教诲,敢不唯命是听![①]

汪琬是清初散文"三大家"之一。陈蔼公,名僖,生平事迹不详。二人之间书信来往,争论为文之道:"这次论文称得上清初文学史上第一场引人瞩目的古文论争了。二人争论的焦点集中在三大方面:重法度还是主明道;重寄托还是尚才气;法古还是重今。"[②]《答陈蔼公书》一牍是论争中重要的一篇。牍中,汪琬继承了李明睿、陈宏绪不注重文章是否载道的观念,但在"文法"与"文气"关系的认知上,与前人又有不同。汪琬认为,"文为载道之器"这一说法不能说错,但不够全面。古代的文章之中,六经而外,只有《论语》《孟子》,以及后来的"周子之通书、张子之东西铭、朱程二子之传注"等阐释儒家之道的文章方才算得上是载道之作。而屈原、司马迁的著作其作用并不在载道,而在出于立言者之意,有所"寄托"。他又反驳了载道观下的"维道为有力"说,认为文章之所以感染人关键于"才气","唯其才雄而气厚,故其力之所注,能令读之者动心骇魄,改观易听",并不在其"于其道有得"。所以,载道之说是以偏概全的观点,是"儒者之夸辞",文可以载道,但不一定必须载道,最重要的是"有寄托",其次在于"才气","寄托"并不等于"载道",而是"出于立言者之意"。顺着这一思路甚至可以这样理解,"载道"当也"出于立言者之意",也是"寄托"之一种。因此,汪琬的"文法"不是建立在"载道"基础之上的,而是以"寄托"为主导的兼重"才气"的创作论。

李明睿、陈宏绪、汪琬等人的"文法"观总体反对文章载道观与复古论,偏于性情论。但他们的观点只是一方,文章载道观影响下的复古论在清初选本尺牍文论中所占比重更大,它们也多从自己的立场和角度来诠释"文法",其中不乏有代表性的观点。

黄瓒《与赵得心》

今之文士,莫不厌故而喜新。瓒以为文章之道,从无新也,有新皆故,故即新也。故莫如岁,四时递迁,周而复始,人必曰"新岁";故莫如月,哉明渐生,一钩初悬,人必曰"新月"。一切及时之果蔬,亦何非故者,而皆以为新,只是能改换耳。能改换则能新,是新原在故中也。文章之道,岂不然乎?[③]

① [清]周亮工.结邻集[M].张静庐,点校.上海:上海杂志社贝叶山房本,1936:279-281.
② 李圣华.汪琬的古文理论及其价值刍议[J].文艺研究,2008(12):99.
③ [清]汪淇.分类尺牍新语二编[M].台北:广文书局,1975:68.

黄瓒,字赞玉,生平事迹不详。他在《与赵得心》一牍中提出的文章"新"与"故"之辨完全基于复古论主张。他以为文章之道"从无新也,有新皆故,故即新也",并以新岁、新月、新果蔬为喻,指出其实质并未变,关键之处在于"能改换",所以"新"源于"故""故"能改换便是"新",因此作文方法也即文章之道关键在于以故翻新。黄瓒的文章创作论基本类于从故纸堆中翻新出奇,形式上有些接近宋代江西诗派的诗歌主张,乃是基于复古观点基础上的文法论,立场上是极端保守的。对于他的观点,汪淇表示不赞同,他在文后的评论中云:"是从故纸钻研领会而得者,然自清新悦人,不让开府。"①他说黄瓒的文法理论得自于故纸堆,实不可取,之所以选入选本,是因为尺牍比喻高妙,"清新悦人,不让开府"。从中也可以看出汪淇的文章观点接近周亮工,主张调和性情与载道,基于载道观在文章复古倾向上他也有一定的支持,但他反对黄瓒这种拟古不化的保守主张,因此在评语中语气不屑。

在诸多载道观念下的文章复古论尺牍之中,具有代表性的是侯方域的《答孙生书》《与任王谷论文》二牍,此二牍亦见于《壮悔堂集》。汪淇在《分类尺牍新语》中没有收入这两封尺牍,发现后极为兴奋,他在《答孙生书》曰:"尺牍诸选皆遗落此篇,余于集中得此为快。"②便将此二牍收入了《分类尺牍新语二编》,更有意将此二牍作为文章论的标杆。

侯方域《答孙生书》

域附白、孙生足下,比见文二首,益复奇宕有英气,甚喜! 亦数欲有言以答足下之意,而自审无所得,又甚愧! 仆尝闻马有振鬣长鸣而万马皆瘖者,真骏迈之气零之也。虽然,有天机焉。若灭若没,放之不知其千里,自焉则止于闲,非是则踢之啮之,且泛驾矣。吾宁知泛驾马之果愈于凡群耶? 此昔人之善言马有不止于马者。仆以为文亦宜然。文之所贵者,气也! 然必以神朴而思洁者御之,斯无浮漫卤莽之失,此非多读书未易见也。即读书而矜且负,亦不能见,倘识者所谓道力者耶? 惟道为有力,足下勉矣! 足下方年少,有余于力而虚名无所得,如仆犹不惮数问,岂矜与负者哉? 然则以其有求之于仆者,而益诚求之于古人,无患乎文之不日进也。呜呼! 果年少有余于力而又心不自满,以诚求之,其可为者,将独文乎哉? 足下殆自此远矣。③

侯方域在《答孙生书》中,侯方域首先强调"文之所贵者,气也",但这种"气"需"神朴而思洁者御之",需多读书方能识得,最后归结为"道力",称"惟道为有力"。侯方域所倡导的"文气"并非源自作者之性情,而是源于"载道"。由文章"载道"出发,作者"神朴而思洁",方能驾驭文章之"气",实际上这个"气"的内涵更接近孟子所言的浩然之气。在载道观之下,侯方域修习作文的方法在于复古论,他认为年轻人与其向他学习作文,倒不如求之于古人,"而益诚求之于古人,无患乎文之不日进也"。侯方域的文章论点可与前面提及的清初三大家另一人物汪

---

① ② ③ [清]汪淇.分类尺牍新语二编[M].台北:广文书局,1975:68,62-63.

琬在《答陈蔼公书》一牍中的观点相比较。汪琬实际主张与侯方域相反,他认为文章表现作者之意,其"才"与"气"的观念更接近性情观,与侯方域的"载道"观是不相同的道路。两牍相参可见清初散文大家在文章创作论方面的差异。《答孙生书》总体上说明了侯方域主张的载道观与学古论,在另一牍《与任王谷论文》中,侯方域则进一步说明了他的文法论。

侯方域《与任王谷论文》

仆少年溺于声伎,未尝刻意读书,以此文章浅薄不能发明古人之旨,然其大略亦颇闻之矣。大约秦以前之文主骨,汉以后之文主气。秦以前之文若六经,非可以文论也,其他如老韩诸子,《左传》《战国策》《国语》,皆敛气于骨者也。汉以后之文,若汉,若八家,最擅其胜,皆运骨于气者也。敛气于骨者,如泰华三峰,直与天接,层岚危磴,非仙灵变化,未易攀陟,寻步计里,必蹶其趾。姑举明文如李梦阳者,亦所谓蹶其趾者也。运骨于气者,如纵舟长江大海间,其中烟屿星岛,往往可自成一都会。即飓风忽起,波涛万状,东泊西注,未知所底,苟能操柁觇星,立意不乱,亦自可免漂溺之失,此韩欧诸子,所以独嵯峨于中流也。六朝选体之文,最不可恃,士虽多而将嚣,或进或止,不按部伍。譬如用兵者,调遣旗帜声援,但须知此中尚有小小行阵,遥相照应,未必全无益。至于摧锋陷敌,必更有牙队健儿衔枚而前,若徒恃此,鲜有不败。今之为文,解此者罕矣!高者又欲舍八家、跨史汉而趋先秦,则是不筏而问津,无羽翼而思飞举,岂不怪哉?……行文之旨,全在裁制,无论细大,皆可驱遣。当其闲漫纤碎处,反宜动色而陈,凿凿娓娓,使读者见其关系,寻绎不倦。至大议论,人人能解者,不过数语发挥,便须控驭,归于含蓄。若当快意时,听其纵横,必一泻无复余地矣。譬如渴虹饮水,霜隼搏空,瞥然一见,瞬息灭没神力,变以转更夭矫……[①]

《与任王谷论文》是侯方域代表性的论文著述,他在牍中进一步说明了他的文章创作观念。他首先纵观历史,从先秦一直述自明代,认为"秦以前之文主骨,汉以后之文主气"。先秦诸文,侯方域以为"六经"非文,其他诸子之文与历史散文"皆敛气于骨者"是"敛气于骨"先秦散文的特征。汉以后直至唐宋八家之文则与先秦散文不同,特征是"运骨于气"。"骨"与"气"皆是传统文论中的概念,明末清初中散文家在尺牍文论中很少用"骨"的概念阐释文章创作论,侯方域在这方面有所创新,可谓独树一帜。侯方域认为,"这就是跨史、汉而趋先秦的渡津之'筏',他把这归结为四个字:'运骨于气'。'骨'即所谓'质',即文章的思想内容,这是文章的根本;'气'则指的是文章的气势,即孟子所说'浩然之气'"[②]。在"骨"与"气"之间,侯方域认为,先秦散文的"敛气于骨""如泰华三峰,直与天接",其高度如高山仰止,后人"非仙灵变化,未易攀陟,寻步计里,必蹶其趾"。他举前七子李梦阳为例,认为李梦阳便是追摹先秦

① [清]汪淇.分类尺牍新语二编[M].台北:广文书局,1975:55-57.
② 王琦珍.侯方域文学思想试论[J].社会科学,1984(12):69.

散文而失败者。侯方域将唐宋大家之文"运骨于气"比喻成便如纵舟江海之间,"其中烟屿星岛,往往可自成一都会",即便波涛万丈,东泊西注,只要文章之"骨"亦即主旨明确,便如"操柁舣星,立意不乱,亦自可免漂溺之失"。因此,唐宋大家之文"运骨于气"是容易学习的。侯方域的"骨气"论,实际是以"骨"为中心,讲究"气"的运用,"运骨于气"是文人经过学习容易达到的境界,只有经过这个境界方能去探寻先秦古文的"敛气于骨"之境。从这一点出发,结合《答孙生书》的"维道为有力"的载道观,可见侯方域推崇复古,但反对前后七子"文必秦汉,诗必盛唐"复古主张,认为他们乃是"高者又欲舍八家、跨史汉而趋先秦,则是不筏而问津,无羽翼而思飞举,岂不怪哉"。他主张向唐宋大家的古文学习,"运骨于气"。他在牍中还详细解释了如何在文章中"运骨于气",在批判六朝文章时,他以战场作战来比喻文章之道,认为作文者如主帅,当指挥若定,排兵布阵,一一照应,摧锋陷敌之时,"必更有牙队健儿衔枚"。但倘若纯任使气,勇猛冲锋,必当失败。所以作文之时,主旨当明确,其余各种关系与材料"全在裁制,无论细大,皆可驱遣"。在"闲漫纤碎"之处务必细心沉着,娓娓道来,"使读者见其关系,寻绎不倦"。对于人人皆知的宏大议论反而要数语发挥,归于含蓄。当文章写到得意之处,须纵横使气,宣泄无遗。侯方域在《答孙生书》《与任王谷论文》二牍表述出来的文章创作论在诸多尺牍文论中是最形象、最具体,也是最系统、最实际可行的。他的文章创作方法论基于载道观,提倡复古论,主张学习唐宋大家"运骨于气"的方法,并对"运骨于气"的内涵与如何在创作中使用作了具体而形象的解释。对于他的文法论,汪淇、徐士俊表示了极大赞赏,在《与任王谷论文》后,徐士俊评点道:

> 《壮悔堂集》,皆绝妙文章。得全集而读,汪憺漪特举斯篇以为作家榜样。盖辨其气骨,慎其经营,而又审其原委于山高水深之间,思过半矣![①]

从中可见,汪、徐二人的文章观念与侯方域接近,而汪淇有意识将侯方域的文论列为标杆以影响世人文章风气。

侯方域、汪琬等人在尺牍中表现出的观点是有冲突和矛盾的,他们实际也代表了清初尺牍选本中文论的两种主要倾向。在这两种倾向之外也有其他声音,不管响亮不响亮,总是在钟鼓齐鸣的喧闹声中传出了丝竹的清越之声。如徐世溥在《答钱牧斋先生论古文书》中说道:

> ……窃观古之作者莫不期于自达其性情而止,要以广读书,善养气为本。根柢至性,原委六经,所以立命;贯穿百氏,上下古今,纵横事理,使物莫足碍之,所以安身也。子长之自叙,退之之《答李翱书》,其致可概见矣。如必曰某处为龙门所安身,是即非龙门;某处为昌黎所立命,是即非昌黎矣。那叱析骨还父,剔肉还母,始露全身。为文之境何以异此?此非故为推堕滉漾,不可致诘。实以平日用功经悟,所见如斯。以先生下问,辄复罄陈求正,固未知有当否也。若云诸家各有门庭,则

① [清]汪淇. 分类尺牍新语二编[M]. 台北:广文书局,1975:57.

各以其所熟为其所出。窃尝论之,韩出于左,柳出于国,永叔出于西汉,明允父子出于战国,介甫出于注疏诸文,子固出于东汉诸书疏,当其合处,无一笔相似。故韩无一笔似左,欧无一笔似史迁。书家所谓书通即变,如李北海不似右军,颜鲁公不似张旭也。当其率尔,时露熟态,往往望而知为某家文章。亦如米元章所谓:如撑急水滩船,用尽气力,不离故处。若董元宰之不能离米,米元章之不能离褚也……①

在前文所提及的徐世溥《与友人》一牍中,他对于明万历以后的文坛进行了批判,认为"万历五十年无诗,滥于王李,佻于袁徐,纤于钟谭"。他所批判的对象覆盖了晚明以来的复古派和性情派,从《答钱牧斋先生论古文书》一牍中,可以进一步看出他的文章创作观点。徐世溥认为古之作者作文"自达其性情而止,要以广读书,善养气为本"。这其中包含了几个要素:性情、读书、养气,其实际对应的是文章性情观、复古观与养气观,从中可以看出他想要调和性情与复古的倾向。对文章安身立命的关键,徐世溥认为有两个方面:一是"根柢至性,原委六经",这是作文的出发点与根本。"根柢至性",是指文章表现作者的个性、性情;"原委六经",是文章表现儒家的载道思想。这里他试图调和性情论和载道观,他认为两者并不矛盾,个人的性情是文章之根本,但文章的立意之处还当原委六经,与载道结合。二是"贯穿百氏,上下古今,纵横事理,使物莫足碍之",这是修习作文的方法。"贯穿百氏,上下古今"是指学习古人;"纵横事理,使物莫足碍之"是指突破古人障碍,表现自我的见解。徐世溥主张学古,但认为关键在于学古不是拟古,学古是为了表现自己的风格特色与思想见解,这才是作文的根本方法。他为此还举司马迁《太史公自序》与韩愈《答李翱书》为例,认为二文既表现了个人的性情,表达了自我,又不脱载道之道,这才是二人作文的关键,而不在于二人作文有什么专门的门道与法度。"如必曰某处为龙门所安身,是即非龙门;某处为昌黎所立命,是即非昌黎矣。"徐世溥的这一说法,实际批判的是当时文人复古风气之下却又泥古不化、迷恋文法的倾向。为了说明学古与个人风格、见解之间关系,他还以"那叱析骨还父,剔肉还母,始露全身"为喻,文章本有所宗,有学习喻模仿的对象,但在"析骨还父,剔肉还母"之后,还有自己的东西,也即个人之"性"与"气"。基于此,徐世溥认为学古作为修习作文的登堂入室之道很重要,前代文章名家皆有学习与师承的对象,"韩出于左,柳出于国,永叔出于西汉,明允父子出于战国,介甫出于注疏诸文,子固出于东汉诸书疏"。正如书法家学习写字当从临帖开始,其个人风格难免受到所临摹对象的影响,"当其率尔,时露熟态,往往望而知为某家文章",但"书家所谓书通即变",可以临摹以入书法之门,最关键之处却在于个性与创新,所以"李北海不似右军,颜鲁公不似张旭也"。作文也当有"通变"之道,师法古人如入门之阶梯,登堂入室之后,应展现个人的"性"与"气",与所仿效对象"无一笔相似"。徐世溥的文章创作论调和了个性与宗经明道的观点,将学古之法与表现个性性情与风格结合起来,可以说是清初尺牍选本文论中的第三种文章创作观点。

---

① [清]周亮工.尺牍新钞[M].上海:上海书店,1988:37-38.

徐世溥的文章创作理论观点在清初尺牍选本中不是孤立,在其他人的尺牍文论中也有相似看法。

吴百朋《与陈园公论文章》

古文辞今日绝响矣!昔人谓胸中无学犹手中无钱。贫子所居惟蓬蒿,见通天台五城十二楼,目眩矣;所茹惟藜藿,见江瑶柱、五侯鲭、凤膏麟脯,食指动矣;所衣惟竖褐,见火浣布,云锦裘,色沮丧矣。故胸中无十三经、二十一史,而侈口言古文词,天下无古文词也;胸中未能贯串三百篇、楚辞,汉、魏、六朝、三唐、宋、金、元、明大家有韵之言,而侈口言诗,天下无诗也。胸中有十三经、二十一史矣,能博览三百篇、楚辞、汉、魏、六朝、三唐、宋、金、元、明大家有韵之言矣,而天资不敏,慧心不开,遇物不能名,登高不能赋,生吞活剥,影写古人语,如王弇州、李于麟,剽窃左、国、史、汉以为古文,窜易古乐府一二字以为诗,天下无此古文词与诗也。夫左丘明不袭六经,司马迁不袭左丘明,班固不袭子长,范晔不袭孟坚,陈寿不袭蔚宗,沈休文自成宋书,姚思廉自成梁陈书,欧阳修自成五代史,昌黎不剿王杨卢骆,子厚不剿昌黎,子瞻兄弟不剿欧阳永叔,即唐人如孙樵、刘蜕、樊宗师、杜牧之辈,俱自出杼柚,不屑摩凝,故诗、古文原与日月俱新,与山川草木、禽鸟、阴晴荣落相肖,岂胸中先有骨董,而后遇题作优孟抵掌耶?近日钱虞山《初学》一集,深明掌故,博瞻菁英,惜其末年,佛语、道家语、俳语,一篇之中,时有点染,非古人首尾温丽之旨也。侯朝宗树帜于彰德,王于一振彩于豫章,其古文则是,其诗则非,惜已长逝,化为异物,使人惨伤。近惟吴梅村先生,古文则浸淫史汉八家之间,诗喜中晚,其歌行长篇跌宕,非元白所能及,自是江南领袖。他若韫退、宋荔裳、王贻上西樵,山左之杰也;王山长,豪气不除,湘潭之奇士;董文友、龚仲震,摇笔散珠,毗陵之丽才;沈釜山,云间白眉;吴汉槎,松陵学海;施愚山,宣城之劲敌;陈其年,阳羡之异姿。敝邑有陆丽京,群言一呼己口,柴然名家,弘长风流,增益标胜也。至于陈际叔、孙宇台、沈旬华、严颢亭、胡约庵、陆梯霞、左城,胸有万卷,俯视群流,不肯拾前人一语。仆则年近五十,齿落发白,已戒绮语,不敢谬附作者之林。今来粤中,粤中人无足与语。周量宦北,美周云亡,独我园公,为岿然鲁灵光尔。园公诗,大率出自中唐,而姿制清老,时入少陵矩矱;古文萧散近八家,而取材于徐、庾、江、鲍之间,故复缘情绮靡,体物浏亮也。弟所欲删者,一二代送上官骈体及寿叙,语非由衷,情同诔墓,似宜割爱尔。如与吾西泠诸兄弟并驱争先,让园公怒马独出。要之此道非多读书有灵气者,不能兼。多读书,而出之不雅,亦如獭祭鱼,点鬼簿,纵矜本性情,不宜捃摭奉竟陵、公安为三尺,真足齿冷。又不如胡元瑞、汪伯玉辈文笔,虽卑,学殖尚博也。园公高明,何以教我?①

① [清]汪淇.分类尺牍新语二编[M].台北:广文书局,1975:53-55.

吴百朋,字锦雯,西泠十子之一。《与陈园公论文章》中他首先以贫人见不得大场面为喻,认为作者胸中没有学问,便做不好文章。他所强调的"学问",在文章方面包括"十三经、二十一史",在诗歌方面则包含"三百篇、楚辞、汉魏六朝、三唐、宋、金、元、明大家有韵之言",实际包含历代经史子集。看到这里,似乎他主张的是复古论,但他又强调作者"天资"的重要性。倘若徒有学问,而"天资不敏,慧心不开",则"遇物不能名,登高不能赋,生吞活剥,影写古人语,如王弇州、李于麟,剿窃左、国、史、汉以为古文,窜易古乐府一二字以为诗,天下无此古文词与诗也"。他把明代主盟文坛、主张复古的后七子批判了一番。但他对公安派、竟陵派也不满意,称"纵矜本性情,不宜挦撦奉竟陵、公安为三尺,真足齿冷"。由此可见,他既批判复古论,也反对惟性情论,他所主张的实际是第三条道路,这条路与徐世溥文章之道接近,认为"学古"只是作文的入门之道,"诗、古文原与日月俱新,与山川草木、禽鸟、阴晴荣落相肖",在"学古"基础上的创新并表现自我才是作文的关键,他认为古文大家都不因袭前人,作文乃是"自出杼柚,不屑摩凝",在这样前提之下,文章载道、表现性情皆可。吴百朋在牍中对于当时一众文人的批评是尺牍文论的另一大亮点。他认为钱谦益文章"深明掌故,博瞻菁英,惜其末年,佛语、道家语、俳语,一篇之中,时有点染,非古人首尾温丽之旨";侯朝宗、王猷定"振彩于豫章,其古文则是,其诗则非";吴伟业"古文则浸史汉八家之间,诗喜中晚,其歌行长篇跌宕,非元白所能及"。其观点颇有见地,显然是对当时的诗文创作有着足够深入的了解。对于其他文坛人物,吴百朋都一一加以评判,《与陈园公论文章》可以说是清初创作最早的文学评论之一。

徐世溥、吴百朋等人的尺牍文论都主张学古,强调"学问"的积累在作文中的基础性与重要性,同时他们也主张文章当"宗经",徐世溥主张文章"原委六经",吴百朋主张"胸有十三经",实际上代表了明末清初文章创作中"宗经"的倾向。

二、其他文章分体论

清初尺牍选本中的文论除谈及主流的文章创作论之外,也有不少讨论不同文章体裁的创作认知。主要集中在传记、尺牍、八股文上。

(一)传记论

讨论传记类的文章体裁,以徐芳《与汤惕庵》为代表。

徐芳《与汤惕庵》

芳尝读古人书,碑铭序传之属,觉其人之生平,与其精神面目,刿刿如欲出焉。叹人之于世无不朽者,独行与名之能久存于世如此也。而其所托以久存者,亦必其人与文之奇伟卓荦,足重于世,则后之人,皆乐求其书而读之。读之而得其碑铭序传,与所托于碑铭序传之人,而其生平之精神面目,亦与之俱见焉。苟非其人,虽其名与行之自有可称,而所托之文,不足取重于世,其书固不传。即令传之,而后之人,无有肯取而读之者,则其湮灭歇绝,固与世之一善无述者等也。故古人之书,自历代史编而外,惟欧韩苏曾数公之文,最为显重于世。又叹以彼其时,所列于碑铭序传之人,其行谊不必皆为后世所绝,徒以幸生数公之时,得厕名其笔墨,遂令后世诵慕景想若是。今天下无数公之文,即有之未必兼有数公之人,则虽其行之稍有可称,无所托以必不朽,欲令后世之有所闻,其可得乎?天下之湮灭而歇绝者,可胜道耶?……①

徐芳,字仲光,号拙庵,别号愚山子,南城(江西抚州)人,有《藏山初集》《藏山二集》。从体裁上看,古代的"碑铭序传"即今人所言的人物传记。徐芳认为"碑铭序传"实有传人之功,读传记文"觉其人之生平,与其精神面目,刬刬如欲出焉"。这种传人之功来自两个方面:一是其人可传;二是其文可传,且后者更为重要。如果其人可称,"而所托之文,不足取重",则其文故将不传与后世,而其人事迹亦终将湮灭歇绝。徐芳认为,历代皆有可传后世之人,但能作可传后世之传记文者极少。历代史编中的人物列传亦属于传记文,记录了众多有影响力的人物,但舍此之外,"惟欧韩苏曾数公之文,最为显重于世"。可传之人遇上韩愈、苏轼、曾巩皆属幸运,但后世人物就不幸了。徐芳的这些见解实际上批判了明末清初传记文创作水平低下的问题,讥讽当时没有好的传记作家,非世无可传之人,只是缺了可传之文。在尺牍中,徐芳将"碑铭序传"从传统的"文"中单独列出而归为一处,说明他已经注意到了"碑铭序传"不同于其他文种的共同特征——传人,他虽未明确,但已经有了独立的传记文体裁意识。此牍从侧面也说明,在明末清初性情与复古的论争之下,传记文并不为当时主流文人所重视。

(二)尺牍论

"尺牍"从严格意义上而言包含多种文体形式,并非独立的文体,但它也有应用文的属性。自晚明以来,尺牍创作越来越受到文人的重视,明末清初的诸多尺牍选本便是最重要的证明。清初尺牍选本中的不少尺牍将尺牍作为单独的"文"列出,讨论尺牍的认知与创作理论。汪淇在《分类尺牍新语二编》卷三"文章"类序文中说:

> 观士衡《文赋》所列诗赋碑铭、箴颂论奏,诸体悉备,而独不及尺牍。或疑尺牍无当于文章之观,然孔璋东阿之札,公幹五官之书、休伯车子之笺、德琏建安之论,皆炫若灿花,烂若披锦,又何异游上林而濯睢涣也?夫文章固文章矣,而尺牍为能一一传之,岂非文章之中又有文章耶?②

汪淇认为陆机《文赋》之中诸体皆备,却没有列出"尺牍",但是历史上尺牍名篇不胜枚举,这就产生了一个问题:难道尺牍不属文章之类吗?如果认为尺牍所书写之文字是文章,可以传世,却又与普通意义上的文章不同,那就生发出另一个疑问:难道文章之中还有文章(尺牍)吗?汪淇总体上是将尺牍看作为文章的,但他的两个设问正说明了尺牍的应用性与文艺性

① [清]周亮工.尺牍新钞[M].上海:上海书店,1988:142.
② [清]汪淇.分类尺牍新语二编[M].台北:广文书局,1975:49.

之间的矛盾与冲突问题。尺牍是书写的文字的载体,这是它的应用属性,它所记录的文字具有文艺审美特质的属于文学作品,反之则不是。古人对尺牍认知矛盾的根源实际正在于此。当然,因为尺牍的应用性,其中文字自然以达意为基本目的,而不在于其文艺表达方式的巧妙。《尺牍新钞》中收有萧士玛《与兄》一牍,谈及时人尺牍创作:

> 他人与人书,终日言而未常言,如弄珠铃者,上不住空,下不堕地,中不著手,乃为妙耳。兄书乃棒打石人头朴朴,论实事,将动而血指耳! ①

萧士玛,子次公,江西泰和人,明末清初名士萧士玮之弟。他在牍中以声响作比喻,认为时人尺牍如"弄珠铃者,上不住空,下不堕地,中不著手,乃为妙耳"。其声虽然动听悦耳,却无一落到实处,这实际是讽刺时人在尺牍之中过于展示自己,炫耀文采,华而不实的作风。他赞扬萧士玮的尺牍如棒打石人头,其声虽朴,却落到实处。萧士玛的尺牍论实际是从尺牍的应用性出发,认为尺牍言辞达意为佳,内容当落到实处,不必过于展示文采。晚明以来,文人基于对尺牍为"文"的认知,开始了尺牍创作由"为人"到"为己"、侧重展示自我的转变,实际上代表了尺牍从应用性文体向文艺性文体的转变,标志着尺牍文艺审美特征的变化与提高。但无论如何,尺牍的应用性是不应抛弃的,言辞达意是创作尺牍的基本要素,文艺水准的提升应建立在这一基础上。明末以来的尺牍小品有过于炫耀文采的倾向,萧士玛的言论可谓是对这一倾向的反思与批判,他提倡尺牍真切朴实的风格。对此,周亮工颇为赞同,他在眉批中说道:"近人与人尺牍,滔滔数千言,按之究不知其意之所在,皆弄珠铃手。棒打石人头朴朴,亦为渊渊若金石。"②可谓"于我心有戚戚焉"。

对于前人尺牍文艺风格及其形成理论的阐述,以毛先舒《与徐野君》一牍为代表。

毛先舒《与徐野君》

> 尺牍小技而难工,《新语》一书,遂片片枬檀矣。此道近代苏黄称佳,能纯乎本色质叙,无不臻妙,今如百谷、眉公,亦俱能撮胜。或嫌王太着色,陈太取致,斯固有之,然亦由人地耳。苏黄二公少壮立朝,虽流离悲愤,儿女故旧之情皆关国是,故落落写来,俱有动人而不可废之处;王陈不过两布衣,而言又不可出位,其所抒写,本无大事,则不可不借资与色与致。才固不逮,亦地限之耳。此知人论世者自应得之,非先生谁知作者苦、观者苦耶? ③

毛先舒认为尺牍人人都作,却"小技而难工"。前代工于尺牍者为苏东坡、黄庭坚,他们的特色在于"能纯乎本色质叙,无不臻妙",晚明王穉登、陈继儒为尺牍小品大家,但毛先舒认为二人尺牍不如苏黄自然质朴,"王太着色,陈太取致"。形成这一差别的原因毛先舒归结为人的

---

① [清]周亮工.尺牍新钞[M].上海:上海书店,1988:122.

② [清]周亮工.尺牍新钞[M]//四库禁毁书丛刊:集部第36册.北京:北京出版社,2000,103.

③ [清]汪淇.分类尺牍新语广编:第3册[Z].上海:华东师范大学图书馆,康熙七年(1668)刻本:8.

个性才能与地位，苏黄二人"少壮立朝"，地位较高，又才气突出，因而尺牍立足较高，处处皆关国是，写来自然动人；而王穉登、陈继儒二人不过布衣，胸中局促，尺牍所写皆是个人之事，立意较低，不得不借助"色"与"致"来补充尺牍短处。所以，在尺牍成就上，王陈二人相较于苏黄，"才固不逮，亦地限之耳"。毛先舒的尺牍论从作家个体的才性与地位因素解释尺牍的风格，不无其道理，但失之偏颇。作家作品的艺术风格除却个人因素外，还受到时代风气的影响，王陈二人尺牍是在晚明个性思潮盛行，展现个人性情的尺牍小品大行其道的时代风气中产生的，并且是那个时代的代表性人物，他们的尺牍崇尚"色与致"，在个人风格之外，其实也代表了晚明士人在尺牍小品创作中的主流倾向。毛先舒可能有尺牍小品繁华落尽、返璞归真的诉求，故其认识是不全面的。

（三）八股文论

八股文也称制义、制艺、时文、八比文。对于关系到士人人生理想和政治前途的八股文，尽管对之态度不一，却是士人人生绕不过去的一个坎，自然也是清初尺牍选本中的一个热点。不少明末清初士人在尺牍中谈及他们的八股文观，其中较有代表性的是曾异撰《与施辰卿书》。

曾异撰《与施辰卿书》

作理题，正当如剥笋皮，壳不尽，真味不出。今之深于说理者，不但不剥其壳，且包封数十重厚皮茧纸，浪说煨而食之之雅，此则不但无笋味，人亦不知其为笋矣。至于某某诸竖儒，妄言先辈，但以寥寥数语，言不敢尽为合作，此又似不食笋肉，但掇皮煮汁，略一沾唇而止者。鄙意如此，所作者不能如其所言，但以破今时之失，未为不是也。[①]

曾异撰(1590—1644)，字弗人，福建晋江人，有《纺授堂集》。他以剥竹笋、煮竹笋、食竹笋为例，将八股文写作的方法层层向前推进。他认为，首先破题要像剥笋，"壳不尽，真味不出"。但是现在有些八股破题时"不但不剥其壳，且包封数十重厚皮茧纸"，绕了半天，还没有接触主题、正文。这样半生不熟地煨煮，煮出来的笋"不但无笋味，人亦不知其为笋矣"。甚至有些"竖儒"，妄言前辈，但以寥寥数语，言不敢尽为合作，此又似"不食笋肉，但掇皮煮汁，略一沾唇而止者"，这些人以为"笋"就是竹子，只尝笋汤，连笋肉也不知可食，那就没有尝到笋肉之真谛。

曾异撰《与施辰卿书》以妙喻的方式形容当时文人作八股时方法偏颇，对于时人作文只在外围旋绕不能直入正题的风气有所揭露和批判。在一些尺牍文论中，对于当时文人作八股的态度有所展示。

---

① ［清］周亮工．尺牍新钞［M］．上海：上海书店，1988：9－10．

罗孚尹《与罗元玉》

吾辈作时艺如业履然,履无十日之寿,而业之者亦只计其售尔,不问十日以外也;作诗作古文词,若铸宣铜,虽售只一时,而作者之心,则无有不欲其久远者。①

罗孚尹,字瑕公,江苏上元(江宁)人,生平事迹不详。他以比喻的方式说明时人作八股与作诗文时的态度区别。他说,作八股就如"业履",作者只重视现下光景,不考虑存于后世;而作诗文便如"铸宣铜",虽然也只用于一时,但在制作时却极为重视,欲其不朽,以存后世。他的比喻与对比简单而明澈,很好地说明了当时文人主要将写作八股作为晋升之工具,不得不为,却又不愿为的态度,这种态度与他们作诗、作文时截然相反。许湛明在后评价云:"妙喻果然,作者当自知冷暖。"②其实他自己也感同身受。对于罗孚尹的观点,入清后的文人中也有赞同者,如林云铭在56岁时所作的《复再次辰冢宰》一牍中谈道:

制义谓之时文,随时而变。少妇歌舞,竞作别调新妆……然秦青韩娥,飞燕太真之辈,绝技无前,氍毹绣茵之上,总离不得这副檀板。若不按节目,自剙出曼声媚态,任他遏云绕梁,惊鸿飞雪,却都不是也……③

林云铭(1628—1697),字西仲,号损斋,福建闽县人,他称时文随时而变,如"少妇歌舞,竞作别调新妆",说明了八股文的时代性、善变性,也印证了罗孚尹所说的文人作八股只重当下、不问以后的情况。他在牍中还以美人作歌为喻,任你绝技无前,却"总离不得这副檀板",如果"不按节目",自创新声,"任他遏云绕梁,惊鸿飞雪,却都不是"。他的这一比喻形象地说明了八股文规矩严格,极其注重形式,因而写作不易,极为死板,束缚了作者的思想与才情发挥。

清初尺牍选本中的文论总体上在复古与性情理论的争执之下,即使是散文人家在创作认知上也有分歧。但在争执之中,尺牍文论也表现出一些共同的倾向,极为注重"文法",强调"才气""骨气"对于文章创作的重要作用。由于乱世背景,尺牍文论中对于文章"载道"的思想极为重视,不少尺牍既反对在复古的模拟中失去自我,也反对徒表性情而不关注社会现实,试图调和复古与性情论,主张既要学古,也要善于变化,将个人性情与"道"相结合,自我创新,自成风格。不少文论将"至性""学古"与"宗经"结合起来,使得文章"原委六经"成为一种认知倾向。这种情况可以用张云鹗《与友人论文书》一牍中的表述来总结:"约六经之旨,而出之以欧韩。笔舌始于拟议,而终于变化,往往自为一家。"④清初尺牍选本文论中注重文法,宗经重道,强调气格,学古而注重个人风格的种种认知倾向,看似局面混乱,又似乎酝酿着新变化。换一角度而言,众多尺牍文论中所强调的散文创作观点很多都与后来的桐城派散文主张相近,可谓是桐城派散文理论的先声。

---

①② [清]汪淇.分类尺牍新语二编[M].台北:广文书局,1975:61.
③④ [清]陈枚.写心二集[M].沈亚公,校订.上海:中央书店,1935:30-31,27.

第三节　诗论

　　清初尺牍选本中存在着为数不少的谈论诗歌的尺牍,这些尺牍记录了明末清初诗人在诗歌上的交流与交往,记录了他们诗歌辑集刻印的情况,对于研究明末清初诗人与诗歌创作具有十分重要的资料价值。讨论诗歌理论的尺牍是其中重要的一部分,也是最有价值的一部分。这些尺牍中的诗歌理论真实地反映了明末清初诗人对于当时诗坛的认知与思考,通过对它们的考察,既可以观测个体诗人诗歌观念形成与变化的过程,也可以看出明末至清初诗歌理论的动态变化,看出时代风云对于诗歌创作的具体影响。总体而言,清初尺牍选本中的论诗尺牍表现出明末清初诗坛仍旧笼罩在性情与复古之争的风气之中,诗人之间或主性情,或宗复古,或主调和,整体上缺乏新的创见。

一、性情派诗歌理论

　　受晚明个性解放思潮的影响,自李贽提倡"童心说",继之而起的公安派、竟陵派主张诗歌抒发性灵,表现个人的至情至性,反对前后七子的复古主张。后来者追摩公安、竟陵者甚多,尤其是竟陵派诗歌在明末影响极大。清初尺牍创作环境自然免不了受到当时社会思潮的影响,在清初尺牍选本中谈及诗歌观念的尺牍中,性情论是主要主张之一。不少晚明时期的诗人在尺牍中便以"性情"为诗歌的出发点阐述自己的诗歌主张。

曾异撰《复潘昭度师》

　　大序中谓诗之纤艳不逞者,皆情之衰。人人能知诗,则天下无复事,此古今未发之论。窃谓天下无情外之理道,凡忍于犯伦伤义,皆世间极寡情之辈。盖古今之忠臣孝子,不过其情至于君父者。使世皆深情于夫妇、昆弟、朋友之人,则亦必无谷风之怨,阋墙之争,与夫二夫失节之事。所云人人能诗,则天下无复事,正以人人深情,则天下无事,自然恩厚而笃于伦也。①

曾异撰(1590—1644),字弗人,福建晋江人,有《纺授堂集》。曾异撰有文名,是明末清初士人中年辈较长者,全祖望《李元仲别传》云:"明崇祯间,称古文者:东乡艾南英、晋江曾异撰、番阳黎遂球、南昌徐世溥暨世熊,而归德侯方域辈尚稍后。"②曾异撰论诗歌从《诗大序》出发,认为"诗之纤艳不逞者,皆情之衰"。《诗大序》提倡"诗言志",其中便包含"情"的因素,曰:"诗者,志之所之也,在心为志,发言为诗。情动于中而形于言,言之不足故嗟叹之,嗟叹之不足故永歌之,永歌之不足,不知手之舞之足之蹈之也。"又曰:"情发于声,声成文谓之音。治世之音安以乐,其政和;乱世之音怨以怒,其政乖;亡国之音哀以思,其民困。故正得失,动天

---

① ［清］周亮工.尺牍新钞［M］.上海:上海书店,1988:5-6.
② 朱铸禹.全祖望集汇校集注:鲒埼亭集内编［M］.上海:上海古籍出版社,2001:533.

地,感鬼神,莫近于诗。先王以是经夫妇,成孝敬,厚人伦,美教化,移风俗。"曾异撰在牍中没有强调诗言"志"而是强调诗歌主乎"情",认为"天下无情外之理道",世间作奸犯科、违背伦理之人,"皆世间极寡情之辈"。曾异撰所说的情源于《诗大序》的教化观,却受到晚明以来性情论的影响,他所推崇的乃是诗歌的"至情",与"良知"相关,是本乎人心的"真情"。曾异撰认为,忠臣孝子,不过是将其真情延展至君父,世人本乎真情,则也必无犯伦伤义之事,因此,如果"人人能知诗"则"人人深情",如此"则天下无事"。曾异撰持的是诗歌的教化观,不同于载道观,他的出发点在诗歌本乎"真情""至情",以此发挥诗歌美化人心的作用。在另一封《答曾长修书》中,曾异撰对此又进行了进一步说明:

曾异撰《答曾长修书》

　　足下以为人宁可无诗名,不可辱诗之理色。甚善甚善!某于诗,理与色俱无之,信口出声,忾然而叹,哑然而笑,泫然而泪,未省此叹者、哭者、泪者,为色乎? 为理乎? 以色而笑叹,而悲泪,则优人之排场也。若以理而笑、而叹、而泪,则其勉强假借,又甚于优,不但不成诗,而亦不成理矣! 今之人辱诗之理色,而理色亦可辱诗。来书所云,以廉耻护送诗道者,无理亦无色者也。①

在牍中,曾异撰对于曾长修持的"诗之理色"论抱有不同的态度。诗歌的"理""色"论因未见曾长修原牍,不知其具体主张,总体而言,南朝诗歌重"声色",以"声色"论诗歌风格;宋人以"理"入诗,注重诗歌的理趣与法度,但无论是"理"还是"色",都是诗人创作诗歌时思想内容与表现形式方面有意识的追求。曾异撰认为这种追求不符合诗歌之道,认为诗歌"理与色俱无之",应出自诗人的自然性情,诗人在诗歌中"信口出声,忾然而叹,哑然而笑,泫然而泪",乃是自我真情的抒发,并非刻意求之。若是按照"理色"之需生发感情,则类之于优人作戏,违背了诗歌至性至情的属性。所以诗歌不需要"理色",而"理色"也不借助于诗歌,以"廉耻护送诗道"的载道与理色观,是不符合诗歌"情"的本质的。曾异撰在此牍中的诗歌"理色"之辨是对《复潘昭度师》一牍中诗歌本乎"情"的有效补充,从中可以看清他所说的"情"的内涵接近于晚明士人所推崇的个人之性情。

　　曾异撰在尺牍中以《诗大序》中诗歌本乎"情"的观点作为自己的理论依托,其实质不在复古,而是在古人概念基础上进行理论内涵的生发与建设,倡导诗歌的性情观。以晚明的性情内涵去解读古代诗歌的理念在清初尺牍选本诗论中并非一家,而是一种倾向。如侯宏泓在《与就园》一牍中提道:

　　诗以道性情,三百篇皆情也,如江汉汝坟,尤情之至者。若缘情绮靡,必至无情矣……②

---

①② ［清］周亮工. 尺牍新钞［M］. 上海:上海书店,1988:6,308.

他认为诗三百皆是缘情之作,因为诗歌的本质便是"道性情",进而推崇诗歌的"至情"论。曾异撰、周容、侯宏泓等人的主张皆是以诗歌的性情观去阐释古代的诗歌与理论,其实质在于托古喻今。

在诗歌创作上,一些尺牍诗论在推崇性情之时亦反对拟古,以为人的性情是诗歌的灵魂,是诗歌面貌常新的关键。

堵廷棻《又与栎园》

世之光采日生,人之性情不竭,寻常真正诗料,古人何曾合络将去? 会心者自能随地拈来。白云烟水,万里百年,驱遣得宜,何妨清思? 今人动讥剿袭,若先生诗人,能剿袭其单言俪字否?[①]

堵廷棻,字芬木,生平事迹不详,江苏无锡人,有《九友堂集》。他认为人的性情作为诗歌的材料来源万世不竭,"会心者"以此作诗,自然能够信手拈来,言下之意在于作诗本乎性情而不必孜孜求助于故纸堆,模仿古人。他批判当时诗人"动讥剿袭"的现象,其本质在于不能从"性情"下手,泥古不化,并赞赏周亮工诗歌取材于性情,自然光彩,世人也难以剿袭其单言俪字。就周亮工对待明末清初尺牍的态度看,是主张性情与载道并重的,就其诗歌观念而言,周亮工曾说:"诗,以言我之情也,故我欲为则为之,我不欲为则不为。原未尝有人勉强之,督责之,而使之必为诗也。"[②]从中可见,周亮工也持诗歌本乎性情的主张,堵廷棻对他的夸赞不为谬誉之词。

清初尺牍选本中的诗论也有在推崇性情之时,直接将批判的矛头指向载道学古观的,其中说得最直白激烈的是金圣叹。

金人瑞《与家伯长文昌》

诗非异物,只是人人心头舌尖所万不获已,必欲说出之一句说话耳! 儒者则又以生平烂读之万卷,因而与之裁之成章,润之成文者也。夫诗之有章有文也,此固儒者之所矜为独能也。若其原本,不过只是人人心头舌尖万不获已,必欲说出之一句说话,则固非儒者之所得矜为独能也。承云新作,便欲人许用晦之室矣。[③]

金圣叹(1608—1661),原名采,字若采,明亡后改名人瑞,字圣叹,苏州吴县人,清初著名的文学家、批评家。此牍是金圣叹重要的诗歌主张之一。他认为诗歌如果还原到最纯粹的本质只不过是"人人心头舌尖"所必欲说出的一句话,这实际上是说诗歌乃是出自人的性灵与情感,与读书、学古并无多大关联。金圣叹接着批判儒者将滥读于心的万卷文章用于诗歌加以点缀,"裁之成章,润之成文",并居其功,"矜为独能",这固然无不可,但违背了诗歌的本质,

① [清]周亮工. 尺牍新钞[M]. 上海:上海书店,1988:133.
② [清]周亮工. 周亮工全集:十八[M]. 朱天曙,编校. 南京:凤凰出版社,2008:316.
③ [清]周亮工. 尺牍新钞[M]. 上海:上海书店,1988:121.

诗歌并非高深莫测的艺术象牙塔的产物,而是人人皆可为的"心头舌尖万不获已,必欲说出之一句说话"。金圣叹这一段基于人之性情的诗歌言论将文人口中艺术化的诗歌世俗化了,既然诗歌只不过是人人心头必欲说出一句说话,则人人皆可为诗人,而不再为学问家所把持,儒者所认为的载道与学古之道并非修习诗歌的必然道路,能够抒发性灵才是诗歌之关键。金圣叹的这番言论不是独响,其他尺牍文论中也有类似的声音。

杨履吉《与友人》

予观诗,不以格律体裁为论,惟求直吐胸怀,实叙景象,妇人女子皆晓所谓者,然后定为好诗。其他饾饤攒簇、拘拘拾古人涕唾者,亦木偶之假线索,吾无取焉。大抵景物不穷,人事随变,位置迁易,在在咸然,古人岂能道尽? 不复可置语? 清篇新句,目中竞列,特患吟哦不到耳![①]

杨履吉,字长公,苏州吴县人,生平事迹不详。他认为,诗歌的格律体裁等外在形式并不重要,好诗的标准在于"直吐胸怀,实叙景象,妇人女子皆晓所谓者,然后定为好诗"。杨履吉所定义的"好诗"实质接近金圣叹所谓的"人人心头舌尖所万不获已,必欲说出之一句说话"。好诗是通俗的,人皆可为,人皆可通,无论是构思还是语言,失去作者个人的"胸怀",拾古人之余唾,就如同木偶一样只是被线牵着运行。景物会有无穷变化,人事随着时代变化而变化,诗作也应当随着景物、人事、位置的变化而变化,古人不能道尽,今人又何必学古,自然有"清篇新句"待今人前去发掘。金圣叹、杨履吉的诗歌理论实际都是基于性清观,以为人人胸中有欲吐之言,皆可据此言而为诗,故诗歌人皆可通、可懂。

明末清初,竟陵派影响极大,竟陵派钟谭主张诗歌抒写性灵,追求幽深孤峭的美学风格,后人纷纷效仿而多不得其味。对此,清初选本中也有一些尺牍诗论基于性情论的立场反对追摩钟谭而不得其法者。

董以宁《与倪暗公》

今之谈诗者,邪说渐消,无不知攻竟陵者,而其弊即在于攻竟陵。知其理鄙而学为华靡,知其纤曲而学为率直,连篇累牍,诩诩自号能诗。悲者忘格调而竞风华,高者离性情而言格调,是学竟陵而诗亡,攻竟陵而诗愈亡也。犹之功令既严,无不知摹先辈者,然知浮华之掩理,则趋于枯寂矣,知怪僻之累体,则趋于平庸矣。浅者有波澜而未老成,深者有理会而无神化,此其弊亦即生于摹先辈。譬如古人已往,为土木以像之,衣冠是而人非矣。乃优孟复过而笑之曰,是不如我之能笑能颦,或歌或泣也。呜呼! 将遂得为古人乎哉![②]

董以宁,字文友,江苏武进人,著有《国仪集》。他以为"今之谈诗者,邪说渐消,无不知攻竟陵

---

① [清]汪淇.分类尺牍新语二编[M].台北:广文书局,1975:86.
② [清]周亮工.藏弆集[M].张静庐,点校.上海:上海杂志社贝叶山房本,1936:109.

者",言下之意反倒是以竟陵派诗歌主张为正宗的。但他认为,竟陵派的诗歌也有缺陷,世人在学习竟陵派诗歌的时候,往往不得其法,未能学习到竟陵派诗歌的精髓,对于竟陵派诗歌的缺点矫枉过正,"知其理鄙而学为华靡,知其纤曲而学为率直""悲者忘格调而竟风华,高者离性情而言格调",因此,学习竟陵派诗歌不成,反倒似土偶着衣,徒有人形,是所谓"学竟陵而诗亡,攻竟陵而诗愈亡也"。董以宁批判当时诗人学习竟陵派诗歌而失之偏颇的乱象,但他认为其实质并非竟陵派诗歌主张之过,而是后人学习不得其法。同时,他也说明了一个现实,学习竟陵派诗歌实际也是"追摩"古人,是另一种意义上的学古。

二、复古派诗歌理论

复古主张是清初尺牍选本中诗歌理论的另一大主要倾向。从清初尺牍选本中的诗歌复古论尺牍来看,自明代前后七子以来"诗必盛唐"的复古主张对明末清初的诗歌风气有着非常大的影响,诗人多推崇唐诗,尤其推崇杜甫,并由此生发他们的诗歌主张。其中较有代表性者如徐增《与申勖庵》:

徐增《与申勖庵》

近日学诗者,皆知竟陵为罪人之首,欲改弦易辙者,又不深谙唐贤之门庭堂室,复相率而俎豆王李,譬如乌衣妙士,一旦而服高曾尘腐之冠裳,鲜不笑其败落者矣。然余于此日有深幸焉。世人每安土重迁,夫唐人之诗,犹祖宗之甲第也;王李之诗,犹子孙在外,别治平室一区也;钟谭之诗,犹子孙不肖,寄人庑下也。今之复事王李者,犹公侯之子孙贤者,思复旧业,幡然去人之庑下,而仍依止于别治之平室。吾谓人不思更动则已,既有更动之劳,何不少加拮据,竟归祖宗之甲第堂构,依然坐而有之之为当也![①]

徐增(1612—?),字子能,苏州吴县人,有《九诰堂集》。徐增在牍中批判竟陵派为学诗者"罪人之首",主张学习唐诗。但他也不赞同王世贞、李攀龙为代表的后七子诗歌主张。他以比喻的形式来说明唐诗、后七子、竟陵派三者之间的关系,唐诗乃祖宗之甲第,"王李之诗,犹子孙在外,别治平室一区也""钟谭之诗,犹子孙不肖,寄人庑下也"。言下之意,竟陵派诗歌已违背了诗歌正途,可视为旁门左道,学习之仅得下下;后七子诗歌欲正古风,却不得其道,不能自立门庭,学习之仅得乎中。既然如此,今世之人学习诗歌,竟陵诗歌可弃置不论,七子诗歌当不必效法,以学习唐诗、直接登堂入室方为上上。徐增推崇唐诗的对象一为杜甫,一为白居易。尤其是白居易,他对其诗歌倍加推崇,在《又与申勖庵》一牍中另加说明:

徐增《又与申勖庵》

唐律至杜子美,愈觉其难;至白乐天,始觉其易,人情所趋,势不得不尔。子美

---

① [清]周亮工.尺牍新钞[M].上海:上海书店,1988:213.

第四章 清初尺牍选本中的文学艺术理论

诗铿锵磊落,譬如高山大川,苦于登涉;乐天诗坦荡真率,譬如平原旷野,便于驰骋。于是人皆畏杜之难造,而喜白之易与。自长庆来,乐天桃李,种无隙地,而不知乐天诗,学正不易也。余尝谓学白诗,如顺风扬帆于江河,须得把船人仔细方得,不然,其倾覆之患,反甚于石尤,广大化主拯救不得,奈何!今之假口诗者,往往金铸乐天,持诗教者,又往往集矢焉,恐乐天两不受也夫。学乐天之难,不难于如其诗,而难于如其人。乐天胸怀淡旷,意致悠然,诗如水流云逝,无聱牙诘曲之累。能如其人,则庶几矣。①

徐增在牍中对杜甫、白居易诗歌都倍加推崇,但因杜诗难学,如"高山大川,苦于登涉",而白诗易学,如"如平原旷野,便于驰骋",因此,后世诗人多学白居易。徐增认为,白诗因其易学,学之不当,操持不定,反有倾覆之忧。而且,时人对于白居易的诗歌,怀着两个极端的态度,"假口诗者"视其为标榜,"持诗教者"视其为众矢之的,因此后人反而不得白诗精髓。徐增认为后人学白居易诗歌不得,并非因为其诗歌之难学,而在于后人不具备白居易的心胸,白居易人诗合一,"胸怀淡旷,意致悠然,诗如水流云逝,无聱牙诘曲之累",因此,只有学习白居易的处世态度和胸怀,学其诗歌方能"庶几矣"。徐增这里持有的学白观点与晚明以来以性情论诗歌的观念颇有合拍之处,白居易诗歌"坦荡真率"实际与性情的抒发有一定关联,但在总体倾向上,徐增是推崇复古的。

徐增推崇唐诗,又因白居易诗歌有坦荡真率的特点,容易学习而推崇白诗。但清初尺牍选本诗论中宗唐派的主流观点是宗杜诗的。如《尺牍新钞》二集《藏弃集》所收张可度《与周减斋》:

> 高岑、王孟之诗,无一字不脍炙人口,然皆一往而尽,一丘一壑,耳目易盈。若少陵则千岩万壑,云霞生焉,虎豹伏焉。陈继儒尝题杜诗后云:"兔脱如飞神鹘见,珠沈无底老龙知。少年莫辩轻吟味,五十方能读杜诗。"亦道得一半。②

张可度,字季筏,江苏江宁人,生平事迹不详。他在牍中极度推崇杜甫诗歌,对于其他盛唐诗人如高岑、王孟,明褒暗贬,牍中引用陈继儒夸赞杜甫的诗歌:"兔脱如飞神鹘见,珠沈无底老龙知。"张可度以为也仅"道得一半"。又如《结邻集》中所收贺裳《与人论诗》一牍:

> 《西清诗话》,称少陵用事无迹,如系风捕影。因言"五更鼓角声悲壮",乃用祢衡挝渔阳操,其声悲壮事;"三峡星辰影动摇",乃用汉武时星辰动摇,东方朔谓民劳之应事。余意解则妙矣。然少陵当日,正是古今贯穿于胸中,触手逢源。譬如秫和曲蘖而成醴,尝者更辨其孰为黍味、孰为麦味耶?③

① [清]周亮工.尺牍新钞[M].上海:上海书店,1988:213.
② [清]周亮工.藏弃集[M].张静庐,点校.上海:上海杂志社贝叶山房本,1936:47,158.
③ [清]周亮工.结邻集[M].张静庐,点校.上海:上海杂志社贝叶山房本,1936:158.

贺裳,字黄公,号檗斋,别号白凤词人,江南丹阳人,有《载酒园集》,生平事迹不详。他在牍中引用《西清诗话》(又名《金玉诗话》,北宋蔡绦著,成书于宣和年间,共 3 卷,今存残本一卷。)言论,对于杜诗"用事无迹"大加推崇。《西清诗话》作者蔡绦,字约之,福建仙游人,为蔡京季子,他在诗歌上极为推崇黄庭坚,而黄庭坚是北宋江西诗派开山鼻祖之一,其诗歌理论便是主张宗法杜甫"以学问为诗",蔡绦的杜诗"用事无迹"论实际源于江西诗派"点铁成金"说。因杜甫是江西诗派的"一祖",《西清诗话》自然以杜甫为尊。贺裳引《西清诗话》为例,便援引宋人之例推崇杜诗,认为杜甫诗歌贯穿古今于胸中,虽用事而无踪迹可寻,譬如酿酒,虽用"秫和曲蘖",而经过化学变化后变成酒醴,辨者再不能识其原来滋味。贺裳援引宋人旧例,推崇杜甫诗歌善于化用典故而自成一体的做法,正如江西诗派所称"老杜诗无一字无来处",是主张复古学习唐诗的诗歌主张。

大约明末清初诗坛复古派宗唐宗杜的倾向十分严重,注释杜诗的现象比比皆是,各家曲义解释,渐至泛滥,反失杜诗本来面目。清初尺牍选本中也有尺牍对此加以批判。如:

周圻《与某》

足下所注《杜诗约本》,一味求切求实,不事钩深索隐。仆每见誉人著书者,辄曰似郭注庄,盲人缘此,遂欲与作者对垒。若足下此注,不过因世人不见杜老真面目,直以杜还杜耳。但《约本》之名,不甚惬鄙意,欲更之曰《杜还》。老杜被学者捃剥殆尽,又被著者摘索无遗,不得不蓝缕筚路,逃之无何有之乡,直遇足下,始得咏生还。偶然遂也,勿论。自来诗文书画,直当以笔还笔,墨还墨,而注古人者,更当以古人还古人,得一还字,杜诗从此无事矣……①

周圻即周亮工,据朱天曙《周亮工及其〈印人传〉研究》一文考证,"《赖古堂印谱》所收'祥符周亮工百安氏印'与《尺牍新钞》和《藏弃集》所注'百安'可互证。'圻'有曲折之意,当是自况之词,很能反映周亮工的复杂心情。用'圻'与'百安'相连,有祈祷平安之意"②。周圻在牍中所言主要是注释论,他认为友人所注《杜诗约本》,"一味求切求实,不事钩深索隐"是值得赞扬的。但他在牍中所言:"老杜被学者捃剥殆尽,又被著者摘索无遗,不得不蓝缕筚路,逃之无何有之乡,直遇足下,始得咏生还。"实际也从侧面说明了当时杜诗影响泛滥,诗人学之泛滥,但不得其道者甚众的情况。

复古派内部并非铁板一块,即使是宗唐派内部也是如此,他们之间也往往互有争论,对此,清初尺牍选本诗论中也不泛调和之声。如:

张贲孙《又与周减斋论诗》

自北地宗法少陵,几于神似,信阳颇以为讥,至《空同集》有戏效唐初体诸作。

---

① ［清］周亮工.藏弃集[M].张静庐,点校.上海:上海杂志社贝叶山房本,1936:151.
② 朱天曙.周亮工及其《印人传》研究[D].南京:南京艺术学院,2006:7.

文人相轻,自古已然,兼采两家之长,斯为入室。于皇常言今人拟古诗,如童自描朱,点撇粗成,之无未辨;又如俗优歌曲,檀板频敲,宫商绝响,岂其然乎? 倘外具体貌,中含情致,文质相宜,秉经酌雅,世有作者,苦其庶几遇之。①

张贲孙,字绣虎,浙江钱塘人,生平事迹不详。他在牍中主要批判宗杜与宗唐两派。"信阳"是指前七子中的李梦阳,李梦阳是河南信阳人。对于诗歌宗杜的主张,张贲孙以为李梦阳不赞同,所以在他的诗集《空同集》中作"戏效唐初体诸作"表示反对。李梦阳的诗歌主张毫无疑问是宗唐的,但不主张宗杜。前人之争沿至后世,于是明末清初的诗人在宗唐与宗杜之间也不消停。张贲孙主张调和论,认为"兼采两家之长,斯为入室",认为宗唐、宗杜之争乃是文人相轻的结果,而今人拟古不化,于是作诗"之无未辨""宫商绝响"。对于如何调和二家之长,张贲孙提出"外具体貌,中含情致,文质相宜,秉经酌雅"的标准,具体而言,诗歌应有杜诗之体貌,有初盛唐诗歌之情致,并文质相宜。至于"秉经酌雅",语出刘勰《文心雕龙·宗经》篇:"禀经以制式,酌雅以富言。"周振甫注为:"根据经书来制定格式,参酌的通行语来丰富语言。"②张贲孙这样的诗歌主张不仅涉及唐诗,还涉及五经,对于诗歌的形式、情韵、思想、风格等都提出了要求,可谓是复古论中的集大成者。

宗唐、宗杜者过于泛滥,难免言之失度。清初选本的尺牍诗论中也有一些反对之声,试图挽风气一二。

杜濬《与范仲暗》

世所谓真诗,不过篇无格套,语切人情耳。弟以为此佳诗,尚非真诗也。何也? 人与诗犹为二物故也! 古来佳诗不少,然其人要不可定于诗中,即诗至少陵,诗中之人,亦仅有六七分可以想见。独有陶渊明,片语脱口,便如自写小像,其人之岂弟风流,闲靖旷远,千载而上,如在目前。人即是诗,诗即是人,古今真诗一人而已,可多得乎? 闻公方读陶诗,试以此意相印。③

杜濬(1611—1687),字于皇,号茶村。湖北黄冈人,有《茶村集》。他在牍中推崇的"真诗"说并非原创,而是出自前七子领袖之一——李梦阳后期的诗歌主张,与之类似的还有王世贞诗歌"真我"说。前人对李梦阳"真诗"内涵的说法不一,但李、王二人所代表的前后七子都是主张复古,推崇唐诗的。"李梦阳晚年对'复古'认识的转变及'真诗'说的提出,到后来发展为王世贞的'真我'说,表现出七子派对复古运动的不断修正与完善。"④因此,杜濬推崇的"真诗"说不是性情论影响下的诗歌观念,而是属于复古论羽翼下概念。杜濬以为真诗的标准为"人即是诗,诗即是人",其理念正与王李相合,世人所谓"真诗"实乃佳诗,盖因其人"不可定

---

① [清]周亮工.尺牍新钞[M].上海:上海书店,1988:188.
② 周振甫.文心雕龙今译[M].北京:中华书局,2013:31.
③ [清]周亮工.尺牍新钞[M].上海:上海书店,1988:49.
④ 魏宏远,孟宁.从"真诗"到"真我":七子派对复古运动的修正与完善[J].学术交流,2014(3):166.

于诗中"。即使是杜甫，"亦仅有六七分可以想见"，因而杜诗也不是"真诗"，所谓做到"真诗"者，千古为陶渊明一人而已。杜濬以"真诗"标准否定世人在复古主张下的诗歌价值认同，否定杜甫而推崇陶渊明，在当时复古派的浪潮中是一丝别样的声音。与之类似的还有《结邻集》中徐增《与陆陶儒》一牍：

> 六朝诗，人辄以金粉薄之，而不知六朝人诗，譬如绝代佳人，盛服浓妆，而丰神自在。昔石季伦以玉声轻者居前，金色现者居后，绚如云锦，灿若霞光，使蒲团枯衲见之，亦当六魄无主。若责其不效西子淡妆则可，而薄其金粉则不可也。世人皮相，良可痛也。今弟读仁兄和赵倚楼《昔昔盐乐府》二十首，字字艳丽，初不损其清真。人尽道陶儒贫士，室中人不免躬耕井臼，诗却直是石季伦珠围翠绕，仁兄其诗豪哉！①

前面二牍提到徐增在诗歌主张上是主张复古和宗唐的，从此牍也可以看出他对六朝的诗歌也能够客观认识。他的朋友陆陶儒在诗歌创作上学习六朝，徐增对之并未否定，反加赞誉。他认为六朝诗歌"如绝代佳人，盛服浓妆，而丰神自在"，不能尽以"金粉薄之"，并认为世人嫌弃六朝诗歌乃是"世人皮相，良可痛也"。无论徐增是否有诛友之嫌，但他的朋友陆陶儒效法六朝诗歌的行为却是客观存在的，虽是少数派，却也是时代群响中的一种声音。

三、其他

清初尺牍选本中诗论总体上反映了明末清初诗坛上的性情派与复古派之争，两派之间既互相论争，相持不下，同时在内部各有分歧，相互论辩，总之呈现出一片纷纭混乱的景象。但诸选本中的诗论在两派之外，也还有一些异质的声音：首先便是有清醒者跳出两派之外，试图以平和、客观、公正的心态看待诗歌的创作之道，批判双方的理论弊端；其次，时代不断变化，明末清初的诗人与诗歌不可能不受到时代的影响，尤其是当时几乎是士人必修的八股文影响巨大，其文法理论开始浸入诗歌创作理论体系之中，对当时的诗歌创作产生了巨大影响。这两方面的尺牍诗论在清初诸选中有着一定的地位。

（一）诗歌调和论

性情与复古之争在明末清初尺牍选本诗歌理论中的主要表现便是宗竟陵与宗后七子之争，此二家对于明末诗歌影响极大。但经过鼎革之乱后，一些诗人已经厌烦了这种无谓的争执，对双方都没有好感，于是在尺牍诗论中一并加以批驳。如：

王豸来《与李武曾》

今人论诗，动以竟陵、历下传为口实，袒左右而各不能下。或相辨驳，或相调停，刺刺辄见盈幅，虽曰习气使然，亦由识力不广，眼界不大，所谓子诚齐人也，知有

---

① ［清］周亮工. 结邻集［M］. 张静庐，点校. 上海：上海杂志社贝叶山房本，1936：155－156.

管仲晏子而已。夫醒之思酒,醉之思茗;枵腹之指动粱(梁)肉,饱饫之心赏姜菜,时有所异,物有所宜,而心有所适也。竟陵、历下诸公,不过行云流水,创为风气,境会适当,趋向偶,正如饥之粱肉、饱之姜菜而已。而世之人,必欲执而是之非之,两可甲乙之,则亦固矣。况古之能诗不自两家始,其为变也屡矣!又何独斤斤于此数公而不置哉?昔有先达,见《史记》,云是何人所作?开元宫人,仅能唱天宝遗事;粤犬吠雪,夏虫之不可语冰,局于见而又从而强为之辞也。以兄力持风雅,每能上下古今,故敢以此相质,不识有当于意否?①

王豕来,字古直,生平事迹不详。他在牍中提道:"今人论诗,动以竟陵、历下传为口实,祖左右而各不能下。""竟陵"是指竟陵派,钟惺、谭元春都是湖北竟陵人;"历下"是指李攀龙为代表的后七子,李攀龙是济南历下人。王豕来认为当时宗法两派的诗人之间纷争不已的情况,虽有晚明以来的诗歌传承的影响,即"习气使然",但主要在于当时诗人"识力不广,眼界不大",不能跳出两派之外来看待诗歌问题。他以为"时有所异,物有所宜,而心有所适也",不同的时代有不同的诗歌审美标准,正如"醒之思酒,醉之思茗;枵腹之指动粱(梁)肉,饱饫之心赏姜菜"。诗歌是适应时代需要而产生的,竟陵派、七子派"创为风气,境会适当",是因为他们的诗歌主张与创作适应了时代的要求而得以如此。今人执念于两家,则类之于"粤犬吠雪,夏虫之不可语冰",各自受制于空间与时间,更何况古代诗歌本不止此二家,而偏偏要拘泥于此,其根源正在于识见不广,眼界不大。王豕来诗歌主张跳出了竟陵、后七子二家之争,宏观地看待诗歌与时代风气的问题,其思想有进步性。汪憺漪在牍后评论:"硕论不磨,不但调停两家之雀角,言诗之许,当鼎力于商、赐间。"②认为王豕来尺牍的理论可以调停当时诗坛上竟陵派与七子派二家,"商"是指子夏,"赐"是指子贡,"鼎力于商、赐间"可以说是对王豕来诗歌理论的极大认可。

《与李武曾》一牍的诗歌理论虽有调停性情与复古之争的意思,但没有明确提出如何调停,也有一些尺牍提出了具体的调和主张。

吴雯清《与友人论诗》

六经皆为治世之书,然他经非葩,而《诗》独名葩;他经无韵,而《诗》独有韵。故《诗》也者,所以活五经之腐者也。如草木之有竹,鸟兽之有鱼,别具生趣,各成一家者也。《三百篇》兴观群怨,圣人言之详矣。《离骚》后出,惜未折衷于夫子,然其体自与诗迥别,设使夫子见而取之,将附《三百篇》之中耶?抑为彼另设一经耶?降及后世,自汉魏六朝,以至今日,各有所长,亦各有所短,学者但当舍短取长,则古今皆能有益。譬之嘉肴不同味,惟适口者为嘉;美女不同面,惟悦目为美,未可以一律断也。尝见今之谈诗者,薄宋元则推唐人,薄中晚则推初盛,薄初盛则推六朝,薄六朝

①② [清]汪淇.分类尺牍新语二编[M].台北:广文书局,1975:94.

则推汉魏,而甚至不用宋以后典故者,不独钟谭、七子之书者。揣其意,无非欲取法乎上,扫除一切耳!亦思世代何穷,后之后,更有后;则前之前,更有前,等而上之,不至盘古氏不止。彼好高之辈,何不竟创为盘古体耶?且听其论,则愈进愈高;而按其格,则愈趋愈下,名为汉魏,实乃不逮宋元。世之不乏明眼人,岂尽为公等瞒过耶?仆以为古今佳诗多矣!无论六朝、唐宋,即钟谭、七子,又何尝无佳处?今人于己作,则匿其短而炫其长;于他人之作,则没其长而摘其短,不虚不公,病痛莫大乎此。善哉!夫子之砭子贡曰:"赐也贤乎哉?夫我则不暇。"人苟取生平所作,逐一点勘,就正高明,犹惧怕其晚,尚敢哆口雌黄人物耶?仆之管窥如此,足下何以教我?①

吴雯清,字方涟,生平事迹不详。在《与友人论诗》一牍中,吴雯清主要批判对象有二:一是崇古的诗学观。他认为时人直欲"取法乎上",由初盛唐而推及汉魏之诗,却薄宋元之诗,"甚至不用宋以后典故者,不独钟谭、七子之书"。但实际情况却是眼高手低,"听其论,则愈进愈高;而按其格,则愈趋愈下,名为汉魏,实乃不逮宋元"。二是时人互相轻薄的行为。他认为当时诗坛之中,充斥以己为是、以人为非的轻薄现象,诗人之间轻浮狂躁,往往炫耀己长,攻击彼短,不能公正看待彼此诗歌,这造成了明末清初诗歌各派纷争的乱象。对于各派的诗歌如何调和,他也提出了实际的主张,具体有三:一是宗《诗经》与《离骚》。他认为六经之中,《诗经》乃"活五经之腐者也",且"《三百篇》兴观群怨,圣人言之详矣",所以诗歌当还原到"兴观群怨"的本质中去。《离骚》后出,"其体自与诗迥别",风格独特,可以与《诗经》相并美。二是反拟古。他以为历代诗歌"自汉魏六朝,以至今日,各有所长,亦各有所短,学者但当舍短取长,则古今皆能有益"。即使是竟陵派诗歌,其佳处亦可供学习。三是停论争。他以《论语》中"子贡方人"为例,指出时人当学习孔子的境界,必须在背后论人是非,雌黄人物,如此摆脱时人轻浮狂躁的风气,以匡扶诗坛。吴雯清的诗歌理论虽有宗经论的倾向,但在具体主张以为古今皆有所长,互不排斥,加之其欲平息各诗歌派别纷争之举,调和各家的倾向十分明显。他的诗歌主张针对现实,认知全面,理论系统,有理有据,见解深刻,是一篇优秀的诗歌理论文章。黄九烟在牍后评价曰:"平心而论,不激不随,是作诗之准则。"②

吴雯清的诗论总体属于倾向复古的调和论,尺牍诗论中也有偏向于性情基础上的调和者,如张国泰在《复邹有容论诗》中云:

……从来论诗者,以格律为第一义。格律不振,虽多丽藻,总非大家手笔,固已!乃近世作者论者,或喜高华,或喜奇奥,或喜空灵,或喜淡永,徒以我之所能,讥人之所未能;以我之所似,诮人之所未似。纷纭聚讼,各相标榜,几使钟谭避席、王李减价,殊失三百风雅本源。试观三百篇中,何所不有?我夫子一删一存,持衡千

①② [清]汪淇.分类尺牍新语二编[M].台北:广文书局,1975:93-94.

古,何尝规规一辙以为画哉?而时人自画之,所以异也。盖自魏晋迄三唐,诗称极盛,足以垂教而立程。若谓篇篇臻圣,字字传神,则未之敢信。大约吾辈寄性陶情,不废歌咏,但当取其不违吾性情者,稍留风人遗旨,尽觉油然自得,悠然怡情耳!……①

张国泰(1637—1709),字履安,号白岩山叟,浙江钱塘人。张国泰在诗歌见解上颇有与吴雯清一致之处,如崇尚《诗经》以及诗各应回归到诗三百的本源上去,又如批评时人无谓的诗歌纷争以及以己之长攻人之短的情况。但张国泰的诗歌理论基础与吴雯清差异较大。他的诗论关键之处有三:一,诗歌以格律为第一。格律即诗歌在格式、音律等方面所应遵守的准则,是诗歌基本形式的要求,作诗必须遵守。二是反拟古,崇尚诗歌风格多样论。他认为孔子删诗都没有订立一个统一的标准,是以《诗经》中的诗歌风格多样,后人又何必拘于一家,各自标榜。三是主性情,次学古。他认为"魏晋迄三唐,诗称极盛,足以垂教而立程"。但诗歌还是以"寄性陶情"为主,对于古人诗歌,不是不学习,而是"当取其不违吾性情者,稍留风人遗旨",总体不能违背诗歌"油然自得,悠然怡情"的目的。从中可见,张国泰批判拟古主张,但也认为古诗也有可取之处。他主张诗歌在格律基础之上以抒发性情为主,对于古诗的学习,当以不能伤害个人性情为原则,可谓是建立在诗歌性情观上的调和论。

(二)诗歌八股论

举业为明清士人必习之业,士人大多自童蒙开始便已接触八股文,八股文法对他们而言可谓烂熟于心。八股文在明清时已与古文发生交叉性影响,清初尺牍选本文论中的宗经倾向以及侯方域等以排兵布阵来论文,难脱当时八股文法理论影响的干系。清初尺牍选本中的诗论中如上所述,有宗经之倾向,加之明末清初经历动乱的士人有足够的理由提倡诗歌的载道观,八股文代圣人立言的做法正与载道观相近。又"明清文人多喜作律诗,故二代律诗独盛。其盛于数量多,而非成就大,究其缘由,主在律诗与八股时文二者有相通之处,所谓异质而同构。既有内容上的联系,如都体现儒学教义。也有形式上的联系,久习八股的人,对律诗自是格外亲切"②。八股文文法理论侵入诗歌领域可谓是必然趋势。蒋寅先生认为,甚至对明清律诗影响重大的八股文"起承转合"文法,也是起源于诗学理论的,"最典型的例子,也是本文所要谈的话题,就是八股文中最为常识的起承转合问题。就现有资料来看,起承转合本是诗学中的结构论,而明清以来人们却只知道它是八股文的基本理论"③。总之八股文法与诗歌尤其是律诗关系深厚。清初尺牍选本中的诗论便有一些篇章反映了明末清初诗人以八股文法论诗的理论倾向。

《尺牍新钞》卷七收张芳《与陈伯玑》一牍,其中便谈到了金圣叹八股论诗的观念:

---

① [清]陈枚.写心二集[M].沈亚公,校订.上海:中央书店,1935:32.

② 赵永强.八股文与明古文和诗歌[D].扬州:扬州大学,2005:2.

③ 蒋寅.起承转合:机械结构论的消长:兼论八股文法与诗学的关系[J].文学遗产,1998:65(65-75).

张芳《与陈伯玑》

近传吴门金圣叹,分解律诗,其说即起承转合之法,亦即顾中庵两句一联、四句一截说诗之法也。弟久信之,今得此老阐绎,可破世人专讲中四句之陋说。而王李一派恶套诗,大抵不明于此说,以致村学究垄气猎声,涂墙缀扇,往往便人捧腹也。但圣叹以前未闻于艺苑,为人大概,想伯老必稔知之。其人评辑诸说家,大有快辩,而传以禅悦,故能纵其才情之所至。独《左》《史》诸评尚未传到,不审宗趣若何? 弟深欲闻之。①

张芳,字菊人,江苏江宁人,生平事迹不详。他在牍中提到明末清初著名文学批评家金圣叹以八股分解律诗之法,实际便是以八股文之起承转合,对应律诗之首联、颔联、颈联与尾联。他提到时人顾中庵也是如此作法,顾中庵不知何许人。张芳对他们的做法深以为然,以为这一诗歌主张“可破世人专讲(律诗)中四句之陋说”,还可以彰明后七子诗歌主张之恶。此牍也透露出两条重要的信息:一是金圣叹作为批评家在清初评点小说、戏曲已经相当出名,但不以诗名。张芳对其评点之作相当熟悉,但又说“圣叹以前未闻于艺苑”,可见其诗名或评诗之名不彰;二是明末清初诗人论律诗多重视中间的颔联与颈联,识见不够全面,是以张芳认为以八股起承转合之说论律诗正好可以破此短见。

八股文讲究起承转合,首先便是在“起”,《分类尺牍新语广编》中所收黄周星《与王于一》一牍便强调“起句”对于诗歌创作的重要性。

黄周星《与王于一》

……仆每遇人投诗歌,不暇观其诸体,单看其七言古;即七言古亦无暇观全篇,单看其起手一句。同一七言也,七律、七绝之起手,必不可为七言古之起手。此一句是俱是,此一句非则俱非矣。天下岂有不能为七言古之诗人、又岂有不知起手之七言古哉? 夫七言古之法,起句如高峰堕石,结句如奔马收缰,中间如波斯宝船……②

黄周星在牍中以为诗歌当看重其“起手”之句,不同体式的诗歌“起手”方法也不相同,“起手”一句决定了诗歌总体走向,此句不佳,全诗便不足可观。他认为,七言古诗是诸体诗歌中最难为者,其“起手”一句也是最重要者,因此,但观此一句,便知全诗质量。八股文中的“起”是文章开头,有着破题开启下文的作用,全文的基调往往便显现于此。黄周星将此移植到了诗歌之中,认为诗歌起句同样如此。他以为好的七言古诗,“起句如高峰堕石,结句如奔马收缰,中间如波斯宝船,武库甲仗,无所不有”,整体上说明了七言古诗起、承、收的方法,理论与八股文起承转合论暗合。不过,明末清初的诗论一般都以起承转合之说论律诗,黄周星以之

① [清]周亮工.尺牍新钞[M].上海:上海书店,1988:215－216.
② [清]汪淇.分类尺牍新语广编:第4册[Z].上海:华东师范大学图书馆,康熙七年(1668)刻本:6.

论七言古诗,在八股诗论上也算是一种突破。对于黄周星以八股论诗的方法,汪淇评价道:"……九翁尝言,阅诗阅举业相类。近体犹一两句单题,古风则全章长题也。单题文可用八股,若长题文,但于起讲,下作两提股,便当掷去不观。此可通于七言古起手之法。"①可见,以八股论诗,黄周星与汪淇之间曾有交流,汪淇颇为赞同黄周星的八股诗论。

对于八股文与诗歌创作结合的问题,选本诗论中也有讲得极为具体者。《尺牍偶存》前有蔡方炳序,云:

> 才人之奇,何所不可? 然不能创今人所未有,则奇亦不至。今人读圣贤书,束缚于八股之业,奇才无以自骋,间肆力于诗歌、古文,以露其才,则父诫其子、兄诫其弟、师诫其徒,虑其妨一于制举,禁使勿作。于是,五七言之于八股离而为二,判然如水火之不相入。呜呼! 同此文人,同此文心,狃于此而遗于彼,适彰其才之拙,而为古人所讪笑。以今日而求二者之兼才,难矣,浑二者而一之,益复奇矣。山来张子,才博无弗精,才大无弗具。一日,偶以圣贤书命题,作八股诗若干首,窥其似不离于八股,按其实,则五七言诗也。才人游戏三味殆如此,然予窃有感焉! 八股取士,明制也,历唐宋以来,更姓改物,其取士之制亦代更。我朝定鼎,百度维新,而制举仍明之旧。皇上兴崇古学,曾以诗赋收天下之殊才,其亦知八股之未足以尽士,而思有以振之乎? 况今之八股,较先正淳朴之风亦少间矣。法久而敝,固其所也,敝则必变,倘或监乎前代以成郁郁之文,则必命题于四子以监明,用诗课取士以监唐,而益之策论以监宋,安知张子偶然之作不遂为得气之先耶? 夫诗之昉也,由于里巷之歌谣;策之昉也,由于战国客士之游说;八股之昉也,由于宋人之拈题以辨疑,初未尝有意以树鹄,而后代遂因之为制,八股诗得毋犹是? 虽然张子特游戏而作,余妄诞而言,要亦创所未有、成其为才人之奇云耳!②

蔡方炳此序作于康熙二十三年,按内容判断,显然不是《尺牍友声》(亦可简称《发声》)的序文,而是张潮自选八股诗集的序文,在《尺牍偶存》《尺牍友声》汇集成书的过程中混入其中,其原因尚不明。张潮自选之八股诗目前不见于世,此序虽属于鱼目混珠,但无意之中为后世留下了时人论八股与八股诗的重要材料,也从侧面说明了张潮所作八股诗的基本情况。蔡方炳在序文中的主要观点有以下几个方面:一、清初文人束缚于举业,并影响到了诗歌的创作。所谓"父诫其子、兄诫其弟、师诫其徒,虑其妨一于制举,禁使勿作"。这也造成了一种情况——八股与诗歌判若水火。二、八股诗是一种创新,但实质仍是诗歌。"窥其似不离于八股,按其实,则五七言诗也。"张潮所作的八股诗今不见于世,但按蔡方炳所说,是以"圣贤书命题作八股诗"的代言体形式,是以诗歌形式阐释圣贤思想,其所借鉴的不仅是八股文的起承转合文法,而且采用了八股文代言体的形式。三、八股诗代表了一种先进的发展方向。

---

① [清]汪淇.分类尺牍新语广编:第4册[Z].上海:华东师范大学图书馆,康熙七年(1668)刻本:6.
② [清]蔡方炳.序[Z]//[清]张潮.尺牍友声.天津:天津图书馆,乾隆四十五年(1780)刻本.

蔡方炳认为举业束缚了士人的才思,而诗歌是士人纵横才情的表达方式,八股与诗的结合,可以很好地解决八股文与诗歌矛盾的问题,其至有可能改变未来八股取士的制度。蔡方炳的观念不见得全部正确,但他提及的张潮八股诗虽是戏作,但不仅采用了八股文法,还采用了八股代言体形式,宗法的也是八股文思想,是将八股文与诗歌结合最紧密者。这说明到了康熙朝中期,八股诗理论与创作已经达到了一个相当的成熟时期,八股文对诗歌已经产生了极致性的影响。并且,这种八股诗的认知在现实中为不少清初诗人所认同。这在《尺牍友声》所收的张潮侄子张兆铉(字贯玉)致张潮一牍中有所显示:

> 八月初五手教领悉,俟容报命。前承寄大集并八股诗领到,谢谢。唐十泉先生颂八股诗,叹赏不置,晤间服膺,回署又复寄字,以道其服膺之诚。原札附览,以见其倾慕神交之切也。今束装归楚,索字托代为觅答,课船闻声,相思便道造晤,以慰调饥,行旌甚速。其人古心古貌,笃于友谊,侄在此亦极蒙其照拂,倘尊叔祖重知音之雅,勿猝无备,亦随意尽情可耳。[①]

(附唐十泉与贯玉札)

> 唐以诗取士,荆公变为八股,古无有也;令叔先生,又变为八股诗,今无有也。令叔得八股三昧,故诗之章法、篇法、股法、句法、字法、结构、段落、回环、照应,无一不备,且极笔歌墨舞之乐,慧业文人,岂偶然哉? 如匡鼎说诗,令人解颐;又如生公说法,石皆点头。第楚山沟,断恨不从绛帐游,为之三叹。俟图晤剧谈,并言别里句请正,尊足北来痊否? 令弟荣旋,未送行为怅。[②]

前牍为张潮侄子张兆铉与张潮尺牍,其中提到张潮的所作的八股诗大为唐十泉所赞赏,唐十泉由诗歌而仰慕张潮,因此托张兆铉带话与张潮,谋求与张潮会晤学诗。后附牍为唐十泉与张兆铉的尺牍,其中大赞张潮及其八股诗,以为至今无有。因为援引八股文法入诗歌,所以张潮的八股诗"章法、篇法、股法、句法、字法、结构、段落、回环、照应,无一不备。"这是对张潮八股诗的直接评论,在牍中,唐十泉表示谋求与张潮会晤,从张潮学习诗歌,从中也可见张潮对八股诗用功之深。

在清初,金圣叹、蔡方炳、张潮等并不以诗歌出名,但他们以八股论诗的做法确实在当时属于创新之举。至张潮时则创作出了形式上完全成熟的八股诗,并且产生了追随者。张潮在举业上用功甚深,做八股诗虽是戏作,却将八股文烂熟于心的章法结构理论全部用到了八股诗之中。尽管张潮八股诗形式上也是代圣贤立言的形式,思想上难免受到束缚,难以自由抒发自己的性情与思想,但其形式与结构构建了一套新的诗法理论体系,可以令学诗者眼前一亮。尤其对于精通举业的士人来说,作诗原来也是如此方便,作得一手好八股,便可以作得一手好诗,这无疑为士人从士子转为诗人身份开启了一条最便捷的道路,以八股诗论在明

---

①② [清]张潮.尺牍友声:乙集[Z].天津:天津图书馆,乾隆四十五年(1780)刻本:6-7.

末清初受到如此的欢迎也就不足为怪了。从另一角度而言,在世人纷纷沉湎于复古与性情、七子与竟陵之争论的情况下,以八股论诗、以八股为诗虽然有将诗歌程式化的不良倾向,但在当时情况下摆脱了纷乱的争执,开创了一条新的道路,倒也算是为当时的诗坛吹进了一股新的风气,受到推崇也有当时士人厌弃纷争的心理原因。

总体而言,清初尺牍选本中的诗论琳琳琅琅,数目众多,虽然有人推崇八股诗,但毕竟没有成为主流,反映出明末清初的诗歌总体上依然沉湎于性情与复古之争中。虽然也有一些清醒的人物如王孚来、吴雯清等,他们在尺牍中指出了当时诗歌创作中的不足与风气上的缺点,也意识到了诗歌的时代性特点,但他们的诗歌主张仍然其局限性。实际上他们代表了当时的一大批诗人,虽然意识到诗歌要创新,但对于当世诗歌到底走向何方,去向何处,两眼却是迷茫的,因此他们最多只是主张调和。事实上,也正因为群龙无首,没有众望所归的旗帜人物引导,没有系统性、实际可行的新的诗歌理论,明末清初的诗人方才在性情与复古的论调中打转,诸选本中的尺牍诗论可谓很好地反映了这一点。

第四节　其他

除了传统的诗歌、散文理论之外,清初尺牍诸选中的文学理论覆盖面极广,词、戏曲、小说等都有涉及,这既反映了明末清初文人关注面极广,又昭示了清代文学开始进入总结时期。尤其是其中关于戏曲、小说的创作与审美理论,表明当时文人在相互致函中,不仅讨论阳春白雪的诗文问题,也开始关注俗文学中戏曲、小说的载道与风化作用,反映出通俗文学在文学领域中地位的提升。

一、词论

宋代以后,词的创作相对而言开始进入衰颓期,元明人不尚填词。但在明末清初尺牍选本的言谈之中,却可以看到词的创作与理论探讨正在兴起。汪淇在《分类尺牍新语二编》“诗词”类序目中云:

> 李白曰诗,李赤亦曰诗;柳耆卿曰词,赵明镜亦曰词,诗词果若是班乎? 大抵古人不轻落笔,凡有吟咏,皆自性情书卷中流出。①

其中诗词并称,汪淇认为二者“皆自性情书卷中”,可见汪淇不排斥“词”,他所设置的《分类尺牍新语》三编目录中第四类类目便是“诗词”,可见他将词与诗歌置于同等地位。加之三编的另一核心人物徐士俊以作词见长,在地方上为词坛领袖,因而《分类尺牍新语》三编之中涉及词的创作与理论的内容是最多的。

明末清初文人开始在尺牍中频繁地交流词的创作。以徐士俊为例,在他与人交流的尺

---

① ［清］汪淇.分类尺牍新语二编［M］.台北:广文书局,1975:77.

牍中便有不少论词的内容。如《尺牍新语》中所收卓天寅《与徐野君》一牍：

卓天寅《与徐野君》

万里桥西，子美拥书高啸，辱在犹予未得长侍教言，谁谓非肉食者？前在省中见舍弟案头有老伯制词一本，水窗无事，幸赐简牍。未能拥炉命酌，供雪儿之歌，亦庶几私揣旗亭甲乙，以消丙夜望之。①

此牍亦见于李渔《尺牍初征》。卓天寅，字火传，浙江仁和人，明末文学家、戏曲家卓人月之子。徐士俊与卓人月在明末为至交，二人旨趣相投，于词学与戏曲创作都有兴趣，曾在明末相会，以词相和，事后成《徐卓晤歌》记录双方的应和词作。卓天寅为徐士俊故人之子，他在牍中提到徐士俊的词集，表明徐士俊在入清后仍然从事词的创作。汪淇在牍后评论：

野君向为词林赤帜，徐卓晤事久已名世。今火传神锋英俊，但知子敬之书，似右军耳。至于胜处，外人未知也。②

汪淇提到的"徐卓晤事"应即指明末徐士俊、卓人月二人会晤后作《徐卓晤歌》之事。他称徐士俊"向为词林赤帜"可见其在当时名声之大。卓天寅在牍中提到他也作词，且要"私揣旗亭"，意即要仿效"旗亭画壁"故事作词和徐野君，汪淇则称，"但知子敬之书，似右军耳"。说明了卓天寅词风受到了卓八月和徐士俊的影响。

《分类尺牍新语》"馈遗"类又收徐士俊《与汪憺漪》一牍，云：

弟所刻《内家吟》《鸳鸯七十二咏》及《西湖竹枝词》三种，皆小品风华，尽堪持赠，今《红叶诗文》又告竣矣。吾兄总持风雅，特奉数册以博解颐。至于拙著《雁楼集》，是弟一生心血，约费数百金，总藉交游群力以成，而荷吾兄倡导之功为不浅。不敢云名山之藏，惟愿作国门之布。弟于吾兄有厚望焉。③

其中徐士俊明确提到自己刻所词集《西湖竹枝词》，而他最倾注心血的是《雁楼集》，其中词、曲、诗并存，可见徐士俊作词成果之丰。

在徐士俊为代表的词坛新领军人物影响下，不少明末清初文人开始从事词的创作，卓天寅只是其中之一。由于徐士俊身兼刻书家的身份，是以还有词人将作品一邮寄于他，寄望刊刻以传世。如：

柳荨《上徐野君师》

昔人谓诗降而为词，筋骨尽露，去汉魏乐府千里。然观一语之艳，令人魂绝；一字之工，令人色飞，词亦有足动人者。某对帖括则惟恐卧，览词曲则不知倦，计生平著作，词曲居多。但才如髯苏，人犹以"铁棹板唱大江东去"讥之，况某之鹿鹿乎？

①②③ ［清］徐士俊，汪淇. 分类尺牍新语[M]//四库全书存目丛书：集部第 396 册. 济南：齐鲁书社，1997：392,498.

第四章 清初尺牍选本中的文学艺术理论

只以所好在此,不能藏拙,兹因劂氏之便,以诗余全稿呈政,祈选十分之二,序以问世。昔兰亭赋诗三十七篇,而脍炙人口者,独在一序,则岂独三都纸贵,大有赖于皇甫也哉?①

柳葵,字靖公,生平事迹不详。其所言"昔人谓诗降而为词,筋骨尽露,去汉魏乐府千里。"实际表明了明代文人在文艺审美上看低词体,不喜作词的风气。但他认为词在文艺审美上有其独到之处,"观一语之艳,令人魂绝;一字之工,令人色飞,词亦有足动人者"。柳葵自己生平所好便在于词曲,而这也是徐士俊所擅长的。盖因徐士俊名气大,辈分长,因而柳葵称"徐野君师",愿意师事徐野君;又因徐士俊从事选书、刻书事业,因而将自己词作寄给徐士俊,希望他能够删选刻印,又希望他能够为自己的词集作序文。汪淇在牍后评价曰:"靖公以词学深服野君,因而北面。此序舍野君其谁属耶?余闻柳子偶有《春闺》一阕传至武塘,脍炙人口,则其全稿可知。"②他的这一评价说出了徐士俊在当时的影响力,也间接评价了柳葵的词作。柳葵在当时名气不大,他这样的底层文人抛却了功利观与世俗观,愿意从事词曲创作,说明了词正在明末清初底层知识分子中暗暗兴起,也可见徐士俊这样有影响力的词作家对于清词创作的引领作用。

选本中较系统谈及词创作与理论的尺牍也有不少。《分类尺牍新语二编》卷四中收邹祗谟《与陆荩思论诗》一牍,云:

> 仆尝少读《花间》《尊前》诸集,即学词,动辄成帙,读之亦觉瑰丽可喜。年二十余学为诗,见诸先辈云:"欲作诗,不可作词。词与诗虽同源而异派,然为诗妨者,必词也。"以是久弃去不为。及观黄鲁直、张文潜之序晏叔原、贺方回,则或以为有诗人句法,或以为能文而惟是之工,意词不特无妨于诗,且亦无妨于文耶?是以仆与阮亭,偶纂《依声》之集,取其不倍于古人者而录之,岂欲以是当时诗与文之衡哉?虽然,作诗之法,情胜于理;作文之法,理胜于情,乃诗未尝不本理以纬夫情,文未尝不因情以宣乎理,情理兼至,此又诗与文所不能外也。词虽小道,欲舍是亦无由。足下试取唐宋诸家观之,有为文人之词者,有为诗人之词者,亦以词人为词。夫以词人为词者,虽至周柳曾晁,而不免优伶之诮。吾辈今日,亦从文与诗之绪,以及其余可耳。至于音声之事,乐工失其肆习而欲以南北宫调求之,是今日乡社童子所歌之《鹿鸣》《四牡》也,又何如不闻之为愈哉?盖宋人之能为文与诗者,前有欧阳,后有辛陆,足下更取其词,一为寻绎,凡情理离合之间,可深得其用意之所存矣。仆曩读足下《巢青阁词》,以为非足下不能知作词之要,而徐野君先生向有《词统》一书,又能尽古人之所长,足下其试为我一详问之。

邹祗谟此牍名曰与陆荩思论诗,实际是论词,尤其是词与诗文之间的关联。牍中邹祗谟透露

---

① ② [清]汪淇.分类尺牍新语二编[M].台北:广文书局,1975:343,98.

了几个重要的观点与信息：一、明人不喜为词，其原因之一在于观念的偏差，认为词妨碍诗歌创作，"词与诗虽同源而异派，然为诗妨者，必词也"。二、邹祗谟曾与王士禛编选词集《倚声集》(实际是《倚声初集》，主要辑选明万历至清顺治年间词作)，并产生了一定影响。邹祗谟与王士禛持有的观点是："词无妨于诗，且亦无妨于文"，因此有欲提振词风的目的。三、邹祗谟认为，诗文词性质一样，都是表现"情"与"理"两方面的内容，都是"情理兼至"者，只不过在倾向性上有所差异。四、邹祗谟认为词有"诗人之词""文人之词"以及"词人之词"，其中"词人之词"是格调低下者，他所推崇的是"诗人之词"与"文人之词"。五、词的声律在明代已经失传，这可能是明代词风不振的原因之一。而且，明末清初在词的声律上，基本是以"南北宫调求之"，也即以曲"声"作词"声"。邹祗谟对此持有否定态度，认为不如弃去词的音乐性特点，只专注词的内容。六、徐士俊有《词统》这样前人词选本，在当时影响极大，而陆荩思有词集《巢青阁词》，在当时也有一定的影响。陆荩思与徐士俊相识，因此邹祗谟委托他替自己请教徐士俊。邹祗谟在词认知上的核心观点首先在于词与诗文一样，都缘乎情、理，不应轻视，其次则在于推崇"诗人之词"与"文人之词"，贬低"词人之词"，并且对明代以来以诸宫调取代词声律的做法表示不赞同。总体上他的认知提高了词的地位，但对于"词人之词"的认知有一定偏颇。但他在牍中透露的其他信息更为重要，如在清初，已经有不少文人将目光关注到词的创作上，试图改变时人对于词的认知，提高词的文学地位。更重要的是文人对于词的创作态度已经走向积极主动，他们之间相互联络，互相讨论，在创作之外，还编选前人词集。《与陆荩思论诗》一牍中涉及的明末清初词人便有邹祗谟、陆荩思、王士禛、徐士俊，所涉及的清初词集有《巢青阁词》《倚声集》《词统》，尤其是徐士俊，结合前述诸牍，可见其在清初词坛有一方宗主的地位和影响力。他们在词创作与理论方面的种种积极作为，宗旨在于有目的性地寻求词风的重振。对于邹祗谟词的认知，汪淇持不同的看法，他在牍后有评价：

> 汪憺漪曰：作诗之法，情胜于理，若作词则纯乎情者矣。然所谓情者，非仅指闺房而言也。其中缠绵宛转，无非情致吞吐跌宕，总是情根。《依声集》乃词苑白眉，向知己直抒怀抱，几无余蕴矣！

他不赞同邹祗谟词源于情理之说，认为词与"理"无关，是"纯乎情者"，但此情并非仅指男女之情，总体上偏向于人的"性情"。他对王士禛、邹祗谟编选的《依声集》予以负面评价，贬低其就如古代妓院中所供奉的"白眉"神。此说不免过分，但《依声集》成书于扬州，汪淇身处杭州，从中可见《依声集》确实对于清初词坛产生了较为广泛的影响。

沈谦(1620—1670)，字去矜，号东江，浙江仁和人，明末清初韵学家。在《分类尺牍新语广编》中收其二牍：一为《与李东琪书》，一为《答稚黄论词》，两封尺牍内容都与词的创作与理论有关。在《与李东琪书》中，沈谦提及明末清初词坛"卧子振而有舒章"[①]"卧子"是明末文学

---

① [清]汪淇.分类尺牍新语二编[M].台北:广文书局,1975:99.

家陈子龙的字，"舒章"为李东琪字。陈子龙是云间词派的盟主，婉约词大家，可谓是清词中兴的开创者。沈谦的话有勉励李东琪的意思，但也说明了陈子龙主盟云间词派在当时产生了很大的影响，发出了清词振兴之先声影响了后来追随者。在《答稚黄论词》中，沈谦则较为详细地说明了他的词学认知理论：

> 昨省览赐书，论列填词之旨，一何其辨而博也。但仆九岁学诗，今且三十有二，头发欲白，而闻道无期，岂天之所靳，实人事有未尽也。至于填词，仆当垂髫之年，间复游心，音节乖违，缠绵少法。窃见旧谱所胪言情十九，遂尔拟撰。仆意旨所好，不外周柳易安、南唐李主、秦黄晏氏，俱所愿学，而曾无常师。晓风残月，累德实多，阳五伴侣，必且为当世所唾耳。尔后既人事日繁，即文史无暇该览，况兹琐事。而复流连，聊为足下陈之：仆惟填词之源，不始太白。六朝君臣，赓色诵酒，朝云龙笛，玉树后庭，厥惟滥觞，风流不泯。迨后三唐继作，此调为多。飞卿新制，好曰金荃，崇祚花间，大都情语。艳体之尚，由来已久，奚俟成都、太仓始分上次。及夫盛宋，美成就官考谱，七郎奉旨填词，径辟歧分，不无阑入，甚至燔柴凤驾，庆年颂治，下及登眺狂歌，退间高咏，无不寻声案字，杂然交作，此谓词之变调，非词之正宗也。至夫苏辛壮采，吞跨一世，何得非佳？然方之周柳诸君，不无伧父。而大江一词，当时已有"关西"之讽，后山又云："正如教坊雷大使舞，虽极天下之工，要非本色，小吏不讳于面讥。"本朝早定其月旦，秦七雅词多属婉媚，即东坡也推为今之词手，他如子野秋千、子京红杏，一时传诵，岂皆激厉为工、奥博称绝哉？至于情文相生，著述皆耳。浮于言瞩事，淘汰当严，仆于诗文亦然，非特填词而异矣。……①

沈谦在牍中回顾了自己学词的过程，从这一过程看，他总体上宗法婉约派词风，其中重要观点有以下几方面：一、填词一道始作俑者并非李白，而是源于六朝，并首开艳体词风。二、词至唐后渐盛，温庭筠、赵崇祚等都崇尚艳体词风。三、词至宋最盛，但也出现分化。从周邦彦、柳永开始已经出现变化，后人作词，多是"寻声案字"，已经违背了词的音律规律，"此谓词之变调，非词之正宗也"。四、苏辛豪放词风虽不可说不佳，但"要非本色"。五、清初词风以婉约为主。沈谦牍中的内容总结了整个词的发展史，总体上符合词的发展过程。通过他的总结，可以发现他作词的核心主张：推崇词的本色，以婉约为宗，注重音律，内容上强调情文相生。

对于的词的本源问题，也有尺牍与沈谦《答稚黄论词》立场相近，以为词有音律的特点，其始不自于李白。如：

周铭《答康小范》

词调者，乐府之变也。乐府之体，有行有曲，有引有操，有吟有弄。然行曲主乎

---

① ［清］汪淇.分类尺牍新语广编：第 4 册[Z].上海：华东师范大学图书馆，康熙七年(1668)刻本：12－13.

人声,吟操吟弄主乎丝竹,皆不入俗,而乃变为词调者。昔人谓李太白《菩萨蛮》《忆秦娥》及《清平乐》为词调之祖,不知隋炀帝已有《望江南》。第《望江南》,以词起调者也,《菩萨蛮》以词按调者也,《清平乐》本三绝句而已,宁复有词,《草堂诗余》,以丽字取妍,即号为诗余,然而诗人不为也。来教亦大同小异之说,但此中有起调、按调之分,未知确否?[①]

周铭,字鹿峰,江南上元人,有《市隐园集》。周铭从词的音乐性着眼,认为"词调者,乐府之变也"。词的最早源头应是乐府,而在李白之先,隋炀帝已经有《望江南》堪为词调之祖。并且,词有"起调"与"按调"之分,《望江南》以词"起调",而《菩萨蛮》则以词"按调"。对于在明人中影响极大、南宋何士信所辑词选《草堂诗余》,周铭持负面意见,认为虽号曰诗余,"然而诗人不为也"。周铭的词源于乐府说,是词源诸说中的一种,不足为新创见,但他从词的音乐性出发,将词分"起调"与"按调",虽不知其内涵具体所指,但倒非寻常所见。

　　从清初尺牍诸选中的论词尺牍可以看出,明末清初文人已经开始越来越关注"词"这一传统文学形式,并积极主动地在创作上与理论上进行交流,"词"在文人心目中的地位已经有所提高。而且,陈子龙、徐士俊等人引领作用极大,陈子龙主盟云间词派,昔乎早亡,但追随者众多;徐士俊虽幽隐于杭州,但自明末开始便有词名,因此,许多文人在尺牍中向之请教。在他们的带动下,许多文人开始从事词的创作,甚至将之超越诗文,作为自己文学创作的重心。从尺牍选家的角度看,他们也敏感地发现了清词复兴的苗头。从柳葇《上徐野君师》中可以发现,徐士俊本人从事词的辑选工作,有选本《词统》刊刻问世,并形成了一定影响,而李渔在清初也刊刻有词选《名词选胜》。整体而言,从论词尺牍中可以看到,在清初词坛上,有开风气作用的领袖人物的引领,有时人系统性地回顾与总结词的发展史,词在文学上的地位有所提升,越来越多的人开始从事词创作,这一切都昭示了清词复兴的苗头。因张潮《尺牍偶存》成书较晚,其中所收《与黄云纪》一牍甚至提到了清代词坛振兴的重要流派——阳羡词派:

张潮《与黄云纪》

　　浣读新声百阕,皆先生自度曲也。弟于此道原非当行,遥意古人一切诗余皆可歌唱,后世失传,止足供文人吟诵而已。然皆有自然节奏,有呼有应,读之顺于口而谐于耳。亦间有不然者,如《秋霁》《河传》之类,佶屈聱牙,想古人必有其故,今已不可考矣。阳羡万红友所著《词律》,考订详明,引据精确,可云斯道功臣。惜未获一面与之上下共论,以求其所以然也。今观大作辞藻之妙,真如上苑名葩、天孙云锦。其调之足供吟咏者,僭加圈于本题之上,至不甚适口者,不敢妄加评骘。其题之命名风雅者,圈于目录之内,但恐句读有讹,不敢自以为是也。[②]

① [清]周亮工.藏弃集[M].张静庐,点校.上海:上海杂志社贝叶山房本,1936:204-205.
② [清]张潮.尺牍偶存:卷六[Z].天津:天津图书馆,乾隆四十五年(1780)刻本:3-4.

黄云纪其人不详。张潮在牍中说到他自度"新声百阙",又提到词的音乐失传,至今只能吟诵而不能歌唱,最重要的是张潮提到了阳羡词派万红友所著的《词律》。万红友,名万树,江苏宜兴人,是清初阳羡词派的重要代表之一。《词律》是其集大成词学著作,"万树《词律》一书历时十年而成,于诸多词籍中爬梳考订,收入自唐至元共六百六十调调,一千一百八十余词体,严校句法之异同、调名之新旧,详稽博考,折衷于一,不仅系统归纳出明代旧谱分类不伦、辨调有失等讹误,为后人考察明代词谱提供了清晰的角度,而且在发明谱例、考订词调词体、论平仄四声等方面都为后世词谱编辑奠定了基础,倾注了万树极大的心血,是清代词学史上的扛鼎之作。"[1]《词律》成书于康熙二十六年前后,张潮应是成书后不久就见到了《词律》一书,从中也可见阳羡词派在当时的影响之大。阳羡词派的兴起,以及《词律》的刊行,表明清词已经正式进入了中兴阶段。

二、小说论

清初尺牍诸选不仅关注传统的诗文等雅文学形式,对于元明以来大为流行的俗文学也有反映。总体上关注戏曲者多,关注小说者少。汪淇本身是小说家,《分类尺牍新语》中收有他《与友论传奇小说》一牍,其中涉及戏曲、小说虚构与真实之间的问题。

汪淇《与友论传奇小说》

王遂东先生尝言,天下无谎,惟才说一谎,世间早已有是事也。即如汤临川四梦,多属臆创,然杜丽娘梦刘生而死,世间岂无杜丽娘? 霍小玉与黄衫客而复圆,世间岂无黄衫客? 故曰天下无谎,诚哉是言也。今之传奇小说,皆谎也,其庸妄者不足论,其妙者乃如耳闻目睹,促膝面谈,所谓呼之或出,招之欲起,笑即有声,啼即有泪者,如足下种种诸刻是也。令读者但觉其妙,不觉其谎,神哉技至此乎。乃俗流不识文字,未曾开卷,辄喋喋曰:"谎耳! 谎耳!"因漫忆《左传》中鉏麑刺赵宣子,见宣子盛服假寐,不忍相害,退而叹曰:"不忘恭敬。"云云,遂触槐而死。其时宣子未醒,鉏麑自叹,此外更无第三人,不知此数语左丘明从何处听得? 闻者不觉抚掌。由此言之,左氏实为千古文章之谎祖,而人不以为谎何居?[2]

此牍选自汪淇《残梦轩集》。汪淇以为天下传奇与小说皆"谎",但也皆非谎,"惟才说一谎,世间早已有是事也"。这实际探讨的是戏曲与小说创作中虚构与真实之间界定的问题。汪淇不知道后来人所说的文学艺术源于生活、高于生活,或是小说创作杂糅现实生活中的种种人,形成一个人物形象的理论。但他身为小说家,已经用朴素的语言道出了文学虚构与生活真实之间的问题。其关键之处有三:一、他认为临川四梦、霍小玉传等传奇与小说,情节曲折离奇,多属于作者臆创,但现实生活乃是大千世界,无所不包,戏曲小说之曲折离奇处生活

---

[1] 曾善美. 万树《词律》研究:摘要[D]. 南昌:江西师范大学,2014:1.
[2] [清]徐士俊,汪淇. 分类尺牍新语[M]//四库全书存目丛书:集部第396册. 济南:齐鲁书社,1997:384.

中尽有,不能说完全出于虚构。二、戏曲、小说中的人物形象虽出于虚构,但要做到有生气,仿佛就如现实中的人,"如耳闻目睹,促膝面谈,所谓呼之或出,招之欲起,笑即有声,啼即有泪",这实际涉及戏曲与小说人物虚构的标准问题,即文学人物形象应当生动,宛如现实中真实存在的人,使得读者在审美过程中能够与之"对话"。三、汪淇还提及了史传著作中的小说笔法。他以《左传》中"鉏麂刺赵宣子"为例,鉏麂受赵宣子感化自杀而死,但自杀前的感叹言谈根本无人知晓,左丘明又如何得知。因此,在史传创作中也是有"谎",即文学虚构也是存在的。汪淇的这一番见解以诙谐幽默的方式说出,实际涉及的是戏曲与小说创作的核心问题。他的见解无疑是深刻的,但他没有将文学虚构与生活真实有机地联系起来,倘若汪淇将"谎"总结成来源于生活真实,并且总结出小说的源头之一便是史传文学,那么他的小说理论在那个时代便可以振聋发聩了。

在论及小说的尺牍中,最主要的关注点是小说的风化问题。小说是通俗文学形式,它面向的受众是更为广大的群众群体,因而它的风化作用也更为重要。在明代性情解放的思想影响之下,"人欲"得到了极大的释放,反映在小说创作领域,便是出现了很多艳情小说。选本中论及小说尺牍对此持有强烈的反对意见。如:

沈光裕《与友》

前人著《翦灯余话》,遂以此妨瞽宗之祀。一朝臣于公会处出此书,亦为物类所鄙。此不过唐小说之流,而识者犹惜闲检如此。今书肆邪刻,有百倍于画眉者,其迹近于儿戏,其见存于射利,其罪中于人心士习,祸且不可言。唐臣狄梁公,奏毁天下淫祠,当世伟之,至今犹令人闻风兴起。然淫祠之害,及于愚氓;淫书之害,存于贤智,吾不知辅世长民者,作何处置?①

沈光裕,字仲连,又字种莲,北京宛平人。《翦灯余话》是明代李昌祺辑佚的笔记小说集,内容多有表现明代以来性情解放思想。沈光裕以为《翦灯余话》此类的小说不过"唐小说之流",没有多少言情的东西,但足以令人"闲检",即约束检点。而当时的小说市场,出于射利目的,多有艳情之作,属于"淫书",不仅伤及愚昧的百姓,也危害到知识分子,其祸不可言。沈光裕对于他所认为的"淫书"批判还较为保守,张缵孙在《正同学书》一牍中则批判得愤世嫉俗,言辞极尽辛辣:

张缵孙《正同学书》

近来文字之祸,百怪俱兴。往往创为荒唐诡僻之事,附以淫乱秽亵之词,谓以艺苑雄谈,风流佳话,甚之曲笔写生,规模逼肖。俾观者魂摇色夺,毁性易心,其意不过网取蝇头耳。在有识者,固知为海市蜃楼,寓言幻影。其如天下高明特达者少,随俗披靡者多。彼见当世所谓文人才士,已俨然笔之为书,昭示天下如此,则闺

---

① [清]周亮工.尺牍新钞[M].上海:上海书店,1988:320.

房儿女,败检越闲,未尝不为文人才士之所许。平日天良一线,或犹惴惴乎畏鬼畏人,至此则公然恣肆无忌,公然心雄胆泼矣。若夫不读诗书,未闲礼法,以暨黄童红女,幼弱无知,血气未定,一读此等词说,必致凿破混沌,邪欲横生,抛弃躯命,毁蔑伦彝,小则灭身,大且灭家。呜呼!兴言至此,稍有人心者,能无不寒而慄哉?且人心之祸,酿为风俗之坏,积为兵戈、盗贼、水火灾厉,其应如响,读书者可按牒而稽也。我辈夙愆难消,多致有才无福,时时以忠良正直为心,事事以利人济物为主,尚恐功不胜过,得罪衾影,独忏鬼神,奈何取圣贤经传之字画,谱妖魑淫祟之声容,其为侮慢亵渎,不且万倍于狼籍覆瓿者乎?祸天下而坏人心,窃恐千劫难悔,可不痛哉?可不惧哉?①

张缵孙,字宗绪,浙江钱塘人。他在牍中激烈批判当时的小说家为了赢利目的,"往往创为荒唐诡僻之事,附以淫乱秽亵之词。"但不以为耻,反以为是"艺苑雄谈,风流佳话。"张缵孙以为此等小说,败坏人心,影响恶劣,极为败坏社会道德与良善风俗,于社会有百害而无一益。轻则导致个人"小则灭身,大且灭家",重则"酿为风俗之坏,积为兵戈、盗贼、水火灾厉"。他抱着极为痛悔的心情述说:"祸天下而坏人心,窃恐千劫难悔,可不痛哉?可不惧哉?"此牍亦见于《分类尺牍新语》,它被周亮工与汪淇等选家同时看重,正可以说明清初尺牍选家共同的认知倾向,也可以将之看作是尺牍作者和编选者发出的通告与宣言,试图以此正人心,纠风俗。

沈光裕《与友》与张缵孙《正同学书》内容相似,可看作当时文人对于小说创作的批评。他们在尺牍中的出现,说明当时士人已经高度关注到了小说的风化作用:越是这种通俗的文学形式,越容易对世道人心产生重大的影响。他们对于言情小说的批判乃是出自传统的文学载道观与风化观,认为创作与贩卖此类小说的人道德败坏,害人害己,因而加以强烈的批判,试图以此来正风俗。应该说,他们对言情小说批判的出发点是好的,但拘于所见,他们的批判并未涉及艳情小说兴盛的根源以及对人心产生重大影响的根本原因,加之他们的思想过于保守,是以只能从传统的文学载道与风化思想出发,揭示其对于世道人心的破坏性,而对于艳情小说对"人欲"的解放作用,他们一概不能认知。因此,总体而言,这种批判的立场是失之偏颇的。

三、戏曲论

清初尺牍选本中,讨论的戏曲尺牍数量较多,但分布不均衡。《尺牍新钞》三选、《分类尺牍新语》三编中有一些,《尺牍偶存》与《尺牍友声》中数量最多。这一方面与张潮身为戏曲家的因素有关,但另一方面,《尺牍偶存》与《尺牍友声》成书时间已经到了康熙中后期,入清时间较深,其中的论戏曲尺牍实际也反映了清初士人关注焦点的变化:明末清初鼎革之际,士

① [清]周亮工.尺牍新钞[M].上海:上海书店,1988:309.

人所关注的多是家国性命、文章道德之大事，无暇也无心流连于观戏之娱。但到清初社会平定，经济恢复之后，文人的心态逐渐平复，通俗文学旺盛的生命力开始显现，戏曲创作又开始兴盛，士人的关注点便开始有所转向。在他们交流的尺牍中，戏曲讨论内容的少与多，实际正反映了清初士人心态的变化过程。

《尺牍新钞》卷十二收周圻《复余澹心》一牍，涉及对明代戏曲创作的批评。

周圻《复余澹心》

填词一道，在昔为难，于今犹甚。徐青藤尚有杂出乡语之诮，汤玉茗亦来音韵不谐之讥，郑若庸、张伯起后人极诋其开类书之门。诸君英英目异，后人尚苛求若此，况下焉者乎？近日新词竞出，非不靡靡可听，但宾白益工，词曲益艳，其去元人日益远。读广霞君《集翠裘》，觉马致远、乔梦符一灯犹未灭也。纯用本色，绝去纤巧，广霞君不屑与世人斗巧争能，只欲以本色二字，挽回风气耳。三十年来，弟最心许者，钱塘沈孚中之《息宰河》。孚中名乘，虽未登峰造极，而一落笔，便欲证入元人三昧，狠心辣手，近日博山堂、粲花斋皆不及也，石巢又勿论矣。惜其早死未见其成，使天假此君以年，沉雄老靠，或亦不减吾广霞也。闻此中有解事优人，竟能演此，旗亭中不乏双环妙女，广霞君遂欲呼天下词人为田舍奴矣。如尚不行，当呼来以一卮为广霞君寿。[①]

周圻即周亮工，他在牍中批判明末士人戏曲审美观的偏移，首先在于徐渭、汤显祖等名家传奇剧作都被批判，其次在于时人戏曲过于追求辞藻的华美，"宾白益工，词曲益艳"，脱离了戏曲的本色，"去元人日益远"。由此可见，周亮工推崇的是元杂剧的"本色"观，反对堆砌辞藻。由此出发，他推崇"广霞君"（即余怀，字澹心，号广霞）《集翠裘》剧本，认为有元人杂剧韵致，"纯用本色，绝去纤巧"，可以挽回戏曲创作的风气。周亮工在牍中最为推崇的是明末沈孚中所作传奇《息宰河》，并将之与流行一时的博山堂、粲花斋、石巢诸剧作比较。"博山堂"是明末代范文若所作三种戏曲的合称：《鸳鸯棒》《花筵赚》《梦花酣》，又称博山堂三种；"粲花斋"是明末吴炳的五部戏曲的合称：《西园记》《绿牡丹》《疗妒羹》《情邮记》《画中人》，又称粲花斋五种曲；"石巢"是明末阮大铖所作的四种传奇：《春灯谜》《燕子笺》《双金榜》和《牟尼合》，又称"石巢四种"。此三者皆在明末有着重大影响，但都属于周亮工所说的辞藻派。周亮工认为"石巢四种"最等而下之，而其余两者皆不及《息宰河》。他如此说，不排除其中有政治因素，因否定明末文人的生活态度与方式，而将明末主流戏曲创作集体否定了。但他推崇本色，试图纠风气之偏的主张却是肯定的。

在《分类尺牍新语广编》中收有周绰《与友论传奇》一牍，其中涉及戏曲的载道与风化问题。

---

① ［清］周亮工. 尺牍新钞［M］. 上海：上海书店，1988：305 - 306.

第四章　清初尺牍选本中的文学艺术理论

周绰《与友论传奇》

　　传奇一道,虽云小技,使无雕龙绣虎之才、穿天射月之巧、落花依草之致,未易工也,而尤必以审音察理为上。此荀勖之暗解,所以遇阮咸之神识,而不禁叹服耳!古今剧本充栋,佳者固多,拙者正复不少。即如《荆钗》《杀狗》数种,出笔颇乏风致,惟其有关风化,故得与《琵琶》并传不朽。当今若柳靖公者,所著《珊瑚鞭》等剧,理析阴阳,韵谐宫徵,可为骚坛领袖。然嘲风弄月,专于言情,弟尝嘱其当有裨于古之名教,毋徒逞一日之才华。临川谓:"我亦讲学,公所言是性,我所言是情。"究之讽一而劝百,岂所以为训哉? 闻吾兄方有事于填词,能以鄙言,为千虑之一得否?[1]

　　周绰,字清林,生平不详。他在牍中为传奇剧设立了两条标准:一为审音察理;二为有关风化。但在二者之间,后者更为重要。他认为,前人所作传奇《荆钗记》与《杀狗记》缺乏风致,但正因为其宣传道德,有关风化,因而与《琵琶记》一样传为不朽。对于近世的传奇创作,周绰以柳靖公(柳葵)为首,但他认为柳葵的《珊瑚鞭》(今不传)传奇只符合第一条标准,"理析阴阳,韵谐宫徵",但因"嘲风弄月,专于言情"而违背了风化宗旨。周绰为此曾亲自嘱托柳葵,作传奇不能炫耀才华,当"有裨于古之名教"。出于此,他甚至对汤显祖传奇的性情理论加以批判,认为"究之讽一而劝百"。周绰的这一番言论与批判言情小说的尺牍性质相似,实际反映的是明末清初文人在经历过明末之乱后对于文学性情论与载道观的反思,也表明了士人越来越重视通俗文学在载道与风化方面的重要性。徐士俊作为明末戏曲作家,又经历过对明末文学风气的批判与反思,因此,对于周绰传奇的观点基本是赞同的,他在牍后评价道:"有关风化是正论,审音察理是确论。具此手眼可云曲终奏雅,颂不忘规,即日逍遥于歌舞场中,亦无碍也。"[2]

　　张潮作为编辑家与戏曲家,他辑选的《尺牍偶存》与《尺牍友声》中记录时人戏曲创作与讨论方面的尺牍甚多,内容涉及方方面面。从中可以管窥清前期戏曲创作与理论兴盛之一斑。

　　王实甫的《西厢记》问世后影响甚广,后世随意改编、篡改后上演者也时而有之,于是出现了一些"走样变形"的《西厢记》。在《尺牍偶存》所收《与黄云纪》一牍中,张潮从评点《西厢记》入手,谈及了他的戏曲观点:

张潮《与黄云纪》

　　细读大作,种种大都自出心裁,不屑寄人篱下,自命不凡。敬服! 敬服! 至传奇三种,管中豹可以奏之场上感受,交情次之。若《正西厢》,则弟所见不止一本,有以郑恒为正生、元稹作花面者,惜乎梨园不肯演扮耳! 尤可恨者,世人于杂,往往好点《西厢》,不知取其关目乎? 抑取其情节乎? 取其其词曲乎? 若取词曲,则于案头

①② [清]汪淇.分类尺牍新语广编:第4册[Z].上海:华东师范大学图书馆,康熙七年(1668)刻本:8-9.

展玩之，足矣！若关目，如游殿、请宴等，皆极其可厌！不知世人嗜痂何若此？其甚大都不过耳食云尔。今大作以风化为主，极是。但其中细微曲折，尚有不合情理之处，未免白璧微瑕。狂瞽之言，罪过罪过！大抵传奇，须分可演、可读二种，总以情节为主，而情节又以从来戏文所少者为佳。若为案头之计，则文采辞藻，须令人可爱可玩，如《牡丹亭》，情节原不甚佳，因曲白而传者也。然宫调、音韵必须遵守前人矩蠖，今大作每多出入，似亦不可为训。李笠翁《闲情偶寄》中言之颇详，可为法也。[1]

张潮在牍中对于黄云纪的戏曲创作，委婉地提出了批评意见。他"先礼后兵"，在尺牍开头，先赞美对方之大胆、出奇，但接着又坦率地指出对方所作的三种传奇，应当以场上演出的实际效果来评价，至于个人之间的交情则是次要的。他从黄云纪《正西厢》一剧着手，指出戏曲审美的三大要素：关目、情节、词曲。黄云纪的《正西厢》从题目和张潮牍中的内容来判断，大约是黄云纪从腐儒的道德观出发，以为《西厢记》有伤风坏俗之嫌，因此自作《西厢》以正之，故名《正西厢》，其目的以正风化为主。张潮对于《正西厢》的风化宗旨表示赞同，但对于其中的情节、词曲等，认为还有不合理之处，并进而指出了关目、情节、词曲三者之间的关系。他认为戏曲创作可分为"可演""可读"（案头剧）两种，在创作戏曲时必须加以区分。但无论是哪种戏曲，戏曲情节都是主要的，而情节的标准要"以从来戏文所少者"即创新为佳，至于曲词，案头剧应当重视文采辞藻，"须令人可爱可玩"。他还举汤显祖《牡丹亭》为例，认为《牡丹亭》情节一般，但以曲白取胜。至于"可演"之剧的曲词标准，张潮没有说，但按照其逻辑推断，当应是重本色。另外，张潮还强调，无论是"可演"还是"可读"，"宫调、音韵必须遵守前人矩蠖"。张潮的这一番理论并非自己独创，明代临川派与吴江派曾有关于戏曲的论争，后来者继之，其中便牵涉到重戏曲的格律与否、本色还是辞藻、可观还是可演的问题。从整体倾向上看，张潮的戏曲创作与审美观点总体上是倾向于吴江派的。张潮在此牍中，还提到了另外一个重要的戏曲理论——李渔的《闲情偶寄》，他认为黄云纪的戏曲没有能够认清"可演""可读"的问题，情节上有不合理之处，宫调和音韵上也有缺点，因而可以《闲情偶寄》为法。《闲情偶寄》是李渔养生学的经典著作，其中"词曲部"是清初重要的戏曲创作理论，分"结构""词采""音律""宾白""科诨""格局"六章，张潮的戏曲创作与审美观念多与之相类似，因而张潮主张作戏曲可以《闲情偶寄》为法。这说明了李渔《闲情偶寄》问世后对当时的戏曲创作产生了现实性影响，也说明张潮对于李渔的戏曲创作理论是赞同的。

张潮在与朋友交流的尺牍中，不仅涉及当时主流的传奇创作，甚至还涉及花部戏。在《与张渭滨》一牍中，他探讨了秦腔的问题。

张潮《与张渭滨》
溽暑中忽拜琅函，兼得大著《秦腔论》，快读一过，如置身鲁桥八景中，听抑扬抗

① ［清］张潮.尺牍偶存：卷六［Z］.天津：天津图书馆，乾隆四十五年（1780）刻本：1-2.

坠之妙，不禁色飞眉舞也。愚尝谓凡事一有妙处，定能动人，原不妨自我作古。如词曲有谱有律固佳，即无谱无律之腔，亦未尝不佳。宋之词，元之曲，已各成一世界，独明朝未闻别立体裁，惟《挂枝儿》《打枣竿》之类，可云妙绝千古。我朝数十年中，变为《劈破玉》，犹有纪律可循。若近年之《倒搬桨》《呀呀哟》，听之颇觉悠扬入耳，至考其词，不独句法多有出入，亦且粗鄙可憎。不识贵地秦腔，在元曲宫调之内乎？抑另成一种文字乎？或全本故事乎？抑零出杂剧乎？元人百种，止取其曲而已，至于故事之悖谬、说白之粗恶、关目之疏略，无丑不备，考其所以然，则以曲为文人所填，白则伶人所制耳！愚窃以为有好腔无好词，则徒负此好腔；有好词无好腔，则又负此好词。夫造腔，非我辈所能，若握管填词，原是我辈事。愚虽不知秦腔故事、词曲之可否，然以意度之，似必经我辈文人，为之定其故事之是非、词曲之优劣，庶几不负此妙腔耳！我渭滨先生以为何如？[①]

张渭滨，名鼎望，字渭滨，陕西省泾阳人。他所著《秦腔论》是目前所见的首篇关于秦腔艺术特征与历史发展的专论，在秦腔发展史上有着重要意义。从牍内容可以看出，张潮对于秦腔并不熟悉，只能以询问的态度向张渭滨讨教。但他通过秦腔为地方戏、源于民间这一角度出发，谈到了两个方面的问题：一、他认为，富有音乐性的文学形式，宋朝有词，元朝有曲，而明代没有建树。唯独可以夸赞的，是明代流行的民歌，如《挂枝儿》《打枣竿》之类，到了清初，则变为《劈破玉》，而张潮作尺牍时流行的民歌为《倒搬桨》《呀呀哟》。张潮的讨论涉及了明代至清初民歌的流变过程，对于探讨明代以来民歌的发展演变历史，有重要的参考价值。二、他的探讨还涉及花部戏的问题。张潮认为民间诸腔调，对于元人戏曲，"止取其曲"，"至于故事之悖谬、说白之粗恶、关目之疏略，无丑不备"。造成这一情况的原因在于，民间腔调"曲为文人所填，白则伶人所制耳"，因为缺乏专业修养，因而在情节、说白、关目等等方面存在诸多问题。这也道出了当时的花部戏不为文人所重视，只在民间兴盛的现实。秦腔为花部戏之一，故而张潮在牍中对张渭滨发出种种询问，探寻秦腔是否亦如此。从中可以看出，张潮不仅对当时的民歌有关注，对于当时纷纷兴起的花部戏，也有较深的关注度。他说所的花部戏的诸多缺点从专业的戏曲作家看来，确实如此。

张潮的与友人的尺牍中，有一些还涉及戏曲演出评论，如《与郑扶曦》：

> 《汉宫秋》《金焦记》缴上，后俱附有拙评，未审有当否？弟尝恨世俗所演《昭君出塞》一剧鄙猥可厌，欲为改正一番，后见尤悔庵先生所著《吊琵琶》，淋漓满志，实获我心。今又得吾兄大作，可谓一时瑜亮矣。拙作穷途，哭呈政，幸为我平章焉。[②]

也有尺牍涉及戏曲表演的韵白问题，如《与顾良叔》：

---

① ［清］张潮. 尺牍偶存：卷十［Z］. 天津：天津图书馆，乾隆四十五年（1780）刻本：29 - 30.
② ［清］张潮. 尺牍偶存：卷一［Z］. 天津：天津图书馆，乾隆四十五年（1786）刻本：12.

从来戏场字音,必用中原韵,然"婆""破"等字,挺斋皆收入"歌""戈"韵中,与"鱼""模"绝无干涉,而优人必读"婆"为"蒲",读"破"为"铺"则又何也? 老叔知其所以然乎? 幸于暇日详示,以广我闻见为祷! [①]

这些尺牍虽然不具备系统的论述,观点也不明确,但从中可见张潮平日对戏曲用力之深。

四、其他

清初尺牍选本中所反映出的明末清初文人之间文学理论探讨,几乎无所不包。明代以来,选书事业发达,各种各样的文学作品选本大量问世,尺牍选也只是其中之一。文学作品选实际也是文学批评的方式之一,其中牵涉到评选所依据的理论、标准与方法等问题。对于当时如火如荼的选书理论,诸选本多有谈及。如:

徐喈凤《与王丹麓书》

……自古文无定评,以为可传而选者不收,则竟不传矣;以为不可传而选者收之,则亦竟传矣。此其事如选女然。西子、南威,古之美女也,不但父母以为必选,乡间以为必选,即举国之人,罔不曰必选。故一则范蠡选之,一则楚王选之,至于今,天下共知有西子、南威;无盐、宿瘤,古之丑女也,不但国人以为不选,乡间以为不选,即其父母亦自以为不选。乃一则齐宣选之,一则齐闵选之,至于今,天下亦共知有无盐、宿瘤。夫西子、南威,其可传者也,其选之也宜也;无盐、宿瘤,其不可传者也,亦选之而传之,则何也? 良由齐宣、齐闵不选色而选德,故国人皆曰不可选,而彼独收之而弗弃也。是以世有宣闵,然后无盐、宿瘤得选。无盐、宿瘤常有,而宣、闵不常有。若足下,今日之宣闵也。仆见文津中,有以辞选者,有以理选者,有以气选者,有以意选者,有以韵趣选者…… [②]

徐喈凤,字竹亭,号竹逸,江苏宜兴人。《与王丹麓书》一牍诙谐幽默,作者主要目的在于推荐自己的文章,但也以妙喻的方式说明了文章选评的一些观念。他以为自古文无定评,好的文章便如西子、南威,人人俱知其好,因而人人皆欲选。但也有一部分文章如无盐、宿瘤,人皆以为不好,但实际有其可取之处。便如女子,士人皆重其"色"与"德",部分文章便如女子无色而有德者,需要依靠有慧眼的人去识别。无盐与宿瘤分别被齐宣王和齐闵王所取,因此,好的文章选评家,就应该如齐宣王、齐愍王一样,善于在被大众所忽视的文章中,独具慧眼,选出可取的文章来,这才是文章选评家的选评之道。徐喈凤的文章选观有一定的道理,好的文章人皆知好处,但也有很多文章便如陶渊明的诗歌一样,可能超越了时代,人不知其好,非赖《文选》之功,许多作品都不能够存于后世。

文章选是一方面,评又是一方面。明代文章评点大盛,好的评点既可以表达自己的读书

---

① [清]张潮.尺牍偶存:卷二[Z].天津:天津图书馆,乾隆四十五年(1780)刻本:10.
② [清]汪淇.分类尺牍新语广编:第3册[Z].上海:华东师范大学图书馆,康熙七年(1668)刻本:10-11.

创见,又可以挖掘出作者的绝妙构思。明代以来书籍基本有选必评,好的评点家辈出,如李贽、毛氏父子、张竹坡、金圣叹等。对于文章评点之道,清初尺牍选本也有涉及。如:

陈衍《与邓彰甫》

小赋不知堪入巨目否? 万祈斧正,方可就梓。此书良是百花董狐,但批评圈点,为时套滥觞,似当速去。且所谓批评者,一则能抉古人胸中欲吐之妙,以剖千古不决之疑;一则援引商略,判然详尽,以自见其赅博。如论汉魏,而下证晋唐;如谈诗赋,而兼覆子史之类也。倘语意平常,不如无批,轻薄率易,尤为可厌矣。至于选取权衡,当宽于古而严于今。适见所采故实,多不全用古语,此尤不可。古人文字,不取则已,取则勿剪削之,彼作者苦心,脉络关纽,实暗藏字句之中,稍经裁斫,便索然矣。临楮干冒,惶则不既![1]

陈衍,字磐生,福建侯官人,明代藏书家,有《大江草堂集》。他在牍中所云:"批评圈点,为时套滥觞。"说明了明代评点风气之盛,但他对时人流行的评点,持有批评态度。他认为文章评点之道,主要原则有两条:一、挖掘古人胸臆,挥发文章妙处,解释后人疑惑;二、全面地援引古今,进行诠释、品评、比较,让人知道作品的前后传承,发展脉络。在这两条总原则之下,他又说明了评点的方法:一、要有创见,尤其要态度认真。"倘语意平常,不如无批,轻薄率易,尤为可厌矣。"二、评点材料的选择,要宽于古,严于今。三、对于援引古人材料,应当用古人的原文字,不能随意削减、改变,原因在于"作者苦心,脉络关纽,实暗藏字句之中"。陈衍的评点主张有原则,有方法,可操作性强,可谓是较为系统的评点论。

对于评点古人文章的方法,张异卿《与陈蔚宗书》一牍也有较为深刻的论述。

张异卿《与陈蔚宗书》

前见胡需孚札,可谓达人之论。古今文字未有无疵者,而要不害于为高手。太白冗句甚多,子美滞累不少,东坡具古今之全力,言语妙绝天下,而制、诰、表、启,实非本色,则其余者又可知也。六经,不可思议之书也,然古诗三千,仲尼删而为三百,宜乎三百之外无足录矣。然倩、盼之诗,一自子夏拈出,而又有起予之叹,是以已删之诗尚有足录,安知已录之诗遂无可删者乎? 世俗随声附和,遇古人文字,一味密圈极替,使古人之真精神反埋没于平钝宽衍之中,而不得出,真古人之冤苦也。且古人文字,原有二种,非其精神所寄,应制、酬接之文,出于勉然;遣兴、漫兴之作,出于偶然。工拙非所计,起古人而问之,或也尚有惧色,昌黎所谓下笔令人惭者也,而概为誉之,不几取笑于古人乎? 近代看书,惟李卓吾别有慧解,而不免失之太横,钟谭心细而眼俊,真能令古人生面重开,而其源实出于卓老。今见需孚议论,乃知

---

① [清]周亮工.尺牍新钞[M].上海:上海书店,1988:5.

明眼人代自不乏。……①

张异卿，字以同，生平不详。他在牍中所云看似读书之法，实际是删、评之法。他认为，古人文学作品不可能完美无缺，李白、杜甫、苏东坡等诗文大家，作品也有缺点，即使是孔子删诗只留三百，也未必见得所留者全皆可取，而未留者，皆不可取。因此他认为，世人在书籍评点之中，"随声附和，遇古人文字，一味密圈极替"也即盲目地一味叫好，是不对的。他将古人未用心的文学创作分为两种情况："非其精神所寄，应制、酬接之文，出于勉然；遣兴、漫兴之作，出于偶然。"这样的文学作品必然会有缺点，在评点之中，应该客观看待，而不是一味叫好，这才能发掘出古人文学作品的真精神。对于近代的评点大家，他赞同李贽，但认为其评点太"横"，也即极端，又欣赏钟谭，认为他们的评点乃是出自李贽。张异卿在牍中批判了时人评点一味叫好古人的风气，认为李贽、钟惺、谭元春得评点之法：李贽在评点中是反传统的，批驳古人太过，甚至离经叛道，故曰"横"，钟谭则"心细而眼俊，真能令古人生面重开"。应该说他的文学评点观念还是有独到之处的。

清初尺牍选本中还有不少讨论音韵学的尺牍。张潮的《尺牍偶存》与《尺牍友声》之中，多有与友人讨论音韵学的尺牍。

有讨论诗韵的，如：

郑旭旦《又与张山来》

音韵之学，言人人殊，独《中原韵》一书，厘剔几无遗憾。即有议之者，则以"鱼""模"合韵，"朋""崩""轰""兄"等字入"东""钟""浮"字入"鱼""模"等类耳。夫"鱼""模"收音不同，合之固病，然合不难分也，较诸沈韵"支""佳""灰""元"之杂乱无章，则天渊矣。其呼"浮"作"扶""朋""崩"等，字入"东""钟"，诚似土音。然吾谓兄之呼"薰"，尤似土音之甚，当与爷之从"麻"，母妇之从"有"，姐之从"马"，孙之从"元"，同一馺舌之音，遗笑千古耳，议者无论矣。其从《周韵》者，每呼"庚""青"韵中"羹"字为京音，"坑"字为轻音，"恒"字为刑音，以为中州嫡派，殊不知此等则真可议，断不可从人耳。令人欲呕，不解何故？牢不可破，铁板遵依，使《周韵》差讹，无由改正，不能大惬于人心，皆此辈墨守误之也。窃意"挺""齐"定韵，"羹""坑"等字，未必如是注音，或出后人附会。今试将"羹""坑""恒"等字皆各从本音，何常不与"青"叶？何常不收"庚""青"？何必为"京"、为"轻"、为"刑"，而后为《中原音韵》耶？予向持此论，恐忤时俗，未尝轻与人言，因读年翁赠，戚缓耳笑。门诗韵歌，知惟年翁可与语此，故不敢秘，恩赐定评助我，毋使楚咻胜齐语，何幸如之？得暇过我，快谈为望。②

① ［清］汪淇.分类尺牍新语广编：第4册［Z］.上海：华东师范大学图书馆，康熙七年(1668)刻本：9-10.
② ［清］张潮.尺牍友声：丙集［Z］.天津：天津图书馆，乾隆四十五年(1780)刻本：3.

第四章　清初尺牍选本中的文学艺术理论

郑旭旦,字扶曦,生平不详。他在牍中与张潮讨论《中原音韵》与《周韵》之间的差异,叙述甚为详细。

有探讨曲韵的。如:

张潮《与顾天石》

笠翁剧领到。所云"虞""模"通用,"佳""皆"通用,弟向亦未晓。近日购得《广韵》,始知古人分部,乃是一东、二冬、三钟、四江、五支、六脂,故有"通""用"独用之说。今韵本乃宋刘渊所并之韵,删去"闲""冷"诸字,名《礼部韵略》,而刻书家仍其旧贯,未曾去此一行,故滋后人之疑耳。①

张潮在牍中就李渔戏曲讨论《广韵》中的韵字问题。

还有探讨骈赋用韵的。如:

张潮《复李艾山》

古赋跨数韵者,在古人非是跨韵,古韵本是如此,今人不知,遂以为跨韵耳。如"东""冬"为一韵,"支""微""齐""十""灰"之半为一韵,"真""文""十""三""元"之半为一韵,断无有三"江"七"阳"合用之事。盖以三"江"一韵,其出口是七"阳",其收口仍近"东""冬",是以古人次于"东""冬"之后。今江右人声口,犹是如此。②

牍中,张潮与李艾山就古赋跨韵的现象进行了讨论。认为古赋跨韵乃是今韵发生了变化,古韵本是如此,导致今人误以为跨韵。他还实际举例证明,指出"江右人声口",仍似古音。

清初尺牍选本中的文学理论全面地反映了明末清初文学发展变化的微观动态,尤其是其中很多的文学理论或由于作者声名不显,或由于散佚,或由于触犯时禁,根本不见于其他著述,因而显得弥足珍贵,是我们现在研究明末清初文学理论发展变化过程最宝贵的第一手资料。而且,清初尺牍诸选中的文学理论琳琅满目,本章中的讨论实未尽其二三,更全面、更深层次的挖掘与探讨尚待进行。此外,除却文学理论,诸选本中还有大量的书法、绘画、印章、音乐等艺术理论资料,囿于识见,尚待方家研究。

①② [清]张潮.尺牍偶存.卷一[Z].天津:天津图书馆,乾隆四十五年(1780)刻本:17,28-29.

清初尺牍选本中的尺牍艺术研究

清初尺牍选家认同晚明文人的尺牍小品观念，他们在编选尺牍时，秉持较高的文艺审美标准，以此保证尺牍选本的可读性和可传播性，因而诸选本均具有较高的艺术欣赏价值。

中晚明以来，文学流派众多，文学思潮不断涌现，但复古主义和崇尚性情的文学风气终成明末清初文人推崇的主流，这不可能不对尺牍的创作产生影响。晚明小品在艺术风格上总体倾向性情派，但即使是主张抒发性情的小品，在晚明以后也有推重公安和尊崇竟陵之分，这些因素都会影响到尺牍小品的艺术风格倾向。此外，晚明小品形式自由，品类多样。陈少棠在《晚明小品论析》中提到的晚明小品类别有：游记、序跋、尺牍、日记、杂记、传记、论说等①。其实尺牍何尝不是如此，"尺牍"究其本质只是一种形制的称谓，至于篇幅长短以及用何种文体形式——古文、骈文甚或是诗词、序跋——书写其中的文字皆可根据作者之意愿与需要而为之。按照陈少棠的分类方式，清初尺牍选本中的尺牍小品与晚明小品类似，形式是多样的，主要有游记、论说、清言、骈赋等。不同的思想内容与体裁都影响到尺牍的表达方式，形成不同艺术风格。另外，选家秉持的审美标准不同，入选的尺牍艺术风格上也表现出各自的差异。如陈枚《写心集》因只取短札，其中的尺牍总体表现出以风韵雅致取胜的特点，而汪淇的《分类尺牍新语》，四库提要中云："采明末国初诸家尺牍，分二十四门，各有评语。大抵不出万历以来纤仄之派。"②可见清初选本中的尺牍在流派、体裁、表达方式等方面的都没有同一的审美取向，也因此基本以原生态形式保存的尺牍小品表现出了百花竞艳、各呈风流的特征。

---

① 陈少棠. 晚明小品论析[M]. 香港：波文书局，1981：1.

② ［清］徐士俊，汪淇. 分类尺牍新语[M]//四库全书存目丛书：集部第396册. 济南：齐鲁书社，1997：532.

第一节　形式自由　体式多样

尺牍本身并不是小品,只不过自从晚明小品兴盛以来,因尺牍形式自由,书写随意,可以自由地展现作者的性情,其精神属性与小品文相通,因而晚明文人以尺牍为小品,使尺牍成为小品文的主要形式之一。尺牍的形式主要受到两个方面的影响:一是社会与时代的文学风气。尺牍自古以来在文法上就不拘于一定的规矩,形式本就自由,时代流行什么文体,尺牍往往随之。散文时代,尺牍的主体形式就为散体;骈体流行的时代,尺牍的主体形式便变为骈体。二是作家的个性因素。作家习惯于用何种形式作文章,写尺牍时往往也会用之。晚明以来,小品文大盛。小品文无定体,尺牍小品亦是如此,加之性情观的流行,文人多在尺牍中宣扬个性,因此尺牍小品的文体形式也极其丰富而自由。就清初尺牍选本中的尺牍形式而言,千字可为一牍,数字也可为一牍;有以散体为之,亦有以骈体为之,甚至有代作的乩词、夫妻间表情的回文。但就其主流的形式而言,表现突出的主要是游记、清言、骈赋三种。

一、游记

游记,作文学体裁之一种,顾名思义就是文人记述游玩过程的文章。"游"是"记"前提,"游"的含义有多种:游历、旅游、游玩、游览、参观、访问、考察等。文人往往通过自然风光及人文景观之游,来记述风光之优美、游兴之欢盛、游玩之感慨,最终达到或记事,或抒情,或说理等目的。

清初尺牍选本中的游记是蔚为大宗,诸体皆有。无论是哪一种选本之中,游记都是其中占比重较大的部分之一,汪淇《分类尺牍新语》三编还特别设置"游览"类别,将之放置在每编第六卷,这主要与时代因素有关:晚明士人耽于享乐,游风日盛,"怡情山水,追求山水之乐,成了士人生活不可缺少的一个组成部分,在野的士人,尤其是名士和隐士,大多有着赏游山水的情致"[①]。到明末清初动乱之际,士人生活遭遇到了极大的破坏,他们被迫浪荡于江湖,此种出游多少有被迫的成分。及至清初,明遗民虽然生活相对而言较为稳定了,但他们精神世界却极为失落,他们之间往往相互走访,寻求慰藉,出游行为也极为兴盛。因此,从晚明直至清初,是士人游风相对较盛的时期,伴随此风,游记小品大盛,而尺牍中的游记小品亦随之兴盛。

(一)思想内容

游记按其记游内容与目的的不同可以分为抒情型游记、写景型游记与说理型游记。清初尺牍选本中纯粹写景的游记虽有,但不多,《尺牍新钞》中收陈钟珹二牍,可谓是其中的代表。

---

① 周明初.晚明士人心态及文学个案[M].北京:东方出版社,1997:174.

陈钟琪《游英州观音岩示弗人》

英山突兀竦诡，仆最爱其入手处。譬之名家，伸纸将画，偶尔落墨，点污纸上，遂以势成之。幅图完好，为峰峦，为草树，为人家，为昆仑楼；或为禽鱼，为云气往来，为马而飞空，聘辔以游。察其起止，有伦无理，不可以常法律也。①

陈钟琪《与曾弗人》

浈阳峡，是造物迁肠拗笔所作者。峰头部署，俱于不必安处，硬然安之，耐人思索。大约如古逸书，班驳错落，骤读之神理不属，似生似斜，似脱似欹断。一再思之，却极完稳，欲为咨补一二字，觉无下手。天地间乃有此种怪物。②

此类尺牍以描绘景色之秀丽为主，以韵致取胜，若说其中的情愫，则只以抒发作者对自然山水的喜爱之情为主。

也有少量说理议论型的游记。

释丹霞《寄朱函五》

上山肚饥，下山路黑，可谓丹霞累人矣。然世间但有事皆累，有累皆劳苦，不独丹霞为然也。丹霞得高贤登临，开一番生面，在高贤胸中于劳异处，见一番脱洒。所恨者，主人老病，不能相陪步履，尽兴盘桓，为阙陷耳。即事四诗率录请教，纪一时之盛，想当见猎而喜也！③

此牍主要借游丹霞山生发议论、阐述禅理，属于说理型游记。

总体上，清初尺牍选本中的游记以借游抒怀者为主。清初尺牍选家出于对晚明文学风气的反思，多推崇载道观，而不喜晚明士人任性纵情的作风，所以基本不选晚明文人记录欢游的尺牍游记，主要收录明末士人在出游中抒遣怀抱的游记。由于明末清初动荡的社会形势造成士人精神世界的崩塌与重建，在这种心理状态下，游览山水虽可以遣怀，但心底却总有一潭冷水，所以抒发出的情怀多有凄冷之意。但世间也有豪气之人，人也总有纵情之时，尤其是入清后，士人心境日渐平复，好友相聚，游览山水之间也有欢乐与雅兴，甚至有骏迈的豪情。总体而言，诸选本中的游记尺牍在思想内容与情怀抒发上主要表现出四个方面的倾向。

1. 借游以抒悒郁

明末真正关注国是的人，内心多是悲愤而压抑的，进入清代后的明遗民也是如此。他们虽能借山水园亭遣怀，但无法散发出多少热爱人生或生活的热度来。因此，此类游记在数量上是较多的，也奠定了游记尺牍最主要的情感基调。《结邻集》收曹宗璠与同年二牍，为游西湖二记，可作其中的代表。

---

①② ［清］周亮工.尺牍新钞[M].上海：上海书店，1988：248,249.

③ ［清］陈枚.写心集[M].沈亚公，校订.上海：中央书店，1935：74.

曹宗璠《与刘念先同年》

千古此湖山，得年翁为主人，遂觉长公杖履，呼之欲出。夜来香浮竹叶，醉晕梅颊，惟丽人分捧心之忱；长眉锁黛，微睇徐流，大与消渴生相宜。湖中不必舟大，鱼舫从南山放北山下，碎碧十里。酒铛诗砚，笙簧鱼鸟，黼乡林峦，代一日忏课，晚照散绮，水气侵衣，如在霄汉上也。独坐孤山，见岫中缕缕出云，有如旗，有如马，有如车轮，又有马折一足，其真耶？其幻耶？令客诵天问数阕，此处士故居也，而鹤不还何哉？夜寒肌栗，辄曳杖归，桃叶梅椿，霏露湑湑，撮饮不减金茎仙掌。坐李氏楼，月巡檐宿，空水澄鲜，冷浸心碧，旷然天游，殊胜静坐数息时，敢献之左右，共咀嚼清供焉。[①]

曹宗璠《与张群玉同年》

夜来联袂湖上，羽觞吸月，相和而歌，伉慨凄怆。盖无俟变徵之声，而霜华簌簌落也。吾辈岌冠奇服，纫兰荃，带矩衡，不获簪笔承明之庐。剖珪云台之上，仅从鱼舫樵铚，绿斫山骨，碧撷水纹，天乎人耶？虽妖艳在侧，纨绮为群，同堂燕笑，欲泣无声，何则？孽羽之禽，虚弦可堕，孤根之桐，弭轸即悲，其中心之所积然也。是以渡江之日，闵两责景，既不能秉耒躬耕，又不能垂帘卜肆，复不能废居徵贵。冯铗未弹，阮途先恸，亦何处为平台之游耶？倘邀天之缘，得聚种岁粮，便当与妻子别，入土室，持方寸油纸，荟撮古人所长为覆瓿事。年翁去巴蜀数千里，携百指，日再飧，萍寄葛附，瓶罄罍耻，安得不忧？吾辈亦何敢望步兵厨？日有酒五升，得如黄州画，又钱日二百五十，便可一意著述矣。菊径馈浆，醉看云心出岫，草堂送炙，饱吟秋兴涧林，不可谓二子之不遇也。侏儒饱饮死，臣饥欲死，今赤白囊交驰，天岂真以《采薇》了吾子哉？伏读杂著，写难状之景，申欲永之志，分刊幼眇，韶勺雕虫。然窃恨年翁以此才不登明堂，升清庙，徒以感愤不平之鸣，附国风、小雅之什，是犹姆傅之珍髻膏沐昭阳，而为逐妇之饰也。贫耶？病耶？有国者之耻耶？千载而下，必有知之者矣。临岐黯然，意不尽言。[②]

曹宗璠，字汝珍，号惕咸，江南金坛人，明末进士，遗民。此二牍都写于明末，都写的是游西湖，虽不见得是同日，但时间当相隔不远，而风格迥异，一者借景抒情，二者借游议论。前牍写的似乎仙气飘飘，不教作人间想；后牍则大发议论，将国家之穷途与个人之命运相结合，将眼前之乐境与内心之凄怆相映衬，忧愤、不甘郁结于心，读来几乎字字血泪。二牍之间，似乎作者人格错乱，不似同一人所为。但仔细阅读可以发现，前后二牍之间的精神实质是相通的。后牍是作者直抒胸臆，夹叙夹议，任凭自己实感喷涌而出，宣泄欲尽。而前牍乃是作者宣泄积郁情感的过程，家事、国事愁闷不得，不如权且当作身外之事，于西湖夜景中逃避。从作者夜不能寐，从"独坐""夜寒肌栗"等词语来看，作者的情感其实是低沉抑郁的，他又用屈

---

①② ［清］周亮工. 结邻集［M］. 张静庐, 点校. 上海：上海杂志社贝叶山房本, 1936：9, 10.

原、林逋旧事,暗喻自己身世,暗示自己的思想与情感旨归。考虑到尺牍的对象为刘念台,即明末极为重视个人心性修养的大儒刘宗周,曹宗璠此牍中情感抒发是收敛的,符合儒家的中庸之道和"哀而不伤"的精神。二牍一收一放,一冷一亢,一婉转一直接,实际都是作者悒郁情感的抒发,是作者同一思想的不同艺术表现。此两种抒发悒郁之情的方式也是明末清初对现实不如意的士人在尺牍游记中的代表性方式。

2. 借游以表幽隐

明末的乱世情境与清初遗民不愿与新政府合作,是士人产生归隐心态的最佳温床。徜徉于山水,放逐于田园,远离世俗纷乱,士人可以暂时得到心灵的安宁,产生人生的闲趣。对比时势的动荡、生活的流离、满目的沧桑,在游途中产生幽隐之思是极为自然的事情。尺牍游记中,便有不少反映这种士人的幽隐之思的。这种幽隐的思想主要表现为三种倾向:山水、田园与市井。

企慕幽隐山水之间的游记如:

董其昌《启孙君袭》

前过富春,因得旷眺山川,吊怀人物。桐君为发迹之祖,子陵高风,千古独绝,唐方干、宋谢翱,配祀百世不祧。我明徐舫,不慕荣华名,啸傲烟霞,诗酒以终其身,殆古隐者与? 我思古人,实获我心。桐山有九头松,状如虬龙,大奇,可知浙中山水,桐溪为最。郦道元云:"连山夹岸,负势争高。青崖翠发,望同点黛。绿水平潭,清洁澄深。俯视游鱼,如行空矣。"此盖为桐江写照也。恨不与年翁共此快游,至今悒悒。①

董其昌(1555—1636),字玄宰,号思白、香光居士,松江华亭人,晚明著名书画家。董其昌在游富春山水的过程中,感慨于景色之秀丽,发思古之幽情,尤其对于明初的徐舫,羡慕他不贪慕功名爵禄,甘心幽隐于富春江,因而也兴起了幽隐山水之思。其言曰:"我思古人,实获我心。"

希图退居田园的游记如:

张立烝《与陈涛飞》

弟村居,与秋水庵相距仅一溪耳。溪前尽植老梅,沿溪绕以槐柳,如拳草阁,咫尺临对。每临月来人静时,水面寒香暗度几簟,而烟树暮帘,微茫在望。孤尊倾倒,忽念故人,醉梦迷离,同入三更,霜笛中耳。明早放艇相邀,笑咏山房腊酒、高院梅花之句,谅足下当为首肯也。②

张立烝,字右文,明末清初人,生平不详。他在游记中描绘了自己富有诗意的村居生活,休闲

①② [清]汪淇.分类尺牍新语广编:第6册[Z].上海:上海图书馆,康熙七年(1668)刻本:7.

而惬意,兼有怀友之思,表达出对幽隐乡村生活的满足态度。

寄望幽隐于市井中的游记如:

孙琼《寄程又新》

灵隐为虎林第一,山水之快,游屐之多,丛林之盛,种种绝胜。虽然游人嫌其太杂,僧院嫌其太丽,缁流嫌其太混,独山水无容置喙焉?仆入山不能深,入林不能密,辄思周妻何肉,陶菊林梅,腰缠骑鹤,作天地间一大便宜事。故一入此中,便不能出。读书之暇,向冷泉亭子,垂钓濯足,乐天一记,全为不佞写照。青山不爱钱,不费一钱,买身在庐山中,识得真面目。特以寄近况。①

孙琼,字执升,号寒巢,浙江嘉善人,明末清初藏书家、文学家。入清后以隐士自居。在游杭州灵隐寺时,作者生发幽隐感慨。灵隐寺一带,有"山水之快",还有"游屐之多",更有"丛林之盛",实际算不得自然山水,乃是市井之郊。但作者却愿意幽隐其中,其原因在于作者性情不能深隐,生活中要兼有"周妻何肉,陶菊林梅,腰缠骑鹤"之美。"周妻何肉"引用南朝周颙、何胤典故,周、何二人俱修行佛法,而俱有所累,周有妻室,而何食肉,后人以此喻指修行不纯,不舍食色之欲。孙琼如此说,实际是不愿意真正地隐在山水之中,而要幽隐于市井之间。

3. 借游以骋雅兴

游玩毕竟是乐事,尤其是与好友相聚,怡情山水园亭之间,更能激发人的兴致。倘若人人带着凄伤的心境,首先便无心出游,即使勉强成游,也不勉乏味。《尺牍初征》《分类尺牍新语》三编、《写心集》两集等选本都主要编辑杭州,游记之中表现杭州附近山水人文景观的最多,尤其是西湖,更是尺牍游记表现的重点。清初杭州未遭到很大的破坏,经济相对发达,西湖更有"销金窝"的美誉,历来游人如织。在此中情境游玩,兼得山水之妙与市井之乐,生发出逸性甚至豪情都是极为自然之事。因此,,尤其是入清之后的记游尺牍中,表现游玩之雅兴与逸致的反是大宗。

《分类尺牍新语》三编、《写心集》两集之中的尺牍游记,借游以骋雅兴是主要基调。而且记游尺牍中的游不一定真游,有时是神游,但就是如此,也能表现出作者的兴致。

陆霖《寄勇公弟》

梁溪,佳山水处也!惠山清泉,朝汲暮汲,无有竭期,以之酿酒,则梅花发香;以之煮茗,则松风助韵。吾弟久寓梁溪,即此一种,扫却故乡尘俗。不知春申涧古木尚存乎?邹氏名园,所称愚公谷者,甲于吴下,亦游览胜地耳。且闻梁溪人人善歌,月夕花朝,时有携紫箫檀板,角胜广场者,吾弟其听之否?何时归来,向幽斋叙述一番,开不佞之怀抱。望之望之!②

---

① [清]汪淇. 分类尺牍新语广编:第 6 册[Z]. 上海:上海图书馆,康熙七年(1668)刻本:5-6.
② [清]汪淇. 分类尺牍新语二编[M]. 台北:广文书局,1975:118.

陆霨,字九牧,生平不详。此篇游记,实际是间接写法,陆霨不是游后随记,而是隔了一段时间,当勇公来信提到"久寓梁溪"后,逐一回想无锡著名景点——惠山、惠山清泉、春申涧、邹氏名园、愚公谷等,可谓是"神游",此游欢快而美好,表现出他对无锡自然山水与人文诸景的雅兴与思念。

陆霨此番神游是一人之游,如若是知交好友结伴同游,诗酒唱和,则更意兴横生。关键《寄沈大匡菰城》一牍中,记录了一次与友人不期而遇的出游经历:

> 冬寒渐厉,六旬作客,何以为怀? 然闻循蜚岱观,同时不谋而至,此一奇也。知己聚首,兴来唱和,把酒论文,假令襄足高斋,掩帷鼾卧,此乐安又可得哉? 且彼中风景幽绝,土物惟藏,皆客子实在受用。昨偶成二二律,奉赠一首云:"霜红洞庭树,猎火道场山。"二首云:"入暮乌程酒,濒溪紫蟹鲜。"咏言及此,不惟不为诸公羁旅忧,且将令人妒杀矣! 兄试向二子述之,定掀髯一笑。有和章速寄,当为好事称传,岂但游客解嘲而已。[①]

关键,字蕉鹿,生平不详。他六旬作客,冬日出游,但豪兴不减。尤其是在出游过程中不期而遇了好友沈大匡,二人"知己聚首,兴来唱和,把酒论文",更是乐上加乐。游玩过后,作者兴致不减,还特地将所作诗歌寄给对方,希望对方相和并将和诗寄给自己。关键从游前直到游后,兴致都不曾衰退,算得上是逸兴横飞了。

4. 借游以致友情

尺牍本就为亲友之间通信息之用,表达对对方的思念是常规的做法,几乎每封尺牍首末都有表达思念或尊敬之情的套语。在记游尺牍之中,表达自己雅兴的同时,怀念朋友是极其正常的事情,以上诸类游记之中,每篇之中都含有怀人之情的旨意。但也有游记尺牍借游主要表达朋友之情的。

诸匡鼎《与毛稚黄》

> 南屏之游快极矣。与足下步六桥之花堤,望两山之云气,真使人应接不暇。视高车驷马者,吾两人真神仙中人也。归复烹茶煮酒,鼓曲姜芽,秉烛清谈,乐而忘倦。别后与叔氏登桥望月,红灯千点,明星煌煌,与水中影争烂,恨不得更与足下共之。引步惆怅。[②]

诸匡鼎,字虎男,清初浙江钱塘人。在牍中,他记述了与毛稚黄一次同游西湖的经历,但却以表现友情为主。他评价此次与毛稚黄出游的兴致借用尺牍开头一句话来形容,是"快极矣"。此中快乐,非其他原因,而是二人知己相聚,心神相通,且无旁人,因此虽是步行,但"视高车驷马者,吾两人真神仙中人也"。所以徐野君的评点中说,"以此傲高车驷马,非漫言也"(徐

① [清]汪淇.分类尺牍新语广编:第6册[Z].上海:上海图书馆,康熙七年(1668)刻本:1-2.
② [清]汪淇.分类尺牍新语二编[M].台北:广文书局,1975:117.

野君曰:以此傲高车驷马,非漫言也。文士思名登紫府,先从笔墨之内换髓伐毛)。回到住处后,他们"烹茶煮酒,鼓曲姜芽,秉烛清谈,乐而忘倦",甚至在游玩结束后,诸匡鼎再次与其他友人出游时,仍旧想到好友毛稚黄,这也是他作此牍的动因。此次与友人再游过程,虽然景色仍佳,但一想到毛稚黄,便"恨不得更与足下共之。引步惆怅"。他借前后两次出游的经历来表达对好友的诚挚之情。

(二)风格特征

尺牍游记最主要也是最突出的风格特征便是情景交融、景情相生。对于清初尺牍选本而言,其中数量最多的便是抒情型游记。这主要与尺牍的性质有关,尺牍本身就有怀想对方的因素,李渔认为尺牍"在于抒情愫、切事理、通达靡间,而止无取于浮谈蔓语"①。陈枚以为:"文选之有尺牍,所以通情愫达远怀也。"②黄容、王维翰也云:"艺苑之有笺牍也,所以抒情愫,陈款曲,通彼此之怀,达遐迩之情也。"③无论如何,抒情愫乃是尺牍本质属性之一。尺牍有此属性,游记尺牍在此基础之上更有过之。游览山河胜景,胸中极易生发感慨,正所谓"独自莫凭栏";尺牍赠寄对方,又容易生发怀人之思。眼前有景,胸中有情,在此情形下,借景抒情或是融情于景都是极自然之事。

游记尺牍之中,对于景与情的处理方式是多种多样的。有以主观情绪渲染景色者,如诸匡鼎《与毛稚黄》一牍中首先定调"南屏之游快极矣",接下来的景色便围绕一个"快"字做文章,处处显出好友相聚,游玩之乐,可以说是景因情生。也有将借景生情、抒情,将情感蕴藏其中的。

王铎《与周减斋》

牛首白云,松音鸟语,江声云影,登高骋望,无尘事相扰。此地书画相宜,选地莫此若耳。④

此牍甚短,主要表达作者归隐之思。王铎在其中主要通过描写牛首山的景色秀,描绘出一幅清净出尘、涤人心胸、高雅脱俗的画面,引发人的幽隐脱俗之想。

游记尺牍也善于用多种方式表现、烘托情感。诸匡鼎在《与毛稚黄》一牍中实际记录了两次游玩。第一次极其快乐,第二次不是不快,但面对美景,无极知己人相伴,因生惆怅。通过前后对比,表达怀友之情。

也有游记通过景物变换,反复烘托自己胸中情感。如:

---

① [清]李渔.古今尺牍大全[Z].上海:上海图书馆,清康熙二十七年(1688)抱青阁刻本:1.
② [清]陈枚.写心二集:选言[M].沈亚公,校订.上海:中央书店,1935:4.
③ [清]黄容,王维翰.尺牍兰言:自序[M].北京:北京出版社,1998.
④ [清]汪淇.分类尺牍新语二编[M].台北:广文书局,1975:9-10.

顾乃西《寄孙执升》

吴门握别,两度秋光,回首故人依依。雁影分手以后,道从江北,黄沙白柳,举目怆然。惟残月霜风,拂拂征鞍上耳。兹旅古城,临风修便,欲询归期,当俟弟于桃花春放时也。①

牍中作者主要表达对朋友的思念之情,但他以动态的方式不断变化自己的视角,从中择取不同的事物反复渲染自己对朋友的情感。从开始的"吴门握别,两度秋光"时的故人身影,到"雁影分手"后的长江、黄沙、白柳,再到马上所见的残月、霜风,再至古城旅宿时的古城、风,最后想到朋友再将相聚时的桃花,作者移步换景、景托情生,串联起诸多景物的明线是作者的脚步行踪,暗线是作者的情绪,之前的诸多景象都是灰暗而清冷的,以此衬托与朋友分手后的悲伤情怀;到想到相聚时,景物立刻变为"桃花春放",一下子明亮温暖起来,前后景物与情绪的对比正表现了对朋友思念之情的深刻。

尺牍游记还善于利用各种意象,调动人的感官,营造抒情的意境,抒发情感。

李枝藻《与友》

连朝霜飞瓦冷,寒气侵人。静坐云山,友朋勿至,只闻雁过长空,破我寂寥而已。昨夕阳西照,稍有暖气,闲步枫林,见枝头尽红,风景顿异。惟我愁人,视之不殊眼中血也。望过斋头,同出一玩,共拾红叶,以题愁绪,何如?②

尺牍中,李枝藻连用了霜、瓦、云、山、雁、夕阳、枫树等意象,营造出幽冷凄清的意境,表现作者的愁情。作者对各种意象是精心选择的,其中有颜色,如白(霜)、青(瓦)与红(叶、夕阳、血);有温度,如"霜飞瓦冷,寒气侵人""夕阳西照,稍有暖气";有静与动的变化,静者如瓦、山、枫林,动者如飞霜、云、飞雁、夕阳。作者汇集诸多意象,通过冷暖色调的对比、冷暖感知的差异、静动视觉的效果,勾勒出一个寂寞、孤单、无聊的人物形象,在这一人物形象眼中,愁情仿佛充斥了整个世界。

从选本尺牍游记的气格而言,表现最多的是作者旅游时积极昂扬的兴致。但悲愤、凄凉、幽清的诸种气格亦有。并且,从明末到清初,随着入清时间的加深,士人尺牍游记的心态越来越走向积极面,乐观情绪渐增。明末尺牍游记中尚有感愤者,如以上所提及的曹宗璠《与张群玉同年》一牍,其中的愤激大于哀伤,格调高亢。但鼎革之乱后,尺牍游记中的气格多为低颓。

卓发之《与丁叔潜水部》

音尘销灭,又更两载。今春归省,过化城旧馆,阒无一僧。颓楹败瓦,委荒村蔓草间,颇有稷苗之悲。舟人指水一方,已属他姓,庭树寂寥,枝条欲折。大略今日龋

---

① [清]汪淇.分类尺牍新语广编:第6册[Z].上海:上海图书馆,康熙七年(1668)刻本:1-2.
② [清]陈枚.写心集[M].沈亚公,校订.上海:中央书店,1935:87.

第五章 清初尺牍选本中的尺牍艺术研究

243

穿鼠窜、烟蔓露泣之地，皆我两人当年花朝月夕、啸歌瘵宿处也。昔之所乐，今之所哀，人言声无哀乐，此地亦当无哀乐尔。昔日红颜，半就衰老，且有墓木檎檎者，市上少年面目，多不相识，虽铁石作肝，能不销铄。自非皈心西土，逆旅此邦，不能不闲思往事也。①

卓发之在牍中以今昔做对比，生发出黍离之悲。作者回忆壮年宴游之乐，而今故地却一片荒芜，昔日友人具渺，眼前更无一人相识，正有江山易代之感。气骨凄凉哀伤，格调沉郁。

到了汪淇《分类尺牍新语》三编时，尺牍游记在气格上表现出一定的分化倾向，积极高昂的格调渐多，幽清凄冷的渐少。至陈枚《写心集》二集时，则是积极高昂者多，消极低颓者少，不少尺牍游记更是生发出了高超疏狂的豪气。

邓锡潡《与愚公》

麦秋前后，天气晴和。足下与仆携杖头，早出钱塘门，沿苏堤，步行至孤山梅麓深处，藉草为乐。命奚僮买湖白，烹鲜鲫，狂饮三杯，清歌一曲。酒酣潦倒，倚石欹眠。醒时青山在目，碧水无波。扶醉而归，不知日之已暮。山水佳趣，信足乐也。足下亦有意否，愿与仆俱。②

作者在牍中与友人偕游西湖，颇有豪狂之气，二人湖畔"狂饮三杯，清歌一曲。酒酣潦倒，倚石欹眠"，完全是文人纵情任性的豪狂作风。

二、清言

清言原是指魏晋名士雅好的清谈，其内容意旨玄远，富含理趣。晚明文人追求人生格调的闲情与逸致，追求艺术化的生活方式，因而对魏晋名士的清谈之风大为崇尚，箴言式、哲理化的言语文字在士人之中大为流行，诉诸文字的便成清言。究其本质，清言乃是小品概念之下形式特殊的一种，"晚明'清言'是一种精致而优美的格言式的小品"③。其文体特征是"并非文章，无需起承转合、篇章法度，没有集中的题目，没有抒情的主题，既无需故事情节，也无需人物形象，它们往往只是片言只语的随感录，但却是深思熟虑的人生经验或人生哲理的思考，短小简约而风格高雅隽永"④。

清言在晚明时期极为流行，较为著名的作品有吴从先《小窗自纪》、洪应明《菜根谭》、陈继儒《岩栖幽事》、李鼎《偶谭》、申涵光《荆园小语》、屠隆《娑罗馆清言》等。对于晚明流行的清言尺牍，因其文艺价值极高，又能反映文人的思想状态，选家自然不会放过，因此清初尺牍选本中收入了不少清言尺牍。

---

① ［清］周亮工. 尺牍新钞［M］. 上海：上海书店，1988：90.
② ［清］陈枚. 写心集［M］. 沈亚公，校订. 上海：中央书店，1935：89.
③ 吴承学. 中国古代文体形态研究［M］. 广州：中山大学出版社，2000：287.
④ 吴承学. 论晚明清言［J］. 文学评论，1997（4）：136.

但各选本因编选理念与审美标准不一,因而清言的存在情况也各不相同。李渔的《尺牍初征》因强调作为下层人物范文之实用功能,因此几乎不收清言尺牍,他的《古今尺牍大全》倒是有因删节过多,使得尺牍反成清言警句者,但数量极少。张潮《尺牍偶存》与《尺牍友声》以及王元勋、程化骧《名人尺牍小品》因其性质或观念特殊,不收清言。其余诸种尺牍,几乎都有清言存在其中。但总体上以周亮工《尺牍新钞》三选所收清言最多。

（一）思想内容

言为心声,清言所表达的往往为文人追寻的理想化的境地,这种境地犹如桃花源,正因不可得因而心向往之,亦可谓心声之至者。清初士人尤其是遗民不愿与新的王朝合作,甘愿隐没于市井之间,既不能弘大道于天下,又不得扬己志于世间,因而心中郁垒之气难消,只能于思想中实现超然的境界,因而他们对晚明以来的脱离现实的清言并不排斥,亦往往书于尺牍,寄望知己识得苦心。日本学者合山究在《明清文人清言集》中称中国的清言集是文人心灵的良药,"为烦恼所困扰而迷失了自身,此乃心灵的病态,格言正是疗救此病的药物。许多格言集的命名就说明了这一点,如《药言》《古今药石》《脉王》《顶门针》等等"[①]。明末清初的清言某种程度上与其说是思想的药物,倒不如说是思想的麻醉剂,看似清醒着追寻雅致的理想境界,实乃对乱世之中乌有之乡的迷思。清初尺牍选本中的清言反映了明末清初文人在思想与生活上的种种追寻,很大程度上是其心灵在不愿接受现实过程中曲折迷离的反映,但不论如何隐晦,它们总是反映现实生活与文人个人心声的。总结清初尺牍选本中的清言,其思想内容主要集中四个层面:处世之道、修身养性、文艺感悟与生活清境。

1. 处世清言

明末清初,社会动荡不安,如何于乱世中安身立命是士人所必须面对的一个问题。尤其是社会鼎革所引起的心理层面的震荡与创伤需要士人积极寻找合适的处世准则来恢复。清言近于箴言、格言,本有劝诫、规箴之功用,书之于尺牍,既可表明心迹,亦可劝诫他人,明末清初不少士人借此向亲友反映心声,阐释为人处世之道与生活态度,清初尺牍选本中多有收录。《尺牍新钞》收明末章世纯与门人尺牍数篇,其中多为训诫箴言格式。

《示门人刘士云》

与人居,当有剩于温厚,毋见端于秋冷。死羊皮尚为暖于人,生人之情,也不能为温和于世乎?

《又示门人刘士云》

善恶之行,有光有臭。獬豸触邪,正见其光,象嗅不直,正闻其臭。

《又示门人刘士云》

富贵非恶也,尝以便恶;贫贱非善也,尝以便善。桀纣不为天子,安知不但恒人

① ［日］合山究. 明清文人清言集［M］. 北京:中国广播电视出版社,1991:198.

也;苏秦、蔡泽不困厄,安知不但庸士也。

《与门人饶子正》

财者,变化万物者也。愚者在财而知,直者当财而曲,诚者在财而。此之谓财。

《又与门人饶子正》

人当庇人,不当为人所庇。为人所庇,即能自立,亦半人耳,庇人者尚余半在人。其相去者远矣。

《又与门人饶子正》

家无贤父,则不可复无贤子也;无贤兄,则不可复无贤弟也。不幸无上,不可无下;不幸无前,不可无后。

《又与门人饶子正》

教兄而可以及弟,后者常听予先矣;教子弟而可以及奴仆,下者常听于上矣。

《又与门人饶子正》

人生役役,驰而就死。非安而受,其自至也。[①]

章世纯(1575—1644),字大力,江西临川人,明末古文家。与陈际泰、罗万藻、艾南英曾结"豫章社",并称"临川四大才子"。《尺牍新钞》选其弟子的尺牍是其告诫弟子的言语,多用清言形式写成,是为人处世之道,如待人当以温厚为要,为人当要明善恶,正确对待富贵与贫贱,处世当要自立、自强,正确对待生死,要重视家庭教育等。其警策之意,溢于言表,表面上反映的是章世纯教育观念,实质上也正是其世界观与人生观的反映。

《尺牍新钞》还收有明代文学家宋懋澄的尺牍十余篇,几乎全是清言格式,表现了他的生活状态与态度。

《与刘二》

弹夜光与碧汉,不可以为星;沈昭华于清流,不可以为月。

《简袁先生》

梅花百树,枝枝善眼仙人,遥礼佳城,恍然净土,玉壶在艇,功德淋漓,敢不稽首以谢。

《与杨大》

贫贱少业而多苦,富贵少苦而多业。能无苦以绝业? 外境任之而已。

《又与杨大》

吾视天下,犹剩物残编,不足烦我四大。

《与酒人》

痛饮可以全神,年来胃不受酒,觉思虑之烦。

---

① [清]周亮工.尺牍新钞[M].上海:上海书店,1988:69-70.

《与皇甫七》

吾畏见风波,由胸中无此。

《又与顾人》

自去年以来,万事了不动心,惟见美人,不能无叹。

《与吴大》

丈夫读书,欲以资通达,定经权。若惜字怜篇,儿女事也。

《戏陆三》

小窗秋月,竹影之间,时杂幼清。不若元常轩后,止见万竿相摩,了无一人
影也。

《又戏陆三》

年来神散,读过便忘。然必欲贮之腹中,犹含美馔于两颊,而不忍下咽。我之
于书,味之而已。①

根据姓名来看,宋懋澄这些尺牍全是写给身边的社会底层朋友的,这本身就表明了他豁达的
生活态度。其中的文字多表明自己的生活态度与气度胸襟,个人真性情便也自然流露,如其
"万事了不动心,惟见美人,不能无叹",毫不避讳。这些清言文字虽不见得足够精致,但其中
多为自己人生多年积累的生活感悟,其意旨遥深,非经历坎坷,未必能识得其中滋味。刘二、
吴大、陆三疑社会底层人物,未必能领会其中意思。宋懋澄不留其姓名,貌似不敬,要么是宋
懋澄与之太过熟悉,要么就是宋懋澄不以为意,这其实反映了明人尺牍不一定"为人"而作,
有时也有"为己"而作的倾向,不要求读者领会,只为自抒胸怀。

　　《尺牍新钞》将作者之牍全都集中一起,是以其所选清言作品多集中展现作者的处世与
生活态度。其他选本因随到随登,其中的清言作品不如《尺牍新钞》集中,但散见于全书之
中,兹择录其代表者罗列于下。

钱登峰《与何葭止》

投笔成名,亦儒者快乐;岂必沉埋帖括,百世而后,犹受王半山笼络耶? 不羁之
材,固不应如是。②

王铎《与周减斋》

仆酒人也。花时多暇,同知己披观古图书汉篆,搦管快吟,肴核错至,酒一再
行,醉矣! 白眼望苍旻,翛翛然有出尘想。不知古人一石后,与此何若?③

蒋斌《馈周绘先银杏》

奉来银杏,可堪佐茗。置之食品中,以见秋林霜色,知山家风味不浅也!③

---

① 　[清]周亮工.尺牍新钞[M].上海:上海书店,1988:42-45.
②③ 　[清]汪淇.分类尺牍新语二编[M].台北:广文书局,1975:222,223.
③ 　[清]陈枚.写心集[M].沈亚公,校订.上海:中央书店,1935:119.

徐林鸿《谢沈乔瞻惠兰》

余酣未涤,残梦方冏,忽接芳兰,倍增旖旎。但鬓鬓萧疏,愧无可人消受耳。笑笑,谢谢。①

丁雄飞《又与张行秘》

少年永日,更难消遣。诗书攻之,徒增烦结。惟藕花兰蕊,淡茗香醪,湘簟绣枕,拥小姬清言雅谑,是为上策。弟近日书卷抛斜,惟此数事,寸心火热。②

赵南星《示人》

知天地神人,顷刻不离,自然常存敬畏;知祖宗父子,荣辱相关,自然爱惜身名。③

赵南星《又示人》

世之欲为善者鲜矣!即时势不得为,鬼神亦阴相之,如得为,则其福可知也;世之欲为恶者多矣,即时势不得为,鬼神亦默责之,如得为,则其祸可知也。④

处世清言多反映了明末清初文人的生活方式与处世态度,他们的处世态度基本上有两种倾向:一是以道德性命为准则,既严格要求自己,也颇劝世之意;二是入道逃禅倾向,在生活中追求舒心适意,忘却家国声名之事。前者以章世纯为代表,后者以宋懋澄为代表,周亮工将之集中于一集,实际上也反映了他思想上的矛盾之处。

2. 修身养性

世界观与社会观决定了明末清初士人的处世方式,而人生观则决定了他们的修养观念与人生价值的实现方式。清初尺牍选本中收有较多此类清言,反映了清初文人心性与气质,其中有气格高亢者。

吴宏《与吴冠五》

天地间,有冻不怕之吕米桶,烧不死之介之绥,黄金台土阜而已。⑤

文德翼《与陈石丈》

明月入怀,毕竟幽冷,不如朗日在胸,以赤腹投人也。⑥

张象冲《上伍国开师》

身倚横天之剑,手弯明月之弓。有事则大箭所加,旄头夜落;无要则彩毫色动,上苑花愁。师许之乎?⑦

黄虞龙《与缪太质》

不是真正刚如百炼人,不能为达。故广陵可绝散,而箕踞之锻,必不可起;不是

---

① [清]陈枚.写心二集[M].沈亚公,校订.上海:中央书店,1935:198.

② [清]周亮工.尺牍新钞[M].上海:上海书店,1988:192.

③④ [清]周亮工.藏弄集[M].张静庐,点校.上海:上海杂志社贝叶山房本,1936:2,3.

⑤⑥⑦ [清]周亮工.尺牍新钞[M].上海:上海书店,1988:151,72,172.

真正柔如绕指人,不能为达。故猪溷可同饮,而投梭之齿亦可折。①

此类清言,格调高亢,文气充盈,颇有积极向上之旨。其中著名者如吴宏,江西金溪人,清初画家,移居南京。其所言"冻不怕之吕米桶、烧不死之介之绥"皆为引用前人故事,表述自己兀然不屈之心志;其视黄金台为土阜,也表明其甘守清贫、不愿降格之愿,20余字中傲然不屈之品性凸显于纸上。

《藏弆集》《结邻集》也收有不少清言尺牍,多谈自己修身养性之法,也含警策世人之意。

赵南星《与友》

兢兢业业,常如养病之时,则可以却病矣;兢兢业业,常如省过之时,则可以寡过矣。②

赵南星《又示人》

士之高明者,多逞而之禅;士之穷愁者,多逃而之禅。吾道之中,岂有不足者乎?③

刘宗周《与人》

去此矜己之言,与短人之言、戋戋之陈言、悠悠之漫言、谑言绮言流言,终日无可启口者,此即不睹不闻入路处也。④

刘宗周《与人四》

薛河东二十年治一"怒"字不去,尝见得治不去,便是他过人处。⑤

刘宗周《与人七》

上士乐天,中士制命于礼,下士制命于刑,小人制命于欲。⑥

刘宗周《与人八》

才开口便佞,安能动人;才措足便轻,安能立德。⑦

刘宗周《与人九》

心放自多言始,多言自言人短长始。⑧

此类清言,多从参禅悟道角度出发,阐发自己对于个人心性修养之感悟,也足可以发人深省。不过风格如老僧入定之言,多理性而缺乏个性。

3. 文艺感悟

文艺创作是士人生活的一个重要方面,文艺创作过程有顿悟之说,亦有境界之分与高低之别,文艺鉴赏往往亦如是。以清言表达自己对于文艺创作、文艺审美的观念与见解,晚明文人多有此偏好。文人平日生活交往之中也多有文艺往来,如求作序文、乞求字画、讨论诗

---

① [清]周亮工.尺牍新钞[M].上海:上海书店,1988:168.
②③ [清]周亮工.藏弆集[M].张静庐,点校.上海:上海杂志社贝叶山房本,1936:2,3.
④⑤⑥⑦⑧ [清]周亮工.结邻集[M].张静庐,点校.上海:上海杂志社贝叶山房本,1936:1-3.

文法度等等,这些言论往往也在尺牍之中,以清言形式存在者多有之。如有表明自己诗文创作观念的:

宋懋澄《又与杨大》

诗文非怨不工,我于世无憾,遂断二业。①

黄虞龙《示俞平》

读千赋则善赋,观千剑则晓剑。苏子曰:"疵病不待人指摘。"多作自能见之。②

赵南星《又示人》

存心令一念不妄起,惟有真心;出意令一言不轻发,惟吐真意;作文令一字不多下,惟明真理。宜以此自勉。③

亦有表明自己读书论文见解的。

陈士奇《与陈昌箕》

读书眼欲黠,如贾胡到处辄止;心欲俭,如惜福人饭间粒坠,必拾入口。④

范文光《与张文寺》

心思苦得有益,道理想得无为。竟陵盖有不必深强欲深,原不深强视为深之病。⑤

陈周政《与周栎园》

前人之途尽矣。徒取其剩泊而馁之,虽其书充栋,不中劚钱祭鬼。⑥

这些清言虽不如长篇大章,但也从不同的角度阐释了他们的诗文学习观念与文学创作观念。这些观念未必是作者经过深思熟虑、详尽考察之后的系统化结论,很可能是他们在创作实践与学习实践过程中偶然式的顿悟,因此借助清言的形式加以表达。

古代文人往往身兼多艺,诗文之外,琴棋书画兼之。高山流水,知音难觅,有在尺牍清言中讨论音乐者。

宋懋澄《又与郑二》

此君白雪,微有寒态,请雕商刻羽,以助暖律。⑦

盛于斯《与吴宾贤》

歌不必定要绕梁遏云,但要得当年作者意。或喜或怒,或唏嘘,或慷慨,或低徊

---

① ② [清]周亮工.尺牍新钞[M].上海:上海书店,1988:44,168.
③ [清]周亮工.藏弆集[M].张静庐,点校.上海:上海杂志社贝叶山房本,1936:3.
④ ⑤ [清]周亮工.尺牍新钞[M].上海:上海书店,1988:134,175-176.
⑥ [清]周亮工.藏弆集[M].张静庐,点校.上海:上海杂志社贝叶山房本,1936:70.
⑦ [清]周亮工.尺牍新钞[M].上海:上海书店,1988:43.

婉转,宜各悉其态,不然,虽子夜玲珑无取也。①

王铎《答粹然》

柏子林裁乐器,声甘而心苦,仆之繁于应亦然。②

有以尺牍求乞字画与讨论其道者。

莫廷韩《与曹芝亭》

扇恶不能作佳书,如美人行瓦砾中,虽有邯郸之步,无由见其妍也。一笑!③

王铎《答季重》

昨费墨可二螺。钟山紫气,排闼而入,为我送青萦白,棹声拨水,烟波相接。吾辈得意之事,画省兰台能胜此无?④

周圻《又与胡元润论画》

古人设色见素,今人设色见彩,惟元润能悉其故,幸以语我。⑤

这些清言亦能从侧面反映明末清初文人之间的艺术交往。

4. 生活情境

朋友之间的尺牍往来,内容最多的是关心彼此境况,即使有事讨论,也往往先关心对方今日之生活。社会鼎革动乱之际,动荡不安,士人或为家仇国恨,或为明哲保身,兼之对时势无可奈何,因而对彼此的生活境遇更为关心。晚明,精致化的生活方式使得士人笔下的清言充满清雅意味。清初,文人不复有晚明的生活情境,遗民内心多有惶惑痛苦,情绪整体低落,他们笔下的清言之"清"不再偏于"雅"境,而是更多带有清静、清幽、清冷气息。虽然他们在生活中也处处注意审美,将自己生活中的片段描绘得充满诗的意境,但由于大环境使然,这种仿佛到处充满"清"之美的生活场景,实际是文人自我安慰的一剂汤药,充满不食人间烟火,极欲脱尘而去的味道。将之写于尺牍之中,往往能激起对方在精神上的强烈共鸣,因而此类清言尺牍表现在清初尺牍选本中数量最多,影响最大,亦最能反映清初文人的内心世界,如《尺牍新钞》中所载莫廷韩与友人诸牍。

《与友人》

读书夜坐,钟声远闻,梵响相和。从林端来,洒洒窗几上,化作天籁虚无矣。⑥

《又与友人》

月色满地,烂若涂霜,深更推户,阒无人迹,良夜胜情,此为奇绝。⑦

《又与友人》

古梅放花时,以盘石置彝鼎器,焚香点茶,开内典素书读之,正似共百岁老人,捉生谈霞外事。⑧

---

①②③④⑤⑥⑦⑧　[清]周亮工.尺牍新钞[M].上海:上海书店,1988:86,110,54,111,306,54.

《又与友人》

东南有武林西湖,是大地中一盆池小景。此地虽邻城郭,而林水纡回,溪山清远。从游屐纷纷,正如彭蠡大薮,群鹜翔集,不能为有无多寡耳![1]

《又与友人》

仆平生无深好,每见竹树临流,小窗掩映,便欲卜居其下。[2]

此类清言反映出作者无论居处或出游,生活都充满诗意,仿佛处处有尘外之境,虽未明言尘外之意。作品基调之"清"在于"静"与"净"二字,虽有雅致,但意不在此。莫廷韩(1537—1587),原名莫是龙,明代文学家、书画家、藏书家,南直隶松江华亭人,终身无意仕进而攻文艺。其生活经历与清廷并无交集,但其尺牍清言的风格却完全不同于屠隆、陈继儒等人偏于典雅的境界,反合清初士人尤其是遗民心境。是以周亮工《尺牍新钞》没有屠隆、陈继儒式的清言尺牍,却多收莫廷韩之类的作品,其主要原因恐正在于此。

亦有以尺牍清言直接表达尘外之思者。

崔滋《武夷与黄帅先》

吾顷泳水中央,不知双脚踏穿白云翠霭,几千万叠。[3]

诸长祚《慰友人下第》

茂陵秋老,江影浮葭,片石从青,正客星旧隐庐也。千古之下,犹栩栩动人。彼梦里邯郸,枕边蝴蝶。何足伤人襟叙乎。[4]

在尺牍选本中出现最多的是文人用清言表现自己生活中的场景与片段,借助写意化地描绘表现清幽、清静的意境,将自己的情感与人生体验融入有强烈的主观视角所审视的场景与景色中,做到物我相融,实现相看两不厌之境界。

王铎《答九阳》

嵩山兰花正开,与二三友,石淙之下,餐朝霞,吸晚翠,题诗岩上,可当我春风一度,铎非绅组情深、烟岚道浅者。[5]

王铎《答亲友》

今者河边新柳,山下春烟,王母洞桃花,光武陵杏子,濯濯肰与床头芳醪斗色矣。不能与足下举杯相酬于明月绿水之区,可胜悒闷。[6]

黄虞龙《与宋比玉》

夜来月色,映空庭如积水,令人至不敢蹈,弟通夕为之不寐。俄而鸡鸣钟动,怅

---

①②③　[清]周亮工.尺牍新钞[M].上海:上海书店,1988:54.

④　[清]陈枚.写心集[M].沈亚公,校订.上海:中央书店,1935:3-4.

⑤⑥　[清]周亮工.尺牍新钞[M].上海:上海书店,1988:110.

然久之。①

丁雄飞《与张行秘》

煮冰烧荚,嚼胆瓶梅花,造物到底以清福畀人? 断不谓岁残遂草草了事也。因念去冬薰长于塔,坐徙南丈室,吃粥作诗,天地冷如冰,吾辈意气热如火。今不能续,叹叹!②

此类尺牍抓住生活中的细节片段,进行艺术化的加工,创造出清空、清幽、清静、清凉、清净等境界,可谓是对自己生活清境的一种艺术化表达方式。它们的基调多偏于幽冷,展现了清初文人内心主观世界对客观世界的映照,至于他们在现实生活中是否真是如此,倒也不重要了。

(二)艺术特色

清初尺牍选本中的清言是以清初尺牍选家的审美观念与编选理念审视晚明与清初清言尺牍作品的结果。因清初尺牍选本多为编选团队,如《尺牍新钞》与《尺牍新语》系列动辄20余人集体作业,所以作品实际是编选团队集体智慧的结晶。换而言之,清初尺牍选本中的清言实际反映的是清初文人团体的文艺审美观念。因时代环境不同,审美与价值判断标准变化,故清初尺牍选本中的清言美学风格与晚明相比有很大的变化,晚明以屠隆与陈继儒为代表的清言大家的尺牍作品,在清初尺牍选本中鲜有踪迹,这实际表现了清初文人对这种清言作品在价值观念上的否定,反倒是晚明道德文章大家、积极用事者、忠君爱国者的清言多有择录,这实际上是一种思想层面上的拨乱反正。至于艺术风格,与晚明相比,主体风格特征差异并不大,但在境界的描绘、心态的展现与情感的倾向等方面有着一定的区别。

1. 无法忘"我",难入"禅"境

"务讲禅宗"是晚明清言的一大特点。从编选观念上讲,周亮工明确认为释道之言多虚妄,无助现实,因此在价值判断上将之打入冷宫。《尺牍新钞》基本不选释道之言,对于清言尺牍亦是如此。虽周亮工在选录时选取了章世纯训诫弟子的警策清言,但其可以说是关乎大道,有神古心的。不过清言总体上是追求"清"的境界,这种境界往往是个人内心世界在生活状态上的极致反映,和社会功能多属无关,因此清初尺牍选本中警世清言是少数,更多的是关于生活清境的描绘。在清言的内容上,晚明清言以逃禅为尚。但在清初文人虽然认可在生活场景极致化的清言描述中充满禅意,但却无法做到真正的入禅。依他们审美接受的清言,并非一味空灵,而是始终有"我"的存在,如傅汝舟《与廖傅生》一牍:

夜来寒月皎淡,望水帘月色,同化芦花。入枕但闻淅沥,叶响草声,疑雪疑雨,终莫能定。梦去犹在水晶国,籴粜千百颗招凉珠。③

①②③ [清]周亮工.尺牍新钞[M].上海:上海书店,1988:168,192,82.

虽然景色描绘足够优美,意境不可谓不空灵,看起来做到了物我相融,但却始终是以"我"的视角来观照景色。实际生活中美景虽有"清"意,但更多的是作者主观层面上的追求引导他去发现与升华这种生活场景,将之进行诗意化的描绘只是虽有了"禅"的境界,却无法真正入禅。究其实质乃是因以作者主观观照客观,内心映射现实,始终在充满禅意的景致中突出"我"的存在,自读自赏,艳羡之余,却终有梦醒之时。这在某种程度上正是清初文人尤其是遗民心态在清言审美中曲折的反映。他们在明亡之后,心态幽冷,对现实充满失落之感,是以在生活中偏好晚明清言,试图以此逃入禅境,回避内心的痛苦与现实的困惑。但内心深处潜藏着躁动与不甘,真正的入禅使他们觉得违背了自己的良心,忘却了心中的夙愿,背叛了自己的价值观,因此在清言创作与审美中,不肯忘掉"我"的存在,无法做到真正的物我两忘,实现无我之境。因而他们的清言中,虽创造出了禅境,但却只是他们的理想国与桃花源,而且他们也知道这种理想的境界根本无法在自己居处的现实中实现,只能在笔下寻觅并艳羡。

2. 冷眼视世,格调幽冷

清言具有诗意化的特征,善于创造出独特的诗的意境,给人以高洁出尘之想。其所追求的至高的审美境界为"清",但在"清"的意涵之下,尚有许多审美分特征。晚明尺牍盖"隆、万以后,运趋末造,风气日偷。道学侈称卓老,务讲禅宗;山人竞述眉公,矫言幽尚。或清谈诞放,学晋、宋而不成;或绮语浮华,沿齐、梁而加甚。著书既易,入竞操觚,小品日增,卮言叠煽"[1]。大约晚明以来屠隆与陈继儒之类的清言大家生活极其奢侈,放浪形骸,不避声色,但其清言作品却充满雅趣和禅意,多有清雅意蕴,现实情形与清言意境形成了极大的反差,因此谓之"矫言幽尚"。清初文人不复晚明的生活环境,尤其是遗民大多采取幽隐方式,内心绝望又无可奈何,心境幽冷实属常态。他们生活中的清幽情境是现实的,心态也是与之一致的,是以在他们的审视眼光中,再也不必如晚明那般"矫言幽尚"。晚明清言小品中的或绮语浮华,或清谈放诞,于他们而言一无所取之处,反倒是表现清幽的清言作品,与他们的心态相合,因而受到他们的推崇。他们对于社会的关注由明末的一腔热忱变成了清初的一片冰凉,不愿接受现实世界使得他们对之采取冷眼旁观的立场,对于清言之中蕴含的情感基调,则倾向于以清冷、清幽为主,这与他们现实的心境正相合。李陈玉《复友人》与徐菊如《与林琪生》二牍都以清言出现,可谓最好地说明了清初遗民文人的心态。

李陈玉《复友人》

别谕世情之幻,政足掀髯一笑。敝郡前辈,余风不远,冷眼自定,热脚徒忙耳![2]

徐菊知《与林琪生》

方寸几许大,堪容此万斛愁哉? 花能更红,鬓不再绿,劳劳兹生,一戏剧耳。可

---

① [清]永瑢,纪昀. 四库全书总目提要:卷132[M]. 北京:中华书局,1965:3377.
② [清]周亮工. 尺牍新钞[M]. 上海:上海书店,1988:140.

为叹绝。①

3. 雅俗共存,意则彰明

晚明清言整体上追求雅致之美,不以作俗语为乐。清初尺牍选本中的清言整体风格上也偏向精致典雅,骈偶式的布局、精致化的语言、超凡脱俗的描述处处可见。但既然编选宗旨上存在致用之图,平白、朴素的口语能让更多人明白,更容易实现社会教化的目的。因此,尺牍选择除典雅之外,在内容上不排斥道德说教的箴言,在表达上不排斥平白的俗语。前文所提及章世纯训诫弟子的尺牍,多属道德说教,言不甚深,意则彰明。还有不少清言,尤其是警世、醒世清言纯用口语写成。

盛于斯《与周园客》

学问越游越长,古来自经传以及子史,原不是屋底一个说的。②

释元贤《与人》

今人见诸佛,便作奇特想,于自己便作下劣想。不知诸佛只是本分的凡夫,凡夫只是不本分的诸佛。分内珍宝,掉头不顾;分外艰苦,甘自承当。哀哉!③

范俫《又示人》

人心不可忙惯了,如平时起居饮食,本无甚事。亦若有忙冗以夺之,只是忙惯不自觉。④

这些清言缺乏雅致,但将道理讲得明白透彻,即使是文化水平不高者也一看就懂。

雅致清言更偏向于表现作者个人的心境与才思,与之相较,这些口语化的清言虽然缺乏精致典雅之美,但在警世、醒世之功上,却也是前者所不能及的。

清初尺牍的明清清言尺牍实际反映的是清初文人的审美与价值观念,这正是选本的魅力所在。这些清言总体风格偏向于精致典雅,如果以尺牍辞命体本质所要求的言辞达意来衡量,其中的多数已经文过于质。清初选家之所以重视清言尺牍:一在于其表现了清初文人心态的心境,尽管这些表现有时是曲折而隐晦的,但整体上符合他们存人、存文的编选理念。二在于受明末尺牍创作风气的影响。晚明文人已经开始将尺牍创作向"为己"转变,创作态度变得既"为人"也"为己",极度精致典雅的清言尺牍是其中之最佳代表,不求受者能尽领其中意境,但求能自抒我心、现我境界。

三、骈赋

在骈体文流行的时期,尺牍多以骈体写成,如鲍照《登大雷岸与妹书》、陶弘景《答谢忠书书》、吴均《与施从事书》《与顾章书》《与朱元思书》、丘迟《与陈伯之书》、萧纲《与萧临川书》

---

① [清]陈枚. 写心集[M]. 沈亚公,校订. 上海:中央书店,1935:134.

② [清]周亮工. 尺牍新钞[M]. 上海:上海书店,1988:86.

③④ [清]周亮工. 结邻集[M]. 张静庐,点校. 上海:上海杂志社贝叶山房本,1936:70,124.

《与刘孝绰书》、徐陵《与李那书》《与杨仆射书》、庾信《为梁上黄侯世子与妇书》等。从某种程度上而言,骈文曾经既是尺牍的一种文体形式,也是小品文的源流之一。小品文形式自由,并不拘于骈、散形式。清言较多以骈偶形式写成,形制短小近乎箴言而不似文章,在文体上亦属于小品内涵便是一个明证。可以说"到了晚明,小品文已经成为中国古代文学文体王国中最为自由的'公民'。假如说传统古文是'文以气为主'的话,晚明小品则大多以意境情韵取胜予"①。吴承学以为:"魏晋南北朝时期已经出现大量可真正称为小品文的文章,除了《世说新语》以外,像陶潜的《桃花源记》、丘迟的《与陈伯之书》,吴均的《与朱元思书》乃至《水经注》与《洛阳伽蓝记》中的篇章,它们不但是成熟的小品文,而且在艺术上也达到了佳妙绝伦的境界。"②丘迟《与陈伯之书》、吴均《与朱元思书》都是骈体尺牍,吴承学视之为成熟的小品,是看重其中符合晚明小品特征的意境情韵。换言之,六朝骈文佳篇写景、抒情、状物多富有意境情韵者,我们可以将之视为晚明小品的渊源之一。从语言的角度去考察,小品文的语言极其自由,它不像传统古文对语言有着相当苛刻的要求,"或文言,或文白相间,或用语体,或用骈体,真是信手拈来,皆成妙文"③。以此言之,六朝骈文无论在意境情韵还是在语言表述方面,都对晚明小品有极大的影响。晚明小品流行之后,以骈体作小品者很多,但采用骈偶形式者则更是广为常见。晚明文人尺牍创作有着强烈的小品化倾向,骈体之风自然也随之进入尺牍小品之创作领域。

(一)清初选家的骈体小品认知

明代以来八股文的流行为骈赋做了文法上的复苏准备,至明末清初时,骈体文出现复兴景象。骈文在形式上极其讲究,相对于散体文而言,形式上更美,但这有时会妨害文意的表达,与尺牍辞命体的应用文本质是违背的。清初尺牍选家在文艺之美基础上还强调其载道功能,而骈体尺牍却是偏于文艺而轻于载道的。但鉴于骈体尺牍在明末清初大量的存在,加之毕竟它亦有小品属性,可以以小品标准加以审视,因此,清初尺牍选家仍然正视其存在。不过在审美视野中虽入法眼,却心存芥蒂。这种芥蒂倒不如骈文选家对待骈文的态度上,而是基于他们对尺牍的认知。李渔的《尺牍初征》既欲存人存文,也欲作为拟写之范本,以讲究华彩与声律的骈体尺牍作为入门摹写之范本显然标准太高,因此入选《尺牍出征》的骈体尺牍不是完全没有,却多属于李渔无意中为之。李渔在《尺牍出征》中的《征尺牍启》与《凡例》之中,根本没有提到尺牍有骈散之分,同时对于骈文,在李渔是审视视野中是确定存在而且相当重视的。他在《征尺牍启》中云:"今天下之为诗赋古文词辞者,既已家灵蛇而户鸣凤矣。故自京都以至远所溪谷,无不有集,无不有藻征之集。"④可见在清初赋与诗歌、古文一样,甚为流行,已经"家灵蛇而户鸣凤",并且骈赋的选本也相当多。作为书商,李渔所刻书籍甚多,其中在康熙十年辑有骈文选本《四六初征》。这足以说明李渔对骈文以及当时骈文复兴趋势

---

① ② ③ 吴承学. 中国古代问题形态研究[M]. 广州:中山大学出版社,2000:260,252,261.
④ [清]李渔. 尺牍初征:征尺牍启[Z]. 北京:中国科学院国家科学图书馆,清顺治十七年(1660)刻本:1.

是有认识并且相当重视的。至于他对于尺牍不加骈散之分,主要是因为李渔基于晚明以来的小品标准认知尺牍并进行选本编辑,其体制是骈是散,并不重要。如果说在《尺牍初征》中李渔的这一观念表现尚不明确,那么在《古今尺牍大全》的编选中,他的这一理念表现更为具体。《古今尺牍大全》选六朝尺牍 50 篇左右,大多属于骈体,但李渔所选择的尺牍,都是形式短小、意境情韵俱佳的小品。即使是六朝的尺牍长篇,李渔也通过删节的形式,只选取其中意蕴优美的部分,以小品文的形式独立存在。以萧子良《答王僧虔书》为例,李渔在选本中命名为《答王僧虔》,原文数百字,李渔将之删节如下:

萧子良《答王僧虔》

　　子邑之纸,妍妙辉光;仲将之墨,一点如漆;伯英之笔,穷神尽善。妙物远矣,邈不可追。①

《答王僧虔书》是齐竟陵王萧子良与王僧虔讨论书法的尺牍,唐张彦远《法书要录》所载文较之《全上古三代秦汉三国六朝文》更长,全文品评当时与先前人物的书法,以骈体写成,但意境情韵与小品迥异。而《古今尺牍大全》仅仅保留了 8 句 32 字,但小品之韵与形制特征尽显。由此可知,李渔对于尺牍,不管是骈是散,仅以小品视之。《古今尺牍大全》骈散俱收,而《尺牍初征》因强调现实之用,则主于散而宾于骈。

　　清初尺牍选家对于骈体尺牍的主流认识以周亮工为代表。他在《尺牍新钞》选言中说:

　　雅谑初兴,间有偶语;文华既盛,渐抑单行。大略闳丽极于齐梁,疏古全于汉宋。两家争噪,历世同辉。而近者书记一流,便分歧路,全用对偶。汇于四六函中,通体错综;收之尺牍集内,强生区别,妄画畛封。不思上世表笺,亦以单行尽意,则今人裁答,何妨偶语抒华? 盖庙堂制作,必弹雄风,而骀宕风流,芜呈丽则可也。②

首先,周亮工对骈文不排斥。他回顾了骈体与散体的发展历史,认为骈散在历代均并行争辉,对于近世骈散的争议,周亮工以为是后人无谓争执。周亮工对于骈体虽没有明确给出支持与否的答案,但他在行动中表明了立场。一是他对刘勰《文心雕龙·书记》极其推崇,将之置于《尺牍新钞》扉页作为全书总序,而《文心雕龙》通篇乃是以骈体形式写就。二是《尺牍新钞》前的选言部分洋洋洒洒 2000 余字,全部采用骈散结合而又偏于骈体的方式写成,其风格可参照上述引文。三选《结邻集》的《凡例》文字更多,情况亦是如此。三是周亮工对于骈体尺牍的态度是正面的。他认为将尺牍与骈文截然分开的做法是不对的,因《文心雕龙》将尺牍纳入"书记"体类。明人对于"书记"(公文及私函)的认识产生了分歧:其因"书记"(公文)类文种偏好以骈体写成,因此将之"汇于四六函中,通体错综",但在编选尺牍(私函)集时,却一定要将骈、散区别开,总体倾向于将尺牍归入散体。周亮工对这种做法提出异议,他以古

① 〔清〕李渔. 古今尺牍大全:卷六〔Z〕. 上海:上海图书馆,清康熙二十七年(1688)抱青阁刻本:18.
② 〔清〕周亮工. 尺牍新钞〔M〕//四库禁毁书丛刊:集部第 36 册. 北京:北京出版社,2000,11.

驳今,认为古时表笺(公文)之类的书记体并不忌讳散体,那么今人的尺牍往来为何不能用骈体形式? 从文体功用来讲,"盖庙堂制作,必殚雄风,而驳宕风流,芜呈丽则可也"。尺牍属于私函性质,显然是"驳宕风流"者,采用骈体展现华彩之美自然不过。他的这一观念显然与李渔"尺牍属小品,不分骈散"的观念接近,但在理论论述上更为缜密。因此,周亮工在《尺牍新钞》中不分骈散,兼而收之。但周亮工编选理念之一便是要求尺牍"必有关大道,裨益古心",骈体尺牍在这方面的功能显然较弱,两相矛盾之下,周亮工事实上对于骈体尺牍的收录态度还是有所保留的。这在《结邻集》的编选原则中可以反映出来,其《凡例》有云:

> 江左雅尚骈丽,唐初犹袭余芬,宋代以还,始卑声律。前集之选,不甚甄收。既思由秦汉而六朝,增华原于踵事,本昌黎以起八代,还醇不废雕章,是集但汰繁音,犹存丽则,务使齐梁艳体,还埒美于西京,抑将王骆瑒篇,更争高于盛世。①

在其中,周亮工对于骈、散的看法没有改变,但他承认在编选《尺牍新钞》和《藏弆集》时,并未将骈体尺牍与散体尺牍放在平等的位置上考量,总体更倾向于散体尺牍,对骈体尺牍"前集之选,不甚甄收"。至《结邻集》时,他对骈体尺牍的编选理念方才完全放开,不再有偏歧之心。

周亮工的《尺牍新钞》影响后来者众。汪淇在《分类尺牍新语》三编中没有区别骈散,但他对骈文不排斥,《分类尺牍新语》三编例言部分全部类于周亮工,以用骈散结合方式写成,并且总体倾向于编选中短篇尺牍。在审美标准上,《二编》有云:"以新颖古韵为主,爽处似噉哀梨,艳处如披蜀锦,春莺晓啭,秋蛩夜鸣,即数行半幅,已令心旷神怡。"②因不避艳词,故《分类尺牍新语》三编均收有骈体,但数量不多。陈枚《写心集》两集例言部分亦类于周亮工的骈散结合方式,首集只收短札,二集长短兼收,都不避骈散,但陈枚对于尺牍选择倾向于文艺之美,因此骈体尺牍的成分要重一些。黄容、王维翰在《尺牍兰言》中云:"散行、骈偶,体制各殊,是集都系散体。间有骈丽之作,或作者生平擅长在此,遂因选入。"③整体倾向于散体,但对骈文名家之作也不排斥,比如以骈赋见长的潘耒等人。总体而言,对于骈体尺牍之收录,以周亮工《尺牍新钞》三选数量为最,也最能展现清初骈体尺牍创作之风貌。

统而观之,清初尺牍选本反映出清初骈文及骈体尺牍文人认知与创作的诸多情况。选家们对于骈文总体并不排斥,反倒以超前的眼光看到了骈文复兴的势头,敏锐地抓住了其中的商机,李渔编选了《四六初征》,黄容、王维翰在《尺牍兰言·凡例》中也提道"另有四六新编,嗣容问世。"④而周亮工以一方宗主之尊,以为骈、散各有擅长,不必强加区分,《尺牍新钞》的广泛流行也推动了其骈文理念的宣扬。就这方面而言,清初尺牍选家与选本对于骈文在清代的复兴实有弘扬之功。基于他们的骈文认知,一众选家对于骈体尺牍的选录态度虽

---

① [清]周亮工.结邻集[M]//四库禁毁书丛刊:集部第36册.北京:北京出版社,2000,498.
② [清]汪淇.分类尺牍新语二编:凡例[M].台北:广文书局,1975:1.
③④ [清]黄容,王维翰.尺牍兰言:凡例[M].北京:北京出版社,1998:4.

有偏颇,但并不排斥,故而不少骈体尺牍得以入选,其"存文"之功,亦因此得以周全。

（二）思想内容与艺术风格

出现在清初尺牍选本中的骈文,如果极其严格地以骈俪标准去衡量的话,那么数量极少。毕竟尺牍是交流的工具,属于应用文,尚有一定的格式与内容要求须遵循。若将骈体的内涵稍作宽泛解释,以总体遵循骈偶范式,语言华美典雅论之,那么骈体尺牍数量不在少数。从思想内容而言,诸选本中的骈体尺牍大致可以分为记录山水之游、表达亲友之间的情感思念与表现自己的性情三种倾向。三者之间,由于书写主题的不同,采用的笔法也不同,彼此之间风格差异较大,下面分述时,姑且将各部分主题与风格一并论之。

1. 述游

从内容角度而言,诸选本中骈体述游之作较多。骈体尺牍历史上不乏述游名篇,如鲍照《登大雷岸与妹书》,吴均《与朱元思书》等,赵树功在《中国尺牍文学史》中将之称为山水尺牍。盖因人在旅途之中容易见到不同寻常之景致,不免兴起感慨,生发述说欲望,举笔书之尺牍,与亲友共享是其中之一。他在《中国尺牍文学史》中解释六朝山水骈体尺牍兴盛原因时说道:"从文体上看,自汉代赋这一体裁即开始兴旺,而这一体裁最大的特点就是对单一物象进行铺陈,作家们赋花,赋草,赋杨柳、枯井、云雨、雷电,甚至骷髅,自然赋山水也无不可了。而尺牍所用的无非是这种笔法。"[1]六朝骈赋与汉代赋体文实质上有很大区别,但在"赋"体笔法以事铺陈这一点上却差不多,赵树功所言应亦是这一意旨。以铺陈笔法书写游览雅兴,展现眼中之美景正是是骈体的长处,诸选本中多有此类者。

周婴《重答黄光》

途遵武夷,时与贵人游焉。灵溪清浅,停陂鸿洞,镜流见底,沉鳞虚悬。身萝修竹,映发芳洲,鹤子雁雏,回翔曲渚,聆青猿之传响,看白鹇之群飞。仰视侧观,高峰隐天,叠巘亏日。势步刃而辄变,形顾盼而靡记,使人思渺渺而独徂,气飘飘而上厉,散赏极娱,一往忘反,又何知蛮触之力争,蚌鹬之心竞乎? 所之既倦,相与集乎万年之宫,霄客蛇行而先路,羽士鹤立而夹侍。将飨游者,陈馈八簋,别客而进荞茗,度宾而殊鸡鹜,咸心倾于贵介,视蔑乎逢掖矣。夫以人间寂莫之士,山阿幽逸之人,混儒墨,轻王侯,犹复反侧其情,高下其手,况乎燕雀之侣,驵侩为心,慕背揣乎熙凉,欢咄易于旦暮,滔滔皆是,奚怪其然哉?[2]

《重答黄光》是比较标准的骈体尺牍,写了作者与"贵人"出游武夷山的过程。其间对于山中美景与众人游玩过程极尽描绘之能事,最后跳出场景,冷眼观之,嘲讽世人阿谀权贵、趋炎附势的行为。述游类的尺牍以描绘山川景致见长,其间也隐含作者的情态。因山川之美往往

---

① 赵树功.中国尺牍文学史[M].石家庄:河北人民出版社,1999:155.
② [清]周亮工.尺牍新钞[M].上海:上海书店,1988:60.

与隐逸联系在一起,明末清初的乱世格局也容易使士人产生隐逸倾向,因此,此类尺牍的情感基调普遍不是积极亢进而是偏于沉郁的,将满腹心事潜藏于描绘的山水园林之中,借美景避世以怡情自娱是常态。

2. 怀思

借尺牍表达对友人怀思之情是骈体尺牍的另一个焦点。亲情友情是人间至情,尺牍本就主要为"通情愫,达远怀"之用,借之表达思亲之情再自然不过。在历史上就有江淹《恨赋》《别赋》这样的名篇,因此,偏好骈文者往往以骈体为尺牍,抒发怀思之念。

宋琬《答尤展成书》

昨岁经过珂里,奉访云亭,一慰怀想,聊申契阔。徒以王命严程,仆夫敦驭,遂使暂违叔度,遽别真长。沧江白云之望,清风明月之思,与时俱永矣。年翁报桓谭之绝才,负嗣宗之神笔,文园著作,有类马卿,骑省闲裾,聊同潘岳。西郊宴喜,陆大夫之优游;难过簪居,王右军之觞咏。以视夫风尘鞅掌,跋涉关津,固将使丛菊笑人,女萝含诮矣。弟承乏越东,滥膺浙土,自惭敝帚,何当长风,正恐渤海称烦,淮阳难卧,倘贻知己之忧,讵解劳人之目。惟是探奇禹穴,选胜秦峰。叔夜山亭,几存断柳;子真旧井,独酌清泉。缅怀古以洗殷,庶褰裳其不远。然而屋梁落月,时念故人,谷里鸣琴,眷言同好。幸家季之忽临,属芳缄之远讯,捧牍翰音,如闻玉欬,喜荷交并,不知所云。家季天涯兄弟,垂倾北海之樽,客里年华,共对西窗之话。既赋遄归,率尔言别,极目江帆,永怀耿耿。[①]

此类尺牍,主旨为怀思,中间多有对交往过程的回忆与对朋友称颂的内容,气格高者不卑不亢,称颂友人的同时并不屈己之尊。宋琬为清初文章大家,《答尤展成书》抒情而不滥、称颂而不谀,可谓气格高者。但气格低者容易陷入屈己以扬人的境地,反而怀思之意不显,称颂之旨大彰,隐隐有谀人之嫌疑了。

蒋鸣玉《复陈寒山》

一代宗工,千秋哲匠。抱九仙之骨,翻七叶之书。暂借福星,哺褓敝地。吴门一晤慈颜,欢喜无量,又承屡眖,感愧滋深。窃念十余年来,貌苏公而尊子固,虽未获置身齐鲁,而滴滴在眼,活活在心。挑破鸳针,绩同金箆,以是而进三千七十之林,拟托君子,比侪藉湜,亦兰风之幼习,葵日之性倾也。比者进访两公郎静室,寒潮在门,明月挂壁。螺纹绣鬓,冠玉拖绅。蹑肩谷之云松,点分窗之砚露。收览众妙,发为文章。至于几上剩书,目所罕见,鸿文积笋,等富陶朱。弟方抠衣之不暇,而过蒙俯接,益尊而光。此皆推慈豪之谬爱,未见下士生平之诵法也。远承再贶,

---

① 〔清〕周亮工.结邻集〔M〕.张静庐,点校.上海:上海杂志社贝叶山房本,1936:18.

益愧先施。缕缕之私,容专布候。①

3. 写心

选本中也有表现自己的生活情调,展现自己性情的骈体尺牍。

张芳《寄钟孝虎》

先生大雅扶轮,英绝领表,金竹之标鲜长翠,玉茗以尚白能元,是真迴秋水于伊人,徒令怅春心于一方者也。弟以屑材,谬先结绶,五稔于今,其效可睹。每念环山春晚,孤幞清言,香生研滴之云,气喝浮杯之月,尔时朱颜健骨如峰,元常活花在笔。家大风先生,复以辋川之简远,修净名之清泰,至其挥毫落纸,尤雅好我辈之疏狂。而云矫磨石,皆江皋第一主人,门窗榻几,咸渊留金石声。迄今读先生暨槐翁家大风无事长相见行,真是舞袖翩翩,乱插繁花向晴昊也。洵当年快事哉!②

尺牍以骈散结合而偏于骈的方式写成,书中虽追怀往事,却以表白情性、抒发己怀为主,气韵生动。在表现自己的生活与性情上,也有骈体尺牍以调侃、游戏的方式写成的。

尤侗《谢人馈药书》

仆风月膏肓,烟花痼疾,同马卿之消渴,比卢子之幽忧。忽启双鱼,如逢扁鹊赠之芍药。投我木瓜,紫苏与白芷同香,黄蘗共红花相映,虽云小草,即是大丹。月宫桂树,窃自姮娥;台洞桃花,采从仙女。一杯池水,堪资丈室之谈;半七神楼,顿醒钧天之梦。肺腑能语,羊叔子岂有鸩人;耳目发皇,楚太子无劳谢客。③

这封尺牍是清初骈文大家尤侗所作,语多调侃,近乎戏文。尤侗在其中直陈自己耽于风月,罹患花柳之疾,其性情之真颇有展现。以此尺牍论之,作者自发幽隐而不以为耻,选家发人幽隐而不加避匿,亦可见清初士人尚有明末遗风。

总体而言,清初选本中的骈体尺牍多集中在述游、怀思、写心三个方面。前两类居多,第三类较少。从作者情况来看,有名公巨卿,也有声名幽隐者。李渔称:"尺牍一事,……无人可以不作,是文字中之水火菽粟也。"④在明末清初文人眼中,日常通往之尺牍肯定不如传世之文章重要,但无意间为之却最能反映心声,清初尺牍选本中的诸多骈体尺牍,内容上不避幽隐,身份上不避尊卑,故由之可观明末清初骈文创作之状况,骈体尺牍的兴盛实际正是清代骈文全面复兴的先兆。

---

① [清]周亮工.藏弆集[M]//四库禁毁书丛刊:集部第36册.北京:北京出版社,2000:324.
② [清]周亮工.结邻集[M].张静庐,点校.上海:上海杂志社贝叶山房本,1936:168.
③ [清]汪淇.分类尺牍新语二编[M].台北:广文书局,1975:357.
④ [清]李渔.尺牍初征:凡例[Z].北京:中国科学院国家科学图书馆,清顺治十七年(1660)刻本:1.

第二节　流派纷纭　各有所宗

　　明代文学突出的一个特点便是流派众多,从明初一直绵延到明末,各种文学流派如新花竞艳,各擅一时。至明代中后期,一方面前后七子主盟文坛,复古主义文学思潮盛行于时;另一方面,伴随阳明心学的盛行,个性解放主义思潮兴起,文学创作开始走出载道传统,主张抒写人的性情。于是复古论与性情论就成为晚明以后文学上两大主要流派。因为彼此之间的文学主张相差甚多,所以两派之间相互攻讦、纷争不息。文人之间就文学主张的聚讼纷争可谓晚明文学的一大特色。

　　小品文是在晚明个性解放思潮下兴起的文学新生事物。它从一开始便是主张抒写性灵,反对文学载道与复古观的。小品文的先驱人物李贽是晚明个性主义思潮的领军人物,在当时以“异端”自居,反传统,反礼教,反对偶像崇拜,在文学上主张“童心”说。所谓“童心”,指的是人的先天本性,其中包含了人的本性欲望。李贽认为:“天下之至文,未有不出于童心焉者也。苟童心常存,则道理不行,闻见不立,无时不文,无人不文,无一样创制体格文字而非文者。”①即“天下的至文,都是出于‘童心’,是作家真实的思想感情与个性的自然流露,而不在于形式上的追求,更不在于拟古复古”②。后来的公安派继承了李贽的文学主张,提出“性灵说”,主张文学应“独抒性灵,不拘俗套”,以为文章“非从自己胸臆流出,不肯下笔”,以此反对前后七子的复古文学主张。公安三袁的小品文在文坛影响极大,既标志着性情文学与崇尚载道的复古文学开始分庭抗礼,也标志着小品文正式成为文学的主流形式之一。但公安派的小品文也有弊端,“随意轻巧的风格,有时也让公安派走上另一端,一些作品因过于率直浅俗,加上作者不经意的创作态度,‘戏谑嘲笑,间杂俚语’”③,公安派小品不回避俗世生活,语言浅俗真率,也被一些文人攻讦。钱谦益在《列朝诗集小传》中攻击公安追随者“为俚语,为纤巧,为莽荡”,以至“狂瞽交扇,鄙俚大行”。竟陵派钟惺、谭元春等人开始着手矫公安流俗之弊,他们也主张性灵,但他们认为的性灵乃是指避世绝俗的“奇情孤诣”与“幽情单绪”,追求“幽深孤峭”的美学风格,“即在总体上追求一种幽深奇僻,孤来独往的文学审美情趣,同公安派浅率轻直的风格相对立”④。竟陵派反对拟古,但不反对学古,他们提倡“学古人精神,开今人心窍”,对复古与性灵有着一定程度的调和。从小品文的角度而言,公安派与竟陵派是晚明最主要的小品文流派。

　　但晚明以后小品文创作风格之多样,并非公安派和竟陵派二家所能概括。陈少棠在《晚明小品论析》一书中将晚明小品的风格归为四个流派:(1) 清新轻婉——以公安三袁为代

---

① ［明］李贽.焚书:卷三[M].北京:中华书局,1974:276.
② 吴承学.晚明小品研究[M].南京:江苏古籍出版社,1998:50.
③④ 袁行霈.中国文学史[M].北京:高等教育出版社,2012:175,177.

表;(2) 孤峭幽僻——以竟陵钟谭及刘侗、于弈正为代表;(3) 深刻谐谑——以王思任为代表;(4) 沉郁悲痛——以叶绍袁为代表。① 公安、竟陵之外,他将风格独特的王思任小品单独列出,又将明亡之后小品文风格的转变独立出来,"作家或忏悔,昔日的奢豪侈靡,或缅怀家园故国,又或对一己遭际之坎坷抱怨,这些感触使许多作家的写作起了转变,形成小品后期的一种风格"②。他将此总结为"沉郁悲痛"。应该说,他的看法还是很有见地的。就清初诸选本尺牍小品的风格而言,这四种风格流派都有鲜明的存在。但清初士人对明末以来的士人风气与文学风气的反思是深刻的,并非止于沉郁悲痛,清初选家也是如此。他们出于对晚明士风颓废与文学创作"人欲"横流的反感,对于文人的道德性命开始看重,文学主张上上开始倾向于"复古",强调文学的纠正人心、匡时救世的风化作用,尺牍虽小道,也是如此。清初尺牍选家对于尺牍的认知看似矛盾,他们认同尺牍文体上的小品观,主张尺牍表现人的性情,但强调尺牍小品功用上的载道观,如周亮工在《尺牍新钞》中谈及编选尺牍的宗旨说:"是集虽尚风趣,不事儒迂,凡所登选,凡所登选,亦必有关大道,裨益古心。"③显然"有关大道,裨益古心"是《尺牍新钞》编的总原则之一。但这种载道的思想是与当初小品文产生时反对载道、崇尚性灵的宗旨背道而驰的,是否能因此认为,清初尺牍选家所认知的尺牍小品已经背叛了小品文产生的初衷,使得小品就此走向灭亡之道? 这显然不对。周亮工在阐述尺牍小品产生的源流时说:"尺牍家言更易蹊畦者,以其事本酬酢,辞取从谀也。夫以王李分镳,袁徐继响,崆峒恢体制于前,太原扬风徽于后,初成创则。"④他首先认为晚明尺牍开始独立于其他文体之外,成为一种新的文体,其体制是在王世贞、李攀龙、袁宏道、徐渭、李梦阳等小品名家创作中逐渐成形。一般认为,小骈文是在反对前后七子复古主张的情况下产生,袁宏道、徐渭是小品文的先驱不错,但李梦阳、王世贞、李攀龙等复古论者创作的散文难言是小品,周亮工将它们统一在尺牍文这一框架内,实际有调和论的意思。王李之文有道,袁徐之文有性情,出于对晚明文学风气的反思,以周亮工为代表的清初精英士人认为纯任性情的文风与学风导致了文学风气的轻浮,失去了教化作用,也因此导致晚明士风的衰颓与世风的混乱,因此他们开始强调尺牍小品在性情基础上的教化作用,强调尺牍小品的载道性,便也推崇起王李尺牍来。他们的这种观念实际是为了纠正晚明以来小品风气之偏颇,在实质上并不是背叛小品抒发性情的本质,我们可以将之视为晚明之后小品创作认知上的一种新发展,而不是传统散文的复辟与尺牍小品创作的衰亡。事实上,从清初选本尺牍文论中也可以看出,明末清初,文学上复古的主张乃是一大宗,性情文学主张是另一派,两派之间争执不断。但在两派之外,还有第三种声音,便是调和论,清初尺牍选家的文学理念总体是偏向于第三方的。出于清初尺牍选家尺牍小品的载道观,他们在选本中选入了大量复古主义甚至是宗经明道的尺牍,汪淇甚至在《分类尺牍新语》三编中将"理学"类尺牍放在第一类,以示对尺牍

第五章 清初尺牍选本中的尺牍艺术研究

---

① ② 陈少棠. 晚明小品论析[M]. 香港:波文书局,1981:152,154.
③ ④ [清]周亮工. 尺牍新钞:选例[M]. 上海:上海书店,1988:2,1.

载道与风化作用的重视,这些尺牍的风格与陈少棠上面所列的四种小品风格流派是不相符的,即使是"沉郁悲痛"也不能概括其风骨特征。对于这些尺牍,我们只能用另一种风格流派来标识,因为它们致力于复古载道,周亮工认为源头在"七子",因此可以将之总结成"七子派"。当然七子派复古载道的风格追求是建立在尺牍小品性情论基础之上的,并不能因此否定这些尺牍不是小品。舍此之外,我们也不排除清初尺牍选本中,选家出于对"载道"作用的极致追求,有极少部分抛却性情、灌输经义、索然无味的尺牍,此类尺牍当然不属于小品概念的范畴,对此我们应该辩证地对待。

总结以上,基于对清初尺牍选本诸多尺牍小品的分析,再结合前人对于晚明小品风格流派的分类方式,这里对清初尺牍选本中的风格流派作以下的划分:首先基于公安派与竟陵派对于明末小品创作的现实影响,诸选本中的尺牍小品多有效法两家者,其风格特征也类于两家,因此,公安派与竟陵派是独立的两类。其次,王思任深刻谐谑、注重雅趣的小品风格,尺牍中也尽现之,可以称之为"谐谑派"。再次,陈少棠所认为的"沉郁悲痛"风格特征的小品,此类尺牍内容多反映社会现实内容,抒发对国家与个人际遇的沉痛感,可以将之总结为"现实派"。因此,根据风格特征,我们可以将清初尺牍选本中的尺牍小品分为公安派、竟陵派、七子派、现实派与谐谑派五大流派,大体不出这五派范畴。但这里需要辩证说明的是,这五种风格流派的归纳是就清初尺牍选本中尺牍小品的整体风貌而言,并未考虑作家个人具体创作的微观因素。个体作家因受到各种环境因素的影响,他们的尺牍小品不一定能有统一的风格,入选选本的作品风格抑或横跨数类,这里便作数种风格讨论,而不将之归入到具体作家的整体风格倾向之下。

一、公安派

公安派的尺牍小品以三袁为代表,而三袁之中又以袁宏道为代表。袁宏道的小品文主张独抒性灵,但这种性灵之中也包含着人的欲望。对于处世方式,他在与朋友徐汉明的尺牍中说:

《徐汉明》

弟观世间学道有四种人:有玩世,有出世,有谐世,有适世。玩世者,子桑、伯子、原壤、庄周、列御寇、阮籍之徒是也。上下几千载,数人而已,已矣,不可复得焉。出世者,达磨、马祖、临济、德山之属皆是。其人一瞻一视,皆具锋刃,以狠毒之心,而行慈悲之事,行虽孤寂,志亦可取。谐世者,司寇以后一派措大,立定脚跟,讲道德仁义者是也。学问亦切近人情,但粘带处多,不能迥脱蹊径之外,所以用世有余,超乘不足。独有适世一种其人,其人甚奇,然亦甚可恨,以为禅也,戒行不足;以为儒,口不道尧、舜,周、孔之学,身不行羞恶辞让之事,于业不擅一能,于世不堪一务,最天下不紧要人。虽于世无所忤违,而贤人君子则斥之惟恐不远矣!弟最喜此一种人,以为自适之极,心窃慕之。①

因此,袁宏道追求的是"适世"之道,也就是顺其自然,顺应身心,自娱享乐之道。袁宏道在尺牍中这番表白是真诚的,他的一生基本践行了这一处世之道。在他的尺牍小品创作中也从来不回避自己的欲望追求,并不重视传统文人所谓的道义、操持等道德性命的内容。因此,他的尺牍小品最突出的特点便是直接书写性情与欲望,直率而自然,为了表达这样的直率和自然,他的尺牍"往往选取俗语俗言与清言雅语杂糅成章,相映而更有一种特殊的趣味"②。袁宏道的尺牍小品优点在此,但缺点也隐含在其中。

《张幼于》

粪里嚼查,顺口接屁,倚势欺良,如今苏州投靠家人一般。记得几个烂熟故事,便曰博识;用得几个见成字眼,亦曰骚人。计骗杜工部,屯扎李空同,一个八寸三分帽子,人人戴得,以是言诗,安在而不诗哉?③

如此言语,痞气十足,也难怪后人评价其及追随者"狂瞽交扇,鄙俚大行"。

公安派这种追求"适世"的作风颇有引领晚明士人放情纵欲士风的意味,其尺牍小品浅俗真率、纯任自然、性情放纵,又容易产生轻佻的弊端。这种人生态度和尺牍风格,在清初士人普遍痛心于对晚明士风与文学风气反思与批判的心理氛围下,自然是不受清初尺牍选家欢迎的。清初诸选家奉行的载道标准使得他们将以袁宏道为代表的公安派尺牍早早剔除,是以在清初尺牍诸选本中,其影响是比较小的。但公安派在晚明毕竟是开风气之先、影响力巨大的流派,他们的尺牍小品在艺术审美上的可取之处远超其弊端,因此,公安派的文学主张与尺牍小品风格在晚明以后也很有影响力。明末以后受到公安派风格影响的尺牍作品也不乏清新有趣者,清初选家不可能尽皆弃置不顾,这有违他们所强调的尺牍的文艺性标准,所以,还是有不少公安派风格的尺牍小品入选了清初尺牍选本。

周亮工在《尺牍新钞》三选中共选入宋懋澄尺牍 36 通,基本都是接近公安直率自然风格的清言小品,姑选录几则。

《与樊一》

少苦羁绁。得志但愿畜马万头,都缺御辔。④

《答蒋孝廉劝禁酒》

生于此中,颇称耐久。灯下相亲,恩同姬妾,便致媒嫌。不若处仲后房,一时驱尽也。⑤

---

① 钱伯城.袁宏道集笺校:上[M].上海:上海古籍出版社,1981:217-218.
② 吴承学.晚明小品研究[M].南京:江苏古籍出版社,1998:124.
③ 钱伯城.袁宏道集笺校:上[M].上海:上海古籍出版社,1981:502.
④⑤ [清]周亮工.尺牍新钞[M].上海:上海书店,1988:42,43.

《又与杨大》

吾视天下,犹剩物残编,不足烦我四大。①

《与酒人》

痛饮可以全神,年来胃不受酒,觉思虑之烦。②

《与洪二》

自七岁以至今日,识见日增,人品日减。安知增非减,而减非增乎?③

《与宾之兄》

斗鸡走马,蹴鞠超距,纵酒好色,男子三十内,所以销雄心也,而不才子往往乱之;逃禅修炼,三十外所以销雄心也,而无赖客往往冒之。剑一人敌耳,书足以记名信,英雄岂欺我哉?令雄心可销,虽割我血肉,犹甘之也。可销非雄也。④

宋懋澄(1570—1622),字幼清,号雅源,松江华亭人。其大致与袁中道同时。宋懋澄平生与公安三袁并无多大交集,但受到时代风气的影响,他们的尺牍小品在个性精神与创作风格上颇多相通之处。赵树功在论述公安派袁宏道尺牍时,将宋懋澄与袁中道附录其后,以示三人尺牍风格的接近。从以上所选尺牍来看,宋懋澄的尺牍短小精悍,旨意深远,体式上属于清言小品,但在表现性情之真上,其精神实质是与公安派尺牍小品相通的。在与《与樊一》一牍中,他感慨自己少年时被诸多因素牵绊,不得自由,因而生发奇思妙想,倘若人生得意,当蓄养万头无啣辔的自由之马,以此抒心中快意。从中可见,他向往个性无拘无束的自由境界。在《答蒋孝廉劝禁酒》,他将酒比喻成自己的姬妾,表示酒色乃是生平所好,想要像东晋王敦那样驱尽姬妾是不可能。在《与酒人》一牍中,他又表示痛饮有全神的好处,但近来胃不受酒,他因此而烦恼。从中可见他不以道德性命白居,而是浅俗平易、言从心出、纯任性情的。在《又与杨大》一牍中,他又表现出性情中疏狂的一面,表示睥睨天下一切,天地间唯我为大为尊,表现出重视自我价值的思想倾向。在《与洪二》一牍中,他说自7岁以来,"识见日增,人品日减。安知增非减,而减非增乎",此说颇有深意。识见日增而人品日减,可以理解成随着对社会与人生理解的深刻,对于传统道德对人的约束越来越抵制,因而人品下降,表现他对于心性自由与个人舒心适意的重视。在《与宾之兄》一牍中,他指出"斗鸡走马,蹴鞠超距,纵酒好色"乃至"逃禅修炼"都是销士人"雄心"之举,此说似乎在批判人生耽于游戏,但他突然又说,"令雄心可销,虽割我血肉,犹甘之也"。可见他并不愿意做世间的"英雄",而是愿意放纵欲望、贪图人生的享乐与安逸之事的。宋懋澄的这些尺牍小品直率自然地表现出他对于心性自由的追求与享乐放纵的欲望,没有丝毫掩饰,表白直接而坦率,语言平俗近口语,可谓是直接从心头进出,正有公安派尺牍小品的特点。

宋懋澄的尺牍基本都是清言形式。《尺牍新钞》三选收有徐日久尺牍30余通,其风格多

---

① ② ③ [清]周亮工. 尺牍新钞[M]. 上海:上海书店,1988:44.
④ [清]周亮工. 结邻集[M]. 张静庐,点校. 上海:上海杂志社贝叶山房本,1936:282 - 283.

有接近袁宏道者,但形式更为丰富,姑录几则。

《复闻子将》

做秀才时,最难耐者提学,却是一个。今来作县,相牵制者遂十数人,皆能以咳唾为风波,即顷刻变霜露。弟今俨然见效矣。闭门待罪,视山中静坐掩关时,心事何如也?虽是非得失,未必渠所能制,亦难道得此中无碍如往时。即到得如往时,初无大益,只增人嗤笑耳。①

《与本学王广文》

弟率意任情,本之愚暗,虽循例不能无轩轾如此,要末足窥诸兄万一。但念是本无所定,期于自得。则虽以鄙人之偏见,于以为泰山之石,则有余矣。连日酷暑,又为漕事,被上司煎逼。念为诸生时,读书甚乐,幸传语诸兄,毋轻放过,不及时受用,行及矣。②

《复黄经甫》

未中时,闻道县官难处,辄不谓然,便对人发许多议论。正如谈无鬼者,鬼辨亦穷,而世间实是有鬼。尚口之人,可笑如此,今报及矣。足下天才骏发,决无此业,然亦愿识之,无为世辈所揶揄也。③

《复友人》

日尝无事,则携壶酒毡单,一人往楼上畅饮。醉即偃卧于纯阳之侧。此公幸不言不动,不以礼教绳人,而可以为侣。江涛前后无际,为洗发一切恶梦因缘。醒来无事,真是此身在霄汉上,更有何者是相辱耶?④

《与李萍槎》

弟谓李瑶圃还真,足下谓"真"字好难说。弟谓说到真处,除是精金,无些子渣滓。此便是入火不热、入火不濡的手段。吾侪相与,得见有成色的人,虽分数不同,尽堪寄托。如今世态,不止将铜作银子,直是将纸钱楮币,通行得去也。⑤

《与胡远志》

君谓人当看内典,若史书都是说谎的本头,看他作甚?弟意若道说谎,如来也是骗人。若自己有定盘心,便看史亦得,且道甚的事业?就想出世,也还是从这里透出才稳。⑥

徐日久,字子卿,明末浙江衢州人,明末官员。徐日久前三牍主要内容是感叹做官之苦:《复闻子将》一牍中,他说到做诸生时,只苦于提学一人,到做了县官后,有十数人相牵制,苦恼不堪。再想回到当初心性自由的境界达不到了。《与本学王广文》一牍中,他说到自己"率意任情",对待人际关系不以世俗礼法为准。接着又提到自己做官甚苦,酷暑当下,还要忙于政

---

①②③ 〔清〕周亮工.尺牍新钞[M].上海:上海书店,1988:231-232,233.
④⑤⑥ 〔清〕周亮工.结邻集[M].张静庐,点校.上海:上海杂志社贝叶山房本,1936:185-187.

①②③ 〔清〕周亮工.尺牍新钞[M].上海:上海书店,1988:231-232,233.
④⑤⑥ 〔清〕周亮工.结邻集[M].张静庐,点校.上海:上海杂志社贝叶山房本,1936:185-187.

第五章 清初尺牍选本中的尺牍艺术研究

事,又要被上司催逼,实在是苦不堪言。转而想到做诸生读书时还是比较快乐的,因此劝王广文等诸生当抓住时机,"及时受用"。《复黄经甫》一牍中,他又以论鬼为喻,主张无鬼者,即使是鬼也辩驳不过;自己在未中举时,人说做县官难,自己不以为然而与人论争,到今日却果报在身。徐日久此三牍的共同主题都是因为自己率意任情,中举做官后反失去心性的自由,因而做县官甚苦。就这一点而言,他与袁宏道的精神是相通的。袁宏道在尺牍小品中经常表现做官之苦,并且自己也经常辞官而去,一生中几进几退。他在《丘长孺》一牍中曾说:

> 弟作令备极丑态,不可名状。大约遇上官则奴,候过客则妓,治钱谷则仓老人,谕百姓则保山婆。一日之间,百暖百寒,乍阴乍阳,人间恶趣,令一身尝尽矣。苦哉,毒哉!①

徐日久尺牍小品感叹做官苦与袁宏道虽有程度之别,但其诉苦精神与方式与袁宏道的尺牍并无二致。在《复友人》一牍中,徐日久说自己日常无事便一人于临江楼上畅饮,醉后便睡卧于吕洞宾神像之侧,其原因在于神仙不以礼教约束人,可以纵情任性,加之江涛声声,涤人心胸,他以此表示向往心性自由的境界与放纵性情的生活方式。在《与李萍槎》一牍中,他与朋友讨论人心之"真",批判当时人心沉湎于物质与金钱。在《与胡运志》一牍中,他表示学习当要有"定盘心",即自己的思想与主张,如此便诸书可读而不会被书本误导。《与李萍槎》《与胡运志》二牍语言纯任自然,全是白话形式,与公安派平俗浅近的语言风格相似。在表达方式上,徐日久的这些尺牍都是直抒胸臆,发乎心声、不作过多的矫饰,也符合公安派尺牍小品的特点。

在清初诸选本之中,以周亮工《尺牍新钞》三选中表现出与公安派尺牍小品风格相似的作品为多,其他选本相对较少。从中可以看出周亮工在编选《尺牍新钞》时视阈之宽,也体现了《尺牍新钞》三选注重尺牍小品审美风格的多样性。当然,公安派尺牍小品在三袁末期时,发展势头已经开始呈现衰微之相,加之其代表的士人精神与风气不为清初士人所喜。汪淇《分类尺牍新语》三编以及陈枚《写心集》二集之所以不选公安派风格的尺牍小品,一为其编选理念使然,二也表现出公安派尺牍小品在明末清初特殊的时代背景与士人心境下,影响力已经逐渐式微,其灰烬重燃已到袁枚生活的清中期。

二、竟陵派

竟陵派的尺牍小品以钟惺与谭元春为代表。竟陵派也反对七子的复古主张,推崇性灵,强调文学应表现自我性情。"然而他们的美学追求与公安派又有所不同,他们提倡以'幽深孤峭'的艺术风格来表现'幽情单绪'的内容,在创作上,他们力求以谨重和新奇的风格来矫正公安派浅率和俚俗。"②从清初尺牍选本中尺牍文论反映出的情况看,竟陵派在明末清初的

---

① 钱伯城. 袁宏道集笺校:上[M]. 上海:上海古籍出版社,1981:208.
② 吴承学. 中国古代问题形态研究[M]. 广州:中山大学出版社,2000:160

影响力远超公安派,直接与晚明以来的文学复古主张分庭抗礼。从清初选本中尺牍小品看,竟陵派风格的数量是其中一大宗。对于《分类尺牍新语》,《四库全书》云:"采明末国初储家尺牍,分二十四门,各有评语。大抵不出万历以来纤仄之派。"①是指《分类尺牍新语》中的尺牍小品整体风格倾向于竟陵一派。形成这种情况有其特殊的时代原因。竟陵派的钟谭较三袁生活的时代,距离明朝灭亡又近了一分,社会的混乱局势已经较为严重。钟谭追求的小品美学表面上是反复古、反公安,实际上却呈现出末世这一时代因素对士人心理潜移默化的影响,他们以"幽深孤峭"的美学风格与"幽情单绪"的内容来曲折地反映心中的幽暗,借此逃避混乱的现实。"钟、谭等人处于乱世之末流,在仕途坎坷中认识到世事艰险,于是他们超脱现实生活,冥游于寥廓之外,从清净幽旷,虚无缥缈的生活境界中寻求精神的安慰和寄托。"②钟谭的这种创作心理与美学追求正与明末清初一大批士人的心境相合,因而推崇竟陵的风格与主张几乎成了明末清初士人心理上的自觉追求。这种情况使得竟陵派尤其是钟谭在文学上的影响力,在明末清初特殊的时代背景下,几乎发挥到了极致。

由于竟陵派在当时影响力巨大,加之钟谭生活的时期距离清初时间上更近,尺牍易得,因而在李渔《古今尺牍大全》之外,有选本直接选入了一些钟谭或赠寄钟谭的尺牍,而公安三袁则无此待遇,由此也可见竟陵派在明末清初影响力之一斑。但稍有遗憾的是,在研究领域由于竟陵派在清中后期并不受欢迎,现代小品兴起后,在尺牍小品领域有影响的反是公安派,因此对于钟谭尺牍,只有吴承学《晚明小品研究》一书中在论及钟谭小品时有所涉及,赵树功《中国尺牍文学史》这一尺牍文学专史中,竟然未涉及钟谭与竟陵派尺牍。这里直接从清初选本中的钟谭尺牍说开去讨论竟陵派尺牍小品的风格。

李渔在《尺牍初征》中收录了钟谭不少尺牍,多为钟谭二人在文学理论领域与尺牍小品方面的代表作。其中的尺牍小品部分,颇见钟谭的风格特征。

(一)钟惺

钟惺(1574—1625),字伯敬,号退谷,湖广竟陵人,竟陵派创始人之一。其尺牍小品留存者不多,《尺牍初征》收有数牍,亦见于其《隐秀轩集》,下文仅就《尺牍初征》中所收尺牍文本而谈。

钟惺《与郭笃卿》

拟道荆州,则过潜江,可图一晤。而此番欲取道夷陵谒座师,又往承天谒陵,故遂不能由此道归耳。弟平生不喜星相,尤不喜星相之极验者。凡以人生祸福,妙在不使人前知,若一一前知,便觉索然,且多事矣。弟所知陈生,则星家之极验者也。以弟不喜其术,欲去而之他,想兄与弟同好恶,亦应不喜此术。而世人如我两人者,百无一二,则陈生之遇者,百而不遇者亦一二也。幸随分推广,但莫荐之钟伯敬一

———————————

① [清]徐士俊,汪淇.分类尺牍新语[M]//四库全书存目丛书:集部第396册.济南:齐鲁书社,1997:532.
② 马美信.论公安派与竟陵派的分歧[J].复旦学报,1985(5):73.

流人耳。①

此牍行文甚有意思,看到最后,目的似乎很简单:向郭笃卿推荐星相家陈生并请求介绍推广。因此,这似乎是一封推荐书。按照一般推荐信的写法,寒暄过后,定然是隆重推出陈生,向朋友介绍他法术的高明,请求朋友推荐推广。但钟惺却偏偏反其道而行之,并没有将陈生放在推荐的中心地位,反而使自己在此牍中占据主体地位。他说自己不喜欢星相,尤其不喜欢特别灵验的星相家,而陈生便是特别灵验者。接下来,他行文一转折说明原因,是因为他认为人生如果预先知道旦夕祸福,便觉索然无味。而正因为此,便觉陈生碍事,欲将之"驱赶"他乡。随后他行文又一转,认为朋友之间,理当同心,郭笃卿定然也不喜陈生。看到这里似乎陈生在郭笃卿处也不会受欢迎了。但钟惺突然又一转折,说世间如他和郭笃卿的不过是极少数人,喜欢星相的乃绝大多数,而陈生是星相极灵验者,当然会受普通人的欢迎。那么反过来说,陈生定然会在世间受欢迎,所不幸者,只不过是遇到钟、郭一二人而已。这样一来,他既拍了郭笃卿马屁,夸赞他为世间一流人物,又使得他乐于接受陈生。因此,他请求朋友随分推广,但不要推荐给像他一样的人。从这份尺牍小品的构思来讲,钟惺不是随意写之,而经过精心构思的,行文过程一波三折,不到最后不显现作者意图,可谓悬疑重生,令读者不忍释手,其作文用心之深、不肯平淡处正在于此。然而,这份尺牍最后的宗旨也并非像表现手法曲折多变的推荐书那么简单,钟惺还有更深刻的含义。他在尺牍中之所以将自己放在中心地位,而不是所要推荐的人物陈生,其终极目的并不在于推荐,而在于感慨。星相家陈生在世间"遇者百,而不遇者亦一二也"。这不遇者一二,指的是钟惺和郭笃卿等。那么由陈生之所遇反推之,则"钟伯敬一流人"在世间当是"遇者一二,不遇者百"了。如此解析,方能明白钟惺作此牍的真正意图,这是一封推荐书包装下的感慨不遇于世、排遣郁闷的抒情信。倘若读者读出其中的真实含义,那便是钟惺之"遇者",属于世间一二一流人物;若读不出来,那便是钟惺"不遇者百"所指的普通大众了。

钟惺《与郭笃卿》一牍实际不是为了推荐别人,而是为了表现自己,这实际体现了晚明文人作尺牍乃是"为己"的倾向。其尺牍小品旨意遥深、精心构思、不肯平淡,行文波谲云诡、一波三折。这种风格在他写给陈继儒的尺牍中也有表现。

钟惺《与陈眉公》

相见甚有奇缘,似恨其晚。然使前十年相见,恐识力各有未坚处,不能如是之相发也。朋友相见,极是难事,鄙意又以为不患不相见,患相见之无益耳。有益矣,岂犹恨其晚哉?②

这一尺牍小品形制短小,只有四句话,主旨也很简单,表现与陈继儒相识相交的欣慰之情,但行文却层层转折,构思奇特,不肯说俗语、套语。首次见面的尺牍,相见寒暄,一般都会用相

---

①② [清]李渔.尺牍初征[M]//四库禁毁书丛刊:集部第153册.北京:北京出版社,1997:579,580.

见恨晚、一见如故之类的成语。但钟惺却偏从反处说，首先说相见乃是有奇缘，用"奇"突出此次见面的不一般，然后说"似恨其晚"。这一个"似"字设置了悬念，给人留下遐想的空间，产生读下去的欲望。接着作者一转折，解释为什么"似"恨其晚，而非真晚：如果十年前见面，大家彼此学识未丰，阅历不足，相见不见得如此意气相投。接着又阐释自己的交友心得，以为朋友交识，相见当有收益，如无收益，则不如不见。此说又暗含着此次与陈继儒相会收益极大之意。最后总结道，如果有益，"岂犹恨其晚哉"。他用"岂"字设反问加重语气，强调相见不晚，与前面的"似"字正相呼应，一前一后，使得文气突兀不平。考虑到陈继儒为晚明大名士，相识多贵人，后人有"翩然一只云间鹤，飞去飞来宰相衙"之说，其年纪长钟惺17岁，早已成名，钟惺在尺牍中尚且说"使前十年相见，恐识力各有未坚处"，可见其不亢不阿、冷直峻切的风度。

以上二牍颇可见钟惺之性情，在表现方式和美学的角度而言，也确实符合"幽深孤峭"的追求。钟惺的尺牍小品以巧妙的艺术手法突出"我"的存在，在写与他人的尺牍中展现自我之精神与性情，将尺牍写给他人的"为人"宗旨与展现自我很好地结合起来。旨意遥深，绝对不肯平俗是其尺牍小品的突出特点。在一些叙述相对平白的尺牍中也有展现。

钟惺《与徐惟得宪长》

朱翁贫老，足迹半朱门，口不及事，亦有守人也。比见其冬月无衣无絮，哀之甚。而叩其家中穷苦状，有十百倍无衣无絮者，此一端犹非其所急，特口不肯言耳。尤以宿庇宇下，饮啄恩多，不忍以饥寒言辞频发诸口，以愁仁人之耳。某通家年少，稔翁欲闻此言此状，故代言之。口惠无实，借手任德。薄甚！罪甚！①

此牍为代人求助之作，语言虽然相对平实，但叙述层次、表达方式仍不走寻常路。牍中开首说到朱翁贫老，生活困难，虽然足迹走遍富贵人家，但不向人家诉苦求助，在做人上是有操守的。接下去他写了朱翁家贫之状，初以为"其冬月无衣无絮，哀之甚"，待到亲临其门后才知道"有十百倍无衣无絮者"，如此更加突出了朱翁贫苦中艰守而不求于人之骨气。读者以为到此已经将朱翁的艰难写完了，但作者笔锋突然一转，说到这还不是最紧急的，最紧急的乃是朱翁依然坚持不肯告知于人，尤其是平日庇宇下，受人饮啄恩多，更不愿以穷苦之状让仁义之人烦愁。此一翻转，颇觉突兀，但细想又极有道理，人于穷困至极时最紧急也最困难的事情不是穷困，而是抛却尊严向人求助。这样一说，既显示出朱翁的傲骨，又夸赞了徐惟得的仁义之心，是不求之求了。但接下来，作者的笔锋又一转折，仍然不说朱翁求助，却说到自己是徐惟得的通家后辈，知道徐惟得素怀仁义，想要第三人告知朱翁的艰难情状，主动施以援手，好不伤朱翁傲气，是以代人言之。这样一来，这封尺牍的性质便不是替朱翁写的求助信，而是帮徐惟得写的告情信。将一封求助信写成这样，实在是出人意表，细想却极有好处：

---

① ［清］李渔.尺牍初征［Z］//四库禁毁书丛刊：集部第153册.北京：北京出版社,1997:579.

一是突出了朱翁的傲骨;二来显出了徐惟得的仁义。如此求助,十有九成。但如果再深潜下去,此牍还有更深刻的用意,作者极力刻画朱翁之苦状,又着重说明朱翁坚持操守,不言苦,不求人,使得这一人物形象成了甘于清贫、不堕尊严、不失操守、不向困难屈服的傲岸士人形象的化身,也可以说是钟惺自己精神深处的追求,是自己品性的写照。

小小尺牍中竟有如此天地,钟惺尺牍小品之幽深,当需读者深切地去体会;其之孤峭,实乃精神与性情的写照。也可以说,钟惺尺牍小品最重视的依然是表现自己的性情,只不过将之隐藏得深刻,倘若不去细细体会,而是一读而过,就不会体会到作者的苦心,不会领会到尺牍的妙处。

(二)谭元春

谭元春(1586—1637),字友夏,号鹄湾,别号蓑翁,湖广竟陵人,竟陵派创始人之一。谭元春是钟惺的老乡,小钟惺 12 岁,以才性见知于钟惺,因成知己。钟谭二人文学主张相近,尺牍小品风格也相近,但也有差异。《尺牍初征》中收其尺牍十余通,因文本问题,多刻印不清、模糊难辨者,但总体也能反映谭元春尺牍小品之风貌。

谭元春《答李漱甫酌甫》

承伯仲垂问鄙举,读札中语甚妙。窃以为婢妾,不是极美,亲近佳丽,即是极丑,乱舞西风。亦有些些兴到之趣,格□之奇。此子恨不大佳,又恨不大丑,亲之则似轻身,远之亦似无谓,所以未免闷人,未免节欲耳。书付一笑,以当面谈。[①]

此牍内容谭元春谈自己的举业,在妙喻之中不禁流露出自己的性情。谭元春少年成名却举业不顺,一生多奔波于科举路上。此牍当作于他尚热衷于科举,尚未心灰意冷之时,有几分热情,没有多少幽冷之气。牍中他回答了朋友询问的他举业的情况,但他没有直接回答,而是给出了一个绝妙的比喻——将制举之道比作婢妾,要么极美,要么极丑,差别云泥,但人人都对婢妾有些兴趣。但自己的举业却是婢妾中中庸者,不太美,也不太丑,想要亲近似乎低了身份不自重,远离却也无谓,所以恼人,因此节欲不近。此说看似颇有谐趣,但了解谭元春的举业便知道他的苦恼。谭元春曾乡试第一,却不能再进一步,真可谓是进退不能,正如他所云婢妾一般。科举是士人至关重要的追求之一,婢妾则是士人可有可无、可近可远的身边人物,二者本无相通之处,谭元春却将之巧妙地联系在一起,这是他精心构思的结果,他不明说苦恼,而是以婢妾的美丑作喻,可谓是曲折的表达。尺牍在谐趣表象之中掩藏苦心,也可谓外热内冷。将制举与婢妾美色相联系,不经意也表现出谭元春性情中好色的一面,同时谭元春处理自己的感情甚是冷静,他的这一风格在另一尺牍中表现得更为明显。

---

① [清]李渔.尺牍初征[Z]//四库禁毁书丛刊:集部第 153 册.北京:北京出版社,1997:588.

谭元春《与曾尧臣》

弟中秋后游岘首、鹿门之间,冬暖如秋,肩舆无所不到,人天欢喜,至相畀祐。归路得一奇石,空中多窍,勤百二十夫之力,始得至于汉,由汉入西江,水抵寒河,遂为园中物。又得一大堤女字剪剪者。李郎贫士,致此异人。才及岸,对石与姬,姬未及入房,石未及上砌,而房仲使致书与诗,又得吾兄新旧两书,则是人天欢喜无已时,而弟遇多奇也。但其中有咽而不能句,句而不能反复者,则吾友士云之歾也。嗟夫!造物往往收弟所亲爱,而如吾尧臣者,又隔数千里,而尚未一见其形状也。士云之亡,既三日夜不去心,故其序房仲诗,亦迟三日始涉笔。其文颇有情理香味,亦似石与姬有以致之者。尧臣试观之以为然否?又未知于尧臣所谓皈依净土者,何如也?石头说法,鹦鹉念佛,当亦不远耳。①

如果说前一牍看上去谭元春的感情似乎有些热度,此牍则是绝对的"冷"了。他在尺牍行文中数度转折,情感变化强烈。首先他写自己游玩之快,直云是"人天欢喜",临归途中又得二奇:一为奇石;二为奇女。俱载与之归。但此乐尚未结束,他又一转折,写到上岸后,得到朋友书信与书籍,因此,简直"人天欢喜无已时",庆幸自己多逢奇事。此时,作者快乐的情绪似乎到达了极点,然而就在朋友可以感受到他的极致快乐时,他的行文突然来了个巨大的转折,没有给人任何过渡的空间,突然从极乐转到了极悲。他突然沉痛于他朋友的死亡,如他所说"有咽而不能句,句而不能反复"。他刚刚感慨自己的幸运,突然又埋怨造物的不公,"造物往往收弟所亲爱"。接下来,更令人诡异的是,他又提到了朋友曾异撰,曾异撰并未有恙,且致书于他,才有这封回信,而谭元春却将之与死人并提,虽是感慨朋友不能见面之伤,但也简直是"大不敬"。作者的悲伤并未就此结束,他又说到伤心于朋友死亡,"三日夜不去心",因而为朋友房仲所作的诗序,推迟了三日方才动笔。读到此处,读者以为作者伤情未了,心头哀痛,诗序亦当伤心弥漫。谭元春却又惊天一转折,说到序文"颇有情理香味",简直与前面得到石头与美女一样有可欣赏之处,乃是造化得来,并让朋友仔细鉴赏。牍中内容与情感的巨大转折似乎毫无理性,从极乐到极悲,再到极乐;从感慨自己幸运到愤恨命运不公,再到庆幸自己得造化垂青,变换突兀,不近人情,不似正常人所能做出,仿佛精神病人一般喜怒无常。但如果从"冷"字出发,便也可以解释作者所作所为了。谭元春此牍可以说是以极"冷"的心态写极"热"的情感。其心态之冷,几乎无视自己与朋友以及世间的一切情感,乐便极乐,悲便极悲,纯任性情,不管其他。即使是极其悲伤朋友的死亡,也只需三日之后便可作快的"快文"。可以说,谭元春冷眼看待世间一切,包括自己的情感,因而他在尺牍中的情感与态度的转换旁人难以理解,在他而言却是极其自然之事。但谭元春在行文之中也不是全然不顾读者,在尺牍最后,他还有一个转折,这一转折也令读者抓狂,他前文刚刚为极喜之事高兴,为极悲之事伤心,仿佛沉湎于世俗儿女情态之中,突然又提到方外之思,"又未知于尧

① [清]李渔.尺牍初征[M]//四库禁毁书丛刊:集部第153册.北京:北京出版社,1997:588.

臣所谓皈依净土者,何如也? 石头说法,鹦鹉念佛,当亦不远耳"。看似不着头脑,却正是全文的"文眼",此句运用两个典故:一是"生公说法,顽石点头",谭元春反其意说成是石头说法;二是"鹦鹉念佛",出自《警心录》,说鹦鹉也悟道,从念佛到不念佛。两则典故的共同意思是参悟了佛,便无所谓佛。明白了此道理,便可以参详出谭元春牍中所言哀乐之事,实乃无哀乐也。作者写此牍心态灰冷至极,却隐藏甚深,需要明眼人读出。

通过《与曾尧臣》一牍,可见谭元春尺牍小品的"幽冷孤峭"的风格,以及前人所评价的竟陵派注重表达个人"幽情单绪"的倾向。《与曾尧臣》用了两个典故,且这两个典故非常关键,不理解其意便也不能理解尺牍小品的主旨。善用典故来曲折隐晦地表现自己的心思,是谭元春与钟惺尺牍小品的显著区别。钟惺的尺牍虽然曲折幽深,不肯做寻常语,但文字表述上不艰深晦涩,而谭元春尺牍小品却喜欢有意识地利用典故来隐隐地表现自己的思想。竟陵派不反对学古,反对的是拟古,利用典故、以学问为小品正是学古的主张,谭元春的尺牍小品正有此特点,对此表现得最突出的是他的《答潘中丞》一牍。

谭元春《答潘中丞》

每辱尊者垂念薇泽,欲往从之,道阻且长,而方伯菊未公,吾师也。二十年如一日,亦渺渺章门,脉脉难语。年来虽未离竹篱茅舍一步,然其梦魂,亦往往在尘外亭、秋屏阁之间矣。孟子诞先,扁舟上语,于其行也,甚惧其勇。"举世无相识,终身思旧恩",请为孟子讲是诗焉。元春寒骨薄命,无意当时,质又万事懒进,虽以麻姑鞭鞭之不能起。而朝贤过听,欲同才者试以吏事,即不敢有七不堪之说,而筊鹇槛鹿,维谷自疑。欲一至虔巾,就大君子而商之,亦无縢焉。两家弟一令清源,如敝絮行棘中;一丞邠□,如疲牛曳泥底。今令□□担河上,丞亦可幸无□,安得执手板以事夫子乎? 诞先未暖滇南之席,已中弋人之摩,亦绝世奇冤也。圣世方掺岩谷而反置此子丘壑中,可解不可解耶? 近刻过庄一册,寻味稍别,因风请教。不胜仰止。①

此牍作于谭元春晚年,其已经不复有仕进的念想。他在牍中展现了自己的品性与性情,语言冷淡,文风峻切,这也是竟陵派尺牍小品风格的主要特点之一。尺牍内容总体还是清晰的,主要是婉言谢绝友人邀其出仕,其文意不平、艰深晦涩之处主要在于用典。"道阻且长"出自《诗经·秦风·蒹葭》,原指思慕佳人而为山水阻隔,谭元春以此表示虽对潘中丞感恩,但不会追随他。"尘外亭"用苏轼诗歌典故,苏轼有诗《尘外亭》,其中有句云:"楚山澹无尘,赣水清可厉。散策尘外游,麾手谢此世。"谭元春以此表示自己虽生活世俗之中,但心中所思已是方外。"秋屏阁"典故较为冷僻,宋艾性夫有诗《秋屏阁》:"西山和影浸空江,落木无烟带夕阳。立尽阑干秋思远,风鸦云雁两三行。"格调低沉,表示秋思。谭元春借此表示自己已是秋日夕阳,不复有他想。"举世无相识,终身思旧恩"语出王维《寄荆州张丞相》,全诗为"所思竟

---

① [清]李渔.尺牍初征[M]//四库禁毁书丛刊:集部第 153 册.北京:北京出版社,1997:541-542.

何在,怅望深荆门。举世无相识,终身思旧恩。方将与农圃,艺植老丘园。目尽南飞雁,何由寄一言。"诗中王维感怀张九龄相识之恩,却也表示将归隐田园。谭元春妙用此典,只说前部分感恩之意,将后部分略去不写,但这不写的部分才是他真正想要表达的。"麻姑鞭"典出葛洪《神仙传·麻姑传》,东汉蔡经见麻姑鸟爪而心中有挠背痒之想,故神仙以鞭鞭之。谭元春用此典故说明自己心如死灰,早已无想,神仙鞭之也不起。"七不堪"语出嵇康《与山巨源绝交书》,嵇康以此书表示品性清高,不能忍受官场习气。谭元春用此典故,主要是说明自己不适合做官。"弋人之摩""弋人"即射鸟的猎人。《东周列国志》有"弋人治缴,且暮望获禽耳"之语;汉扬雄《法言》云:"鸿飞冥冥,弋人何篡焉?"谭元春以此表示不愿如飞禽一般为猎人所获,失去自由,显示不愿出仕的坚定性。牍中所用典故无一不符合作者的心境与行文的主题,显然是作者精心选择、巧妙安排的结果,这使得文章旨意深刻、文气不平。但短短一牍之中用了许多典故,其中不乏冷僻者,又使得文意晦涩,有故作艰深之嫌,这也是竟陵派尺牍小品的一大弊端。

(三)钟谭之流风

钟谭的尺牍小品在风格上虽然有所差异,但共同性也很明显:第一,他们对于尺牍小品的创作极为重视,不随意为之,而要经过精心构思。第二,他们的尺牍小品重视展现自己的性情与思绪,在主观上倾向于尺牍创作乃是"为己",这也是他们重视尺牍创作的主要原因。第三,他们的尺牍小品不肯平俗,行文曲折,文风隐晦。对于自己性情的表现,不是自然式地表露,而是于曲折幽深中展现一角,让人揣摩,仿佛精致的私家园林,在方寸之地中营造出曲折回环的效果。第四,他们的尺牍小品,语言冷淡,行文峻切幽冷,仿佛秋日气温骤降时的单衣寒士,感觉不到一丝暖意。总体而言,竟陵派所推崇的"幽深孤峭"与"幽情单绪"风格在他们的尺牍小品中有较为鲜明的表现。

竟陵派的尺牍小品也有弊端,钟惺尺牍艰涩幽冷,谭元春尺牍僻奥冷涩,读起来需要花费很多的心思去揣摩与回味。但在明末清初这一特殊的时代背景下,竟陵派尺牍小品的缺点在许多士人眼中反而成为优点。明末士人与清初遗民群体的心境普遍表现出"幽冷"的特征,尤其是清初遗民群体,他们的心声不好直接地表达,竟陵派曲折隐晦的行文风格正是最佳方法,"幽情单绪"式的风格也正适合表现明末清初士人的落寞心绪。因此,竟陵风格的尺牍小品在清初尺牍选本中占据大宗地位,效仿追随者甚多,这里试举例一二。

龚鼎孳《寄邓孝威》

长安寥落,同人雨散,蔺次长贫,圣秋善病,草土残人,长斋杜门,生趣都尽。而珠桂之累,时来侵迫,如空山老头陀,尚欲开堂接众,苦可知也。久不获通讯知己,非缘稽懒,忧患之余,笔墨既废,而亦以日日乞归,谓故山聚首有期,鹬灯听漏,胜于鳞沉羽浮耳。不自意枯树寒灰,起之病颣,责以驰驱,诚惧末路摧颓,贻羞同志,何以教之？[①]

龚鼎孳此牍正有竟陵小品幽冷、表现幽情单绪的特点，造句用字也不肯平淡，刻意求"奇"。龚鼎孳在牍中以幽冷之愁情贯穿全文。他首先感慨自己的落寞境况，"长安寥落，同人雨散，菌次长贫，圣秋善病，草土残人，长斋杜门，生趣都尽"，一上来便全是工整的四字句，将自己生活的萧索环境描绘得淋漓尽致，显然是精心构思的结果。其中"圣秋善病，草土残人"两句，用语奇特，不落俗套，将主体"人"置于被动的客体地位，以此突出作者无奈与无助的凄凉心境。接着他追求新奇，巧用典故与比喻，述说自己的窘迫生活。"珠桂之累"化用典故，表示物价的高涨与生活的艰难，如此情况，他还要如空山老头陀一般接济众人。前后对比，苦况可知。接下去，作者突然转折，解释自己为何不与朋友联系，其原因在于心灰意冷之下，便思退归，且实际与朋友相聚，胜过书信来往。此一翻转甚是巧妙，不但解释了不动笔墨的原因，又使得"幽情"加重了几分。但到这里还没有结束，自己重新被启用，应是高兴事，他却以愁情写之，感觉对此是惊惧相交，不知如何应对。将普通人认为的开心之事写得如遭遇不幸，这一转折既表现了作者心态的矛盾，又突出了他幽冷心境之真与深。龚鼎孳在尺牍中以自己为中心，将自己幽冷凄清的心境通过对比、比喻的方式一层一层往前推进，虽不如钟谭那般晦涩，但行文仍像其风格。

王豸来《与叶元礼》

徐仲光曰："吾侪如鸟中子规，自是愁种。"则昨夜之痛饮悲歌，正月上三更时也。杨椒山喜鸦而恶鹊，鹊报喜，近于谀；鸦报凶，近于忠，则我辈之声声是泪，字字是血，又何必尽人生憎哉？嗟乎，催花莺燕，固易近人，大抵入巾帼性情者居多。霜寒风厉，何日得阳春气候？虽不欲为子规，不可得也。[②]

王豸来，字古直。《与叶元礼》一牍主要表现他与同侪的性情和心境，但在表现方式上，转折颇多，其中的意味颇值得费人心思去揣摩。他首先引用前人言语，说自己与朋友乃"鸟中子规，自是愁种"。子规就是杜鹃鸟，其啼声哀切，传说为蜀帝杜宇的魂魄所化。王豸以此自喻，说明自己性情。但画面突一转，颇似电影中的蒙太奇手法，写到"昨夜之痛饮悲歌，正月上三更时也"。"痛饮悲歌"正如子规之啼，哀切动人。在表述技巧上他将"痛饮悲歌"提前，"月上三更"置后，既强化了情感，又极具画面感，显然是有意为之的。作者将自己与子规联系起来，自云愁种，也设置了悬念：为何要愁，又为何"痛饮悲歌"呢？但他在第二句话并不直接回答，而是继续引用前人的话，进行鸦雀之辩。他说："杨椒山喜鸦而恶鹊，鹊报喜，近于谀；鸦报凶，近于忠。"此说翻新出奇，但细思又有一定的道理，之后作者又转到自己身上，说："我辈之声声是泪，字字是血，又何必尽人生憎哉？"这里他以乌鸦自喻，表示哀声不讨人喜，

① ［清］周亮工.藏弆集［M］.张静庐，点校.上海：上海杂志社贝叶山房本，1936：41.
② ［清］汪淇.分类尺牍新语二编［M］.台北：广文书局，1975：214.

使人生憎。到这里才看清作者似乎在表白性情，表明自己忠直孤介，不为世人所接受。但接下去，他又来了一句不着头脑的话："催花莺燕，固易近人，大抵入巾帼性情者居多。霜寒风厉，何日得阳春气候？"这一段议论与表白性情无关，转折得很突兀，仔细揣摩方能明白。作者这里用了屈原"香草美人"的写法，"催花莺燕"指的是口吐莲花、粉饰太平的人，这样的人大家都愿意接受，但作者认为，催花莺燕适合阳春气候，类于"莺燕"之人其性情接近女流，非丈夫性情，只适合气候阳春的太平时期。而当时的局势却是"霜寒风厉"，看不到"阳春"的可能，因此并不需要"催花莺燕"之人，需要的是作者这样忠直孤介的大丈夫。联系前文作者的痛饮悲歌，这才能全面理解，在"霜寒风厉"的社会局势之下，却是"催花莺燕"大行其道，作者与朋友这样的子规、乌鸦忠直之声无人问津，甚至为人所憎恶。因而作者痛饮悲歌，实际既是悲痛特定的时势，又伤心自己不遇于时，双重的打击与困扰，使得作者苦闷不已，只能愁上加愁。明白了这些，才能理解作者的最后一句话："虽不欲为子规，不可得也。"时势如此，自己性情又如此，不痛饮悲歌、作子规之声，又能如何呢？这样一路理解下来，作者尺牍之中几乎是字字血泪了。但这种理解方式却颇要费人一番心思，正如钟谭尺牍一样，将自己的性情与小品旨意隐藏得深刻，文意突兀而文气不平。

叶元礼(1642—1681)，清初人，明末忠臣叶绍袁之孙，清初名士叶燮之侄。牍中提到的杨椒山为晚明著名谏臣杨继盛，因弹劾严嵩而死。从牍中相关的人物关系看，王岕来应是明遗民，《与叶元礼》一牍应作于清初。但王岕来痛饮悲歌到底所谓何事，又到底为谁憎恶，作者没有明言。"霜寒风厉"说得也很含糊，到底是指抗清形势还是另有所指？只能是叶元礼明白。就此而言，《与叶元礼》一牍实际代表了一大批明遗民在清初的生态，他们写信给朋友倾诉，不能也不愿畅所欲言，是以多采用钟谭尺牍风格，表达得曲折隐晦，将自己的幽冷情绪隐含在其中，表现出"阮旨遥深"的风格特点。其真正的用意，知己一看便知，而后人脱离了当时具体的情境，便觉得艰深晦涩，吃力难懂。竟陵派尺牍小品及文学主张在明末清初影响盛于一时，原因正在于此，其为后来人所诟病而迅速衰败，原因也在于此。真是成也萧何，败也萧何，很好地说明了时代因素对文学创作风气的重大影响。

三、七子派

七子派实际就是复古派。后七子成员包括李攀龙、王世贞、谢榛、宗臣、梁有誉、徐中行、吴国伦、余日德、张佳胤，以李攀龙、王世贞为代表。在晚明发挥重大影响的主要是王世贞、李攀龙二人，故亦可称王李派。王世贞、李攀龙主张"文必秦汉，诗必盛唐"，推崇秦汉散文，而推崇性灵的小品文正是在反对前后七子复古主义的陈词滥调中兴起的。因而总体而言，他们的散文格调距离小品文很远，但他们的尺牍不似古文那般厚重。古人写作尺牍相对而言的随意性，使得王李尺牍具有一定程度上的小品风貌。明末清初士人在文学上的反思使得他们反对公安三袁的尺牍小品，但又走不出新的道路，因而只能继续推崇王李。加之清初尺牍选家对尺牍小品概念的内涵与外延都做了新的界定，他们所推崇的尺牍载道观使得以王李为代表的尺牍成为具有高度审美价值的小品。因此，出于清初士人的普遍推崇与清初选家的尺牍载道观,七子派尺牍小品在清初尺牍选本中成为竟陵之外的另一大宗。

由于王李属于中晚明文人,距离清初时间较远,总体上有违清初选家选取时人近牍的原则,因此清初选本中基本没有王李二人尺牍。而李渔《古今尺牍大全》属于历代尺牍的汇编,其中明代部分便有不少王李尺牍,从中我们可以看出七子派尺牍小品的主要风格特征。

王世贞(1526—1590),字元美,号凤洲,又号弇州山人,苏州太仓人,后七子领袖之一。

王世贞《与殷无美》

仆副山东宪时,故吴中丞峻伯为学宪,尝与诸贤酒间戏言志。伯谓官辙不必中土,郡滇蜀闽广,须尽历之,饱其山川风物,最后亦须坐尚书省,押尺一,乃告老耳!仆谓鄙愿不及此:愿得二顷陂,四围列植梧竹、垂杨、芙蓉之属,陂中养鱼数千头;中横一岛,筑高阁三间;其下左室贮书及金石古文,右室尽贮美酒;傍一小室具茶灶瀹釜,兼畜少鲑脯瓜菜;阁上一榻两几,读书小倦即呼酒数行,醉辄假息岛旁。维两蜻蜓艇,客有问奇善觞咏者,以一艇载之来,一艇网鱼佐酒。不问朝夕,饮倦则相对隐几,兴尽便复载去。若俗客见挠者,虽叫呼竟日,了不酬应。以此终身足矣!峻伯问谁可当俗客,仆谓坐尚书省押尺一者,公即是也。众大谑笑而罢。峻伯谢贵州节归病死,竟不得如愿。而仆幸有园林山池之属,然在城市中,自贵游以至田父野孺,皆得狎之不能拒也。不意君典一诣便尔,第闻其垂橐,恐不能究仆语中境,且朝望甫殷,宁容于东山坐啸耶?①

此牍是王世贞代表作之一。牍中王世贞抚今追昔,畅言所志,颇有《论语·先进》中"侍坐"章的味道。他在酒席间与众人各言所志,其属下峻伯言愿至僻地为官,饱览山川风物,最后官至尚书省,手持诏板,最后告老退休。峻伯此言代表了古代一般文人士大夫的人生理想,既经历山川之奇美,又得位列朝堂,人生可谓圆满。但王世贞以为不然,他的理想可以用一"雅"字贯穿:筑雅园,交雅友,营雅生,得雅趣。最后他又感慨,峻伯早死,自己虽有雅园,却不能得雅趣,彼此都为造化与世俗生活所困扰,不能得偿所愿。王世贞尺牍在一定程度展现了他的性情,但就其生活的理想而言,他所追求的生活境界乃是传统文人雅化的生活方式,并非出自他的天生性情,而是多年文人雅士的教育与生活历练共同作用的结果。可以说追求雅趣,是王世贞尺牍小品的主要风格,这在他的另一牍中也有体现。

王世贞《与徐子与》

仆恒谓山栖是胜事,稍一营恋,则亦市朝;书画赏鉴是雅事,稍一贪痴,则亦商贾;杯酒是乐事,稍一狥人,则亦地狱;好客是豁达事,一为俗子所挠,则亦苦海。吾与足下,皆多生业障,未易排脱。奈何!奈何!②

---

①② 〔清〕李渔.古今尺牍大全:卷六〔Z〕.上海:上海图书馆,清康熙二十七年(1688)抱青阁刻本:29-30,31.

此牍形制较为短小,但思想主旨与上一牍相近,都表达了要追求文人风雅的生活而不能得的苦恼。牍中语句整饬,语言风雅,富有韵味,显然经过作者精心的构思,体现了王世贞尺牍最主要的风格特征。

李攀龙(1514—1570),字于鳞,号沧溟,济南历城人,与王世贞同为后七子领袖。

李攀龙《与友人》

先民曰:"不复知有我,亦知物为贵"吾侪解得此意,则虽山居环堵,未必不愈于画省兰台;瀹命煮泉,未必不清于黄封禁脔也。具只眼者,有明识耳。①

"不复知有我,亦知物为贵。"出自陶渊明《饮酒》组诗第十一首,原句是"不觉知有我,安知物为贵?"李攀龙化用陶渊明的诗句,表示人生境界高,退隐山林,烹酒煮茶,也能怡然自乐。李攀龙在牍中并未说要退隐山林,他强调的是文人士大夫的思想境界。与王世贞一样,"山居环堵""瀹命煮泉",都是文人所追求的雅事,但不同的是,王世贞是感慨求雅而不得,李攀龙则认为境界到时,俱是雅事。李攀龙对于世俗生活,是主张积极用事的,不似王世贞那般求退。他在另一牍中谈到了自己的理想的人生状态。

李攀龙《辞里中》

丈夫生不能游大人以成名,即当效鲁仲连布衣而排难解纷,令千里颂义耳。终安能区区为章句师坐帷中,日夜呻吟占毕,从群儿取糈自食乎?②

由此牍可见,李攀龙所推崇的是儒家的积极用世主张,所怀有的是传统的文人士大夫的人生理想。不论是身居大人之位,还是布衣之身,都要在世间积极作为,赢得生前身后名。而不能像"章句师"一样,庸碌度过一生。李攀龙此牍谈人生理想,以"气"取胜,有载道倾向,是短小而精致的小品文。

综合而言,王李二人的尺牍小品都追求传统文人所崇尚的雅趣。在思想上,他们在尺牍中述志咏怀,注重表现自我的精神与情趣。但虽有一定的性情成分,却与公安、竟陵所推崇的性灵有本质的区别。他们的性灵不是发自自身,而是受到儒、道、佛三家思想共同影响与作用的结果,其中儒家思想的影响尤其大,尺牍在内容上也表现出一定的载道倾向。在表现方式上,王李的尺牍,既不如钟谭那般曲折幽深、耐人寻味,也不似公安那般平白浅俗、纯粹性情。他们的尺牍也经过了精心的构思和修饰,也有为己而作的倾向,但语言典雅,注重文气,有一定的用古文书写的倾向。可以说,"雅"是二人尺牍的共同特点,"雅趣"是他们的尺牍得以成为小品文的最大特质。

清初尺牍选本中追随王李尺牍格调的作品数量极多,这里试举一二例,以见证其影响。

---

① ② [清]李渔.古今尺牍大全:卷六[Z].上海:上海图书馆,清康熙二十七年(1688)抱青阁刻本:3,4.

查宗淑《致程静坡》

　　吾辈不遇,乃理之常,何足深惜。家园松菊犹存,当亟图归计,发奋著书。俾名山大业,胫翼人寰,此乃真不朽经济。视彼驰逐名利之徒。未几而宿草已衰,墓门生棘者,何啻霄壤之别。君其然之?①

查宗淑,字秋萍。此牍乃言志永怀之作,表现了文人士大夫的追求精神境界:主张积极用事,不能庸碌无为。尺牍以气格取胜,风格近于李攀龙的《辞里中》。这一类的尺牍,格调高昂,按照周亮工的标准,颇能"有关大道,裨益古心",对士人心态产生积极性的影响,代表了清初士人对晚明士风的反思与批判。清初尺牍选本中类于此类者数量不少。

毛万龄《与章天节》

　　北窗高卧,丹黄唯我。虽寒水井头,浮瓜沉李,十里芙蓉堤畔,鼓枻听采莲数阕,吾知不以彼易此。即欲披雾,一领兰薰,奈何门外炎风蒸人。作费长房计,高山流泉,凉我襟绣,安可得也?程村丽农,不减秦苏周晏,更得羡门缀露,阮亭衍波,一读不足当清风浏浏一快耶!不尽。②

毛万龄(1642—1685),字大千,清初浙江萧山人,毛奇龄之弟。此牍主要表现作者村居生活的雅趣与人生的境界。用语典雅风趣,文气以快意为主。思想内容类于王世贞《与徐子与》,但王世贞属于求之不得者,而毛万龄属于乐在其中者。这一类的尺牍,表现出文人的风雅追求。思想上虽然崇尚退隐,不是积极入世者,但多是为了显示自己如陶渊明、费长房一般的高人雅士的境界。究其根本,只是文人世俗的风雅之思,他们企图寻找生活中的"野趣"与"雅趣",而非真如陶渊明一般进入"忘我"之境。此类崇尚文人雅趣的尺牍代表了传统文人的思想价值观念与生活追求,在诸选本中有着大量存在。

　　七子派尺牍在清初诸选中属于大宗。一方面,他们代表了传统文人的思想境界与审美价值。无论是退隐山林,还是城市俗居,抑或高居朝堂,尺牍之中总是表现出文人风雅之思,表现出传统文人的境界与格调;另一方面,这些尺牍抒怀咏志,不论人生是进是退,都表现出积极、健康的生活态度,而不是奢靡颓唐的生活方式,代表了清初士人对于晚明士人风气的反思与批判。此二者是七子派尺牍小品在明末清初大为流行,并为诸多尺牍选家所认可的主要原因。

四、现实派

　　清初尺牍选本中有许多关注社会现实内容的尺牍作品,此类尺牍在描绘明末清初混乱的社会现实时多抒发作者沉郁悲愤的感慨。在《晚明小品论析》中,陈少棠将明末小品之"沉郁悲痛"者总结为风格流派之一种,并以叶绍袁为代表。"在明朝灭亡后,部分有气节的作

---

① 〔清〕陈枚.写心二集[M].沈亚公,校订.上海:中央书店,1935:266.
② 〔清〕汪淇.分类尺牍新语二编[M].台北:广文书局,1975:219.

家,不免会产生许多感慨,而且因为丧失士籍及经历了一段时期的战乱,经济上的困难加深了他们潦倒颠沛之感,笔下自然流露出愁苦之情,作家或忏悔昔日的奢号侈靡,或缅怀家园故国,又或对一己遭际之坎坷抱怨。这些感触使许多作家的写作起了转变,形成小品后期的一种风格。"①清初尺牍选本中的尺牍小品多有如是者。但总体而言,此类尺牍虽有家国灭亡的感慨,主体却还是出于个人心境与情感的抒发,风格上与竟陵派相近,倒可以视为竟陵派尺牍小品的后续发展。清初选本中最能体现"沉郁悲痛"的美学特征,主要还是那些关注明末清初现实生活内容的尺牍。按照晚明文人的小品内涵,小品文注重抒发个人之性灵,似乎与社会生活生活内容无关,以此观之,此类尺牍不是小品。但在清初尺牍选家眼中,此类尺牍既发士人之心声,又体现士人的精神;既具有文艺之美,又反映社会生活,于社会、于世风都有积极的教育风化作用,符合文艺载道观念,因此它们不仅是小品,还是优质的小品。正基于这种认知,现实派的尺牍在清初选本中为数不少。

现实派尺牍往往将国事、家事与个人生活内容结合起来,在尺牍中或叙述,或议论,将个人情感糅合在其中。因明清易代之际,社会动乱不堪,士人生活极不稳定,因而这些尺牍的情感往往最为强烈,表现出浓郁的沉痛与愤慨之气。这里选取代表性的一二尺牍进行讨论。

冯琦《寄山阴王相公》

天下事平心公道,便自可了,而两端互执,相待成摇。用题目作文章,因文章生题目,譬如称物,莫肯平衡,此昂一分,则彼增其二;彼昂其二,此增其三,毕竟不平,何时可已?且上有政权,下有公论,不务纯意图事,事常假借而用之,用之则有意,有意即失平,用政权则政权坏,用公论则公论坏。上与下相疲,而中贵人操其两衡。异日小臣欲求内阁持一政不可得,大臣欲求士夫建一言不可得,则今日之所厌,恐为异日之所思耳。②

冯琦此牍当写于明神宗时期。牍中冯琦揭露了晚明朝政混乱不堪的局面:士大夫党争不断,不论是非,一味逞强争胜,而宦官从中取利,操持权柄,使政事不畅,言路闭塞。作者对此忧心忡忡,其预言后来亦不幸应验,正所谓清醒者反苦不堪言。尺牍表露了作者心声,反映了明朝中央政治的混乱局面,实际也代表了清初士人与尺牍选家对于明亡的反思。

汪伟《遗笔示子》

我生不辰,丁此国难。讲读之官,既无事权,可以为朝廷;位卑言高,一得之长,亦不见用,惟有一死以自靖而已。尤可异者,继室耿氏,少年节烈,矢志不移,乃于城将陷之先,恬然从我而死。遂题于壁曰:"身不可辱,志不可降。夫妻同死,节义成双。"吾乡擅名者,不独赵昂发夫妇而已。吾儿读圣贤书,须以忠孝自勉。③

① 陈少棠.晚明小品论析[M].香港:波文书局,1981:154.
②③ [清]周亮工.藏弃集[M].张静庐,点校.上海:上海杂志社贝叶山房本,1936:3-4,15.

汪伟,字叔度,安徽休宁人。此牍是汪伟绝命词,作于京城沦陷、明朝灭亡之际。尺牍既表露了作者在国破之际的心理状况,也反映了当时一批忠节士人家庭灭亡的场景,正所谓国破家亡,一片凄惨境况。尺牍文气平和从容,反映出汪伟面对死亡之时,气度从容、神志清爽,可谓是慷慨全节、以身靖难。

陈衍虞《寄何年丈》

仆被归里,见江山如故,井里全非。绿林萑苻,肱篚云起。向以夜劫为奇,今以一夜不劫为奇;向以夜劫数乡为奇,今以止劫一二乡为奇矣。周遭以外,白昼杀人;附郭之田,暴客征饷。近且睥睨丘陇,索及长眠,青衢白骨,尽成畏途。语云游子思故乡,如此颓风,是石头水,终不若武昌鱼也。况弟袖只有风舟,并无石。归来向平婚嫁,数月并举,城未必坚,藏灯必卜,居止容膝。稍费经营,坐是贫鬼扣门,魔君踵至。我家有櫵,莫止头风,仁祖方饥,无计乞米。追忆诸兄聚首饮怀,了不可得。①

陈衍虞(1599—1688),字伯宗,号园公,广东海阳人。此牍当作于明清易代之际,作者在牍中反映了两个方面的内容:一是民间盗贼横行,劫掠频发,白骨遍野,四处荒凉,民不聊生;二是以作者为代表的士大夫生活遭到极大破坏,生计窘迫,担惊受怕,朝不保夕。尺牍中充满无奈与悲伤的氛围,在现实派尺牍小品中属于文艺性较佳者。

现实派尺牍小品反映出明清交替之际的社会生活,尤其是士人生活的方方面面,具有历史记录的特征,是研究明末清初历史变革过程的重要史料。但也是诸类尺牍之中反映性灵与性情较差者,其文学风格中古文特征较为浓重,难以与晚明的性灵小品归于同类。但清初选家在文艺性基础之上,更看重其中蕴含的士人精神与思想价值,将之以尺牍小品视之,实际是小品认同宽泛化的表现。清初尺牍选本多犯清廷忌讳,不少在禁毁之列,记录明末清初社会现实内容的现实派尺牍当是其中犯忌最严重者。

五、谐谑派

清初选本中也有不少反映文人生活谐趣的尺牍小品。汪淇《分类尺牍新语》三编中有"嘲讽"类别,陈枚《写心集》二集中有"诙谐"类别。这些尺牍反映了文人生活中谐趣的一面,在文笔上颇能抓住生活的细节,捕捉小情小景,描写往往生动而幽默,具有鲜活明亮的审美特征。谐谑风格尺牍小品的宗师级人物当属明末的王思任。

王思任(1575—1646),字季重,号遂东,晚号谑庵,浙江山阴人。从其号"谑庵"可想见其诙谐品性。王思任明亡后绝食而死,是明末清初士人景仰的楷模人物。李渔《尺牍初征》、周亮工《尺牍初征》中选了不少他的尺牍小品,可从中领略其谐谑风格。

---

① [清]陈枚.写心二集[M].沈亚公,校订.上海:中央书店,1935:226.

王思任《再简玉绳》

不佞得南缮郎,且去,无以留别。此时海内第一急务,在安顿穷人。若驿递不复,则换班之小二哥,扯纤之花二姐,皆无所得馍馍,其势必抢夺,抢夺不可,其势必争杀,祸且大乱。刘懋毛羽健之肉,不足食也。驿道乃穷人大养济院,穷人无归,乱矣。相公速速主持,存不佞此语为券。①

王思任将离开现任治所,必经驿递,因此他将此牍作留别赠言。牍中,王思任将小事无限放大,态度说得一本正经,尤其在描写想象中的驿递小二哥、花二姐为馍馍争夺乃至争杀时,颇具画面感,语言风趣幽默,读来令人忍俊不禁。此牍虽属于临别玩笑,但其中也含有对下层驿卒关怀之意。由尺牍内容可见,作为底层官员,王思任对于社会底层的百姓生活还是很熟悉的。

王思任《简赵履吾》

秦淮河故是一长溷堂,夫子庙前更挤杂,包酒更嗅不得。不若往木末亭,吃高寺饼,饮惠泉二升,一鱼一肉,何等快活也。②

尺牍表现的是文人的雅趣生活,但王思任写来就是接地气,语言通俗幽默。他将南京秦淮河妙喻成一大澡堂,可见其人多嘈杂之状,不如去人少的木末亭,吃吃喝喝,方是人生大快活事。

从上述两则尺牍可见,王思任怀有一颗谐谑的内心,他将自己的生活处处幽默化。尺牍小品语言通俗易懂,描写夸张而风趣,想象丰富而出人意表,读来令人唇齿不能相合。由其尺牍小品可见,王思任真乃千古一"趣"人。

明末清初士人生活多苦楚,以乐观心态笑对人生无疑是部分士人愿意采取的一种积极生活方式。在此情况下,王思任正直高尚的人格力量与其处处谐谑的生活态度,自然对士人的精神产生了很大影响,士人尺牍小品多有仿效者。清初尺牍选本中的谐谑派尺牍小品正是对这种士人积极乐观生活态度的反映。这里选取一二,略为陈述。

胡宗铎《与吴叔昭乞药兼浼告急邻翁》

迩来不知造何孽,日为四竖所窘。其二竖者,一名膏,一名肓;又其二竖者,一自称大官人(柴),一曰:"我南宫苗裔也(米)"。嗟嗟!今日英雄逼死哉!先生国手高天下,膏肓癣疥耳。而大官人等辈,似非先生门下客。虽然先生有一点石丹,不在南山南,不在北山北,只在先生邻右间。先生果能办慈悲心,吐广长舌,为我作说客,借援兵,朝至则朝愈,夕至则夕愈。痼疾霍然,生机立起,异日当赠先生一匾额,

---

① [清]李渔.尺牍初征[M]//四库禁毁书丛刊:集部第153册.北京:北京出版社,1997:592.
② [清]周亮工.尺牍新钞[M].上海:上海书店,1988:251.

曰:"内外方脉,兼理开门七事科。"①

作者说自己目前被"四竖"所害,其"一竖"和"二竖",合起来即"膏肓"。看来作者的病已够重了,但他还强忍着用幽默的语言表达。其第三"竖"是柴。因为《水浒》中柴进被称为"柴大官人",所以胡宗铎戏称自己缺柴是缺"大官人"。第四"竖"是米。北宋著名书法家、画家、书画理论家米芾,宋徽宗诏为书画学博士,又称"米襄阳""米南宫"。胡宗铎用今人归纳的"断取"修辞格,戏称缺米是缺"米南宫"的苗裔。(因为尺牍接收对象是文人,胡宗铎知道对方能看得懂。)其自嘲如此,类似于今人所说的"黑色幽默"。由此牍可见,胡宗铎乃是贫病交困的文人,不得已向朋友求助,其朋友也不见得富裕,尚须再假借邻人。但在尺牍之中,却看不到作者破落求人的卑言媚语,而是借助典故与代称,将求助信写得妙趣横生,以谐谑之言言窘迫之事,虽有几分酸气,但总体上格调不为低下,反映出在极端贫困中士人仍存的几分自尊与傲骨,以及笑对贫困的生活态度。

水炤《柬友》

偶闻道兄家事烦闷,弟正对老妻小饮,不觉嗑然一噱,襟袖皆濡。昔人喷饭满案,真不诬也。弟向闻"贪"字与"贫"字相类,以为此犹常谈,今乃知"爱"字与"忧"字相类,更为亲切。观道兄爱根最深,弟恐愁魔亦难一时遣去,惟淡淡以顺受之为得耳。因偶拈俚言二句云:"贫从贪里得,忧自爱中来。"并呈一笑。②

"爱"字繁体为"愛","忧"字的常用繁体为"憂"。二者意思相差甚远,甚至可以说相反,但尺牍作者水炤却巧妙地将感情色彩截然不同的两个字勾连起来。此牍表现了普通士人之间借调笑相互为己的友情。友人家事烦闷,作者忧友人之忧,于饭间忽悟"忧"字新解法,以为"忧"与"爱"字形似,友人为家事所扰,正所谓忧从爱中来,因爱之深,恐忧愁一时难去,想来自己不觉喷饭,并因此作牍劝慰友人。

清初尺牍选本中的谐谑尺牍小品,不见得尽如王思任尺牍小品般幽默风趣、机灵跳脱,但也颇有可观。它们反映了士人精神与心态中积极乐观的一面,反映了他们之间深厚诚挚的友情。尽管它们可能在文艺审美性上不一定如其他风格的尺牍,但它们属于小品是毋庸置疑的。

清初尺牍选本中的风格多种多样,但大体不出公安派、竟陵派、七子派、现实派与谐谑派这五大流派范畴。这五种风格流派的尺牍彼此之间的文艺审美特征有着较为明显的差异,在反映人的性情上程度也有不同,但是明末清初士人精神与情感世界的总体反映。如果严格以晚明文人的小品性灵观作为标准,其中的一些尺牍甚至不能称之为小品。但小品文的内容与形式都极其自由,尺牍又是其中最自由者,加之清初尺牍选家以进化的、发展的眼光

---

① [清]陈枚.写心二集[M].沈亚公,校订.上海:中央书店,1935:302.
② [清]汪淇.分类尺牍新语广编:第13册[Z].上海:上海图书馆,康熙七年(1668)刻本:5.

认识尺牍小品,所以这里继承他们的集体认知,将这五类风格流派的尺牍一并纳入小品文的自由王国。至于清初尺牍选本中的部分理学尺牍,因其枯燥无味,毫无小品文审美情趣,这里姑且弃之不论。

第三节　叙述议评　气质丰富

清初选本中的尺牍小品流派纷呈,各有擅长。从尺牍的形制而言,尺牍小品多属短小精悍,长篇大论亦有,但较少。一些长篇文章,如侯方域《与任王谷论文》,第一在性质上属于文论,第二在体式上更接近古文而非小品,也多不具备小品文的神韵,不应以小品视之,而可以视为传统意义上的古文。诸多尺牍小品在较为短小的篇幅内展现出极高的审美艺术性,这依赖于尺牍作家高超的写作技巧与审美情趣。

一、表达形式

清初选本中的尺牍的表达方式是多种多样的,尺牍作家总是根据尺牍内容与思想主旨表现的需要灵活地采取表达方式。总体而言,主要存在叙述、议论、描写、抒情四种表现手法。这四种表现手法被诸多尺牍作者灵活地运用,有的以一者为主,其他为辅,有的综合杂糅于一起,形成各种各样的审美特征与风格面貌。

(一)叙述

清初尺牍选本中叙述类的尺牍是比较多的,尤其在表现士人生活与社会现实内容时。

宗观《与丁固庵》

高会追随,弹指十载余矣。弟风程仆仆者数年,江帆马足,未尝不时歌伐木也。新正过贵郡,遍访同人不得。季春重来,幸偕素心兄弟,剪烛倾尊,独以我兄不遇为憾。绛帏密迩,弟匆遽回苕,不及扁舟过晤,怅可知也。濒行留此代面,并谢朱履之惠。握手言欢,秋以为期。①

此牍以叙述为主,主要表述作者寻访朋友的过程,以及寻访不遇的遗憾,因此作牍留给朋友,相约会晤之期。此牍可以作为士人之间交游尺牍的代表。《分类尺牍新语》三编之中有"政事""仕途""怀叙""饯送""馈遗""请乞"等类别,多表现士人生活的种种情态,其中有不少以叙述为主兼有抒情的尺牍。其他尺牍选本未必如此分类,但也有这些内容,在表现方式上也大致如此。

在表现社会现实内容时,尺牍也往往以叙述为主。如前文所提及的陈衍虞《寄何年丈》一牍,作者主要讲述了社会动荡之下,家乡一片混乱、荒芜,盗匪横行,民不聊生,此牍以叙事

---

① ［清］汪淇.分类尺牍新语二编［M］.台北:广文书局,1975:173.

为主,兼有议论。

尺牍选本中的叙述性尺牍多以铺叙为主,兼有议论与抒情,有时也采用对比、排比等手法来加强叙述的强度。就整体风格而言,叙述性的尺牍文风较为平易舒缓,不以深刻为要。

（二）议论

选本中许多反映社会现实问题的尺牍,因牵涉到对时事的看法与评论,因此多以发表议论为主。李渔《尺牍初征》中有"政事类""时事类",其他尺牍选本中也有不少此类尺牍,多有以议论为主者。

冯琦《答赵心堂司寇》

今天下嗷嗷朝夕急矣！其本原在主上于群臣,相疑相厌,与之争胜,如弗克尔。譬之药然,无论甘苦攻,补入喉即呕,而今且拒不使入喉,药且不入,何论有效? 上拒天下士大夫至此,故市井之子,操牍而入貂珰之群,乘轺而出也。来教所谓厝火未发,厚毒大溃。忠臣有心,谁能不忧。[①]

尺牍中反映的是神宗时期君臣争执相疑的情况。冯琦心急如焚,在牍中阐述了自己的看法与观念。

另外,士人尺牍在谈到世态人情时,也多发表纵横议论,阐明自己观点。

黄虞龙《与邹满字》

古来奇逸之士,皆胸中负如许无状。喀喀欲吐不得吐,故发之歌咏,行之词赋,或使酒骂座,或拥少挟妓,或呼庐陆博。虽云习气未除,总之英雄不得志,则用以自秽耳。宁有真实哉?[②]

此牍谈及晚明士风,作者从古人谈起,以为晚明士人颓废奢靡、疏狂轻浮的生活方式,其中有英雄不称于世、不能用其志的原因。其说有一定的道理。

士人谈到学风与学问之道的尺牍,也是以议论为主。

谷应泰《与王汤谷按台》

古语云:"北人看书,如显处视月;南人学问,如牖中窥日。"盖言北鹜博而南守约也。近则不然,北人喜约,南人喜博,北人不患不沉潜,南人不患不高明,然高明太过,往往多虚而少实。奉观浙士,猎藻矜华,夸多斗靡,譬如未纳雾谷,非不美观也,虽然,如御寒何? 弟力以实学策之,使返到沉潜一路,近稍知归本矣。先生为天子采风而出,奉敢使佻达者为辖轩辱乎?[③]

---

① [清]周亮工.藏弆集[M].张静庐,点校.上海:上海杂志社贝叶山房本,1936:4.
② [清]周亮工.尺牍新钞[M].上海:上海书店,1988:170.
③ [清]李渔.尺牍初征[M]//四库禁毁书丛刊:集部第153册.北京:北京出版社,1997:535-536.

谷应泰作此牍时当在杭州任浙江提学金事。尺牍就南北古今学风的差异进行比较,并批判了清初浙江士人学风的贪多务得、轻浮无用的不良倾向。

议论为主的尺牍多以夹叙夹议的方式进行,因其多针对实际情况而谈,内容上多批今驳故,申发作者观点,因而在气势上显得充足,文气多突兀不平。此类尺牍多能展示作者的学识与见解,但在性灵与性情的反映上,则显得稍有欠缺。是以往往深刻有余,灵动不足。

(三)描写

描写是清初尺牍选本中最重要的书写表现方式,尺牍小品文艺审美属性的高低往往就在于其描写手法高明与否。其中,记游尺牍是描写手法应用的重点对象,它们以表现山川景物为主,涉及各处自然与人文风光描绘。

金鳞《订傅培风踏青》

四序各有赏心处,而春尤最。朔风稍解,百舌乍鸣,春之萌也;梅花尽吐,芳草半茸,春之初也;红雨飞香,黄鹂调管,春之中也;绿阴燕子,晴卷梅花,春之盛也。若夫啼残杜宇,开遍荼蘼,而春事阑矣。清明又在浓淡深浅之间,雨余翠厚,日暖光融,可无觅胜湖头,探芳郊外,以澹此衷郁郁? 柔茵如席,远芜凝烟,坐卧咸宜,行止皆韵。不然,淑景芳辰,等闲抛掷,俾东君视我辈为何如人?[①]

牍中,作者极力描绘春天景象,运用了如红、黄、绿等多种色彩来表现春日颜色之鲜艳,用了几重排比句来描绘春日之胜景,以此来激发人的游春欲望。在描绘之余,作者又生发议论,借景抒情。此类尺牍,往往在写景之中抒发性情,写景描情是其长处。

不少反映士人生活的尺牍中,也应用了描写手法来表现士人生活的情态。

张立恭《与陈涛飞》

弟村居,与秋水庵相距仅一溪耳。溪前尽植老梅,沿溪绕以槐柳,如拳草阁,咫尺临对。每临月来人静时,水面寒香暗度几簟,而烟树暮帘,微茫在望。孤尊倾倒,忽念故人,醉梦迷离,同入三更,霜笛中耳。明早放艇相邀,笑咏山房腊酒、高院梅花之句,谅足下当为首肯也。[②]

尺牍通过对自己村居生活情境的细致描写,表现了舒适惬意之情,让人产生幽隐乡村之想。

以描写擅长的尺牍往往是尺牍小品中意境情韵最佳者,往往景中有情、情中含景,最能表现出士人性情以及尺牍小品的性灵属性。此类尺牍也是清初选本诸类尺牍中最清新可喜者。

(四)抒情

尺牍写心,最能表现人的情感。抒情是清初尺牍选本中尺牍作品最重要的表达方式。

① [清]陈枚.写心集[M].沈亚公,校订.上海:中央书店,1935:81.
② [清]汪淇.分类尺牍新语广编:第16册[Z].上海:上海图书馆,康熙七年(1668)刻本:26.

第五章 清初尺牍选本中的尺牍艺术研究

除了纯粹论理的尺牍外,几乎无牍不抒情。叙述、议论、描写也可以说是抒情的表现方式。尺牍在叙述、议论、描写之中如果失去抒情因素,往往就失去了灵魂,不再鲜活生动。

诸选本中有不少尺牍是纯任抒情的。

徐继恩《与钱雍明》

余天性英爽,不奈忧烦,悒悒终年,便欲气尽。使困顿一室,悲来填膺,怫逆内蒸,穷愁外逼,人非金石,立见销亡。不若逃形全真,肆志方外。①

此牍作者纯写自己的刚直性情,一任情绪的放纵流露。此类尺牍大多形制较为短小,如此方能纵情任性,若尺牍稍长,文气便会显得不足。而多数尺牍都是将情感蕴藏在叙述、议论、描写之中。

诸选本中尺牍所抒之情是多种多样的,以汪淇《分类尺牍新语》中的分类为例,24 类之中,"赞美""怀叙""规箴""旷达""感愤""嘲讽""慰问"等类别目录是与人的情感因素直接相关的。清初尺牍诸选之中,愤慨、抑郁、忧伤、凄凉、欢喜、热爱、狂放,士人的诸种情绪应有尽有;家国情仇、身世感怀、亲情、友情、爱情诸种情愫无所不包。它们或热辣,或浓烈,或恬淡,或平和,或温柔,诸种风格无所不备,可以说全面地展现了明末清初士人的情感世界。

二、审美气质

清初尺牍选本中诸种风格流派的尺牍小品在集中呈现,它们的风貌各不相同:公安派的平易浅俗,竟陵派的曲折幽深,谐谑派的幽默风趣……尺牍作者也运用了各种各样的表达方式与表现手法来表现他们的性情与精神,叙述精当、议论深刻、描写传神,这些都使得尺牍小品在艺术审美上呈现出多样的审美情趣特征。总体而言,清初诸选本中的尺牍在审美气质上主要表现有五种倾向:理胜、情胜、趣胜、气胜、韵胜。

(一) 理胜

宋诗重视理趣,在诗歌中常常用形象化的语言阐述人生哲理。清初尺牍诸选中不少也有宋诗的这一特征。作者往往在尺牍中抒发人生感悟,阐述对世界的认识,或者谈禅论道,因而在审美上显示出"理趣"的特征。此类尺牍语言不一定华丽,文法上也不一定刻意和讲究,要在旨意深刻、发人深思,使人有所悟,而有所获。

选本中不少哲理性的清言小品便有理性的特征。

钱栴《与友》

迫人饮,饮者寡;任人饮,饮者多。故君子之教人,但为人具佳酿,不为人严觞政。②

---

① [清]汪淇.分类尺牍新语二编[M].台北:广文书局,1975:237.
② [清]周亮工.尺牍新钞[M].上海:上海书店,1988:115.

与人喝酒,如果强迫人喝,自然愿意喝酒者少;如果任人喝多喝少,则愿意喝酒者多。所以君子的喝酒之道,是为人家准备好酒,而不为之制定喝酒的规矩。此牍表面是与友人讨论喝酒之道,读来实则意蕴悠远。喝酒如此,人生中的很多事情不也如此吗?所谓强扭的瓜不甜,强喝之酒席气氛定然也不会欢快。此牍富含哲理,读来便如让人喝了一碗美酒般事后还有回味。

有不少对子女进行规箴的尺牍也表现出以理取胜的特点。

孙枝蔚《示儿》

受人之辱,最是有益。于读书做功业,人胸中皆不可无所愤激。若夫学为圣贤,学为隐逸,并愤激二字,绝无用著处矣。圣贤受辱,惟有一惧,惧我有以取之也;隐士受辱,为有一喜,喜人之不知我也。嗟乎!辱之德大矣哉![①]

尺牍谈人生受辱当以积极心态面对之,不可有愤激之心。无论圣贤之人还是隐逸之士,他们在受辱时都不会行愤激之举。此牍为孙枝蔚教导儿子人生修养的问题,将道理讲述得浅显明白,非其子读来也当受益。

也有一些劝慰类的尺牍,在开导友人时,陈明事实,讲清道理,使人茅塞顿开,不再为忧愁困扰,表现出理趣特征。

诸长祚《慰友人下第》

茂陵秋老,江影浮葭,片石丛青,正客星旧隐庐也。千古之下,犹栩栩动人,彼梦里邯郸,枕边蝴蝶,何足伤人襟叙乎?[②]

友人下第,诸长祚以严子陵作例,讲述黄粱一梦、庄周梦蝶的故事,启发友人人生尚有许多事可以追求,功名利禄不足恋也不足以伤人。

除了哲理之外,还有一些尺牍以阐述事理取胜,它们能够将复杂的事件讲述得清晰明白,表现出理性的特点。一些叙述、议论的尺牍常有此特点,如前文所引的冯琦《答赵心堂司寇》一牍,便直陈时弊,将国家混乱危急的局势在短短的数十字之中说得清楚明白。

(二)情胜

尺牍本为抒情所用,诸选本中有不少尺牍善于表现人的情感,它们往往情景相生,以多种艺术手法将亲情、友情、爱情以及人生感怀等写得婉转动人,直欲盈人眼眶。读者极易为其中的情感所感染,产生共鸣效应,是所谓以情取胜者。

此类尺牍,有为家国破灭以及人生际遇感怀者,情感上多低沉抑郁。

---

① [清]汪淇.分类尺牍新语二编[M].台北:广文书局,1975:197.
② [清]陈枚.写心集[M].沈亚公,校订.上海:中央书店,1935:3-4.

卓发之《与丁叔潜水部》

音尘销灭，又更两载。今春归省，过化城旧馆，阒无一僧。颓椽败瓦，委荒榛蔓草间，颇有稷苗之悲。舟人指水一方，已属他姓，庭树寂寥，枝条欲折。大略今日鼯穿鼠窜、烟鬟露泣之地，皆我两人当年花朝月夕、啸歌痛宿处也。昔之所乐，今之所哀，人言声无哀乐，此地亦当无哀乐尔。昔日红颜，半就衰老，且有墓木翛翛者，市上少年面目，多不相识，虽铁石作肝，能不销铄。自非瓣心西土，逆旅此邦，不能不闲思往事也。①

作者在牍中感时伤怀，写景、叙事之中无不含有深刻的悲凉哀伤、抑郁凄婉之情，几乎字字血泪，读来令人痛心泪落。

士人之间的友情极其珍贵，"庆慰""怀叙""饯送""邀约"等内容的尺牍多写士人之间的诚挚友情，读来颇令人生慨，多有以情取胜者。

周禹吉《与徐武令》

初为旅客，离绪凑然，回首故人，已在碧天云树之外。秋冬之际，尤难为怀，不独竹西道上也。此行未及遍别朝采、雪巢诸子，望为道意。归来把臂，当为两峰三竺游耳。濒行不能尽意。②

作者远游之际，朋友送别，心中充满离愁别绪，又想到还有诸多好友未道别，因此委托朋友代为致意。别还未别，作者又想到归来之后的情形，相约好友归来游乐。牍中既有分别之际的依恋不舍，又有临别邀约的豪爽，将朋友间真挚的情感表露无遗。

选本中最能以情动人的当属女性尺牍，而女性尺牍中最能感染人的当属表白爱情的尺牍。有妻子思夫者。

芮贞素《与夫子书》

自君之出矣，三见燕子飞来。楼头杨柳，飘我愁思；秋山绛叶，拟我血泪。何时一鞭骄马出皇都，令老姑慰倚闾之望，稚子致牵衣之娱？悬切悬切！③

牍中细致描写季节变换的细节，用了燕子、杨柳、枫叶等意象表示丈夫外出之久与自己思念之切，文采斐然，感情真挚而深厚。

也有妇思游子者。

---

① ［清］周亮工.尺牍新钞［M］.上海：上海书店，1988：90.
② ［清］汪淇.分类尺牍新语二编［M］.台北：广文书局，1975：332.
③ ［清］陈枚.写心集［M］.沈亚公，校订.上海：中央书店，1935：322.

梁月《与吴右廉》

握手言情,期良会之未远;抚心弹泪,知相见以何年?所恨者,朗月明星,常睹影形之莫托;南山北水,弥深盼望之无从。愿鉴鄙衷,无渝前志![1]

尺牍通篇对仗。作者巧妙运用星月、山水意象,嗔怪星月可以照人形而无法寄人思,山水阻隔了人的视线而无法远眺情人身影,将思念情人的感情表白得淋漓尽致。最后,作者又怕情人心变不归,有负前约,因此叮咛嘱托。一个孤落无依、娇楚可怜的柔弱女子形象宛若就在读者面前。

(三)趣胜

"趣"指意趣、趣味。前文所言的谐谑派小品在幽默风趣间表现人的性情,在审美趣味上以"趣"取胜。不过谐谑派小品总体倾向幽默风格的谐趣,在尺牍小品中还有一种"意趣",是指在描写事物与情感体会时,将之表现得格外生动,别有意味与情趣,不是让人展颜一笑,而是让人觉得意味横生,不忍释手。

关汉《与柴虎臣》

比得张仲嘉《齐家宝要》,冠婚丧祭之礼,繁简曲当,兼集诸先正居家训约,而绪论详明。顿使逆子咋舌,傲弟拊心,谨慎终之不惬,恐力行而未逮。其《曲礼·檀弓》之鼓吹乎,读者如饿十日,而得大牢味之,不胜甘也。足下所著《柴氏家训》,想亦类之。倘剞劂告成,幸惠以教我,申楮发函,定当北面。[2]

作者想求的乃是家训之类的书籍。一般而言,家训乃是封建士大夫"齐家"所用之训诫家庭成员的家规,此类读物多刻板无趣。但在作者笔下,这些家训读物却如鸿文大著一般,其作用"顿使逆子咋舌,傲弟拊心,谨慎终之不惬,恐力行而未逮";其文笔"鼓吹乎,读者如饿十日,而得大牢味之,不胜甘也",使人产生好奇之心,不禁有一览之想。将枯燥无味之物,描绘得生动而有意趣,可见作者之奇思妙想。

许多表现士人生活情趣的尺牍,也有以趣取胜的特点。

周荃《招栎园饮》

仆所居园,虽无奇观,然是顾青霞宿构,颇为闲懒客所称:石不奇,映以老梅,颇有致;树不多,参错以石,颇有映;池不广,然垂柳拂之,颇如縠;室不甚幽,然不燥不湿,颇可坐;室中所悬画,虽太旧,然是李营丘手迹,董文敏三过而三跋之,颇为识者所赏;酒不甚清,然是三年宿酝,多饮颇不使唇裂;主人虽老,然不惫,颇能尽夜奉客欢。栎园以公事至,虽忙,然颇可偷半息暇,一徘徊于树石间,看旧人画,听老夫娓娓述吴中逸事以佐饮。天下事无不忙者,况服官然?天下事也忙不得许多,偷半息

---

①② [清]陈枚.写心集[M].沈亚公,校订.上海:中央书店,1935:311,192-193.

暇,且过我饮为是。①

作者精心描绘,展现的是自己性情的风雅与生活情境的意趣。尺牍用了很多的排比句与转折句,非常风趣。如此趣人、趣处,又以如此趣文相邀,谁能做出拒绝这等自讨无趣之事?

诸选本中有许多士人之间鉴赏书法、绘画、音乐等内容的尺牍,也多有意趣的特征。

诸匡鼎《与恽正叔》

觉庵先生谓足下旅舍炎蒸,无能消暑,特携十洲子虚上林图,欲仆同过竹下观之。才一披展,觉林风动窗,海水涌案,车辚马驰之声,仿佛盈耳。稍可为足下招北窗微凉,尚冀以丽句咏之耳。②

此牍借助通感的手法来描写画作之神。暑天炎热,作者观画,本是视觉上的感受,作者却将之转化成触觉、听觉、视觉三种不同感受,连用了“林风动窗,海水涌案,车辚马驰”三个极具画面感的比喻,突出画作可使人感受清凉的神奇之处。文中并无一字对画作进行了直接描写,全以虚写实,但却化实为虚,让人感受到绘画技艺之高超绝妙,不禁产生欲借之一览之感。作者文笔之意趣,也足以让人感受到丝丝凉意。

(四)气胜

从清初尺牍选本中的文论可以看出,明末清初文人存在重视文气、以“气”论文的倾向。文气指的是文章所表现出的作者的精神气质。对于“文气”的认知,不同时代、不同文学流派都有不同,就清初尺牍选本中的文论而言,主要源于儒家载道观的“养气”说,也就是孟子所说的“浩然之气”。这里所说的“气胜”,也是从“浩然之气”说出发,讨论部分尺牍的刚正浩大的审美气质。当然,“气”,也包括文章的气势、行文的逻辑语势、贯通之气等内涵。

从清初尺牍选本的分类来看,清初选家很注重尺牍之“气”。汪淇《分类尺牍新语》三编中有“感愤”“旷达”类别,陈枚《写心集》中有“感愤”“砥砺”“高尚”类别,这些类别名称本身就与文气有一定关联,其中的尺牍多为文气充盈者。舍此之外,诸选本中关于政事、仕途等内容的尺牍也多有以气取胜者。此类尺牍,多关注现实内容,在表现手法上以议论、抒情为主。

卓发之《上叶曾城师》

以真正命世豪杰如师台,不令主持国运,而困之丘壑间。每一念及,辄为痌瘝号呼而不可止。某流寓南中,为背城借一之计,乃三折肱、两折足,兼而有之。因思天下精诚之极,可以贯金石、孚豚鱼;不平之鸣,可以呼父母、诉上帝。惟文章中不白之冤,至于魂离魄散、委弃沟壑而不可以告人,此天下至痛。而乃有行谊较然,可以照耀天壤,犹未免为世所疑,如台台者,又于文章外,增一种痛哭情事矣。③

---

① [清]汪淇.分类尺牍新语二编[M].台北:广文书局,1975:314-315.
② [清]陈枚.写心二集[M].沈亚公,校订.上海:中央书店,1935:208.
③ [清]徐士俊,汪淇.分类尺牍新语[M]//四库全书存目丛书:集部第396册.济南:齐鲁书社,1997:451.

此牍选自《分类尺牍新语》感愤类。卓发之在牍中悲慨明末时事混乱,而英雄不获所用。"背城借一"是成语,意为背靠城墙,决一死战,由此可见,卓发之亲自参与了明末的护国之战,并因此受伤。但他不伤痛于此,而是伤痛士人忠魂之精诚可以感动天地,然一篇文章便可以污蔑构陷之,"此天下至痛"。叶曾城这样的"行谊较然,可以照耀天壤"者,却依然蒙冤受屈,则更是痛上加痛了。牍中作者哀伤国是,感慨英雄无用武之地,情感极度悲愤。尺牍动人之处,正是贯穿全文的士人的忠魂铁骨与刚正无私的浩然之气。

也有一些尺牍,纯粹表现士人自身的情感与精神世界,也能体现气胜的特点。

高攀龙《答刘念台》

杜门谢客,正是此时道理。彼欲杀时,岂杜门所能逃? 然即死,是尽道而死,非立岩墙而死也。况吾辈一室之中,自有千秋之业,天假良缘,安得当面蹉过? 大抵现前道理极平常,不可著一分怕死意思,以害世教;不可著一分不怕死意思,以害世事。想丈于极痛愤时,未之思也。①

与阉党斗争失败,在人生最低落之时更显士人之精神。高攀龙此牍不畏生死,文中充满浩然正气,是文气极盛者。

以气取胜的尺牍,多展现士人的傲骨忠魂,不求文笔佳妙,但求文气充盈、荡人心胸。在清初选家眼中,此类尺牍是将呈现士人真性情的性情观与文以载道的载道观完美结合的尺牍小品典型。徐士俊在卓发之《上叶曾城师》后评价道:"笔花惊放处,使人目兹魂摇。左车先生真天才也!"②此评价说明了气胜的尺牍的感染力之强,这种感染力不在于构思的精致与语言的华美,而在于充沛的文气具有的震荡人心的力量。

(五)韵胜

富有韵味是晚明以来小品文的主要审美特征之一。晚明小品多有善于营造意境者,读来让人觉得清新可喜、含义隽永、韵味无穷。清初尺牍选本中的许多尺牍小品也有此特点,它们善于对生活中的事物或生活上的细节精心描绘,构造出精致清新的意境,以韵味取胜。

这一类的尺牍多有小、清、新的特点,"小"是指形式短小,运用小的细节与意象,表现小的情思;"清"是指善于营造精致清澈的意境;"新"是指构思巧妙,意境新颖。韵胜多在描绘士人生活细节情趣以及山水园亭等风光景物时表现出来。这里试举一二例。

李式玉《与毛稚黄》

昨山行,归至定香桥已暮。堤上悄无人行,望城头月初起,圆而赤色,如烧灯然,殊难摹拟。会当与足下共登岱观日出,一证此奇也。③

① [清]周亮工.尺牍新钞[M].上海:上海书店,1988:3.
② [清]徐士俊,汪淇.分类尺牍新语[M]//四库全书存目丛书:集部第396册.济南:齐鲁书社,1997:451.
③ [清]陈枚.写心集[M].沈亚公,校订.上海:中央书店,1935:105.

尺牍描写作者偶然暮时独行所见之景。无人的湖堤，暮色中的城头，天空中的红月，作者借助简约而关键性的意象营造出宁静、空旷、新奇的意境，尤其是城头上的一轮红月，更是人所罕能想象的新奇景象。读来觉得清新之余，更让人再三想象，此景到底呈何等韵致？

王光被《寄内》

会心处初不在远，澹园虽小，有平池修竹亦复苍翠可人。如锦绣纂组，不盈尺幅而文采烂然。①

尺牍只有短短 30 余字，极其精简扼要，但作者抓住园林的关键细节，借助精当的比喻，将其胜处描绘得生动而有韵致，正所谓言有尽而韵无穷。

柏古《与石庵和尚》

看月尤宜近水，一片空明，清澈见底，不知何者是月？何者是水也？昨暮独步柳下，波光树影，相互磨荡，渔火乱浮，渔火唧唧。个中真趣，可为山僧道。请下一转语。②

此牍妙处在于写景，起首的水月之思不禁让人联想到张若虚的诗句："江天一色无纤尘，皎皎空中孤月轮。"如此已经颇有清韵，惹人遐思。接下去作者又写步行所见：水、月之外，又有波光、树影、渔火等意象，配合草虫的鸣叫声，形成清雅而富有禅韵的意境，既使作者流连忘返，也令读者如临其境。

清初尺牍选本中尺牍小品的文体形式是多样化的，并非只有游记、清言、骈赋等，其中的风格流派也是多样化的，公安、竟陵、七子、现实、谐谑五种风格也不能尽全概括。而且，诸多尺牍小品的表达方式是综合性的，它们的艺术美感也往往呈现出多种多样的特点，并不能以单一的表达方式与审美特质去认定。总体上，清初尺牍选本中的尺牍小品全面而丰富，其中还有许多的艺术表现手法与风格特征可以讨论，但由于它们多不是呈现出一种集体的倾向或较为统一的面貌，因而被舍弃不论了。这里所讨论的主要是在文体形式、风格面貌、表现手法与审美特质等方面呈现出群体性倾向与特征的尺牍，这样分而论之，似乎才能较好地反映明末清初尺牍诸选中尺牍的整体风貌。当然，也还有一些共性的东西被忽略了，如按尺牍小品的语言风格分，可以分为典雅派与朴实派，而以典雅派为多。这在分析具体作品时，已经有较为具体的论述，因此不再展开。总之，清初尺牍诸选中的尺牍艺术还有许多可供讨论之处，尚须进一步深入研讨。

---

① [清]陈枚.写心集[M].沈亚公，校订.上海：中央书店，1935：196.
② [清]汪淇.分类尺牍新语二编[M].台北：广文书局，1975：386.

清初尺牍选本中的女性尺牍

　　赵树功在《中国尺牍文学史》中感慨中国尺牍文学的缺憾之一便是女性尺牍的冷清。中国古代不乏才女,但女性的地位远远无法与男性比较,更遑及士人精英群体,因此在历史上女性的著述远远无法与男性相提并论。到了明代,随着经济的发展与教育的普及,尤其是性情解放思潮放松了传统道德观念对于女性的束缚,富有家庭的女子受教育的越来越多,才女出现的比例越来越高,到了清代,有文学专集问世的女性有数千人之多。尽管如此,女性的尺牍创作却依然不多,赵树功将原因归结于"生活范围的局限,交游的寥落,严格的礼教,使她们很难获得这种交流的机缘;'女子无才便是德'的观念,造就了一批目不识丁的主妇,欲有所为却没有这个能力"①。其所言大致准确。但在这些因素之外还有重要的一个原因:古代女性因社会地位低下,她们的著述在士人主导的价值体系之中很难获得认可,因而没有人去留意保存。作为文学主流的诗文作品,女性的部分创作尚可为士人认可,但尺牍本为文学之"末者",虽宋明时士人对其看法发生改变,但也无法与诗文地位相较。因此,女性的诗文作品在文学史中可以看见,也可以以诗文集的形式流传后世,但女性的尺牍在历代尺牍纪录中极少,更没有女性尺牍的选集问世。对于古代女性尤其是受教育、有知识的女性而言,不是她们没有尺牍创作,而是她们尺牍创作的价值不被士人价值体系所接纳,汪淇在征女性尺牍时云:"尺牍于闺阁亦罕有矣。其淫艳之词,今人未有,亦不便于录集成。"②因为没有人去收集与保存,故而女性尺牍在文学史中的表现便是冷冷清清了。

　　较之于明代,清初的尺牍选家的眼光更为开放与进步。标识之一便是在搜集尺牍时,关注到了女性尺牍,并择优录于尺牍选本之中。尽管与男性尺牍数量相较,少得近乎可怜,并且地位极低,《分类尺牍新语》与《写心集》系列都将之放在末类,但与其他时期相较,又显得

①　赵树功. 中国尺牍文学史[M]. 石家庄:河北人民出版社,1999:53.
②　[清]汪淇. 分类尺牍新语广编:第24册[Z]. 上海:华东师范大学图书馆,康熙七年(1668)刻本:11.

极为"丰富",总之女性尺牍蕴含的价值因稀有而显得弥足珍贵。

第一节　女性尺牍的选家认知与存在情况

一、选家对于女性尺牍的认知

中国古代文学史简直可以作中国古代男性文学史,尽管历代都有才女,但价值认同体系却是由男性决定的。女性尺牍也是如此,她们的尺牍能否入选尺牍选本并传世取决于男性的价值审判体系。换言之,清初尺牍选家对于女性尺牍的认知水准才是女性尺牍入选数量与质量的最关键因素。周亮工便以为女性尺牍价值不大,他说:

> 闺秀之篇,集中鲜载,惟顾夫人大家规范,周淑媛道韫雅风,急登数则,获表双奇。自余非抒闺怨,则报幽期,非申花月之盟,则订香茗之约,或青楼艳质,思炫价于捉刀,或绣口令才,竞托名于染黛。玉室遥忆,终类神山;翰墨导淫,徒沉欲海,故宁失之严,勿失之滥也。[①]

周亮工以为,女性尺牍或抒发幽怨或以风花雪月为主,与大道无关。更有甚者,不少青楼女子欲获得盛名,委托他人代笔。这些女性尺牍皆虚妄而不具备实际意义,甚至宣导淫欲,格调低下。周亮工的这一观点实际是以封建士人的道德观、文学风化观来否定女性尺牍。但他的这一说法也从旁侧证实了明末清初的女性尺牍创作并不鲜见,只不过女性囿于识见方面的原因,尺牍境界偏狭,其长处在于抒发自己的情感。由于难以表达出男性主导的价值观念,因此难以获得以周亮工为代表的士人的承认。周亮工在《尺牍新钞》中只选登了两位女性的尺牍:浙江钱塘人顾若璞尺牍 3 通;福建莆田人周庚尺牍 13 通。观乎二人尺牍,顾氏主要表现了勤俭持家、贤良方正的妇人之德,但《与张夫人》一牍超越了传统妇女的视野,议论国家大事并且欲捐家以资国难;周氏以短牍为主,内容上以议论诗文、表达人生感悟为主,含意隽永,其格调与韵致不输于普通士人。在周亮工眼中,这二位女性一为德女,一为才女,属于不同于常人的奇女子,其笔下的尺牍俱非儿女情长之事,正符合士人的价值观与文艺观,因此周亮工方才"急登数则,获表双奇"。但在其后的《藏弃集》《结邻集》中则不再有女性尺牍。

与周亮工相较,汪淇对女性尺牍的观点表现出极大的进步性,《分类尺牍新语》的分类观收到《世说新语》的影响,《世说新语》中设有"贤媛"门类,则在《分类尺牍新语》中设置了"闺阁"类别。在类前目录中汪淇言道:

> 憺漪子曰:闺阁之语,岂可见于笔札哉? 然如秦嘉、徐淑之赠,明诚、易安之倡

---

① 　[清]周亮工.尺牍新钞[M]//四库禁毁书丛刊:集部第 36 册.北京:北京出版社,2000:11.

和,则闺阁亦良友也。尝笑《郑风》所载:"女曰鸡鸣,士曰昧旦。"此衾中枕上之咽喁,不知诗人从何处听得? 推此以论,念奴潜伴诸郎,长生夜半私语,彼元白外臣顾安得见之而安得闻之? 又况晨妆午梦之情,春倦秋寒之态,有百倍于画眉者,不知更当作何描写? 兹所采诸牍,隽旨微词,风流蕴藉,殆所谓乐而不淫、哀而不伤者乎! 观止矣! 曲终人不见,江上数峰青,请以此当开雎之乱集。[①]

汪淇开篇以疑问形式指出了文学中"闺阁之语不见于笔札"的现象。他以为从历史上的秦嘉、徐淑夫妇赠答之诗,以及赵明诚、李清照夫妇的唱和之作来看,才女与士人亦互为良友。同时从《诗经·郑风·女曰鸡鸣》开始的历代闺阁之语、男女之情皆为窃窃私语,本不足为外人道,那诗经以及文学作品中的记载如何真实得之? 由此观之,它们应该都不是写实之作,但士人们普遍欣赏,并引为风流佳话。汪淇未言之意在于秦徐夫妇、赵李夫妇的赠答与唱和之闺阁诗词作品可获得人们的承认与欣赏,为何闺阁尺牍却不为人所重视? 历来文学作品中闺阁之语的记录皆为虚幻非实之词,却普遍为后人承认甚至激赏,为何直接写男女之情、闺阁之私的闺阁尺牍却不见记录? 这岂非是咄咄怪事? 所以,汪淇决定在《分类尺牍新语》中录入闺阁之尺牍作为"开雅之乱集"。至于选录的标准,他将之定为"携隽旨微词,风流蕴藉,殆所谓乐而不淫,哀而不伤者",他的这一审美价值观念总体上仍是士人的文艺审美观,不承认闺阁尺牍的整体价值,只承认部分。因闺阁之牍涉及幽隐,士人多不愿谈及,其思想内容与价值也未被士人充分承认,因此汪淇将之置于二十四类之末。需要注意的是,汪淇所说的"闺阁"并非专指女性,而是男性与女性双方涉及闺阁之事的言谈,因此"闺阁"类尺牍的作者并非都是女性,而是男女都有,故《分类尺牍新语》第二十四卷共有尺牍16通,其中女性尺牍6通。在《分类尺牍新语》其他类别之中还散有女性尺牍18通,远超过"闺阁"类中女性尺牍的数量,但因其事不涉闺阁,因此汪淇将之与士人尺牍混于一处,分别归入各自类别,并不加以特别说明。从中可以推断,汪淇在编选尺牍时,是将女性与士人以同等的身份看待的,对于女性尺牍执行的也是同样的编选标准,除却闺阁类尺牍倾向于女性之外。汪淇的这一做法看似平等,实际在女性尺牍数量远远少于男性的现实情况下,实际是不利于女性尺牍的保存与传播的。

汪淇对于女性尺牍的思想观念不是一成不变的。因《分类尺牍新语》的成书过程较为仓促,因此他对女性尺牍价值的认识与思考未必深入,至《分类尺牍新语二编》时,他的观念便有了变化,尤其是在闺阁尺牍价值的认同上,他开始单方面强调女子的才能,其在第二十四卷"闺阁类"前的《小引》中云:

汪憺漪曰:征尺牍而至于闺阁,诚所谓珠玉咳唾,锦绣心肝矣! 观者得无哂其云雨情、脂粉气耶? 曰不然。夫女子之异于男者,徒以其形质耳。若夫书盘织锦之

---

① [清]徐士俊,汪淇.分类尺牍新语[M]//四库全书存目丛书:集部第 396 册.济南:齐鲁书社,1997:528.

才、挽车举案之操、断臂投崖之节、突围讨叛之勋,何一甘出男子之下? 又况尺璧碎金,如区区鱼笺雁帛乎? 吾尝谓女子不好学则已,女子好,学定当远过男子。何也? 其性静心专而无外务以扰之也。然才人、美人两者,元属造物所忌,即分而为二,犹虑福慧之难双,况以美人而复兼才子,则命薄者不将益薄耶? 故吾终不敢选艳色于燕环,撷妖词于涛芷。窃欲取班姬七诫,悬之桩阁,而佐以钟郝之礼法、张谢之秀风,俾婉娈季女,饮食而歌舞之,庶几曲终奏雅之意云。①

汪淇认为闺阁之尺牍乃是"珠玉咳唾,锦绣心肝"。钱谦益清初以"以锦绣为肝肠,以珠玉为咳唾"来形容吴伟业诗歌风格之风华绮丽,汪淇用之形容闺阁尺牍,可谓评价甚高了。闺阁尺牍往往富有云雨情、脂粉气,这正是士人对于闺阁尺牍鄙弃的原因,汪淇却以为不然。他站在女性的立场,引经据典,认为女性在形质上虽与男子有别,但在才华、气节、德行、忠贞甚至武略方面的表现并不落于男子之下,大的方面如此,尺牍这样的小道也不会必然居于男性之下。汪淇的这种观念已经隐隐然将女性尺牍与男性等同看待,但毕竟还是没有完全放开。他用荒唐的天命之说,以为红颜命薄、福慧难双,在选尺牍时,仍然从士人的道德传统出发,不敢选艳丽之词。他树立了几个标杆人物:班昭、钟夫人、郝夫人、张玄妹、谢道韫等,其事多出《世说新语·贤媛》章,班昭作《女戒》规范女子的言行,钟、郝分别指晋人王浑妻钟氏与其弟王湛妻郝氏,二人俱有德行而守礼法,成语钟郝雍睦便是指此二人,因此班昭、钟氏、郝氏可做封建道德、礼法的代表;张玄妹、谢道韫俱以才气闻名,是古代才女的代表。总体而言,汪淇在二编中对闺阁尺牍选牍标准仍旧未能完全摆脱传统士人价值认同樊笼,虽较首选在观念上有进步,但在实践上却未有突破。《分类尺牍新语二编》"闺阁类"之中共收尺牍 14 通,其中女性尺牍 5 通,但何象善《复子长先生书》与《再复子长书》二牍明显是代作,在《复子长先生书》后汪淇评点云:"此乩仙笔也。乩仙与吾友髯公都下唱和,竟成一集。董先生恐其为髯公不利,以书规之,故其复书如此云。"②乩仙乃是虚妄之事,也不可能有鬼作书,因此尽管此二书是难得的女性言情之作,但只能是士人间游戏时拟女性口吻之作。去除此二通尺牍,《分类尺牍新语二编》"闺阁类"中的女性尺牍只有 3 通。在其他各类别之中,散见女性尺牍 5 通。

《分类尺牍新语广编》成书于康熙七年,较之前两编,汪淇对于女性尺牍的认识又有了进一步地深入。第二十四卷"闺阁类"卷前小引曰:

汪憺漪曰:易女云:"女正位乎内,男正位乎外。"外者何? 庙堂是也;内者何? 闺阁是也。然内外有定名,无定实,可以庙堂而闺阁,则亦可以闺阁而庙堂。昔窦毅之女,闻隋受禅,自投堂下,抚膺太息曰:"恨我不为男子,救舅氏之患。"关图有妹善属文,尝语人曰:"吾家有一进士,所恨不栉耳。"由是观之,则绿窗粉黛之英,何遽

---

① ② [清]汪淇. 分类尺牍新语二编[M]. 台北:广文书局,1975:429,436.

不若彤庭黻佩之彦乎？尝设一幻想，于此使女娲氏立于上，以钟离春、孟光为相，以班昭、苏蕙为学士，以木兰女、锦伞夫人为将军，而使文君、洛神、蔡琰、谢道韫之流给事、黄门、拾遗、补阙，独吕氏、武曌永投诸魑魅瘴疠之乡，不使流毒贻秽。如是则石光五色之中，鼇足四极之上，庶几别有天地矣！然而独阴不生，彼巫髻、湘裙之属，业已现女子身，而来必有为之夫者。虽曰以德若此，其才色若彼，庸讵可断藁砧之缘，废卿卿之选乎？兴言及此，遂不觉辍笔三叹曰："嗟乎！闺阁虽多奇，亦只成其为闺阁而已矣！"若陆子静理学之士也，而谢希孟谑之曰："自逊、抗、机、云之死，而天地英灵之气不钟于男子，而钟于妇人。"大哉言乎！夫天地英灵，吾何敢知？所知者，尺牍而已。故以理学始之，不妨以闺阁终之。①

承继《二编》的女性观点，汪淇以为传统的"女正位乎内，男正位乎外"的观点不尽正确，男女之间不应该有区别，他甚至设想若由历史上优秀的女性代表组成朝廷则另一番生动有趣的景象，他的这番想象与曹雪芹在《红楼梦》的观点颇有相通之处，实际也是妇女地位解放的先声。汪淇在《广编》中感慨女性的德行与才色不应该区别对待，女性是因为女性方才被限制在闺阁之中，其实际的才能与品德不下于男子，不应该因其为女性而否定她们作品的价值。汪淇引用南宋理学家谢希孟嘲笑陆九渊的话："自逊抗机云之死，而天地之气不钟于男子而钟于妇人。"陆逊、陆抗、陆机、陆云皆为魏晋名士，为陆九渊祖辈，他们死后天地之气钟于妇人是王希孟调侃陆九渊不若妇人之嘲谑言语，但汪淇却反弹琵琶，肯定此话的正确性。他自谦自己只懂得尺牍，那么天地之气既然钟于女子，则女子的尺牍亦为天地英灵之反映，所以《分类尺牍新语广编》既以理学开始，则应以闺阁告终。汪淇将理学尺牍放置在《分类尺牍新语》三编中的第一位，是因汪淇以为理学的匡时济世、经世致用之功处于首要位置，将闺阁尺牍放置在最末是因为他以传统士人的审视眼光轻视闺阁尺牍的价值。但至《广编》时，他已认为闺阁尺牍与理学尺牍同样重要，理学作为开端是重视，闺阁作为收场不再是轻视，而是类似于戏曲中的压台戏，是最为重要的一部分。汪淇的女性尺牍认知观念随着尺牍的编选过程越来越进步。在《广编》之中，他不再如《二编》只将这种观念停留在认识层面，而是贯彻到了编选的实践之中，《广编》的"闺阁"类改变了男性尺牍占主要地位的局面，共计收有尺牍20篇，其中女性尺牍有16篇，占据了绝对多数。补编中又收有申惠尺牍3通，在其他类别之中只有女性尺牍1通。

清初为闺阁尺牍单独设置类别的另一尺牍选本是陈枚的《写心集》两集。其中《写心集》成书于康熙十九年，《写心二集》成书于康熙三十五年。陈枚《写心集》两集成书较晚，在分类上受前选影响较大。与汪淇相似，陈枚在《写心集》中将闺阁类尺牍放置在末卷，男女尺牍都收，但命名为"闺秀类"；在《写心二集》中则将"闺阁类"置于"技术类""诙谐类"之前，说明他的女性尺牍认知观较之前亦有所变化。陈枚没有在集中说明他对女性尺牍的看法与编选标

---

① ［清］汪淇.分类尺牍新语广编：第24册闺阁小引［Z］.上海：华东师范大学图书馆，康熙七年（1668）刻本：1.

准，但在书前《凡例》中有总述，从其《凡例》内容判断，陈枚并没有采用不同的审美标准将女性尺牍与男性尺牍刻意区分开来，他选择尺牍强调其文艺审美属性，对于女性尺牍也是如此，因此在女性尺牍"德"与"才"的倾向上，陈枚明显倾向于"才"，亦即文艺之美。《写心集》"闺秀类"中共收入尺牍 45 通，其中女性尺牍 30 通，《写心二集》"闺阁类"中共收入尺牍 35 通，其中女性尺牍 23 通。陈枚在编选的实践上承继了汪淇后期的女性尺牍认知观念，将之与男性尺牍相对等同对待了。

其他选录女性尺牍的选本还有李渔的《尺牍初征》与《古今尺牍大全》，但《古今尺牍大全》中的女性尺牍不是明末清初的作品，这里不作讨论。《尺牍初征》分类中并没有"闺阁"类别，但卷十收有女性尺牍 11 通，因汪淇《分类尺牍新语》部分尺牍来自《尺牍初征》，其中"闺阁"类女性尺牍部分与《尺牍初征》所收有重复。

二、女性尺牍的存在情况

清初诸尺牍选本共计收女性尺牍 100 余通。从整体数量来讲，女性尺牍与士人尺牍远不在一个量级上，只是士人尺牍的一个零头。究其原因主要在于士人对于女性尺牍的偏见，士人在征集稿件时，主要面向全国的士人群体。女性尺牍的特殊性也是造成这一现象的重要原因。女性尺牍多涉及闺阁幽隐之事，一方面受制于流通因素，一方面受制于传统的道德、心理因素，无论男性与女性一般都不愿将自己的闺阁尺牍外泄，恐所遇不端，有选家以此为卖点，故意泄人隐私以吸引读者眼球。因此，尺牍选家在搜集女性尺牍时，难以同士人尺牍一样去广泛搜集，往往事倍功半。对清初尺牍选本中的女性尺牍作者分析可知，她们的身份有以下三个方面的特点：第一，家庭开明，家境良好。"女子无才便是德"是古代士人对女性的主流观念，随着明代的情性解放思潮，女性自我意识开始觉醒，一些开明的家庭也开始让女子受到良好的教育，这使得她们能够从事文学创作，并外界产生一定的与交往的能力，而有社会交往是尺牍创作的前提。如周亮工《尺牍新钞》中的两位女性，其一是顾若璞，周亮工在其名下注曰"和知，钱塘人。上林署丞顾友白女，督学黄寓庸长子文学东生妇。《黄夫人卧月轩合集》"①。顾若璞的父亲、公公都是明末官员，她幼承家学，受到了良好的教育，出嫁后与丈夫互相唱和，其公公黄寓庸也甚为开明，引导、深化了她的学习。其二是周庚，周亮工注曰："明媄，莆田人。诸生陈挟公承纩元配。"②周庚是明末清初福建文人周闻之妹。周闻，字无声，明末诸生，琉璃诗社成员之一，其妻、妹、女皆受到良好的家庭教育，周庚与其嫂经常诗文唱和。另外，陈枚《写心集》两集中的女性多为明末清初杭州"蕉园诗社"成员，都是幼承家教而出嫁后家庭开明者，她们互相唱和，甚至结社交往。第二，德才兼备。封建时代的话语权掌握在士人手中，对女性价值认同的评判权也是如此。女子欲受士人青睐，首先便在于有"德"，次则为有"才"，德才兼具者更佳，唯有如此，她们方能受到士人的承认与尊重，才能与士人有一定程度的交往，赢得自身著述问世的机会。顾若璞、周庚俱是丈夫早亡，自己长

---

①② ［清］周亮工. 尺牍新钞［M］. 上海：上海书店，1988：243，245.

期寡居。她们恪守封建女性道德,在艰困中抚养子女并坚持文学创作,其德行与才名都为时人所重。顾若璞著有《卧月轩集》,周庚也有《羹绣集》。第三,与选家有或多或少的联系。明末清初的女子名声再大也不可能如士人一般交游广阔,她们交往的对象是有限的,从女性尺牍的写作对象来看,多是写给子女、姑嫂、父母、兄弟姊妹这样的亲戚关系,也有少数写给闺蜜。她们的尺牍要刊印发行并流传后世,必须有一定的渠道流传至尺牍选家手中。在古代女性活动范围较小的情况下,她们与选家的联系多是间接的。汪淇《分类尺牍新语》三编与《写心集》两集中收录的女性尺牍作者多是杭州人,她们的家庭成员与尺牍选家或参编人员有着一定程度交往。基于彼此的熟悉,她们不介意将闺阁之牍托付于人,选家也较易得到她们的尺牍。如陈枚在《写心集》两集中收入有一定数量的李淑昭尺牍。李淑昭为李渔之女、沈心友之妻,陈枚与翁婿二人都有较为密切的交往,与沈心友既是同行,也是好友。李淑昭通过一定的渠道将闺阁尺牍交付陈枚审阅,在心理上不会排斥;陈枚为夫妇二人好友,自然也不会故意泄露闺隐之私来吸引读者。清初尺牍选本中女性尺牍存在数量不多,涉的作者更少。这里对清初诸选本中主要女性做简要述考,以展现明末清初杰出女性风采。

宋氏:松江华亭人,明末进士沈泓之母,有贤名。宋氏青年丧夫,是年沈泓方5个月,终身忠贞持家,抚养幼子。《尺牍初征》收其《与母书》一牍正是其自明心志之作。牍中宋氏向母亲表明自己将拒绝媒妁,抚养幼子,守节不移,否则唯有一死。宋氏亡于崇祯二年,其子沈泓事母至孝,其贤名多赖子传。

吴柏,字柏舟,明末清初浙江仁和人。《分类尺牍新语》收其《寄毛家姊》一牍,徐士俊注曰:"此余友吴文贯妹也。姊妹三人一为夫人,二为嫠妇,何命之不同若此。读之可发一叹。"[①]其中的"嫠妇"便是指吴柏,应与徐士俊是同时代人。吴柏嫁与陈大生为妻,未出嫁而夫亡,吴柏入大家守节五年,最终抑郁而死。在其《与父书》后,徐士俊又注云:"柏舟为武林吴太末先生女,西水陈大生妇也。其兄文贯,与余为笔砚交。年十九,未婚而大生亡,归陈守节,五年而死。将死之际,出所著一卷欲付梓,乃翁属选于余,并为之序。其诗词固佳,而尺牍尤隽,有才若此,竟作女修文。天耶?命耶?"[②]吴柏有才名,其孀居期间抑郁苦闷,惟以诗消愁。其《与父书》曰:

> 蒙论捡韵摘辞,非妇女事,女岂不知,但女于此道,似有天缘,每于疾时愁处,无可寄怀,便信口一吟,觉郁都舒而忧尽释也。如所谓吟安一字,皱眉耸肩之苦,颇觉无之。若夫劳心费思,反以增病,则女已久焚笔研槟青箱矣。宁俟父今日谆谆相论乎?[③]

吴柏早慧而有才名,可惜早亡,长于诗词创作,陈维崧《妇人集》称:"钱塘女子吴柏(字柏舟),未嫁而夫卒。柏衰麻往哭,遂不归母家,苦节十余年,遘疾夭殁。所著有《柏舟集》数卷。诗

---

①②③ [清]徐士俊,汪淇.分类尺牍新语[M]//四库全书存目丛书:集部第396册.济南:齐鲁书社,1997;398,528.

极锻炼,词尤富,而长调更绝工,不减徐夫人湘苹也。古文尺牍在明媛之上,真奇女子矣。"①(陈维崧云吴柏"苦节十余年,遘疾夭殁",徐士俊云"归陈守节,五年而死",因徐士俊与吴柏家庭过从甚密,当从徐士俊语)。宋咸熙《耐冷谭》也有其事迹记述,可见其当时影响。吴柏尺牍得以入选《分类尺牍新语》的直接原因是其死前欲将诗词创作刊刻发行,其翁将其创作交与徐士俊审选并作序,使徐士俊直接认识到了她尺牍作品的价值。《分类尺牍新语》前二编共收吴柏尺牍 16 通,李渔在《尺牍初征》中也选录吴柏尺牍 8 通,二者之间篇幅多有重复。但《分类尺牍新语》中注明吴柏尺牍来自"遗集选"而不是"初征选",因此,《尺牍初征》中的吴柏尺牍应是李渔在杭州生活期间所得,其源头与徐士俊不尽一致。

顾若璞(1592—1681),字和知,浙江钱塘人,"上林署丞顾友白女,督学黄寓庸长子文学东生妇"②,著有《卧月轩稿》。顾若璞幼承家学,出嫁后相夫教子,夫亡后长期寡居,独立撑持家业,教育幼子,使得黄氏家族保持兴旺。顾若璞身份特殊,因丈夫身亡,兼之本身长寿,是少有的封建女性主持家族事业且德才兼备。因其年高德厚,兼富才华,士人咸重其品,声名远播。沈善宝《名媛诗话》卷一云:"同里顾和知,前明上林苑丞友白女,副车黄茂梧室,诸生黄炜母。著有《卧月轩诗文集》。文多经济大篇,有西京气格。常与闺友宴坐,则讲究河漕屯田马政边备诸大计。每夜分执卷吟讽,曰:'使吾得一意读书,既不能补班昭十志,或可咏雪谢庭。'"③可见其为女中之丈夫。顾若璞较为开明,鼓励家族中后辈读书,后代中多有名士,清初戏剧大家洪昇是其外孙。她因自己的经历,积极支持女性从事文学活动,清初活跃于杭州一带的女性诗人团体"蕉园诗社"便得到了她的大力支持。"蕉园诗社"及其他女性来往尺牍多被汪淇、徐士俊、陈枚等选家所关注,收入各自的选本中,其中多有与顾若璞有关者。顾之琼是其侄女,顾姒是其侄外孙女,林以宁是其外孙媳妇。顾若璞家族中女性多出才人,其本人也积极支持杭州地方女性的文化事业,可谓是明末清初杭州地区女性文坛之领袖、红颜之冠冕者。其尺牍受到对女性极严苛的周亮工的青睐可谓实至名归。

周庚,字明媖,福建莆田人,有诗集《羹绣集》,为明末诸生周闻之妹。周闻为文人,其妻为方氏,亦能为诗,周庚常与嫂闺中唱和。后嫁与陈承纩为妻。陈维崧《妇人集》称:"生平制撰所见不多,曾览其尺牍一卷,清选遥秀映,允为玉台之名构矣……(见《尺牍新钞》)王西樵曰:'周诗名《羹绣集》,凡百余者,是宗竟陵者,亦有一二可录。小札名《十七帖》,语语清隽,备录《燃脂集》中。'"④沈善宝《名媛诗话》卷一也云:"莆田周明媖(庚),诸生陈承纩室,生平着撰,未见流传,尺牍数则,颇觉清老。"⑤可见在清初周庚已有才名,尺牍也颇有流传。周庚尺牍得以入选《尺牍新钞》,其原因应是周亮工长期在福建为官,结识了一众福建文人,其中便辗转得到了周庚尺牍。陈维崧云"曾览其尺牍一卷",极有可能便是周亮工传出的版本或者直接就是《尺牍新钞》。

黄德贞,字月辉,明末清初浙江嘉兴人。《分类尺牍新语》中云黄德贞是"司李黄贞元孙女"[①]。黄贞元即黄守正,明末曾任琼州推官。黄德贞后嫁与嘉兴孙曾楠为妻。黄孙两家都是嘉兴世家,多出女才子,黄德贞兼两家之长,在清初有令名。在《寄吴文如》一牍中,黄德贞称:"敬附小刻,呈政大方。"[②]又沈纫兰《与黄月辉》中云:"拙言鄙陋,得附鸿刻,然佛之诮,知不免也。"[③]可见在明末清初黄德贞曾主持女性作品刻书事业,这在清初女性中是极其罕见的。她的这一行为也使她成为明末清初地方文坛女性领袖之一,"与归素英同为词坛主持,著有《冰玉》《雪椒》《避叶》《蕉梦》等集,有《劈莲词》《藏笑曲》,并辑有《名闺词选》《彤奁词选》《闺秀百花词余》"[④]。

申蕙,清初苏州才女,出身名门,多才多艺,诗文书画俱工,喜谈禅论道,有名士之风。并且交游甚广,著述颇丰。《分类尺牍新语广编》在其《答归素英高夫人作书法书》一牍后有徐士俊评曰:

> 沈子中立以尺牍数首寄余,附载夫人兰芳手笔,真可称大家举止,名士风流也。申夫人别号"诗农",为吴门申奇生刺史第三女。善诗文,工书法,有《涤砚亭帖》《绛云阁诗》《花下吟》《绣余草》诸刻行世。与泾湄黄月辉、花村归素英、吴门许瑶清、王凤翔诸夫人为诗文友;嘉兴陆介畹、寒山赵芝贵、海宁李是菴为丹青友;虞山吴氏华山、檇李徐仪静、江南顾招霞为书法友;梅里女禅师□揆为谈禅友。[⑤]

申蕙与黄德贞、归素英等前辈以及清初诸才女多有往来。其尺牍得以入选是因其丈夫沈廷植向徐士俊投稿自己尺牍作品时,附上了自己夫人的作品,结果巾帼不让须眉,入选的作品反以申蕙为多。

王端淑(1621—1701),字玉映,浙江山阴人,号映然子,又号青芜子。晚明著名学者王思任之女,是明末清初的名媛与女诗人,一生经历曲折,曾参与父亲王思任与丈夫丁圣肇的抗清活动,入清后才名远播,著述颇丰。陈维崧《妇人集》云:"山阴王端淑(字玉映),意气落落,尤长史学。父季翁(名思任)常抚而怜爱之,曰:'身有八男,不易一女。'(按山阴王家郎俱有凤毛,季翁情钟贤女,遂损誉儿之癖)。"[⑥]王端淑辑有历代才女诗词专集《名媛诗纬》,并在书中进行品评,详细地说明其文艺观念与理论,是明末清初少有的女性文学家与文艺理论家。汪淇在其尺牍《柬莫夫人》后评曰:"征尺牍于闺阁亦罕有矣。其淫艳之词,今人未有,亦不便于录集成。正乏佳篇,得虎男觅惠此,即玉映致云卿夫人之札也。"[⑦]汪淇感慨女性尺牍佳篇

①②③ [清]汪淇.分类尺牍新语广编:第24册[Z].上海:华东师范大学图书馆,康熙七年(1668)刻本:4-6.
④ 李菁.明代嘉兴家族女性作家群考论:以黄氏和孙氏为例[J].嘉兴学院学报,2016(3):13.
⑤ [清]汪淇.分类尺牍新语广编:补册[Z].上海:华东师范大学图书馆,康熙七年(1668)刻本:3.
⑥ [清]陈维崧.妇人集[M]//潘仕成,辑.海山仙馆丛书:第65册.南京:凤凰出版社,2010:10.
⑦ [清]汪淇.分类尺牍新语广编:第24册[Z].上海:华东师范大学图书馆,康熙七年(1668)刻本:11.

难得,恰巧有友人赠予王端淑尺牍。虎男即诸匡鼎,浙江钱塘人;莫夫人即莫云卿的夫人,莫云卿即莫是龙,又名莫廷韩。莫云卿卒于万历十五年(1587),王端淑生于天启元年(1621),由此可见莫夫人高寿,王端淑成年后其尚在世。《分类尺牍新语广编》中有王端淑尺牍4通,其中与莫夫人二牍应是诸匡鼎得于莫云卿夫人处。

李淑昭,字端明,浙江杭州人,李渔长女,沈心友之妻。李渔得子甚迟,因此对长女教育很是重视。李淑昭出生后随父亲奔走于杭州、南京等地,见识颇多,李渔在诗中称李淑昭"吾女闺中杰,适人甘奇穷""内委丈夫女,外属东床儿",可见他对女儿李淑昭才能的欣赏与重视。陈枚《写心集》两集中收录了李淑昭尺牍9通,主要是李淑昭与杭州"蕉园诗社"众女才子来往的作品。陈枚与李渔熟识,《写心集》两集中多有二人交往的尺牍。沈心友、李淑昭夫妇随李渔二次移居杭州后,在杭州从事书坊经营事业,也与陈枚往来频繁,两个家庭交结甚深。因此,陈枚应是直接从沈李夫妇处得到李淑昭尺牍。

"蕉园诗社"是康熙年间杭州地方一众女诗人结成的诗歌团体,有"蕉园五子""蕉园七子"之说,她们经常结社出游,互相唱和。"蕉园诗社"成员之间多有亲戚关系,"蕉园诸子的结社严格来说不是社会性的结社,而是带有家庭内部和姻亲关系的结社,这是一个以血缘关系联系起来的诗社。"①陈枚《写心集》两集中,收录了不少"蕉园诗社"成员的尺牍,是考察"蕉园诗社"活动的重要资料。主要成员有:林以宁,字亚清,进士林纶女,钱肇修妻,"蕉园诗社"创始人顾之琼儿媳;柴静仪,字季娴,又字季婉,柴世尧次女,沈汉嘉妻;钱凤纶,字云仪,进士钱安候和顾之琼女,诸生黄式序妻;顾姒,字启姬,顾尔女,鄂幼舆妻;张昊,字玉琴,号槎云,举人张坛长女,胡大濼妻;钱冯娴,原名冯娴,因冠夫姓称钱冯娴,字又令,冯仲虞女,诸生钱廷枚妻。"蕉园诗社"活跃于陈枚康熙年间的杭州城,与陈枚同时同地,作为书商的陈枚肯定知道这一女性文人群体的活动状况。同时,陈枚与她们的父母、丈夫等家庭成员多有接触,对于她们的尺牍,陈枚应是有意识搜集的。

第二节　女性尺牍的思想内容与艺术特征

清初尺牍选本中出现的女性,严格意义上并非普通的女性群体,她们身世特殊,多出生在比较开明的士人家庭,受到了良好的家庭教育,因此多才多艺,其文艺才能可以与传统士人相媲美,因而她们的尺牍方能被尺牍选家青睐。尽管她们是封建时代杰出女性的代表,但无论如何,由于时代条件对女性的限制,她们不可能如普通士人一般自由地生活和交游,因而她们尺牍中所展示出来的生活与情感世界,并不如士人那样广大。以"蕉园诗社"中的女才子为例,尽管她们在清初活动频繁,结社交游,相互唱和,蔚为艺林一时之盛景,但所交往的对象多是自己的亲人与闺友,所谈论的内容也不出传统封建道德所接纳的范围,像闺中情

---

① 靳卫华.“蕉园诗社”研究[D].石家庄:河北师范大学,2007:8.

书数量较少,除了选家不待见之外,因封建教育而产生的道德责任感也使得她们主动地将这些尺牍自我删除,以免因泄露闺阁之私而遭人不齿。整体上,这些女性尺牍的思想与内容还是偏向传统女性"德"与"才"的展示。尽管如此,与以往相比较,清初尺牍选本中的100多通女性尺牍还是较好地展现了明末清初杰出女性的内心世界与生活状况,在以男性为主导的价值体系之中,她们的尺牍,因少而美,因异而珍。

一、思想内容

清初尺牍选本中的女性尺牍并不能展现明末清初杰出女性的全部生活与情感世界,它们经过作者自我审核与选家挑选的双重审核过程,留下来的可以想象只是她们创作的一小部分,但这一小部分所反映出的思想内容在明末清初的时代背景下也弥足珍贵。

(一)英雄、大儒式的士人追求

清初尺牍选本中女性尺牍最重要的异质特征之一在于它们反映了当时女性对于英雄、大儒式的传统士人价值观追求。在中国古代传统社会中,闺中女性受到各种各样的限制,她们以男性为生活中心,身心缺乏独立性,生活通常拘泥于家庭院落,难以涉及江湖之远,更遑论庙堂之高。宋明以来的程朱理学也给女性思想戴上了桎梏,使她们甘心居处于家庭的附庸地位,大事委于家中的男性,自己满足于操持家政,很少思考涉及国家的大事,在她们的尺牍中自然也难以表现出通常由男性专属的家国情怀。但在清初选本中女性尺牍所表现出来的女性形象却有异于此者。

顾若璞《与张夫人》

家妇丁,从余读唐人诗,其寄灿有云"故有愁肠不怨君"语,几于怨诽不乱矣。与灿酒间,绝不语及家事。时为天下画奇计,而独追恨于屯事之坏也。且曰边屯则患傍扰,官屯则患空言鲜实事,妾与子戮力经营,倘得金钱二十万,便当北阙上书,请淮南北闲田垦万亩。好义者引而伸之,则粟贱而饷足,兵宿饱矣。然后仍举盐筴,召商田,塞下如此,则兵不增而饷自足,使后世称曰:"以民屯佐天子,盖虞孝懿女实始为之。死且目瞑矣!"其言虽夸,然销兵宅师,洒洒成议,其志良不磨,夫人许之否?[①]

牍中冢妇丁指的是顾若璞长子黄灿之妻丁玉如,字连璧。她与丈夫在酒席之间从来不谈家中琐事,而是喜欢为国家绸缪,她认为明末乱象最大的问题在于兵饷不足,而兵饷不足之因在于屯田之坏,盖"边屯则患傍扰,官屯则患空言鲜实事",她能说出如此一番话,显见平素关注国家朝政之事,并经过了深思熟虑的思考。面对如此弊病,丁玉如开出了自己的药方:自己与丈夫戮力经营,得钱后上书朝廷于淮河南北屯田,并号召同仁参与计划,使得军粮充足;然后再"举盐筴,召商田",使得军饷充足。丁玉如如此精细谋划除却想解决国家忧难的目的

---

① [清]周亮工.尺牍新钞[M].上海:上海书店,1988:244.

外,还有自我价值实现的思考,其欲实现如此功劳是为了获得"以民屯佐天子,盖虞孝懿女实始为之"这样的令名,既满足个人功业的追求,又实现天下的太平。丁玉如可谓是有奇志、豪杰式的巾帼英雄。当然,丁玉如的这种胸怀与追求不是凭空得来的,而是长期受到家庭教育与影响。顾若璞就不是普通的女子,她在丈夫与公公先后亡故后,独力撑持家族事业,可谓是家族中的女族长,她自身就是一个胸有天下的女性。王士禛《池北偶谈》中称:"武林黄夫人顾氏,名若璞,所著《卧月轩文集》,多经济大篇,有西京气格。常与妇女宴坐,则讲究河漕、屯田、马政、边备诸大计。副笄中乃有此人,亦一奇也。"①顾若璞如此,丁玉如娘家也不遑多让。张夫人名姒音,为丁玉如之继母,顾若璞称其"林林质有文,言尔雅大篇,春容岂非西京女士引令。更得夫人《讨李贼缴》,读之孔璋让其英蕤,宾王失其峻烈忠义之气,足以开金石而动风霜。吾欲持以愧世之须眉男子也"②。可见其亦长期关注家国大事,胸襟不让须眉。而张姒音对顾若璞也极为欣赏,称:"夫人攻苦刻厉如儒生,自经史百家及国朝典故之属,无不驰骤贯穿。著《卧月轩稿》,出入建安大历之间,论大礼则欲复建文号,宗景皇,别祀兴献。究内典,则欲即文字、离文字以悟真如。"③二人惺惺相惜,真可谓闺中豪杰、知己相交。丁玉如在这样的家庭氛围中成长,长期耳濡目染,青出于蓝而胜于蓝自也不足为奇。顾若璞对儿媳的屯田筹划言语中虽有批判"其言虽夸,然销兵宅师,洒洒成议,其志良不磨",心中却是极为欣赏的。

明末清初女性胸怀天下的背后,其精神实质在于儒家思想对她们的熏陶。尺牍展现了她们在学儒以及儒家推崇的"六艺"方面的自觉。如顾若璞在《与弟》一牍中,便描述了她的心路转变与努力学习的过程。

顾若璞《与弟》

夫溘云逝,骨铄魂销,帷殡而哭,不如死之久矣。岂能视息人世,复有所谓缘情靡丽之作邪?徒以死节易,守节难,有藐诸孤在,不敢不学古丸熊画荻者,以俟其成。当是时,君舅方督学西江,余复远我父母兄弟,念不稍涉经史,奚以课藐诸孤而俟之成?余日惴惴,惧终负初志,以不得从夫子于九京也。于是酒浆组纴之暇,陈发所藏书,自四子经传,以及《古史鉴》《皇明通记》《大政记》之属,日夜披览如不及。二子者从外传入,辄令篝灯坐隅,为陈说吾所明,更相率咿吾,至丙夜乃罢。顾复乐之,诚不自知其瘁也。日月渐多,见闻与积,圣经贤传,育德洗心,旁及骚雅词赋,游焉息焉,冀以自发其哀思,舒其愤闷,幸不底于幽忧之疾。而春鸟夏虫,感时流响,率尔操觚,藏诸笥箧。虽然,亦不平鸣耳,讵敢方古班、左诸淑媛,取邯郸学步之诮耶?④

---

① [清]王士禛.池北偶谈[M].北京:中华书局,1982:353-354.
②③ [清]王士禄.宫闺氏籍艺文考略[M].上海:上海杂志公司,1936:93,92.
④ [清]徐士俊,汪淇.分类尺牍新语[M]//四库全书存目丛书:集部第396册.济南:齐鲁书社,1997:523-524.

顾若璞因丈夫早死,子女幼小,自不得已仿效欧阳修之母郑氏"画荻丸熊"故事,抚育子女。但自念家中无长男,自己学识短浅,教育子女安得有成?因此取出家庭藏书,日夜学习,然后再教给自己儿子黄灿与黄炜。如此日积月累,她的学识渐广,渐而开始学习诗词文赋等文学作品,并进行文学创作,"冀以自发其哀思,舒其愤闷"。顾若璞的自我学习过程早先可能是被迫的,倘若丈夫不早亡,她可能就循着封建时代普通女性相夫教子的道路走下去了,不复有后来的成就。但她走上了学习之路后,便是积极式的追求了。尤其是在文艺创作上,按其说法,乃是出于"物有不平则鸣",是自我心声的抒发。自我努力学习、教育子女、探索儒家经典与文艺之道,乃是传统士人所为之事,而顾若璞一人兼之。她学识渊博、文艺出众,视野开阔,关注国是。不仅如此,她在日常生活中也兼任传统的男性家长角色。在《示诸儿》一牍中,她解释自己为何主持分家一事。

> ……今幸儿辈俱长成,婚嫁已毕,重任有托,我责稍轻,故以分为合,析汝二子,使各庀其家事。夫吾岂不欲劳我而逸汝、俟绳祖武哉?良以有所见而然也。九世同居,时旌其义;二难孝养,并以德称。第情不隔而事或暌,丰俭之异尚,多寡之各适,好恶之不相符也。人情异同,其数多端,岂能一一如我之所愿?况人情习久则慢易生,慢易生,则嫌隙起。是故离则思合,合则思离,离中之合,合中之离,不可不致审也。喜两媳贤哲,能俭约守祖制,及我年力未迈,一一清分,使知家道之艰难如此,世务之艰难如此。各自成立以渐进于礼义,庶无内顾之忧,亦鲜永终之敝,岂必合为是哉?若夫一丝一粒,皆自我数十年勤渠中留之。则所以谨守而光大之者,更于二子有厚望矣!①

她眼光开明,明于事理,力主二子成家后分居,免生嫌隙,并解释自己在家道、世务双重艰难的情况下多年主持家业之不易,寄望二子于艰难中光大门楣。结合《与弟》一牍,可以知道顾若璞对于二子的教育是极为重视的,她在教育二子的过程中也学有所成,而更难能可贵的是她开明的眼光,主持分家如此,对于女子学习的态度亦是如此。顾若璞在艰难中努力学习,更能理解女性生活与学习之不易,因而她对于家族中女性的教育与学习也秉持了开明的态度,给予她们积极的鼓励与支持。《与张夫人》一牍中她便提到儿媳丁玉如"从余读唐人诗,其寄灿有云'故有愁肠不怨君'语,几于怨诽不乱矣"。她亲自教育儿媳学习唐诗并指导其诗歌创作,对其作诗的进步感到欣慰。事实上,由于顾若璞高寿,清初"蕉园诗社"中的女才子多与其有渊源:诗社的组织者顾之琼和林以宁,是其侄女和外孙媳妇,诗社成员钱凤纶是其孙媳妇,多得到她在文艺创作方面的指导与支持。顾若璞在清初的士人中的名声是相当响亮的,以至于后来有人认为其是《红楼梦》中"贾母"的原型。

(二)封建道德践行的自觉

女性尺牍在思想内容上的另一重要倾向在于对封建道德践行的自觉。德行是封建道德

① [清]徐士俊,汪淇.分类尺牍新语[M]//四库全书存目丛书:集部第396册.济南:齐鲁书社,1997:521.

对女性最为强调的品质。妇人的德行与操守,既是士人对其价值承认的首要标准,也是经过封建教育之后的女性对自我的要求。三从四德的道德要求使得女性在家庭关系处于附庸地位,像顾若璞一样成为封建家长的女性是少之又少的。大多数的女性出嫁后往往甘处附属地位,相夫教子,安守本位,勤俭持家,唯有在妇人之德上躬行实践,发扬光大,方能得到传统男性的价值承认。女性尺牍中表现封建女性在道德实践的自觉上,首先便是封建道德的基石之一——"孝"道。李渔《尺牍初征》中选录俞桂尺牍一通,主旨便在于表现重视孝道。

俞桂《寄弟》

　　闻弟欲往南都,万万不可! 先人去世,四雏是遗,小妹小弟,出继他氏,今日存者,惟姊与弟。姊又不幸,奄奄待逝人耳,度不能久住人世,是老母所倚惟汝。途中风霜之苦,跋涉之劳,在如身受者,不过旬日,而高堂之垂念无已时也。且思弟行后,老母朝夕之需,何所取给,当此桂薪珠粒之日,岂可向人称贷乎? 何不识时务乃尔? 昔温峤绝裾为国也,至今犹议其不孝,弟今何为耶? 此行断宜中止。明早姊来,与弟面议。①

俞桂,字琼英,浙江杭州人,有才名,年二十而夭。俞桂写这封信时,年纪不大,却表现得极为成熟,或因生活的坎坷而致之。"父母在,不远游"是封建孝道的基本原则之一。俞桂与弟幼年坎坷,父亲去世,更小的弟弟妹妹过继与他人,唯有母亲还在。在弟弟欲作远游之际,俞桂作此尺牍阻止弟弟出行,其立意的基础便在于"孝"。她从现实出发,指出生活艰难,自己又病几欲死,母亲只有弟弟一人可以依仗,不应出游。她又举温峤绝裾导致母亲无人照顾而亡故事,指出温峤为国事如此尚且被后世谴责,何况弟弟并非如此。俞桂在信中以情动人,但口气严厉,语近斥责,其所凭借的正是封建孝道。

　　对上须孝,对下须教,女性尺牍中也有教子以德的女性代表。

郑淑云《示子朔》

　　阅儿信,谓一身备有三穷:用世颇殷,乃穷于遇;待人颇恕,乃穷于交;反身颇严,乃穷于行。昔司马子长云:"虞卿非穷愁不能著书,以自见于后世。"是穷亦未尝无益于人,吾儿当以是自励也。②

郑淑云,字从一,事迹不详。她在尺牍之中鼓励儿子不必因人生一时之穷愁窘迫,逆境反有利于人的成长,当以此自励,不可泄气,表现出一个贤明母亲的形象。

　　封建道德对于女性要求其"不妒",以之作为妇德之一种,女性尺牍中也反映出女性愿意亲身践行这一要求。

---

① 　[清]李渔.尺牍初征[M]//四库禁毁书丛刊:集部第153册.北京:北京出版社,1997:665-666.
② 　[清]陈枚.写心集[M].沈亚公,校订.上海:中央书店,1935:321.

杨雪苍《寄外》

内事无恙,外事履吉,悉之。木天清暇,宜事博综,以备顾问。倘荷丝南晒,不妨别觅柳枝,遣慰寥寂,君非薄幸人,妾亦非醋妇,两星印可,何有隔碍。偶辑《绿窗志》六卷,封付览正,意欲求掌院先生一序梓行,未知可否,唯裁酌行止。[①]

杨雪苍,生平事迹不详。她在给丈夫的尺牍之中既表现出文艺才能——自己编辑书籍《绿窗志》,也处处表现出对丈夫的尊重——她欲刊行自己书籍,先行请示丈夫。不仅如此,她甚或觉得丈夫在外,孤寂难免,不妨寻花问柳,以此遣慰寂寥,她自信丈夫不是薄幸人,而自己也不会嫉妒。杨雪苍如此隐忍,如此"贤明",在传统的封建士人眼中,着实才德兼具,可谓"贤"妻。

女性尺牍中表现出的封建道德对于女性最大的道德要求,亦可谓最大的人性束缚在于贞节观,从一而终导致了古代许多女子的悲剧命运。被灌输贞节观念的女子往往自愿践行,甘受生理与精神上的双重折磨,以完成自己贞烈女子的价值追求。

宋氏《与母书》

女奉亲命,使归于沈良人,修德以刑家,馌耕相敬,白首静好,是所愿也。昊天不吊,夺其所天,儳然嫠妇,命之衰也,夫又何尤? 藐诸遗孤,呱呱五月,冀其有立,继其诗礼而奉烝尝,良人不死矣! 日有媒氏,俨然来临,愕且愧焉。夫臣之事君,二心者谓之贼;妇之从夫,二天者谓之淫。中流柏舟,南山磐石,亦已征之颜色,告之话言矣。而舅氏未察,鸡鸣而出,或者哀其无依也,来谋诸父乎? 母也天只,明告以志,若舅姑父母,合志同愿,惟有蹈海而死耳! 一身而事二人,九原可作,惭于心泚,于桑女勿为也。[②]

宋氏出嫁后不久夫亡,孤儿只有五月,父母与亲戚怜其孤苦无依,因而诉诸媒妁。但宋氏作此牍明告父母与诸亲,自己立志抚恤孤儿,坚守贞节,从一而终,若诸亲相逼,惟有一死。其语气决然不可侵犯。汪淇评价曰:"出话凛然,肃肃有冰霜之气。"[③]宋氏此举,完全牺牲了自己幸福,违背了父母与诸亲的好意,令人惋惜。但以当时价值判断,她的自我牺牲之举成就了贞节之名,践行了封建道德之"美",获得了人们的价值承认,这也是其尺牍得以刊出的原因之一。其中得失,令人唏嘘。

女性尺牍反映的她们道德实践的自觉,并非仅停留于闺阁之中,也表现在她们在日常生活中对于"仁"的追求。行善被视为积德之行为,也是儒家"仁"的表现。明末清初社会动乱,无数人流离失所,生活无依。同情弱者,施德行善之举处处都有需要,不少女性参与其中,她们互相联系,积极捐资,赈济灾民,这在她们的尺牍中也有表现。

---

① [清]陈枚.写心集[M].沈亚公,校订.上海:中央书店,1935:324.

②③ [清]徐士俊,汪淇.分类尺牍新语[M]//四库全书存目丛书:集部第396册.济南:齐鲁书社,1997:530.

姚左氏《与诸贤嫒募赈》

闻太霞宫粥厂,男妇日有数千,诚善举也。窃恐时日尚多,物力不继,敢将短札,敬告贤嫒,各发慈悲,共援饥溺。虽夫子各有捐输,在我辈岂无善愿,或省一衣一钗之资,即延数口数时之命。况因果从来不爽,即装饰尽属虚文,不若施此有用金钱,完就现前功德。①

太霞宫不知指何处,日有灾民数千,足见明末社会动荡给百姓带来的惨状。士人纷纷捐资施粥赈济灾民。姚左氏预料这种灾民聚集的状况非短期之事,恐赈济资金不足,于是以此牍联络闺中之友,积极捐献,以救灾民性命。姚左氏的做法不输于士人,是其仁德外化的行为表现。

女性尺牍反映出她们对于封建道德践行的自觉性,这也是她们追求自我价值实现的一种方式。因时代的原因,她们的一些极端行为,如宋氏恪守封建贞节观,杨雪苍劝夫寻花问柳,难言正确与否,但在当时,却是被男性价值体系承认并鼓励的。清初尺牍选家都是男性,尽管他们的眼光在同时代的士人中已经足够开明,但对女性德行的重视程度上并没有放松,因而反映女性之德的尺牍作品更易获得他们的青睐。

(三)对文艺才能的强调

文艺才华是历代杰出女性的特征之一,在传统士人掌控的价值评判体系中,文艺方面的才华也是评判女性品质的核心标准之一。清初尺牍选本中的女性多是当时的才女,她们笔下尺牍反映出她们在明末清初文艺创作方面的活跃状况,展现出当时女性文艺才华之丰赡,也表现出她们对于女性文艺才能的重视。如吴柏在《与父书》中云:"蒙论捡韵摘辞,非妇女事,女岂不知,但女于此道,似有天缘,于疾时愁处,无可寄怀,便信口一吟,觉郁都舒而忧尽释也。"②她自云诗学才能似乎得自天生,可销胸中郁垒,从中亦可见其才思敏捷,长于诗歌。不止于此,吴柏在《寄父书》中云:"水墨孤鸳图,绘自唐伯虎,高雅古淡,老笔纷披,妙矣。"③亦可见其有绘画鉴赏之能。

陈枚《写心集》与《写心二集》多有清初杭州地区女性尤其是与蕉园诗社有关的女才子的尺牍,这些尺牍多谈文论艺,互相鼓励,进行文艺创作上的交流活动。

李淑昭《复林亚清》

贤妹有四绝,曰诗、曰文、曰楷书、曰画,皆逸伦超群,脍炙人口。顷云翰下颁,复见行草妙甚,岂慧心人眼匡多窄,必欲尽世间韵事、萃于一身不肯让人耶? 羡杀!妒杀!④

---

① [清]陈枚.写心集[M].沈亚公,校订.上海:中央书店,1935:321.
②③ [清]徐士俊,汪淇.分类尺牍新语[M]//四库全书存目丛书:集部第 396 册.济南:齐鲁书社,1997:528,531.
④ [清]陈枚.写心集[M].沈亚公,校订.上海:中央书店,1935:325.

林以宁是蕉园诗社后期的领袖,李淑昭称其诗书画文尽可称绝,可见其兰心蕙质,多才多艺。李淑昭对林以宁称羡不已,一可见以李淑昭为代表的才女们对于女性文艺才能的重视,她们自发崇尚文艺超绝、富有才情的同辈,二可见林以宁当是文艺出众。除却李淑昭这一通尺牍之外,写心集二集中多有其他女性与林以宁的交往尺牍,可见林以宁在当时杭州才女群中地位之高、声名之重。她能于后期再启蕉园诗社,委实可谓是群芳归心。与蕉园诗社的有关的女子不仅重视文艺才能,也经常开展交游活动,切磋文艺才能,相互批评与勉励。钱冯娴在《答同社诸夫人》一牍中对于因故未能参加诗社集体活动深以为憾事,她在《邀林亚清夫人》一牍中邀请林以宁在雪后来自己家中做雅游,并要林以宁不妨拉同好前来。李淑昭在《辞亚清招游辋川看桂》一牍中称因家母卧病,心虽有意,却不能参与群芳辋川之订,肯请林以宁见谅。

女性尺牍中也有不少她们的文艺评论,反映了她们在文艺批评方面的眼光与建树。

王端淑《与夫子论楂云遗稿》

楂云律体诸作,高老庄重,不加雕琢,真大雅之余音,四始之正格也。五七言绝句,明逸娟秀,音韵铿然,引而愈长,令人可歌可诵,洵乎笄纵中独步矣!惜其芳龄不永,兰玉遽摧,倘天假之年,其所造岂有竟哉?①

楂云即张昊,有诗名而早逝。王端淑阅读其遗稿后与丈夫讨论,对其诗歌给予了极高的评价。从牍中内容看,除却对张昊的感慨外,王端淑对其诗歌的评价简洁明快,颇见功力,亦可见其日积月累之功。张昊的诗歌在当时杭州士人之中有一定程度的流传,除了王端淑外,商景兰也提到了张昊诗歌创作。

商景兰《示女媳》

焚笔弃墨,几三十年,偶于儿子案头,见《琴楼合稿》,乃武林张楂云所作。楂云才妇而孝女,故其诗忠厚和平,出自性情,有三百篇之遗意。反覆把玩,不忍释手。因思楂云之才,知汝辈能之,楂云之孝,知汝辈能之。楂云之才之美,楂云之孝之纯,汝辈共勉之!②

商景兰(1605—1676),字媚生,浙江会稽人,明兵部尚书商周祚长女,名士祁彪佳妻。商景兰有诗名,祁彪佳明亡自杀后,商景兰主持家庭,家中妇女在她的带领下都有诗名。商景兰认为张昊为"才妇而孝女",因而其诗歌"忠厚和平,出自性情"。从此出发,她的诗歌观念既受到载道观念的影响,又受到晚明以来的性情解放思潮的影响。出于爱才心理,商景兰极为重视张昊的诗歌,甚至要求女儿与儿媳共同学习。

清初尺牍选本中的女性尺牍普遍表现出当时杰出女性对于女性文艺才能的重视。她们

①② [清]陈枚.写心集[M].沈亚公,校订.上海:中央书店,1935:316-318.

在尺牍中谈论诗文创作,联系结社活动,互相勉励,表现出她们对于文艺才能的孜孜追求。才德兼备是古代对于杰出女性判断的最主要标准,某些时候才甚至大于德。女性尺牍中重视文艺才能倾向实质也是她们企望与男性平权的一种努力。也正是因为她们的尺牍富含华彩,具有高度文艺审美性,因而才能入选家之眼,得以流传后世。

(四)对亲情、友情的重视

因封建道德对于女子的约束,明末清初的才女活动范围极其有限,她们的交往对象也是受到极大限制的。她们尺牍多是写给家庭成员及闺阁之友的,在这些尺牍之中,主题之一便是她们对家庭以及闺友感情的重视与关心。

古代女子一旦出嫁,便失去了与父母姊妹的经常性联系,而无论是她们受到的传统道德教育,还是人性的情感本能,又使得她们极为思念自己父母与亲人。在她们的尺牍中,这种思念之情是极为深刻的。

张昊《与五妹玉宵》

适接父亲信,备知详细矣。此皆家中贫乏,又多儿女之累,以致卧床不愈。自恨作女身,凡事不能体贴,家中诸事,全赖吾妹善为调停。余想十九年在家,不获体心奉侍二亲,一味懒惰过日,今出嫁后,又未能尽妇道以扬母德,或暂归宁,又未曾朝夕承欢,一想至此,死亦怀愧。如有便人到京,烦吾妹遣人我处附信。嘱嘱![①]

从此信可知,张昊年十九方出嫁。出嫁后思念家中亲人,在接到父亲来信得知父病之后,更是愁肠百结,她作此信与五妹,在其中自责出嫁前懒惰度日,出嫁后未能弘扬母德,对家中贫乏、亲人生病之事负有责任,看似表现了张昊的惭愧之情,实则是寄托了她对家人无限的思念与关怀。她在信末嘱托妹妹玉宵,方便时一定要寄信与她,正是她思念之情的终极表达。

朱若朴《寄妹》

姐于妹,自幼相离,几三十稔。吴月燕云,渺不相及,忆念之苦,真难告语。每恨身属女流,不能千里命驾,使天亲重聚,一识连枝形似为叹耳。姐自作妇朱门,复从远宦,暌违慈膝,频换星霜,两地关心,凄其欲绝。幸接邮筒,知妹治装北上,入奉二亲,娱膝下之欢,结门楣之喜,姐虽不获亲与其会,亦从此恨稍释矣。愿妹永衣色笑慰二亲,将暮之年,无若姐淹塞他乡,徒学楚人掩泣也。幼儿在侍,二亲素所钟爱,故不携之沅,欲代酬反哺于百一耳。然抚育之者,祖父母之恩也;教训之者,母姨夫之德也。深念姐心,时一提省,不令娇痴失学,谓姐能没齿忘耶?衡阳雁断,音问难通,偶遇便鳞,获修片楮,殷殷之意,恋恋之私,溢于纸背。妹试验封印重重,尚余泪脂否也?外具土物数种,皆蛮俗所制,无足珍惜,宦况萧条,观此可见。如相

① [清]陈枚.写心集[M].沈亚公,校订.上海:中央书店,1935:319.

念,定有一行远及,更念湘潭者,帝二女之所在也。悠悠我思,不禁长往,妹其能弃之若路人耶?①

朱若朴此牍读之令人怆然。女子出嫁后从夫而游,姊妹之间再难相聚。朱若朴随丈夫在外仕宦,近30年未能见到妹妹,一接到妹妹书信其心情之激动可想而知。她闻知妹妹归省侍奉双亲,又牵动对父母的思念,自己偃蹇外地不能归宁,加之丈夫仕途不顺,宦况萧条,因此愁郁于中,悲从中来。牍中殷殷切切,叙述中掺杂抒情,如泣如诉,可谓思念之至者。

古代女性交往受到很大的限制,从清初选本中女性尺牍来看,尽管女性活动频繁,交往甚多,但她们的交往对象除却家人之外,多为闺中之友。她们在尺牍中与闺友在谈诗论文之外,多表现出彼此之间的关怀与对友情的重视之意。

李淑昭《与冯又令》

闻尊体违和,想念殊切。顷读新诗,矫若虬龙,鲜如异卉,则又似无恙者。昭近亦抱小疴,自读佳叶之后,贱恙顿减,岂读者可以愈疾,而作者不能自愈耶? 小札驰至,知已霍然。②

钱冯娴生病,李淑昭以尺牍慰问之,却不问病况,只说钱冯娴新诗治愈自己之病,以此推之,钱冯娴之病自也必无恙。以诗歌治病其实是玩笑,从此牍可知钱冯娴与李淑昭相交甚深,相互关注,所谓熟不拘礼。

顾姒《与又令夫人》

兰亭重会,辱承相招,奈以骊驹在门,不及如命,有虚雅意,即一薄蹄不能裁答,负罪良深。胜游大作,并诸夫人合稿,俱未请教,乞检发一观,以快心目,何如?③

顾姒《致冯夫人》

前以抱疴,致阻良晤,怅焉心飞,复辱垂念。捧读瑶缄,顿苏病骨,何异孔璋之檄、少陵之诗哉? 且慰诲殷殷有愈骨肉,感佩之余,因成俚语,惟赐郢斤为望。④

冯夫人即钱冯娴,本姓冯,冠夫姓钱。钱冯娴两次邀请顾姒参加诗社活动,足见她对顾姒的重视,而顾姒两次都因故未能参加,但两次都及时致函钱冯娴,表达心中愧意。第一牍中顾姒表明,虽未能参与盛会,但乞钱冯娴将盛会之诗作予己一观,以作神游;第二牍中她对钱冯娴对自己看重以及致函询问病况表示感谢,表示她的尺牍有愈病之效用,语虽近夸张,但她看重钱冯娴的情感却不禁流露。其他女性之间的尺牍来往虽不一定皆慰问之词,但她们都在自己的尺牍之中表答出彼此的钦慕与关怀之情。

① [清]陈枚.写心二集[M].沈亚公,校订.上海:中央书店,1935:282-283.
② [清]陈枚.写心集[M].沈亚公,校订.上海:中央书店,1935:323.
③④ [清]陈枚.写心二集[M].沈亚公,校订.上海:中央书店,1935:287.

（五）人生情怀与感悟

清初选本中女性尺牍表现另一个重点是她们在生活中的感怀。古代女性多深藏闺阁，但她们也是活生生的灵魂，也有自己的情愫与感想需要抒发。但因受到活动地点的限制，她们的尺牍间多为抒发闺中幽情之作。

吴柏《寄父书》

《水墨孤鸳图》，绘自唐伯虎，高雅古淡，老笔纷披，妙矣；张于壁间，能令孤帏生色，妙矣；有父品题，又与孤鸳生色，妙矣。一旦得此三妙，雀跃奚胜，准与炉香名椀日相对矣。①

吴柏未嫁而夫亡，却为封建道德所羁束，从此人生陷入孤苦无依之境。面对空闺无尽的寂寥，她在《与父书》中表示自己以作诗排遣心中愁情与郁闷。在此牍之中，吴柏得到了父亲品题的唐伯虎《水墨孤鸳图》，自己悬挂于闺中把玩，得出了人生"三妙"的结论，喜不自禁，"雀跃奚胜"，似乎闺中生活颇有情致。但细读之下，孤鸳其实正是其本人的写照，有此三妙，自己却只能"与炉香名椀日相对"，文字背后蕴藏着无比巨大的凄苦。正直人生大好年华，又有着无限的情思，却被迫面对寂寂空闺，最终抑郁而亡，实在令人唏嘘不已。徐士俊可谓知吴柏者，他在牍后评价曰："孀闺惨淡，无聊漫为消遣耳！"②可谓读出了吴柏的牍外之音。

不是所有的女子都如吴柏一般不幸，不少女性尺牍表现出她们在日常生活中的情景，她们夫妇恩爱，也有许多的闺中好友，因家庭的开明，她们甚至仿效名士之风，风流雅集，生活中充满情趣，因而在尺牍中表现出一丝亮色。如：

钱冯娴《邀林亚清夫人》

连辰雨雪，令人如在冰壶。纵目遐眺，虽不似夫人千里楼之大观，然敝居篱落间，五花堆积，颇饶野趣。诘朝剪水芹，烹雪茗，愿冲寒而至，亦佳话也。倘云仪夫人尚未言旋，是天假良晤，并望拉之同来，更快心耳。③

钱冯娴观赏雪后美景，逸兴勃发，想到独乐乐不如众乐乐，于是便作书邀请林以宁等闺中才人前来一晤，烹茶赏雪，仿效名士风流雅集之举，可见其生活中的闲情与逸致。

选本中女性尺牍也有少量尺牍内容表达出清初女性对于自身命运及价值的关注与思考，抒发自己对女性尤其是历来才女人生命运的感慨。

唐若玉《谕妹》

尝读徐澹止《韵史》，序云："女郎拂锦笺，著红题绿，品月批风，自是天地一种韵物，人生一种韵事。乃常使人不得其偶，或偶之不得其人，否则穷苦困顿，终身郁

---

①② ［清］徐士俊，汪淇. 分类尺牍新语［M］//四库全书存目丛书. 集部第 396 册. 济南：齐鲁书社，1997：531.

③ ［清］陈枚. 写心二集［M］. 沈亚公，校订. 上海：中央书店，1935：283 - 284.

郁。"此何以故？岂其香心丽质，藻慧研思，即造物亦复妒之耶？或曰红颜薄命四字，古今恶谶也，故从来佳人无一不受此缺陷。余益三复斯言，不觉心楚涕零也。古来女子具有才调，而所生非时，所遇不偶，往往落于贫苦微贱者，正自不少。愠极而咄咄呼天，怨甚则絮絮问影，照镜自怜，念芳菲之易落；敲钗饮恨，写"鸳"字以生悲。振古如兹，于今为烈。余则谓此有数焉，非人所得与也。世间离合动止，无非天定，况婚配之大哉？我故讽断肠而伤其不贞，诵薄命而滋其感悼也。贤妹然乎否耶？①

古代女性处于附庸地位，缺乏人身独立性，对自身生命意识的思考。历来才女多薄命，古人用天命去解释。作为才女的唐若玉对此联想到自身之命运，心中颇不以为然。她认为古代才女多薄命，其罪主要不在他人，而在于自身，自负才华而遭遇不偶或不幸，不能自立自强，反而悲伤哀怨不止才是薄命的主因。中国古代女子悲剧的原因主要在于缺乏人身独立性和自强意识，又被封建道德所拘束，唐若玉虽然也认为男女婚配乃是天定，但她对女子缺乏自强精神的分析却是极有道理的，表现出那个时代女子自我精神独立意识的觉醒。

（六）爱情的表白

赵树功在《中国尺牍文学史》一书中总结中国尺牍文学的缺憾，其中第一为"情书的空白"，第二为"女性尺牍，寻寻觅觅冷冷清清"②。由女性创作的情书更可谓是珍稀之物！清初尺牍诸选中，一般注重女子的"德"与"才"，以闺中情书为"淫词"，因而不选。但在陈枚的《写心集》与《写心二集》中，他贯彻了晚明以来的性情解放观，并未排斥男女闺阁情书。在《写心集》两集之中，陈枚共选了7封女性情书，数量虽少，却弥足珍贵，从中亦可见陈枚对于闺阁情书的编选理念。

这些女性情书有女子写给丈夫，表白思念之意的，

芮贞素《与夫子书》

自君之出矣，三见燕子飞来。楼头杨柳，飘我愁思；秋山绛叶，凝我血泪。何时一鞭骄马出皇都，令老姑慰倚闾之望，稚子致牵衣之娱？悬切！悬切！③

丈夫外出三年未归，妻子思夫，幼子思父，芮贞素以此牍呼唤丈夫早日归来，言语虽简，但情深义重。

也有女子写给情人的。

梁月《与吴右廉》

握手言情，期良会之未远；附信弹泪，知相见以何年？所恨者，朗月明星，常睹

---

① ［清］陈枚．写心二集［M］．沈亚公，校订．上海：中央书店，1935：274-275.
② 赵树功．中国尺牍文学史：目录［M］．石家庄：河北人民出版社，1999：1.
③ ［清］陈枚．写心集［M］．沈亚公，校订．上海：中央书店，1935：322.

影形之莫托;南山北水,弥深盼望之无从。愿鉴鄙衷,无渝前志![1]

梁月《寄吴右廉》

日望德音,有如望岁。忽接华笺,弥深感企。别时所嘱,实切至情。窃恐繁华满地,莫怜匪石之心;绿鬓飘蓬,空蹈结言之耻。[2]

梁月,字含素;吴右廉,名相如。从牍中内容看,二人有佳期之约,分别之后女子思念甚深,又怕情人负心,因而作书表白。两牍都以骈体写成,情深意远,哀切感人。梁月对情人的呼唤得到了回应,吴右廉在收到尺牍后作回文书信《答梁含素》回复梁含素,表达自己的思念之意。

吴相如《答梁含素》

越南燕北,楼雁空遥。月暗暗,风萧萧,发并愁长,思深寥寂矣!屋梁含素,能不依依。[3]

吴相如《又答梁含素》

依依不能,素含梁屋矣。寂寥深思,长愁并发。萧萧风,暗暗月,遥空雁楼,北雁南越。[4]

也有女性致书情人,希望彼此保持尊严,以情为重,以礼相待。

何如梅《寄所知》

君重负文名,妾亦薄具慧性,千古两人,自是情重。但不欲学世俗佻达辈,抄袭东墙西厢旧妆,本出目传心语腔子耳。[5]

何如梅与某人两情相悦,情投意合,但不能逾越规矩、轻佻放纵,可见其既重情又自重。

女性情书中也有表达别致者,希望以此打动情人。

潘意珠《答武林某生》

入春来殊冷冷,闻足下携冷幞入南屏,望冷湖吟冷诗,参豁公冷禅,亦忆及冷闺中人否。小窗冷梅破额,刻下烹冷泉,猥冷芋,期君冒冷而来,说几句冷话,万勿以冷却之也。[2]

潘意珠听闻情人在近,因而以书招之。全书以"冷"为基调,由天气之冷出发,期待情人前来探望,最后希望情人不要因为天冷退却,首尾相顾,颇为别致。

表白爱情的女性尺牍作者身份各不相同,她们表白的方式也不一致,但尺牍中酝酿的感情却是真挚而深厚的。而且,她们的才情也使得爱情告白婉转凄恻,催人泪下,极能感动人

---

① ② ③ ④ ⑤ ［清］陈枚.写心集[M].沈亚公,校订.上海:中央书店,1935:311,313,312,324 – 325.

② ［清］陈枚.写心二集[M].沈亚公,校订.上海:中央书店,1935:283.

心,具有高度的文学审美价值。情真意切,文采斐然,这是她们的尺牍得以被极为重视尺牍文艺性特征的陈枚选中的主要原因。

统而言之,诚如顾若璞所言的"不平则鸣",明末清初杰出女性也有自己的喜怒哀乐需要抒发。而且,由于女性受到传统道德的限制,她们的情感被压抑得最为厉害,其宣泄的需求也极为强烈。诗文可以是她们宣泄情感的方式之一,但诗文受到传统文艺载道观念的影响,会让她们的情感受到各种各样的限制,稍不留神,便会陷入"淫词"之类。唯有尺牍,形式自由,无拘无束,又非用于公开交流,所授对象也多为自己可信赖之人,因而可以畅谈隐私,畅叙幽情,成为女性宣泄情感、表白心声的最佳形式与途径之一。在晚明性情解放观念大潮流之下,幸赖于清初诸多选家秉持开明的审视眼光,选录了当时诸多女性的尺牍,使众多尺牍选本成为反映那个时代杰出女性生活与思想的最佳载体之一,绘就了明末清初杰出女性的群芳谱。

二、艺术特征

明末清初女性生活世界与情感世界都与士人有异,她们笔下的尺牍在艺术风格上自然也不同于士人尺牍,表现出那个时代女性尺牍独有的风骨特征。

(一) 境界偏仄

封建时代女性生活和思想都受到了很大限制,她们不可能如士人一般,读万卷书,行万里路。尽管在一些开明的家庭,女性受到了良好的教育,开始有了独立意识,但强大的封建道德教育体系,束缚了她们的思想与灵魂。因此,生活范围的狭窄与思想认知的狭隘使得她们笔下的尺牍作品,难以同普通士人一般,视野开阔,构思宏远。在明末清初特殊的时代背景中,尽管也有顾若璞这样的杰出女性代表,在尺牍中胸怀天下,关心国家大事,但总体上仍难脱境界偏仄之病:在内容上,女性尺牍主要表现出她们对家庭、闺友,以及她们的精神娱乐爱好——诗歌、文章、书法、绘画等内容的关心,舍此之外,涉及极少;在表现方式上,尺牍中所使用的意象性事物偏少,主要取材于她们生活,这使得她们的尺牍可以很精致,却难以表现宏阔、宏远的境界;在情感上,女性尺牍主要侧重于主观情绪的抒发,侧重于对生活琐事的情感反馈,缺乏对社会、生活、人生的深入思考,感性有余而理性不足。陈枚《写心集》两集之中,收入了众多女性尺牍,虽对于女性生活表现超出其他选本,但大体也表现出境界纤仄的特征。

(二) 红颜士魂

除去陈枚《写心集》两集之外,其他尺牍选本中的女性尺牍突出的重要品质特征是女性的品德与才华。品德是封建社会男性对女性的普遍要求,才华则是男性对女性的高层次要求。道德与文艺才能也是士人对自己的要求,但他们的自我要求远远高于对于女性的要求。一些杰出的女性,倘若在这两方面能够与士人并驾齐驱,则能获得士人的普遍尊重。换言之,封建士人是以自己的价值体系来评判女性的。由于士人长期居处封建价值体系的上游,于是不少杰出的女性，便以士人的价值追求作为自己努力的目标，以期获得社会的承认，实现自我价值的突破，清初选本中的不少女性尺牍正表现出这样的特征。《尺牍新钞》中极其难能可贵入选的两位女性作者，一为顾若璞，一为周庚。顾若璞超出了一般女性，主持家政，关怀天下，是妇女之中德之至者，而周庚则是"才"的代表。

《与仲嫂》其六

亭虽不玄，水能虚白，假吾兄养誊工文，地以人重矣。嫂况肯来，更当出城做主也！

《与兄无声》

诗自致穷兄，乌得富兄？游乌得不贫，贫而且病，有骤然矣。游稿妙极矣，独怪登大雷而无书，何也？

《与夫子》其二

城不如郊，郊不如山，徒之西林诚善也。山静日长，惟君自爱。

《与夫子》其三

《离骚》之所以妙者，在"乱"辞无绪，绪益乱则忧益深，所寄益远。古人亦不能自明，读者当危坐诚正以求所然，知粹然一出于正，即不得以奥郁高深奇之也。①

周庚与家人纵论文史，谈论诗骚，文字洒脱，表现性情，深有晚明名士之风，倘若不知其为女性，视这些尺牍为明末清初士人所作，是毫不为怪的。李渔《尺牍初征》、汪淇《分类尺牍新语》系列中，也有不少女性尺牍表现出类似的特质，因此李渔、汪淇将她们的尺牍并不以女性的标准分类，而将之与士人尺牍归于一处。在《分类尺牍新语》"闺阁"类中，也并非全是女性闺阁语，男性讨论闺阁的尺牍也在其中。陈枚《写心集》两集中的蕉园女诗人尺牍，写到她们结社出游，讨论文艺，相互慰问，俨然是清初闺中名士风流之举。可以说，这些女性尺牍在红颜的皮囊之下，掩藏着的是士人之骨，是女性对于士人价值目标的追求。在周亮工、李渔、汪淇、徐士俊等选家眼中，看重的也并非完全是尺牍的女性特质，而更多是其风骨特征。徐士俊在王炜《与黄月辉》一牍后评点道："余曾于汪自天宅出示宋氏姊所藏王夫人手书，便面钦重其才。今读是书，宏词丽句，信当今女学士也！"②是对女性尺牍红颜士魂的最好说明。

（三）以情动人，凄婉哀怨

女性本就擅长于感性。中国古代的女性因受到人身约束，长期居住于闺阁之中，再加上她们的人生处于附庸地位，缺乏与男性平等的地位，出嫁之后又往往与娘家断绝了联系，她们的幸福、希望，乃至命运都维系于男性身上，她们的情感也往往以男性为中心，缺乏自主性，而传统的士人往往不以闺阁为念，志在功名，常常离家远游。长期封闭的闺阁生活导致

---

① ［清］周亮工.尺牍新钞:选例[M].上海:上海书店,1988:245-247.
② ［清］汪淇.分类尺牍新语广编:卷24[Z].上海:华东师范大学图书馆,康熙七年(1668)刻本:4.

她们在感性上更为敏锐,而不能够获得满足的情感生活又使得她们极为压抑。因此,她们累积的情感有着巨大的宣泄欲望。尺牍本就是通情愫之用,其不为外人道的私书性质使得它成为女性最佳抒情渠道之一。选本中诸多女性尺牍长于抒情,尤其长于抒发闺阁之情。在女性尺牍之中,闺阁成为她们感情出发的中心点,由闺阁而及湖山之远与所思之人、所念之事,最后再回归闺阁,这一模式不仅适用于她们思念的丈夫与情人,也适用于她们因出嫁而不能经常联系的父母、兄弟、姊妹等娘家家庭成员。又因为她们缺乏人身与情感的自主性,只能依附于男性,因而她们的情感与愿望常常是被压抑而不能得到满足的,所以她们在尺牍中流露出的情感缺乏主动式的热烈,而以被动式的凄婉哀怨为主。尽管压抑,但女性尺牍还是将尺牍的抒情特性发挥到了极致,在她们笔下,她们将所接触与想象到的一切事物都赋予了强烈的主观情感,力图情感的最大化发挥,实现以情动人的功效。

彩云《与凌郎》

把玩诗画,逸致遥情,诗中有画,画里传诗,令人寻味不尽,先生真摩诘、虎头矣。妾苦薄命,人远天涯,不得追陪巾栉,时一焚香,一煮茗,常侍于风流才子之侧,辗转愁思,唯有对菱花而太息,倚朱栏而神注耳。手帕一方,漫云琼报,亦谓鲛绡拭目,奉君见之,点点皆妾泪痕也。《春闺》二首,惭非苏女回文,唯情见乎词。知峡上哀猿,夜半声楚,当不忍心以章台柳,膜外视之矣。短笺莫诉,长漏为仇,书来应郑重,莫作等闲看。[①]

尺牍内容由闺中情思出发,想象情人在外场景,最后希冀情人重视此牍,勿忘旧情。牍中,作者运用了诗、画、香、茗、菱花、朱栏、手帕、哀猿、章台柳、短笺等诸多意象,以闺中思念、爱慕之情作线串联起来,组成抒情意象群组,抒情主题一以贯之,反复咏叹,缠绵悱恻,哀婉动人。可以说,女性尺牍因压抑的情感而哀怨,又因哀怨之情而动人心魄。

(四)语言精致典雅,文风纤秀

在女性尺牍中,精致典雅的语言是展现女性文采的一部分。这些女性尺牍作者大多家境良好,受到良好教育,具有良好的文学功底。日常闺阁生活使得她们富有大量的时间,细腻的情思又使得她们愿意在语言文字上精细雕琢,因而尽管她们的尺牍篇幅有长有短,形式有骈有散,但在语言上表现出共同的倾向——精致而典雅。首先,女性尺牍在语言表述之中喜欢用典故,尤其喜欢用历代杰出女性的典故,如班昭、苏小妹等,这可能与她们受到的教育有关,也可能与她们和历代才女命运相比较的心理有关。其次,女性尺牍的语言极为简洁,《尺牍新钞》中周庚的尺牍多篇幅短小,但语言极为凝练,几乎无一字多余。再次,女性尺牍中还存在喜用骈偶、铺陈的倾向。女性尺牍长于抒情,也重在抒情,在尺牍中使用骈偶对仗的语言,再辅以铺陈,有利于女性情感的抒发,其细腻的内心世界也可以借助于这种语言形

---

① [清]陈枚.写心二集[M].沈亚公,校订.上海:中央书店,1935:272-273.

式实现最佳化表达效果,实现一咏三叹,反复回响的艺术效果。最后,女性尺牍在表述上文风偏于柔弱,有纤秀之美,却缺乏刚决之气。古代女性在人身、情感、思想上缺乏独立性,她们不得不依赖男性与家庭,社会分工本就将她们归之于弱势,这导致她们在精神上、情感上缺乏自主性,缺少主动精神。语言文字是人的精神、品格的外化,因而她们的文笔在尺牍中表现得气格纤弱,只有纤秀之美,缺乏粗犷大气。

总之,女性尺牍不同于士人尺牍,有其自身的特点。女性尺牍总体上长于抒情,语言上偏向精致典雅,气格上偏于纤秀柔弱。从美学范畴而言,尽管女性尺牍在一定程度上迎合了男性的价值观,注重展现品德与文艺才能,表现出红颜士魂的特点,但总体上它们属于"幽美"的美学范畴,缺乏"壮美"的美学特征。

第三节　女性尺牍的价值

清初尺牍选本中的女性尺牍虽然数量不多,却极其珍贵。它们是考察明末清初士人家庭女性生活状况、思想动态、情感动向以及文艺创作等方面内容的第一手资料。在中国古代女性尺牍是如此少的情况之下,这些尺牍在中国古代尺牍史上,有着独特的地位,闪耀着耀眼的光芒。它们仿佛就是沙漠里的一丛绿洲,戈壁中的一潭泉水,使读惯了士人尺牍的读者们,在审美疲劳之下突然感觉到一股温柔的清凉,使人不免依恋难舍。

一、思想价值——女性自我精神的觉醒与价值追求的自觉

中国古代女性受到儒家道德的约束,处于附庸地位,缺乏人身与精神上的双重独立性。她们依附于家庭和男性,受到的是传统妇德教育,甘愿自我封闭于闺阁之中,甘愿清守所谓的妇人之德。但到了晚明,在个性解放思潮影响下,性情观念开始深入人心,程朱理学遭遇一定程度的抵制。开明的士绅开始重视家庭中女性成员的教育,而女性的自我意识也开始觉醒,她们的人生生存观念、价值观念都开始萌动,这在晚明至清初的小说、戏剧中都有间接的反映,而当时的女性尺牍却是当时女性自我精神觉醒与人生价值追求的第一手资料。在当时士人主导社会与人生价值观念的情况下,女性的自我意识觉醒与人生价值追求走的是一条曲折的道路。她们无法超越时代,追求妇女地位的实质性解放,但她们开始主动追求在当时社会主流意识形态之下自我价值的实现。而当时的主流意识形态由士人主导,他们对妇女的价值判断与承认标准便在于女性的品德与才华,因此,明末清初的女性在这两方面表现出主动式的追求,在这一追求的背后,正是她们自我价值追寻结果。

第一,这种追寻首先表现女性尺牍对德行的重视上。她们对于贞节观念的极端重视,固然与她们所受的封建道德教育有关,但也不能否认,她们看重的是在道德实践的背后,可以获得社会与士人的价值承认,这是她们实现自我价值追寻的一种方式。如宋氏在《与母书》中,对于父母劝其改嫁的举动表现出宁死不从的决绝式抵抗,固然可以叹息其愚昧,但支撑

她这样做的根本原因,却是她自我价值实现的目的,这使得她在封建道德方面,表现出自我实践的自觉。

第二,这种女性自我意识的觉醒和价值实现的自觉还反映在女性尺牍中女性对于文艺才能与创作的追求上。女性的文艺才能是士人所看重的品质之一,也是士人自我追求的价值现实方式之一,女性在文艺创作上的追求实际出于对士人价值实现方式的一种模仿。她们在文艺才能与创作方面孜孜不倦地追求,背后藏着女性群体追寻自我价值实现的因素。如:

王炜《与黄月辉》

女弟王炜拜书黄姊孙夫人阁下。盖尝纵览缇纲,流观壶中史,所见纨扇香茗而下,蜚声缣素者,代不乏人,要皆不越璇闱,而芳誉冠天下。故听唐山箫管,不数传胪之大儒;见苏氏璇玑,知非叩瓴之小学。而近世鱼轩之家,妄以"无攸遂"二语,文其俭陋,遂致内则鲜通,笄袆无色,求其七德扬徽、四星连曜者鲜矣。侧闻夫人含灵握文,夐出庶女,既敦诗而乐礼,复咏月而裁云,洵是扫眉才子、海内无双者矣!炜素闻韶范,已属神交,常谓当士有大家,岂可一无谋面?乃沈表叔母传至瑶编,因属叙于炜。窃念衡茅孱女,惟纮綖是肆,安解诗书? 意欲坚辞,复恐重违雅意。

……愚闻自古内家诗赋,传者十一,不传者十九,盖无輶车观风之赴告,则难播扬;无名山好友征符,则难传信。若不身立鸡坛,互相推毂,恐亦有孤,琬琰终就湮沦。今夫人所素审者? 不具论,他若吾娄黄家女,及舍侄女王淑,皆英英有才,志在彤管。意谓当联合诸家,共通音问,使四方闺彦,狎主诗盟,良亦快举。昔济尼往来张谢二家,故有林下闺秀之目,今亦当觅此辈,于春秋暇日,将诗筒作寄书邮,方将藉夫人之令名,征诗合编,焕若联璧。炜虽下才,能无扫室布席、借四壁之末光乎? 至于俯览末集,赐以弁语,殆所愿焉,未敢请耳。皆令姊,久仰其徽音,幸见时道炜问讯。临风采候,造次不虔,惟雅鉴是荷。[①]

王炜以为历代皆有才女,也有女性著作问世,唐山夫人、苏蕙等女诗人都名望彰显。但到了近世以来,女性文学却沉沦了,其原因在于"近世鱼轩之家,妄以'无攸遂'二语,文其俭陋"。"鱼轩"原指鱼皮装饰的妇人之车,是女性的代称;"鱼轩之家"是女性道德家。"无攸遂"二语出自是《易·家人》中的爻辞"无攸遂,在中馈"。其意指女性的主职是在家中主持馈食供祭、饮食起居等内部事务,不应该追求政治、文学等方面的外部活动。王炜以为正是宋代以来,理学道德强加在女性身上的约束,使得女性群体的文艺才能与品性受到了压制,"遂致内则鲜通,笄袆无色,求其七德扬徽,四星连曜者鲜矣"。并且,因为女性的文艺创作不受重视,导致女性文学创作"传者十一,不传者十九"。王炜以为女性的文艺才能不应也不能受到压制

---

① [清]汪淇.分类尺牍新语广编:卷24[Z].上海:华东师范大学图书馆,康熙七年(1668)刻本:2 - 4.

和约束,应当重振女性文学风气,使得女性文艺才华与文学作品彰显于世。她认为那个时代的杰出女性代表如黄月辉等,"舍灵握文,夐出庶女,既敦诗而乐礼,复咏月而裁云,洵是扫眉才子、海内无双者矣",德才俱佳,可谓是闺中领袖。其建议她们挺身而出,联络天下女性,建立女性文学组织,"联合诸家,共同音问,使四方闺彦,狎主诗盟",并且以组织为核心,"将诗筒作寄书邮,方将藉夫人之令名,征诗合编,焕若联璧"。征集天下女性诗作,编辑女性诗稿,以传于后世。王炜《与黄月辉》纵览历史,以高屋建瓴的角度,肯定了女性文学创作在历史上的地位,并号召天下女性联合起来,成立女性文学的专属组织,重振女性文学创作风气,可谓是当时杰出女性自我价值肯定与追求的一篇战斗檄文。徐士俊非常看重王炜《与黄月辉》这一篇尺牍,他评价:"余曾于汪自天宅出示宋氏姊所藏王夫人手书,便面钦重其才。今读是书,宏词丽句,信当今女学士也!"①

事实上,明末清初的女性已经开始意识到自己文艺创作的价值,她们有着和士人一样的价值实现心理。诸选本中的尺牍多有士人投稿选家,乞求将自己的作品刊印发行,以留存于后世,实现个人在社会中存在的价值。当时的女性也有类似的举动,如果说王炜在《与黄月辉》中只是一种女性自我价值实现与追求的一种呼唤之声的话,那么在清初,"蕉园诗社"中的女性们已经开始将王炜的主张付诸实际行动了。她们聚集在一起结社出游,互相传授与唱和,并且有意识地将女性文学创作整理保存,并借助于当时的书商以流传于后世。

钱冯娴《与李端明》

莺粟、虞美人艳甚,某藉以宴客,遂至反客为主。重费清心,花若有情,花亦恼矣。名媛诸作尽封上,得尊翁先生收录一二,借光梨枣,幸也何如?②

钱冯娴是"蕉园诗社"主要成员之一,她在组织了一次诗社活动之后致函李淑昭,主旨在于要将整理出的"名媛诸作"寄给李淑昭,拜托李淑昭交给其书商父亲李渔,希望李渔能够选中其中的部分创作刊印发行,借此流传于后世。"蕉园诗社"一众女性文学结社活动与刻印作品之举,表面看是在仿效当时的士人行为,但她们这种做法的背后却并非由于士人的引导与组织,而是她们的自发之举,支持她们这样做的内在动因正是她们自我意识的觉醒与自我价值实现的追求。

第三,女性自我价值实现的追求还体现在她们对于家国情怀的抒发上。在女性自我价值追求之路上走得最远的杰出女性代表是顾若璞以及她身边的女性。她们在尺牍中不止于道德与才艺,而且还谈论国家大事,企图以妇人的才智和家庭的力量挽救明末危局。她们的思想与行为远远超出了女性"无攸遂,在中馈"的限制,甚至超过了一些士人的见识,表现出一种英雄豪杰式的人格追求,企图在儒家外王之道上有所实践。以顾若璞为代表的女性以传统士人的胸襟关怀天下,追求英雄豪杰式的人格不是偶然的,有其特殊的原因。从宏观方

---

① [清]汪淇.分类尺牍新语广编:卷24[Z].上海:华东师范大学图书馆,康熙七年(1668)刻本:4.

② [清]陈枚.写心二集[M].沈亚公,校订.上海:中央书店,1935:325-326.

面看,国家激烈动荡关系到每一个家庭的命运,使得闺中妇人免不得被迫卷入其中,开始关注国是。同时,晚明社会的混乱,性情解放思潮的兴起与教育的普及,使得传统封建伦理道德对女性的约束有所松动,女性的自我意识开始觉醒,渐而追求自我精神的解放与自我价值的实现,开明士人家庭的男性成员对此不但不予以阻止,甚至给予积极的支持。从微观方面来看,这些女性也因自己特定的身世与特殊的生存方式,自觉或不自觉地担负起传统由男性担当的职责,拥有了传统士人所有的学识与能力。

总体而言,封建时代的女性想要在男性主导的社会价值体系中寻找并建立女性价值追求并不是一件容易的事情,她们自我价值的实现首先往往是获取男性的价值承认,在此基础上再寻求突破。在这样的情形之下,她们走上了传统男性士人所崇尚的内圣外王的儒家价值追求之路,并在士人追崇的文艺之道中努力开拓,以期达到巾帼不让须眉的价值承认。以顾若璞、顾之琼、林以宁、王炜、钱冯娴等为代表的杰出女性,在生活中实践了属于士人传统价值体系的追求之路,虽限于女子之身,在某些方面并不能实际亲为,但她们的豪杰式的志向、广博的学识以及不平则鸣的文艺追求无不属于儒家价值体系范畴。对于她们的所作所为,士人的评价也是积极的,徐士俊直接以"女学士"评价王炜,他在顾若璞《与弟》一牍后评价道:"女中大儒,班左而外,□所罕见。"①以"大儒"评价顾若璞,这既是称赞其学识,亦是称赞其道德。在顾若璞《示诸儿》一牍后,徐士俊评道:"夫人为余婿张广平之舅祖母,年七十有余矣,尚能操管弄墨作绝人文章。闺阁中有此等人,使我拜服!"②顾若璞在道德、学识、文章方面丝毫不输于须眉男子,可谓是明末清初女性自我价值实现之最者。

二、资料价值

清初诸选本中的女性尺牍也是考察明末清初杰出女性生存状况的直接资料,具有珍贵的资料价值。

第一,通过这些尺牍可以考证出这些杰出女性的家世状况,使她们不至于泯没于世。《尺牍新钞》《尺牍初征》以及《分类尺牍新语》三编中的女性尺牍,在作者姓名之下,都有简要的介绍,说明她们的姓氏、字号、籍贯、婚配、著作等情况,如《尺牍新钞》顾若璞名下注曰:"和知,钱塘人。上林署丞顾友白女,督学黄寓庸长子文学东生妇。《黄夫人卧月轩合集》"③通过这一说明,可以大致了解顾若璞的情况。《尺牍初征》中也是如此,如在宋氏名下注曰:"宋氏,华亭人。进士沈泓之母。"如果单纯只有宋氏称呼,我们无法得知宋氏的身份信息和生平资料,但通过沈泓,我们可以知道搜寻相关资料得知宋氏青年孀居,抚恤幼子,忠贞持家,知道沈泓得母教育,事母至孝的若干情况。

第二,在尺牍诸选中女性尺牍之后选家的点评,也可以考证出若干女性的家庭情况和她们与尺牍选家的关系,推断出她们尺牍之所以能够入选选本的直接原因。如朱氏《寄母》之

①② [清]徐士俊,汪淇. 分类尺牍新语[M]//四库全书存目丛书. 集部第 396 册. 济南:齐鲁书社,1997:524,521.
③ [清]周亮工. 尺牍新钞:选例[M]. 上海:上海书店,1988:243.

后徐士俊点评："憺漪同嫂夫人偕老相庄,芝兰绕膝。"从中可知,汪淇之妻为朱氏,有母高寿,汪淇与朱氏子孙繁茂。又如顾若璞《示诸儿》一牍后徐士俊评道："夫人为余婿张广平之舅祖母,年七十有余矣。"可知顾若璞为徐士俊女婿张元时的舅祖母,顾若璞主持二子分家之时已经 70 余岁,而徐士俊得到顾若璞尺牍则很可能与女婿张元时有关。又如在吴柏《与父书》之后,徐士俊云:"(柏舟)年十九,未婚而夫生亡,归陈守节,五年而死。将死之际,出所著一卷欲付梓,乃翁属选于余,并为之序。其诗词固佳,而尺牍尤隽。"①从中可知,吴柏未嫁而夫亡,却仍旧秉持封建道德守寡夫家,其夭亡之时,其父将其著作付与徐士俊,尺牍亦在其中,因此其尺牍得以入选《分类尺牍新语》。再如汪淇在王端淑《柬莫夫人》后评点:"正乏佳篇,得虎男觅惠此,即玉映致云卿夫人之札也。"②虎男为浙江钱塘人诸匡鼎。莫夫人即莫云卿(廷韩)夫人,《分类尺牍新语广编》中有王端淑 4 通尺牍,其中与莫夫人二牍应是诸匡鼎得自于莫廷韩夫人之处,又交付与汪淇。再如徐士俊在申蕙《答归素英高夫人作书法书》一牍后评点:"沈子中立以尺牍数首寄余,附载夫人兰芳手笔,真可称大家举止,名士风流也。申夫人别号诗农,为吴门申奇生刺史第三女。善诗文,工书法,有《涤砚亭帖》《绛云阁诗》《花下吟》《绣余草》诸刻行世。与泾湄黄月辉、花村归素英、吴门许瑶清、王凤翔诸夫人为诗文友;嘉兴陆介畹、寒山赵芝贵、海宁李是菴为丹青友;虞山吴氏华山、樵李徐仪静、江南顾招霞为书法友;梅里女禅师□揆为谈禅友。"③从中可知申蕙的身世,文艺特长与著述情况,以及在申蕙当时的详细交游信息。其尺牍得以入选《分类尺牍新语》乃是因其丈夫沈廷植向徐士俊投稿时,附录夫人申蕙尺牍,结果为徐士俊看重,录用颇多。

第三,尺牍选本中的尺牍内容蕴含着考察明末清初杰出女性文艺交往活动的重要资料。例如,陈枚《写心集》两集中收录了清初"蕉园诗社"成员的诸多尺牍,对于"蕉园诗社"结社活动的情况具有重要的佐证作用。在《写心集》两集之中,蕉园诗社成员多相互致函,可见她们之间过从甚密,并非松散的文学社团,其中的核心成员有林以宁、钱冯娴等。钱冯娴《又答同社诸夫人书》,其中说道:"兹辰青鸟飞来,知可以采胡麻而餐玉屑,方慰调饥之望,又何忍言辞?"④从中可知,诗社成员之间以尺牍沟通、组织诗社活动,有明确的组织名称或活动宗旨,不能参与活动者往往需要向组织者说明情况,类于告假制度。顾姒在《与又令夫人》《致冯夫人》中先后两次向钱冯娴提出不能参与诗社活动,第一次是因丈夫在家不能外出,第二次是因为自己生病,从二牍中可知钱冯娴是诗社中的领袖人物之一,经常组织诗社活动。诗社成员对于诗社活动甚为积极,如遇意外不能参与活动,往往会向组织者说明。

"蕉园诗社"成立后,有"蕉园五子""蕉园七子"的说法,但无论如何其中没有李渔之女李淑昭,而李淑昭又与蕉园诸女交往甚密。对于李淑昭是否"蕉园诗社"成员,后人有着争议性

---

① [清]徐士俊,汪淇.分类尺牍新语[M]//四库全书存目丛书:集部第 396 册.济南:齐鲁书社,1997:528.
② [清]汪淇.分类尺牍新语广编:第 24 册[Z].上海:华东师范大学图书馆,康熙七年(1668)刻本:11.
③ [清]汪淇.分类尺牍新语广编:补册[Z].上海:华东师范大学图书馆,康熙七年(1668)刻本:3.
④ [清]陈枚.写心二集[M].沈亚公,校订.上海:中央书店,1935:326.

的看法。陈枚《写心集》二集中所收李淑昭与蕉园诸女的相互通信给我们留下了许多重要资料。

李淑昭《柬冯又令》

昭别武林十有六载矣，不谓天假良缘，得归故里，敢借溪水一芹，暂屈鱼轩过我。闻贤妹中书君与楮先生友善，寸晷不离，并祈拉以偕来。已订亚清，互相刻烛，知不拒也。①

此牍透露出一些重要信息：第一，"昭别武林十有六载"应是指李淑昭随父移居南京的时间，从中可知李渔一家在南京定居有 16 年之久，至康熙十六年方回到杭州，在此之前，李淑昭不可能参与"蕉园诗社"的活动。第二，李淑昭与钱冯娴及林以宁为移家金陵前在杭州的旧相识，否则李淑昭不会在回到杭州后便设宴款待钱、林等人。从其"已订亚清，互相刻烛，知不拒也"这种较为轻松随意的表述语气判断，李淑昭与钱、林等人相交匪浅。第三，"刻烛"乃是引用南朝齐竟陵王萧子良"夜集学士，刻烛为诗"典故，实际便是召集钱冯娴、林亚清等组织诗会。

李淑昭《柬林亚清》

敝庐虽居城北，如在穷乡，每竟日无一人至者。岂意昨绝代佳人联翩而来，良缘创见，得未曾有。拙稿检出，希即惠教。昭生平笔墨，不欲流落人间，作下酒物也。②

从此牍可以看出，在李淑昭回到杭州后，作为后期"蕉园七子"首领的林以宁带着诗社成员至李淑昭处拜会李淑昭，并与其展开了文学创作方面的交流，而李淑昭应命将自己的笔墨文字提供出来。此举明显有林以宁邀请李淑昭参与诗社活动的意图。李淑昭有没有参与诗社活动是李淑昭是否"蕉园诗社"后入成员的关键证据。从她后来与诗社成员往来的尺牍看，她明显参与了诗社活动，而且是其中重要的成员。如：

李淑昭《辞亚清招游辋川看桂》

不见西湖芳桂，几二十载矣。辋川之订，不忍负名花，宁忍负同人耶？但家母卧病，已经两月。岂无小婢，奈非昭亲供药饵，辄不下咽。窃恐勉赴宠招，强为欢笑，而消阻之意，或形于色，未免一人向隅，满座不乐，翻不若"遍插茱萸少一人"之为愈也。善语黄夫人，希垂鉴谅。③

顾姒《复李端明》

久企林风，无由良晤，自分空成梦想，瑶缄忽堕，何殊亲接丰标？兼荷名园之

---

①②③　[清]陈枚.写心集[M].沈亚公，校订.上海：中央书店，1935：322，326.

订,极欲抠趋,奈何以病魔难却,不克如命,抱歉良多。临牍九顿以谢![①]

从第一牍可见,林以宁明确邀请了李淑昭参与诗社活动,李淑昭虽因母病未能参加,但她对活动的态度是积极的。林以宁先前邀请她参与诗社活动,约定前往辋川看桂,李淑昭应是应允的,否则她无须以此牍向林以宁作出解释,表明不能参加的原因。从第二牍可见,李淑昭不仅参加了诗社活动,而且还是这次"名园之订"的发起人,因不能参加,故而顾姒循例写信回复李淑昭作出解释。此外,李淑昭与诗社成员文艺方面的交流颇多。

李淑昭《与冯又令》

闻尊体违和,想念殊切。顷读新诗,矫若虬龙,鲜如异卉,则又似无恙者。昭近亦抱小疴,自读佳叶之后,贱恙顿减,岂读者可以愈疾,而作者不能自愈耶? 小札驰至,知已霍然。[②]

李淑昭《再与冯又令》

荒斋判袂,忽逾年矣。窗前梅花将放,每忆丰姿,辄念前人有诗云"梅花解识相思恨,未到开时已白头"之句,不禁为之三复。贤妹知有同心,不堪多述耶?[③]

李淑昭《复林亚清》

贤妹有四绝,曰诗、曰文、曰楷书、曰画,皆逸伦超群,脍炙人口。顷云翰下颁,复见行草妙甚,岂慧心人眼匡多窄,必欲尽世间韵事、萃于一身不肯让人耶? 羡杀!妒杀![④]

林以宁《答李端明》

昨贤姊札来,匆匆裁答,不暇作楷书,殊为不恭,翻以草书见许,誉我耶? 哂我耶? 倘缘兹学书,因假成真,亦未必非教我也。"相知以心,相勖以道"二语,愿吾两人共之。[⑤]

钱冯娴《与李端明》

莺粟、虞美人艳甚,某藉以宴客,遂至反客为主。重费清心,花若有情,花亦恼矣。名媛诸作尽封上,得尊翁先生收录一二,借光梨枣,幸也何如?[⑥]

从以上五牍可以看出,李淑昭与"蕉园诗社"的主要成员林以宁、钱冯娴等有着文艺创作方面频繁交流。并且蕉园诸女非常看重李淑昭为李渔之女的身份,并希望通过李淑昭的渠道,将诗社作品由李渔刊行问世。钱冯娴《与李端明》"信中所云'名媛诸作'当指咏花词,其时李渔正在编选《名词选胜》,冯又令嘱李淑昭推荐之"[⑦]。综合以上材料可以说明,李淑昭与"蕉园

① [清]陈枚.写心二集[M].沈亚公,校订.上海:中央书店,1935:286.
②③④⑤ [清]陈枚.写心集[M].沈亚公,校订.上海:中央书店,1935:323,324,325.
⑥ [清]陈枚.写心二集[M].沈亚公,校订.上海:中央书店,1935:325-326.
⑦ 黄强.李渔及其长女淑昭与友朋交往书信辑佚考释[J].文献,2013(3):120.

诗社"核心成员有着非同一般的交情,她们之间有着结社交游活动与频繁的文艺创作交流。李淑昭与"蕉园诗社"之间的关系不是游离于其外,而是确实参与了其中的活动,因此她应是林以宁、钱冯娴组织的"蕉园诗社"后加入成员之一。只不过李淑昭对于自己的文学作品极为慎重,不愿意轻易外流,"昭生平笔墨,不欲流落人间,作下酒物也"①。但蕉园诸女见过她的作品是毫无疑问的。

　　清初尺牍选本中的女性尺牍倘若和与她们有关男性尺牍联系起来考察,可以相互佐证,其资料价值能进一步深入挖掘,发挥最大化作用。黄强先生在《李渔及其长女淑昭与友朋交往书信辑佚考释》利用李淑昭与其他女性的相互通信,考证出李渔与其家庭生活变化的许多新资料,如李淑昭《在柬冯又令》中说道:"昭别武林十有六载矣,不谓天假良缘,得归故里。""李淑昭此札则准确表示'别武林十有六载'。李渔是康熙十六年丁巳春孟由金陵移家到杭州的,李淑昭在统计离别武林的时间时,不至于将此年开始的一两个月算为一年,因此,李渔移家金陵应当是在顺治十八年辛丑。"②又如金芷在《谢李端明夫人》一牍中提到金蕊游玩是起息于李淑昭家,因此作书致谢,但透露出沈心友、李淑昭夫妇居处信息"并非如时下各种李渔传记所云,其未随妇翁一同移家杭州,而是留在了金陵,继续主持芥子园书铺的业务"③。且李淑昭在《柬林亚清》一牍中提及"敝庐虽居城北,如在穷乡,每竟日无一人至者"④。可以确定沈李夫妇居住杭州城北的信息,而当时李渔定居在杭州城南,"因此,由金芷此札可见,移家杭州后的沈因伯夫妇已经回归沈家,另立门户"⑤。黄强先生还在《李渔之婿沈心友家世考》中以李淑昭与钱冯娴、林亚清交往尺牍中称谓的细节:钱、林称李为"姊",李称二人为"妹",引导出李淑昭的出生时间与年长丈夫沈心友 8 岁的猜疑,并进而结合其他资料推导出。

　　　李淑昭与沈心友婚配以前,曾经是沈李龙的侄儿即沈心友的堂兄或堂弟之妻!此堂兄或堂弟也是入赘李家与淑昭婚配,并生有一子即沈潜(南河)。后沈潜之父不幸去世,沈心友适逢父亲沈李龙发生重大变故,奇穷之中入赘李家,与守寡的李淑昭婚配,并视淑昭与其堂兄或堂弟所出之子沈潜(南河)为己子。沈心友入赘李家,是李渔之家与沈泽民之家的第二次联姻。舍此以外,沈潜既是李渔的外孙,又是沈李龙的侄孙,别无其他解释。⑥

总之,女性尺牍隐含着许多有价值的资料,尚需要进一步结合其他资料细致分析与挖掘。

三、文艺理论价值

　　清初诸选中的女性尺牍,文字优美,蕴藏着明末清初女性的真情实感,内容丰富,具有独

---

① ［清］陈枚.写心集[M].沈亚公,校订.上海:中央书店,1935;322.
②③ 黄强.李渔及其长女淑昭与友朋交往书信辑佚考释[J].文献,2013(3);118,121.
④ ［清］陈枚.写心集[M].沈亚公,校订.上海:中央书店,1935;322.
⑤ 黄强.李渔及其长女淑昭与友朋交往书信辑佚考释[J].文献,2013(3);121.
⑥ 黄强.李渔之婿沈心友家世考[J].江南大学学报(人文社会科学版),2013(5);80.

特的美学特征,是后世鉴赏与研究女性文学的重要对象,具有高度的文艺审美价值。同时,在来往尺牍中,明末清初的女性或谈论诗歌,或讨论文章,或鉴赏书法,或品评人物,其中蕴藏着许多她们对于文学与其他艺术的观念、看法,是我们研究当时女性文艺观念的重要文本,蕴藏着重要的文艺理论价值。

女性尺牍中,讨论最多的是诗歌,其中就有一些反映了明末清初女性对于诗歌学习与鉴赏的观点。

吴柏《寄吕家姊》其三

"白发三千丈",此诗人铺张语耳,泥之则是向痴人说梦也。即如"不贪夜识金银气",此极奇语,然须以不解解之,如必求其何以夜识,虽起杜老于九京,彼也不能以解解也。此妹在家时,习闻父兄之论,若此引申触类,莫可胜穷。善夫,孟夫子之言曰:"以意逆志。"真千古读诗法。①

"白发三千丈"是李白《秋浦歌》中的诗句,以夸张的修辞手法说明作者的愁思之深。"不贪夜识金银气"是杜甫《题张氏隐居二首》其一中的诗句,主要是说明杜甫拜访张氏心情之迫切,即使夜晚山中有金银之气闪烁自己也不会贪图流连。吴柏以为,鉴赏诗歌不能拘泥于文字表面的意思,拘泥太过则妨碍读者的理解,"白发三千丈"不合逻辑,纯属夸张,即是如此。而"不贪夜识金银气"这句诗歌用典奇特,古人以为珠玉金宝埋于地下,会有对应的"气"闪烁,尤其是黄昏与黑夜之中,善识"气"者会有所获。吴柏以为如果读者拘泥于如何"夜晚"方识金银之气,则会以文害意。杜甫见张氏肯定不是夜间,作者在诗中如此用典不过是要表达会友心情之迫切,并未考虑逻辑问题,因此读者在鉴赏时不需要去追求逻辑与事理上的通顺,"须以不解解之",否则即使是杜甫再生,也没有办法解释清楚。吴柏以为这种诗歌学习与鉴赏的方法出自孟子的"以意逆志"之说,这是极有见解的。诗人在创作诗歌时,受到情感起伏的影响,在抒发自己的情感时,往往借助于夸张等修辞手法,这样的修辞手法与情感表达方式违背了现实规律,不能以理性去解释,只能用感性去体会。读者在赏鉴诗歌时需要以作者创作时的情感、心境去揣摩作者的真实意图,是所谓"以意逆志""白发三千丈""不贪夜识金银气",都属如此。吴柏在牍中说明,她的这一见解不纯是自己悟出的,而是未嫁之时受到父兄讨论的影响触发,从中亦可见明末清初之时,妇女文艺观念的来源。

女性尺牍也牵涉到不少当时女性对于文艺创作的品评,从中可以管窥她们文艺审美水平与文艺认识。

吴柏《寄吕家姊》

养真道人,国朝诗妇也,其咏摘发诗云:"白发新添数十茎,朝朝拔去又还生。不如不拔由他白,哪得功夫与白争。"言颇慰藉。田艺蘅,才人也,亦盛称之,是姊今

---

① [清]李渔.尺牍初征[M]//四库禁毁书丛刊:集部第 153 册.北京:北京出版社,1997:665.

日一服对症药也。宜味！①

"养真道人"不知为谁，吴柏选其《摘发诗》以幽默方式感慨年华老去，"言颇慰藉"，有治疗疾病之效用。田艺蘅，晚明浙江钱塘名士，为人豪放不羁，好酒任侠，吴柏认为他的诗歌也有同样功效。这一尺牍表现出吴柏以诗疗疾的观念，或者说"诗药"观，以为适合的诗歌有助于疗疾。她在《与父书》中也说道："蒙论捡韵摘辞，非妇女事，女岂不知，但女于此道，似有天缘，于疾时愁处，无可寄怀，便信口一吟，觉郁都舒而忧尽释也。"②认为诗歌创作也可以帮助治疗疾病。吴柏的这一"诗药"观有其科学性。孔子以为诗可以兴观群怨，有抒发感情，宣泄心胸的作用。人在诗歌创作之中，将自己的愁闷郁结之气抒发出去，有助于心气的平和与情绪的缓解，自然也有助于愁病的减弱。人在疾病之中，欣赏到适合的诗歌，自然也可以开阔心胸，激发共鸣，获得精神上的愉悦，从而有助于身体的恢复。吴柏的这种"诗药"观，针对心理方面的压抑、愁闷、烦躁等疾病更为有效。查于周在尺牍后评点"滑稽隐秀，平却多少争心"③，所说的正是诗歌的平复人心的作用。结合吴柏未嫁夫亡，却因封建道德观守寡夫家，长期愁闷抑郁于闺中，加上体弱多病的身体情况，她只能以诗歌创作与欣赏自娱，借以消磨时光，宣泄胸中愁郁之气，在此状况下产生"诗药"观极为自然，亦极令人唏嘘。

吴柏高才而早天，与之命运类似的是清初"蕉园诗社"成员之一的张昊，在她亡故后，许多女性对她的诗作进行了评论。

商景兰《示女媳》

焚笔弃墨，几三十年，偶于儿子案头，见《琴楼合稿》，乃武林张槎云所作。槎云才妇而孝女，故其诗忠厚和平，出自性情，有三百篇之遗意。反覆把玩，不忍释手。因思槎云之才，知汝辈能之；槎云之孝，知汝辈能之。槎云之才之美，槎云之孝之纯，汝辈共勉之！④

何上乘《与妹》

闺中传诗原不再多，《刘令娴集》六卷，《上官婉儿集》二十卷，今所存有几？槎云数诗足传矣。五律见才分，若绝句直与三唐诸大家争胜，岂止与婉儿、君徽辈数课后先也。⑤

王端淑《与夫子论槎云遗稿》

槎云律体诸作，高老庄重，不加雕琢，真大雅之余音，四始之正格也。五七言绝句，明逸娟秀，音韵铿然，引而不发，令人可歌可诵，洵乎笄纵中独步矣！惜其芳龄不永，兰玉遽摧，倘天假之年，其所造岂有竟哉！⑥

张昊，字玉琴，号槎云，浙江杭州人，有诗集《琴楼合稿》《趋庭咏》。面对同一人物的诗歌作

① ［清］汪淇.分类尺牍新语二编［M］.台北：广文书局，1975：266.
② ［清］徐士俊，汪淇.分类尺牍新语［M］//四库全书存目丛书：集部第396册.济南：齐鲁书社，1997：528.
③ ［清］汪淇.分类尺牍新语二编［M］.台北：广文书局，1975：266.
④⑤⑥ ［清］陈枚.写心集［M］.沈亚公，校订.上海：中央书店，1935：316-318.

品,三位女性的品评出发点和风格是不一样的。商景兰以为张昊"其诗忠厚和平,出自性情,有三百篇之遗意"。她的诗歌观念显然受到了晚明以来的性情观的影响,但作为封建家庭中的大家长,她又看重诗歌的载道和教化作用。于是商景兰将性情观与教化观结合起来,认为张昊其人性情"才妇而孝女",故其诗特质"忠厚和平",有教育闺中女性的作用,因而将之示诸家中女性,让她们学习,以实现张昊诗歌教化之功。何上乘则偏重于女性的才情。她注意到了诗歌史上女性诗歌存世不多的情况,以为张昊的诗歌虽数量不多,但质量很高,尤其是绝句不仅可以与上官婉儿、鲍君徽之类唐代女诗人媲美,而且可以与唐代男性诸大家争胜。她的评价透露出当时女性对于诗歌作品学习与审视的对象不只是历代女性诗人,男性诗歌也在她们的文艺审视范围内。对于何上乘而言,她以唐代诸女作比较,推崇唐代诗歌,可推断其诗歌观念宗唐。王端淑则偏重诗歌的风格。她认为张昊律体诗"高老庄重,不加雕琢",并以《诗经》作喻,认为有雅正之音,张昊"五七言绝句,明逸娟秀,音韵铿然,引而不发",诗歌极其感染人,"令人可歌可诵"。三人之中,王端淑评价最为全面,也最为精深,可见其诗歌品鉴功力最为深厚。

对于晚明以来的女性文学作品,女性尺牍多持肯定态度,但也有反弹琵琶者。

方孟式《读徐媛诗与妹维仪》

偶尔识字,堆积齷齪,信手成篇,天下原无人才,遂从而称之。始知吴人好名而无学,不独男子然也。①

徐媛(1560—1619),字小淑,明代长洲(今苏州)人,在当时名声极响,与才女陆卿子合称"吴门二大家"。方孟式在与妹书中对时人重誉的徐媛诗歌评价极低,称其"偶尔识字,堆积齷齪,信手成篇"。徐媛生前与陆卿子互相唱和,吴中士大夫多有推崇二人而追风跟从者,方孟式因此连带吴人一起批判,"始知吴人好名而无学,不独男子然也"。方孟式作出如此评价不仅需要勇气,而且是需要底气的,否则只是狂妄之语。从方孟式身世看,她有这样的底气。方孟式(1582—1639),字如曜,安徽桐城人,有诗集《纫兰阁集》。方孟式父亲为晚明官员方大镇,丈夫为山东布政使张秉文,侄子为明末著名思想家方以智,可谓出身世家,秉承家学。更为可贵的是,方孟式生逢明末乱世,有着出色的文艺才能,更有着一腔爱国热忱。清兵攻陷济南时,张秉文死于兵燹,而方孟式也殉节自溺而亡。后人将明亡原因之一归为士风的衰颓,连带对他们脱离社会现实、吟唱优游的文学作品也持有否定态度,方孟式对徐媛诗歌的贬低恐怕正是出于这一原因。徐媛生于万历之时,明朝已经开始呈现衰颓景象,但她与陆卿子相互唱和的诗歌对现实反映极少,多有"禅悦礼佛""崇俗享乐"②的作品。而方孟式生于乱世、死于殉难,有着极高的道德理念,在文艺观念上也是如此。诗歌是人的思想与性情的反映,当方孟式看到徐媛诗歌时,自然以传统的诗道观念加以鄙弃。而徐媛诗歌受到吴地士人的推崇,可以想见吴地士风亦如此,因而方孟式连带吴人一起鄙视。她的看法有失之偏颇

---

① [清]汪淇.分类尺牍新语二编[M].台北:广文书局,1975:433-434.
② 周云汇.徐媛诗歌研究[D].上海:复旦大学,2010:19-20.

之嫌,但对于晚明脱离现实的诗歌与轻浮的士人风气之批判,光却是精准的,甚至是超前的。徐士俊在牍后评价道:"地步占得甚高,直欲俯视一切香闺,固自有人。"①对方孟式持褒扬态度。

女性尺牍作者多有善于书画者,李淑昭在《复林亚清》一牍中称林以宁"贤妹有四绝:曰诗、曰文、曰楷书、曰画"②。其他不论,书法的好坏展现于纸上,尺牍是其中载体之一,女性尺牍不可避免地牵涉到对于书法的评价与请教,其中不乏系统的书法创作论。如:

申蕙《答归素英高夫人问作书法书》

近代书家,专攻娇美,求其点画合度、步骤得法者,绝少焉。妹幼娴母训,长解书义,大约执笔贵法,运笔贵灵,临帖不贵露而贵赋,用墨不尚浓而尚鲜。去狂怪怒张之习,趋平淡古雅之势,莫以巧取拙,须以拙取巧;勿以生用熟,当以熟用生。肥瘦相和,宜力相称,太肥则伤意,太瘦则伤法。婉婉焉视之不足,稜稜焉视之有余。真有真态度,行有行态度,草有草态度。以斯数语,慎思笃行,虽未必超入晋室,亦可卓然自立矣。妹才谫劣,滚愧书名少露,恐违雅意,敢此妄陈笑笑。③

申蕙工于书法,归素英作书向之请教,申蕙因此作书答之。申蕙首先批评近代以来书法的弊病,只追求形式上的"娇美",而忽略了书法的"点画""步骤"等基本的结构理论,由此可见申蕙对书法的认识不仅在于创作,而且对书法史都有足够深入的研究。她接着谈到了书法执笔、运笔、临帖、用墨等方面的技巧,对于书法美学特征,她反对"狂怪怒张"的时人创作倾向,而主张"平淡古雅"之美,对于楷书、行书、草书要以不同的创作态度对待,不能等而视之。在申惠《答归素英高夫人问作书法书》中,她评点当今书法得失,纵论书法创作艺术技巧,标立书法创作美学,辨明不同书体创作态度,表述全面而具体,足可见其书法研究之深。虽然今天不能见到申蕙的书法作品,但她的这一篇尺牍是书法史上女性书法创作理论的重要篇章,其价值不容小觑。

清初尺牍选本中的一百余通女性尺牍就整体数量而言并不多,但就明末清初这一时段而言,它超越了之前的任何时期女性尺牍呈现。清初尺牍选家以开明的眼光对待女性尺牍,为后世留下珍贵的第一手资料,使我们得以见到许多具有高度审美价值的尺牍作品,可以据此推想明末清初杰出女性的内心世界与价值追求,考察她们的生活方式与社交网络,甚至推想她们的音容笑貌与风骨追求,构建出读者心中的尺牍群芳谱。当然,清初尺牍选本中的女性尺牍在某种程度上而言又是片面的,因为它们毕竟经过了尺牍选家的审核拣选过程,留存下来的只能是符合选家审美要求的少数幸运儿。尺牍选家对于女性尺牍"德"与"才"偏颇性的重视,使得凭借尺牍留名历史的女性也只能是少数,这使得我们今天看到的尺牍并不足以反映明末清初杰出女性尺牍的整体风貌,这不能不说是一种遗憾。

① [清]汪淇.分类尺牍新语二编[M].台北:广文书局,1975:433-434.
② [清]陈枚.写心集[M].沈亚公,校订.上海:中央书店,1935:325.
③ [清]汪淇.分类尺牍新语广编:补册[Z].上海:华东师范大学图书馆,康熙七年(1668)刻本:2-3.

参考文献

一、清初尺牍选本举要

[1] 李渔.古今尺牍大全[Z].抱青阁刻本.上海:上海图书馆,1688(清康熙二十七年).

[2] 李渔.尺牍初征[Z].刻本.北京:中国科学院国家科学图书馆,1660(清顺治十七年).

[3] 李渔.尺牍初征[M]//四库禁毁书丛刊:集部第153册.北京:北京出版社,1997.

[4] 周亮工.尺牍新钞[M].上海:上海书店,1988.

[5] 周亮工.尺牍新钞[M]//四库禁毁书丛刊集部:第36册.北京:北京出版社,1997.

[6] 周亮工.藏弆集[M].张静庐,点校.贝叶山房本.上海:上海杂志社,1936.

[7] 周亮工.藏弆集[M]//四库禁毁书丛刊:集部第36册.北京:北京出版社,1997.

[8] 周亮工.结邻集[M].张静庐,点校.贝叶山房本.上海:上海杂志社,1936.

[9] 周亮工.结邻集[M]//四库禁毁书丛刊:集部第36册.北京:北京出版社,1997.

[10] 陈枚.写心集[M].沈亚公,校订.上海:中央书店,1935.

[11] 陈枚.写心二集[M].沈亚公,校订.上海:中央书店,1935.

[12] 汪淇,徐士俊.分类尺牍新语[M].上海:上海广益书局,1936.

[13] 汪淇,徐士俊.尺牍新语[M].台北:广文书局,1975.

[14] 汪淇.分类尺牍新语二编[Z].蜩寄刻本.上海:复旦大学图书馆,1667(清康熙六年).

[15] 汪淇.分类尺牍新语广编[Z].刻本.上海:华东师范大学图书馆,1668(清康熙七年).

[16] 黄容,王维翰.尺牍兰言[M].影印本.北京:北京出版社,1998.

[17] 张潮.友声[M].刻本.天津:天津图书馆,1780(清乾隆四十五年).

[18] 张潮.尺牍偶存[M].刻本.天津:天津图书馆,1780(清乾隆四十五年).

[19] 王元勋,程化骉.名人尺牍小品[M].影印本.台北:台湾商务印书馆,1973.

二、古典文献

[1] 司马迁.史记[M].北京:中华书局,2011.

[2] 班固.汉书[M].北京:中华书局,2011.

[3] 张廷玉,等.明史[M].北京:中华书局,1974.

[4] 赵尔巽.清史稿[M].北京:中华书局,1977.

[5] 王文濡.历代名家尺牍[M].北京:文明书局,1927.

[6] 屠隆.国朝七名公尺牍[Z].文斐堂刻本.北京:国家图书馆,明万历年间.

[7] 王穉登.新镌古今名公尺牍汇编选注[Z].海阳万玉山房本.北京:国家图书馆,1600(明万历二十八年).

[8] 冯汝宗.新镌注释历代尺牍绮縠[Z].缩微文献.北京:国家图书馆,1993.

[9] 王锡爵.历朝尺牍大全[Z].缩微文献.北京:国家图书馆,1993.

[10] 王世贞.尺牍清裁[Z].刻本.北京:国家图书馆,1571(明隆庆五年).

[11] 孙应瑞.尺牍类便[Z].刻本.北京:国家图书馆,明崇祯年间.

[12] 沈佳允.历代名人尺牍精华录[M].刊印本.上海:国学昌明社,1909.

[13] 张潮.昭代丛书[M].上海:上海古籍出版社,1990.

[14] 张潮.虞初新志[M].上海:上海古籍出版社,2012.

[15] 卓尔堪.明遗民诗[M].北京:中华书局,1961.

[16] 刘勰.文心雕龙[M].北京:人民文学出版社,1962.

[17] 汤显祖.玉茗堂尺牍[M].上海:上海远东出版社,1996.

[18] 谢肇淛.五杂俎[M].上海:上海书店出版社,2001.

[19] 吴纳.文章辨体序说 文体明辨序说[M].北京:人民文学出版社,1998.

[20] 徐师曾.文体明辨[M].北京:人民文学出版社,1998.

[21] 张潮.幽梦影[M].北京:中华书局,2008.

[22] 沈善宝.名媛诗话[M]//中国诗话珍本丛书:第18册.北京:北京图书馆出版社,2004.

[23] 袁宏道.袁宏道集笺校[M].钱伯城,笺校.上海:上海古籍出版社,2008.

[24] 陈际泰.已吾集[M]//四库禁毁书丛刊:集部第9册.北京:北京出版社,1997.

[25] 冯琦.宗伯集[M]//四库禁毁书丛刊:集部第15、16册.北京:北京出版社,1997.

[26] 黄道周.黄漳浦集[Z].木刻影印本,1830(清道光十年),.

[27] 张凤翼.处实堂集[M]//续修四库全书:第1353册.济南:齐鲁书社,1997.

[28] 高攀龙.高子遗书[M].南京:凤凰出版社,2011.

[29] 钟惺.隐秀轩集[M].上海:上海古籍出版社,1992.

[30] 卓发之.漉篱集[M]//四库禁毁书丛刊:集部第107册.北京:北京出版社,1997.

[31] 卓发之.漉篱集遗集[M]//四库禁毁书丛刊:集部第107册.北京:北京出版社,1997.

[32] 谭元春.谭元春集[M].上海:上海古籍出版社,1998.

[33] 王思任.王季重十种[M].杭州:浙江古籍出版社,2010.

[34] 王锡爵.王文肃公集[M]//四库禁毁书丛刊:集部第7、8册.北京:北京出版社,1997.

[35] 罗洪先.念庵罗先生文集[M]//四库全书存目丛书:第89册.济南:齐鲁书社,1997

[36] 陶望龄.歇庵集[M].台北:台湾伟文图书出版有限公司,1976.

[37] 冒辟疆.冒辟疆全集[M].南京:凤凰出版社,2014.

参考文献

[38] 钱谦益.钱牧斋全集[M].上海:上海古籍出版社,2003.

[39] 曾异撰.纺绶堂集[M]//四库禁毁书丛刊:集部第 163 册.北京:北京出版社,1997.

[40] 严首升.瀨园集[M]//四库禁毁书丛刊:集部第 147 册.北京:北京出版社,1997.

[41] 李清.三垣笔记[M].北京:中华书局,1982.

[42] 李渔.李渔全集[M].杭州:浙江古籍出版社,1992.

[43] 侯方域.侯方域全集[M].王树林,校笺.北京:人民文学出版社,2013.

[44] 宋琬.宋琬全集[M].济南:齐鲁书社,2003.

[45] 宋琬.安雅堂未刻稿[M]//清代诗文集汇编.上海:上海古籍出版社,2010.

[46] 宋琬.安雅堂诗[M]//清代诗文集汇编.上海:上海古籍出版社,2010.

[47] 宋琬.安雅堂文集[M]//清代诗文集汇编.上海:上海古籍出版社,2010.

[48] 宋琬.重刻安雅堂文集[M]//清代诗文集汇编.上海:上海古籍出版社,2010.

[49] 周亮工.周亮工全集[M].南京:凤凰出版社,2008.

[50] 魏裔介.兼济堂文集[M].北京:中华书局,2007.

[51] 尤侗.西堂全集[Z].浙江桐乡金氏文瑞楼刊本,清嘉庆年间.

[52] 施闰章.施愚山先生全集[Z].石印本.上海:国学扶轮社,1911(清宣统三年).

[53] 施闰章.施愚山先生学余文集[M]//清代诗文集汇编:第 67 册.上海:上海古籍出版社,2010.

[54] 施闰章.施愚山先生学余诗集[M]//清代诗文集汇编:第 67 册.上海:上海古籍出版社,2010.

[55] 施闰章.施愚山先生别集[M]//清代诗文集汇编:第 67 册.上海:上海古籍出版社,2010.

[56] 施闰章.施愚山先生外集[M]//清代诗文集汇编:第 67 册.上海:上海古籍出版社,2010.

[57] 陈维崧.妇人集[M].上海:商务印书馆,1936.

[58] 汪琬.汪琬全集笺校[M].李圣华,笺校.北京:人民文学出版社,2010.

[59] 王士祯.王士祯全集[M].济南:齐鲁书社,2007.

[60] 陆云龙.翠娱阁近言[M]//续修四库全书:第 1389 册.上海:上海古籍出版社,2002.

[61] 孔尚任.湖海集[Z].介安堂原刻本.上海:复旦大学图书馆,1688(清康熙二十七年).

[62] 黄周星.九烟先生遗集[Z].左仁周诒朴刻本.北京:中国科学院图书馆,1849(清道光二十九年).

[63] 吕留良.吕晚村先生文集[Z].吕氏天盖楼刻本.上海:复旦大学图书馆,1725(清雍正三年).

[64] 吕留良.吕晚村先生续集[Z].吕氏天盖楼刻本.上海:复旦大学图书馆,1725(清雍正三年).

[65] 毛奇龄.西河文集[M]//清代诗文集汇编:第 87-89 册.上海:上海古籍出版社,2010.

[66] 毛先舒.思古堂集[M]//四库全书存目丛书:第 210-211 册.济南:齐鲁书社,1997.

[67] 钱陆灿.调运斋集[Z].刻本.北京:中国科学院图书馆,清康熙年间.

[68] 钱陆灿.调运斋文钞[Z].刻本.北京:中国科学院图书馆,清康熙年间.

[69] 吴绮.林蕙堂全集[M]//文渊阁四库全书:集部第1314册.台北:台湾商务印书馆,1983.

[70] 萧士玮.春浮园文集[M]//四库禁毁书丛刊:集部第108册.北京:北京出版社,1997.

[71] 萧士玮.春浮园五种[M]//四库禁毁书丛刊:集部第108册.北京:北京出版社,1997.

[72] 诸匡鼎.说诗堂集[M]//四库全书:集部第211册.济南:齐鲁书社,1997.

[73] 杜濬.变雅堂文集[M]//四库禁毁书丛刊:集部第72册.北京:北京出版社,1997.

[74] 陈孝逸.痴山集[M]//四库禁毁书丛刊:集部第49册.北京:北京出版社,1997.

[75] 程正揆.青溪遗稿[M]//四库全书存目丛书:第197册.济南:齐鲁书社,1997.

[76] 计东.改亭诗集[M]//清代诗文集汇编:第97册.上海:上海古籍出版社,2010.

[77] 计东.改亭文集[M]//清代诗文集汇编:第97册.上海:上海古籍出版社,2010.

[78] 钮琇.临野堂集[M]//四库全书存目丛书:第245册.济南:齐鲁书社,1997.

[79] 潘耒.遂初堂诗集[M]//清代诗文集汇编:第170册.上海:上海古籍出版社,2010.

[80] 潘耒.遂初堂文集[M]//清代诗文集汇编:第170册.上海:上海古籍出版社,2010.

[81] 潘耒.遂初堂别集[M]//清代诗文集汇编:第170册.上海:上海古籍出版社,2010.

[82] 徐世溥.榆溪逸稿[M]//清代诗文集汇编:第26册.上海:上海古籍出版社,2010.

[83] 徐世溥.榆墩集[M]//清代诗文集汇编:第26册.上海:上海古籍出版社,2010.

[84] 徐世溥.榆溪诗钞[M]//清代诗文集汇编:第26册.上海:上海古籍出版社,2010.

[85] 徐世溥.榆溪逸诗[M]//清代诗文集汇编:第26册.上海:上海古籍出版社,2010.

[86] 孙枝蔚.溉堂集[M]//清人别集丛刊.上海:上海古籍出版社,1979.

[87] 胡介.旅堂诗文集[M]//四库未收书辑刊:第7辑第20册.北京:北京出版社,1997.

[88] 陆圻.威凤堂文集[M]//四库未收书辑刊:第7辑第20册.北京:北京出版社,1997.

[89] 王晫.霞举堂集[M]//清代诗文集汇编:第144册.上海:上海古籍出版社,2010.

[90] 王晫.今世说[M].珠海:珠海出版社,1999.

[91] 魏禧.魏叔子文集[M]//清代诗文集汇编:第92册.上海:上海古籍出版社,2010.

[92] 魏禧.魏叔子日录[M]//清代诗文集汇编:第92册.上海:上海古籍出版社,2010.

[93] 魏禧.魏叔子诗集[M]//清代诗文集汇编:第92册.上海:上海古籍出版社,2010.

[94] 吴伟业.吴梅村全集[M].上海:上海古籍出版社,1990.

[95] 宗元鼎.芙蓉集[M]//清代诗文集汇编:第72册.上海:上海古籍出版社,2010.

[96] 谷应泰.明史纪事本末[M].北京:中华书局,1977.

[97] 陆进.巢青阁集[M]//四库未收书辑刊:第8辑第20册.北京:北京出版社,1997.

[98] 纪映钟.戆叟诗钞[M]//清代诗文集汇编:第30册.上海:上海古籍出版社,2010.

[99] 邹祗谟,王士禛.倚声初集[Z].大冶堂刻本,1660(清顺治十七年).

[100] 方文.嵞山集[M].上海:上海古籍出版社,1979.

[101] 方以智.浮山此藏轩别集[M]//续修四库全书:集部第1400册.上海:上海古籍出版

社,2002.

    [102] 方以智.浮山文集前编[M]//续修四库全书:集部第 1400 册.上海:上海古籍出版社,2002.

    [103] 方以智.浮山文集后编[M]//续修四库全书:集部第 1400 册.上海:上海古籍出版社,2002.

    [104] 王猷定.四照堂文集[M]//四库未收书辑刊:第 5 辑第 27 册.北京:北京出版社,1997.

    [105] 黄宗羲.黄梨洲文集[M].北京:中华书局,1959.

    [106] 永瑢,纪昀.四库全书总目[M].北京:中华书局,1965.

三、今人论著

    [1] 徐望之.尺牍通论[M].烟台:公大印刷局,1935.

    [2] 陈少棠.晚明小品论析[M].香港:波文书局,1981.

    [3] 张舜徽.中国文献学[M].郑州:中州书画社,1982.

    [4] 施蛰存.晚明二十家小品[M].上海:上海书店,1984.

    [5] 周骏富.清代传记丛刊[M].台北:台湾明文书局,1985.

    [6] 张慧剑.明清江苏文人年表[M].上海:上海古籍出版社,1986.

    [7] 杨廷福,杨同甫.清人室名别称字号索引[M].上海:上海古籍出版社,1988.

    [8] 陈书良,郑宪春.中国小品文史[M].长沙:湖南出版社,1991.

    [9] 王重民.冷庐文薮[M].上海:上海古籍出版社,1992.

    [10] 余英时.中国历史转型时期的知识分子[M].台北:联经出版公司,1992.

    [11] 夏咸淳.晚明世风与文学[M].北京:中国社会科学出版社,1994.

    [12] 刘麟生.中国骈文史[M].北京:东方出版社,1996.

    [13] 黄强.李渔研究[M].杭州:浙江古籍出版社,1996.

    [14] 马积高.清代学术思想的变迁与文学[M].长沙:湖南出版社,1996.

    [15] 赵树功.中国尺牍文学史[M].石家庄:河北人民出版社,1999.

    [16] 郭预衡.中国散文史[M].上海:上海古籍出版社,1999.

    [17] 刘广生,赵梅庄.中国古代邮驿史[M].修订版.北京:人民邮电出版社,1999.

    [18] 赵园.明清之际士大夫研究[M].北京:北京大学出版社,1999.

    [19] 吴承学.晚明小品研究[M].南京:江苏古籍出版社,1998.

    [20] 陈正宏.明代诗文研究史 1368—1911[M].上海:上海文化出版社,2000.

    [21] 吴承学.中国古代文体形态研究[M].广州:中山大学出版社,2000.

    [22] 张伯伟.中国古代文学批评方法研究[M].北京:中华书局,2002.

    [23] 邹云湖.中国选本批评[M].上海:上海三联书店,2002.

    [24] 庄晓东.文化传播:历史、理论与现实[M].北京:人民出版社,2003.

    [25] 李敬一.中国传播史论[M].武汉:武汉大学出版社,2003.

    [26] 郑逸梅.尺牍丛话[M].上海:上海古籍出版社,2004.

    [27] 王汎森.晚明清初思想十论[M].上海:复旦大学出版社,2004.

[28] 余英时.儒家伦理与商人精神[M].桂林:广西师范大学出版社,2004.

[29] 徐艳.晚明小品文体研究[M].南昌:江西教育出版社,2004.

[30] 吴格言.文化传播学[M].北京:中国物资出版社,2004.

[31] 郭英德.中国古代文体学论稿[M].北京:北京大学出版社,2005.

[32] 江庆柏.清代地方人物传记丛刊[M].扬州:广陵书社,2007.

[33] 赵义山,李修生.中国分体文学史:散文卷[M].上海:上海古籍出版社,2007

[34] 孙福轩.清代赋学研究[M].杭州:浙江大学出版社,2008.

[35] 曹虹,蒋寅,张宏生.清代文学研究集刊:第一辑[M].北京:人民文学出版社,2008.

[36] 张春树,骆雪伦.明清时代之社会经济巨变与新文化[M].王湘云,译.上海:上海古籍出版社,2008.

[37] 常乃惪.中国思想小史[M].上海:上海古籍出版社,2009.

[38] 周作人.周作人散文全集[M].桂林:广西师范大学出版社,2009.

[39] 李瑄.明遗民群体心态与文学思想研究[M].成都:巴蜀书社,2009.

[40] 孔定芳.清初遗民社会:满汉异质文化整合视野下的历史考察[M].武汉:湖北人民出版社,2009.

[41] 汪学群.明代遗民思想研究[M].北京:中国社会科学出版社,2012.

[42] 王颖.清代禁毁小说坊刻研究[M].郑州:河南大学出版社,2015.

[43] 郭孟良.晚明商业出版[M].北京:中国书籍出版社,2011.

[44] 郭绍虞.中国文学批评史[M].北京:商务印书馆,2010.

[45] 王水照,朱刚.中国古代文章学的成立与展开:中国古代文章学论集[C].上海:复旦大学出版社,2011.

[46] 曹虹,蒋寅,张宏生.清代文学研究集刊:第四辑[M].北京:人民文学出版社,2011.

[47] 巫仁恕.品味奢华:晚明的消费社会与士大夫[M].台北:联经出版事业股份有限公司,2012.

[48] 郭英德.中国古代文人集团与文学风貌[M].北京:中国人民大学出版社,2012.

[49] 袁行霈.中国文学史[M].北京:高等教育出版社,2012.

[50] 杨旭辉.清代骈文史[M].北京:人民出版社,2013.

[51] 张兵.文化视域中的清代文学研究[M].北京:人民出版社,2013.

[52] 塔娜.清代文学传播个案研究:屈大均诗文集的传播与禁毁[M].天津:南开大学出版社,2015.

[53] 合山究.明清文人清言集[M].陈西中,张明高,注释.北京:中国广播电视出版社,1991.

四、期刊、报纸与学位论文

[1] 杨长春.清初回族诗人丁澎生卒年考补证[J].宁夏大学学报(社会科学版),1986(3):95-96.

[2] 顾国瑞,刘辉.张潮《与孔东塘书》十八封[J].文献,1981(4):59-65.

[3] 黄强.李渔《古今史略》《尺牍初征》与《一家言》述考[J].文献,1988(2):52-62.

[4] 林星垣.明清尺牍的鉴赏及其史料价值:上[J].图书馆杂志,1990(5):52－54.

[5] 林星垣.明清尺牍的鉴赏及其史料价值:下[J].图书馆杂志,1990(6):60－65.

[6] 沈新林.李渔《尺牍初征》述略[J].文教资料,1994(1):109－116.

[7] 刘奉文,王辉.周亮工著述考[J].文献,1994(5):194－205.

[8] 吴承学.论晚明清言[J].文学评论,1997(4):130－138.

[9] 薛贞芳.略论张潮和他的小品文丛书[J].大学图书情报学刊,2000(1):60－61.

[10] 欧阳俊.明清的尺牍小品[J].文史知识,2000(3):13－21.

[11] 胡莲玉.陆云龙生平考述[J].明清小说研究,2001(3):213－222.

[12] 赵树功.尺牍之用[J].河北大学学报(哲学社会科学版),2003(1):50－53.

[13] 刘和文.张潮年谱简编[J].安徽师范大学学报(人文社会科学版),2003(6):732－736.

[14] 刘和文.张潮著述综考[J].合肥学院学报(社会科学版),2004(3):27－30.

[15] 叶君远,高莲莲.宋琬年表:上[J].沈阳师范大学学报(社会科学版)[J].2004(5):61－67.

[16] 叶君远,高莲莲.宋琬年表:下[J].沈阳师范大学学报(社会科学版)[J].2005(1):80－85.

[17] 刘和文.论张潮对文献学的贡献[J].图书与情报,2005(2):93－96.

[18] 陈恩虎.刻书家汪淇生平考[J].文献,2005(3):84－91.

[19] 方宝川,陈旭东.余怀及其著述[J].福建师范大学学报(哲学社会科学版),2006(2):156－161.

[20] 文革红.汪淇"蜩寄"及其所刻书籍考[J].文献,2006(3):79－83.

[21] 邹振环.清代书札文献的分类与史料价值[J].史林,2006(5):175－184.

[22] 韩蕊.文人尺牍的现代转型及其对文学创作的影响[J].北方论丛,2007(1):32－34.

[23] 刘和文.张潮与康熙文坛交游考[J].明清小说研究,2007(2):249－258.

[24] 蒋寅.清代词人邹祗谟行年考[J].山西大学学报(哲学社会科学版),2007(3):58－71.

[25] 宋景爱.张潮交游考[J].中国典籍与文化,2007(5):69－76.

[26] 刘秋根.明清商人经营及资金筹措方式:以若干种尺牍范本书的解读为中心[C]//中国工商业、金融史的传统与变迁:十至二十世纪中国工商业、金融史国际学术研讨会论文集.保定:河北大学出版社,2008:157－188.

[27] 张小明.《虞初新志》中张潮的编辑思想及文化贡献[J].红河学院学报,2007(3):56－59.

[28] 朱天曙.周亮工与金陵、扬州文人之关系[J].中国书画,2007(8):52－58.

[29] 安平秋,宋景爱.论张潮的编辑思想[J].中国典籍与文化,2007(4):58－61.

[30] 邓建,王兆鹏.中国历代选本的格局分布及其文化意蕴[J].江汉论坛,2007(11):112－115.

[31] 沙先一,丁玲玲.邹祗谟生平与著述考论[J].中国韵文学刊,2007(4):100－105.

[32] 朱天曙.周亮工与闽地文人群的关系[J].荣宝斋,2008(1):282－287.

[33] 王安功.浅谈古代尺牍的档案文献价值[J].档案与建设,2008(3):19－21.

[34] 平志军.从陈洪绶与周亮工交游看明末文人之人格心态[J].重庆文理学院学报,2010,29(2):93-97.

[35] 黄玉琰.周亮工与中州[J].厦门教育学院学报,2010(1):16-19.

[36] 赵曼.潘耒行年简谱[J].魅力中国,2010(3):286-287.

[37] 朱丽霞.杜濬年谱[J].明清小说研究,2010(2):174-187.

[38] 温孟孚.晚明"清言"创作特征补说[J].浙江树人大学学报(人文社会科学版),2010(2):70-75.

[39] 孟晗.周亮工交游若干问题考证[J].商丘师范学院学报,2010(4):61-63.

[40] 张晓芝.李清著述补考[J].西南交通大学学报(社会科学版),2010(2):19-25.

[41] 江冰凌.周亮工《尺牍新钞》考略[J].大舞台,2011(9):268-269.

[42] 李圣华.汪琬与清初古文论争:兼及清初古文"中兴"[J].中国文学研究,2012(1):65-69.

[43] 胡正伟.黄周星交游考及其他[J].北京化工大学学报(社会科学版),2012(3):59-62.

[44] 邓妙慈."蕉园诗社"首倡者顾之琼考论[J].古籍整理研究学刊,2013(2):99-103.

[45] 刘和文.论清初刻书家张潮的图书广告思想与实践[J].中国出版,2013(3):70-72.

[46] 赵厚均.留得蕉园遗社在,只今风雅重钱塘:清初钱塘蕉园诗社考[J].新疆大学学报(哲学·人文社会科学版),2013(4):109-114.

[47] 平志军.周亮工小品文论析[J].赤峰学院学报(汉文哲学社会科学版),2013(2):129-130.

[48] 黄强.李渔及其长女淑昭与友朋交往书信辑佚考释[J].文献,2013(3):111-122.

[49] 李佳.明末清初文人尺牍集选刊流行的原因[J].参花(下),2013(11):128-131.

[50] 黄显功.宝札华翰:尺牍文献的源流与研究[N].东方早报,2013-12-2(4).

[51] 王安功.清初文人尺牍的传播[J].南都学坛,2013(4):37-38.

[52] 李玉.尺牍文献:补史之缺 纠史之偏[N].中国社会科学报,2014-3-19(A02).

[53] 黄强.《颜氏家藏尺牍》中的李渔自列《书目》[J].中山大学学报(社会科学版),2014(1):14-24.

[54] 王磊.清初编辑家张潮的稿源渠道[N].中国社会科学报,2014-5-21(B05).

[55] 陈宏.生存与守望:试论中国古代女性尺牍的创作心态[J].福建商业高等专科学校学报,2014(5):96-99.

[56] 苗民.论明代中后期的散体尺牍观:兼与四六启观之比较[J].暨南学报(哲学社会科学版),2014(3):74-80.

[57] 李忠明.诗人徐巨源之死与清初遗民生存环境论略[J].江苏社会科学,2016(1):177-183.

[58] 张明强.余怀集外佚文辑考[J].学术论坛,2016(8):106-110.

[59] 蓝青.毛先舒著作述略[J].广东开放大学学报,2017(2):69-74.

[60] 耿锐.施闰章集外诗文辑考[J].图书馆研究,2017(2):117-121.

[61] 徐燕.晚明小品文体研究[D].上海:复旦大学,2003.

[62] 孙淑芳.世变与风雅:周亮工《尺牍新钞》编选之研究[D].台北:台湾中正大学,2008.

[63] 顾克勇.陆云龙、陆人龙兄弟文学研究[D].杭州:浙江大学,2004.

[64] 王文荣.明清江南文人结社研究[D].苏州:苏州大学,2009.

[65] 白一瑾.清初贰臣心态与文学研究[D].天津:南开大学,2009.

[66] 吴琼明.明末清初的文学嬗变[D].上海:上海师范大学,2012.

[67] 杨胜朋.清初淮安诗坛研究:以"望社"为中心[D].杭州:浙江大学,2012.

[68] 王涛锴.西湖梦寻:17世纪杭州士人的社会网络与文化生活[D].天津:南开大学,2012.

[69] 王向东.明清昭阳李氏家族文化文学研究[D].扬州:扬州大学,2014.

[70] 胡正伟.黄周星研究[D].南京:南京师范大学,2003.

[71] 梁芳芳.钮琇研究[D].太原:山西大学,2004.

[72] 朱玲玲.宋琬事迹征略[D].桂林:广西师范大学,2003.

[73] 刘和文.张潮研究[D].芜湖:安徽师范大学,2004.

[74] 杜丹.试论明代苏州城市商业化对私人刻书业的影响[D].苏州:苏州大学,2005.

[75] 陈鸿麒.晚明尺牍文学与尺牍小品[D].南投:台湾暨南国际大学,2005.

[76] 王安功.清初文人尺牍研究[D].武汉:华中师范大学,2005.

[77] 孟晗.周亮工年谱[D].桂林:广西师范大学,2007.

[78] 刘方.明代湖广作家研究[D].上海:上海师范大学,2007.

[79] 金桂台.明代文学书信研究[D].上海:复旦大学,2008.

[80] 沈云迪.明代福建作家研究[D].上海:上海师范大学,2008.

[81] 吴航.清初学人潘耒述论[D].昆明:云南师范大学,2008.

[82] 胡海琴.晚明性灵游记研究[D].重庆:西南大学,2009.

[83] 吉艳敏.清初私人藏书群体研究[D].哈尔滨:黑龙江大学,2009.

[84] 廖宏春.杜濬年谱[D].桂林:广西师范大学,2010.

[85] 吴东珩.明代中后期江南地区坊刻图书的传播研究[D].上海:华东师范大学,2010.

[86] 许倩.晚明清言小品研究[D].苏州:苏州大学,2011.

[87] 伍珉松.明末清初小说家汪淇研究[D].成都:四川师范大学,2012.

[88] 张翠翠.《幽梦影》中的清言小品研究[D].沈阳:辽宁大学,2012.

[89] 徐丹丹.顾若璞研究[D].福州:福建师范大学,2012.

[90] 谭戈单.山人张潮研究[D].长沙:湖南师范大学,2012.

[91] 蔡燕梅.康熙时期明末清初尺牍总集编选研究[D].上海:复旦大学,2013.

[92] 左永明.明代嘉兴府作家研究[D].上海:上海师范大学,2013.

[93] 朱姝.吴绮生平与交游研究[D].烟台:鲁东大学,2014.

[94] 杭慧.陈枚《写心集》《写心二集》研究[D].扬州:扬州大学,2015.

[95] 谢燕.明代杭州府作家研究[D].上海:上海师范大学,2015.

[96] 冯晓雪.徐士俊研究[D].杭州:浙江大学,2016.

[97] 牛燕怡.周亮工选编尺牍研究[D].哈尔滨:黑龙江大学,2016.